綠野仙踪（上）

李百川 著
葉經柱 校注

三民書局

國家圖書館出版品預行編目資料

綠野仙踪／李百川著;葉經柱校注.——二版一刷.——
臺北市：三民，2019
面；　公分.——(中國古典名著)

ISBN 978-957-14-6584-5　(一套:平裝)

857.44　108001314

© 綠野仙踪(上)

著作人	李百川
校注者	葉經柱
發行人	劉振強
著作財產權人	三民書局股份有限公司
發行所	三民書局股份有限公司
	地址　臺北市復興北路386號
	電話　(02)25006600
	郵撥帳號　0009998-5
門市部	(復北店) 臺北市復興北路386號
	(重南店) 臺北市重慶南路一段61號
出版日期	初版一刷　1999年7月
	二版一刷　2019年4月
編號	S 854440

上下冊不分售
行政院新聞局登記證局版臺業字第〇二〇〇號

ISBN　978-957-14-6584-5　(一套：平裝)

http://www.sanmin.com.tw　三民網路書店
※本書如有缺頁、破損或裝訂錯誤，請寄回本公司更換。

綠野仙踪　總目

引言

葉經柱

清高宗乾隆年間李百川著的綠野仙踪，是一部連評註共七八十萬字的長篇小說。這部小說，有人說它和水滸傳、金瓶梅都是「謊到家之文字」（本書陶家鶴序），流麗生動，世所罕見。有人說它和金瓶梅、紅樓夢是並肩的佳作（上海古籍出版社百回本出版說明），還有人說它和金瓶梅、野叟曝言是小說界三大奇書（河洛圖書出版社影印八十回本本書特點）。

從以上三種評比中，我們可以很清楚的看出，綠野仙踪有些大膽淫穢的描寫，和被世人目為淫書的金瓶梅十分近似。但是除了這些穢褻部分之外，它在文學藝術上的成就，仍不容抹煞。文壇上把它和水滸傳、金瓶梅、紅樓夢和野叟曝言這些名著相提並論，無非說明一點，即綠野仙踪是一部重要的古典小說，是中國讀書人不可不讀的一部小說。

像這麼重要的一部小說，以往卻不大有人注意，許多寫中國文學史的人甚至對這部小說提也不提。直到國民革命軍完成北伐統一中國之後，綠野仙踪才嶄露頭角，在文壇上受到大家的重視。為甚麼會這樣呢？我推想這也許和它在清代咸同中興時期被列為禁書有些關係，和清末民初內憂外患、戰禍連年、社會動盪不安、民生凋敝也有些關係吧？

就綠野仙踪的性質和內容看，我倒覺得它和西遊記頗為近似，兩者都是神怪小說。西遊記所寫的，是唐僧玄奘和他的門徒孫悟空、豬悟能、沙悟淨，歷經九九八十一難，戰勝許多妖魔鬼怪，終於完成到西天取經的使命。綠野仙踪所寫的，是道士冷于氷和他的門徒袁不邪、連城璧、金不換、溫如玉、錦屏、翠黛，同樣遭受種種磨難，斬妖除怪，終於修成正果，昇為天仙。這兩部小說不同的是，一宣揚道教，一宣揚佛教。

李百川為甚麼要創作這麼一部小說呢？我以為這和他所處的時代環境及其自身遭遇應該有密切關係。陶淵明對東晉時局的混亂深懷不滿，寫出了桃花源記。李百川自身的遭遇既不得意，對滿清政府的高壓統治又敢怒不敢言，於是創作了這部綠野仙踪。

作者李百川的生平不詳，但從他的自序中，對他的生平和寫作本書的經過，也可得其梗概。他在癸酉年（清高宗乾隆十八年，西元一七五三年）已「人過三十」，可知他出生在清聖祖康熙末年（西元一七二二年），或清世宗雍正元年（西元一七二三年）。在三十歲前，他家「疊遭變故」，「累歲破產」，從此「風塵南北，日與朱門作馬牛」，過著飄泊不定、寄人籬下的生活。在他家境衰微、「生計日蹙，移居鄉塾」時，即廣泛瀏覽情史、說郛等野史說部，漸漸興起撰寫小說的念頭。到癸酉年「冬十一月，就醫揚州，旅邸蕭瑟，頗愁長夜，於是草創三十回，名曰綠野仙踪。付同寓讀之，多謬邀許可」。丙子年（乾隆二十一年，西元一七五六年）在直隸遼州（今山西省東部遼縣），花了九個月時間，增寫了二十一回。辛巳年（乾隆二十六年，西元一七六一年），「有梁州之役，途次又勉成數回」。直到次年壬午（乾隆二十七年，西元一七六二年），到了河南，全書方告完成。從乾隆十八年動筆，到乾隆二十七年脫稿，前後整整十個年頭。作者說：「總緣蓬行異域，無可遣愁，乃作此嘔吐生活耳。」的確，十年辛苦不尋常，綠野仙踪是李百川嘔心瀝血之作，我們能不珍惜？

嚴格說來，綠野仙踪不是純粹神怪小說，而是神怪與社會世情交錯牽連的混合小說。魯迅說它「蓋神怪小說而點綴以歷史者也」（小說舊聞鈔雜說），這句話簡切地說明了這部小說的性質。

綠野仙踪的主人公冷于氷，是明世宗嘉靖年間一個傑出青年，由於得罪了奸相嚴嵩，受到嚴嵩蠻橫的壓制，參加科舉考試，屢遭挫敗，加之目睹官場種種黑暗腐敗現象，因而萬念俱灰，看破紅塵，拋棄萬貫家私和嬌妻愛子，遍歷名山大川，訪仙求道。在杭州西湖邂逅了大仙火龍真人，傳授他法術，賜給他打擊妖魔的神器雷火珠，使他能夠雲遊四海，扶貧濟困，助善懲惡，超度友朋，終於如願以償，成為上界大仙。點綴其間的，有嘉靖年間一些重要史實，如巨盜師尚詔的剿滅，江浙沿海倭寇的侵擾，文臣武將如嚴嵩、嚴世蕃、趙文華、羅龍文、王忬、張經、曹邦輔、胡宗憲、鄒應龍、林潤、俞大猷、沈鍊、董傳策和嚴年等等，都是實有其人，實有其事的。惟歷史是歷史，小說是小說，歷史不應脫離事實，小說則不必完全合乎事實。為了引起讀者的興趣，為了增強讀者喜怒愛憎之情，小說往往必須加油添醋，誇飾其辭，甚至移花接木，無中生有，以求達到作者心中所企求的效果。有人認為書中所說，與史實「多有違迕，應該說點綴得並不高明」（上海古籍出版社本前言），我以為這不是評鑑小說公允的說法。

魯迅說綠野仙踪中「敘神仙之變化飛升，多未經人道語」（同前引書），這說明本書頗富創意，讓讀者馳騁想像，耳目一新。然而它寫得最成功最有價值的，既非神怪，也非史實，而是對當時官場腐敗的揭露和抨擊，對世態人情的描寫和刻畫，藉此寄託了對當時社會的諷刺，表達了對個人「疊遭變故」身世的感喟。

在本書中，作者以尖銳的筆觸，揭露了官場的黑暗腐敗，奸相嚴嵩父子弄權作惡陷害忠良自不必說，他如貪贓索賄的戶部侍郎陳大經，畏敵如虎、以銀兩買通倭寇退兵的兵部尚書趙文華，敲骨吸髓、搜刮民脂民膏的平涼知府馮家駒，乃至狗仗人勢、為虎作倀的嚴府走狗嚴年和羅龍文等人，他們罪大惡極的行徑，無不在作者筆下暴露無遺。作者借書中人物之口，對這些惡棍作了猛烈的抨擊和無情鞭撻，令人心大快。如連城璧說：「我想不公不法的事，多是衙門中久做的。」（第二十六回）真是說出了善良百姓的心聲。又如金不換痛斥嚴府走狗嚴年搶劫良家婦女，是「連有志氣的強盜都不做他的無恥勾當」，罵人不帶髒字，卻又入木三分。作者嫉惡如仇，痛恨貪官污吏，在在表現得深刻動人。

作者坎坷而豐富的人生經歷，使他有機會廣泛接觸社會上三教九流各階層的人物，因而他的作品能展現出社會各方面，上至皇帝、宰相、知府、知縣，下至財主、商人、秀才、妓女，寫來無不栩栩如生，維妙維肖。這些人物，在他動筆之前，「書中若男若婦，已無時無刻不目有所見、不耳有所聞於飲食魂夢間矣」（自序），因之寫來得心應手，呼之欲出，尤其對小市民階層各色人物的描繪，更為細膩生動，如周璉的仗財使氣，龐氏的見錢眼開，齊貢生的迂腐固執，蕭麻子的前倨後恭，苗禿子的詭詐多變，都令讀者如聞其聲，如見其人，留下深刻印象。通俗文學家鄭振鐸說：「溫如玉和妓女金鐘兒的故事，是綠野仙踪寫得最好的一段，也是許多妓院文學中寫得最好的一段。」（文學大綱）這話是不錯的。

綠野仙踪的文字，不僅流利生動，而且變化多端，文言的詩詞歌賦，白話的酣暢淋漓，無不處處令人動容。陶家鶴在序中說：「至言行文之妙，真是百法俱備，必須留神省察，始能驗其通部旨歸。試觀其起伏也，如天際神龍；其交割也，如驚弦脫兔；其緊溜也，如鼓聲瀑布；其散大也，如長空風雨；其艷麗也，如美女簪花；其冷淡也，如孤猿嘯月；其收結也，如群玉歸笥；其插串也，如千珠貫線；而立局命意，遣字措詞，無不曲盡情理，又非破空搗虛輩所能比擬萬一。」讀完全書，誰都會承認這段話說得非常中肯，言人所欲言。

鄭振鐸說溫如玉和金鐘兒的故事寫得好，其實周璉和齊蕙娘的戀愛故事也寫得精彩萬分呀！周璉和齊蕙娘踰牆相從，暗中偷情已久，有一天被蕙娘的母親龐氏無意中撞破姦情，你看作者怎樣描寫這一場母女的表演吧：

……龐氏道：「你做的好事呀！恨殺我！氣殺我！呵呀呀！把虧也喫盡了，把便宜也著人家佔盡了。你快實說，是個誰？是幾時有上的？」蕙娘到此地步，也不敢隱藏，低低的說道：「是周大哥。」龐氏忙問道：「可是你乾哥麼？」蕙娘道：「是他。」

龐氏聽罷，將一肚皮氣惱盡付東流，不知不覺的就笑了，罵道：「真是一對不識羞的臭肉！你還不快起來！在這冷地下冰壞了腿，又是我的煩惱。」蕙娘見龐氏有了笑容，方敢放心站起，先時只是驚怕，此時倒有些害羞，將粉項低下，聽龐氏發落。龐氏又道：「臭肉！是從幾時起首？如何便想到這夾道中來？」蕙娘將前前後後，通頭至尾，說了一遍。龐氏道：「真無用的臭貨，他會過這邊來，難道你就不會過那邊去？夜夜在這冷地下，著屎尿薰蒸，他不要命，你也不要命了麼？今夜晚上，你就到他那邊去，趕天明過來。教他與你寫一張誓狀，他將來負了你，著他爹怎麼死，他娘怎麼死，他是怎麼死，都要血淋淋的大咒，寫的明明白白。你父親是萬年縣頭一個會讀書的人，豈有個讀書人的女兒，教人家輕輕易易點污了就罷休的理？況男子漢那一個不是水性楊花，你不拿住他個把柄，還了得？你只管和他明說，說我知道了，誓狀是我要哩。若寫的不好，還要著他另寫。他若問我識字不識字，你就說我通的利害。如今許大年紀，還日日看三字經。此後與你銀子，不必要他的。你一個女兒家，力量小，能拿他幾兩？你只和他要金子。我再說與你，金子是黃的。」說罷，從炭上起來，連恭也不出了。（第八十三回）

你看看，這段文字寫得多麼活潑可愛，把個見錢眼開的龐氏，寫得幾乎從紙上蹦出來，真是整個人活現在我們眼前了。又如齊貢生和龐氏嘔氣，躲到廣信妹子家中去，龐氏未得齊貢生同意，擅自把蕙娘許配給周璉做並妻（兩頭大）。齊貢生回得城來，想知道學校中朋友對此事的看法，特去看望好友老秀才溫而厲，你看作者怎樣寫這兩個老學究的談話吧：

……貢生尋到他書房時，已是點燈時分。一入門，見溫而厲正端坐閉目，與一個大些的學生講正心誠意。學生說道：「齊先生來了。」那溫而厲方纔睜開眼，一見貢生，笑道：「子來幾日矣？」貢生道：「纔來。」說罷，兩人各端端正正一揖，然後就坐。貢生道：「弟德涼薄，刑于化歉，致令牝雞司晨，將小女偷嫁於本城富戶周通之子周璉，先生知否？」溫而厲道：「吾聞其語矣，未見其人也。」貢生道：「我輩斯文中公論若何？」溫而厲道：「雖無媒妁之言，既係尊夫人主裁，亦算有父母之命，較踰牆相從者頗優。」貢生道：「此事大關名教，吾力縱不能肆周通於市朝，亦必與之偕亡。」溫而厲道：「暴虎馮河，死而無悔者，吾不與也。不觀齊景公之言乎？既不能令，又不受命，是絕物也。兄之家勢，遠不及齊，而欲與強吳相埒，吾見其棄甲曳兵而走也必矣。」貢生道：「然則奈何？」溫而厲道：「成事不說，遂事不諫；若周通交以道，接以禮，斯受之而已。」貢生道：「謹謝教。」

（第八十五回）

把儒林中人寫得活龍活現的，首推儒林外史。試將上面這段文字引入儒林外史，誰能分辨它的真偽呢？本書文字的奇恣可喜，由此可見一斑。

分析起來，本書在文壇上嶄露頭角之後，一般認為其價值可與金瓶梅、水滸傳、紅樓夢、野叟曝言等名著相媲美，這是特點一。本書寫虛幻處，極神奇變化之妙；寫世情處，又能曲中肯要，將理想小說與寫實小說合而為一，這是特點二。本書白話流暢自然，文言運用亦美妙生動，筆法變化百出，諸體俱備，縱橫開闔，令人驚嘆，這是特點三。本書寫嚴嵩父子及其黨羽狼狽為奸及官場之黑暗腐敗，鑄鼎象奸，無所遁形，可抵一部官場現形記，這是特點四。本書寫冷于冰等人修仙學道、降妖捉怪等事，無中生有，寫來緊湊非凡，引人入勝，這是特點五。本書寫妓院情節，舉凡妓女之虛情，鴇兒之愛財，幫閒之趨炎，無不曲曲寫出，合情合理，這是特點六。本書寫酸丁腐儒之言笑醜態，每多令人捧腹，與儒林外史相伯仲，這是特點七。有人說，讀一部綠野仙踪，勝過讀幾部其他小說，的確如此。

我們這次出版的綠野仙踪，最初採用的底本，是北京大學出版社影印的該校圖書館所藏百回抄本。後來看到華藝出版社影印的中國社會科學院語言研究所所藏另一種百回抄本，稍作比對，便發現後者遠遠優於前者，不僅字跡娟秀美觀，而且錯別字少得多，脫誤也少得多，於是決定改用華藝本作底本，從頭標點分段，酌增注釋。這樣一來，我們幾乎多花了三四個月的校注工夫，但為了向社會負責，向讀者負責，多花這許多工夫，顯然是必要而有價值的。

上面說過，華藝本比北大本好得多，但在某些地方，北大本也有比華藝本好的情形。譬如浙江、揚州和東帖這三個語詞，華藝本都寫作淅江、楊州、東帖，而北大本卻都不錯。因此改換底本後，我們除了參考上海古籍出版社一九九六年十二月和北京人民出版社一九九三年四月出版的兩種百回標點本，有時也參考北大影印百回抄本。此外，臺北新文豐出版公司六十八年、河洛圖書出版社六十六年和黎明出版社（無出版年月）出版的八十回本，有時也會作必要的參考。

北大和華藝兩種手抄本，文中都附有虞大人評註。上海古籍出版社本沒有虞大人評註，對原文過於淫穢的描寫則時有刪節。北京人民出版社本有虞大人評註，對原文一字未刪。我們認為虞大人的評註大多無甚意義，而且對讀者造成一種閱讀障礙，妨礙了讀者思考空間，因此全部刪除。在所有現代排印本中，不管是一百回本或八十回本，都沒有另加注釋。我們現在全文酌加注釋，是目前唯一有注釋的綠野仙蹤，希望對讀者能有一些閱讀上的方便和幫助。

綠野仙蹤一書的主旨，侯定超的序文說得頗為透闢，這篇序可說是一篇極富哲理的文章。凡人對於天下事物，不外冷熱二端，熱於此者必冷於彼，誠如侯序所言：「一熱則無不冷矣。」再者物極必反，對於同一事物，一旦熱過了頭，必定走向它的反面——冷。溫如玉熱中情慾，最後割捨一切，出家學道，此由極熱轉極冷也。序文又云：「蓋氣者人所生，財者生所養，色則人與生相續於無窮者也，何害？曰害在於熱。氣熱則嗔，財熱則貪，色熱則淫。至於嗔貪淫，則必荒亂迷惑，忘其所始，喪其所歸，求能守真葆和以終天年者，其詣有幾？」此言有如當頭棒喝，暮鼓晨鐘，令人警悟，發人深省。書中若干淫穢的性愛描寫，如溫如玉與金鐘兒，周璉與齊蕙娘，色空羽士與翠黛，繪聲繪形，淋漓盡致，但作者本意絕非誨淫導慾，如以冷心思之，其用心在以淫止淫，換言之，即以毒攻毒之法也。侯序云：「甚矣持心之要，莫妙於冷，莫妙於冷于冰，此作者命名之意，至深至切。」讀此書者，幸三復斯言。

綠野仙踪考證

葉經柱

文壇上公認綠野仙踪是一部有價值的小說，可是作者的姓名和生平，到今天依然是個謎。現在出版這部小說的，大都標明作者李百川，然而這百川是名還是字號，卻沒有人知道。

孫楷第編撰的中國通俗小說書目，這樣寫著：「綠野仙踪一百回，……清李百川撰，……百川江南人（據近人吳辰伯考），名未詳。」孫氏說李百川「名未詳」，暗示百川只是字號，不是本名。

民國二十四年十一月十一日苕狂寫的綠野仙踪考，標明「作者之真姓名不詳」，他說：「像如此通贍的一位才人，作了如此偉大的一個說部，沒有把他的真姓名留下」，真是「大大的缺憾」（河洛圖書出版社影印本）。這樣說，不但作者的名有問題，連姓也有問題。

臺北世界書局七十四年出版的中國文學家大辭典說：「李百川，字不詳，江南人，生卒年及生平均不詳，約清高宗乾隆中前後在世，著綠野仙踪一百回（中國通俗小說書目），傳於世。」很明顯，這簡介是從中國通俗小說書目中抄來，不過把原文的「名不詳」，改成了「字不詳」，編書人認為百川是名。

我想李百川姓李，應無疑義，至於百川是字是名，在沒有更確切的證據之前，誰也不能判定，只好存疑。

再說李百川的生卒年，同樣是個解不開的謎。中國文學家大辭典說他「約公元一七六六年前後在世」，一七六六年是清高宗乾隆三十一年，說李百川在這一年的前後，這說得很謹慎，但實在太簡單籠統。華藝本在影印說明中，說李百川約生於一七一九年，卒於一七七一年以後。換言之，約生於清聖祖康熙五十八年，卒於清高宗乾隆三十六年以後，享年五十三歲以上，這比前一說法要具體得多。筆者根據他的自序說乾隆十八年癸酉已「人過三十」，推定他可能生於康熙六十一年或雍正元年。這些說法，都是大膽假設，很難求證。

李百川的生平如何呢？北大本在出版說明中說：「作者李百川生活在清雍正乾隆年間，曾做過幕僚，經過商，宦遊南北，『蓬行異域』，生活很不如意。他的經歷，使他熟悉封建官僚機構的內幕和某些市井細民的生活。」這是根據李百川自序所作的簡單介紹。

苕狂在綠野仙踪考中說：「作者的真姓名，我們雖已無從知道，但他是怎樣的一個人，以及其生平如何，我們卻即於這個說部中，可想見其一二：⑴前人每為了不得志於時，始作小說以自遣。作者大概也不能逃出這個例。⑵作者大概是作過幕的，後來為了賓主間意見不合，又退隱了。這可於書中寫冷于氷作幕嚴嵩府中的一節事上看出來。⑶作者先世大概曾作過顯宦，到他手中，還餘留下幾個錢，他自己也曾過過倚翠偎紅、揮金如土的生活。我頗疑書中的溫如玉，就是他的影子，因為他把溫如玉寫得太真實了。⑷閱盡繁華，退而修道，大概又是作者最後的結局。這冷于氷，就是夫子自道吧？」這是根據綠野仙踪的內容所作的推想，倒頗有獨到之處。

實在說來，敘述作者生平比較詳細的，還是本書的自序。讀者如有興趣，可以細心玩索，在此不再贅述。

綠野仙踪一書，我們現在所看到的，一是百回抄本，一是八十回刻本。抄本都有幾處十分淫穢的描寫，刻本都把淫穢的部分刪除。抄本最早在乾隆三十年（西元一七六五年）左右問世，刻本最早在清宣宗道光十年（西元一八三〇年）出現，比抄本晚了六十五年。刻本是據抄本刪節、補充、改寫而來，這項工作自然不可能由作者本人完成。那麼這刪節、補充、改寫的是誰，現在也無從查考。

現存於世的抄本，已知者至少有五種：一是北京大學圖書館藏本，已由北京大學出版社影印出版；二是北京圖書館藏本；三是美國俄亥俄大學圖書館藏本，已由中華書局編入古本小說叢刊第四十一輯出版；四是中國社會科學院語言研究所圖書館藏本，已由華藝出版社影印出版；五是吳曉玲藏殘本，僅存上函前五十回。

這五種抄本，北京大學與北京圖書館兩本是一類，都有作者自序，侯定超序排在陶家鶴序之後，作序時間寫的是乾隆三十六年，並有「虞大人前評」；後三種是一類，都沒有作者自序和「虞大人前評」，侯序排在陶序之前，作序時間寫的是乾隆二十六年。劉潔修君在對綠野仙踪幾個手抄本的幾點看法中說：「有三個抄本都沒有作者的自序，佔一定的優勢，似不可能說它們都佚失了作者自序，更不可能說它們都誤置了侯陶二序。如果那篇自序所依託的抄本晚於本來就沒有自序的抄本，就可能存在真偽問題，須要專家去考證。」（華藝出版社影印本）

我想沒有自序的抄本在前，有自序的抄本在後，這很有可能。試看侯陶二序，一在乾隆二十六年，一在乾隆二十九年，相差三年之久。在陶序之後，作者再寫一自序，有甚麼不可以呢？不過劉潔修君又說：「作者自序既不署名，又未標明年月干支，何其疏失遺漏乃爾！三篇序文，獨獨自序一方面骨鯁在喉，一吐為快；一方面又謂莫如深，實為一大疑竇。自序結尾處附有兩行小字批語：「金陵周竹蹊先生言：說部百無一二自敘者，況下已有侯陶二公序文，宜刪，宜刪。故從其說。』豈非此地無銀三百兩？既從周竹谿說，應刪此自序，何不徑行銷毀，卻偏要公諸於世？『侯陶二公序文』，明明侯在前陶在後，似非疏忽而倒置。如姑以自序為實，侯序作於乾隆二十六年就應是可信的，倒是北大的百回抄本和八十回刻本為抄工手民不慎，誤以二為三，以致以訛傳訛，並從而以偽為真。」這段話提出的疑點的確有道理，但無人能破此疑。惟侯序作於乾隆二十六年，被抄寫人誤寫成三十六年，直誤到如今，應徑予改正。前面說到華藝本謂作者卒於一七七一年以後，就是依據侯序作於乾隆三十六年這一點來推算的。如果肯定侯序作於乾隆二十六年，那華藝本說作者卒於一七七一年以後這話也就根本不能成立了。

作者自序這篇文字，華藝本未收，因華藝本是依據中國社會科學院藏本影印，社科院本既無自序，影印本自不能增收自序。我們現在依華藝本來出排印本，收入自序，一方面因為自序對寫作本書的起因和經過有比較清楚的交代，一方面因為並沒有確切的證據來證明自序確實出於他人偽造。至於編排次序，我們將它排在侯陶兩序之後，而不是如北大手抄本排在陶侯兩序之前，一方面因為依先賓後主原則，自序應排在他序之後；一方面因為依周竹谿「已有侯陶二公序文」之言，自序作於侯陶二序之後。三篇序文，依時間的先後，先侯序，次陶序，再自序，這次序和北大抄本恰恰相反，但十分合理。

現在印行的三種百回抄本，北大本錯誤最多；俄亥俄本錯誤也多，但比北大本稍好；社科院本最好。

先拿北大本來看。北大本的抄寫人至少在二人以上，前面的序和目錄出於一人之手，中楷書寫，筆畫圓潤優美，極為工整可觀。此人文化水準應不太低，但錯誤竟亦不少，如陶序之瓊宮貝闕誤作宮闕，仙神誤作山神，虎頭蛇尾誤作虎頭蛇背，線斷針折之折誤作拆，洋洋灑灑之灑誤作纚，驚弦脫兔之驚誤作警，鼓聲爆豆之爆誤作瀑，破空搗虛之搗誤作導。其他文字亦時有脫誤，「時注意於說部」一句，自說部起竟脫漏十六字。侯序錯誤較少，萬鍾誤作萬鐘，槁木誤作稿木。侯序中有一段話：「……荒亂迷惑，喪其所始，忘其所歸，求能守真葆和以終天年者，其諸有幾？」末句「其諸有幾」似欠通，河洛圖書出版社及新文豐出版公司兩種不同的影印本均為「其詣有幾」，我們以為詣較諸為妥，故從之。

北大本正文，由另一人或兩人抄寫，錯別字多，脫落也多，有時字跡十分拙劣。文中大量使用簡體字，如窮寫作穷或穹，質作质，總作总或揔，愛作爱，攝作挕，穀作谷，幫作帮等，有些簡體字與今日大陸的簡化字完全相同，如剥（剝）、触（觸）、画（畫）、脑（腦）等等。更奇怪的是國字簡作国，而不簡作国。還有画的中間寫作由，或作凶、内，罐字簡作⿰石又，短字簡作⿰矢卜，惱字簡作恼。這些簡字，不僅社科院本少見，就是俄亥俄本也少有，甚至是見所未見。

抄寫人的文化水準低，還可從下面幾點看出：

一是常有常識性錯誤。如明人張翀一律誤作張仲翀，一處寫作張翀，竟又補上個仲字；漢代的上官桀，桀字誤作傑（第三回）。又如老腐儒言：「這樣詩句，皆從致中和得來，子能細心體貼，將來亦可以格物矣。」（第七回）其中的「致中和」，社科院本、俄亥俄本和八十回點校本均作「致知中」，大學有言：「致知在格物。」可知「致中和」是錯的，那句話寫作「皆從致知中得來」才對。其他例證還很多，不備舉。

二是錯別字比比皆是。如鄱陽誤作翻陽，繼續誤作繼緒，斡旋誤作幹旋，慼激誤作或激，沮喪誤作阻喪，賭誤作睹，辨誤作變，訝誤作呀，驚誤作警，袄誤作袄，刺誤作剌，猩誤作腥，商誤作啇，縻誤作縻，簷誤作詹，琬誤作碗，鳴誤作鳴，摶誤作搏，鬧誤作滴等等，真是舉不勝舉。這些錯字，在俄亥俄本中間或有之，在社科院本中則極少見到。

三是字形書寫謬誤多。如腥字右邊寫作皇，燦字右邊訛作餐，腳字右邊訛作卸，賠字左旁訛作目，盥字上方中間訛作米，健字左旁訛作彳，這種情形也很多。

四是脫漏情形嚴重。就第一回看，「一則相公無三兄兩弟」一句下脫十八字；「典貴高華」句下脫四字；「幸喜榜首必出吾門」下脫六字，這算是脫誤少的。再看第二回，「幾同掛麵」下脫六十字；「龍文叫于冰打點了一片至誠心」一句，龍文下脫二十字；「猛見府內跑出個人來」下脫二十字；十句之後，「又換了兩個人引道」下脫一百三十七字；僅隔了三句，「見四面都是雕欄」下又脫十四字，這就錯得太多了。再看第三回，「這冷不華就是個解元」下脫二十字；隔了四句，「一句話也說不出來」下又脫十五字，這倒不算多。第四回，「差國賓、冷明二人往江西搬請他姑母」句下脫九字；「周通亦言」下脫三十六字；七句之後，「陪他閒遊」下又脫六字。第五回，「自己一個解元」下脫三字；「不論富貴貧賤」下脫四字；「二人拿了五百銀子」下脫二十五字，這也不多。第六回，「怎麼反說我騙他」下脫二十字，「況你主人又面生」下脫四字；隔了三句，「自有個道理」下又脫六十二字；八句之後，「拿出一萬京錢」下又脫五字；十句之後，「別了王經承」下又脫四字；其後的二十句中，文字脫漏九處，共脫四十四字，這種情形，看起來是很不舒服的。最後看第七回，「先生關了門，于冰走到裡面」，下面脫漏一百三十七字；文中有臭屁賦，竟將題目漏掉；「驚心振耳」下脫二十三字；其後的畏考秀才賦，也漏寫題目；最後兩張原稿，共有十九處脫漏，合計脫一百四十六字，其他一二字二三字的脫漏還有，全回脫三百多字，真是洋洋大觀，十分驚人。八回以後的情形，不再多說。

還有詞句的訛奪錯衍，也不是個小問題。仍以第七回為例，「年臺飲食何廉耶」一句，廉下奪一薄字。俄亥俄本及社科院本作「廉薄至此」，句更完美。又「吾肩中師弟授受，紹聞知之統，繼精一之傳，豈可以容離經畔道之人哉」一段，據社科院本和俄亥俄本，吾前有然字，聞知下有見知，精一作惟精惟一，末句作「豈可容離經叛道輩亂我先王典章」。須知「聞知見知」語本孟子盡心下末章：「若禹、皐陶則見而知之，若湯則聞而知之」；「惟精惟一」語出尚書大禹謨。「惟精惟一」簡化為「精一」固可，但「聞知見知」卻不可簡化為「聞知」，脫「亂我先王典章」更是嚴重疏失。再以第三回為例，「品行卑污汙」一語，污汙是同字異形，衍一汙字；「且文衡取士，是是朝廷家至公大典」二語，文衡乃衡文之誤倒，下句衍一是字。

北大本的缺失，就說到這裡為止。現在再看美國俄亥俄大學圖書館的抄本。

從俄亥俄本的原貌紙張墨跡，無法辨認判斷它的確切年代，但它輾轉流入美國，必是識貨者劫走無疑。單從它遭此劫數而言，也必然是早期抄本，很可能出自乾嘉時期。

俄亥俄本和社科院本有若干相同或近似之處。如正文首頁「綠野仙踪」之下，俄亥俄本有「百川李先生著」，而社科院本則作「李先生百川著」；在陶序文末「謹識」之後空一行，兩種抄本都有一段七行文字的「拙識」；第七回有「穀得天地沖和之氣而生」一語，兩種抄本都作「沖和」，而北大本和八十回點校本卻都作「中和」。須知「沖和」語本老子第四十二章：「萬物負陰而抱陽，沖氣以為和。」又晉書禮志上：「六宗者，太極沖和之氣，為六氣之宗者也。」顯然，原稿是正確的「沖和」，後來淺薄的抄寫人誤作中和。

美中不足的是，俄亥俄本亦非一人寫成，似乎是三個人的手筆。其中第十一至第十五回，字跡非常拙劣，簡直像小學生塗鴉。前五回的字跡較好，可惜錯別字也很多，以第三回為例，僅在兩個半葉裡就有七處錯誤，詳細寫成詳悉，臣言不謬寫成言言不謬，札寫成扎（兩處），戮寫成戳，眉急寫成急眉，豐歉寫成豐歛。從這些地方看，俄亥俄本僅比北大本略勝一籌，卻遠遜於社科院本。

最後來看社科院本。這個抄本是三種抄本中最好的一種，全書從侯、陶兩篇序文開始，一直到第一百回以一首七言律詩結束，完全由一人以工楷書寫，字跡端秀而遒勁，幾乎沒有塗改潦草的瑕疵，實在難能可貴。其中錯別字不多，如浙江寫作淅江，揚州寫作楊州，柬帖寫作東帖，戳目寫作戮目，由於字跡優美，即使寫錯，看起來還是很舒服的。至於脫誤，也在所難免，或一二字，或三五字，頂多十來字，絕不像北大本那樣一大段一大段地漏掉。

這個抄本二、三冊破舊的封面上，寫有「麟趾堂記」四字，經過查考，已知其主人為清人黃運亨，字品咸，浙江海鹽人。查海鹽縣志卷三選舉表，知黃氏為「乾隆四十四年己亥副貢」。又卷十七人物傳四文苑載：黃「任永康教諭。讀書目數行下，天文地理，諸子百家，無不考究。啟迪後學，諄諄不倦。著有麟趾堂集」。據此，劉潔修君推測「這個抄本十之八九出自黃運亨本人之手」，「即使這個抄本非黃本人書錄，起碼也是名手工楷書者抄寫的」。依據我們發現的若干錯別字看，似乎不會是黃運亨的手筆，說它是名手工楷書者抄寫而成，自然不錯。

我們很高興能得到華藝出版社影印社科院抄本來作為底本，詳加校正，酌加注釋，標點分段，排印出版，經過多種版本的相互比對校勘，相信本書將是所有版本中錯誤最少的一種，也是各種版本中唯一有注釋的一種。

侯序

人也而有冷于冰名，何也？緣人藐然中處，參乎兩儀，為萬物靈；顧乃荒亂迷惑，忘其所始，喪其所歸，至不得與無情木石、有知鹿豕守真葆和、終其天年者，總由一熱字擺脫不出耳。熱者一念，分為千歧萬徑，如恆河沙數，不可紀極。而緣其督者，氣也，財也，色也，酒之為害，尚在三者之末。蓋氣者人所生，財者生所養，色則人與生相續於無窮者也，何害？曰害在於熱。氣熱則嗔，財熱則貪，色熱則淫。至於嗔貪淫，則必荒亂迷惑，忘其所始，喪其所歸，求能守真葆和以終天年者，其詣有幾？如此書中人之有朱文魁也，賊之有師尚詔也，妓女之有金鐘兒也，物之有妖蝎也，狐之有賽飛瓊也，魚之有廣信夫人也，為嗔為貪為淫，各守其一以極，其餘無論，舉世視同秦越，即父子兄弟夫妻，至掉臂而不相顧。何者？一熱則無不冷矣。

然則何以熱熱？三家村學究讀綠野仙蹤，見冷于冰名，猶然慕之曰：「道則是矣。」彼烏知之？夫天下之大冷人，即天下之大熱人也。自來神聖賢人，皆具一片熱腸。然曰淡，曰無欲，又曰欲立立人，欲達達人。淡然無欲者，冷也。欲立欲達者，熱也。然則神聖賢人，其無酒色財氣乎？曰非也。夫神聖賢人，一喜一怒，必與民同，準一人之性，使天下各遂其性。若必無之而後為神聖賢人，則是冷于冰不應有妻子，不應有財產，不應歸故里。今觀其賑災黎，蕩妖氛，借林岱、文煒以平巨寇，假應龍、林潤以誅權奸，脫董瑋、沈襄於桎梏，攝金珠米粟於海船，設幻境醒同人之夢，分丹藥玉弟子之成，彼其於家、於國、於天下何如也？故曰天下之大冷人，天下之大熱人也。

可知熱由於心，冷亦由於心。善為熱心者，必先能為冷心。心之聚散，如氷凝釋於水，乃可以平嗔欲貪之橫行，而調氣色財之正矩。是則先以冷濯熱，存心其要矣。以故際利害切身之場而不懼，遇萬鍾千駟之富而不顧，處皦日同穴之歡而不染，則此方毫無掛礙，始能為冷，始能為熱，始可以守真葆和，與天地終始而道成矣。顧其功不可一刻放鬆，為山之虧於一簣，掘井之廢於及泉，皆自棄耳。是觀幻境中，若連城璧之見可憫而失之嗔也，金不換之見可欲而失之貪也，翠黛、如玉之見可悅而失之淫也，一念熱結，丹爐毀裂，吾身之不恤，而遑恤其他？

范浚曰：「一心之危，眾欲攻之。其與存者，嗚呼幾希？」甚矣持心之要，莫妙於冷，莫妙於冷于氷，此作者命名之意，至深至切。莊子曰：「形固可使如槁木，心固可使如死灰。」冷之謂也。張子曰：「聚亦吾體，散亦吾體。」冷于氷之謂也。是為序。

乾隆二十六年洞庭侯定超拜書

陶序

今天下山水，一大遊局也。故善遊者，歷三塗五嶽九州之廣，浮大河長江四海之闊，覩瓊宮貝闕之巍煥，入茂林豐草之深幽，窮仙神之棲止，探虎豹之窟宅，舉凡舟車所不能至，獐猺所不能居者，皆遍覽無遺焉。然後與之觀小山小水，宜其棄置而不顧。即間有一拳石、一勺水，視同千仞之崗、萬里之流者，再目之而神氣已竭矣。緣其人胸次淡如，眼界廓如故也。若但曰山不在高，水不在深，據邱嶺以為崇，指池沼以為淵，管窺蠡測，又烏足語山水之大哉？

予意讀說部亦然。水滸、金瓶梅，其次三國，即說部中之大山水也。予每於經史百家披閱之暇，時注意於說部，為其不費心力，可娛目適情耳。而於說部中之七八十回至百十回者，尤必詳玩其脈絡關紐，章法句法，以定優劣。大要千百部中，失於虎頭蛇尾、線斷針折者居多；緣其氣魄既大，非比數回內外書易於經營盡美善也。

然天下委土細流固多，而五嶽四海之外，亦不可謂無崇山巨水。予於甲申歲二月，得見吾友李百川綠野仙踪一百回，皆洋洋灑灑之文也。其前十回多詩賦並仕途冠冕語，祇可供繡談通闊之士賞識；使明昧相半人讀之，嚼蠟而已。十回後，雖雅俗並用，然皆因其人其事，斟酌身分口吻下筆，究非僕隸輿臺、略識幾字者，所能盡解盡讀者也。至言行文之妙，真是百法俱備，必須留神省察，始能驗其通部旨歸。

試觀其起伏也，如天際神龍；其交割也，如驚弦脫兔；其緊溜也，如鼓聲瀑布；其散大也，如長空風雨；其艷麗也，如美女簪花；其冷淡也，如孤猿嘯月；其收結也，如群玉歸笥；其插串也，如千珠貫線；而立局命意，遣字措詞，無不曲盡情理，又非破空搗虛輩所能比擬萬一。使予竟日夜把玩，目蕩心怡，不由不嘆賞為說部中極大山水也。

世之讀說部者，動曰謊耳謊耳。彼所謂謊者固謊矣，彼所謂真者，果能盡書而讀之否？左丘明即千秋謊祖也，而古今之讀左丘明文字者，方且童而習之，至齒搖髮禿而不已。其不已者，為其文字謊到家也。夫文至於謊到家，雖謊亦不可不讀矣。願善讀說部者，宜急取水滸、金瓶梅、綠野仙踪三書讀之，彼皆謊到家之文字也。謂之為大山水大奇書，不亦宜乎！

乾隆二十九年春二月山陰弟陶家鶴謹識

自序

余家居時，最愛談鬼，每於燈清夜永際，必約同諸友，共話新奇，助酒陣詩壇之樂。後緣生計日蹙，移居鄉塾，殊嫌固陋寡聞，隨廣覓稗官野史，為稍遣歲月計，奈薰蕕雜糅，俱堪噴飯。後讀情史、說郛、豔異等類數十餘部，較前所寓目者，似耐咀嚼。然印板衣褶，究非蕩心駭目之文。繼得江海幽通、九天法籙諸傳，始信大界中真有奇書。余彼時亦欲破空搗虛，做一百鬼記。因思一鬼定須一事，若事事相連，鬼鬼相異，描神畫吻，較施耐庵水滸更費經營。且拆襪之才，自知線短，如心頭觸膠盆，學犬之牢牢，雞之角角，徒為觀者姍笑，無味也。旋因同志慫恿，余亦心動久之。未幾，疊遭變故，遂無暇及此。丙寅，又代人借四千餘金。累歲破產彌縫，僅償其半。癸酉，攜家存舊物，遠貨揚州，冀可璧歸趙氏，做一瀟灑貧兒。無如洪崖作祟，致令古董涅槃。若非余谷家叔宦游鹽城，恃以居停餬口，余寧僅漂泊陌路耶？

居鹽兩月，即為二豎所苦，百藥罔救。家叔知余聚散縈懷，於是歲秋七月奉委入都之前二日，再四囑余著書自娛。余意著書非周流典墳、博瞻詞章者，未易輕下筆，勉強效顰，是無翼而學飛也。轉思人過三十，何事不有？逝者如斯，惟生者徒戚耳。茍不尋一少延殘喘之路，與興噎廢食者何殊？況層巒絕巘，積石可成；飛流懸瀑，積水可成。詩賦古作，固不可冒昧結撰，如小說二字，千手雷同，尚可捕風捉影、攢簇渲染而成也。又慮灰線草蛇，莫非釁竇，以窮愁潦倒之人，握一寸毛錐，特闢幽蹤，則禰衡之罵，勢必筆代三撾，不惟取怨於人，亦且損德於己。每作此想，興即冰釋。然余書中若男若婦，已無時無刻不目有所見、不耳有所聞於飲食魂夢間矣。

冬十一月，就醫揚州，旅邸蕭瑟，頗愁長夜，於是草創三十回，名曰綠野仙踪。付同寓讀之，多謬邀許可。丙子，余同祖弟說嚴，授直隸遵州牧，專役相迓，至彼九越月，僅增益二十一回。戊寅，舍弟丁母艱，余羞回故里，從此風塵南北，日與朱門作馬牛，勞勞數年，於余書未遑及也。辛巳，有梁州之役，途次又勉成數回。壬午抵豫，始得苟且告完，污紙穢墨，亦自覺鮮良極矣。總緣蓬行異域，無可遣愁，乃作此嘔吐生活耳。

昔更生述松子奇蹤，抱朴著壺公逸事，余於列仙傳內，添一額外神仙，為修道之士懸擬指南，未嘗非呂純陽欲渡盡眾生之志也。至於章法句法字法，有無工拙，一任世人唾之罵之已爾。夫竹頭木屑，尚同杞梓之收；馬渤牛溲，並佐參苓之用，余一百回中，或有一二可解觀者之頤，不至視為目丁喉刺，余榮幸寧有極哉！

火龍真人

以下插圖選自乾隆年間「麟趾堂」抄本《綠野仙踪》，原本現藏北京中國社會科學院語言研究所。

冷于冰

袁不邪

連城璧

金不換

鄱陽聖母

温如玉

金鐘兒

周建

齊蕙娘

回目

上冊

下冊

綠野仙踪

百川李先生著

詩曰：

休將世態苦研求，大界悲歡靜裡收。
淚盡謝翱心意冷，愁添潘岳夢魂羞。
孟嘗勢敗誰雞狗，莊子才高亦馬牛。
追想令威鶴化語，每逢荒塚倍神遊。

詞曰：

逐利趨名心力竭，客裡風光，又過些時節。握管燈前人憶別，淚痕點點無休歇。
咫尺江天分楚越，目斷神驚，應是此身絕。夢醒南柯頭已雪，曉風吹落西沈月。

右調蝶戀花

第一回　陸都管輔孤忠幼主　冷于冰下第産麟兒

詞曰：

輔幼主，忠義不尋常。白雪已侵鬚髮綠，青山不改舊肝腸，千古自流芳。　困棘圍，毛穎未出囊。解元雖屈龍虎榜，麟兒已產麝蘭房，接續舊書香。

右調知足樂

且說明朝嘉靖年間，直隸廣平府成安縣有一紳士，姓冷名松，字後凋。其高祖冷謙❶，深明道術，在洪武時天下知名，亦周顛❷、張三丰❸之流亞也。其祖冷延年，精通岐黃❹，兼能針灸，遠近有神仙

❶ 冷謙：明武林人，字啟敬，道號龍陽子。洪武初，以善音律仕為太常協律郎。在元末壽已百歲，初與趙孟頫同觀李將軍畫，效之，遂得其法，郊廟樂章，多所撰定。永樂中仙去。著有修齡指要。

❷ 周顛：明江西建昌人，少得狂疾。太祖伐陳友諒，惡其妄言惑軍心，命投於江，竟不死。師次湖口，復來見，尋去。太祖親撰周顛仙傳紀其事。

❸ 張三丰：明遼東懿州人，史稱其常辟穀數月不飢，事能前知，太祖、成祖求之皆不得，英宗時贈為通微顯化真人。

❹ 岐黃：岐伯與黃帝，醫家奉為祖師，簡稱岐黃，又借稱醫道。岐，或作歧。

之譽，由此發家，遂成富戶。他父冷時雪，棄醫就學，得進士第，仕至太常寺正卿。生冷松兄妹二人，女嫁與同寅❺少卿江西饒州府萬年縣周懋德之子周通為妻。冷松接續書香，由舉人選授山東青州府昌樂縣知縣，歷任六年，大有清正之名。只因他賦性古樸，不狥❻情面，同寅們多厭惡他，當面都稱他為冷老先生，不敢以同寅待他。背間卻不叫他冷松，卻叫他是冷冰。他聽得冷冰二字，甚是得意。後因與本管知府不合，兩下互揭起來，俱各削職回籍。

這年他妻子吳氏，方生下一子，夫妻愛如珙璧❼。到七歲時，生得秋水為神，白玉作骨，雙瞳炯炯，瞻視非常。亦且穎慧絕倫，凡詩歌之類，冷松只口授一兩遍，他就再不能忘；與他解說，他就能會意。冷松常向吳氏道：「此子將來不愁不是科甲❽中人。一得科甲，便是仕途中人。異日涉身宦海，能守正不阿，必為同寅上憲所忌，如我便是好結局了。若是趨時附勢，不但有玷家聲❾，其得禍更為速捷。我只願他保守祖父遺業，做一富而好禮之人，吾願足矣。我當年在山東做知縣時，人皆叫我做冷冰，這就是我生前的好名譽，死後的好謚法。我今日就與兒子起個官名，叫做冷于冰。冷于冰三字，比冷冰二字更冷，他將來長大成人，自可顧名思義。且此三字刺目之至，斷非仕途所宜，就是家居，少接交幾個朋

---

❺ 同寅：同僚，取同其寅畏之義。寅，寅畏；敬畏。

❻ 狥：音ㄒㄩㄣˋ，同徇、殉。順從。

❼ 珙璧：大璧。左傳襄公三十一年：「竊其珙璧。」珙，音ㄍㄨㄥˇ，亦作共、拱。

❽ 科甲：科舉。清制凡進士舉人出身者，通稱科甲出身。

❾ 有玷家聲：使家族聲譽受損。玷，音ㄉㄧㄢˋ，喻污辱。

友勾引他混鬧，也是好處。我再與他起個字，若必定再拈定冷于冰做關合，又未免冷上添冷了，可號為不華，亦黜浮尚實之意也。」

于冰到了九歲上，方與他請了個先生，姓王名獻述，字岩耕，江寧上元縣人，因會試不中，羈留在京。此人極有學問，被本城史監生表叔胡舉賢慕名請來，與史監生家做西賓⑩，教督子姪，年出脩儀⑪八十兩。只教讀了六七個月，史監生便嫌館金太多，又沒個辭他的法子，只得日日將飲食茶飯刻減起來。又暗中著人道意，若王先生肯少要些脩金，便可長久照前管待。獻述聽了大笑，立即將行李搬入本城關帝廟暫住，一邊僱覓牲口，要星夜入都。冷松素慕王獻述才學，急忙遣人約請，年出脩金一百兩，教讀于冰。王獻述久聞冷松是個質樸人，亦且對史監生氣上也下不來，便應許擇日上館。冷松盛席相待，領于冰拜從。自上學之後，不半年光景，于冰造就便大是不同，一則王獻述訓誘有方，二則于冰天資卓越，至一年後，將詩、書、易三經併四書大小字，各爛熟胸中，兼能句句都講得來。獻述常向冷松道：「令郎實童子中之龍也。異時御風鼓浪，吾不能測其在天在淵。」冷松亦甚得意。

豈期人之窮通有命，生死難憑，是年八月中秋，冷松與王獻述賞月，夜深露冷，感冒風寒，不數日，竟成不起。于冰哀呼痛悼，無異成人。吳氏素患失血症，自冷松死後，未免過於悲痛，不兩月，亦相繼淪亡。可憐一室雙棺，備極悽慘。虧得他一老家人陸芳，深明大義，一邊營辦喪葬大事，一邊撫恤孤雛⑫，

⑩ 西賓：古時主位在東，賓位在西，尊敬教師，待以賓禮，故稱家塾教師為西賓，亦稱西席。

⑪ 脩儀：致送教師的酬金，與脩金同，即束脩。論語述而：「自行束脩以上，吾未嘗無誨焉。」

⑫ 孤雛：無母之小雞、小鳥。在此喻幼小的孤兒。

差人到江西周通家報喪。這冷松家有紬緞鋪一，典當鋪三，水陸田地八十餘頃，除住房外，還有零星房屋六七百間，俱是陸芳一人經理，真是毫髮不欺。他家還有幾個家人，冷明、冷尚義、王範、趙永成、柳國賓，陸芳之子陸永忠；又有小家人六七個，大章兒、小馬子等這些人，都是可與為善可與為惡之人。今見陸芳事無大小，無不盡忠竭力，正大光明，又見他在小主人身上，一飲一食，寒暑冷暖，處處關心，這些人也便感發天良，個個都安分守己，一心保護幼主，過安閒日月，懼怕陸芳，比昔日懼冷松還利害幾分。真是教化甚於王法，這是陸芳以德服人之效。遠近相傳，通以陸芳為義士，聲名大振。陸永忠、大章兒等出入跟隨于氷，時刻不離。

王獻述於冷松夫妻葬埋之後，便要辭去，陸芳以賓主至好情義相留，獻述也沒得說。又見陸芳諸事合拍，款待較冷松在日更加敬重幾倍，於是安心教讀，講授不倦。到次年，周通家備極厚的奠儀來弔奠。獻述替于氷回了書字，陸芳又與于氷的姑母回了些禮物，打發回江西去了。

于氷到了十二歲，於經史詩賦、引跋記傳、詞歌四六古作⑬之類，無不通曉。講到八股文字，奇正相生，竟成大家風味。光陰荏苒，于氷孝服已滿。是年該會試年頭，陸芳差柳國賓跟隨王獻述入都，三年束脩之外，復厚贈盤費。又叮囑國賓，若王先生中了，可速回達我知道。若是不中，務必請他回來。國賓領諾去訖。不意獻述文字，房官薦了兩次，不中大主考之目。獻述恚憤累日，決意回南，怎當得柳國賓再四跪請，獻述一則戀于氷必是大成之器，二則想自己是個窮儒，回到家中，也不過以教學度日，倒只怕遇不著這樣好東家。遂拿定主意，等候下科，托同鄉將脩儀寄與他兒子收領，復回成安縣來，與

⑬古作：即古文、文言文。對時文、時藝而言。警世通言第二十六回：「你時藝如此，想古作亦可觀也。」

于冰雞窗燈火⑭，共相琢磨。

于冰到了十四歲，竟成了個文壇宿將，每有著作，獻述亦不能指摘破綻⑮，惟有擇其尤佳者圈之而已。到考童生時，獻述道：「你這名諱，做田舍翁⑯則可，若求功名，真是去不得。我若與你改換，又違了你父命名之意。今將你的字不華應考，何如？」于冰道：「字諱皆學生父親所命，即以字作名，有何不可？」商議停妥，到縣考時，取在第一；次後府考，又取在第一。成安縣哄傳：「冷家娃子小小年紀，真是個才子。」次年，學院黃崇禮案臨廣平，于冰又入在第一。覆試時，學院大加獎賞，言冷不華文字不但領袖廣平⑰，定必大魁天下。又向諸生道：「爾等拭目俟之，他中會⑱只在三五年內。」又叮囑于冰道：「你年未成丁，即具如此才學，此蓋天授，非人力所能為也。入學後，切勿下鄉試場，宜老其才，為殿試地。我意料你入場必中，中必會，會後不置身鼎甲，不但屈你之才，亦且屈你之貌。若只中一散進士，我又代你受屈。從古至今，從未有十五六歲人做狀元者。你須待至二十歲外，則可以入仕途矣。」

科考時，又拔取為第一，從此文名遠播，通省皆知。那些紳衿富戶，見于冰人才俊雅，學問淵博，

⑭ 雞窗燈火：夜間燈下苦讀。雞窗，謂書室也。范成大嘲蚊詩：「雞窗夜可讀。」顏真卿勸學詩：「三更燈火五更雞，正是男兒立志時。黑髮不知勤學早，白首方悔讀書遲。」

⑮ 指摘破綻：指出瑕疵，糾正缺失。破綻，本指破裂的痕跡，在此喻缺點、毛病。

⑯ 田舍翁：本謂老農，在此泛指農夫。高適古歌行：「田舍老翁不出門，洛陽少年莫論事。」

⑰ 領袖廣平：廣平府最傑出的人才，人所不及。

⑱ 中會：會試及第，考中進士。

況兼家道豐裕，誰家不想他做個女婿？自此媒妁往返，日夕登門。陸芳也願小主人早偕華燭，完他輔孤心事。與王獻述相商，獻述道：「學生纔十四歲，就到十七八歲完姻也不遲。況娶親太早，未免剝削元氣，使此子不壽，皆你我之過也。你倒於此時留心一門戶相當、才貌兼全女子，預行聘定為是。」陸芳深以為然，凡議親來的，俱以好言回覆，卻暗中採訪著個卜秀才的女兒，年十五歲，是有一無兩的人物。又著家中六七個婦女，以閒遊為名，到卜秀才家去了兩次，相看得名實皆符，然後遣媒作合，一說立即應許，擇日下了定禮。這卜秀才名復栻，為人甚是忠厚。妻鄭氏，亦頗賢淑。夫妻二人，年四十餘，只有一子一女。女兒乳名瑤娘，兒子纔三歲，家中有二頃多田，也還將就過得。今日將女兒許配于冰，夫妻喜出望外。

再說于冰到第二年七月，同王獻述入都下鄉試場，跟隨了四個家人起身，師徒二人，寓在東河堰店中。彼時已七月二十左近，于冰忽然破起腹來⑲，諸藥皆止不住。到了八月初間，于冰日夜洩瀉，連行動的氣力俱無，出入憑人扶掖，王獻述也愁得沒法。到了初十後，于冰的肚，不知怎麼就好了。眼看得別人進二三場，他雖然是個少年娃子，卻深以功名為意。嘗背間和陸芳說：「人若過了二十歲中狀元，便索然了。」其立志高大如此。今日不得入場，他安得不氣死恨死？獻述再三寬慰，方一同回家，逐日裡愁眉淚眼。獻述道：「我自中後，屈指十二年，下了四次會場，一次污了卷子，那三次倒都是薦卷，俱被主考撥回。你是富戶人家，我一個寒士，別無生計，只有從中會二字內博一官半職，為養家糊口地步。若像你這樣氣起來，我久矣該死而又死了。今你纔十五歲，就便再遲兩科不中，纔不過是二十一二

⑲ 破起腹來：破腹，謂腹瀉，俗稱拉肚子。水滸傳第三十九回：「卻見宋江破腹，瀉倒在床。」

歲的人，何年未弱冠，便干祿慕名到這步田地？你再細想，你父親與你起冷于氷名字，是何意思？論理不應試纔是。」幾句話，說得于氷俯首認罪，此後放開懷抱。

至下年二月中旬，獻述去下會試場。到四月中，柳國賓回來，知獻述中了第三名經魁，心下大喜。後聽得無力營謀，不得身列詞林，以知縣即用，已選授河南祥符縣知縣，又不覺得氣恨起來。國賓說完，將獻述書字取出，于氷看了，無非是深謝感情的話。隨與陸芳相商，備銀三百兩，紗緞各二疋作賀禮，又差國賓星夜入都，直打發的獻述上任去了方回。陸芳又要與于氷延請名師，于氷笑道：「此時人與我為師，亦難乎其為師矣。經史俱在，即吾師也。又何必再請？」陸芳道：「老奴只怕相公恃才務遠，又怕為外物牽引，將前功盡棄。今相公既不願請師，老奴也不敢相強。只求做一始終如一之人，上慰老主人老主母在天之靈。至於中會，有定命焉。相公做相公的事業，老奴盡老奴的職分，日後不怕相公不做個官，老奴不怕不多活幾年。」于氷道：「你居心行事，可對鬼神，怕你不活幾千年麼？」陸芳道：「老奴今已六十八歲，再活十年，就是分外之望。世上那有活幾千年的人，除非做個神仙。」說罷，兩人都笑了。此後于氷於詩書倍加研求，比王獻述在日更精進幾分。

到了十六歲，陸芳相商，要與于氷完姻。于氷道：「等我中會後，完姻也不遲。」陸芳笑道：「老奴前曾說過，中會自有定命，遲早勉強不得。老奴著相公完姻，實有深意，一則相公無三兄四弟；二則老奴是風前之燭，死之一字，定不住早晚。眼裡見見新主母，也是快事；三則主持中饋還是末事，但願早些生育後嗣，使二位老主人放心泉下，就是家中婦女也有個統屬。老奴立意在今年四月裡娶，相公須要依允。」于氷道：「你所言亦是。況男女婚嫁，是五倫中少不得的，你可代我慎選吉期舉行便了。」

陸芳大喜，先擇吉過茶通信，然後定日完姻。于氷追想父母，反大痛起來。合卺⑳後，郎才女貌，其樂可知。次早拜祖父堂，瑤娘打扮出來，于氷再行細看，比昨晚又艷麗幾分。但見：

鼻倚瓊瑤，蛾眉帶春山之翠；牙排珠玉，星眼凝秋水之波。布帛隊裡生成，自厭豪華氣魄；詩禮人家長大，定須雅淡梳粧。身段兒不短不長，俏龐兒宜肥宜瘦。纖纖素手，恍如織女臨凡；蹙蹙金蓮，疑似潘妃出世。

于氷看了，倍加欣喜。過了滿月後，瑤娘便主持內政，他竟能寬嚴並用，輕重得宜，一家男婦，俱各存敬畏之心，不敢以十六七歲婦人待他。

時光易過，又屆鄉試之期，于氷將卜秀才夫婦都搬來一同居住。拿定這一去再無不中之理，帶了許多銀兩，備見老師、會同年、刻硃卷、賞報子費用，一路甚是高興。到京嫌店中人雜，於香爐營兒租了戶部王經承前院住房安歇。三場完後，得意到一百二十分，大料直隸解元，除了姓冷的，再無第二人敢當此任。及至到放榜日，音信杳然，等候至日中，還不見動靜。差人打聽，不想滿街都是賣題名錄的。陸永忠買了一張，送與于氷。于氷從頭至尾看去，不但無自己名諱，連個姓冷的也沒有。只氣得手腳麻軟，昏倒在床上，慌得國賓等叫喊不絕，待了好一會，方說道：「快去領落卷來！」

直到第四日，方將落卷領出。于氷見卷面上打著個印記，是「書二房同考試官翰林院編修孫馨閱薦」。看頭一篇，加著許多藍圈，大主考批了兩句道：「雖有入題句，奈精力已竭何！」又看二篇、三篇，並

⑳合卺：古禮，新婚夫婦合卺而飲，後世遂以合卺稱結婚之禮。卺，音ㄐㄧㄣˇ，酒杯。

二三場表判策論，也加著許多藍圈。再看房官批語，上寫道：「光可燭天，聲堪擲地，鎔經貫史，典貴高華，獨步一時，含蓋一切矣。」傍邊又加著一行小字，上寫道：「余於十二日三鼓時，始得此卷，深喜榜首必出吾門。隨於次早薦送，詎意加圈過多，反生主考猜忌。爭論累次，益疑余於該生有關節也。功名遲早有分，慎勿懈厥操觚㉑，當為下科作冠冕地，即為殿試作鼎甲地耳。勉之，勉之，勿負余言。」于冰看罷，大哭了一場，令國賓等收拾行李回家。這一年，瑤娘十月間生了個兒子，于冰雖是未中，然得此子，心上大是快活，與他起了個乳名，叫做狀元兒。此後又埋頭經史文章，作下科地步。正是：

都管行中出義士，書生隊裡屈奇才。
由來科甲皆前定，八股何勞費剪裁。

㉑ 操觚：執筆為文。古人在木簡上寫字，故稱作文為操觚。陸機文賦：「或操觚以率爾。」觚，音ㄍㄨ，木簡。

第二回　做壽文才傳僉士❶口　充幕友身入宰相家

詞曰：

班揚❷雄略，李杜❸風華，聽囑求筆走龍蛇，無煩夢生花❹。才露爪牙家，權臣招請，優禮相加，群推是玉筍❺蘭芽❻。

右調菊綻黃金

話說冷于氷生了兒子，起名狀元兒，自此將愁鬱放下。瞬息間，又到了鄉試年頭。于氷要早入都中，揣摩文章風氣，二月裡就起了身。先在旅店住下，著柳國賓和陸永忠尋房。尋了幾處，不是嫌大，就是嫌小，通不如意。前次住的王經承房子，又被一候選官住了。一日，尋到余家衚衕，得了一處房子，甚

❶ 僉士：奸人；小人。僉，通憸，奸邪不正。
❷ 班揚：班指班固，東漢文學家，著漢書。揚指揚雄，西漢文學家。
❸ 李杜：李白與杜甫之簡稱，二人都是唐朝大詩人。
❹ 夢生花：夢筆生花之省語。開元天寶遺事：「李太白少時，夢所用之筆頭生花。後天才贍逸，名聞天下。」
❺ 玉筍：喻英才濟濟。
❻ 蘭芽：蘭的嫩芽，喻子弟俊秀。

是乾淨寬敞，講明每月三兩銀子。房主人姓羅名龍文❼，現做內閣中書，係中堂❽嚴嵩❾門下最能辦事的一個走狗。凡嚴嵩家父子的贓銀過付，大半皆出其手，每每仗勢作威福害人。他這房與他的住房只隔一牆，通是一條巷內行走。國賓等看得中式，回到店房，請于冰同去觀看。于冰見外院正中是一座門樓，門樓內有四扇屏門。轉過屏門看，上面是正房三間，一堂兩屋，東面下各有房，南面是三間廳子，倒也寬敞。各房裡俱是漆桌椅、板凳、杌子，磁器盤碗俱全，間間都是新油洗出來的。房後便是廚房幾間。于冰看了，甚是中意，隨即與了定銀，次日早，即搬來住下。

過了兩天，柳國賓向于冰道：「房主人羅老爺，看來是個有作用的人，早晚相公中了，也是個交識。他就住在西隔壁，每天車馬盈門，論理該拜他一拜纔是。」于冰道：「我早已想及於此，但他是個現任中書，我是個秀才，又年少，不好與他眷弟帖。寫個晚生，我心上又不願意。」國賓道：「世途路上，何妨做秀才且行秀才事，將來做了大官，怕他不遞手本麼？」于冰笑了。到次早，寫帖拜望。管門人將名帖留下，以出門回覆。于冰等了三四天，總不見回拜，甚是後悔。直到第五天，大章兒跑來說道：「隔壁羅老爺來拜。」于冰見寫的是年家眷弟帖，日前眷晚生帖也不見璧回❿。少刻，國賓走來說道：「羅

❼ 羅龍文：明奸臣嚴世蕃門客，官中書，交關為奸利，為法司所奏劾，戍邊。見明史卷三百八。

❽ 中堂：唐於中書省設政事堂，為宰相治事之所，後世因稱宰相為中堂。

❾ 嚴嵩：明分宜人，世宗時為相，攬權貪賄，斥戮異己。後被劾罷，以子世蕃仍縱恣，籍沒，寄食墓舍而死。嵩善書，工詩文，著有鈐山堂集。詳見明史卷三百八奸臣傳。

❿ 璧回：物歸原主，或作璧還、璧趙。語本史記廉頗藺相如列傳完璧歸趙故事。

老爺已在門前了。」于氷整衣相迎，但見：

一雙貓兒眼，幾生在頭頂心中；兩道蝦米眉，竟長在腦瓜骨上。談笑時，面上有天；交接處，目下無物。魚腮鵰嘴短鬍鬚，絕像封毛；猿臂蛇腰細身軀，幾同掛麵。烏紗官帽，晃動時使盡光棍威風；青緞補袍，搖擺後羞殺文人氣象。足未行而肚先走，真是六合內惟彼獨尊；言將發而指隨來，居然四海中容他不下。

兩人到庭上，行禮坐下。羅龍文問了于氷籍貫，又問了幾句下場的話，只呷了兩口茶，便將杯兒放下去了。于氷送了回來，向國賓等道：「一個中書，也算不得甚麼顯職，怎他這樣看人不在眼內。」國賓道：「想來做京官的，都是這個樣兒。」于氷將頭搖了搖，心上大是不然。

又過了七八天，于氷正在房中看文字，只聽得大章兒在院外說道：「羅老爺來了。」于氷嗔怪他驕滿，隨口答道：「回了罷，說我不在家。」不意羅龍文便衣幅巾，跟著兩個俊秀鮮衣小廝，已到面前。于氷忙取大衣服要穿，龍文擺手道：「不必。」于氷也就不穿了。相讓坐下，龍文道：「忝係房東，連日少敘之至。皆因太師嚴大人時刻相招，又兼各部院官兒絮聒⓫，把個身子弄得無一刻閒暇。日前匆匆一面，也沒有問年兄青春多少。」于氷道：「十九歲了。」龍文道：「好。」又道：「年兄八股自然是好的了，不知也學過古作沒有？」于氷道：「適所言二項，俱一無可取。」龍文道：「弟所往來者，仕途人多，讀書人少。年兄是望中會的人，自然與他們有交識，不知都中能古作者誰為第一？」于氷道：

⓫ 絮聒：言語喋喋不休。金瓶梅第五十一回：「大姐和敬濟正在裡面絮聒，說不見了銀子。」

「人以類聚，物以群分，晚生和瞽目人一般，海內名士，誰肯下交於我？況自入都中，從不出門，未敢妄舉。」龍文一拍膝道：「咳！」

于氷道：「老先生諄諄以古作是問，未知何意？」龍文道：「如今通政使文華趙大人⑫，新陞了工部侍郎，他只有一位公子，諱思繹，字龍岩，今年二十歲了。趙大人愛的了不得，凡事無不縱其所欲。這個公子酒色上倒不聽得，專在名譽上用意。本月二十九日是他的誕辰，定要做個整壽。九卿科道⑬內，已有了二三十位與他送壽屏，列銜列諱。他又動了個念頭，要求嚴太師與他篇壽文，做軸懸掛起來，誇耀誇耀，煩都堂王大人道達了幾次。嚴太師與趙大人最好，情面上卻不過，著幕賓並門下走動人做了十幾篇，不是嫌譽揚太過，就說失於寒酸，總不像他的體局口氣。目下催他們另做，我聽了這個風聲，急欲尋人做一篇，設或中了他的面孔，於我便大有榮光。」于氷笑道：「凡人到耄耋⑭期頤⑮之年，有些嘉言懿行，親朋方製錦相祝，那有個二十歲人就做整壽的道理？」龍文道：「如今是這樣個時勢，年兄倒不必管他。只是刻下無人，奈何？」

---

⑫ 文華趙大人：趙文華，明慈谿人，嘉靖進士，官至工部尚書。性傾險，與嚴嵩結為父子。誣殺尚書張經、浙江巡撫李天寵，先後論罷總督周琉、揚宜等。後以失寵，黜為民。既遭譴，意邑邑，一夕破腹死。與嚴嵩同列明史奸臣傳。

⑬ 九卿科道：清以太子太師、太子太傅、太子太保及吏、戶、禮、兵、刑、工六部尚書為九卿。督察院所屬有吏、戶、禮、兵、刑、工六科給事中及十五道監察使，統稱為科道官。

⑭ 耄耋：音ㄇㄠˋ ㄉㄧㄝˊ，八十九十歲稱耄，七十歲稱耋。

⑮ 期頤：音ㄑㄧˊ ㄧˊ，百歲之稱。

于冰道：「自宰相公侯以至於庶人，名位雖有尊卑，而祝壽文詞寫來寫去，不過是那幾句通套譽揚話，倒極難出色。這二十歲壽文，題目既新，看來見好還不難。」龍文笑道：「你也休要看得太容易了。太師府中各樣人才俱有，今我採訪到外邊來，其難亦可想而知。」于冰道：「這只用就太師身分與一二十歲同寅子姪下筆就是了。」龍文道：「大概作家俱知此意，只講到行文，便有差別。年兄既如此說，何不做一篇領教？」于冰道：「若老先生眼前乏人，晚生即做一篇呈覽。」龍文道：「極好。但是離他的壽日只有五天，須在一兩天內做成方好，以便早些定規。」于冰道：「何用一兩天？」於是取過一張紙來，提筆就寫，頃刻而就，與龍文過目。龍文心裡說道：「這娃子倒還敏捷，不知胡說些甚麼在上面。」接過來一看，見字跡瀟灑，筆力甚是遒勁。看壽文道：

客有為少司空長男龍岩世兄壽者，徵言於余。問其年，則僅二十也。時座有齒高爵尊者，私詢余曰：「古者八十始稱壽，謂之開秩，前此未足壽也。禮：『三十曰壯，有室⑯。』今龍岩之齒甫壯矣，律之以禮，其不得以壽稱也明甚。且人子之事親也，恆言不稱老。聞司空趙公年僅四十有五，龍岩二十而稱壽，無乃未揆於禮乎？」曰：「余之壽之也，信其人，非以其年也。」諸公曰：「請述龍岩之可信者。」曰：「余之信之者，又非獨於其人，於其人之友信之，乃所以深信其人也。」諸公曰：「因友以信其人，亦有說乎？」曰：「說在小雅之詩矣。小雅自鹿鳴而下，湛露而上，凡二十有二章，其中如伐木之燕朋友，南陔、白華之事親，悉載焉。蓋上古之世，友朋輯

⑯ 三十曰壯有室：見禮記曲禮上第八章。

睦，賢才眾多，相與講明忠孝之誼，以事其君親，類如此。由此觀之，則事親之道，得友而益順，豈徒在盥漱饋問之節哉？龍岩出無門雞走狗、挾彈擊丸之行，入無錦帳玉簫、粉黛金釵之娛，惟以誠敬事親為務，亦少年之鮮有者乎！察其所與遊者，皆學優品正年長以倍之人，而雁行肩隨者絕少。夫老成之士，其才識必奇，其操行必醇謹，其言語必如布帛菽粟，可用而不可少，此非酒醴之分所能羅致也，今龍岩皆得而友之，非事親有以信其友，孰能強而壽之哉？昔孔子稱不齊曰：『有父事者三人，可以教孝；有兄事者五人，可以教弟；有友事者十二人，可以教學。』余於龍岩亦云：富貴壽，君所自有，而余為祝者，亦惟與其友講明事親之道，自服食器用，以至異日服官蒞民之大，無不恪遵其親而乃行焉，庶有合於南陔、白華之旨，而不失余頌禱之意也。夫如是，即稱壽焉，奚不可？」諸公曰：「善。」余遂書之，以復於客。後有觀者，其必曰年二十而稱壽，自余之與龍岩世兄始。

龍文從首至尾看了一遍，隨口說道：「少年有此才學，又且敏捷，可羨可愛。我且拿去，著府中眾先生看看何如。」于冰道：「雖沒甚麼好處，也還不至於文理荒謬，任憑他們看去罷。嚴太師若問起來，斷不可說是晚生做的。」龍文笑道：「他的事體最多，若是不中意，就立刻丟過一邊了，斷不至問起年兄的名姓，放心放心。」說罷，笑著一拱而去。

又過了兩天，這日于冰正在院中閒步，只見龍文從外院屏風前走來，滿面笑容，于冰讓他到南廳內，龍文先朝上作揖，隨即跪了下去。于冰亦連忙跪扶，兩人起來就坐，龍文拍手大笑道：「先生真奇才也！

日前那篇壽文，太師爺用了，果不出先生所料，竟問及先生名姓，打聽得有著實刮目之意，小弟日後受庇無窮。左右已將先生名諱在太師爺前舉出，府中七太爺也極會寫字，他說先生的字有美女插花之態，亦欽羨的了不得。小弟心上快活。」說罷，又拍手笑起來。于氷道：「這七太爺是誰？」龍文將舌頭一伸道：「先生求功名人，還不曉得麼？此人是太師總管姓嚴諱年⑰，是個站著的宰相。目今九卿科道，有大半都稱呼他為蕚山先生。」

說著，又將椅兒與于氷的椅兒一並，低聲說道：「日前我在七太爺前，將先生才學極力保舉。他說府中有個書啟先生，是蘇州人，叫做費封，近日病故。刻下有人舉薦了許多，又未試出他們的才學好醜，意思要將這席屈先生，托小弟道達。此黃金難買之機會也，先生以為何如？」又言「大後日是太皇后的忌辰，此日不理刑名，不辦事務，太師爺也不到內閣去，著我引先生到府前守候，準備傳見」等語。說罷，又將于氷的肩臂輕輕的拍了兩下，大笑道：「小弟替先生快活，明年一甲第一名是姓冷的了。」于氷道：「我是讀書人，焉肯與人家作幕？」龍文道：「先生差矣。先生下場，不過為的是功名，這中會兩個字固要才學，也要有命。就便拿得穩，將來做了官，能出得嚴太師手心否？這機會等閒人輕易遇不著，設或賓主相投，不但說中會，就是著先生中個狀元，也不過和滾鍋中爆一豆兒相同，有何費力？先生還要細思，還要著實細思。」

于氷低頭沈吟了好半晌，說道：「先生皆金石之言，晚生敢不如命。」龍文大喜，連連作揖道：「既承俯就，足見小弟玉成有功。只是尊謙晚生，真是以豬狗待弟。若蒙不棄，你我今日換帖，做一盟弟兄

⑰ 嚴年：明史嚴嵩傳後書載：「嚴年，明嚴嵩之奴，最黠惡，士大夫競稱蕚山先生。世蕃戍邊，年錮於獄。」

何如?」于氷道:「承忘分下交,自應如命。換帖乃世俗常套,可以不必。」龍文道:「如此說,就是弟兄了。」一定要拉于氷到他那邊坐坐,連柳國賓等也叫了去。不想他已設備下極豐盛的酒席,又強拉于氷到內房,見了他妻女。

兩人叮嚀妥當,到第三日絕早,于氷整齊衣冠,同龍文到西江米巷,在相府大遠的就下了車。但見車輪馬跡,執帖的,稟見的,紛紛官吏出入不絕。龍文著于氷坐在府傍一個茶館裡,他先進府中去了。于氷打點了一片誠心,又盤算問答的話兒。等到交午時候,不但不見傳他,連龍文也不見了。著陸永忠買了幾個點心充飢,心上甚是煩躁。又過了一會,方見龍文慢慢的走來,說道:「今日有工部各堂官議運木料起蓋明霞殿,又留新放直隸巡撫楊順喫飯。還有……。」話未完,只見好幾頂大轎從相府中出來,裡面坐的都是補袍腰玉的人,開著道子,分東西兩路去了。龍文道:「我再去打聽打聽。」于氷直等到日西時分,門前官吏散了一大半,方見龍文出來說道:「七太爺也不知回過此話沒有,老弟管情⑱肚中飢餓了?」于氷道:「看來不濟事,我回去罷。」龍文道:「使不得!爽利⑲等到燈後,方不落不是。」

正說著,猛見府內跑出個人來,頭戴攀雲壽字將巾,身穿玄色金絲壓線窄袖緞袍,東張西望,大聲叫道:「直隸廣平府冷秀才在何處?太師老爺要傳見哩!」急得龍文推送不迭。于氷走到那人跟前,通了名姓,那人把手一招,引于氷到二門前,又換了兩個人導引,穿廊過戶,無非是畫棟雕梁。于氷大概一看,但見:

⑱ 管情:同管保,一定的意思。金瓶梅第七回:「管情中得你老人家意。」

⑲ 爽利:索性;乾脆。亦作爽俐。醒世姻緣第五十八回:「爽俐喫燒酒到底罷。」

閣設麒麟座，堂開孔雀屏。門洞高寬，堪入香車寶輦；廊簷深敞，好藏玉杖牙旗。錦繡叢中，風送珍禽聲巧；珠璣堆裡，日映琪樹花香。金屋貯阿嬌[20]，心羨夷光西子[21]；瓊臺陳古玩，情輸周鼎商彝。室掛金球十二，門迎珠履三千。四海九州萬姓，恩沾雨露；三府六部百僚，敬聽甄陶[22]。

正是除卻萬年天子貴，只有當朝宰相尊。

于氷跟定了那人，到了一處地方，見四圍都是雕欄。院中陳設盆景花木，中間大廳三間。那人說道：「略站一站，我去回稟。」少頃，見那人用手相招，于氷緊走了幾步，到門前一看，見裡邊椅上坐著一人，頭戴八寶九梁幅巾，身穿油絲色飛魚貂氅，足登五雲朱履，六十內外年紀，廣額細目，一部大連鬢鬍鬚。于氷私忖道：「這定是宰相了。」走上前，先行跪拜，然後打躬。

嚴嵩站起來，用手相扶，有意無意的還了半揖，問道：「秀才多少歲了？」于氷道：「生員直隸廣平府成安縣人，現年十九歲，名冷不華。」嚴嵩微笑了笑道：「原來纔十九歲。」吩咐左右：「放個坐兒，著秀才坐。」于氷道：「太師大人位兼師保，職晉公孤，為聖天子倚托治平之元老。生員茅茨[23]小儒，今得瞻仰慈顏，已屬終身榮幸，何敢列坐於大人之前？」嚴嵩是個愛奉承的人，見于氷丰神秀異，

[20] 金屋貯阿嬌：謂築華屋以藏美人。班固漢武故事：「若得阿嬌，當以金屋貯之。」沈炯八音詩：「金屋貯阿嬌，樓閣起迢迢。」

[21] 夷光西子：夷光與西子，都是春秋時代越國的美女。西子，即西施。夷光，或云即西施的別名。

[22] 甄陶：本指燒製陶器，此喻造就人才。

[23] 茅茨：即茅草，引申為茅草所蓋的房屋，指貧寒人家。

已有幾分喜歡，今聽他聲音清朗，說話兒在行，不由得滿面笑容道：「我與你名位無轄，秀才非在官者比，理合賓主相待。」將手向客位一拱，這就是極其刮目㉔了。于冰謙退再三，親自將椅兒取下來，打一恭，斜坐在下面。嚴嵩道：「老夫綜理閣務，刻無寧晷㉕，外省各官，公私稟啟頗多。先有一蘇州人姓費，代為措辦，不意於月前病故。裁處乏人，門下輩屢言秀才品行端方，學富才優，老夫殊深羨愛。意欲以此席相煩，只是杯盤之水，恐非蛟螭㉖遊戲地也。」說罷，呵呵的笑了。于冰道：「生員器狹斗升，智昏菽麥㉗，深慮素餐遺羞㉘，有負委任。今蒙不棄葑菲㉙，垂青格外㉚，敢不殫竭駑駘㉛，仰酬高厚？但少年無知，諸凡惟望訓示，指臂之勞，或可少分萬一。」嚴嵩笑道：「秀才不必過謙，可於明後日帶隨身行李入館。至於勞金，老夫府中歷來無預定之例，秀才不必多心。」于冰打恭謝道：「謹遵鈞命。」說罷告退。嚴嵩只送了兩步，就不送了。

于冰隨原引的人出了相府，柳國賓接住盤問，于冰道：「你且去僱輛車子來，回寓再說。」只見羅

㉔刮目：刮目相待之省語，另眼看待。

㉕刻無寧晷：片刻不得安寧，謂非常忙碌。晷，音ㄍㄨㄟˇ，時候。

㉖蛟螭：蛟龍，喻才能出眾之士。螭，音ㄔ，無角之龍。

㉗智昏菽麥：才智低下，不能辨別豆麥。語出劉孝標辯命論。菽，音ㄕㄨˊ，豆的總稱。

㉘素餐遺羞：無功勞而空食俸祿，令人羞愧。詩魏風伐檀：「彼君子兮，不素餐兮。」

㉙不棄葑菲：謂勿以其人菲材而棄之也。葑菲，音ㄈㄥ ㄈㄟˇ，蘿蔔和地瓜，此以喻菲材。

㉚垂青格外：格外垂青，即格外看重。垂青，同青睞、青眼。謂得到他人的重視或優待。

㉛殫竭駑駘：盡心竭力。殫，音ㄉㄢ，盡力。駑駘，音ㄋㄨˊ ㄊㄞˊ，低劣的馬，喻能力微薄。

龍文張著口，沒命的從相府跑出來，問道：「事體有成無成？」于氷將嚴嵩吩咐的話，詳細說了一遍。

龍文將手一拍道：「何如？人生世上，全要活動。我時常和尊紀㉜們說，你家這位老爺，氣魄舉動，斷非等閒人。今日果然就扒到天上了。我若認得老弟不真切，也不肯捨死忘生像這樣出力作成。請先行一步，明早即去道喜。」

次日早，龍文來，比素常又親熱了數倍。問明上館日期，又說起安頓家人們的話。于氷道：「我已細細的打算過了，四個都帶了去，使不得；留下兩個，也要盤用，不如我獨自去倒省事。場後中不中，再定規。小价㉝等我已囑咐過了，也求老長兄不時管教，少要胡跑生事。」龍文道：「老弟不帶尊管們去，又達世故，又體人情，相府中還怕沒人伺候麼？萬一尊管們因一茶一飯，與相府中角起口來，倒是個大不好看。至於怕他們胡跑生事，這卻不妨。老弟現做太師府中幕客，尊管們除謀反外，就在京中殺下幾個人，也是極平常事。」本日又請于氷到他家送行，與國賓等送過六樣菜、兩大壺酒來。

次日早，于氷收拾被褥書箱，僱人擔了，國賓、王範兩人押著，同龍文坐車到相府門傍下來。只見兩條大板凳上，坐著許多官兒並執事人等，見了于氷，竟有多一半站起來。內有一個帶將巾穿暗龍緞袍的笑問道：「足下可是廣平的冷先生麼？」龍文連忙代答道：「正是。」那人道：「太師老爺昨晚吩咐，若冷師爺到，不必傳稟，著一直入來。先生且在大院等一等，我就來。」龍文同于氷到大院內，只見那人走到二門前，點了點手，裡邊出來一個人，將于氷導引，又著府內一個人擔了行李，轉彎抹角，來到

㉜ 尊紀：與下文尊管同，尊稱他人的僕役。紀指紀綱。語本左傳僖公二十四年：「紀綱之僕。」

㉝ 小价：謙稱自己的僕役。价，音ㄐㄧㄝ丶，供使之人。

一處院內。正面三間房，兩間是打通的，擺設的極其精雅，可謂明窗淨几。方纔坐下，入來一個人，領著十六七歲一個小廝，到于冰前說道：「小人叫王章，這娃子叫麗兒，都是本府七太爺撥來伺候師爺的。日後要茶水飯食火炭之類，只管呼喚小人們。」于冰道：「我也不具帖，煩你於七太爺前代我道意。」第二日，即與嚴嵩家辦起事來，見往來內外各官的稟啟，不是乞憐，就是送禮，卻沒一個正經為國為民的。于冰總以窺時順勢回覆，無一不合嚴嵩之意，賓主頗稱相得，這都是因一篇壽文而起。正是：

酬應斯文小事，防微杜漸無瑕。
豈期筆是鈎餌，鈎出許多咨嗟。

第三回　議賑疏角口出嚴府　失榜首回心守故鄉

詞曰：

書生受人愚，誤信鑽夤勢可趨。主賓激怒，立成越與吳。何須碎唾壺，棘闈自古多遺珠。不學干祿，便是君子儒。

右調落紅英

話說冷于氷在嚴府中，經理書稟批發等事，早過了一月有餘。一日，嚴嵩與他兒子世蕃❶閒話，就議論起冷于氷來。世蕃道：「冷不華人雖年少，甚有才學，若著管理奏疏，強似幕客施文煥十倍，就只怕他不與我們氣味相投。」嚴嵩道：「他一個求功名人，敢不與我們合意同心麼？只怕他小孩子家才識短，斟酌不出是非輕重來。」世蕃笑道：「父親還認不透他？此人識見高我幾倍，管理奏疏，是千妥百當之才。只要父親優禮待他，常以虛情假意許他功名為妙。」嚴嵩道：「你說得甚是。」要知世蕃他的

❶ 世蕃：號東樓，短項肥體，眇一目。由父任入仕，累官工部左侍郎。剽悍陰賊，然頗通國典，曉達時務。嵩耄昏，朝事一委世蕃，世蕃遂擅權納賄，貪得無厭。其所欲得，每假總督撫按之勢以脅之，至有傾家殞命者。被鄒應龍劾戍雷州，未至而返，大治園亭，日縱淫樂。御史林潤發其罪，斬於市，籍其家。

才情，在嘉靖時為朝中第一，凡內閣奏擬票發，以及出謀害人之事，無一不是此子主裁。他今日誇獎于冰的才學勝他幾倍，則于冰更可知也。

次日，嚴嵩即差人向于冰道：「我家太師爺在西院，請師爺有話說。」于冰整頓衣帽，同來人走到西院，見四面畫廊圍繞，魚池內金鱗跳擲，奇花異卉，參差左右。臺階上擺著許多盆景，玲瓏透露，極盡人工之巧。書房內雕窗繡幕，錦褥華裀。壁間瑤琴古畫，架上緗軸牙籤，琳瑯璀璨，目光一奪。嚴嵩一見于冰入來，滿面笑容，遜讓而坐。嚴嵩道：「日前吏部尚書夏邦謨夏大人惠酒二壜，名為絳雪春，真琬液瓊蘇❷也。今正務少暇，約君來共作高陽豪客❸，不知先生亦有平原之興致❹否？」于冰道：「生員戴高履厚❺，莫報鴻慈。既承明訓，敢不學荷鍤劉伶❻，奈涓滴之量，實不能與滄海較淺深耳。」嚴嵩大笑道：「先生喜笑談論，無非吐落珠璣，真韻士也。只是生員二字，你我相契，不可如此稱呼。若謂老夫馬齒加長❼，下晚生二字，即叨光足矣。」于冰起謝道：「謹遵鈞命。」

❷ 琬液瓊蘇：琬液、瓊蘇，皆美酒名。語出事物異名錄飲食酒。琬，音ㄨㄢˇ，瓊，音ㄑㄩㄥˊ，均為美玉。

❸ 高陽豪客：同高陽酒徒，謂相與暢飲為樂也。酈食其，秦末辯士，陳留高陽人。初謁沛公劉邦，邦以為儒人拒之。酈生按劍謂使者曰：「走！復入言沛公，吾高陽酒徒，非儒人也。」見史記酈生陸賈列傳。

❹ 平原之興致：友好聚飲的興趣。史記范雎蔡澤列傳秦昭王與平原君書：「君幸過寡人，寡人願與君為十日之飲。」文選陸韓卿奉答內兄希叔詩：「平原十日飲，中散千里遊。」

❺ 戴高履厚：戴高冠，著厚履，謂居榮顯之職位。

❻ 荷鍤劉伶：劉伶，晉沛國人，竹林七賢之一。性嗜酒，嘗攜酒乘車，使人荷鍤隨之，曰：「死便埋我。」鍤，音ㄔㄚˊ，鍬鍤之類。

說笑間，一個家人稟道：「酒席齊備了。」嚴嵩起身相讓，見堂內東西各設一席。擺列的甚是齊整。于冰心內道：「我自到他家，一月有餘，從未見他親自陪我喫個飯，張口就是秀才長短。今日如此盛設，又叫先生不絕，這必定有個緣故。」賓主就坐畢，少頃，金壺斟美酒，玉碗貯嘉餚，山珍海錯，擺滿春臺❽。嚴嵩指著簾外向于冰道：「你看草茵鋪翠，紅雨❾飛香，轉瞬間即暮春時候矣。諺云，花可重開，鬢不再綠。老夫年逾六十，老期將至，每憶髫年❿，恍如一夢。先生乃龍蟠鳳逸之士，非玉堂金馬⓫，不足以榮冠冕。異日登峰造極，安知不勝老夫十倍？抑且正在妙齡，韶光無限，我與先生相較，令人感慨殊深。」于冰道：「老太師德崇壽永，朝野預卜期頤。晚生如輕塵弱草，異日不吹吳市之篪⓬，丐木蘭之飯足矣，尚敢奢望？倘邀老太師略短取長，提攜格外，則櫪下駑駘，或可承鞭策於孫陽⓭也。」嚴嵩道：「功名皆先生分內所自有，若少有蹉跎，宣徽揚義⓮，老夫實堪力任。你我芝蘭氣味，寧有虛辭？」

---

❼馬齒加長：馬以齒之生長而判斷年齡，故人自謙年長無能為馬齒徒增或馬齒加長。參見穀梁傳僖公二年。

❽春臺：飯桌。水滸傳第四回：「春臺上放下三個盞子，三雙節。」

❾紅雨：花落的景象。李賀將進酒詩：「桃花亂落如紅雨。」

❿髫年：垂髮之年，謂童年。李端岳州逢司空曙詩：「共有髫年故，相逢萬里餘。」髫，音ㄊㄧㄠˊ，幼兒額前下垂之髮。

⓫玉堂金馬：玉堂殿和金馬門的簡稱，二者均為漢代學士待詔之所，後沿用為翰林院的代稱。

⓬吹吳市之篪：謂乞食也。史記范雎蔡澤列傳：「鼓腹吹篪，乞食於吳市。」篪，音ㄔˊ，橫笛。

⓭孫陽：古善相馬之伯樂。楚辭七諫怨上：「遇孫陽而得代。」注：「孫陽，伯樂姓名也。」

⓮宣徽揚義：宣揚雋美的才能和道義。徽，美也；善也。

于冰聽罷，出席相謝。嚴嵩亦笑臉相扶，說道：「書啟一項，老夫與小兒深佩佳章，惟奏疏尚未領大教。如蒙江淹巨筆⑮，代為分勞，老夫受益寧有涯際？」于冰道：「奏疏上呈御覽，一字之間，關係榮辱。晚生汲深綆短⑯，實難肩荷。然既受庇於南山之橋，復見知於北山之梓⑰。執布鼓於雷門⑱，亦無辭一擊之誚也。」嚴嵩大喜。

須臾飯罷，左右獻上茶來。嚴嵩拉著于冰手兒，出階前散步，謂于冰道：「東院蝸居，不可駐高賢之駕，此處頗堪寓目。」隨吩咐家人：「速將冷先生鋪陳移來。」于冰辭謝間，家人已經安頓妥當，同回書房坐下。又見捧入兩個大漆盤來，內放大緞二疋，銀三百兩，川扇十柄，宮香四十錠，端硯二方，徽墨四匣。嚴嵩笑說道：「菲物自知輶褻⑲，不過藉將誠愛而已，祈先生笑納。」于冰道：「將來叨惠提拔，即是厚儀，諸珍物斷不敢領。」辭之甚力。嚴嵩笑道：「先生既如此見外，老夫亦另有妙法。」向家人耳邊說了幾句，不想是差人送到于冰下處，交與柳國賓收了。自此為始，凡有奏疏，俱係于冰秉

⑮ 江淹巨筆：江淹，南朝梁考城人，字文通，少以文章著。巨筆，大手筆；大作家。

⑯ 汲深綆短：喻才力不足勝任。荀子榮辱：「短綆不可以汲深井之泉。」綆，音ㄍㄥˇ，汲井之繩索。通作綆短汲深。

⑰ 既受庇于南山之橋二句：橋與梓，均木名。橋木高而仰，梓木卑而俯，引以喻父子，在此指嚴嵩與嚴世蕃父子。典出周公與伯禽故事，詳見世說新語排調注引尚書大傳。橋梓，今通作喬梓。

⑱ 執布鼓於雷門：謂貽笑大方也。漢書王尊傳：「毋持布鼓過雷門。」注：「雷門，會稽城門也，有大鼓，越擊此鼓，聲聞洛陽。布鼓，謂以布為鼓，故無聲。」

⑲ 輶褻：音ㄧㄡˊ ㄒㄧㄝˋ，輕簡褻瀆。聊齋志異二班：「倉猝不知客室，望勿以輶褻為怪。」

筆。不要緊的書字，仍是別的幕客辦理。又代行票擬本章，于冰的見解出來，事事恰中嚴嵩隱微，喜歡得連三鼎甲⑳也不知許中了多少次。每月只許于冰回下處兩次，總是早出晚歸，沒有工夫在外耽延。

荏苒已是六月初頭。一日點燈時候，見嚴嵩不出來，料想著沒甚麼事體，叫伺候書房的人擺列杯盤，自己獨酌。已到半酣光景，見一個家人跑來說道：「太師爺下朝了。」眾人收拾杯盤不迭。于冰笑道：「我還當太師早已下朝，不想此刻纔回，必有會議不決的事件。」正說著，見嚴嵩走入房來，怒容滿面，坐在一把椅子上，半晌不言語。于冰見他氣色不平和，心上大是猜疑，又不好問他。待了一會，嚴嵩袖中取出一本奏疏來，遞與于冰道：「先生看此奏何如？」于冰展開一看，原來是山西巡按御史張翀㉑為急請賑恤以救災黎事。內言平陽等處，連年荒旱，百姓易子而食㉒，除流寓江南、河南、山東、直隸、陝西等省外，餓死溝壑者，已幾千人，撫臣方輅玩視民瘼，閣臣嚴嵩壅閉聖聰等語云云。旨意著山西巡撫明白回說，又嚴飭閣臣速議如何賑濟。

于冰道：「老太師於此事作何裁處？」嚴嵩道：「老夫意見，宜先上一本，言臣某受國深恩，身膺重寄，每於各省官員進見時，無不詳悉採訪，問地方利弊，百姓疾苦。聞前歲山西大有㉓，去歲又禾稼

⑳ 三鼎甲：科舉時代，殿試一甲三名，即狀元、榜眼、探花，合稱三鼎甲。

㉑ 張翀：明柳州人，嘉靖三十二年進士，授刑部主事。嚴嵩父子亂政，抗章劾之，逮下詔獄拷訊，謫戍都勻。穆宗立，召為吏部主事，再遷大理少卿。隆慶二年，以右僉都御史巡撫南贛，再移撫湖廣，拜大理卿，兵部右侍郎，卒諡忠簡。

㉒ 易子而食：極言糧盡覓食之慘，不忍自殺己子，故易子而烹食之。左傳宣公十五年即載此事。

㉓ 大有：易大有卦，乾下離上，為盛大豐有之象，因稱年歲豐熟為大有年。

豐收，今該御史張翀，奏言平陽等府萬姓流離，餓死溝壑者無算，清平聖治之世，何出此誑誕不吉之言，請敕下山西巡撫方輅查奏，如果臣言不謬，自應罪有攸歸，此大略也。若夫潤澤，更望先生。再煩先生作一札，星夜寄送方巡撫，著他參奏張翀『揑奏災荒、私收民譽』八字。老夫復諷科道等官，交章論劾，則張翀造言生事之跡實，而欺君罔上之罪定矣。總不懸首市曹，亦須遠竄惡郡，先生以為何如？」于冰聽罷，呆了半晌。

嚴嵩見于冰許久不言，又道：「我亦知此計不甚刻毒，先生想必另有奇策，可使張翀全家受戮，祈明以教我。」于冰道：「山西荒旱，定係實情。百姓流移，決非假事。依晚生愚見，先寄札於山西巡撫，著他先開倉賑饑，且救眉急。一邊回奏，言前歲地方豐歉不等，業已勸紳士富戶捐助安輯。今歲旱魃為虐㉔，現在春麥無望，以故百姓惶惑，臣已嚴飭各州縣，按戶查明極貧次貧人口冊籍，估計用銀米數目，方敢上聞，不意御史張翀先行奏聞等語，老太師從中再替他斡旋㉕，請旨發賑。此於官於民，似屬兩便。未知老太師以為何如？」嚴嵩道：「此迂儒之見也。督撫大吏，所司何事？地方災眚㉖，理合一邊奏聞，一邊賑濟為是。今御史參奏在前，巡撫辨白在後，玩視民瘼之罪，百喙莫辭。」于冰道：「信如老太師所言，其如山西百姓何？」嚴嵩道：「百姓於我何仇，可恨者，張翀波及老夫耳。」于冰道：「因一人之私怨，害萬姓之身家，恐仁人君子，必不如此存心。」

㉔ 旱魃為虐：謂旱災嚴重。詩大雅雲漢：「旱魃為虐，如惔如焚。」旱魃，旱神。魃，音ㄅㄚˊ。

㉕ 斡旋：挽回事勢、彌縫缺失之意。蘇轍祭司馬丞相文：「一二卿士，代天斡旋。」

㉖ 災眚：禍患災難。後漢書安帝紀：「消救災眚。」亦稱災星。眚，音ㄕㄥˇ，災禍；災難。

嚴嵩大怒道：「張翀與你有交親否？」于氷道：「面且不識，何交親之有？」嚴嵩道：「既如此，無交親明矣。而必膠柱鼓瑟㉗，致觸人怒為何？夫妾婦之道，以順為正㉘，況幕客乎？」于氷亦大怒道：「太師以幕客為妾婦耶？太師幕客名為妾婦，則太師為何如人？」嚴嵩為人極其陰險，從不明明白白的害人，與漢之上官桀、唐之李林甫㉙是一樣行事的人。他也自覺妾婦二字失言，又見于氷少年性情執滯，若再有放肆的話說出來，就著人打死他，也是極平常事，只怕名聲上不好聽。亦且府中還有許多幕友辦事，隨改顏大笑道：「先生醉矣，老夫話亦過激，酒後安可商議政務，到明後日再做定奪。」說罷，拿上奏疏，回裡邊去了。于氷自覺難以存身，煩人將行李搬出，府中人不敢擔承。

到次早，于氷偪逼的稟過嚴嵩兩次，方放于氷出來。眾人知他是嚴嵩信愛之人，或者再請回去，只得將行李擔送到下處。國賓等迎著問訊，于氷將前後事說了一遍。到第二日午後，只見羅龍文走來，也不作揖舉手，滿面怒容，拉過把椅子來坐下，手裡拿著把扇子亂搖。于氷見他這般光景，也不問他。坐了一回，龍文長嘆道：「老弟呀！可惜你將天大的一場富貴，化為烏有。我今早在府中，將你的事業都細細的問了個明白。你既然與人家作幕，你只該盡你作幕的道理，事事聽東家指揮，順著他為是。山西

㉗ 膠柱鼓瑟：鼓瑟時膠住瑟上的弦柱，就不能調節音量的高低，比喻固執拘泥，不知變通。語本史記廉頗藺相如列傳。

㉘ 妾婦之道二句：言妾婦以順從丈夫為正道。孟子滕文公下：「以順為正者，妾婦之道也。」

㉙ 漢之上官桀句：上官桀，漢上邽人，武帝時官太僕。帝疾病，以桀為左將軍，與霍光同受遺詔輔少主，封安陽侯。後謀廢昭帝事覺，族滅。李林甫，唐宗室，柔佞狡黠，善權術。玄宗時為相，專政自恣，遂釀成安史之亂。

百姓饑荒，與你姓冷的何干？做宰相巡撫的倒不管，你不過是個窮秀才，倒要爭著管。量你那疼愛百姓到了那個田地，你豈不糊塗的心肺都沒了？你是想中舉想瘋了的人，要藉這些積點陰德，便可望中。要知這都是沒把握的想算，天道難憑。你再想一想，那嚴太師還著你中不了個解元麼？」

于冰聽了前幾句，心上倒還有點然他。聽到積陰德藉此望中舉的話，不由的少年氣動，發起火來，冷笑道：「有那樣沒天理的太師，便有你這樣喪人心的走狗。」龍文勃然大怒道：「我忝為朝廷命官，就是走狗，也是朝廷家走狗，我今來說這些話，還是熱衷於你。你若知道回頭，好替你挽回作合去。怎麼纔罵起我是走狗來了？真是不識抬舉的小畜生，不要腦袋的小畜生！」又氣忿忿的向柳國賓道：「我不稀罕你們那幾個房錢，只快快的都與我滾出去罷。」說罷，大踏步去了。把一個于冰氣的半日說不出話來，在床上倒了一會，急急的吩咐國賓、王範二人，快去尋房。到了次日午後，二人回來說道：「房子有了，還是香爐營兒經承王先生家，房錢仍照上科數目。房子雖不如此房局面，喜的是個舊東家，王先生亦願意之至。」于冰道：「還論甚麼局面不局面，只快快的離了這賊窩，少生多少氣。」隨著國賓、王範押了行李，僱車先去。自己算了算房錢，秤便銀子，著陸永忠與羅中書家送去，就著他交付各房器物。自己又僱了車，到王經承家住下。

時光迅速，又早到八月初頭，各處的舉子，雲屯霧集。至十六日，三場完後，于冰得意之至。到九月初十日，五鼓寫榜，經承將取中書三房義字第八號第一名籍貫拆看後，高聲念道：「第一名冷不華，直隸廣平府成安縣人。」只見兩個大主考一齊吩咐道：「把第二名做頭一名書寫，以下都像這樣隔著念。」他的本房薦卷老師翰林院編修吳時來[30]，聽了此話大驚，上前打一躬道：「此人已中為榜首，通場耳目攸關，今將第二名作頭名，欲置此人於何地？莫非疑晚生與這姓冷的有關節麼？倒要請指明情弊題參，或他係叛逆後人，再不然出身微賤，求二位大人說個明白，以釋大眾之疑。」正主考戶部尚書陶大臨㉛笑道：「吳先生不必過急。」隨將十八房房官並內外監場御史提調等官，俱約入裡面，取出個紙條兒來，大家圍繞著觀看。只見上寫著：「直隸廣平府成安縣冷不華，品行卑鄙，予所深知，斷不可令此人玷污國家名器。」下寫「介溪嵩囑」，上面花押圖書俱有。

眾官觀罷，互相觀望，無一敢言者。吳時來又打一躬道：「此事還求二位大人作主。冷不華既品行卑污，嚴太師何不革除於未入場之前，而必發覺於既取中之後。且衡文取士，是朝廷家至公大典，豈可因嚴太師片紙，輕將一解元換去的道理？」副主考副都御史楊起明笑說道：「吳年兄不必爭辨，只要你一人擔承起來，這冷不華就是個解元。你若不敢擔承，我們那個肯做此捨己從人的呆事？」眾官聽了，俱等候吳時來說話。時來面紅耳赤，一句也說不出。各房官並御史等，見吳時來不敢擔承，遂紛紛議論，也有著中在他後面的，也有執定說不可中的；也有憐惜功名人，著將他中後，大家同到嚴府中請罪去的。只見春秋房官禮部主事司家俊大聲說道：「吳老先生不必狐疑了。嚴太師說他品行卑鄙，這個人必定不堪至極。他一個宰相的品評，還有不公不明處麼？中了他有許多不便處，我們何苦因姓冷的榮辱，誤了

㉚ 吳時來：明仙居人，字惟修，嘉靖進士，擢刑科給事中。出使琉球，將行，劾嚴嵩父子招權不法，嵩陷之下詔獄，戍橫州。隆慶初復故官，萬曆中累遷左都御史，委蛇執政間，連被彈劾，乞休卒。諡忠恪，尋奪諡。

㉛ 陶大臨：明會稽人，字虞臣，嘉靖進士，授編修。吳時來劾嚴嵩，大臨為定疏草。時來下詔獄，大臨日餉之藥物。萬曆初，累官吏部侍郎，卒諡文僖。

自己的陞遷？依我看來，額數還缺下一個，可即刻從薦卷內抽取一本，補在榜尾便是，仍算吳老先生房裡中的何如？」眾官齊聲說道：「司老先生所見甚是，我們休要誤了填榜。」說罷，一齊出來，把一個冷于冰的榜首，就輕輕丟過了。

再說于冰等候捷音，從四鼓起來，直等到午刻，還不見動靜。只當這日不開榜，差人打聽，題名錄已賣的罷頭了。王範買了兩張，送與于冰看視，把一個冷于冰氣得比冰還冷，連茶飯也不喫，只催柳國賓領落卷。一連領了五六天，再查不出來。托王經承，也是如此。到第八天，一個人拿著拜帖，到于冰寓處說道：「此處可有個廣平府成安縣冷諱不華的麼？我們是翰林院吳老爺諱時來來拜。」王範接帖回稟，于冰看了帖兒道：「我與他素不相識，為何來拜我？想是拜錯了。」王範道：「小人問的千真萬真，是拜相公的。」于冰道：「你可回說我不在家，明早竭誠奉望罷。」

次日，于冰整齊衣冠，僱了一頂小轎回拜。門上人通稟過，吳時來接出，讓到廳上，行禮坐下。于冰道：「久仰泰山北斗㉜，未遂瞻依。昨承惠顧，有失迎迓，甚覺悚惶不寧，不知老先生有何教諭？」時來道：「年兄青春幾何？」于冰道：「十九歲。」時來道：「真鳳雛蘭芽也，可惜，可惜！」又問道：「與嚴太師相識否？」于冰道：「今歲春夏間，曾在他府中代辦奏疏等事，今辭出已兩月矣。」時來道：「賓主還相得否？」于冰遲疑不言。時來道：「年兄宜直言無隱，某亦有肺腑相告。」于冰見時來意氣誠切，隨將前後緣由，詳細訴說。時來頓足嘆恨道：「花以香銷，麝因臍死㉝。正此之謂也。」于冰叩

㉜ 泰山北斗：喻學術高深，受人敬仰。新唐書韓愈傳贊：「學者仰之，如泰山北斗云。」或簡稱泰斗。

㉝ 麝因臍死：麝腹之臍下有香腺，所分泌之麝香可製藥。麝往往因此被獵殺。

問其故。時來道：「某係今科書三房房官，於八月十七日早，始得尊卷。見頭場七篇，敲金戛玉㉞，句句皆盛世元音。後看二三場，出經入史，無一不精雅絕倫，某即預定為鹿鳴㉟首領矣。是日薦送，即蒙批中。至議元時，群推年兄之卷為第一。豈期到填榜時，事有翻覆，竟置年兄於孫山之外㊱。」隨將嚴嵩預囑，主考議論，自己爭辨，詳述了一番。于氷直氣得面黃唇白，一言莫措。定醒了半晌，方上前叩謝道：「門生承老師知遇深恩，提拔為萬選之首，中固公門桃李，不中亦世結芝蘭。」說罷，嗚咽有聲，淚下數行。時來扶起安慰道：「賢契青年碩彥，異日摶風九萬㊲，定為皇家棟梁。目前區區科目，何足預定得失？慎勿懈厥操觚，當為來科涵養元氣。若肯更姓易名，另入籍貫，則權奸無可查察，而蕭生定馳名於中外矣。」于氷道：「門生於放榜之後，即欲回里，因領落卷不得，故羈遲累日。」時來道：「已被陶大人付諸丙丁㊳，你從何處領起？」兩人又敘談了幾句，于氷告辭。

回到寓處，如痴如醉者數天。過了二十餘天，方教收拾行李，到家與眾男婦訴說不中原由，無不嘆恨。陸芳道：「相公眼前不中，倒像是個缺失。依老奴看來，這不中真是大福。假若相公中會了，自然要做官，不但與嚴中堂變過面孔，他斷斷放不過；就是與他和美，也是致禍之由。從古至今，大奸大惡，

㉞ 敲金戛玉：喻詩文聲調優美，鏗鏘動聽。亦作敲金擊石。戛，音ㄐㄧㄚˊ。

㉟ 鹿鳴：鹿鳴宴。科舉時代，鄉試發榜的次日，歡宴主考以下各官及中式舉人，歌鹿鳴之詩，稱為鹿鳴宴。

㊱ 孫山之外：同名落孫山，謂考試不第也。典出合璧韻事：「解名盡處是孫山，餘人更在孫山外。」

㊲ 摶風九萬：謂憑藉風力而圜飛高舉也。莊子逍遙遊：「摶扶搖而上者九萬里。」摶，音ㄊㄨㄢˊ，結聚。

㊳ 付諸丙丁：付諸火焚也。或簡作付丙、付丙丁。丙丁，火日也。以丙丁於五行屬火，故今人亦謂火為丙丁。

那個能富貴到底？那個不波及於人？這都是老主人在天之靈，纔教相公有此蹉跎。況我家田產生意，要算成安縣第一富戶，豐衣美食，便是活神仙。相公從今可將功名念頭打退，只求多生幾個小相公，就是百年無窮的受用。氣恨他怎的？」于冰道：「我一路也想及於此。假如彼時不與嚴嵩角口㊴，倚仗他權勢，中個狀元，做個大官，他既能貴我，他便能賤我，設或弄出事來，求如今日安樂，就斷斷不能了。你所言深合我意。我如今將詩書封起，誓不再讀。釀好酒，種名花，與你們消磨日月罷。」卜氏道：「像這樣纔是，求那功名怎麼？」

自此後，于冰果然一句書不讀，天天與卜氏笑談頑耍，他的兒子、家務也不管，總交與陸芳經理，著他岳翁卜復栻幫辦。又復用冷于冰名字應世，因迴避院考，又捐了監，甚是清閒自在。到鄉試年頭，有人勸他下場，他但付之一笑而已。正是：

一馬休言得與失，此中禍福塞翁知。
於今永絕功名志，剩有餘閒寄酒卮。

㊴ 角口：鬥口；爭吵。福惠全書刑名部人命中自盡：「夫妻偶爾角口，與妯娌街坊爭詈。」今通作口角。

第四回　割白鏹❶旅館恤寒士　易素服官署哭恩師

詞曰：

旅舍乍逢心憐念，仕途殊堪羨。破格助孤孀，宰相妻兒，少免前途怨。　恩師注念非浮泛，況又傳華翰。聚首幾多時，一旦歸泉，痛悼嗟虛幻。

右調醉花陰

話說冷于氷與妻子日度清閒歲月，無是無非，甚是爽適。這年，差柳國賓、冷明二人，去江西搬請他姑母。國賓等回來說，他姑母家務纏身，不能親來看視，請于氷去，要見一面。又差來兩個家人同請，他姑丈周通亦有字相約，甚是誠切。于氷細問周通家舉動，國賓詳細說了一番，纔知周通家竟有七八十萬家私❷，還沒有生得兒子。于氷心中自念：「父母早亡，已親骨肉再無第二個，只有這一個姑母，又從未見面。況周通是江西有名的富戶，就多帶幾個人，在他家盤攪幾月，他也還支應得起。家中一無所事，況有陸芳料理。」於是就引動了去江西遊玩的念頭。隨與卜氏相商，要選擇吉日起身。卜氏不肯著

---

❶ 白鏹：白銀。鏹，音ㄑㄧㄤˇ，本作繈，乃貫錢之索或貫就之錢。俗改其字從金，因稱銀為白鏹。

❷ 家私：家財；家產。西遊記第六十回：「那公主有百萬家私，無人掌管。」

于氷遠行，陸芳亦以大江大湖艱險為慮，怎當得周家兩個家人，奉了他姑母的密囑，日日跪懇，于氷遂決意一遊，擇了吉日，跟隨了六個大家人，兩個小廝，同周家家人，一路緩緩行去，到處裡賞玩山水並名勝地方。行了兩個月，方到廣信府萬年縣地方。

冷氏聽得姪兒親來，喜歡之至。周通差人遠接，姑姪相見，分外情親。周通見于氷丰神秀異，舉止不凡，又見服飾甚盛，隨從多人，倍加敬愛。問起功名，于氷細道原委，周通深為嘆息。周通亦言及他先人做太常少卿時，同寅結親後，見嚴嵩漸次專權使勢，因此告病回籍，旋即謝世。又言自己也不願求仕進，援例捐了個郎中職銜，在家守拙的話。住了兩月，于氷便要回家，周通夫婦那裡肯放？日日著親友陪于氷閒遊，在家賞花看戲。從去年八月直住到次年二月，于氷甚是思家，日日向他姑母苦求，方准起身。周通送了二千兩程儀❸。于氷推卻不過，只得領受。冷氏臨別，痛哭了幾次，也送了若干珍物。周通又差了四個家人，於路護送回籍。

行到直隸栢鄉地方，落店後，見幾個解役，押著一個老婦人和一個少年郎君，坐著車兒入來，那少年項上帶著鐵鎖。于氷留神細看，有些大家風範，不像個尋常人家男女。到燈後問店東，纔知是夏太師❹的夫人和公子，也不知為甚事件。于氷聽了，把功名念頭越發灰在大西洋國內。又見那夏夫人和公子衣

❸ 程儀：亦稱程敬，贈送旅行者的財物。

❹ 夏太師：夏言，明貴溪人，字公謹，性機警，善屬文。正德進士，累官至禮部尚書，頗驕滿。嚴嵩與言同鄉，事言甚謹，而言以門客畜之，嵩甚銜恨。後言漸失帝意，而嵩浸其事，遂日相齮齕，卒排擠使去，又誣以納賄，坐棄市。後嵩敗，復其官，進謚文愍。

衫破碎，甚是可憐，滿心要送他幾兩盤費，又怕惹出事來。將此意和柳國賓說知，著他做有意無意的光景，探問解役口氣。不多時，國賓入來言：「問過那幾個解役，夏太師因與嚴太師不和，被嚴太師和錦衣衛陸大人❺參倒，已斬在京中❻。如今將夏老夫人同公子發配廣東，內中只有兩個是長解，他們也甚是憐念他母子。相公要送幾兩盤費，這是極好不過的事。」于冰聽了，思想了半晌，沒個送法，又不好將銀兩私交夏公子；若不與，心上又過不去。想來想去，又著國賓與解役相商：「說明自己與夏太師素不相識，不過是路途間乍遇，念他是仕宦人家，窮苦至此，動了個惻隱之心，送他幾兩盤費，並無別故，你問他們使得使不得。」

國賓去了，少刻回覆道：「那兩個長解聽了相公的話甚喜。又說沿途州縣老爺們也有送些盤費的，只是不肯多與。既願積德，還有甚麼使不得？」正說著，只見兩個解役領那公子站在門外，一個解役道：「適纔那位姓柳的總管說，老爺要送夏太太母子幾兩盤費，這是極大的陰功。」又指著那公子說：「他

---

❺陸大人：陸炳，其先平湖人。母為明世宗乳媼，炳從入宮。嘉靖中，授錦衣副千戶，後因事受世宗寵幸，復交歡夏言與嚴嵩，官至太保，權勢傾天下。帝數起大獄，炳多所保全。能折節士大夫，未嘗構陷一人，人以此稱之。卒謚武惠。

❻已斬在京中：據虞大人評：「按明史：夏言與嚴嵩同鄉，言恃在前輩，每以氣凌嵩。同閣辦事，凡批發票擬，視嵩如無物。陸炳為御史所參，詣言求解，言曾索多金，炳深恨之。仇鸞惡曾銑，銑係言所保，於是三人同謀，會套部大掠河西，嵩等劾其開邊啟釁，禮部尚書費寀聞淵、御史屠僑繼之，遂先斬曾銑，次斬夏言，妻子流移遠地。再言嘗驕奢，位尊而毫不謙讓，故致禍，然較嵩徑庭別也。一宰相不謙讓，便至身首異處，天道惡盈而好謙，人何不以夏言為鑒戒也耶！」

就是夏公子，我們領他來到老爺面前，先磕幾個頭。」于冰連忙站起，將夏公子一看，但見：

玉佩金章，頓易為鐵繩木靠；峨冠朱履，初穿上布襖麻鞋。兩世簪纓，統歸烏有；一門富貴，盡屬子虛。哀哉落魄公子，痛矣下架哥兒。

于冰看那公子，雖在縲絏之中，氣魄到底與囚犯不同。又見含羞帶愧，欲前不前，雖是解役教他叩頭，他卻站著不動。于冰連忙舉手道：「失敬公子了。」那公子方肯入來作揖，于冰急忙還揖。那公子隨即跪下，于冰也跪下相扶。那公子口內便哽咽起來，正要訴說冤苦，于冰扶他坐在床上，先說道：「公子不必開口。我是過路之人，因詢知公子是宦門子弟，偶動悽惻，公子縱有萬分屈苦，我不願聞。」說罷，又向兩個解役道：「我與這夏公子，親非骨肉，義非友朋，不過一時乍見，打動我幫助之心，此外並無絲毫別意。」隨吩咐柳國賓道：「你取五十兩一大包、十兩一小包銀子來。」國賓立即取到。于冰道：「五十兩送公子，這十兩送二位解役哥，路上買杯酒喫。」兩個解役喜出望外，連忙磕頭道謝，並問于冰姓名。夏公子也接著問。于冰笑道：「公子問我名姓，意欲何為？若說圖報異日，我非望報之人。若說存記心頭，這些須銀兩，益增我慚愧。若說到處稱頌，公子現在有難之時，世情難測，不惟無益於我，且足嫁禍於我。我亦不敢與公子多談，請速回尊寓為便。」夏公子見于冰話句句爽直，又想著仇敵在朝，何苦問出人家姓名，干連於人，於是將銀子揣在懷中，低頭便拜，于冰亦叩頭相還。

夏公子別了出去，國賓將十兩銀子遞與解役，那兩個解役便高聲稱揚道：「那裡沒有積陰德的人？不但憐念公子，還要心疼衙役，難得難得！」一邊說著，一邊看著銀子，笑嘻嘻的去了。于冰又附國賓耳邊說道：「我適纔要多送夏公子幾兩，誠恐解役路上生心，或淩辱索取，你可再取二百兩，暗中遞與夏公子，教他斷斷不必來謝我壞事。」國賓取了銀子，走到夏夫人窗外，低低的叫道：「夏公子，出來有話說。」夏公子只當是解役叫他，走出來一看，卻是柳國賓。國賓先將二百銀子遞在公子手內，然後將主人不便對著解役多與銀子的話，說了一遍，又止住他不必去謝。那公子感激入骨，拉定國賓，定要問于冰名姓。國賓不肯說，公子死也不放。國賓怕解役看見，只得說道：「我家主人叫冷于冰。」說罷就走，那公子總是拉住不放，又要問地方居址，國賓無奈，只得又說道：「是直隸廣平府成安縣秀才。」那公子聽罷，朝著于冰房門扒倒，磕了七八個頭，起來與國賓作揖。國賓連忙跑去，到于冰房內，將夏公子收銀叩謝的話回覆。于冰又怕別有絮聒，天交四鼓，使收拾起身，心上甚得意這件事做的好。

不數日，到了家中，一家男婦迎接入內，又見他兒子安好無恙，心上甚喜。卜氏道：「怎麼從昨年八月去了，直到此時纔回？教我們日夜懸心。」于冰將到周家不得脫身，並途間送夏公子銀兩事，與眾人說知，陸芳甚是悅服。又吩咐厚待周家家人，留住了二十餘天，賞了四個家人二百兩，又與了一百兩盤費，與他姑父母回了極重的厚禮，打發回江西去訖。此後兩家信使來往不絕。陸芳見于冰已二十多歲，一家上下，還以相公相呼，北方與南方不同，甚覺失於檢點。於是遍告眾男婦，稱于冰為大爺，卜氏為奶奶，狀元兒為相公，稱卜復栻為太爺，鄭氏為太太。又請了個先生名顧鼎，本府人氏，教讀元相公同復栻之子讀書。于冰總不交接一人，只有他各鋪中掌櫃的，過生日年節纔得一見，日日和他妻子頑耍度歲。

這年八月間，本縣縣官被上憲揭參回籍，新選來個知縣，是個少年進士出身，姓潘名士鑰，字惟九，浙江嘉興府人，原在翰林院做庶吉士，因嘉靖萬壽失誤朝賀，降補此職。此人最重斯文，一到任就觀風課士，總不見個真才。有人將冷于氷的名諱並不中的原由，詳細告訴他，他倒也不拿父母官的架子，竟先寫帖來拜于氷，且說定要一會。于氷不好推卻，只得相見，講論了半天古作。次日于氷回拜，又留在署中喫酒，談論經史，並左、國❼以及各家子書之類。又將自己做的詩賦文章，教于氷帶回，認真改抹，以便發刻行世，佩服于氷的了不得。于氷見他雖是個少年進士，卻於學問二字甚是虛心下氣，他便不從俗套，筆則筆，削則削❽，句句率真。那潘知縣每看到改抹處，便擊節嘆賞❾，以為遠不能及，從此竟成了個詩文知己，不是你來，便是我去。相交了七八年，潘知縣見于氷從無片言及地方上事，心上愈重其品，尊敬的和師長一般。倒是他於地方上事，無所不說，于氷不過唯唯而已。

一日，剛送潘知縣出門，只見王範拿著一封書字，說是京都王大人差人來下書。于氷道：「我京中並無來往，此書胡為乎來？」及至將書字皮面一看，上寫「大理寺正卿書寄廣平府成安縣冷大爺啟」，下面又寫著「臺篆不華」四字。于氷想道：「若非素識，焉能知我的字號？」急急的拆開一看，原來是他的業師王獻述書字，上寫道：

昔承尊翁老先生不以愚為不肖，囑愚與賢契共勵他山❿，彼時賢契纔九齡耳，燦燦花筆，已預知非池中物⓫。繼果遊身泮水，才冠文壇。旋因鄉試違豫⓬，致令暫歇驥足。未幾，愚即徼倖南宮⓭，

❼ 左國：左，左傳，左氏春秋之簡稱。國，國語，又名春秋外傳。均為周左丘明所作之史書。
❽ 筆則筆二句：古時用竹簡記載文字，有所竄改則削之，因謂記載曰筆，刪改曰削。語出史記孔子世家。
❾ 擊節嘆賞：非常讚嘆欣賞。擊節，猶今言打拍子。
❿ 共勵他山：相互勉勵學習。他山，他山之石的省語，喻藉他人之言以規正己過。語本詩小雅鶴鳴。

選授祥符縣知縣，叨情惠助，始獲大壯行色。抵任八閱月，受知於河院姜公，密疏保薦，陞廣東瓊州知府。歷四載，復邀特旨，署本省糧驛道。又二載，陞四川提刑按察司，旋調布政。數年隻雁未通⑭，皆愚臨馭之地過遠故也。每憶賢契璠璵⑮國器，定為盛世瑚璉⑯，奈七閱登科錄，未覯賢契之名，豈和璧隋珠⑰，賞識無人耶？抑龍蟠豹隱，埋光邱壑⑱耶？今愚疊邀曠典⑲，內補大理寺正卿，於本月日到任。屈指成安至都，無庸半月，倘念舊好，祈即過我，用慰離思，兼悉別悃。若必金玉爾音⑳，是遐棄㉑我也。使郵到日，佇俟文旌㉒遄發。尊紀陸芳，希為道意，不

⑪ 池中物：喻平庸的人。三國志吳書周瑜傳：「劉備非久屈為人用者，恐蛟龍得雲雨，終非池中物也。」

⑫ 違豫：生病，同違和。爾雅釋詁：「豫，安也。」

⑬ 微倖南宮：謂進士及第。進士考試，多在南宮舉行，故謙稱進士及第為微倖南宮。

⑭ 隻雁未通：沒通過一次信。古有雁足繫書，故以雁代書信。

⑮ 璠璵：音ㄈㄢˊ ㄩˊ，古時魯國美玉名，喻俊傑之士。

⑯ 瑚璉：音ㄏㄨˊ ㄌㄧㄢˊ，宗廟盛黍稷的禮器，喻傑出人才。

⑰ 和璧隋珠：均喻難得之人才。和璧，和氏璧，楚人卞和所得的璞玉。典出韓非子和氏。隋珠，隋侯所獲之珠。典出淮南子覽冥訓。

⑱ 埋光邱壑：隱居山林。語出清人葆光子物妖志木柳。埋光，猶韜光，收斂光芒，喻隱藏才能。

⑲ 疊邀曠典：屢次遭逢稀世盛典。

⑳ 金玉爾音：吝惜你的教言。詩小雅白駒：「毋金玉爾音，而有遐心。」

㉑ 遐棄：遠棄。詩周南汝墳：「既見君子，不我遐棄。」

㉒ 文旌：對文人出行的敬詞。明何景明詩：「書院新開日，文旌暫過時。」

既㉓。此上不華賢契如面，眷友生㉔王獻述具。

于氷看罷，心下大悅，將陸芳同眾家人都叫來，把王獻述書字與他們逐句講說了一遍，眾家人無不讚美。陸芳道：「昔年王先生在咱家處館，看他寒酸光景，不過做個教官完事，誰意料就做到這般大位？皆因他為人正直，上天纔與他這個美報。據這書字看起來，大爺還該去看望為是。」于氷道：「我也是此意。你們可打發送書人酒飯，我今日就寫回書，明早與他幾兩盤費，著他先行一步，可問明王大人京中住處，我隨後即去。」次日，打發來人去訖。

又過了幾天，于氷料理一切，帶了幾個家人，起身入都，仍寓在西河沿店中。次早，到永光寺西街，見有大理寺正堂封條在門上，著王範投遞手本和禮物。門上人傳稟入去，隨即出來相請。于氷走到二門前，只見獻述便衣幅巾，大笑著迎接出來，于氷急忙趨至面前，先行打躬請安。獻述拉著于氷的手兒，一邊走著，一邊說道：「闊別㉕數載，今日方得晤面，真是難得。」于氷道：「昔承老師教愛，感鏤心板。今得瞻仰慈顏，門生欣慰之至。」說著，到了庭內，于氷叩拜，獻述還以半禮，兩人就坐。王範等入來叩安，獻述道：「尊府上下，自多迪吉。刻下有幾位令郎？」于氷道：「只有一子，今年纔十四歲了。」獻述道：「好極，好極，這是我頭一件結記你處。再次，你的功名如何，怎麼鄉會試題名錄，並官爵錄，總不見你的名諱，著我狐疑至今，端的是何緣故？」

㉓ 不既：書信結尾用語，草草不盡之意。或作不一、不悉、不備。

㉔ 友生：對門下士（門人、弟子）之自稱，或稱友弟。見稱謂錄及恆言錄。

㉕ 闊別：猶言久別也。王羲之雜帖四：「羲之頓首，闊別稍久，眷與時長。」

于冰將別後兩入鄉場，投身嚴府，前後不中情由，並自己守拙意見，詳細說了一遍。獻述嗟嘆久之，又道：「賢契不求仕進也罷了，像我受國家厚恩，以一寒士列身卿貳，雖欲寄跡林泉，不但不敢，亦且不忍。」又問道：「陸芳好麼？」于冰道：「他今年七十餘歲，倒甚是強健，門生家事總還是他管理。」獻述道：「家僕中像那樣人，要算古今不可多得者。天若不假之以年㉖，是無天道矣。」又問道：「令嗣可是卜氏所出麼？」于冰道：「是。」獻述又把別後際遇，說了一番。說畢，呵呵大笑道：「宦途數年，貧仍故我，不堪為知己道也。賢契年來用度還從容否？」于冰道：「托老師大人福庇，無異昔時。」獻述合掌道：「此尊翁老先生盛德之報，理該充裕為是。」又回顧家人們道：「怎麼只見冷爺送我的禮物，不見行李，這是何說？」于冰道：「門生行李下在西河沿店內。」獻述道：「豈有此理！這該罰你纔是。」隨吩咐家人搬取行李。

于冰請拜見師母並眾世兄，獻述道：「房下同小兒等於我離任之時，俱先期回江寧，日前亦曾遣人去接，想下月二十外可到矣。前只有兩個小兒，係賢契所知者。近年小妾等又生了兩個，通是庸才，無一可造就的。大兒不能讀書，我已與他納過監。次兒雖勉強進學，究竟一字不通。倒是第三個還有點聰明，卻又最怕讀書。四子尚係乳抱，無足辱齒。」于冰道：「諸位世兄皆瓊林玉樹㉗，指顧掄元奪魁，定必丕振家聲，門生惟有拭目相俟。」獻述道：「你與我還說這些套話？他們異日能識幾個字足矣。尚

㉖ 天若不假之以年：上天若不賜予他足夠的年壽，謂若不能享其天年。左傳僖公二十八年：「天假之年，而除其害。」

㉗ 瓊林玉樹：與瓊枝玉葉、金枝玉葉同，均喻優秀子弟。瓊，亦玉也。

敢奢望麼？」談論間，行李取到，獻述就著安放在廳房東首。不多時，擺列酒餚，師生二人又重敘別後事跡，極其歡暢。于氷也不好驟行告別，只得住下。

過了半月餘，獻述從衙門中回來，只嚷鬧著眼中有時發黑，心頭煩悶，家人們說是中了點暑氣，喫了些香薷丸、益元散之類，也就好了。次日上衙門，剛走到二門前，不知怎麼跌了一交，于氷同眾家人掖扶到房內，立即口眼歪邪，不省人事，一句話說不出。于氷著慌之至，急急的請了幾個醫生看視，有言真中風者，有言類中風者，喫了幾劑藥，如石沈大海一般，每天灌些米湯度命，延挨了八九天，竟至去世。于氷撫屍大痛。他倒也不避嫌怨，將獻述所有物事，俱眼同他大小家人點驗明白，寫了本清賬，交付他總管收存，候公子們到日交割。又用了自己八十兩銀子，買了一副次些的孔雀杉板，一邊與吏部並本衙門代遞病故呈詞，一邊差人於路迎催家眷。又料理祭品陳獻等物，只是各衙門弔奠來的，俱係獻述家人支應，等候公子到日，方好回家。正是：

范氏麥舟㉘傳千古，于氷惠助勝綈袍。
騎鯨人已歸天上，繐帳徒悲朗月遙。

㉘范氏麥舟：北宋范仲淹父子助友營葬故事。據冷齋夜話載，范仲淹在睢陽，遣次子純仁於姑蘇取麥五百斛。純仁取麥還，舟次丹陽，見石曼卿，問寄此久近。曼卿曰：「兩月矣。三喪在淺土，欲葬之西北歸，無可與謀者。」純仁以所載舟付之，單騎自長蘆捷徑而去。到家拜起，侍立良久。仲淹問：「東吳見故舊乎？」純仁答曰：「曼卿為三喪未舉，留滯丹陽，時無郭元振，莫可告者。」仲淹曰：「何不以麥舟付之？」純仁曰：「已付之矣。」後因以麥舟為賻贈助喪之典。

第五回　驚存亡永矢修行志　囑妻子割斷戀家心

詞曰：

金臺花，燕山月，好花須買，好月須誇，花正香時遭雨妒，月當明際被雲遮。月有盈虧，花有開謝，想人生最苦是離別。花謝了三春近也，月缺了中秋至也，人去了何日來也？

右調普天樂

話說冷于冰料理獻述身後事務，他原是個清閒富戶，在家極其受用❶，今與獻述住了二十多天，已是不自在；自獻述死後，知己師生，昔年同筆硯四五年，一旦永訣，心上未免過於傷感；又兼夜夜睡不著，逐緒牽情，添了無限愁思，因想到自己一個解元，輕輕的被人更換；一個宰相夏言已經斬首，又聞一兵部員外郎楊繼盛❷也正了法，此雖是嚴嵩作惡，也是他二人氣數該盡。我將來若老死牖下❸，便是

❶受用：本指收受以供使用，今引申為享受、享用之意。

❷楊繼盛：明容城人，官吏部員外郎時，俺答數入寇，仇鸞請開馬市以和之，繼盛上疏摘其謬，坐貶狄道典史。俺答敗約，帝思其言，遷兵部武選司。後以彈劾嚴嵩，被嵩構陷，棄市。穆宗立，追謚忠愍。

❸老死牖下：謂終其天年。語本儀禮士喪禮：「死于適室。」鄭玄注：「疾時處北牖下，死而遷之當牖下。」

好結局。又想到死後不論富貴貧賤，再得個人身，也還罷了；等而最下，做一驢馬，猶不失為有覺之物。設或魂銷魄散，隨天地氣運化為烏有，豈不辜負此生？辜負此身？又想到王獻述纔四十六七歲人，陡然得病，八日而亡，妻子不得見面罷了，還連句話不教他說出，身後事片語未及，中會做官一場，回首如此，人生有何趣味？便位至王公將相，富貴百年，也不過是一瞬間耳，想來想去，想得萬念皆虛，漸次茶飯減少，身子也不爽快起來。于冰有些害怕，又見獻述家眷音信杳然，等他到幾時？隨著王範僱牲口，查盤費只存得百十餘金，便將一百兩與獻述家人留下作奠儀，俟公子們到日，再親來看望。獻述家人等見他去意已決，只得放行。

于冰一路上連點笑容也沒有，到家將獻述得病只八天亡故的話，向眾人敘說。陸芳道：「王大人到底還病了八天，像潘老爺前日在大堂審事，今日作古人三天了。人生世上，有甚麼定憑？」于冰驚問道：「是那個潘老爺？」陸芳道：「就是本縣與老爺最相好的。」于冰頓足道：「有這樣事？是甚麼病症？」陸芳道：「聽得衙門中人說，並未害一日病，只因那日午堂審事，直審到燈後，退了堂去出大恭❹，往地下一蹲，就死了。也有說是感痰的，也有說是氣脫的，可惜一個三十來歲少年官府，又是進士出身，老天沒有與他些壽數。」于冰聽了，痴呆了好大半晌，隨即親去弔奠，大哭了一場。回來即著柳國賓、王範二人，拿了五百兩銀子，做潘太太和公子營葬喪事之費。本城紳衿士庶都哄傳這件事做得古道。

于冰自與潘知縣弔奠回來，時刻摸著肚皮在內外院中走，不但家人，就是他兒子元相公問他，他也

---

❹ 出大恭：排泄糞便。明代考試設有出恭入敬牌，士子入廁通便，恆領此牌，故俗稱通便為出恭，且稱大便為大恭，小便為小恭。

不答。茶飯喫一次，遇一次就不喫了，終日間或凝眸痴想，或自己問答。卜氏大為憂疑。王範說他是痛哭王大人所致，陸芳等又說是思念潘知縣。凡有人勸解，他總付之不見不聞。不數日，王獻述兒子差家人下書來，王範送與于氷，看後又哭了一番。說他痴呆，他也一般寫了回字，做了極哀切的祭文，又吩咐柳國賓，用一疋藍緞子，僱人彩畫書寫；又著陸芳備了二百兩奠儀，差家人冷明同獻述家人入都。從此在房內院外走動的更急更兇，也不怕把肚皮揉破。又過了幾天，倒不走動了，只是日日睡覺。卜氏愁苦的了不得。

一日午間，于氷猛然從炕上跳起，大笑道：「吾志決矣！」卜氏見于氷大笑，忙問道：「你心上可開爽了麼？」于氷道：「不但開爽，亦且透徹之至。」隨即走到院外，將家中大小男婦都叫到面前。先正色向卜復栻道：「岳父岳母二大人請上，我有一拜。」說罷，也拉不住他，就叩拜下去。拜畢起來，又向陸芳道：「我從九歲父母棄世，假若不是你，不但家私，連我的身命還不知有無，你也受我一拜。」說著，也跪拜下去，慌的陸芳叩頭不迭。又叫過狀元兒，指著向卜復栻、陸芳道：「我碌碌半生，只有此子，如今估計，有九萬餘兩家私，此子亦可以溫飽無虞了。惟望二公始終調護，玉之以成❺。」又向卜復栻道：「令愛我也不用付托，總之陸總管年老，內外上下，全要岳父幫他照料。」又向卜氏作一揖道：「我與你十八年夫妻，你我的兒子今已十四歲，想來你也不肯再去嫁人。若好好兒安分度日，飽暖有餘，只教元兒守正讀書，就是你的大節大義。我還有一句要緊話叮囑於你，將來陸總管百年後❻，柳

❺ 玉之以成：謂愛之而助其成功也。語本張載西銘：「貧賤憂戚，庸玉女於成也。」女，同汝。

❻ 百年後：謂死後，或作百歲之後。

國賓可托家事，著陸永忠繼他父之志，幫著料理。」一家男婦聽了這些話，各摸不著頭腦。卜氏道：「一個好好的人家，裝做的半瘋半痴，說雲霧中話，是怎麼？」于氷又叫過王範、冷明、大章兒等，吩咐道：「你們從老爺至我至大相公，俱是三世家人。我與你們都配有家室，生有子女，你們都要用心扶持幼主，不可壞了心術，當步步以陸老總管為法。至於你們的女人，我也不用囑咐，雖然有主母管轄，也須你們勸加指教。」陸芳道：「大爺這是怎麼？好家好業，出此回首之言，也不吉利。」

于氷又將狀元兒叫過來，卻待要說，不由的眼中落下淚來，說道：「我言及於你，我倒沒的說了。你將來長大時，切不可胡行亂跑。接交朋友，當遵你母親外公的教訓，就算你是孝子，更要聽老家人們規勸。我今與你起個官名，叫做冷逢春。」又向眾男婦道：「我自從都中起身，覺得人生世上，趨名逐利，毫無趣味。人見我終日昏悶，都以我為痛惜王大人，傷悼潘大尹使然，此皆不知我者也。潘大尹可謂契友，而非死友。王大人念師徒之分，以義相合，盡哀盡禮，於門人之義已足。他並非我父兄伯叔可比，不過痛惜一時罷了，何至於寢食俱廢，坐臥不安？因動念死之一字，觸起我棄家訪道之心，日夜在房內院外走出走入者，是在妻少子幼上費踟躕耳。原打算到元相公十八九歲上娶親成立後，割愛永離，不意到家，本縣潘老爺暴亡，可見大限臨頭，任你怎麼年少精壯，亦不能免。我如今四大皆空，看眼前的夫妻兒女，無非是水月鏡花，就是金珠田產，也都是電光泡影，縱活到百歲，脫不過死之一字。苦海汪洋，回頭是岸。」說罷，向卜氏等道：「我此刻就別過你們了。」說罷，便向外面急走。

卜氏頭前還當于氷連日鬱結，感了些痰症，因此信口亂道，後見說的明明白白，大是憂疑；及到此刻，竟是認真要去，不由得放聲大哭起來。卜復栻趕上拉住道：「姑爺不是這樣個頑法，頑鬧的沒趣味了。」陸芳等俱跪在面前。元相公跑來，抱住于冰一隻腿，啼哭不止。眾僕婦丫頭也顧不得上下，一齊動手，把于冰橫拖倒拽，拉入房中去了。從此大小便總在內院，但出二門，背後婦女便跟隨一大群。卜復栻日日率領小廝們把守東西角門，倒將于冰軟困住了。雖百般粉飾前言，卜氏總是不聽。直到一月以後，防範的漸次鬆些，每有不得已事出門，車前馬後，大小家人也少不了十數個跟隨。于冰日思走路，再想不出個法子來。又過了月餘，卜氏見于冰飲食談笑如舊，出家話絕口不題，然後纔大放懷抱，于冰出入，不過偶爾留意，惟出門還少不了三四個人。

一日，潘公子拜謝辭行。言將潘大尹靈柩起旱❼至通州下船，方由水路回籍。于冰聽了，算計道：「必須如此如此，我可以脫身矣。」到潘公子起身前一日，于冰又親去拜奠，送了程儀。過了二十餘天，忽然京中來了兩個人，騎著包程騾子，說是戶部經承王爺差來送緊急書字的，只走了七日就到。柳國賓接了書信，入來回于冰話。于冰也不拆看，先將卜復栻、陸芳等約入卜氏房內，問道：「怎麼京中又有姓王的寄書來？」陸芳道：「適纔聽得說是王經承差來的。」于冰道：「他有甚麼要緊事，不過要借幾兩銀子用。」向卜復栻道：「岳丈何不拆開一讀？」復栻拆開書字，朗念道：

昔尊駕在嚴中堂府中作幕，賓主之間，曾有口角，年來他已忘懷。近因已故大理寺正卿王大人之子有間言❽，嚴府七太爺已面囑錦衣衛陸大人，見字可速刻帶銀入都斡旋，遲則緹騎❾至矣。忝

---

❼ 起旱：走陸路。文明小史第十二回：「一路曉行夜宿，遇水登舟，遇陸起旱。」

❽ 間言：非議之言。剪燈餘話胡媚娘傳：「由是內外稱譽，人無間言。」間，音ㄐㄧㄢˋ。

係素好，得此風聲，不忍坐視，祈即留神是囑。上不華長兄先生，弟王璵具。

眾男婦聽了，個個著驚，于冰嚇的呆在一邊。柳國賓道：「這不消說是王公子因我們不親去弔奠，送的銀子少，弄出這樣害人的針線。」卜復栻道：「似此奈何？」陸芳道：「這寫書字人，大爺何由認得他？」于冰道：「我昔年下場，在他家住過兩次。他是戶部有名的司房。」國賓接說：「我們都和他相熟，是個大有手段的人。」陸芳道：「此事身家性命關係，刻不可緩。大爺先帶三千兩入都，我再預備萬金，聽候動靜。」于冰道：「有我入都就是，銀子只帶一千罷，用時我自寄字來取。你們快預備牲口，我定在明早起身。」又吩咐眾人道：「事要慎重，不可傳的外人知道。」眾家人料理去了。把一個卜氏愁的要死。于冰也不住的長吁。到了次日，于冰帶了柳國賓、王範、冷明、大章兒，同送字人連夜入都去了。

正是：

郎弄懸虛女弄乖，兩人機械費疑猜。
於今片紙賺郎去，到底郎才勝女才。

---

❾ 緹騎：紅衣馬隊，為漢代執金吾的侍從，後世用以通稱緝捕罪犯的官吏。緹，音ㄊㄧˊ，紅色。騎，音ㄐㄧˋ，馬兵。

第六回　柳國賓都門尋故主　冷于冰深山遇大蟲

詞曰：

捉風捕影逃將去，半神半鬼半人。致他捨命怨東君，空餘愁面對西曛。　客途陡逢驚險事，如痴如醉如昏。百方迴避幸全身，夜深心悸萬山中。

右調臨江仙

話說于冰帶了國賓等，連夜入都。不數日，到了王經承家中，將行李安頓下，從部中將王經承請來。王經承問：「假寫錦衣衛並嚴太師話，到底是甚麼意思，你要對我說。」于冰支吾了幾句，王經承聽了，心上不甚明白。本日送了二百兩銀子，王經承如何不收，連忙吩咐家中，與于冰主僕包了上下兩桌酒席，著飯館中送來。于冰又囑托幾句話，王經承滿口答應。次早即邀于冰同出門去辦事。于冰要帶人跟隨，王經承道：「那個地方，豈是他們去得的？只可我與你同去。」于冰道：「你說的極是極是。」又向眾家人等道：「我下晚時即與王先生同回。」

到了定更時分，王經承回家，卻不見于冰同來。國賓等大是著急，忙問道：「我家主人哩？」王經承道：「他還沒有回來麼？」國賓道：「先生與我家主人同去，就該和我家主人同回。」王經承道：「他今日約我到查家樓看戲，他又再三囑咐我，只說到錦衣衛衙門中去。又怕你們跟隨，托我止住你們，想是為京城地方，你們不慣熟，和人口角不便。即至到了查家樓，只看了兩摺戲，他留下五兩銀子，著我和櫃上清算。他說鮮魚口兒有個極厚的朋友，必須去看望。若是來遲，不必等我。我等到午後，不見他來，我們本司房人請我去商酌事體❶，只弄到這時候纔回。他此刻不來，想是還在那個朋友家閒談。」

國賓大嚷道：「你將我主人騙去，你推不知道，你當時就不該同行。我只和你要人。」王經承道：「這都是走樣第一❷的話兒。我和你主人是朋友，我又不是他的奴才，我又不是他的解役，他要拜望朋友去，難道我縛住他不成？」國賓冷笑道：「先生，你不要推睡裡夢裡，我家還有你的書字哩！你將我主人用書字騙在京中，我和你告到三府六部，總向你要人。」王經承道：「你家有書字，難道我家沒書字麼？你主人托成安縣潘知縣之子寄字於我，說家中有大關係事，被人扣住，非假嚴中堂名色走不脫，著我寫字僱人去叫他來京，許了我二百兩銀子。書字現還在我家內，銀子是昨日與我的，怎麼反說是我騙他？況此時天色尚早，到二鼓不來，明日一早就來了，怎你就慌張到這步田地說出告狀的話兒來？」

國賓道：「你那裡曉得？」

王經承道：「我不曉得，你倒曉得？你主人又不是七歲八歲娃子，怕走迷了被人家收了去。一個太平時候，又不是荒亂年節，誰敢把你主人白煮了喫不成？」國賓急得亂跳道：「你看這蠻子胡嚼！你只拿我主人書字來，若真是我主人手筆，著你叫他入都，我還有半點挽回。若是你假寫的，我將你一刀兩

❶ 事體：事物；事件；事情。江浙人習用語。

❷ 走樣第一：出了錯的事情最重要。走樣，形容人的行動越軌，不合常理。

斷，決不干休！」王經承微笑道：「還要將舌頭略軟活些兒，嚇死了我，也是個人命案件。」說罷，向內院便走，國賓拉住袖子道：「你從內院逃去，我卻向誰要人？」王經承掉回頭來一覷，說道：「你那主人雖生在外郡小縣地方，卻言談相貌極像個大邦人物，怎麼成安縣又出了個你，真是造化生物不測處。我且問你，你主人書字不得我去取，他自己會飛出來麼？」王範道：「柳哥，你且讓王先生入去，他現有家書在內，怕甚麼？」國賓方纔放手。王經承緩緩的踱了入去。

少刻，拿出書字來，國賓看了筆跡並字內話，一句也說不出。王經承道：「何如？是我騙他，還是他騙我？」冷明猛可裡見桌子傍邊硯臺下壓著一封書字，忙取出來一看，上寫著「柳國賓等開拆」。國賓忙拆開一看，大哭起來。王經承道：「看嘴臉❸！我家最厭惡這種腔調。若要鬼叫，請出街裡去。」國賓哭說道：「王先生，我家主人不是做和尚，就是做道士去了，你教我怎麼回去見我主母？」王經承向冷明、王範道：「他平素必有痰症，今日是他發作的日期，因此他纔亂吐。」國賓又痛哭道：「王先生，你聽我說。」遂將于冰在家如何長短，說了一遍。王經承聽了，也著急起來道：「如此說他，竟是逃走了，你拿他寫的書字來我看看。」國賓付與，王經承從身邊取出眼鏡，在燈下朗念道：

我存心出家久矣。在家不得脫身，只得煩王先生寫字叫我入都，與王先生無干。見字你等可速刻回家，原帶銀一千兩，送了王先生二百，我留用一百，餘銀交陸總管手。再說與你主母，好生管教元相公，用心讀書，不得胡亂出門。各鋪生意，各莊房地，內外上下男婦，總交在卜太爺、陸

❸ 嘴臉：醜惡的面目，猥瑣的模樣。元秦簡夫東堂老第一折：「拏來！你那嘴臉是掌財的？」

總管、柳國賓三人身上，事事要照我日前說的話遵守，不得負我所托。我過五七年，還要回家看望，你們斷斷不必尋找我，徒勞心力無益。若家下男婦有不守本分者，小則責處，大則稟官逐出存案。陸總管同柳國賓慎勿姑息養奸，壞我家政，此囑。不華主人筆。

王範等聽了，也哭起來。王經承見有與他無干字樣，心上也有些感激，滴了兩三點眼淚，說道：「京城地方，最難找人，何況你主人面生，認識者少，你們哭也無益。我到明早自有個道理。」又長嘆了一聲道：「你主人數萬家私，又有嬌妻幼子，他今日做這般刀斬斧斷的事，可知他平日心中也不知打過幾千回稿兒，若想他自己回來，是斷斷不能的。」說罷，搖著頭兒冷笑道：「我今年五十六歲，纔見了這樣個狠心人，大奇大奇！」踱入裡面去了。

次日天一明，王經承拿出一萬京錢，從前後街坊僱了十幾個熟識人，每人各與紙條兒一張，上寫于冰年貌衣服，分派出京門外四面找尋。又著國賓等，於各園館居樓，大街小巷，天天尋問，那裡有個影兒？國賓等無奈，別了王經承，垂頭喪氣，回至成安。到了主人門首，一個個兩淚涕零。眾家人見光景詫異，急問主人下落。國賓拍手頓足，哭的說了又說。早有人報知卜氏，卜氏嚇的驚魂千里，摔倒在地下，慌的眾婦女攙扶不迭。元相公也跑來哀叫，一家上下，和反了的一般。卜氏哭的死而復蘇，直哭了兩日夜，一點飯也不喫。倒還是元相公再三跪懇，纔少進飲食。到第四日，將國賓等叫入去細問，他四人詳細說了一遍，又將于冰起身時書字，並前托潘公子與王經承先生書字，都交在卜氏面前。卜氏著他父親各念了一遍，又復大哭起來。自此不隔三五天，總要把國賓等叫來罵一頓，鬧亂了半月有餘，方纔休歇。起初還想著于氷回心轉意，陡然回家；過了三年後，始絕了念頭，一心教養兒子，過度日月。著他父親總其大概，內外田產生意，通交在陸芳、柳國賓身上，也算遵夫命，付托得人。

再說于氷將王經承安頓在查家樓，他素常聽得人說，彰義門外有一西山，又名百花山，離京不過六七十里，急忙僱了一輛車兒送他，出了西便門。換了幾個錢，打發了車夫，又僱了兩個腳驢兒，替換的騎。他惟恐王經承回家證出馬腳❹，萬一被他們趕了來，豈不又將一番機關枉用？因此直奔門頭溝，打發了驢戶，住了一宿。次早入山，見往來多駝煤送炭之人。秀才們行路極難，況以富戶子弟走山路，越發難了，費七八天工夫，始過了豐公、大漢、青山三個嶺頭，由齋堂、清水，沿路問人，尋百花山真境，天天住的是茅茨之屋，喫的是莜莜❺之麵，他訪道心切，倒也不以為苦，只是越走山勢越大。每天路上，或遇兩三個人，還有一人不遇的時候。那日行走到巳牌時分❻，看見一山，高出萬山之上，與一路所見山形大不相同。但見：

突兀半天，識其面而莫測其背；蒼莽萬里，見其尾而不見其頭。大峰俯視小峰，峰峰現奇峭之形；前嶺高接後嶺，嶺嶺作紆迴之勢。壑間古檜風搖，彷彿虬行；崖畔疏松雲覆，依稀龍聚。高高下

---

❹ 證出馬腳：比喻隱密的事實真相洩露出來，通作露出馬腳。元曲陳州糶米第三折：「這一來，則怕我們露出馬腳來了。」

❺ 莜莜：音一ㄡˊ ㄑ一ㄠˊ。莜，莜麥，俗稱油麥，又稱裸燕麥。莜，莜麥，即蕎麥。二者均可供食用。

❻ 巳牌時分：巳時，上午九時至十一時。古時用來報時之牌稱時牌，共有七種，自卯時至酉時，用象牙製成，刻字填金。詳見宋史律曆志注。

下，環顧惟鳥道❼數條；岈岈嵖嵖❽，翹首仰青天一線。雷響山中瀑布，雨噴石上流泉。翠羽斑毛，盈眸多珍禽異獸；嬌紅穉綠，徧地皆瑞草瑤葩。巖岫分明，應須仙佛寄跡；煙霞莫辨，理宜虎豹潛蹤。

于冰看了山勢，轉了兩個山彎，猛抬頭，見一山岩下，坐著十數個砍柴人。于冰上前舉手道：「請問眾位，此處叫甚麼地名？」一山漢用手指說道：「你看此處山高出別山數倍，正是百花山了。」于冰道：「上邊可有廟宇沒有？」山漢道：「過此山，再上一大嶺，嶺上只有小廟一處，廟內住著個八十餘歲的老道人，每月我們這相近山莊，各攤些柴米，約同五六十人，拿了兵刃，方敢去一送，本日定行下山。」于冰道：「要這許多人去為何？」又一山漢道：「此處山高到絕頂，一上一下，可及八九十里，內中狼蛇虎豹，妖魔鬼怪，大白日裡，往往傷人，人少了如何去得？」于冰道：「那道士他怎麼不害怕？」山漢道：「他除了每月收柴米之外，經年家不開廟門，四圍都是極高的牆，虎豹入不去就罷了，縱怕也說不的。」于冰道：「那老道可有些道術麼？」山漢道：「他不過天生的壽數長，多喫幾年飯，有甚麼道術？」于冰道：「若去他廟中，從那邊是正路？」山漢指著西南一條山路道：「從此上了山坡，便是盤道。」

于冰舉手道：「多承指引了。」一撇轉身便走。山漢道：「你當真要去麼？斷斷使不得。此去要上三

❼ 鳥道：僅飛鳥可行之道，比喻絕險的山道。李白蜀道難：「西當太白有鳥道，可以橫絕峨嵋巔。」

❽ 岈岈嵖嵖：形容山勢高大險峻。岈，音ㄒㄧㄚ。嵖，同嵯。

十八盤，道路窄小，樹木繁多，且要過鬼見愁、閻王鼻梁、斷魂橋許多危險處，便到他廟中，有何好處？我們去還要彼此扶掖牽引，你是個斯文人，如何走得？遇著異樣東西，那時後悔就遲了。」于冰道：「我一個求仙訪道的人，有甚麼後悔處？」說罷又走。又聽得一個山漢道：「你們看此人生得清清秀秀，只怕有些瘋病。」行了數步，只聽得三四個人亂叫道：「相公快回來，不是胡鬧的！」于冰那裡聽他。上了山坡，便繞盤道，只見樹木參差，荊棘遍地，步步牽衣掛袖，甚是難行。到難走處，還須半扒半靠的挪移。繞了十幾個盤道，喘吁的氣都上不來。從樹林內四下一覷，見正南上山勢頗寬平些，樹木荊棘亦少。苦挨到那邊，四圍一看，通是些重巒峭壁，鳥道深溝，坐在一塊大石上，養息氣力。

約有半頓飯時，覺得氣力又壯了些，剛纔站起來，猛見對面西山岔內，陡起一陣腥風，風過處，刮的那些敗葉殘枝，搖落不已。頃刻間，山岔內走出一隻絕大的黃虎來，于冰不由的阿呀了一聲。只見那虎看見了于冰，便將渾身的毛直豎起來，較前粗大了許多。口內露出剛牙，眼中黃光直射，向于冰大步走來。于冰心內恐懼，到此也沒法。只見那虎相離有四五步遠近，陡然站定，將前二爪在地下一按，跳有五六尺高，向于冰撲來。虧得于冰原是有膽氣人，不至亂了心曲⑨，見那虎撲來，瞅空兒向傍邊一閃，那虎便從于冰身傍擦了過去，其爪只差寸許。于冰急回身時，那虎也將身軀掉轉過來，相離不過四尺遠。于冰倒退了兩步，那虎兩隻眼直視于冰，大吼了一聲，火匝匝⑩又向于冰撲來。于冰又一閃，那虎復從身傍過去，落於空地。

---

⑨ 心曲：猶心緒。唐孟郊古怨別詩：「心曲千萬端，悲來卻難說。別後唯所思，天涯共明月。」

⑩ 火匝匝：來勢急迫威猛的樣子。匝，音ㄗㄚ，本作帀。

于冰趁他尚未轉身，如飛的往東便跑。一回頭，見那虎也如飛的趕來，料想著跑不脫，旋即站住，等那虎撲來，好再躲避。那虎見于冰站住，他便也迎面蹲下，披拂著胸前白毛，兩隻眼直視于冰，口中饞涎亂滴，舌尖吐於唇外。那一條尾巴，與一條錦繩相似，來回擺動。于冰偷眼看視，見右邊即是深溝，於百忙中想出智巧，兩眼看著那虎，側著身子斜行了三步餘，已到溝邊。那虎見于冰斜走，隨即也將身軀扭轉，看著于冰。少停片刻，只見那虎又站起來，將渾身毛一抖，又將尾巴往地下一摔，擲響一聲，跳有七尺來高，復向于冰撲來。于冰見那虎奮力高跳撲來，也不躲他，急向虎腹下一鑽，那虎用力過猛，前兩腿登空，頭朝下觸入溝中，閃了下去。于冰趁空兒又往西跑，一邊跑，一邊回頭看視，約跑有百十餘步，見那虎不曾追趕，急急的向樹林多處一鑽，方敢站住。

站了半刻，又從樹林中向東瞅，看見無動靜，自己笑說道：「果然那些山漢們話是實。」於是從樹林內鑽出，見西面是一高嶺，忙忙的走上嶺頭。四下一望，不但前所見的百花山看不出在何處，連來的盤道也不見了。此時大是愁苦，那裡還顧的尋訪老道人？再一看，望見偏西北有一條白線，高高下下，遠望像條路，於是直奔那條白線走去。正是：

學仙原非易事，惜命不可修行。
試看于冰遇虎，要算九死一生。

第七回　走荊棘投宿村學社　論詩賦得罪老俗儒

詞曰：

拚命求仙不憚勞，走荒郊。梯山涉水渡危橋，路偏遙。投宿腐儒為活計，過今宵。因談詩賦起波濤，始開交。

右調賀聖朝

且說于冰向那條白線走去，兩隻腳在石縫中亂踏，漸走漸近，果然是條極細小的走路，荊棘更多，彎彎曲曲，甚是難行。順著路上，下了兩個小嶺，腳上又踏起泡來，步步疼痛。再看日光，已落了下去，大是著慌，又不敢停歇。天色漸漸發黑，影影綽綽❶，看見山腳下似有人家，又隱隱聞犬吠之聲。挨著腳痛行來，起先還看得見那迴環鳥道，到後來兩目如漆，只得磕磕絆絆❷，在大小石中亂竄。或扒或走，勉強下了山坡，便是一道大澗。放眼看去，覺得身在溝中，辨不出東西南北。側耳細聽，惟聞風送松濤，泉咽危石而已，那裡有犬吠之聲？于冰道：「今日死矣！再有虎來，只索任他咀嚼。」沒奈何，摸了一

❶ 影影綽綽：看得見而看不清楚的樣子。同影影約約。

❷ 磕磕絆絆：跌跌撞撞，欲顛仆貌。磕，音ㄎㄜ。絆，音ㄅㄢˋ。

塊平正些的石頭坐下，一邊養息身體，一邊打算著在這石上過夜。

坐了片刻，又聽得有犬吠之聲，比前近了許多。于冰喜道：「我原在嶺上，望見山腳下有人家，不想果然，但不知在這溝東溝西。」少刻，又聽得犬吠起來，細聽卻像在溝東。于冰道：「莫管他，就隨這犬聲尋去。」於是聽幾步，走幾步，竟尋到了山莊前，見家家俱將門戶關閉，叫了幾家，總不肯開門，沿門問去，無一應者。走到莊盡頭處，忽聽得路北有許多咿唔之聲，是讀夜書。于冰叩門喊叫，裡面走出個教學先生來，看見于冰，驚訝道：「昏暮叩人門戶，求水火歟？抑將為穿窬之盜❸也歟？」于冰道：「小生係京都宛平縣秀才，因訪親迷路，投奔貴莊，借宿一宵，明早即去。」先生道：「詩有之，伐木鳥鳴❹，求友聲也。汝係秀才，乃吾同類，予不汝留，則深山窮谷之中，必飽豺虎之腹矣，豈先王不忍人之心❺也哉！」說罷，將手一舉，讓于冰入去，先生關了門。于冰走到裡面，見有正房三間，東西各有廈房，是眾學生讀書處。先生將于冰引至東正房，于冰在燈下將先生一看，但見：

頭戴毛青梭儒巾，誤燒下窟窿一個；身穿魚白布大襖，斜掛定補丁七條。額大而凸，三縷鬚有紅有紫；鼻寬而凹，近視眼半閉半開。步步必搖，若似乎胸藏二酉❻，言言者也，恐未能學富五車❼。

---

❸ 穿窬之盜：穿牆入人家竊取財物的賊。禮記表記：「在小人，則穿窬之盜也。」

❹ 伐木鳥鳴：喻朋友歡聚之樂。毛詩小雅鹿鳴之什伐木首章：「伐木丁丁，鳥鳴嚶嚶……嚶其鳴矣，求其友聲。」

❺ 先王不忍人之心：先王有憐憫仁愛之心。孟子公孫丑上：「先生有不忍人之心，斯有不忍人之政矣。」

❻ 胸藏二酉：謂讀書極多。二酉，指湖南省沅陵縣西北之大酉山與小酉山，山有石穴，傳秦人避地隱學於此，藏書千卷，後以二酉為藏書多之意。

真是禾稼場中村學士，山谷腳下俗先生。

于冰看罷，兩人行禮，揖讓而坐。適有一小學生到房內取書，先生道：「來，予與爾言。我有嘉賓，乃黌宮泮水之楚材❽也，速烹香茗，用佐清談。」又問于冰道：「年臺何姓何名？」于冰道：「姓冷，名于冰。」先生道：「冷必冷熱之冷，兵可是刀兵之兵否？」于冰道：「是水字加一點。」先生道：「噫！我過矣。此冰冷之冰，非刀兵之兵也。」于冰亦問道：「先生尊姓大諱？」先生道：「予姓鄒，名繼蘇，字又賢，鄒乃鄒人孟子之鄒，繼續之繼，東坡之蘇，又賢者，言不過又是一賢人耳。」又向于冰道：「年臺山路跋涉，腹餒也必矣。予有饝饝❾焉，君啖否？」于冰不解饝饝二字，心裡想著必是食物，忙應道：「極好。」先生向炕後取出一白布包，內有饝饝五個，擺列在桌上，一個個與大蝦蟆相似。先生指著說道：「此穀饝饝也。穀得天地沖和之氣而生，其葉離離，其實纍纍，棄其葉而存其實，磨其皮而碎其骨，手以團之，籠以蒸之，水火交濟，而饝道成焉。夫猩唇熊掌，雖列八珍❿，而爍臟壅腸，徒多房慾。此饝壯精補髓，不滯不停，真有過化存神⓫之妙。」

---

❼ 學富五車：謂讀書多，學識豐富也。莊子天下：「惠施多方，其書五車。」

❽ 黌宮泮水之楚材：學校中的優秀人才。黌宮，學舍。黌，音ㄏㄨㄥˊ。泮水，代稱泮宮，周代諸侯的學宮。泮，音ㄆㄢˋ。楚材，楚國的人才。左傳襄公二十六年：「雖楚有材，晉實用之。」

❾ 饝饝：音ㄇㄛˊ ˙ㄇㄛ，北方人稱饅頭類的食品，通作饃饃。

❿ 八珍：八種珍貴食品，一般指龍肝、鳳髓、豹胎、鯉尾、鴞炙、猩唇、熊掌、酥酪蟬。

⓫ 過化存神：聖人德盛，所過之處，皆受其化；所存居之地，亦能化民移俗如神。孟子盡心上：「夫君子所過

于冰道：「小生寒士，今日得食此佳品，叨光⑫不盡。」于冰喫了一個，就不喫了。先生道：「年臺飲食何廉薄至此耶？予每食必八，而猶以為未足。」于冰道：「承厚愛，已飽德之至。」忽見桌上放著一張字稿，上面題目是「因不失其親亦可宗也」，已寫了幾行在上面。于冰道：「此必先生佳作了。」先生道：「今日是文期，出此題考予門弟子，故先做一篇，著伊等看讀，以為矜式⑬。今只做了破、承、起講，餘文尚須構思。」于冰取過來一看，上寫道：

觀聖人教人以因，而親與宗各不失其可矣。夫宗親之族長也，夫子教人因之，尚豈有失其可者哉？嘗思親莫親於父子，宗莫宗於祖宗，分定故也。雖然，亦視其所因何如耳。

于冰看了破、承，已忍不住要笑，今看了小講起句，不由的大笑起來。先生勃然變色道：「子以予文為不足觀也乎？抑別有議論而開予茅塞⑭乎？不然，何哂予也？」于冰道：「先生承、破絕佳，而起講更是奇妙，小生蓬門⑮下士，從未見此奇文，故不禁悅極樂極，所以大笑。」先生回嗔作喜道：「子真識文之人也，斯可與言文已矣，宜乎悅在心，而樂主發散在外也。」又問于冰道：「年臺能詩否？」于冰

者化，所存者神，上下與天地同流。」

⑫ 叨光：受人好處或請人原諒表示感謝的用語。叨，音ㄊㄠ。

⑬ 矜式：尊敬效法。孟子公孫丑下：「使諸大夫國人皆有所矜式。」矜，音ㄐㄧㄣ，敬慎。

⑭ 開予茅塞：使我茅塞頓開。茅塞，喻人心為物欲所蔽。語出孟子盡心下。

⑮ 蓬門：貧賤人家用蓬草編成的門戶。杜甫客至詩：「花徑不曾緣客掃，蓬門今始為君開。」

道：「閒時亦胡亂做幾句。」先生從一大皮匣內，取出四首詩來，付與于冰道：「此予三兩日前之新作也。」于冰接來一看，只見頭一首寫道：

風

西南塵起污王衣，籟也從天亦大奇。籬醉鴨呀驚犬吠，瓦瘋貓跳嚇雞啼。妻賢移暖親加被，子孝銜寒代煮糜。共祝封姨⑯急律令，明辰紙馬竭芹私。

于冰道：「捧讀珠玉，寓意深遠，小生一句也解不出，祈先生教示。」先生道：「子真闕疑好問之人也。居，吾語女。昔王導為晉相，庾亮手握強兵，居國之上流，王導忌之，每西南風起，便以扇蔽面曰：『元規塵污人。』故曰西南塵起污王衣。第二句籟也從天亦大奇，是出在易經風從天而為籟。大奇之說，為其有聲無形，穿簾入戶，可大可小也。詩有比、興、賦，這是藉經史先將風字興起，下聯便繪風之景，壯風之威。言風吹籬倒，與一醉漢無異。籬傍有鴨，為籬所壓，則鴨呀也必矣。犬，司戶者也，驚之而安有不急吠者哉？風吹瓦落，又與一瘋人相似。簷下有貓，為瓦所打，則貓跳也必矣。雞，司晨者也，嚇之而安有不飛啼者哉？所謂籬醉鴨呀驚犬吠，瓦瘋貓跳嚇雞啼，直此妙義耳。中聯言風勢猛烈，致令予家宅眷不安，以故妻捨暖就冷，而加被憐其夫；子孤身冒寒，而煮糜代其母。當此風勢迫急之時，夫妻父子，猶能各盡其道如此，此正所謂詩禮人家也。謂之為賢為孝，誰曰不宜？結尾二句，言封姨者，亦風神之一名也。急律令者，用太上老君咒語，敕其速去也。紙馬皆敬神之物，竭芹私者，不過還其祝

⑯封姨：風神名。語出博異記。亦作風姨、封家姨。

禱之願，示信於神而已。子以為何如？」于氷大笑道：「原來有如許委曲，真做到詩中化境，佩服佩服。」

看第二首，上寫道：

花

紅於烈火白於霜，刀剪裁成枝葉芳。蜂罣蛛絲哭曉露，蝶啣雀口拍幽香。媳釵俏矣兒書廢，哥罐聞焉嫂棒傷。無事開元擊畫鼓，吾家一院勝河陽。

于氷看了道：「起句結句，猶可解識。願聞次聯、中聯之妙論。」先生道：「蜂罣蛛絲哭曉露，蝶啣雀口拍幽香二句，言蜂與蝶皆吸花露採花香之物也。蜂因吸露而誤投蛛網，必婉轉嚶唔如人痛哭者焉，蓋自悲其永不能吸曉露也。蝶因採香而被啣雀口，其翅必上下開闔，如人拍手者焉，蓋自恨其終不能具幽香也。這樣詩皆從致知中得來，子能細心體貼，將來亦可以格物矣。中聯媳釵俏矣兒書廢，哥罐聞焉嫂棒傷，係吾家現在故典，非托諸空言者可比。予院中有花，兒媳採取而為釵，插於鬢邊，俏可知矣。予子少壯人也，愛而至於廢書而不讀。予家無花瓶而有瓦罐，予兄貯花於罐而聞香焉。予嫂素惡眠花臥柳之人，預動防微杜漸之意，隨以木棒傷之，此皆藉景言情之實錄也。開元係明皇之年號，河陽乃潘岳之治邑，結尾二句，總是極稱予家花木繁盛，不用學明皇擊鼓催花而已，遠勝河陽一縣云爾。」于氷笑道：「棒傷二字，還未分析清楚，不知棒的是令兄？棒的是瓦罐？」先生道：「善哉問！蓋棒罐耳。若棒家兄，是潑婦矣，尚可形諸吟咏乎哉？」又看第三首是：

雪

天摑麵粉撒吾廬，骨肉歡同慶野居。二八酒燒斤未盡，四三雞煮塊無餘。樓肥榭胖雲情厚，柳錫梅銀風力虛。六出霏霏魃應死，援桴而鼓樂關雎。

于氷道：「此首越發解不來，還求先生全講。」先生喜極，笑說道：「此吾之雪詩也。首句言雪紛紛如麵如粉，若天摑以撒之者。際此佳景，則夫妻父子，可及時宴樂慶賀野居矣。二八者，是十六文錢也。四三者，是四十三文錢也。言用十六文錢買燒酒一斤，四十三文錢買雞一隻。斤未盡，塊無餘，言予家男婦皆酒量平常，肉量有餘耳。中聯言雲勢過厚，雪大極矣，致令樓可即肥，榭可即胖。風力虛微，則雪積不散，兼能使柳可成錫，梅可成銀。魃者，旱怪也。雪盛則旱魃預死，不能肆虐於春夏間矣。桴者，軍中擊鼓之物。關雎，見毛詩之首章，興下文君子好逑也。予家雖無琴瑟，卻有鼓一面，又兼夫妻有靜好之德，援桴而鼓，亦可以代琴瑟而樂吟關雎矣。」第四首是：

月

月如何其月未過，誰將晶餅掛銀河？清陰隱隱移山嶽，素魄迢迢鑑鬼魔。野去酒逢酣宋友，家回牌匿笞金哥。倦哉水飲繩床臥，試問嫦娥奈我何。

于氷看完，笑道：「先生詩才高妙，不但嫦娥，即小生亦無可奈何矣。惟中聯酒酣宋友、牌笞金哥二句，字意未詳。」先生道：「此一聯雖兩事，而實若一事。言月明如晝，最宜野遊，與宋姓友人相逢月下，飲予至酣而止。予此時酒醉興闌，可以歸矣。金哥者，乃予家之典身童子⓱也，合同外邊匪類門牌，見予回家，而匿其牌焉，予打之以明家法。蓋深戒家不齊則國不治，國不治則天下亦不能平，所關豈淺鮮耶？播諸詩章，亦觸目驚心之意云爾。」

于冰道：「合觀諸作，心悅神移，信乎曹子建之才只八斗，而先生之才已一石矣。」先生樂極，又要取他的著作教于冰看。于冰道：「小生連日奔波，備極辛苦，今承盛情留宿，心上甚是感激。此刻已二鼓時候，大家歇息了罷，明早也好上路。」先生道：「予還有古詩、古賦、古文，並詞歌引記，四六傳跋策論等類，正欲與年臺暢悉通宵，聞君言，頓令人一片勝心冰消瓦解。」于冰道：「先生妙文，高絕千古，小生恨不能夜以繼日的捧讀，然觀止矣，日後若有相會的日子，再領教罷。不知今晚就與先生同榻，或另有房屋？」先生怒道：「富貴者驕人乎？貧賤者驕人乎？今文興方濃，而驟拒人欲睡，豈非犬之性異牛之性，牛之性異人之性乎？」于冰大笑道：「小生實疲困之至，容俟明早請罪何如？」先生道：「宰予晝寢，尚見鄙於聖門，子年未四十，而昏惰如此，則後生可畏者安在？」

于冰見他神色俱厲，笑說道：「先生息怒，非是冷某不愛讀先生佳章，奈學問淺薄，領略不來，煩先生逐句講說，誠恐過勞。」先生聽見要看他的文字，又怕勞他講解，且語言甚是溫和，自己想了想，是錯怪了人了，立即回轉怒面，笑說道：「適纔冒瀆，年臺幸勿介意。學不厭，教不倦，予與孔子先後有同心也。」言罷，又向牛皮匣中取出四大本，每本有八寸餘寬，六寸餘厚。于冰暗笑道：「這四大本，不下數十萬言，都不知胡說的是些甚麼！」于冰接過來掀看，見頭一本是賦，第二本是五七言律並絕句，

⓱ 典身童子：典當身體的幼童，期滿其父母可以贖回。

第三本是雜著、四六、詞歌、古文之類，第四本通是古風，長篇短作不等。猛看見一題，不禁大驚大笑道：「此開闢以來未有之奇題也！」原來是一首古風，上寫道：

臭屁行

屁也屁也何由名？為其有味而無形。臭人臭己凶無極，觸之鼻端難為情。我嘗靜中溯屁源，本於一氣寄丹田，清者上升濁者降，積怒而出始鳴焉。君不見婦人之屁鬼如鼠，小大由之皆半吐。只緣廉恥重於金，以故其音多叫苦。又不見壯士之屁猛若牛，驚弦脫兔勢難留，山崩峽倒糞花流，十人相對九人愁。吁嗟臭屁誰作俑？禍延坐客宜三省。果能改過不號呲，也是文章教爾曹，管教天子重英豪。若必宣洩無底止，此亦妄人也已矣，不啻若自其口出，予惟掩鼻而避耳。嗚呼！不毛之地腥且羶，何事時人愛少年？請君咀嚼其肚饌，須知不值半文錢。

于冰一邊看，一邊笑的渾身亂戰。看完，拍手大笑道：「先生風花雪月四詩雖好，總要讓此首為第一，真是屁之至精而無以復加者。且將杜撰二字改為肚饌，巧為闔合，有想入非非之妙，敬服敬服。」先生見于冰極口的讚揚，喜歡的搔耳撓腮，指著臭屁詩道：「此等題最難著筆。不是老拙誇口說，如年臺等少年，只怕還夢想不到，總能完篇，亦不能如此老卓。」于冰又大笑道：「信如先生言，實一句一字也做不出。」先生得意之至，把兩隻近視眼笑的只有一線之闊，掀著鬍子說道：「年臺見予屁詩，便目蕩神移如此，若讀予屁賦，又當何如？」于冰驚笑道：「怎麼一詩猶不足以盡其𡋯，還有一屁賦麼？越發要領教了。」先生笑嘻嘻，將頭一本拿起，先用蘇州人讀書腔口呻吟道：「年臺實可造之人也，予不能韞匵而藏矣。」原來近視眼看詩文最費力，這先生將一本賦掀來掀去，幾乎把鼻孔磨破，方尋得出來，付與于氷。于氷接來，笑看上寫道：

臭屁賦

今夫流惡千古，書罪無窮者，亦惟此臭屁而已矣。視之弗見，聽之則聞，多呼少吸，有吐無吞，厥本源於臟腑，仍作祟於幽門。其為氣也，影不及形，塵不暇起，脫然而出，潰然而止，壯一室之妖氛，泄五穀之敗餒，沈檀失其繽紛，蘭麝減其馥郁。其為聲也，非金非石，非絲非竹，或裂帛而振響，或連珠而疊出，或啞啞而細語，或咄咄而疾呼，或為唏為噢，為呢喃，為叱咤，為禽啼獸吼百怪之奇音。在施之者，幸智巧之有餘；而受之者，笑廉恥之不足。其為物也，如獸之獍，如鳥之鴞，如黍稷之稂莠，如草木之荊棘，擬以罪而罪無可擬，施以刑而刑無可施。其為害也，驚心振耳，反胃迴腸，雖亦氤而亦氳，實無芬而無芳，變山珍海錯之味，污商彝夏鼎之光，繡襦錦服，掩其燦爛；珠宮貝闕，晦其琳琅。凡男婦老幼，中斯毒者，莫不奔走辟易，嘔吐狼籍，所謂臭人臭己，而無一不兩敗俱傷者也。嗚呼！天地為爐兮，造化為工；陰陽為炭兮，萬物為銅。乃如之人兮，亦竊效其陶鎔，以心肺為水火兮，以肝木為柴薪，以脾土為轉運兮，以穀道為流通，釀此極不堪之毒蠱兮，使吾掩鼻而莫測其始終。已矣乎！蛟窟數尋，可覆之以一練；雄關百仞，可封之以一丸，惟此孔竅，實無物之可填。雖有龍陽⑱豪士，深入不毛，然只能塞其片刻之吹噓，

⑱ 龍陽：指以男色侍人者。戰國時魏有龍陽君，以色寵於魏王而得名。見戰國策魏策。

而不能杜其終日之嗚咽。宜其壞風俗，輕典禮，亂先王之雅樂，失君子之威儀，侮其所不當侮之人，而放於所不當放之時，又誰能禁其聳肩擐臀，倒懸而逆施哉？予小子繼蘇，學宗顏孟，德並程朱，接斯文於未墜，幸大道之將行，既心焉乎賢聖，自見異而必攻。爰命子弟，並告家兄，削竹為梃，截木為釘，梃其已往，釘其將萌。勿避薰蒸而返旆，勿驚咆哮而休兵，自古皆有死，誓與此臭屁不共戴日月而同生。

于氷看畢，又復大笑道：「先生之於文，可謂暢所欲言矣。通篇精義，層出其妙，莫可名狀。能做此等題，亹亹不窮⑲，學問要算典博的了。只是以接續道統之人，而竟拚命與一臭屁作對，似覺太輕生些。況天地間，物之可入吟咏者極多，何必定注意在臭屁二字，一詩不足，又繼之以賦，這是何說？」先生撫膺長嘆道：「繼蘇也幸，苟有過，人必知之矣。予本意實欲標奇立異，做今古人再不敢做之題。今承規諫，自當書紳⑳。」于氷又隨手掀看，內有十歲鄰女整壽賦、八卦賦、漢周倉將軍賦。又隔過二十餘篇掀看，有大蒜賦、碾磨賦、絲瓜喇叭花合賦。再向後看，見人物山水，昆蟲草木，無所不有，真不知費了多少年工夫。又見一畏考秀才賦，正要看讀，先生道：「汝曾見過離騷否？」于氷道：「向曾讀過。」先生道：「離騷變幻瑰異，精雅絕倫，奈世人只讀卜居、漁父等篇，將九歌、九章許多妙文，置之不顧。予前臭屁賦，係倣時作，此篇係倣古賦。蓋近今賦體，富麗有餘而骨氣不足，汝試讀之，則珠盤魚目，

⑲ 亹亹不窮：勤勞不息。亹亹，音ㄨㄟˇ ㄨㄟˇ，勉也。見爾雅釋詁。

⑳ 書紳：永誌不忘。紳，大帶。古時記事在衣服大帶上以示不忘。論語衛靈公：「子張書諸紳。」

可立辨矣。」于氷笑了笑，看道：

畏考秀才賦

恨天道之迫阨兮，何獨惡乎秀才？釜空洞而米罄兮，擁薄絮而無柴。遭鼠輩之穢污兮，暗嗚咽而誰語？夜耿耿而不寐兮，魂營營而至曙。奈荊妻之如醮兮，猶拉扯乎雲雨。力者予弗及兮，說者若不聞。日嗷嗷而待哺兮，傳文宗之戾止。心轆轤而上下兮，欲呼天而籲地。神倏忽而不返兮，形枯槁而似猴。內惟省夫八股兮，愧隻字之不留。祝上帝以活予兮，澹杳冥而莫得。聞青絲之可縊兮，願永風乎遺則。復念少子而踟躇兮，且苟延以勉去。倘試題之可通套兮，予權從群英而娛戲。恨孟氏之喋喋兮，逢養氣之一章。心搖搖如懸旌兮，離人群而遁颺。旋除名而歸里兮，親朋顧予而竊笑。何予命之不辰兮，室人交謫而叫號。含清淚而出戶兮，悵悵乎其何之？覩流水之恍恍兮，羨彭咸㉑之所居。亂曰：才不充兮命不壽，予何畏懼兮，乃龜回而蛇顧。飄然一往兮還吾寄，靈其有知兮為鬼厲。

于氷看完，正色道：「二賦比前四詩，字句還明顯些。先生既愛古賦，離騷最難取法，可將賦苑並昭明文選等書，擇淺近者讀之，還是刻鵠不成類鶩㉒之意。」先生變色道：「是何言歟？是何言歟？子將以予賦為不及離騷耶？」于氷道：「先生賦內佳句最多，可許有古賦之皮毛。若必與離騷較工拙，則嫩多

㉑ 彭咸：商代賢大夫，諫其君不聽，投水死。見楚辭離騷王逸注。

㉒ 刻鵠不成類鶩：喻仿效得近似也。語出東漢馬援誡兄子嚴敦書。鵠，音ㄏㄨˊ，天鵝。鶩，音ㄨˋ，鴨。

矣。」先生聽罷，將桌子用雙手一拍，大吼道：「汝係何等之人？乃敢毀譽今古，藐視大儒？吾賦且嫩，而老者屬誰？今以添精益髓清心健脾之穀饝饝，飽子無厭之腹，而膽敢出此狂妄無良之語，輕貶名賢，此恥與東敗於齊、南辱於楚㉓何異？」

這先生越說越怒，將自己的帽子撾下來，向炕上用力一摔，大聲叱喝道：「汝將以予穀饝饝為盜跖之所為耶？抑將以予地為青樓旅館任人出入耶？」于氷笑道：「就是說一嫩字，何至如此？」先生越發怒壞，指著于氷的眼睛說道：「子真不待教而誅者之人也。此刻若逐你於門牆之外，有失我不欲人加諸我之意。然吾房中師弟授受，紹聞知見知之統㉔，繼惟精惟一之傳㉕，豈可容離經畔道輩亂我先王典章？」急喚眾學生入來，指著于氷說道：「此秀才中之異端也，害更甚於楊墨㉖，本應著爾等鳴鼓而攻㉗，但念在天色甚晚，姑與同居中國，可速領他到西邊小房內去。」于氷見先生怒不可解，自己也樂得耳朵中清淨，向先生舉手道：「明日早行，恐不能謝別。」先生連連擺手道：「彼惡敢當我哉？」

于氷跟了學生，到西小房內，見裡面漆黑，又著實陰冷，出門人亦說不得，就在冷炕上和衣睡去，

㉓ 東敗於齊南辱於楚：此梁惠王與孟子之言。見孟子梁惠王上第五章。

㉔ 聞知見知之統：此言古聖道統之傳，有耳聞而知之者，有目見而知之者。詳見孟子盡心下末章。

㉕ 惟精惟一之傳：此言道統之十六字心傳，乃「人心惟危，道心惟微，惟精惟一，允執厥中」。見書大禹謨。

㉖ 害更甚於楊墨：孟子以為楊朱、墨翟之言，違反聖人之道，為害天下。孟子滕文公下第九章：「楊朱、墨翟之言盈天下。天下之言，不歸楊，則歸墨。楊氏為我，是無君也。墨氏兼愛，是無父也。無父無君，是禽獸也。……楊墨之道不息，孔子之道不著，是邪說誣民，充塞仁義也。仁義充塞，則率獸食人。」

㉗ 鳴鼓而攻：喻群起聲討。論語先進：「非吾徒也，小子鳴鼓而攻之可也。」

只到日光出時纔起來。站在院中，著一個學生入房說告辭的話。等了一會，猛聽得先生房中，叮叮噹噹敲打起來，也不知他敲打的是甚麼東西。只聽得先生口內作歌道：

嗟彼狡童，不識我文。維子之故，使我損其名。

聽得叮叮噹噹噹打了幾下，復歌道：

嗟彼狡童，不識我詩。維子之故，使我有所思。

又叮叮噹噹敲了幾下，歌道：

嗟彼狡童，不識我賦。維子之故，使我氣破肚。

又照前敲打了幾下而止。于冰聽罷，忍不住又笑起來。少刻，那學生出來說道：「我先生不見你，請罷。」于冰笑的走到街上，忽見一學生趕來，說道：「你可知道我家先生作用麼？昔孺悲欲見孔子，孔子不見，取瑟而歌㉘。我先生雖無瑟，卻有瓦罐，今日鼓瓦罐而歌，亦孔子不見孺悲之意也。我先生怕你悟不及此，著我趕來說與你知道。」于冰大笑道：「我今生再不敢見你先生了。」說罷，又復大笑，向西行去。正是：

㉘ 孺悲欲見孔子三句：見論語陽貨。

兇至大蟲兇極矣，蝎針蜂刺非倫比。

腐儒詩賦也相同，避者可生讀者死。

第八回　泰山廟于冰打女鬼　八里鋪俠客趕書生

詞曰：

清秋節，楓林染遍啼鵑血。啼鵑血，數金銀兩，致他生絕。　慇懃再把俠客說，愁心姑且隨明月。隨明月，一杯將盡，數聲嗚咽。

右調憶秦娥

且說于冰被那文怪鬼混了多半夜，天明辭了出來，日日在山溪中行走。崎崎嶇嶇，繞了四五天，方出了此山，到一大溝內，中間都是沙石，兩邊仍是層岩峭壁。東首有一山莊，問人名為輝耀堡，還是通京的大路。他買了些酒飯充飢，不敢往東去，順著溝往西走。行了數日，已到山西地界。他久聞山西有座五臺山，是萬佛福祥之地，隨地問人，尋到山腳下，遇著幾個採樵的人，問上山路徑。那些人道：「你必是外方來的不是？還不知朝臺時令，徒費一番跋涉。此地名為西五臺，還有個東五臺。兩臺俱有許多勝景，有寺院，有僧人，每年七月十五日方開廟門，到八月十五日關閉，朝臺男女，成千累萬不絕。如今是九月中旬，那裡還有第二個人敢上去？況裡邊蛇蟲虎豹、妖魔鬼怪最多，六月間還下極大的雪，休說你渾身都是袷衣，就便是皮衣，也包你凍死。」于冰聽了，別的都不怕，倒只怕冷。折轉身，又往西走。走了幾天，一日行到代州地方，日色已落，遠遠的看見幾家人家，及至到了跟前，不想是座泰山娘娘廟。但見：

鐘樓倒壞，殿宇歪邪。山門盡長蒼苔，寶閣都生荒草。紫霄聖母❶，迥非金斗❷默運之時；碧霞元君❸，大似赤羽❹逢劫之日。試看獨角小鬼，口中鳥雀營巢；再觀兩面佳人，耳畔蜘蛛結網。沒頭書吏，猶棒折足之兒；斷臂奶娘，尚垂破胸之乳。正是修造未卜何年，摧崩只在目下。

于氷看了一會，只見腐草盈階，荒榛遍地，兩廊下塑著許多擒男抱女的鬼判，半是少頭沒腳。正面大殿三間，看了看，中間塑著三位娘娘，兩邊也塑著些伺候的婦女。于氷見是女神，不好在中歇臥，恐怕褻瀆。他出來到東廊下一看，見一個赤髮環眼大鬼，同一個婦人站在一處。那婦人兩手捧著個盤子，盤子內塑著幾個小娃兒，坐著的，睡著的，倒也有點生趣。于氷看了，笑說道：「你兩個這身軀後面，便是我的公館，今晚我同你們作伴罷。」一說著，用衣襟把地下土拂了幾拂，斜坐在二鬼背後。再瞧天光，已是黃昏時分。看罷，將頭向大鬼腳上一枕。

方纔睡倒，只見廟外跑入個婦人來，紫襖紅裙，走動如風，從目前一瞬，已入殿內去了。于氷驚訝

❶ 紫霄聖母：民間崇奉之女神仙名。李翺贈毛仙翁詩：「紫霄仙客下三山，因救生靈到世間。」

❷ 金斗：指金印。唐李賀送秦光祿北征詩：「呵臂懸金斗。」王琦匯解：「謂金印如斗大。」

❸ 碧霞元君：泰山之神，東嶽大帝之女也。宋真宗封為天仙玉女碧霞元君。見嵩庵閒話。

❹ 赤羽：羽箭名，鐵鏃。李白登邯鄲洪波臺置酒觀發兵詩：「我把兩赤羽，來遊燕趙間。」

道：「這時候，怎麼有婦人獨來？」語未畢，只見那婦人走出殿外，站在臺階上，像個眺望的光景。于冰急忙坐起，從大鬼兩腿縫中一覷，只見那婦人面若死灰，無一點生人血色，東張西望，兩隻眼睛閃閃灼灼，顧盼不測。少停，只見那婦人如飛的跑出廟外去了。于冰大為詫異，心裡想道：「此女絕非人類，非鬼即妖，看他那般東張西望光景，或者預知我今日到此，要下手我，亦未可知。」又想了想，笑道：「隨他去。等他尋著我來，再做裁處。」正想算間，只見那婦人又跑入廟來，先向于冰坐的廊下一望，旋即又向西廊下一望，急急的入殿內去了。于冰道：「不消說，是尋我無疑了。」少刻，那婦人又出殿來，站在臺階上，向廟外望，口裡咭咭咭長笑了一聲，倒與母雞咭蛋相似，只是聲音連貫，不像那樣斷斷續續的喊叫，又如飛的跑出廟外去了。于冰道：「這是我生平未見未聞的怪異事。似他這樣來來往往，端的要怎麼？」

須臾，只見廟外走入個男子來，頭戴紫絨氈笠，身穿藍布直裰，足登布履，腰繫搭膊，那婦人在後面用兩手推著他走。那男子垂頭喪氣，一直到正殿臺階上坐下，望著西北長嘆了一聲。只見那婦人取出個白棍兒來，長不過七八寸，在那男子面上亂圈。圈罷，便扒倒地下跪拜。拜罷，將嘴對著男子耳朵內說話。說罷話，又在那男子面上用口吹。吹罷又圈，忙亂不一。那男子任他作弄，就像看不見的一般，瞪著眼，朝著天，想算他的事件。那婦人又如飛的跑出廟外，瞬目間，又跑入廟來，照前做作。只見那男子站起來，向那廟殿窗槅上看視，像個尋甚麼東西的光景。那婦人到此，越發著急的了不得，連圈連拜，連說連吹，忙亂的沒入腳處❺，又不住的回頭向廟外看視。只見那男子面對著窗槅，看了一會，搖

❺ 沒入腳處：不知如何下手；不知道該怎麼辦。一作沒了解處。

了幾下頭，復回身坐在臺階上，急的那婦人吹了圈，圈了拜，拜了說，說了吹，顛倒不已。少刻，只見那男子雙眼緊閉，聲息俱無，打猛裡大聲說道：「罷了！」隨即站起，將腰間搭膊解下，向那大窗槅眼內，入進一半去，又拉出一半來。只見那婦人連忙用手替他挽成個套兒，將男子的頭搬住，向套兒裡亂塞。那男子兩手捉住套兒，面朝廟外又想。那婦人此時更忙亂百倍，急圈急拜，急說急吹，恨不得那男子登時身死方快。

于冰看了多時，心裡說道：「眼見這婦人是個吊死鬼，只怕我力量對他不過，該怎處？」又想道：「我若不救此人，我還出甚麼家？訪甚麼道？」想罷，從那大鬼背後走出，用盡生平氣力，喊叫了一聲。只見那婦人喫一大驚，那男子隨聲蹲在大殿窗槅下。那婦人急回頭，看見于冰，將頭搖了兩搖，頭髮披拂下來，用手在臉上一摸，兩眼角鮮血淋漓，口中吐出長舌，又咶咶咶了一聲，如飛的向于冰撲來。于冰此時也沒個東西打他，瞧見那泥婦人盤子內有幾個泥娃子，急忙用手搬起一個來，卻好那婦人剛跑到面前，于冰對準面門，兩手用力一擲，喜的端端正正，打在那婦人臉上，那婦人便應手而倒。于冰急忙看視，見他一倒，即化為烏有。急急往四下一望，形影全無，只見那男子還蹲在階上。于冰起先倒毫無怕意，今將此婦打無，不由的身冷髮豎，有些疑懼起來，於是又搬了個泥娃子，提在手內，先入殿中，次到西廊，都細看了，仍是一無所有。隨將那泥娃子放在階下，到那男子面前，也蹲在槅下，問道：「你這漢子為著何事，卻行此短見？」問了幾聲，那男子總不言語。

于冰道：「你這人好痴愚，你既肯捨命上吊，你倒不肯向我一說麼？」那人道：「說也無益，不如死休。」又道：「你既這般諄諄問我，我只得要說了。離此廟五里，有一范村，就是我的祖居。我父母俱無，只有一個妻房，倒生了兩個兒子，三個女兒，十二三歲的也有，六七歲的也有，一家兒六七口，都指我一人養活。我又沒有田地耕種，不過與人家傭工度日。今日有人用我，我便得幾個錢養家。明日沒人用我，我一家兒就得忍飢。本村有個張二爺，是個仗義好男子，我也常與他家做活。他見我為人勤謹，又知我家口眾多，情願借與我二十兩銀子，不要利錢，三年後還他，著我拿去做一小生意。我承他的情，便去雁門關外販賣燒酒。行至東大峪，山水陡至，可惜七馱酒，七個驢，都被水衝去。我與驢夫上了樹，纔留得性命。回家沒面目與張二爺相見，不意人將折了本錢話向他說知，那張二爺將我叫去，備細問了原由，反大笑起來說道：『這是你的運尚未通。我今再與你二十兩，還與你一句放心話，日後發了財還我，沒了也罷了。』我又收他銀兩，開了個豆腐鋪兒，半年來倒也有點利息。又不合聽了老婆話，說磨豆腐必須養豬，方有大利，我一時沒主見，就去代州販豬。用銀十九兩八錢，買了五個豬，走了兩天，都不喫食水，到第三天死了兩個，昨日又死了一個。我見事已大壞，將剩下這兩口豬要出賣於人。人家說是病豬，不買。沒奈何，減下價錢，方得出脫乾淨。連死的並活的，只落下五兩九錢銀子，倒折了十三兩九錢本兒。我原要還家，將這五兩多銀子交與妻子，再尋死路，不期走到這廟前，越想越無生趣，不但羞見張二爺，連妻子也見不得。」說罷，拍手頓足大哭起來。

于冰道：「你且莫哭，這十三四兩銀子，我如數還你。」那男子道：「我此時什麼時候，你還要打趣我？」于冰道：「你道世上只有個姓張的幫人麼？」隨向身邊取出銀包，揀了三錠道：「這每錠是五兩，夠你本錢有餘。」說著，將銀子向那男子袖中一塞。那男子見銀入袖中，心中大驚，一邊止住淚痕，一邊用眼角偷視于冰，口裡哽哽咽咽的說道：「只怕使不得，只怕天下無此事，只怕我不好收他。」于氷笑道：「你只管放心拿去，有甚麼使不得？有甚麼不好收處？」那男子一蹶劣站起來道：「又是個重生父母了！」連忙跳下殿階，扒倒地下，就是十七八個頭，碰的地亂響。

于氷扶他起來。那男子問于氷道：「爺臺何處人？因何黃昏時分在這廟中？」于氷道：「我是北直隸人，姓冷。我還沒有問你的名姓？」那男子道：「小人叫段祥。這廟西北五里，就是小人的住家。冷爺此時在這廟中，有何營幹？」于氷道：「我因趕不上宿頭，在此住一宿。」段祥道：「小人家中實不乾淨之至，還比這廟內暖些，請冷爺到小人家中。」于氷道：「我還要問你，你到這廟中，可曾看見個婦人麼？」段祥道：「小人沒有看見。」于氷道：「你來這廟中，就是為上吊麼？」段祥道：「此廟係小人回家必由之路，只因走到廟前，心內就有些糊塗，自己原不打算入廟，不知怎麼就到廟中。及至到了廟內，心緒不寧，只覺得死了好。適纔被冷爺大喝了一聲，我纔看見了，覺得心上纔略略有點清爽。」于氷道：「你可聽見有人在你耳中說話麼？」段祥道：「我沒聽見，我倒覺得耳中常有些冷氣貫入。冷爺問這話必有因。」于氷笑道：「我也不過白問問罷了。」段祥又急問道：「冷爺頭前問我看見婦人沒有，冷爺可曾看見麼？」于氷笑道：「我沒見。」段祥大叫道：「不好了！此地係有名的鬼窩，獨行人白天還不敢來，快走罷。」于氷笑道：「就是走，你也該將搭膊解下來。」段祥連忙解下來，繫在腰間，將于氷與他的銀子分握在兩手內，讓于氷先出廟去。到了廟外，偏又走在于氷前面，東張西望，不住的催于氷快走。

到了家門首叫門，裡邊一個婦人問道：「可是買豬回來麼？」段祥道：「還說豬哩！我幾乎被你送了命，快開門，大恩人到了。」待了一會，婦人將門兒開放，段祥將于氷讓入房內。于氷見是內外兩間，外房內有些磨子、斗盆、木槽、碗罐之類。又讓于冰坐在炕上，隨入內房好半晌。少刻，見一婦人領出四五個小男女，與于冰叩頭。于冰跳下炕來還禮。婦人道：「今日若不是客爺，他的性命不保。」說了這兩句，便滿面羞澀，領上娃子們入去。段祥復讓于冰坐下，又聽得內房中風匣響。須臾，段祥拿出一大碗滾白水來，說道：「連個茶葉也沒有。」于冰接在手內道：「極好。」段祥又頓出一大沙壺燒酒，兩碟鹹菜，出去買了二十個小饅首，配了一碗炒豆腐，一碗調豆腐皮，擺列在一小木桌上。與于冰斟了酒，又叩謝了。于冰讓他同坐，兩人喫著酒。段祥又問起那婦人的話。于冰備細說了一遍，段祥嚇得毛骨悚然，又在炕上叩頭，直話談到三鼓已過方歇。

次早，于冰要去，段祥那裡肯放？于冰又絕意要行，嚷鬧了好半晌，留于冰喫了早飯，問明去向，又親送了十五六里，流著眼淚回家。于冰離了范村，走了兩天，只走了九十餘里。第三日，從早間走至交午，走了二十里，見有兩座飯鋪。于冰見路北鋪中人少，走去坐下，問道：「這是甚麼地方？」小夥計道：「這叫八里鋪，前面就是保德州。」于冰要了四兩燒酒，喫了一杯，出鋪外小便。猛聽得一人說道：「冷爺在這裡了！」于冰回頭一看，卻是段祥，拉著一個騾子，後面相隨著一人，騎著個極大極肥的黑驢，也跳下來，交與段祥牽住。于冰將那人一看，但見：

熊腰猿臂，河目星瞳。紫面長鬚，包藏著吞牛殺氣；方頤海口，宣露出叱日威風。頭戴魚白捲簷氈巾，身穿寶藍箭袖皮襖。雖無弓矢，三岔路口自應喝斷人魂；若有刀鎗，千軍隊裡也須驚破敵膽。

于冰看罷，心裡說道：「這人好個大漢仗❻，又配了紫面長鬚，真要算個雄偉壯士。」只見段祥笑說道：「冷爺走了三天，被我們一天半就趕上了。」又見那大漢子問段祥道：「這就是那冷先生麼？」段祥道：「正是。」那大漢向于冰舉手道：「昨日段祥說先生送他銀子，救他性命，我心上甚是佩服，因此同他來趕追，要會會先生。」于冰道：「偶爾相遭，原非義舉。些須銀數，何足掛齒？」說畢，兩人一揖，同入飯館內坐下。于冰道：「敢問老長兄尊姓大名？」那漢子道：「小弟姓張，名仲彥，與段祥同住在范村。先生尊諱可是于冰麼？」于冰道：「正是賤名。」仲彥道：「先生若不棄嫌我，請到小弟家中暫歇幾天，不知肯去不肯去？」于冰道：「小弟係飄蓬斷梗之人，無地不可佇足，何況尊府？既承雲誼❼，就請同行。」仲彥拍案大叫道：「爽快！爽快！」又叫走堂的吩咐道：「你這館中也未必有甚麼好酒菜，可將喫得過的，不拘葷素，盡數拿來，不必問我。再將頂好的酒拿幾壺來，我們喫了還要走路。快著快著！」于冰道：「小弟近日總只喫素，長兄不可過於費心。」少刻，酒菜齊至，仲彥一邊說著話兒，一邊大飲大嚼。于冰見他是個情性爽直人，將棄家訪道大概一說，仲彥甚是嘆服。酒飯畢，段祥會了賬，于冰騎騾子，仲彥騎了驢兒，段祥跟在後面，一路說說笑笑，談論段祥遇鬼的話。說到用泥娃子打倒鬼處，仲彥掀髯大笑道：「弟生平不知鬼為何物，偏這樣有趣的鬼，被先生遇著，張某未得一見，想來今生再不能有此奇遇也，罷了！」於是三人一同入范村。正是：

❻ 漢仗：體貌雄偉。清梁章鉅退庵隨筆卷十三：「選將之法，智勇固在所先，而漢仗亦須兼顧。」

❼ 雲誼：與雲情同，謂高厚的情誼。

從古未聞人打鬼，相傳此事足驚奇。
貧兒戴德喧名譽，引得英雄策蹇❽追。

❽策蹇：騎驢。策，鞭打。蹇，跛足駑劣的驢，在此僅作驢解。

第九回　吐真情結義連城壁　設假局欺騙冷于氷

詞曰：

心耿耿，淚零零，綠柳千條送客行。賊禿劫將資斧去，石堂獨對守寒燈。

右調深院月

話說于氷到張仲彥家，兩人從新叩拜，又著他兒子和姪兒出來拜見。于氷見二子皆八九歲，稱讚了幾句去了。須臾，二人淨過面，就拿入酒來對酌，仲彥又細細盤問于氷始末，于氷一無所隱。問及仲彥家世，仲彥含糊應對。于氷又說起嚴嵩弄壞自己功名話，仲彥拍膝長嘆道：「偏是這樣人，偏遇不著我和家兄。」于氷道：「令兄在麼？」仲彥道：「不在此處。」于氷已看出他七八分，便不再問。頃間拿來菜蔬，俱是大盤大碗，珍品頗多，卻不像個村鄉中待客酒席。于氷道：「多承厚愛，惜弟不茹葷❶久矣。」仲彥道：「阿呀！酒館中先生曾說過，我倒忘懷了。」時段祥在下面斟酒，忙吩咐道：「你快說與廚下，添補幾樣素菜來。」于氷道：「有酒最妙，何用添補？」段祥已如飛的去了。沒多時，又是八樣素菜，亦極豐潔。

❶ 茹葷：音ㄖㄨˊ ㄏㄨㄣ，吃葷。莊子人間世：「不飲酒不茹葷者數月矣。」葷，動物類食物。

過了三天，于冰便告辭別去，仲彥堅不放行；于冰又定要別去。仲彥道：「小弟在家，一無所事，此地亦無人可與弟長久快談。先生是東西南北閒遊的人，就多住幾月，也未必便將神仙耽誤，訪道何患無時？」于冰道：「感蒙垂注慇切，理合從命。但弟性山野，最喜跋涉道路，若閒居日久，必致生病。」仲彥大笑道：「世上安有個閒居出病來的人？只可恨此地無好景，無好書，又無好茶飯，故先生屢次要別去。我今後亦不敢多留，過了一月再商酌。若必過辭，便是以人品不堪❷待我。」于冰見他情意諄篤❸，也沒得說，只得又住下。

到半月後，仲彥絕早起來，吩咐家下人備香案、酒醴、燈燭、紙馬等物，擺設在院中。先入房向于冰一揖，于冰即忙還禮。仲彥道：「弟欲與先生結為異姓兄弟，先生以為何如？」于冰道：「某存此心久矣，不意老弟反先言及。」仲彥大悅，於是大笑著，拉于冰到院中，兩人焚香叩拜。于冰係三十二歲，長仲彥一歲，為兄。拜罷，他妻子元氏，同兒子姪兒，都出來與于冰叩拜。此日大開水陸，葷素兩席，暢飲到定更時候。仲彥著家下人將殘席收去，另換下酒之品。于冰道：「愚兄量狹，今日已大醉矣。」仲彥道：「大哥既已酒足，弟亦不敢再強。」立即將家下人趕出，把院門兒閉了，入房來坐下，問道：「大哥以弟為何如人？」于冰道：「看老弟言動，決非等閒人，只是愚兄眼拙，不能測其深淺。」仲彥道：「弟係綠林❹中一大盜也。」于冰聽了，神色自若，笑說道：「綠林中原是大豪傑棲身之所，自古

❷ 人品不堪：品格低下。不堪，極壞。

❸ 諄篤：忠厚老實。諄，音ㄓㄨㄣ，誠懇。

❹ 綠林：盜賊之別名。王莽末，南方饑饉，嘯聚於湖北當陽綠林山之盜匪達七八千人，後遂稱盜賊為綠林。

開疆展土，與國家建功立業，屈指多人，綠林二字，何足為異？又何足為辱？」仲彥摸著長鬚大笑道：「大哥既以綠林為豪傑，自必不鄙棄我輩。然弟更有請教處，既身入綠林，在傍觀者謂之強盜，在綠林中人還自謂之俠客，到底綠林中終身的好，還是暫居的好？」于冰道：「此話最易明。大豪傑於時於勢，至萬不得已，非此不能全身遠害，棲身綠林中，亦潛龍在淵❺之意，少有機緣，定必改弦易轍❻，另圖正業。若終身以殺人放火為快，其人總逃得王法誅戮，亦必為鬼神不容，那便是真正強盜，尚何豪傑之有？」仲彥拍案大叫道：「快論妙絕，正合弟意。」

說罷，忙到院外巡視了一遍，復入來坐下，說道：「弟攜家屬遷於此地，已經七載，雖不與此地人交往，卻也不惡識他們。每遇他們婚姻喪葬貧困無力者，必行幫助，多少不拘。因此這一村人，若大若小，題起弟名，倒也敬服。日前大哥送段祥銀兩，弟卻不以為意，不但與他十四五兩，便與他一百四五十兩，好名的人與遮奢人❼都做的來。後聽他說大哥也是個過路的窮人，便打動了小弟要識面的念頭，纔將大哥趕回。連日不肯與大哥說真名姓，實定不住大哥為人何如。今同居數日，見大哥存心正直，無世俗輕薄舉動，又聽大哥詳言家世，以數萬金帛嬌妻幼子，一旦割棄，此天下大忍人，亦天下大奇人，若不與大哥訂生死之交，豈不當面錯過？弟係陝西寧夏人，本姓連，名城璧。我有個胞兄，名連國璽，從祖父至我兄弟，通在綠林中為活計。我父母早喪，弟至十七歲，即同我哥哥做私商買賣，劫奪人財物，

❺ 潛龍在淵：比喻賢才之失時不遇。語本易乾。

❻ 改弦易轍：樂變其調，車更其路。比喻改變辦法或制度。

❼ 遮奢人：特別有錢而且慷慨豪放的人。遮奢，出色、了不起。

相識下若干不怕天地的朋友。別處還少，惟河南、山東，我弟兄案件最多。弟到二十五歲，便想著此等事損人利己，終無好結局，就是祖父也不過是偶爾漏網，便勸我哥哥改邪歸正。我哥哥一聽我言，便道：『你所慮深遠，只是我弟兄兩個都做了正人，我們同事的新舊朋友，可能個個都做正人麼？內中有一兩個不做正人，不拘那一案發覺了，能保他不說出你我的名姓麼？況我們做了正人，他們便是邪人，邪與正勢不兩立，不惟他們不喜，還要怨恨你我無始終，其致禍反速。你今既動了這改邪歸正念頭，就是與祖宗接續香火的人，將來可保首領，亦祖父之幸也。家中現存銀八千餘兩，金珠寶玩頗多，你可於山西直隸僻靜鄉村內，尋一住處，將你妻子並我的兒子，同銀兩等物，盡數帶去，隱姓埋名，你們過你們的日月，我還做我的強盜。至於你嫂子和我，若得終身無事，就是天大福分。設或有事，這一顆腦袋，原是祖父生的，也是祖父教我自幼做這事的，萬一事出不測，這腦袋被人割去，或者幽冥中免得祖父罪業，也算他生養我一場。』我彼時說：『哥哥望五之年，理合遠避。兄弟年力精壯，理該和他們鬼混，完此冤債。』我哥哥說：『你好胡說！我為北五省有名大盜，領袖諸人，你去了有我在，朋友們尚不介意。我去了留下你，勢必有人在遍天下尋我，倘被他們尋著，那時我也不能隱藏，你也不能出穀，事體犯了，咱弟兄兩個，難保不死在一處。你我的事，也沒甚麼遲早，你既動此念，你就於今日連夜出門，尋覓一妥當安身地方，然後來搬家眷起身，不但你可保全性命，連你的兒子和我的兒子，都有出頭日子了。』此地即我採訪之地也。到家眷起身時，我哥哥又道：『今後斷不可私自來看望我，亦不可差人來送書字，教人知道你的下落，便是枉費一番心機，你權當我死了一般。你幹你的事，我幹我的事。』從此痛哭相別，弟在此范村，已是七年，一子一姪，倒都結了婚姻。我哥哥如今不知作何境況。」

說著，眼中流下淚來。又道：「我早晚須去看望一遭方好。」于氷不絕口的稱揚讚嘆。城璧拂拭了淚痕，又笑說道：「大哥是做神仙的人，將來成與不成，我也不敢定。然今日肯拋妻棄子，便可望異日飛昇。假若成了道時，仙丹少不得要送我一二十個。」于氷也笑道：「你姑俟之，待吾道成時，送你兩斗何如？」兩人都大笑起來。

又過了數天，于氷決意要去，城璧還要苦留，于氷道：「我本閒雲野鶴❽，足跡應遍天下，與其住在老弟家，就不如住在我家了。」城璧知于氷去意極堅，復設盛席餞別。臨行頭一夜，城璧拿出三百兩程儀，棉皮衣各一套，鞋襪帽褲俱全。于氷大笑道：「我一個出家人，要這許多銀子何用？況又是孤身，且可與我招禍。我身邊還有五六十兩，儘足盤用。衣服鞋襪等類全領，銀子收十兩，存老弟之愛。」城璧強逼至再，于氷收了五十兩，二人敘談了一夜。次日早飯後，于氷謝別，段祥也來相送。城璧叮嚀後會，步送在十里之外，灑淚而回。于氷因段祥家口多，又與他兩錠銀子，段祥痛哭叩別。

于氷行走了月餘，也心無定向，由山西平陸並靈寶等地，過了潼關，到華陰縣界，行至華山腳下，仰首一看，見高峰遠岫，集翠流青，雲影天光，陰晴萬狀，實五嶽中第一蔥秀之山也。于氷一邊走著，一邊顧盼，不禁目奪神移。又想著外面已如此，若到山深處，更不知如何。本日就在左近尋店住下。次早問明上山路徑，繞著盤道，紆折回環，轉過了幾個山峰，纔過了花果山、水簾洞處，不想都是就山勢鑿成亭臺石窟廊榭等類。又回思日前經過的火焰山、六盤山，大概多與西遊記地名相合，也不知他當日怎麼就將花果山、水簾洞做到海東傲來國，火焰山做到西天路上，真是解說不出。看玩了好一會，就坐

❽ 閒雲野鶴：閒雲隨風飄，野鶴自由飛，比喻來去自如、毫無拘束的人。亦作閒雲孤鶴。

在那水簾前歇息，覺得身上冷起來，心中說道：「日前要去遊山西五臺，身上俱是袷衣，致令空返。此番承連賢弟美意，贈我棉皮衣服，得上此山，設有際遇，皆城璧賢弟所賜也。」正坐間，忽然狂風陡起，吹得毛骨皆寒，于冰心驚道：「難道又有虎來不成？」少刻，光搖銀海，雪散梨花，早飄飄蕩蕩下起雪來。但見：

初猶如掌，旋復若席。四野雲屯，亂落有屑之玉；八方風吼，時鳴無雹之雷。藹藹浮浮，林麓須臾變相；漉漉奕奕，壑洞頃刻藏形。委積徘徊，既遇圓而成璧；聯翩飛灑，亦因方以為珪。八表氤氳，天地凝成一色；六花交錯，峰巒視之皆銀。紈鷗滅縞，皓鶴奪鮮。古檜蒼松，不聞烏喧鳥叫；流泉石室，斷絕虎嘯猿啼。銀甲横空，想是玉龍戰敗；霜華遍地，何殊素女朝回。萬頃同輝爛兮，似燭螭銜耀崑山；千巖失翠燦矣，如封姨剖蚌滄海。

于冰見雪越下越大，頃刻間，萬里皆白，急忙回到山下，至昨晚原住店中，借火烘衣，又頓了幾兩燒酒禦寒。少刻，店主人出來，笑問道：「客人來了，遇著幾個神仙？」于冰也不答他。傍邊一人問道：「這位客官認得神仙麼？」店主人笑道：「昨日這位客人住在我家，說要上山去訪神仙。今日被雪辭了回來，少不得過日還要去拜。」那人道：「天地間有神仙，就有人訪神仙，可見神仙原是有的。」于冰忙問道：「老哥可知道神仙蹤跡麼？」那人道：「是神仙不是神仙，我也不敢定他。只是這人有些古怪，我們便都猜他是個神仙。」

于冰喜道：「據你所言，是曾見過，可說與我知道。」那人道：「離此西南有一天寧寺，寺後有一石佛岩，在半山之中，離地有數丈高。山腰裡有一石堂，石堂傍邊有一大孔，孔上縛著鐵繩一條，直垂到溝底。鐵繩所垂之處，俱有石窟窿，可挽繩踏窟而上。當年也不知是誰鑿的窟窿，是誰將鐵繩穿在孔內，在那地方許多年，從無人敢上去。月前來了個和尚，在天寧寺只住了一夜，次日他就上那石堂去，早午定在石堂外坐半晌。寺中和尚見他舉動怪異，傳說的遠近皆知。起初無人敢上去，只與他送些口糧，他用麻繩吊上去。近日也有膽大的人敢上去，問他生死富貴的話，他總不肯說，究竟他都知道，怕洩露天機。他雖是個和尚，卻一句和尚話不說，都說的是道家話，勸人脩煉成仙。日前我姐夫亦曾上去見他，還送了他些米，心服的了不得。客官要訪神仙，何不去見他，看是神仙不是？」于冰道：「老哥貴姓？」那人道：「我叫趙知禮，就在天寧寺下居住，離此八十里。」于冰道：「你肯領我一去，我送你三百大錢。」知禮道：「這是客爺好意作成我，我就領客爺一去。客爺貴姓？」于冰道：「我姓冷。」知禮道：「我也要回家。此時雪大，明日去罷。」不意次日仍是大雪，于冰著急之至。晚間結記的連覺也睡不著，直下了四日方止。

到第五日，于冰與知禮同行，奈山路原本難走，大雪後連路也尋不出，兩人走了三天，方到知禮家，就在他家住了一夜，喫了些莜麥麵餅。于冰念他一路扶持，送了他一兩銀子。知禮喜出望外，領于冰上了天寧寺山頂，用手指道：「對面半山中，那不是石堂和鐵繩麼？」于冰道：「果然有條鐵繩，卻看不見石堂。」知禮扶于冰下了山，直送他到石佛岩下，指著道：「上面就是那神仙的住處。」于冰見四面皆崇山峻嶺，被連日大雪下的凸者愈高，凹者皆平，林木通白。細看那鐵繩，一個個盡是鐵環連貫，約長數丈。岩上都鑿著窟窿，看來著實危險。問知禮道：「你敢上去麼？」知禮道：「我不敢。設或繩斷，或失手掉了下來，骨頭都要粉碎哩。」于冰又詳細審度了一番，說道：「我再送你一兩銀子，你幫我上去。」知禮道：「冷爺便與我一百兩，我也無可用力。據說上去還好，下來更是可怕，不如回去罷。你一個讀書人，那裡會攀踏這些險地？」于冰也不答他，心裡說道：「難道罷了不成？」於是將衣襟拽紮起，定了定心，把鐵環雙手挽住，先用左腳踏住石窟，次用右手倒換，已到半岩間，只聽得知禮吆喝道：「好生挽住繩呀！」這一聲，于冰便身子亂顛起來。從新又拿主意道：「到此田地，只合有進無退，懼怕徒傷性命。」於是又放膽踏窟倒手，約有兩杯茶時，到了岩頂，扒了上去。

那石岩卻甚是平正，竟有四五尺寬。低頭往下一望，毛骨悚然，不但知禮，連溝底也看不明白。再看那鐵繩，竟是從山腰裡鑿透一大窟，將鐵繩橫穿了過去，倒掛在下面。東邊流著一股細水，西邊還有四五步遠，便是石堂。石堂門卻用一塊木板堵著，也不過三尺高下，二尺來寬。用手將木板一推，應手即倒。向石堂內一覷，果有一和尚，光著頭，穿著一領破布衲襖，閉著眼，坐在上面。于冰俯身入去，也不敢驚動他。見石堂僅有一間房大，東邊堆著些米，西邊放著些乾柴和大沙鍋、火爐、木碗等類，地下鋪著一條破氈，和尚就坐在上面。氈上還有幾本書，和筆硯紙張諸物。石壁三面都鐫著佛像。

再看那和尚，頭圓口方，項短眉濃，雖未站起來，身軀也未必高大。猛見那和尚把眼一睜，大聲道：「你來了麼？」于冰連忙跪下道：「弟子來了。」那和尚將于冰衣服估計了兩眼，說道：「你起來，坐在一邊講話。」于冰扒起來，侍立一傍。那和尚道：「我叫你坐，只管坐了就是，何必故遜？」于冰坐在下面。那和尚道：「你涉險至此何幹？」于冰道：「弟子棄家遠行，歷盡無限艱苦，昨在華山腳下，訪知老佛寄跡此岩，因此拚命叩謁，望佛爺大發慈悲，指示岸畔。」那和尚道：「不用你說，我已盡知。」

于氷道：「敢問老佛法號寶剎？」那和尚道：「我也不必問你的名姓居址，你也不必問我的出處根由。」說罷，磨墨展紙，寫了幾句，遞與于氷。于氷雙手接來一看，見字倒寫的有幾分蒼老。上寫道：

身在空門心在元，也知打坐不參禪。嬰兒未產胎猶淺，姹女逢媒月始圓。攪亂陰陽通氣海，調和水火潤丹田。汞龍鉛虎初降後，須俟恩綸上九天。

于氷看罷道：「大真人乃居凡待詔之仙。弟子今得際遇，榮幸何極！」說著，在地下又磕了十幾個頭。那和尚道：「你起來。」于氷跪懇道：「萬望真人念弟子一片至誠心，渡脫了罷。」那和尚道：「你欲何求？」于氷道：「弟子欲求長生大道。」和尚道：「道也者，不可須臾離也，可離非道也❾。道本無形無聲，故老子有『道可道，非常道；名可名，非常名❿』，又言『恍兮惚兮，如見其像，依焉稀焉，如聞其聲⓫』，修身者要養其無形無聲，以全其真。天得其真故長，地得其真故久，人得其真故壽。」說罷，將自己的心一指，又將于氷的心一指道：「你明白了麼？」于氷道：「真人的話，最易明白。其所以然，還未明白。」和尚呵呵笑道：「難哉！難哉！這也怪不得你。你想來還未喫飯。」隨用手指道：「你看柴米火刀鍋爐俱有，石堂外有水，你起去做飯。」于氷答應了一聲，連忙扒起，煨火取水做飯。那和尚又從米傍取出鹹菜一碟，筷子二副，著于氷坐了，和他同喫。喫完，于氷收拾停妥，天已昏黑。和尚道：

❾ 道也者三句：語出中庸第一章。

❿ 道可道四句：語出老子道德經上篇第一章。

⓫ 恍兮惚兮四句：參閱道德經上篇第二十一章，一本作第十七章，前二語與原文小異，後二語為原文所無。

「你喜坐則坐，喜睡則睡，不必相拘，我明日自傳你大道真訣。」說著，向石牆上一靠，冥目⑫入定去了。到二鼓時，于冰留神看那和尚，見他也常動轉，卻不將身睡倒，鼻孔中微有聲息。于冰那裡敢睡，直坐到天明。

次日，日光一出，和尚取過一本書來，又取出一莖香來道：「看此書，必須點此香，方不褻瀆神物。」于冰叩頭領受。那和尚見于冰點著了香，說道：「你可焚香細玩，我去石堂外散步一時。這石堂口兒，必須用木板堵住，防山精野怪來搶奪此書。」于冰唯唯，那和尚出石堂去了。于冰忙用木板堵了門，雖然黑些，也還看得見字。于冰將香插在面前，且急急掀書去看。見裡面的話，多奇幻費解。看了兩三篇，覺得頭目昏暈，眼睛暴脹起來，頃刻天旋地轉，倒在地下，心裡甚是明白，眼裡也看得見，只是不能言語並運動手腳。少停，那和尚一腳將木板踢倒，笑嘻嘻入來，先將于冰扶起，把皮襖脫剝下來，又向腰間亂摸，摸到帶銀去處，用手掏出，打開看視，見有百十兩銀子，喜歡的跳了幾跳。隨將他的書並筆硯同銀子，都裝在一小搭聯⑬內，斜掛在肩頭，笑向于冰道：「我困了許多日月，今日纔發利市。這是你來尋我，不是我來尋你。」又指著于冰大小棉襖道：「若錯過我，誰也不肯與你留下，讓你穿著罷。天氣甚冷，你這皮襖我要穿去。」說著，將皮襖套在身上，又指著地下鋪的氈子道：「我送了你罷。」又向于冰打一稽首道：「多謝布施。」說罷，笑著出石堂去。于冰耳內聽得清楚，眼中看得分明，無如身

---

⑫ 冥目：即瞑目。冥，古通瞑。

⑬ 搭聯：通作搭膊，一種布製長帶，中間有口袋，可收藏財物，繫在腰間，或搭在肩上。或作搭包、褡包、搭褳、搭連。

子痳軟，和感了痰症一般，大睜著兩眼，被他拿去。直待那灶香點盡，好半晌，纔略能移動。又待了一會，纔慢慢的坐起，覺得渾身骨頭如無，口渴的了不得。強打精神，扒出石堂，心上略覺清爽些。又扒到東邊流水處，用手捧著喫了幾口水，立即身子強壯起來。

原來那和尚是湖廣黃山多寶寺僧人，頗通文墨，極有膽量，人不敢去的地方他都敢去，屢以此等法子騙人。他是和尚，偏要說道家話，是教人以他為奇異人，便容易入套些。適纔那灶香名為悶香，見水即解，賊盜亦偶用之。因此久走江湖人，於睡時頭邊著一盆水，防此物也。于氷將家中並連城璧送的銀兩，一總落在他手，喜得留的命在。瓶口中還有七八兩散碎，未被那和尚摸著。回到石堂，反自己笑起來。打火做飯，喫後放倒頭便睡。睡至次日，喫了早飯，方出石堂，手挽鐵環，腳踏石窟，一步步倒退下山底，覺得比上時省力許多，只是危險可怕之至。自此後，他心無定向，到處裡隨緣歇臥，訪尋名山古洞仙人的遺跡去了。正是：

修行不敢重金蘭，身在凡塵心在仙。
誤聽傳言逢大盜，致他銀物一齊乾。

第十回　冷于冰食穢吞丹藥　火龍氏傳法賜雷珠

詞曰：

踏遍西湖路，纔得火龍相顧。食穢吸金丹，已入仙家門戶。　今宵邀恩露，此數誰能遇？苦盡自甜來，方領得其中趣。

右調傷春怨

且說冷于冰自被和尚劫騙後，下了石佛岩，他也心無定向，到處訪問高明。盤費用盡，又生出一個法兒，買幾張紙，寫些詩歌，每到城鄉內，與那鋪戶們送去。人見他的字甚好，三五十文或七八十文，倒沒甚麼丟臉處。遊行了五六年，神仙也沒遇著半個。一日想道：「我在這北五省混到幾時？聞得浙江西湖為天下名勝之地，況西湖又有葛洪真人的遺跡，不可不去瞻仰瞻仰。」遂一路飢餐渴飲，過了黃河，從淮安府搭了一隻船，到了揚州，看了平山堂、法海寺，日逐家士女紛紜，笙歌來往，非不繁華，但他志在求仙，以清高為主，覺得無甚趣味。倒是天寧寺有幾百尊羅漢，塑的眉目口鼻，無一個不神情飛動，倒要算個大觀。至鎮江府，見金山英華外露，焦山美秀中藏，真堪悅目怡神。後到蘇州，又看了虎邱，純像人工雜砌，天機全無，不過有些買賣生意，遊人來往而已。心中笑道：「北方人題起虎邱，沒一個不驚天動地，要皆是那些市井人與有錢的富戶，來往走動，他那裡知道山水中滋味？正經有學問的人，不是家口纏繞，就是盤費拮据，反不能品題風月，笑傲煙霞，豈不令人可嘆？」後見觀音山奇石千層，范公墳梅花萬株，又不禁欣羨道：「此蘇州絕勝奇觀也。」又聞得江寧等處，還有許多仙境，只是他注意在西湖，也無心去遊覽。

從蘇州又坐船，日夜兼行，見山川風景，與北方大不相同，雖未到山陰道上，已令人應接不暇矣。到杭州城隍山遊走了一遍，看了錢塘江的潮，隨到西湖，不禁大讚曰：「此天下第一江山也。」他便住在西湖僧舍，起先還是白天遊走，晚間仍回廟內。後來遊行的適意，要細細的領略那十景❶風味，每遇月色清朗時候，他便出了廟，隨處遊行，也有帶壺酒對景獨酌的時日。遊行的疲困了，或在寺院門外暫宿，或在樹林傍邊歇足。他也不怕甚麼蟲蛇鬼怪，做了個小布口袋，裝些點心在內，隨便充飢。來往了五六十日，他把西湖的後山人歷來不敢去的地方，他也走了許多，見裡面也有些靜修之人，盤問起來，究竟一無知識。

那一日晚間，正遇月色橫空，碧天如洗，看素魄蟾光❷，照耀的西湖水中如萬道金蛇，來回蕩漾。又見游魚戲躍於波中，宿鳥驚啼於樹杪，清風拂面，襟袖生涼，覺得此時萬念皆虛，如步空凌虛之樂。將走到天竺寺門前，見寺傍有一人，倚石而坐。于氷見他形貌腌臢❸，是個叫花子，也就過去了。走了

❶ 十景：西湖有十處勝景：平湖秋月，蘇堤春曉，斷橋殘雪，雷峰落照，南屏晚鐘，麴院風荷，花港觀魚，柳浪聞鶯，三潭印月，兩峰插雲。

❷ 素魄蟾光：素魄，月之別名。蟾光，月光。

數步，尋思道：「我來來往往，從未見此輩在此歇臥。今晚月色絕佳，獨行寂寞，就與他閒談幾句，何辱於我？」又一步步走回來。那花子見于冰回來，將于冰上下一看，隨即將眼就閉了。于冰也將那花子一看，見他面色雖然焦枯，那兩隻眼睛神光燦爛，迥異凡儔❹，心中暗想道：「或者是個異人，亦未敢定。」上前問道：「老兄昏夜在此何為？」那花子見于冰問他，將眼睜開道：「我兩日夜水米未曾入口，在此苟延殘喘。」于冰道：「老兄既缺飲食，幸虧我帶得在此。」將小口袋取出，雙手遞與。

那花子接來一看，見有十數個點心在內，滿面都是笑容，念了聲「阿彌陀佛」，連忙將點心向口內急塞。頃刻喫了個乾淨，笑向于冰道：「我承相公救命，又可多活兩天。」將布袋交與于冰，口裡說了聲「得罪」，把身子往下一倒，就靠上石頭睡去了。于冰笑道：「喫了就睡，原也是快活事。」隨叫道：「老兄且莫睡，我有話說。」那花子被叫不過，說道：「我身子疲困的了不得，有話再遇著說罷。」說畢又睡倒。于冰道：「老兄不可如此拒人，我要問你的名姓。」那花子只是不理。于冰用手推了他幾下，只見那花子怒恨恨坐起來，說道：「我不過喫了你幾個點心，身子又未嘗賣與你，你若如此聒噪，我與你吐出來何如？」于冰道：「我見臺駕氣宇異常，必是希夷曼倩❺之流，願拜求金丹大道，指引迷途。」花子道：「我曉得甚麼金丹大道小道？你只立心求你的道去，那金丹自然會尋著你來。」說罷，又仍舊

❸ 腌臢：音ㄤ ㄗㄤ，又讀ㄚ ㄗㄚ，不清潔。通作骯髒。

❹ 迥異凡儔：和一般人大不相同。迥，音ㄐㄩㄥˇ，特別地。儔，音ㄔㄡˊ，伴侶。

❺ 希夷曼倩：希夷，唐人陳摶，五代時隱居華山，自號扶搖子，宋太宗賜號希夷先生，時號睡仙。曼倩，西漢東方朔之字。朔善詼諧，時以諷諫救武帝之失。

睡倒。

于冰聽了這幾句話，越發疑心他不是等閒人，於是雙膝跪倒，極力用手推他，說道：「弟子撇妻棄子五六年有餘，今日好容易得遇真仙，仰懇憐念痴愚，明示一條正路，弟子粉骨碎身，也不敢忘仙師的恩典。」那花子被纏不過，一蹶劣坐起，大怒道：「這是那裡的晦氣？」用手在地下一指道：「揀起那個東西來！」于冰隨指看去，是一個蝦蟆，拾在手內一看，見已經破爛，裡邊許多蟲蟻在內，腥臭之氣，比屎還難聞，又不敢丟在地下，問那花子道：「揀起這物何用？」花子大聲道：「將他喫了，便是金丹大道。」于冰聽罷，半晌說不出話來，心中打算道：「若真正是個神仙，藉此物試我的心誠不誠，便是我終身造化。假若他借此物耍笑我，豈不白受一番穢污？」又想道：「世上那有輕易渡人的神仙？就便是耍笑我，我若喫了，上天也可以憐念我修道之誠。」隨即閉住了氣，用嘴對正了蝦蟆一咬，起初還有些氣味，自一入口，覺得馨香無比，咽在肚中，無異玉液瓊漿，便覺精神頓長，面目分外清明。

喫完，只見那花子大喜道：「此子可以教矣。」笑問道：「子非廣平冷于冰號不華者乎？」于冰連忙跪倒，頓首曰：「弟子是。」花子道：「吾姓鄭，名東陽，字曉暉，當戰國時，避亂山東勞山，訪求仙道，日食草根樹皮，八十餘年，得遇吾師東華帝君，賜吾火丹，服之通體皆赤，鬚眉改易。又授吾丹經一卷，道書十三篇，吾朝夕捧讀，細心研求，二年後，始領得其中奧旨。於是仗離地之精，吸太陽之火，復藉本身三昧❻，修煉成道。上帝命仙官仙吏，召吾於通明殿下，奏對稱旨，敕封我為火龍真人。我看你向道雖誠，苦無仙骨，適間死蝦蟆，乃吾爐中所煉易骨丹也。四九之日，即可移精換髓，體健身

❻ 三昧：三昧真火。道家謂元神、元氣、元精三者函藏修煉，能生真火，謂之三昧真火。

輕，抵三十年出納工夫。你纔說金丹大道，微渺難言。你可坐在一傍，聽吾指授。」于冰跪扒了半步，痛哭流涕道：「弟子嘗念賦質人形，浮沈世界，荏苒光陰，即入長夜之室，輪迴一墮，來生不知作何物類，恐求一人身而不可得。因此割恩斷愛，奔走江湖，奈茫茫滄海，究不知何處是岸。今幸覩慈顏，跪聽猶恐無地，尚敢坐領元機耶？」

真人點頭至再，因教諭道：「吾道至大，總不外性命二字。佛家致虛守寂，只修性而不修命。吾道立竿見影，性命兼修，神即是性，氣即是命。大抵人神好清而心擾之，人心好靜而慾牽之，誠能內觀其心，心無其心；外觀其形，形無其形；遠觀其物，物無其物，三者既晤，惟見於空。觀空亦空，空無所空。所空既無，所無亦無。無無亦無，湛然常寂。蓋生者死之根，死者生之根。有動之動，出於不動；有為之為，出於無為。無為則神歸，神歸則萬物云寂；不動則氣泯，氣泯則萬物無生。耳目心意都忘，即眾妙之門也。故對境忘境，不沈於六賊之魔。居塵出塵，不落於萬緣之化。須知神是氣之子，氣是神之母，如雞抱卵，不可須臾離也。你看草木根生，去土則死；魚鼈沈生，去水則死；人以形生，去氣則死，故煉氣之道，以開前後關為首務。二關既開，則水火時刻相見，而身無凝滯矣。當運氣時，必先吐濁氣三口，然後以鼻尖引清氣一口，運至關元，由關元而氣海，由氣海分循兩腿而下，至足湧泉。由湧泉提氣而上，至督脈。由督脈而泥丸，由泥丸而仍歸於鼻尖，由鼻尖而復運至關元，此謂大周天。上下流行，貫串如一，無子午卯酉，行之一時可，行之晝夜可，行之百千萬年，無不可也。此中有口訣，至簡至易，老死參同契❼等書者，究何益哉？」隨向于冰耳邊祕授了幾句，于冰心領神會，頓首拜謝。

❼ 參同契：相傳為魏伯陽所作，乃道家重要典籍，其中多假周易爻象以說丹鼎之術。

又道：「金丹一道，仙家實有之。無如世俗燒煉之士，不務本源，每假黃白術❽，坑己害人，天下安有內丹未成，而能成外丹飛昇者？故修煉內丹，必須採二八兩之藥，結三百日之胎，全是心上工夫，坐中煉氣，吞津咽液，皆末務也。只要照吾前所言行為，於無中養就嬰兒，陰分添出陽氣，使金公生擒活虎，令姹女獨駕赤龍，乾夫坤婦，而媒嫁黃婆；離女坎男，而結成赤子。一爐火焰煉虛空，化作半絲微塵；萬頃冰壺照世界，形如一粒黍米。神歸四大，乃龜蛇交合之時；氣入四肢，正烏兔鬱羅之處。玉葫蘆迸出黃金液，紅菡萏開成白玉花。至此際，超凡入聖，而金丹大道成矣。然此時與你言，你也領會不來，必須躬行實踐，進得一步，方能曉得一步也。雖如此說，而密竅亦不可不預知。」遂傳安胎採藥、立爐下火之法，于氷一一存心苦記，領受仙言。

真人從身邊取出小葫蘆一個，又木劍一口，付與于氷道：「此葫蘆亦吾煆煉而成，雖出於火，卻能藏至陰之氣物。你可於明年八月，去湖廣安仁縣城外柳家社，乃妖鬼張崇等作祟之地。」遂說與如何收法。又道：「你若得此，縱不能未動先知，而數千里內外事，差伊等探聽，亦可明如指掌。木劍一口，長不過八九寸，若迎風一晃，可長三尺四五。此劍乃符咒噴噀，能大能小，非干將莫邪之類，所能比擬其神化也。授你為異日拘神遣將逐邪之用。」于氷頓首收謝。真人又道：「我每知你山行野宿，固是出家人本等，奈學道未成，一遇妖魔鬼厲，虎豹狼蟲，徒傷性命。」又從懷中取出一物，圓若彩毬，紅如烈火，大小與彈丸相似，托在掌中，旋轉不已。真人道：「此寶名為雷火珠，係用雷屑研碎，加以符籙法水，調和為丸。吾日日吸太陽真火，於正午時，又用吾本身三昧真火，並離地棗木，貯於丹爐之下焚

❽ 黃白術：古昔傳言仙人煉丹砂以化成黃金白銀之術。

燒。合此三火，煅煉一十二年，應小周天之數，方能完成。吾實大費辛勤，此寶不但山海島洞妖魔經當不起，即八部正神⑨普天列宿⑩被他打中，亦必重傷。用時隨手擲去，便煙火齊發，響同霹靂。以手招之即回，真仙家至寶也。汝須小心收藏。」于氷欣喜過望。真人又道：「昔吾師東華帝君初遇時，只授吾火丹一丸，修道書十三篇，風火劍二口。今我初遇你，即付以至寶，此皆格外提拔。本擬再遲三五十年渡你，因你以少年大富戶，能割捨妻子，又怕你山行野宿，為異類傷了性命，因此早渡脫你幾十年。吾教下還有幾個弟子，有位列大仙受敕封者，有相隨一二千年成地仙者，他們那一個能得我如此青目⑪？」于氷連連頓首，觸地有聲。

真人又道：「明歲收伏張崇後，還有一事，用你了決，臨期我自遣人助你。你從今後，要步步趨向正路。若一事涉邪，我定用雷火燒汝皮，迅雷碎汝骨，決不輕恕，汝宜凜之慎之。凡有益於民生社稷者，可量力行為，以立功德。」說罷，將地一指，地下裂開一縫，真人身入縫中，其地復合。于氷欣羨道：「我將來有此神通，也就足矣。」於是對著那塊大石，誠誠敬敬拜了四拜，然後坐下，將真人祕授的口訣，並修煉次第，從頭暗誦，一字不差，方纔動身。正是：

⑨ 八部正神：佛教分諸天鬼神及龍為八部：一天，二龍，三夜叉，四乾闥婆，五阿脩羅，六迦樓羅，七緊那羅，八摩睺羅伽。因八部中以天龍二部居首，故又稱天龍八部。

⑩ 列宿：眾星宿，特指二十八宿。中國古代天文學家對恆星的分類，依東南西北方位，分為蒼龍七宿（角、亢、氐、房、心、尾、箕）、白虎七宿（奎、婁、胃、昴、畢、觜、參）、朱雀七宿（井、鬼、柳、星、張、翼、軫）、玄武七宿（斗、牛、女、虛、危、室、壁）。宿，音ㄒㄧㄡˋ，列星。

⑪ 青目：同青眼，垂青照拂的意思。

拋妻棄子幾多年，風雨飢寒亦可憐。
受盡苦中無限苦，今宵始得結仙緣。

第十一回　仗仙劍柳社收厲鬼　試雷珠佛殿誅妖狐

詞曰：

劍吐霜華射斗牛，碧空雲淨月當頭，幾多燐火動人愁，雷珠飛去，二鬼齊收。　何處紅粧任夜遊，片言方罷，復動戈矛，相隨佛院未干休，妖狐從此斃，自招尤。

右調散天花

話說于冰自火龍真人傳道術之後，也無暇看西湖景致，就在西湖後山尋了個絕靜地方，調神御氣，演習口訣，已一年有餘。因想起火龍真人囑咐的話，此時已是七月半頭，還不到安仁縣，更待何時？一路坐船到湖廣，捨舟就陸，入了安仁縣交界。逢人訪問，纔知這柳家社在安仁縣東，離城還有八九十里，直至過午時分，方纔到了。不想是個小去處，內中只有五六十家。于冰揀一老年人問道：「此處可有客店沒有？」老人道：「我們這裡沒有客店，若要暫時住宿，你從這條巷一直往西盡頭處，有個豆腐鋪，他那邊還留人住。」于冰依言到了鋪內，見是一明一暗兩間草房，內中有幾條大木凳，餘係缸罈碗碟小磨之類。內有一老漢，看著後生磨豆腐。于冰舉手坐下，身邊取出幾十文錢來，放在桌上。那後生知是要喫酒飯的，隨即取來一壺燒酒，又拿過一碟鹽水調豆腐來。于冰問道：「貴鋪可留人住宿麼？」那老漢代應道：「敝縣老爺法令森嚴，我們留的都是本地熟人，生客不敢留住。」于氷道：「我是北方人，因有一朋友約在此地相會，欲在貴鋪住一夜等候他，不知使得使不得？」老漢道：「若是住一兩夜，也還使得。」于氷又用了他兩大碗米飯，找給了錢。

到黃昏時候，見家家都關閉門戶，街上通沒人行走。又見那後生也急忙收拾板壁，于氷道：「天色尚早，怎麼就要睡麼？」老漢道：「你是遠方人，不知敝地利害。」于氷道：「有甚麼利害？」老漢道：「說起來倒像個荒唐亂道，少刻便見真實。我們這地方叫柳家社，先有個姓張名崇的人，就住在我這房子北頭。這小廝氣力最大，漢仗又高，像貌極其兇惡，專一好鬥毆生事，混鬧的一社不安。衙門中公差也不敢惹他，總告他到官，刑罰也制他不下。今年正月裡，上天有眼，教這惡人死了，我們一社人無不慶幸。不意他死後更了不得，到黃昏後，屢屢現形，在這社裡社外作祟。造化低的遇著他，輕則毒打，重則發寒發熱，十數天還好不了。再重些的，瘋叫狂跑，不過三兩天就送了性命。先日還只是他一個，從今年四月裡，又勾引著無數的遊魂來，每到天陰雨濕之際，便見許多黑影子，似乎人形，入我們社裡來，拋磚擲瓦，驚嚇的六畜不安，或哭或號，或叫人門戶。有膽大的開門看視，卻又寂靜無人。亦有目有所覩，或被他們打傷，或於口耳鼻三處，俱填入沙土不等，每一來，混到三四更鼓方歇。」

于氷聽了，心下大喜道：「我到此正要訪問妖鬼備細，卻被他一一說出。」忙問道：「為何不請法師降他？」那後生接說道：「大前日晚間，又來鬧了一次。先時請了個陰陽先生降服他們，幾乎被他們打死。本社姜秀才為頭，寫了一張公呈子，告在本縣大老爺案下。他素常極會審事，不意到這鬼上，他就沒法了。」于氷道：「似他這樣忽來忽去，不知也有個停留的地方沒有？」老漢接說道：「怎麼沒有？

出了我們這社北一里多地，有個大沙灘，灘中有二百多株大柳樹，那就是他們停留之地。到晚間，二三十人也不敢去。就是我們這柳家社，也是因這柳樹多方命名的。今年六月間，大家相商，將這些柳樹盡行砍倒，使他無存身之地。只砍了五六株，倒被他一連大鬧了七八夜，如今連一枝柳條也不敢砍了。」

于冰聽了，便不再問。睡到三更時候，暗暗的開了房門，抬頭見一輪好月，將木劍取在手中，迎風一晃，倏變為三尺餘長，寒光冷氣，直射斗牛❶。一步步往北尋去，果見有無數的柳樹，一株株含煙籠月，帶露迎風，千條萬縷，披拂在蕪草荒榛之上。又見有數十堆燐火，乍遠乍近，倏高倏低，紛紛攘攘，往來不已，視之紅光綠焰，閃爍奪睛。于冰大步走至了林內，用劍尖在地下畫了一大圓圈，站在圈中間。只見那些燐火，俱雲行電逝的將于冰一圍，卻不敢入這圈內。又見有大燐火兩堆，約有五尺餘高，為眾燐火領袖。頃刻間起一陣陰風，化出了兩個人形，眾燐火隨著他亂滾。少間，用沙石土塊亂打起來。于冰取雷火珠在手，惟恐二鬼招架不起，向眾燐火擲去。只見紅光如電，大震了一聲，但見：

非同地震，不是山崩。黑霧迷空，大海蛟龍遠避；金光遍地，深山虎豹潛逃。島洞妖魔，心驚膽碎；幽冥鬼怪，魄散魂離。自古雷火天際下，於今煙霧手中飛。

雷火珠過處，數十堆燐火全無。于冰將手一招，此寶即回。再看二鬼，已驚倒在地下，于冰大喝道：「些小遊魂，何敢擾亂鄉村，傷殘民命？」二鬼扒起，連連叩頭道：「小鬼等原不敢肆行光天化日之下，只因出母胎時，年月日時都犯著一個癸字，實賦天地之惡氣而生。今魂魄無依，潛聚在這柳樹曈遊戲，仰

❶ 斗牛：太空之中，九天之上。斗，北斗星。牛，牽牛星。

懇法師諒情垂憐。」于氷道：「本該擊散魂魄，使爾等化為烏有，但念爾再四苦求，姑與自新之路。此後要聽吾收管，不拘千里百里事件，差你兩個打聽，俱要據實回覆。功程完滿，我自送你們托生富貴人家。」二鬼又連連叩頭道：「小鬼等素常皆會御風而行，一夜可往來千里。既承法師開恩收錄，誰敢不盡心竭力，圖一個再轉人身？」于氷聽罷，著二鬼報名，以便差委。二鬼自陳，一叫張崇，一叫吳淵。于氷道：「張崇可改名超塵，吳淵可改名逐電。」隨向腰間解下火龍真人與的葫蘆兒，用手舉起，默誦真言，喝聲：「入！」但見二鬼化為兩股黑氣，飛入葫蘆內來。于氷將口兒塞住，繫在腰間。又將木劍用法收為一尺長短，帶於身邊，仍悄悄的回到原處睡覺。

至次早，算還了賬目，又喫了早飯，向安仁縣來。一路緩緩的行走，到日西時分，入了縣城，走了幾家店房，都為孤身無行李，不肯收留。于氷想道：「店中人多，倒是寺院中最好。」尋了一回，見城北寥寥幾家人家，有一座極大寺院，舊金字牌上寫著舍利寺三字。于氷到山門前，卻見個小沙彌出來，于氷道：「我要尋你師父說話。」沙彌便領了于氷，到西邊小院內，有一間禪房，房內床上，坐著五十多歲的一個和尚，但見：

毘盧帽半新半舊，紗偏衫不短不長。面如饅首，大虧肥肉之功；肚似西瓜，深得魯酒❷之力。頂圓項短，宛然彌勒佛子孫；性忍心貪，實似柳盜跖❸哥弟。

❷ 魯酒：滋味淡薄的酒。莊子胠篋：「魯酒薄而邯鄲圍。」

❸ 柳盜跖：柳下惠之弟，春秋時魯國大盜，日殺不辜，肝人之肉，暴戾恣睢，聚黨數千人，橫行天下。

于冰舉手道：「老禪師請了。」那和尚將于冰上下一看，見衣服襤褸，便掉轉頭罵小和尚道：「黃昏時候，也不管是人是賊，竟冒昧領將入來，成個甚麼規矩？」于冰道：「窮則有之，賊字還加不上。」隨向腰間取出一塊銀子，放在和尚桌上，說道：「小生有一朋友，彼此相訂在安仁縣內會面，大約三兩天就來。今欲在寶剎住幾天，白銀一塊，權為飲食之費，祈老師笑納。」和尚將眼一瞬，約略著有一兩五六錢，臉上纔略有點笑容，慢慢的下了禪床，與于冰打一問訊道：「先生休要動疑，數日前也是這小孽畜領來一人，在貧僧禪房內宿了一夜，天明起來，將一床棉被拿去。」于冰道：「人原有品行高下，這也怪不得老師防範。」說畢，讓于冰坐下，問道：「先生貴籍貴姓？」于冰道：「小生北直隸秀才，姓冷，名于冰。敢問老師法號？」和尚道：「貧僧法名性慧，別號圓覺。」

不多時，小和尚掇來兩鍾白水茶放下。性慧看著銀子，努了努嘴，小和尚會意，就收的去了。性慧隨即出來，與火工道人說了幾句話，復入來相陪。到起更時，道人拿入一盤茄子，一盤素油拌豆腐，一盤白菜，一盤炒麵筋，又是一小盆大米乾飯，擺在地桌上。性慧陪于冰喫畢，說道：「後院東禪房最僻靜。」吩咐道人快去點燈。又道：「敝寺被褥缺少，望先生見諒。」于冰道：「小生是從不用被褥的，有安歇處即好。」性慧領于冰到第二層東禪房內，見有兩張床，上面鋪著蘆席，一面牆上掛著一碗燈，四下裡灰塵堆滿。性慧道了安置回去了。到次日，早飯午飯仍在前面，飲食更是不堪。于冰見那和尚甚勢利，不願和他久坐。喫完飯，即歸後院，運用內功。住了三天，喫了他六頓大米飯，率皆粗惡不堪之物。他問貴友不來話，倒絮聒了二十餘次。

一日午間，從和尚房中喫飯出來，走至二層院內道：「我來此已四日，只因煉靜中工夫，從未到這廟後走走，不知還有幾層院落。」於是由東角門入去，見院子大小與前院相似，三面都是極高的樓房，樓上樓下，俱供著佛像，卻破壞的不堪。周圍遊走了一遍，又從第三層院西角門入去，到第四層院內，見三面樓房和前院是一樣修蓋，只是規模越發大了。于冰在樓上樓下看畢，說道：「可惜這樣一座大寺院，著性慧這樣不堪材料做住持，不能從新修建，致令佛廟衰頹，殿宇破壞。」再要入第五層院去，見東西角門上著鎖。從門隙中一覷，後面通是空地，最後便是城牆。于冰道：「真人在西湖吩咐安仁縣有兩件事，用我了決，或者就為這處寺院著我設法修蓋，亦未可知。我到明日與和尚相商，成此善舉。」看畢，回到東禪房，閉目打坐。到二鼓時候，猛然心上一驚，睜眼看時，見面前站著個婦人，甚是美艷。但見：

寶藍衫子，外蓋著門錦背心，宛是巫山神女；猩紅履兒，上罩定凌波小襪，儼如洛水仙妃。不御鉛華，天然明姿秀色；未薰蘭麝，生就玉骨靈香。淡淡春山，含顰處無意也休疑有意；盈盈秋水，流盼時有情也終屬無情。霧鬢風鬟，較藍橋雲英倍多婀娜；湘裙鳳髻，比瑤池素女更覺端嚴。私奔未嘗無緣，陡來須防有害。

于冰見那婦人烏雲疊鬢，粉黛盈腮，丰姿秀美，態度宜人，心上深為驚異，大聲問道：「你是何處女流？為甚黌夜到此？」只見那婦人輕移蓮步，款蹙香裙，向于冰輕輕萬福道：「奴乃寺後吳太公次女也。今午後見郎君在後院閒步，知為憐香惜玉之人，趁我父母探親未回，聊效紅拂私奔，與君共樂于飛，願郎君毋以殘花敗柳相視。」言罷，秋波斜視，微笑含羞，大有不勝風情之態。于冰道：「某遊行天下，以禮持身，豈肯做此桑間❹月下之事？你可速回，毋污吾地。」那婦人道：「郎君真情外人也，此等話何忍出口？」于冰道：「汝毋多言，徒饒唇舌。」那婦人又道：「自今午門隙中窺見郎君之後，奴坐臥不安，今偷暇視便，與郎君面訂絲蘿，完奴百年大事，豈期如此拒人，奴更有何顏復回故室？惟有刎頸於郎君之前。郎縱忍奴死，詎不念人命干連耶？」

于冰見婦人陡然而至，原就心上疑惑，今聽他語言儇利❺，亦且獻媚百端，覺人世無此尤物，已猜透幾分，遂大喝道：「汝係何方妖怪，乃敢以巧言亂吾？速去罷了，若再少延，吾即拿你！」那婦人見于冰說出妖怪二字，知他識破行蹤，也大聲道：「你會拿人，難道人不會拿你麼？」于冰見婦人語言剛硬，與前大不相同，愈知為妖怪無疑。將木劍從腿中抽出，迎面一晃，頓長三尺有餘，寒光一閃，冷氣逼人，那婦人知此劍利害，急忙退出門外。于冰下床，提劍追趕至第三層院內，于冰正欲發雷火珠，那婦人回頭道：「你不相從也就罷了，我與你又無仇怨，你何苦窮追不已？」于冰道：「我立志斬盡天下妖邪，安肯當面放過？留你性命倒也罷了，只怕你又去害人。」那婦人道：「不消說了！」將身子向地下一滾，但見：

目運金光，口噴火焰。剛牙利爪，似老猿而尾長；尖嘴凹腮，像蒼狗而腿短。身軀肥大，喫人畜定八九十回；毛皮黃白，煉氣血必一二千載。行妖作怪，久膺天地之誅；變女裝男，難免雷珠之

❹ 桑間：古衛地，位濮水之上，為淫風流行之地。禮記樂記：「桑間濮上之音，亡國之音也。」

❺ 儇利：敏捷。儇，音ㄒㄩㄢ，利也。詩齊風還：「揖我謂我儇兮。」

厄。

原來現了原身，是個狗大的狐狸，張牙舞爪，掣電般向于氷撲來。于氷急用雷火珠打去，大震了一聲，將狐狸打了個筋斷骨折，死在地下，皮毛焦黑，與雷擊死者無異。于氷怕僧人看破，連忙回至寓所，把門兒緊閉。少刻，聽得性慧等喧吵起來，在門外問道：「冷相公，你可聽見大響動麼？」于氷道：「我適纔睡熟，沒有聽見甚麼響動？」性慧道：「豈有此理！這樣一聲大震，怎麼還沒有聽見？我們再到後院瞧瞧。」說罷，一齊去了。

須臾，眾人跑出亂嚷道：「原聽得響聲利害，不想就在後院霹妖怪。」有說霹的是狗，有說是狼，有說是毛鬼神，倒沒一個說到狐狸身上，因此物經火煙一燒，皮肉焦黑，又兼極其肥大，所以人猜不著。性慧又到于氷門前說道：「冷相公，你不去看看，真是大奇事，天上一點雲沒有，後院殿外就會霹死妖魔。」于氷道：「我明早看罷。」又聽得火工道人道：「這冷相公真是貪睡第一的人。」和眾僧議論著，向前院去了。

于氷打坐到四鼓，聽得窗外有一婦人，叫著于氷名字，說道：「我母親修道將及千年，今一旦死於你手，誠為痛心。我今日縱無本領報仇，久後定必請幾個同道，拿住你碎屍萬段，方洩我終天之恨。」于氷聽得明明白白，急仗劍下床，開門看視，一無所有。又於房上房下，前後廟院，細細巡查，各樓上俱看遍，方纔回來。至次日早，城中男女來了若干，都去後院觀看。早飯後，人更多數倍，又聽得文武官也要來。于氷道：「似這樣來來去去，攪擾的耳中無片刻清閒，此廟去西門不遠，我何不出城遊走一番，到晚間再回？」於是出了廟門，向西門外緩步行去。正是：

伏鬼降妖日，雷珠初試時。

除邪清世界，也是立仙基。

第十二回　桃仙客龍山燒惡怪　冷于冰玉洞煉神書

詞曰：

園亭消遣，佛殿於斯天樣遠。陡遇妖氛，雷火雙施次第焚。碧雲紅日，踏遍長空無憩地。引入丹房，分得天章寶籙光。

右調減字木蘭花

話說冷于冰出了安仁縣西門，買了十數個素點心，包在懷內，信步行去，見山岡環繞，碧水潺湲，皆因地方小，故無多往來人。約行了數里，見西南有一帶樹林，樹林中有些牆垣露出。走至跟前瞧看，牆北有座門，門上加著一把大鎖。于冰道：「這必是人家一處花園，空閒在這裡，看來規模宏敞，我何不入去閒步一回？」說罷，將身一躍，已入門內。皆因他受火龍真人仙傳，只一年，便迥異凡夫身體，且莫說這等園牆，就是極高的城牆，他也可飛跳過去，皆易骨丹之力也。到門內放眼一看，但見：

一座門樓，數間亭子。高而不峻謂之臺，長而不闊謂之榭。奇峰怪石，軿軿補補，堆做假山；小沼流泉，鑿鑿穿穿，引成活水。數十株老樹橫枝，三五間雕窗映日。疏簷籬院，魚吹池面之波；

曲舍迴廊，蝶臭花心之蕊。左一轉，右一轉，藏春閣委宛留春；前幾層，後幾層，待月軒逶迤佇月。武陵桃放，漁人何處識迷津？庾嶺梅開，詞客此中尋好句。端的是天上蓬萊，莫認做人間閬苑。

于冰看罷，心裡說道：「此園在此地，就要算上好的佳境了。」四下裡遊走了一會，見內中也有些破桌椅、床凳之類。走到園子後面，隔牆一望，牆外遠遠的有三四家人家。復到園子中間，揀了一處小些的亭子坐下，將點心取出，喫了幾個道：「這地方極其幽僻，我何不就在此處等候真人示下？飢時去城中買幾個點心喫用，省得在舍利寺天天受那禿奴才的眉眼，喫那樣炎涼茶飯。」說罷，便坐下行運內功。

至二更左近，猛聽得有嘻笑腳步之聲，走出亭子外，將身一縱，已到亭子房上。只見七大八小，皆神頭鬼臉之人，有二十餘個，手裡打著燈籠火把，拿著酒罈、酒壺、碟碗並捧盒等類，一齊到正面廳上，將四五對燈籠懸掛起，吹滅火把，先在東西兩張床上鋪墊了氈褥，又在廳中間擺了一桌酒席，左邊也照樣擺放了一桌，每桌安放了一把椅兒，大家席地而坐，說說笑笑，像個等候主人公的樣子。又待了一會，只見十幾對紗燈走來，照耀如同白晝。為頭一個人，穿大紅蟒衣，烏皮靴，頭戴束髮金冠，兩道藍眉，直插入鬢，面若噀血，剛牙海口，二目大似酒杯。後面一個，道家裝束，戴龍虎扭絲金冠，穿杏黃袍，腰繫絲條，足踏皮靴，面若紫金，眉細鼻掀，頭圓口方，兩隻眼閃閃爍爍，與燈火相似，卻是純黑的，並無一點白處。看二人相貌，甚是兇惡。兩個人入到廳中，彼此各不揖讓，穿紅的坐在正面，穿黃的坐在左邊，小的兒們斟起酒來。

于冰看得真切，卻說話聽不清楚，即忙跳下，走到大廳對面一亭子上，將身一縱，隱身在上面。只聽得穿黃的道：「目今八月初旬，月色落得最早，若到十一二日，就著實光亮了。晚間飲酒，又覺得分外高興些。如今全憑著幾枝燈燭，未免油氣燻人腸胃，大王以為是否？」穿紅的道：「我也是這樣說，屈指只用六七天，就有長久月光了。」又道：「我們在此飲酒，兩個美人還不知怎樣想念你我哩！與其喫悶酒，就不如在洞中安逸，到此何幹？」又聽得穿黃的笑道：「待我來。」說罷，站將起來，手裡拿了一杯酒，走出廳外，向東南念念有詞❶，將酒向空中灑去，只見一道黑氣，飛向東南去了。穿黃的復入廳中坐下。那跟來的人，不住的向東南眺望。約有一頓飯時，猛聽得風聲大作，與雷鳴牛吼無異，刮的于冰毛骨悚然。風頭過處，一朵烏雲，離地不過數丈高下，只見一條大板凳上，騎著兩個婦人，那些眺望的亂嚷道：「來了！來了！」說話間，那板凳冉冉的落在廳子外面，兩個婦人皆嬉笑入去，伺候的安放椅子不迭。只見一個婦人坐在穿紅的傍邊，一個與穿黃的並坐。于冰定睛細看，只見穿紅的傍邊那婦人，年紀不過十八九歲，骨格見甚是俊雅。雖固笑聲不絕，卻神氣有些瘋痴。左邊與穿黃的並坐婦人，年紀有二十六七歲，眉目也生的端正，態度極其風流，神氣與那個婦人無異，大概都是被妖氣邪法所迷。只見那穿紅的不住的呵呵大笑，隨將那婦人抱在懷中，口對口的喫酒。那穿黃的也摟抱在一處肉麻。于冰道：「可惜良人家兩個女子，被他用妖術拘來，待我且下去鬼混一番，掃除他們的高興。」

說罷，從後簷跳下，將走到廳門前，先咳嗽了一聲，眾妖齊向外看，于冰已入廳來。那些小的兒們

❶ 念念有詞：自言自語地念著經咒。

亂喊道：「有生人來了！」于氷向上舉手道：「二位請了，少會之至。」只見那大王和道士毫不畏懼，大聲問道：「秀才何來？」于氷道：「我是遊方❷到此，無地宿歇，誤入園中，見二位喫酒甚樂，因此入來談談。」穿紅的笑道：「你這光景，羨慕我們，自然是個有滋味的人了，且與他個坐兒，教他坐了。」左右在下面放了椅子，于氷坐下，問道：「二位何姓何名？」穿黃的道：「我們也沒甚麼名姓，秀才不必多問。倒要問問你叫甚麼名字？是何處人？」于氷道：「我叫冷于氷，是北直隸人。」穿紅的向穿黃的道：「他既然到此，也算有緣，吩咐左右，賞他一杯酒喫。」于氷道：「我不會喫酒。」穿紅的道：「你可喫肉麼？」于氷道：「不會喫肉。」穿紅的道：「你會甚麼？」于氷道：「會降妖。」穿黃的冷笑道：「聽麼！好意賞他酒喫，他倒說法念條起來，秀才們真是不中抬舉❸。」穿紅的道：「你會降甚麼妖？」于氷道：「妖無窮盡，一體皆降。」穿黃的大怒道：「這奴才放肆！譬如我是個妖怪，你有何法降我？」于氷道：「我有雷珠降你！」說著，用手擲去，大震了一聲，煙火到處，將穿黃的道人左臂打折。只見他身子晃了幾晃，尚未跌倒，倒把個婦人被煙火燒死，倒在地下。于氷急將珠收回，正欲再發，不意被穿紅的將口一張，噴出一股紅氣來，貫入于氷口中，于氷便眼昏頭眩起來，說聲「不妥」，翻身便跑，又被眾小妖拉扯住。于氷用力打開，記得園子東邊一帶都是假山，跑至山前，跳了過去，一陣昏迷，摔倒在假山背後。

喜得火龍真人預遣弟子桃仙客，在半空中等候動靜，今見于氷倒在地下，急將雲頭一挫，先用左手

❷ 遊方：僧道雲遊四方。于武陵訪僧不遇詩：「入戶無行跡，遊方應未歸。」遊，或作游。

❸ 不中抬舉：同不識抬舉。罵人不知優待或不自愛。

將于冰揭起，又用右手將一塊大石一指，立即變成于冰形像。仙客提了于冰，到一極高山頂落下，忙取出金丹一粒，塞入于冰口中。那丹便滾入于冰喉內，化為精液❹而下。少刻，腹內傾江倒峽的響動起來，于冰此時心下有些明白，卻不知身在何地，只覺得內急❺的很，勉強扒起，蹲在石傍，大小便一齊俱下，始將毒氣瀉盡，立覺精神起來。低頭看視，纔知身在山上，將底衣拽起，正擬詳看，猛聽得背後雷鳴也似的說道：「賢弟此刻好了麼？」于冰回頭一看，但見：

頭不冠，亂堆著綠髮千縷；足有履，卻露出綠腿兩條。綠面綠鼻，嘴唇皮微有紅意；綠項綠耳，眉目間略帶青痕。臀寬似鍋，行走時反是骨肥肉瘦；目大如碗，顧盼際祇見黑少白多。逢鍾狀元於深山，鬼未啖而必須遠避；遇溫司馬於水底，犀未燃而定應潛逃。丈八身軀，允矣夜叉之祖；三尺手指，誠哉妖怪之爺。

于冰一見，大為驚慌，卻待用珠打去，桃仙客笑道：「賢弟不必動手，我乃火龍真人弟子桃仙客也。某原是一株桃樹，採日精月華千年，頗通人性，蒙真人收在門下，又千餘年矣。今奉師命，特來救你。」于冰還有些遲疑，仙客道：「你可記得去年八月在西湖，祖師吩咐你：『湖廣安仁縣有一件事，得你了決，臨期我自遣人助你』，怎麼你忘懷了麼？」于冰聽罷，如夢初覺，連忙跪拜。仙客道：「適纔賢弟中毒已深，若非祖師金丹送入你腹內，已早無生矣。」于冰聽了，方知是火龍真人差仙客來救，又忙忙跪

---

❹ 精液：精純的液汁。晉湛方生七歡：「米望麵而冰消，甕未啟而流芳，此五穀之精液。」

❺ 內急：急欲大小便。或作內迫。

倒，望空叩謝畢，仙客又將如何擱在山上，並指石假變等情說明，于冰感謝不盡。即請仙客降妖。仙客道：「天一明時，方好擒拿，此時動手，則漏網者必多。此山頂極高，又且與安仁縣不遠，妖怪一動身，我即看見矣，跟他到巢穴中拿他，豈不一網打盡？自必斷絕種類，庶不遺害人間。」于冰深以為然，兩人並坐山頭，各道修行始末。

再說眾小妖追趕于冰，見于冰跳過假山，一個個扒繞過來，發聲喊，將石變的假于冰拴綁住，亂叫道：「大王，拿住了！」二妖聽知大喜，疾疾跑來，見于冰已被捆倒在地，穿紅的大王道：「我這幾天正口中淡到絕頂，可將他帶回洞中，待我慢慢的咀嚼。秀才係讀書人，他的肉必細潤而甘甜。」穿黃的道人道：「這奴才罪通於天，不知用甚麼東西將我左臂打斷，還不知幾時纔好，我且將他肐膊❻咬下一隻來，報我打斷之恨。」說罷，走上前，用右手將假于冰肐膊拉起，用口盡力一咬，便大聲阿呀道：「好硬秀才，將我的門牙都扛掉了！快拿入廳中來，我用重刑罰處他。」眾妖七手八腳，將假于冰抬到廳中。那穿紅的大王問道：「你到底是個甚麼人？為何手有煙火，響如迅雷？」那假于冰瞪目不言。大王大怒，吩咐：「打！」眾妖腳手亂下，一個個喊道：「這秀才比鐵還硬，將我們的手腳都撞破了。」穿黃的道人道：「這秀才必有挪移替換之法，以我看來，十有八九是個假的。」那假于冰隨聲便倒，仍是一塊大石頭。道人道：「何如？」那大王大驚道：「這秀才本領不小，他若再來，如何抵擋？不如大家去休。」道人道：「可惜我的美人也被他燒死。這一個美人也不用送他還家，不如帶回洞中，我與大王公用罷。」大王道：「使得使得。」於是各駕妖風，往東南行去。

---

❻ 肐膊：音ㄍㄜ ˙ㄅㄛ，從肩膀到手的部分，或作胳膊、胳臂。

桃仙客正和于氷談論，猛抬頭，見一股黑氣起在空中，用手指向于氷道：「妖精去矣，你我安可放過？」說罷，扶住于氷右臂，喝聲：「起！」頃刻雲霧纏身，飄於天際。于氷初登雲路，覺得兩耳疾風猛雨之聲不絕。低頭下視，見山河城市，影影綽綽，如水流電逝一般，都從腳下退去。頃刻間，追趕那股黑氣，到一極大山峰前，峰中間有二丈長一丈寬一道大裂縫，眾妖都鑽了入去。仙客將雲頭落在峰下，問于氷道：「適在半空中，你怕不怕？」于氷道：「倒沒什麼怕處，只是上面冷得很，風大的了不得。」仙客道：「若非老弟服了易骨丹，我也不能帶你到此。覺得身上冷，是陽氣不足，再修煉十數年，可以不冷矣。」于氷道：「已到巢穴，師兄也該動手。」仙客道：「此刻不過四鼓，夜正昏黑，總不如到天明為妙。」兩人復行敘談。

直至日光出時，仙客站起，用右手掐劍訣書符一道，召來雷部鄧辛張陶四天君，跟隨了許多天丁力士，聽候指使。仙客道：「此山名何山？」眾天君道：「此山名龍山。」仙客用手指道：「這大裂縫中有妖物，毒害生民，種類亦極多，貧道理應替天行誅[7]，仰藉四聖威力，率天丁圍繞此峰，不可放一妖物逃走。」四聖遵命，分佈在四面等候。仙客又向正南離地上書符念咒，大聲喝道：「火部司率眾速降！」須臾，火德星君帶領著無數的龍馬蛇鴉、火牆、火箭、火車之類，聽候法旨，仙客照前話說了一遍。星君道：「法師請退遠些，待吾殲除。」

仙客又用手扶住于氷，駕雲起在山頂，往下觀望，只見星君用劍向山裂縫中一指，劍上出了一股青煙，青煙內滾出十數個火毬，俱鑽入大裂縫中。那些火蛇、火鴉亦相繼而入，俄頃風煙攪擾，只見一大

[7] 替天行誅：代替上天實行誅戮，伸張正義。與替天行道同。

蛇，身長數丈，頭生紅角，血口剛牙，滿身盡是金甲，冒煙突火而出，駕風欲從空逃走。仙客看的明白，指向于冰道：「賢弟快放雷火珠！」于冰急忙將珠擲去，響一聲，打在那大蛇腰間，那大蛇落將下去，又復掙命上來。于冰又欲發珠，猛見山峰左邊電光一瞬，半空中飛一霹靂，大振一聲，打在大蛇頭上，方夭夭折折，落在山峰之下。瞬目間，又見一絕大蜈蚣，約一丈餘長，二尺寬闊，頭大如輪，綠色瑩然，遍身黃光，蜿蜒如飛，見之令人毛骨悚然。只見幾條火龍，和此物纏繞，攪在一處，燒得他四面亂挺，少刻，皮肉化為灰燼。那些小蛇、小蜈蚣，或長四五尺，或長二三尺，也有死在裂縫內的，也有死在裂縫外的，也有逃出火外被雷誅的，也有潛藏石下被神將搜斬的，端的沒有跑脫了一個。那婦人不消說，也死在夾縫內。只見滿山裡烈煙飛騰，雲蒸霧湧，腥臭之氣觸鼻。仙客忍受不得這般滋味，將雲又起有百餘丈高，看眾神將搜山。于冰此時，纔曉得那大蛇就是穿紅的大王，那大蜈蚣就是穿黃的道人。

搜山畢，眾神到仙客前復命，仙客一一退送。將雲頭向本山一按，去此地約有六十餘里，落在一山坡下。仙客道：「我要去回復師命，不敢久停。適見賢弟骨格輕鬆，血肉之軀，已去十分之三，固師祖易骨丹神驗，亦賢弟到底有仙根人也。我與你雖先後異時，總屬同盟哥弟，祖師既以雷火珠授你，吾亦當傳雲行之法。」隨將起落收停催按口訣，一一指教。于冰大喜，頓首叩謝。仙客道：「東北上有一永順縣，縣外有一崇化里，祖師曾吩咐賢弟，不可不一去。」說罷，向于冰拱手，淩虛而去。于冰依命，順著山路，緩緩行去，出了山，逢人訪問，不想只二十餘里，便到崇化里地方，原來是個大鎮，約有二三千人家。正在街上走著，忽見一家門內，抬出個和尚來，看的人多嬉笑談論其事，于冰也不介意。須臾，將那和尚從面前抬過去，但見：

禿帽已無，惟餘禿頂；禿履已失，只見禿足。面如槁木，依稀存呼吸之聲；身若僵屍，彷彿勝轉側之力。腰間劍鞘，誰人打開？臂上法衣，若個扯破？侍者空手跟隨，不見偷餅偷饝偷饞；沙彌含淚護送，微聞哭師哭傳哭爺。抬送通衢，實不解哇吱喇別噶何故，欣逢陌路，莫不是呵哆囉受相行識。

于冰看罷，見街傍有一小飯館，裡面也不見有人喫用。入去坐下，走堂的過來問訊，于冰要了一壺酒，一盤素菜，幾個饅首，問道：「適纔抬過去這和尚，是甚麼原故？」走堂的笑而不言。于冰再四問他，走堂的方說道：「路東斜對過兒那家姓謝，外號叫謝二混，手裡狠弄下幾個錢。他只生一個閨女，也十八九歲了，從三四年前，就招上個邪物，起初不過是夢寐相交❽，明去夜來。這二年，竟白天裡也有在他家時候，只是只聽的妖物說話，卻不見他的形像。前後請過幾次法師，也降服不下。這和尚是我們本地三官廟中，會奉持金剛咒的人，說他念起咒來，輪杆皆轉。二混久要請他，只為謝禮講不停妥，耽延到如今。昨晚纔議定，約他在家等候邪魔，方纔抬去那個形像，想是喫了大虧，性命還不知怎麼。」說罷，又笑了。于冰喫完酒飯，算還了錢，就煩走堂的去說，要與他家除邪，並不要一分謝禮。走堂的大笑道：「相公不看那和尚的樣子麼？即或有本領，像謝二混那樣人，也不可家中無此等事，相公不必管他。」竟入廚下去了。

于冰倒覺得沒意思起來，出了飯鋪，正欲學毛遂自薦❾，忽見那抬和尚的門內，吹出一股風來，飛

❽ 夢寐相交：在睡夢中男女交合。寐，音ㄇㄟˋ，熟睡。

土揚沙，從于冰迎面過街南去了。于冰覺得怪異，急忙趕出崇化里，見那股風去有三四百步遠，仍是沙土彌漫，隨手用雷火珠打去。金光到處，將那妖打倒，現為一隻蒼白老猿，高五尺上下。又見他急忙扒起，駕雲霧起在空中。于冰笑道：「今日初學會的武藝，不可不藉此試演試演。就無人扶掖，也怕不了許多。」於是口誦仙訣，覺雲霧頓生，飄入天際。又復試催雲法，掣電般趕來，從北至南，過了十數個山峰，見那怪落在一洞口，潛身入去，正欲關門。于冰已到，將木劍一晃，大喝道：「妖怪那裡走！」那猴子知道後洞無出路，只得跪倒，叩懇饒命。于冰道：「淫污謝姓之女，就是你麼？」那猿道：「小畜焉敢胡為？只因謝女原是猴屬，謝女不壽，為異類殞命兩次。小畜修煉已千餘年，此女前後已轉四世，小畜皆隨地訪查，配合夫婦。不意他於數年前為虎所傷，前歲始訪知他轉生人身，與謝二混為女，因此舊緣不斷，時去時來。敢求法師原諒。」說罷，叩頭不已。

于冰道：「這洞內還有多少怪物？」猿猴道：「此洞係紫陽真人煉丹之所。真人駕住福建玉峰山，四百年前，見真人在此洞內，小畜跪求渡脫，真人大笑道：『你塵心不斷，且又與我無緣，既入此洞，我就將此洞交你收管，你可不時掃除荊棘，勿招異類，將來再看何如。』又過百餘年，真人同火龍真人復來此洞，坐談竟日，小畜又跪求二真人渡脫，二真人皆大笑。今年正月，紫陽真人復來，小畜又跪陳前意，真人笑道：『你近來行為乖戾，非前可比，我教下難容你。』又言：『洞內丹房中有一小石匣，你可用心看守，等候火龍真人弟子冷于冰到來，將此匣交與他。他若肯收你，你就與他做徒弟罷了。』」

于冰大喜道：「我就是冷于冰，快去領我一看。」猿猴領入洞來，見前洞有大院一處，內多異樹奇

⑨ 毛遂自薦：毛遂，戰國時趙平原君之門客，初無表現，後自薦隨平原君至楚，與楚王定約立功。

葩。正中大白石堂一座，上鐫玉屋洞三字。猿猴又領到後洞，正面也有小石堂一座，擺著石桌石椅，兩傍即是丹房，內貯鼎爐、盆罐等物。猿猴於西丹房內，取出石匣，雙手奉獻。于氷見四面無一點縫隙，正欲訊問，那猿猴從石爐內取出一封書來，上寫「紫陽封寄冷于氷收拆」，于氷打開一看，上寫道：

神書遙寄冷于氷，為是東華一脈情。
藉此濟人兼利物，慎藏休做等閒經。

下寫開匣符咒。于氷將匣捧至石堂桌上，大拜了四拜，依真人符咒作用，石匣自開，內有一寸多厚六寸長書一本，通是硃書蠅頭小字，名為寶籙天章，篇篇俱是符咒，下詳註用法。于氷看畢，歸放匣內，坐在正面石床上。猿猴跪稟道：「紫陽真人已許小畜做法師門徒，今法師到此，即係天緣，懇求收錄。」說罷，叩頭不已。于氷道：「真人既有法旨，我即收你為徒。此洞清潔幽秀，堪可煉習神書。我從今即不喫煙火食水，每天要你獻果物一次，供我日用。更要遵吾法度，速斬淫根，永歸正道。一二年後，我授你養神御氣口訣，縱不名登仙錄，亦可以永保身軀，免失足於意外。」猿猴一一恭聽，拜了于氷四大拜。于氷與他起一名，叫猿不邪，亦以謝女事為鑒戒意也。此後通以師徒弟子相呼。

于氷又問紫陽真人出處，並火龍真人同來原由。猿不邪道：「二位真人根腳，弟子那裡曉得？記得真人同火龍真人來的那一年，在洞中坐了多半日，弟子曾獻果食二次。聽二位真人話頭，大要都是東華帝君門徒，像個師兄師弟光景。」于氷纔知書內有「為是東華一脈情」之句，不禁點頭道：「你所言甚是。」又問了二真人服色容貌，益知西湖所見，乃真人變相。從此共修元中妙道。後來于氷遊行天下，到處裡除妖斬祟，濟困扶危，都是在這玉屋洞修煉的根基。正是：

誅盡群魔又遇魔，魔來魔去機緣多。

今朝捧讀神書日，便是他年應詔槎。

第十三回　韓鐵頭大鬧泰安州　連城璧被擒山神廟

詞曰：

欲救胞兄出彀❶，請得綠林相候。打開牢獄憑諸友，團聚玉峰山口。官軍奮勇相爭鬥，擒寇首。

一番快事化烏有，深悔當時遲走。

右調秋蕊香

前回言冷于冰在玉屋洞修煉，這話不表。且說連城璧自冷于冰去後，又隔了三年有餘，思念他胞兄國璽，潛身到陝西寧夏探望。誰想他哥哥又出外幹舊生活去了，只見了他嫂子陳氏，備細道別後原由，並說安家在山西代州范村居住，姪兒兒子各定了婚姻，到十五歲時，一同娶親。陳氏聽了，方大放懷抱。城璧也不敢出門，住了五六天，於昏夜出城，復回范村度清閒日月。

又經歷了七個年頭，那年六月初間，城璧又要偷行去看望他哥哥，喜得他兒子姪兒各早完了姻事，俱皆生了兒女，欲見他哥哥說知，著他放心歡喜，因此安頓了家事，騎了一匹馬，帶隨身行李，剛到了平陽府地界，見一座飯鋪，便下馬打午火❷。只見飯館內跑出個人來，把城璧雙手一抱，城璧看見，大

❶ 出彀：脫出敵人的圍困。彀，音ㄍㄡˋ，程式；圈套。

喫一驚。那人道：「二哥，這十來年在那裡？怎麼連面也不見？問令兄，他愁苦的了不得，也說不知去向，真令我們想殺。」原來此人姓梁名孚，綽號叫千里駒，他也是連城璧弟兄們的黨羽。因他一晝夜能走三百餘里，故有此名。城璧只得周旋慰問，心中卻大是不快，深恨怎麼就遇著他，只得假說道：「年來在京中被一事弄壞，充發在山海關，今年方得脫身。」千里駒道：「今往那裡去？」城璧道：「要在這左近尋一朋友。」千里駒道：「難道倒不看望令兄去麼？」城璧道：「我也打算要去，只是心上還未定。」千里駒道：「此處非講話之所，館內有一小院子，倒也僻靜，你我同去何如？」城璧只得應道：「好。」

兩人到小院內坐下，千里駒著走堂的取上好酒菜來。城璧問道：「老弟到這平陽地方有何事？可曾見家兄麼？」千里駒道：「你我喫了飯說，我飢的狠。」說罷，又大聲喊叫走堂的：「快將上好酒菜拿來，不拘數目，只要好喫。」走堂的連聲答應，頃刻葷的素的，擺滿了一桌，兩人各用大碗喫酒，大塊喫肉，一會兒即喫完。走堂的收去盤碗，連忙送上茶來。城璧道：「老弟端的有何事到此？」千里駒道：「我是尋西安張鐵棍、宜川陳崇禮、米脂馬武金剛、西涼李啟元這幾個人，只有陳崇禮未曾尋著。」城璧笑道：「老弟手素，何不去尋家兄，跑這許多遠怎麼？」千里駒道：「令兄麼？」說著，又笑了笑。城璧道：「家兄怎麼？」千里駒道：「他如今還得尋人哩！」城璧驚問道：「他如今尋人怎麼？」千里駒道：「令兄有事了。」城璧大驚道：「老弟快說快說！」那裡還坐的住？

千里駒道：「令兄三十年來，總都相交的是些斬頭瀝血的漢子，二哥也都知道，因此這許多年，屢

❷ 打午火：中午在旅途中休息喫飯，亦謂之打午尖。

有風波，都無干連。去年八月，令兄又相與了兩個新朋友，一個叫鄧華，一個叫方大鰲，俱是河南人。令兄愛他二人武藝好，就收在夥內，同他做了幾件事。今年二月，在山東泰安州，明火劫了關外當鋪，四月間即被拿獲。同事的吳九瞎、胡邦彥，在州府各挨了三四夾棍，並未攀拉一人，惟有他兩個是一對軟貨❸，只一夾棍，將歷來同事諸人都盡行說出，且說令兄是窩主，為群盜首領。泰安州密稟各上憲，山東巡撫移文陝西巡撫，委了兩個武官，至寧夏緝訪，誰想令兄正在家中，那兩個武官知會了地方文武，帶領官兵，將令兄拿住，解送山東，令嫂本日即自縊身死。山東巡撫又發交泰安州嚴訊，前後夾了七八夾棍，並未攀出一人，案案皆自己獨認。刻下是韓八鐵頭、王振武二人為首，已約會下三十多個朋友，都潛伏在泰山內。又著我同胡小五、劉家驥，分路去河南、山西、陝西等省，請舊日朋友，約定七月初一日，劫牢反獄，我所以纔到這山西地方。」

城璧聽了，只嚇得驚魂千里，兩汗通流，將桌子一拍道：「我原就知有今日！」又問道：「老弟到山西，可尋著他們一個沒有？」千里駒道：「怎麼沒有？那張鐵棍和馬武金剛甚是義氣，一聞此信，就招聚了七八個朋友，星夜先往山東去了。只有陳崇禮在和順地方，我去訪他，他又不在，我恐誤事，只得回來。又聞得山東巡撫題請即行正法，未知這話真假。」城璧道：「為家兄事，多累老弟跋涉，此事遲不得了，我們可速走泰安，共商救法。」說罷，千里駒算還飯賬，兩人星夜奔山東來。

跑了數日，即到泰安山中，尋到杜家谿玉女峰下，原來眾人在一大石堂內停留。城璧逢人叩頭，哭謝不已。為首的韓八鐵頭道：「二哥，你與我們同事少，令兄大哥和我們是生死弟兄，你就不來，我們

❸ 軟貨：罵人的話，猶言懦弱無用的東西。

也要捨命救他。就是眾弟兄，若無肝膽，也斷斷不來在這石堂內住著，何用你逢人叩謝？」馬武金剛道：「連二弟不必悲傷，流那無益的眼淚，若是救不出令兄，大家同死在一處最妙。你來的不遲不早，正是個時候，我們已定在七月初一日在泰安行事，今屆指只有七日了。劉家驥去約陝西朋友，至今未回。刻下河南、山東、山西諸友俱到，可將救連大哥的法子，此刻就請韓、王二位老哥分派了罷，省得臨期打算。就是連二哥聽了，他也好放心。」李啟元道：「馬大哥說的極是，就請二位發令，我們遵行。」韓八鐵頭讓王振武，振武道：「韓大哥也是這樣不爽快，分派了就是，各人也好留心。」鐵頭向眾人拱手道：「我就亂來了。」眾人齊應道：「聽候指揮。」

鐵頭道：「連大哥、胡邦彥、吳九瞎他三人，腿俱夾折，不能行動，今煩千里駒、錢剛、趙勝三位兄弟，見監門打開時，可背負他三人出監。」王振武道：「這三位年少善走，去得，去得。」李啟元道：「還有鄧華、方大鰲二人，那個背負他？」鐵頭大笑道：「那樣沒骨頭的東西，我們一入監，就先將他斫了祭刀，背負他出來，還教他各案攀人麼？」眾人齊聲道：「韓大哥說的是。」鐵頭又道：「連二弟、馬大哥，馬上步下都了得，可率領十個弟兄，開路劫牢，以鑼鳴為號，一齊殺入州衙。我領十個弟兄，同王振武賢弟斷後。李啟元領四個弟兄，於前後左右保護連大哥三人。張鐵棍領眾弟兄，在泰安北門外接應。劉寅、馮大刀率領四個弟兄，聽第二次鑼聲響起，即殺守門軍士，開放北門。到動手時，各背插白布小旗一面，以便識認。」又向趙勝、錢剛道：「二位去時，可各帶鑼一面，看我們大眾俱到州衙，便敲鑼催眾同入劫牢。得手後，再敲鑼約眾同走，共出北門。」又向千里駒道：「老弟即於明日去泰安，打聽城中動靜，我們好做準備。」分派畢，便羅列酒肉，與城璧、千里駒接風。

到二十八日，千里駒回來，言城中和素日一樣。本日午後，鐵頭著眾人各改換服色，暗藏兵器，裝扮士農工商乞丐等類，分先後入城。到初一日四更時分，齊集州衙。先是王振武見同夥俱到，口內打了聲唿哨，趙勝、錢剛便敲起鑼來，眾人有跳牆入去的，有從馬號入去的，有撞開角門入去的。泰安監中有這等重犯，非無更夫夜役丁壯巡查，要知這些人都是要命的，強盜個個是不要命的，被連城璧、馬武金剛只打翻了兩三個，便都四下藏躲去了。眾人發聲喊，觸開監門，點起了亮子❹，先將三人刑具打落，千里駒背負了連國璽，錢剛背負了吳九皋，趙勝背負了胡邦彥，韓八鐵頭殺了鄧華、方大鰲，發聲喊，出了州監，那些獄卒牢頭，見將大盜劫去，大家倒放了心。知州在內署，聽得外面有喊殺之聲，情知有變，吩咐快守護宅門，並各處便路。眾賊走後，聽得外面無一點聲息，然後纔敢偷開宅門，放人出去查問，隨遣人知會城中武官。

再說韓八鐵頭等出了州監，齊奔北門，趙勝、錢剛一邊背負人走，一邊又連連敲起鑼來。劉寅、馮大刀聽得第二次鑼聲響，知道大眾得手，急率四賊砍開城門閂鎖，卻好不見一個人來。大眾出了城門，張鐵棍等接應上山。到五更，本城大小文武會在一處，知州和守備商量了好半晌，到天明，然後點集兵丁捕役追趕。眾賊已走了二十餘里，團聚在一山坡下暫歇。連城璧抱住國璽大哭，國璽叩謝大眾。李啟元道：「此地非久停之所，倘有追兵，又費身力，不如大家到玉女峰再商。」王振武道：「泰安那些軍弁，各顧身家，量非我等對手，若不與他個利害，他必步步跟隨，反壞我等的事。可分六個弟兄，背負他三人先行，我與韓大哥、連二哥率同眾兄弟，等候官軍。」眾人道：「此話甚是。」千里駒等仍背負

❹ 亮子：照明的東西，如蠟燭、燈籠、火把之類。江湖中人習用語，俗稱黑話。

了連國璽三人，先行走去。

至早飯後，泰安守備同吏目、千把總，領兵丁捕役約五百餘人趕來，見眾賊都在山坡上坐著，眾兵役皆心驚。守備不敢向前，喝令眾兵役同千把總殺去。眾兵役彼此相顧，守備厲聲催逼，內中有一二十個膽大的，奮勇向前跑去，見眾人都不相隨，又復站住。眾賊看了大笑。守備又喝令放箭，只射出兩三枝去，連城璧等早到，刀棍亂下，放翻了二三十人，眾官軍沒命的飛跑，守備和吏目，預先打馬奔回。眾賊喊聲如雷，一齊追趕。趕了數里，又傷了好些人，方各回舊路，齊奔玉女峰來。知州等至午間，方知兵敗，恐上司見罪，與守備相商，揑報：「本月初一日四鼓，有大寇四五百人，越城入州監，劫去大盜連國璽、胡邦彥、吳九睛等五人，監中餘犯，俱未走脫，守備同千把、知州、吏目等，各率兵丁捕役巷戰，帶傷者甚多。賊眾出城，且戰且走，趕至泰山坡下，殺大盜鄧華，奪回方大鰲，即在軍前斬首。緣彼時山上又出接應群賊，致令軍役殞命者二十餘人，事關叛逆，理合飛行稟報。」文武兩處，各分頭差人去訖。沂州總兵接了這樣警報，片刻不敢耽延，急令中軍同左營參遊等官，帶步兵一千五百名，合同泰安營軍弁，星夜追趕會勦。

且說韓八鐵頭等殺敗官兵，齊奔玉女峰那條道路，起初未劫牢之前，還是藏頭曳尾，今既殺敗官兵，各膽大起來。做強盜的有甚麼正經，一路逢著山莊野市，不論銀錢騾馬豬羊雞鴨等類，遇著便搶，不與他便殺，直到玉女峰下團聚著，大飲大嚼，笑說劫牢並文武官話。李啟元、韓八鐵頭和連城璧三人，屢言怕官軍追尋，宜速走遠地為是。眾賊聽了，反大笑其懦弱。直混鬧到第三日，方纔離了玉女峰。連國璽等三人，各騎了騾馬，扶掖而行，到難走處，仍是千里駒等背負。要沿山尋個極險峻地方，招聚天下同類，做些事業。至七月初六日，沂州官軍同泰安營弁，於路跟尋了來，見群賊這日在一嶺頭上幾株大樹陰下，高歌暢飲，官軍報知參將等官，傳齊軍士，分一半攀藤附葛，遠遠的繞至嶺後，一半埋伏在嶺前，聽候號令。

眾賊起先也有看見樹林密處，影影綽綽有人行走，只因鬧酒，便認做採樵之人，不以為意，到後來醉眼模糊，越發不暇理論。正在高呼歡笑間，猛聽得嶺後一聲大炮，又聽得嶺前也是一聲大炮，被這兩聲炮震的群賊各驚慌起來，一齊站起，四下觀望，方看見嶺前嶺後，高高下下，盡是官兵，已一步步圍繞著向嶺上走來。王振武道：「我看官軍不下二千來人，若分四面衝殺，誠恐寡不敵眾，不如大家一湧下去，殺他四五十個官兵，可不戰而退。只是這連大哥三人不能行走，該如何處？」張鐵棍道：「仍著千里駒三人，背負他三人在中間，也著他拿上兵器，兩腿雖不能動，兩手還是作家，我們再周圍保護，若得走脫，也不枉救他三人一番。」眾人道：「說得是。」韓八鐵頭道：「遲不得了！嶺後兵還少些，都快快隨我來。」眾賊一齊發喊，剛跑到半嶺，官軍箭如驟雨，早射倒馬武金剛和李啟元等三四個，眾賊又復跑回。

千里駒等將連國璽等三人，仍放在嶺上。韓八鐵頭亂嚷道：「壞了！壞了！」不住的用眼看連國璽。國璽已明其意，反呵呵大笑起來，將城璧叫至面前，說道：「我死分所應該，你又來做甚麼？我從十八九歲，即奪人財，傷人命，我若得個好死，天道安在？刻下官軍勢重，斷難瓦全，你若有命殺出，可速歸范村，搬取家小，另尋一幽僻去處居住，免人物色。若死於此地，亦付之無可奈何。」說著，用手向西南指道：「官軍都上嶺了！」城璧回頭一看，國璽已自刎在一傍，喉下血噴如注。城璧撫屍大痛，眾人無不嘆悼，亦有放聲大哭者。胡邦彥用手把吳九瞎一推道：「你看見麼？連大哥死的好，不可因你我這兩塊臭肉，做眾兄弟之累。」說著，也向項下一刀。吳九瞎大叫道：「你兩個慢些去，等我著！」一刀也抹在一邊。

韓鐵頭喊叫道：「我等不能出轂，實為保護連大哥，不敢奮勇上前。今他三人俱死，我們可各尋生路。」又向連城璧道：「哭亦何益？你們再跟我從嶺後殺下去！」說罷，一手提刀，一手拿了一塊氈子擋箭，眾人亦各取被褥遮護，蜂擁而下。連城璧痛惜他哥哥慘死，憤無可洩，提兩條鐵鐧，首先衝殺下嶺，只左臂上中了一箭，急忙拔去，吼一聲，殺入官軍隊中，所到皆紛紛倒退。韓鐵頭等後面跟隨。嶺前諸軍見眾賊從西北下去，又聽得嶺後喊殺連天，一個個都從東南上嶺，往下殺來，俱到嶺下，將眾賊圍裏在中間。參將站在嶺頭上，用旗指揮著眾軍用力。戰了有一個時辰，眾賊雖勇，卻只是三四十人，除箭射倒外，此刻又傷了八九個，兼之酒後，未免奪力❺，況此番官兵皆沂州久練之兵，非泰安軍兵可比，連本州捕役丁壯，不下一千七八百人，只存有二十餘賊，如何對敵？殺出重圍、架山逃走的，只有王振武、連城璧、韓八鐵頭三人。其餘殺死生擒，俱未脫網。

王振武等扒了四個山頭，見無追兵，向城璧道：「我等從龍潭虎穴逃得生命，若再被擒獲，何以見天下朋友？依我愚見，三人各自分路，走脫了的便是造化。」鐵頭道：「這斷使不得！我料官軍安肯輕放，定必在滿山找尋。設或相遇，其勢愈孤，不如死在一處為是。」又用手指道：「你看對山並無樵徑，此人跡不到之處，我三人且奔那裡，再做策奪。」於是穿林撥草，又走了二十餘里，城璧道：「官軍斷

❺ 奪力：喪失氣力。奪，失也；去也。

無人到此，日已啣山，須尋一妥地過夜，庶免飽虎豹之腹。」王振武笑道：「便有獅子來，我們那一個還打不退他？」鐵頭道：「那東南上有個小屋兒，那邊便可過宿。」三人走至屋前，原來是一間山神廟，大敞著也沒個門兒。三人坐在裡面，各肚中飢餓起來，亂了一會，也就罷了。戰乏了的人，又扒了許多山路，放倒頭便睡。到起更後，夢魂中一聲喊起，各睜眼看時，已被眾軍用撓鉤搭住，拉出廟外捆綁了，三人面面相覷❻，各沒得說。一路解至州衙，到死囚牢內，見馮大刀、李啟元、張鐵棍、千里駒、馬武金剛五人，城璧道：「為家兄一人，累及四五十弟兄性命，真是罪過。」馬武金剛笑道：「休如此說，任憑他碎屍萬段罷了。只是你三個既已殺出重圍，如何又被拿住？」王振武笑道：「皆因我們在山神廟中睡熟，誤遭毒手。」

不言眾賊敘談，再說知州連夜款待參將等酒席，並犒勞眾軍，天明打發回鎮。又與守備相商，各申文報捷於上憲❼。第二日，將鐵頭等提出監來，百般拷掠，教招供各黨羽巢穴，並叛逆情狀，以實前言。八人忍痛，各無一言，打到極處，反罵起來。知州審了三四次，各無一句口供。只得寫稟請示巡撫。火牌❽下來，著泰安文武官多帶軍役，押解各犯赴省親審，知州守備親自解送。巡撫審了一次，見鐵頭等語言剛硬，心中大怒，要照叛逆例，不分首從定擬。他內裡有個管總的幕客，再三開解，將韓八鐵頭、連城璧定擬為首，請旨立決；王振武、馬武金剛為從，立絞；馮大刀、張鐵棍、李啟元、千里駒四人，

---

❻ 面面相覷：互相對視，不知所措，形容驚懼或詫異的樣子。覷，音ㄑㄩˋ，看；偷看。本作覰。

❼ 上憲：指上司。儒林外史第九回：「今將本犯權時寄監收禁，候上憲批示。」

❽ 火牌：舊日兵役驛遞的符信，沿途可憑此牌領口糧。見清會典兵部。

各充配遠惡州郡，仍發回泰安聽候。正是：

一飯聞驚信，拚生入彀中。
遭擒擬斬後，無計出樊籠。

第十四回　救難友知州遭戲謔　醫刑傷城壁走天涯

詞曰：

官軍解役人多少，邂逅相逢好。聊施道術救英雄，一任鬼神猜疑道途中。　邀他古寺話離別，哭訴無休歇。問君還有幾多愁，恰是一江春水向東流。

右調虞美人

且說冷于冰在玉屋洞煉習神書，斷絕煙火，日食草木之物。三年後，鬚髮紺碧，遍身長出白毛。六年後，盡行脫盡，仍復故形，但覺容顏轉少，不過像二十七八歲人。抑且雙瞳炯炯，昏黑之際，可鑑百步。歷了十個年頭，雖無摘星換日、入石穿金的大術，若呼風喚雨，召將拘神，以及移身替代、五行遁法，無不精通，皆寶籙天章之力也。猿不邪得于冰御氣口訣，修煉的皮毛純白。那日在山上，正採了幾個異樣果子，要孝敬于冰，遠遠看見紫陽真人同火龍真人緩步而來，飛忙的跑入洞中，報與于冰。于冰整衣，到洞外跪接。遙見二位仙師，一戴碧蓮冠，穿紫霞無縫天衣，鶴頂龜背，木質金形，鳳眼疏長，修眉入鬢，長鬚白面，身高七尺；一戴八寶紫金冠，穿大紅入雲龍衣，龐眉廣顙，綠睛朱頂，隆準方頤，目有三角，面若赤丹，一部大連鬢紅鬚，披拂項下，身高九尺，望之令人生畏。于冰心內道：「此必吾師火龍真人。」少頃，二仙到了洞門，于氷道：「不知二祖師駕臨，未獲泥首❶，遠接，祈恕愚昧。」見白面者道：「汝弟子骨氣已有五分，何入道之速也？」赤面者道：「眼前似好，不知將來何如？」二仙相讓入洞，于氷後隨。二仙分左右坐下，于氷正欲叩拜，只見赤面者道：「此汝師伯紫陽真人也，與我同為東華帝君門人。」于氷兩叩拜，紫陽亦起立。火龍又令再拜謝賜書之恩，于氷又拜，真人道：「兒童嬉戲之物，何以謝為？」于氷拜罷，又拜了火龍真人四拜。火龍命起立一傍，隨即猿不邪也來叩拜。火龍向于氷道：「你毫末道行，即收異類門徒，殊屬輕率。」紫陽道：「你當日收桃仙客，豈盡得道之時耶？淵源一脈，正是師作弟述❷。」火龍大笑，又顧于氷道：「年來鉛汞調和否？」于氷道：「尚未自然。」火龍道：「氣無升降，息定謂之真鉛；念無生滅，神凝謂之真汞。息有一毫之不定，形非我有，散而歸陰，非真鉛也。念有一毫之不澄，神不純陽，散入鬼趣，非真汞也。汝其勉之。」于氷唯唯。紫陽向于氷道：「修仙之道，宜速斬三尸❸。三尸不斷，終不能三花聚頂❹，五氣朝元❺，地仙可望，天仙不可得矣。故境殺心則凡，心殺境則仙。當於靜處煉氣，鬧處煉神。」于氷唯唯。火龍道：「你出家

---

❶ 泥首：謂頓首至地也。晉書庾亮傳：「亮明日又泥首謝罪，乞骸骨。」

❷ 師作弟述：師傅創作，弟子遵循。禮記中庸第十八章：「父作之，子述之。」

❸ 三尸：道家稱人體內的三種害蟲（一居腦，二居明堂，三居腸胃）為三神，亦稱三尸、三蟲。

❹ 三花聚頂：道家修煉術，即三華聚頂。道家以精氣神為三華，以精化氣，以氣化神，以神化虛，謂之三華聚頂。

❺ 五氣朝元：道家修煉法，謂煉內丹者不視、不聽、不言、不聞、不動，而五臟之精氣生剋制化，朝歸於黃庭（臍內空處），謂之五氣朝元。氣，或作炁。

能有幾日，前後得許多異數，此皆修行人二三百年不輕遇者，皆因你立志真誠，純一不已，乃能得此。我與你師伯去後，你即隨便下山，周行天下，廣積陰德，若能渡脫四方有緣之客，同歸仙界，更是莫大功行。法術二字，當於萬不得已時用之，斷斷不可頻試，與世人較論高深。你須誠敬如一，始終弗懈方好，我於你有厚望焉。」

說罷，二仙齊起，于氷與猿不邪跪送洞外，直待雲行天際，於看不見時，方纔起來。入洞坐下，細想道：「祖師教我周行天下，廣積陰功，我該從那個地方周行？」猛想起：「當年到山西，遇一連城璧，雖係俠客，卻存心光明磊落，我愛其人，承他情，送我衣服盤費，心意極其誠切。屈指整十個年頭，我在這玉屋洞修煉，家間妻子未嘗不思及，然隨起隨滅，毫無縈結，惟於他倒不能釋然。我如今要遵師命下山，卻心無定向，何不先到范村一行？但他這十數年，生死遷移，均未敢定，自柳家社收伏二鬼，從未一用，我何不差他先去打探一番？他若在家，便去與他一會，就近遊遊山西五臺，完我昔年志願，再周行天下未晚。」

想罷，將葫蘆取出，拔去塞兒，叫道：「超塵、逐電何在？」只見葫蘆內起一陣黑煙，煙盡處，二鬼站在面前。于氷道：「我自收伏你們以來，十年未嘗一用，究不知你們辦事何如。今各與你們符籙一道，仗此可白晝往來人世，不畏懼太陽。此刻速去山西代州范村，查訪連城璧生死存亡。我再說與你們，他即改名易姓之張仲彥也。看他在家沒有，稟我知道。」二鬼領命，御風而去。至第五日午間，二鬼回來稟覆道：「小鬼等奉命，先到代州范村，查知連城璧即張仲彥，問他家中中溜井竈諸神，於今歲六月初，去陝西寧夏看望他哥哥連國璽。小鬼等便去寧夏，問彼處土穀諸神，言三月間連國璽因盜案事發，被地方官拿送山東泰安州，不知作何歸結。小鬼等又到泰安，始查知他弟兄二人前後事跡。」遂詳詳細細，向于冰說了一遍。又道：「連城璧等巡撫審後，仍令解回泰安，前日已從省城起身，今日大要還在路上行走。」

于冰將二鬼收入葫蘆內，嘆息道：「連城璧雖出身強盜，他肯隱居范村，尚不失為改過知機之人，只可惜被他哥哥連累，今拚命救兄，也還是義不容辭的事，並非去做強盜可比。我若不救，城璧休矣。」於是將猿不邪叫至面前，吩咐道：「我此刻即下山，或三五年十數年回，我也不能自定。洞內有紫陽真人寶籙天章一書，非同兒戲。吾雖用符咒封鎖在丹房，誠恐山精野怪，或明奪暗取，你無力對敵，今授你吸風吹火之法，妖魔逢之，立成灰燼。你再用本身三昧真火一煉，久暫皆可隨心應用。再授你指揮定身法，並借物替身法，你有此三法，保身降魔有餘，也是你在我跟前投托一場，以酬你十年採辦食物，晝夜勤勞。你若仗吾法混行人間，吾惟以雷火追你性命。」猿不邪大喜道：「弟子蒙師尊大恩收錄，不以畜類鄙薄，已屬過望。今又蒙賞賜仙法，何敢片刻出離洞府，自取滅亡？」于冰一一傳授口訣，並以手書符指法，不邪頓首拜受。于冰又道：「嗣後若差二鬼回洞，你切莫視為怪物，擅用雷火，他們經當不起。」不邪道：「弟子從未與二鬼識面，須一見方好。」于冰從葫蘆內叫出二鬼，二鬼顯形，不邪見其形貌兇惡，亦稍有畏縮之心。于冰道：「爾等從今識認，日後也好往來。」說罷，收了二鬼，走出洞來，不邪跪送洞外。

于冰將腳一頓，頃間遍身風雲，飛騰虛渺，不過半個時辰，早到山東地界。撥雲下視，見濟南道上有一隊人馬，約有二三百人。再一細看，隱隱綽綽，似有幾輛車兒，在眾人中間行走。于冰道：「是矣。」

將雲光落下，緩步迎了上去。少刻，見十數隊馬兵，腰懸弓矢，一個武官領著開路，從面前過去。又待了一會，有一百六七十步兵，各帶兵器，圍繞著兩輛車兒行走，車兒內有七八個蓬頭垢面之人。于冰等他走到切近，高聲說道：「將車兒站住，我要說話。」只這一句，兩輛車兒和釘定住的一般，車夫將騾馬亂打，半步亦不能動移。眾兵丁深為怪異，忙問道：「適纔可是你這秀才要和我們說話麼？」于冰道：「我要和連城璧說話。」眾兵道：「連城璧是劫牢反獄拒敵官兵問斬決的重犯，你與他說話，自然是他的黨羽❻了。」

于冰道：「我雖非他的黨羽，卻和他是最厚的朋友。」眾兵大吵道：「不消說了，這一定是他們的軍師。」隨即就有七八個上來擒拿。于冰用手一指，眾兵倒退了幾步，各跌倒在地，再扒不起來。眾兵越發大吵不已，又上來二三十個，也是如此。眾兵見此光景，分頭去報守備、知州，知州從後面趕來看視。于冰見轎內坐著個官兒，年紀不過三十上下，跟著許多軍牢衙役。但見：

頭戴烏紗帽，腳踏粉底皂，袍繡白鷴飛，帶露金花造。鬚長略似鬍，面麻微笑俏。斜插兩眉黑，突兀雙睛暴。書吏捧拜匣，長隨跟著轎。撐起三簷傘，擺開紅黑帽。敲響步兵鑼，喝動長聲道。鐵繩夜役拿，坐褥門子抱。有錢便生歡，無錢即發噪。官場稱為太老爺，百姓只叫活強盜。

只見那知州在轎內坐著，不住的搖頭晃腦，弄眼提眉。于冰心裡想道：「看他這輕浮樣子，也不像個民之父母❼。」知州到了面前，幾個兵丁指著于冰說道：「就是這秀才作怪。」那知州先將于冰上下一看，

---

❻ 黨羽：同黨附和的人，多指附從為惡的人。

口裡拿捏著京腔問道：「你是個甚麼人兒，敢在本州治下賣弄邪法？你這混賬猴兒，離忽到那個分兒上去了？」于冰聽他口音，是個直隸河間府人，便笑向轎內舉手道：「老鄉親請了。」那知州大怒，喝令鎖起來。眾衙役卻待向前，于冰用手向轎內一招，那知州便從轎內頭朝下跌出，把個紗帽觸為兩半，頭髮分披在面上，口中亂嚷：「反了！」又罵眾衙役不肯拿人。眾役一壁裡❽攙扶他，一壁裡來拿于冰。于冰向眾人唾了一口，個個睜著兩眼，和木雕泥塑的一般。又將書役兵丁周圍指了幾指，便顛三倒四，皆橫臥在官路上。

于冰走至囚車前問道：「城璧賢弟在麼？」城璧在囚車內聽得明白，看了多時，早已認得是于冰，連忙應道：「小弟在此。」于冰將他扶下車來，見他帶著手肘腳絆，用袍袖一拂，盡皆脫落在地。韓八鐵頭等各大喜。于冰見他兩腿膀腫，不能步履，輕輕提起，攬在腋下，行動如飛。片刻走了十二三里。到一破廟中。城璧先與于冰磕了幾個頭，放聲大哭道：「弟今日莫非已死，與大哥幽冥相會麼？」于冰道：「青天白日，何為幽冥？」城璧卻要訴說原由，于冰道：「賢弟事我已盡知，無庸細說。」城璧道：「一別十年，大哥即具如此神通❾，非成得真仙，焉能諸事預知？」于冰將別後事亦略言大概。城璧道：「天眷勞人❿也，不枉大哥拋妻棄子一番。」說罷，又叩頭不已。于冰道：「賢弟不必如此，有話只管

---

❼ 民之父母：謂居官須愛民如子也。禮記大學：「民之所好好之，民之所惡惡之，此之謂民之父母。」

❽ 一壁裡：同一壁廂，即一方面。亦作一壁、一邊廂。

❾ 神通：變化神妙、通達無礙的本領。

❿ 天眷勞人：上天眷顧勞苦的人。

相商。」城璧道：「弟同事之王振武、韓鐵頭等七人，俱係因救家兄，陷於羅網。今弟脫離虎口，怎忍使眾友遭殃？仰懇大哥大發天地慈悲，也救渡救渡罷。」于氷道：「賢弟，我今日救你，本是藐法欺公，背反朝廷的事。皆因你身在盜中，即能改過回頭，於數年前避居范村，這番劫牢，是迫於救兄，情有可原，故相救也。若論韓鐵頭等，自少壯以至老大，劫人之財，傷人之命，目無王法，心同叛逆，理合正法纔是。但念此輩為救令兄，拚死無悔，斬頭瀝血，義氣堪誇，況賢弟得生，而決不一顧，豈不令他們視賢弟為無情乎？也罷，待我救他們。」於是手掐劍訣，口誦咒文，一口氣往官路上吹去，頃刻狂風大作。

這邊于氷作法，那邊韓鐵頭等，見一秀才將連城璧救去，大家驚為神仙。正在嗟訝之間，忽然天昏地暗，狂風一陣，吹得眾人眼都睜不起來，只覺得渾身繩鎖俱脫，身子飄飄蕩蕩，腳不著地，須臾之間，刮在一處，落在地下，七人睜眼一看，原來是連城璧與那一秀才，在一破廟殿臺上坐著。韓八鐵頭叫道：「連二弟，我們莫非是夢中相會麼？」王振武道：「此位神仙爺是誰？如何認得賢弟？」城璧道：「此乃我盟兄廣平成安縣冷于氷也。」遂將于氷棄家遊外，在范村交結，後來遇仙成道，及今日來救之事，與眾人細說一番。七人大喜，上前來叩謝于氷救命之恩。于氷道：「眾位壯士，聽我一言，你等所為不端，理該受刑，今幸脫羅網，可隱姓埋名，待事定後，可各為良民。行些善事。若再為惡，禍到臨頭，再無人救你們了。」眾人道：「仙長之言，當刻肺腑，我們敢不遵命？但某等渾身無塊好肉，兼之兩腿夾傷，不能行動，如何是好？」于氷道：「這有何難？」向空把手一招，眾人視之，地下有水一盆，于氷用手掬水，含在口中，令他八人脫去衣服，與眾人周身上下噴噀，水到處，其傷立愈，與好肉一般。

八人覺得通體鬆快，如釋泰山，隨即站起，和素日一樣。穿了衣服，各人淨了頭臉，于冰又將符七道，遞與韓八鐵頭等，每人一道，說道：「此符不可遺失。你們在路上必有人盤詰，若遇難走處，將此符頂在頭上，人便看不出你來，可保無虞。三年以後，即不靈驗，可焚燒之。此地非你我久居之處，大家散了罷。」七人泣下，叩謝于冰不已，又與城壁話別，方纔去了。後來各為良民不題。

于冰打發七人去後，即面朝廟外，將劍訣一煞，那些兵丁衙役人等，一個個陸續扒起，見無了囚犯，又亂嚷鬧起來，不在話下。

于冰回身，與城壁對面坐下，問道：「賢弟如今還是回范村，或別有去向，都交在愚兄身上。」城壁長嘆道：「弟係已死再生之人，今蒙大哥救援，又可多活幾日。此後身家，均付之行雲流水，只求大哥念昔日盟情，不加擯斥，弟得朝夕伺候左右，便是我終身道路，終身結局。設有差委，雖赴湯蹈火，亦所甘心。」說罷，叩頭有聲，淚隨言下。于冰道：「出家二字，談何容易？若像世俗僧道出家，不耕不織，假藉神佛度日，受十方之供獻，取自來之銀錢，則人人皆可出家矣。依愚兄看來，賢弟還該回范村，養育妻子，教訓二姪成人，縱文武衙門遍行緝捕，也未必便尋到那個地方。」城壁道：「大哥意見，我已明白了，不是為我出身強盜，便是為我心意不堅。」于冰道：「我若因盜賊二字鄙薄你，還救你怎麼？倒只怕賢弟心意不堅是實。今賢弟既願出家，不但大酒大肉一點咀嚼不得，就是草根樹皮，還有缺乏之時候。」城壁道：「弟作惡多端，只願今生今世，得保首領，不但酒肉，即喫茶水，亦覺過分，尚敢縱飲暢啖，自薄衣祿？若怕我心意不堅，請往日後看，方信愚弟為人。」于冰道：「據賢弟話，這范村目下且不去了。」城壁道：「寧死絕域⓫，誓不回鄉。」

于冰道：「這也隨你。我十年來，仗火龍真人易骨一丹，方敢在湖廣衡山玉屋洞修煉。此山居五嶽之一，風極猛烈，你血肉身軀，不但冬月，即暑月亦不能耐那樣風寒。賢弟可有知心知己的朋友親戚家，且潛藏一二年，日日蔬食淡菜，先換一換油膩腸胃，我好傳你修養工夫。」城璧道：「此番大鬧泰安，定必畫影圖形，嚴拿我輩。知心知己的人，除非在強盜家，我既已出家，安可再與此類交接？只有一個人，是我母舅金榮之子，名叫金不換，他住在直隸廣平府雞澤縣趙家堡外，我與他是至親，或者可以安身。」于冰道：「他做人何如？」城璧道：「他當日原是寧夏人，自父母過門後，我母舅方知我父做強盜，惟恐干連了他，於嘉靖十七年搬移在雞澤縣。我記得嘉靖二十一年，我哥哥曾差人與母舅寄銀四百兩。我母舅家最貧窮，彼時將原銀發回不收。後聽得我母舅夫妻相繼病故，我哥哥又差人寄銀三百兩，幫表弟金不換辦理喪葬事，不意他也不受，將原銀付回。聞他近年在趙家堡，與一財主家開設當鋪，只除非投奔他。但從未見面，還不知他收留不收留。」

于冰道：「他為甚麼叫這樣個名字？」城璧道：「這也有個原故。我少時曾聽得我亡母說，我母舅一貧如洗，生下我表弟時，同巷內有個鄰居，頗可以過得日月，只是年老無兒，曾出十兩銀子，要買我表弟去做後嗣。我母舅說，不但十兩銀子，便是十兩金子也不肯。誰想那鄰居甚是愛我表弟，將家中私囊竟倒換了十兩金子，仍要買我表弟。我母舅只是不肯，因此叫做金不換。」于冰聽了，笑道：「我與你同去走遭，他若不收，再作裁處。」說罷站起，將袍子脫下來，向地下一鋪，又取出白銀五兩，放在袍下，口中念念有詞，喝聲：「到！」沒有半個時辰，見袍子高起，用手揭起一看，銀子沒了，卻有大

⑪ 絕域：隔絕難通的地方。王維送劉司直赴安西詩：「絕域陽關路，胡沙與塞塵。」

小襯衣二件，布袍一件，褲一條，鞋襪各一雙外，又有素點心四十個，俱在地。于氷著城璧將破衣盡去，急穿戴了衣服鞋襪，扒倒又與于氷叩頭，于氷亦連忙跪扶，兩人復對坐。

城璧將點心喫完，問于氷道：「適纔諸物，定是搬運法了。那袍下幾兩銀子，可是點石成金，變化出來的麼？」于氷道：「銀子是我十年前未用盡之物，有何變化？因不肯白取人衣物，送去作價耳。你說點石成金，大是難事，必須內外丹成，方能有濟，究亦損德誤人。昔雲房初渡呂純陽⑫，時授以點石成金之術，只用爐中煉黃土一撮，便可點石為金，千百萬兩，皆可立致，正道家所言『家有四兩土，敢與君王賭』之說也。純陽曰：『此石既可成金矣，未知將來還原否？』雲房曰：『五百年後還原。』純陽曰：『審如是，豈不害五百年以後之人？』雲房大喜曰：『我未思及於此。只此一念，已足百千萬件功行，汝不久即晉職大羅金仙矣。』大抵神仙點者，五百年後還原；術士點者，二三年後還原；燒煉之人以藥物配合鉛汞九轉成金者，不過藉少增多耳，日積月累，亦可敷用，究係深費苦功之事。還有一種做假銀人，或百日還原，或五月還原，欺人利己，破露必為王法重治，不破露必受天誅。還有以五十兩做一百兩，以三十兩做一百兩者，其人縱富得一時，將來必遭奇禍，子孫不出三世，定必滅亡，此做銀

⑫ 雲房初渡呂純陽：雲房，鍾離權。呂純陽，呂洞賓。鍾離權為唐咸陽人，號和谷子，又號真陽子、雲房先生，遇老人授仙訣，又遇華陽真人、上仙王玄甫，傳道入崆峒山，後仙去。呂洞賓為唐京兆人，名喦，一作巖，字洞賓，咸通中及第，兩調縣令，值黃巢亂，移家終南得道，莫測所往。別號純陽子，亦稱回道人，即俗傳八仙之一，又稱為呂祖。宋史又稱呂洞賓為關西逸人，有劍術，百餘歲而童顏，步履輕疾，頃刻數百里，世以為神仙，數來陳摶齋中云。

者之報。若知情心義，倩其代做使用者，罪亦如之。世間還有一種殘忍刻毒貪利喪心的人，就如騾馬驢年老，其齒必平，而必苦加鑽剜煅烙，使有齒可驗，愚弄買主；或將羊活剝皮，取其毛色生動，多貨銀錢，此等人現世不遭雷擊，來世必不能脫此報，其罪更甚於用假銀輩。奈世人只為這幾個錢，便忍心害物，至於如此。彼何不回頭設想，假如來生亦轉生騾馬驢羊等類，被人也是這般苦難，到底還是自身疼痛，是錢疼痛也？唐時來俊臣⑬周興⑭，每食雞鴨，用大鐵罩扣雞鴨於內，中置一水盆，盆中入各樣作料，即五味等物，於鐵罩周圍用火炙之，雞鴨熱極口渴，互相爭飲，死後五味由腹中透出，內外兩熟，其肉香美，倍於尋常做法。試看兩人並伊子孫受報，比雞鴨受難何如？總之，雞鴨豬羊等物，一出胎卵，便是人應食之物。須知他的罪只是一刀，若必使他疼痛百回，遲之又久而死，縱爽口一時，亦不過化大糞一堆而已。損自己之壽，薄子孫之福，殺害既多，必攖鬼神之怒，禍端不期而至矣。」

城壁聽了，通身汗下道：「弟做強盜，跟隨我哥哥，也不知屈害了人多少，他今自刎，屍骸暴露，弟等五刑俱受，苟且得生，皆現報也。弟今後也不敢望多活年月，只憑此一點悔罪之心，或可少減一二也罷了。」于氷點頭道：「只要時存此心，自有好報於你。此地去雞澤縣千里還多，我焉能日日同你早行夜住？」隨令城壁將鞋襪脫下，於兩腿各畫符一道，笑說道：「此亦可以日行七百里，不過兩天，可到雞澤矣。」說畢，兩人齊出廟來，向直隸大路行去。正是：

⑬ 來俊臣：唐萬年（今長安）人，武后時為御史中丞，性殘忍，前後夷千餘族，後以謀反被誅。

⑭ 周興：唐萬年人，乃武后時之酷吏，為秋官侍郎，決獄嚴峻，後被讁謫嶺表，道中為仇人所殺。

玉洞遵師命，雲行至泰安。

金蘭情義重，相伴走三韓。

第十五回　金不換掃榻留城壁　冷于冰回鄉探妻兒

詞曰：

詩歌求友，易載同人，知己親誼重，理合恤患難，下榻留賓。自從分袂後，山島寄閒身，總修行寧廢天倫？探妻子紅塵債了，依舊入仙津。

右調拾翠翹

話說冷于冰與連城璧兩人，出的廟門，城璧腿上有于冰畫的符籙，步履和風行電馳一般，那裡用十天半月，只走了三天，便到雞澤縣。向趙家堡逢人尋問金不換，有人說道：「他在堡東五里外，有一趙家澗，不過數家人居住，一問便知。」兩人又尋至趙家澗，問明住處，先著城壁去相見，道達來意，于冰在百十步外等候回音。好半晌，城壁和一人走來，但見：

面皮黑而瘦，身材小而秀。鼻孔掀而露，耳輪大而厚。兩眉短而緺，雙眼圓而溜。口唇紅而肉，牙齒疏而透。手腳輕而驟，氣色仁而壽。

于冰看罷，也不好迎了上去，只聽得那人問城壁道：「此位就是冷先生麼？」城壁道：「正是。」那人跑至于冰面前，深深一揖，于冰急忙還禮。那人道：「在下就是金不換。適纔家表兄說，先生救難扶危，有通天徹地的手段，今承下顧，叨光的了不得。」于冰道：「令表兄盛稱老兄正直光明，弟方敢涉遠投刺。」說罷，三人同行，到門前相讓而入。

于冰看去，見正面土房三間，東廈房一間，周圍俱是土牆。院子倒還闊大，只是房子甚少。院內也種著些花草，已開的七零八落。金不換讓于冰到正面房中，叩拜就坐。于冰再一看，見炕上只有一領席子，四角皆殘破。一副舊布被褥，一張小炕桌，地下也有一張壞了腿的條桌，靠牆處用木棍支架著。還有一頂舊大櫃，一條板凳，一把木椅，還有幾件盤碗盆罐之類。不換道：「先生是高人，到我這小人家，連個可坐處也沒有，大失敬意。」于冰道：「樸素足見清雅。」少刻，走入一個穿短襖的後生，兩手拿著兩碗茶入來。不換先讓于冰，于冰道：「弟不喫煙火食水，已數年了。」城璧道：「我替代勞罷。」不換道：「賤說罷，與不換分用。于冰道：「日前令表兄說尊翁令堂已病故，嫂夫人前祈代為請候。」不換道：「賤內去年夏間亡過了。」城璧又將于冰始末，並自己事體，詳細說了一遍。不換咨嗟嘆息，驚服不已。

于冰道：「聞老兄開設當鋪，此地居住，似離城太遠些。」不換道：「我昨年就辭了生意，在此和人夥種著幾畝地，苟延日月。」說著，從地櫃中取出二百錢，走出去，向穿短襖的後生說話，復入來陪坐。好一會，拿入兩小碗肉，兩大碗豆腐，一盤子煮雞蛋，一壺酒，二十幾個饅頭，一盆子米飯。不換笑向于冰道：「家表兄是至親，我也不怕他笑話，只是待先生不堪的了不得，請將就用些罷。」城璧接說道：「我這位哥哥久絕人間飲食，一路同來，連口水也沒見喫過。我近日又喫了長齋，這兩碗肉你用，豆腐我喫。」不換見于冰一物不食，心甚不安。陪城璧吃畢飯，于冰向城璧道：「借住一二年話，你可向令表弟說過麼？」城璧道：「說過了。」金不換道：「弟家貧苦，無好食物待家表兄，米飯還管得起。若說到住之一字，恨不得同住一百年纔好。」

晚間，不換又借了兩副布被褥，與城璧伴宿西正房，于冰在東正房打坐。次早，不換買了許多梨棗桃子蘋果等類，供獻于冰。于冰連住了五天，日日如此，也止他不得。于冰見不換雖是個小戶人家子弟，頗知敬賢道理，一見面，看得有些拘謹，住下來，卻倒是個好說笑極其活動的人。將城璧劫牢反獄殺官兵話細說，他聽了，毫無悚懼。講到留城璧久住，又無半點難色，且有歡喜樂留的意思，看來是個有點膽氣有點擔當的人，抑且待城璧甚厚，心上方放開了七八分。至第七日早間，向城璧、不換道：「此地離成安較近，我去家中探望一回，明日早飯後即來。」不換道：「這是極該去的。」于冰辭了出來，不換同城璧送至門外。

于冰於僻靜處撾一把土，望空一撒，借土遁，頃刻至成安。入西門後，即用袍袖遮了面孔。走到自己門前，見金字牌上寫著「翰院先聲」四字，傍邊是「成安縣知縣某為中式舉人冷逢春立」。看罷笑道：「元兒也中了舉了，真是可喜。」一步步走入大門，只見大章兒從裡面走出來，長的滿臉鬍鬚，看見于冰，喫一大驚，忙問道：「你是誰？」于冰道：「你是自幼伺候小廝，連我也認不得了。」大章兒阿呀了一聲，翻身就往裡跑，一路大叫大喊入去，說：「當年走的老主人回來了！」先是柳國賓跑來，見于冰如從天際掉下，連忙扒倒在地下叩頭，眼中滴下淚來。于冰見他鬚髮通白，問道：「你是柳國賓麼？」國賓道：「小的是。」隨即元相公同大小家人，都沒命的跑來。元相公跪倒在膝前，眼淚直流，大小家人俱跪在後面。于冰見他兒子也有二十七八歲，不勝今昔之感。

于冰吩咐道：「都起來。」走至了廳院，見他妻房卜氏，已成半老佳人，率領眾婦女迎接在階下，也是雙淚直流，于冰大笑道：「一別十六七年，喜得你們還團聚在故土，抑且人丁倍多於前，好，好。」卜氏悲喜交集，說道：「今日是那一陣怪風將你刮在此處？」說罷，同于冰到廳屋內，對面坐下。于冰問道：「岳丈岳母可安好麼？」卜氏道：「自你去後，只七八年，二位老人家相繼去世。」又問道：「怎麼不見陸總管？」卜氏道：「陸芳活了八十三歲，你昨年四月間來，他還在哩。」于冰不禁傷感，眼中淚落。

只見兒子逢春同一少年婦人站在一處，與于冰叩拜。于冰問道：「這女子是誰？」卜氏笑道：「足見是個野腳公公❶，連兒媳婦都認不得。」夫妻拜了兩拜，于冰便止住他們。又領過兩個小娃子來，一個有八九歲，一個有六七歲，也七上八下的與于冰叩頭。于冰笑問道：「這又是誰？」卜氏用手指著道：「這是你我的大孫兒，那小些的是二孫兒。」于冰呵呵大笑，都叫至面前，看了看氣骨，向逢春道：「兩孫兒皆進士眉目也，汝宜善教育之。」陸續纔是家人小廝婦女們，以次叩頭。于冰見有許多少年男婦，都認識不得，大料都是眾家人僕婦之子孫。再看眾老家人內，不見王範、冷尚義二人，問道：「王範、冷尚義何在？」卜氏道：「冷尚義十年前即死，王範是大前年病故了。」

于冰不由的慨嘆至再。又猛然想起陸永忠，忙問道：「陸永忠不見，是怎麼樣了？」卜氏道：「陸芳效力多年，我於七八年前賞了他二千兩銀子，鄉間住房一處，又與了他二頃好地，著他父子夫妻自行過度，不必在此聽候差委，酬他當年輔助你的好心。惟有陸芳不肯出去，隔兩三個月纔肯去他家中走走，

---

❶ 野腳公公：到處奔走不肯安居家中的老人。

當日即回，不意他只病了半天，仍舊還死在你我家中。」于氷不住的點頭道好。卜氏又道：「還有一節，我父母死後，我兄弟家無餘資，元兒送了他母舅五百兩，又地一頃五十畝。」于氷又連連點頭道：「你母子兩個，做得這兩件事，皆大合天理人情，非我所及。令弟也該來與我一見。」卜氏道：「他去廣平已五六天了，也只在三兩天內即回。陸永忠是在鄉下住，不知道你來，他今晚明早必到。」

于氷又問兒媳家父母名姓，方知是本城貢生李沖的次女。又笑問逢春道：「你也中了？」卜氏道：「你是十九歲中解元，他是二十四歲中八十一名舉人，中的雖比你低些，舉人還是真的。」于氷笑道：「他中了，勝我百倍。」又問道：「你們的日月過的怎麼說？」卜氏道：「自從我父親去世，我叫陸芳同柳國賓，將城內外各處房子都變賣了，因為討幾個房錢，年年和人鬧口角。我將賣了房的七千多兩，在廣平府立了個雜貨店，甚是賺錢，到如今七千兩本錢，做成兩萬有餘。若將各鋪生意田產合算，足有十三萬兩家私，比你在時還多了四萬餘兩。」于氷道：「安衣足食，子女兒孫之樂，要算你是福人了。」卜氏道：「誰教你不享福來？」于氷道：「百年內之福，我不如你。百年外之福，你與我不啻天淵。」又問道：「姑丈周家並姑母，可有音信否？」卜氏道：「我們兩家，不隔一二年，俱差人探望，二位老長親好，家道越發富足，姑母已生了兒子八九年了。」于氷點頭道：「好。」卜氏道：「你也把我盤問盡了，我也問問你，你出外許多年，遇著幾百個神仙？如今成了怎麼樣道果？」于氷道：「也沒甚麼道果，不過經年家登山涉水而已。」卜氏又向于氷道：「你的容貌，不但一點不老，且少嫩了許多，我就老的不像樣了。」

正言間，只見陸永忠夫婦同他兩個兒子，跑來叩頭。于氷道：「你父親也沒了，我方纔知道，甚是悲悼。你家中用度何如？」永忠道：「小的父子承太爺太太和大爺恩典，地土銀錢房屋，足有二千四五百兩，著實是好光景。」于冰道：「如此，我心上纔快活。」少刻，請于冰裡邊喫飯。于冰到裡邊內房，說道：「家中若有鮮果子，甚好。如無，不拘果乾果仁之類，我還喫些。煙火食，我數年來一點不動。」卜氏深為詫異，隨吩咐眾小廝分頭去買，先將家中有的取來。于冰將數年辛苦，亦略說一番。坐到定更後，于冰見左右無人，向卜氏道：「我且在外邊暫歇一宿，過日再陪你罷。」卜氏滿面通紅道：「我大兒大女，你就在，我也不要你。」

于冰同兒子逢春等，坐至三鼓，方到外邊書房內，吩咐柳國賓道：「你們可連夜備辦上好菜幾桌，我要與先人上墳。與陸芳也做一桌，我要親到他墳前走走。還得車子一輛，我坐上，庶免本地親友物色❷。」又向逢春道：「可戒諭眾家人，不可向外邊露我一字。」逢春道：「頭前各鋪眾夥計俱來請安，我岳父李太爺和左近親友俱來看望，孩兒俱打發回去了。」于冰道：「此皆我說遲了一步，致令家中人傳出去，也罷了。」又道：「柳國賓居心誠謹，其功可抵陸總管十分之三，你可與你母親相商，賞銀二百兩，地一頃，以酬其勞。他年已衰老，吩咐家中男女，俱以老總管稱之，即汝亦不必直呼其名。大章兒係我做孩童時左右不離之人，宜賞銀一百兩。其餘家中男婦，汝和你母親量為賞給，也算我回家一番。」逢春連聲答應。小廝們抱來七八件雲錦被褥，于冰立命拿回。少刻，卜氏領了兒媳和兩孫出來，直坐談到五鼓，方回內院。

第二日早，將身上內外舊衣脫去，換了幾件新衣服，並頭巾鞋襪，上了墳，回到書房，和逢春要來

❷ 物色：訪求。宋史趙普傳：「則人皆物色之矣。」

白銀二百三十兩，又著安放了紙筆，然後將院門關閉，不許閒雜人偷窺。在屋內寫了兩封書字，留下一封在桌上，仍借土遁去了。逢春同家中大小男婦，在廳上等候至午間，不見開門，卜氏著將書房門取下，一齊入來，那裡有個于冰？只見桌上有一篇字兒，上寫道：

> 別十有七年，始與爾等一面，骨肉亦太疏闊矣。某山行野宿，屢經怪異，極人世不堪之苦，方獲火龍真人垂憐，授以殺生乃生密訣，將來仙道可望有成。吾兒藉祖功宗德，僥倖一第，此皆家門意外之榮。永宜誠敬事母，仁慈育下，保守天和❸。嚴嵩父子在朝，會試場不可入也。若能泉石終老，更洽吾心。如必交無益之友，貪非分之財，則現在溫飽亦不能久，勉之，慎之。兩孫兒骨氣蔥秀，稍長須教以義方，毋私禽犢❹。吾從此永無相見之期，數語告誡，臨穎愴然。銀二百三十兩，帶送友人，示知。

逢春看罷，頓足大哭道：「父親去矣！」卜氏道：「門子關閉著，我不解他從何處去了？」逢春道：「父親已通仙術，來去不可測度。」又將書字內話，與卜氏講解了一番。卜氏呆了一會，說道：「此番來妖精鬼怪，連一口茶飯都不喫。我原逆料❺必有一走，倒想不出又是這樣個走法，亦想不到走的如此之速。

---

❸ 天和：天地的和氣。漢書禮樂志：「嘉承天和，伊樂厥福。」

❹ 毋私禽犢：勿貪愛財物。私，偏愛。禽犢，禽與犢，古代用作餽贈的禮品，因以喻干祿進身之物。荀子勸學：「小人之學也，以為禽犢。」

❺ 逆料：預料；預測。諸葛亮後出師表：「凡事如此，難可逆料。」

我兒不必哭他，他當日去後，我們也會過到如今。沒有他，倒覺得心上清淨。」一家兒說奇道怪，反亂了半晌。逢春又親到郊外四下裡瞻望了半天，方纔回來。正是：

庭前鶴唳緣思海，柱下猿啼為憶山。

莫道于氷骨肉薄，由來仙子破情關。

第十六回　別難友鳳嶺逢木女　斬妖黿川江救客商

詞曰：

閒步暫棲丹鳳嶺，看諸怪相爭。一婦成功請同行，也敘道中情。孽龍吹浪鼓濤生，見舟楂飄零。立拘神將把江清，一劍慶昇平。

右調武陵春

話說于冰用遁法出了成安，到金不換家叩門。不換見于冰回來，大喜道：「先生真是信人❶。」城璧也接將出來，讓于冰到東正房坐下。城璧道：「大哥探望家鄉，老嫂並姪子，想皆納福？」于冰道：「他們倒都安好，家計亦甚充裕，只可惜我一老家人，未得一見。」城璧道：「可是大哥先日說的陸芳出世了麼？」于冰道：「正是。」城璧亦甚是嘆息。于冰道：「賢弟從今年六月出門，恐二姪子見你久不回家，不拘那個去寧夏尋訪，倘被衙門中人識破，大有未便。我今在家中，已替你詳寫書信，言明你弟兄二人事由，已差鬼役送去，明早必有回音。」城璧道：「弟已出家，何暇顧及妻子？隨他們去罷了。」于冰道：「似你這樣說，我昨日回家，真是大壞清規了。吾輩有妻子，貴不縈心於妻子。若明知禍患不

❶ 信人：說話算話誠實不欺的人。孟子盡心下：「善人也，信人也。」

測，而必使妻子故投死地，不惟於己不可，即待人亦有所不忍。」不換道：「這封書真是要緊之至，但不知先生怎麼便差鬼送去？」于冰道：「明早便知。」說罷，三人敘談，至二鼓方歇。

至四鼓時分，鬼役超塵暗稟道：「小鬼奉法旨，領移形換影符一道，假變人形，已將書字寄交范村連城璧家，討有回信在此。」將符與書信交訖，于冰收超塵於葫蘆內。次早，遞與城璧拆開，三人同看。城璧見果是他兒子親筆，上面有許多悽慘語，叮嚀囑咐，他姪兒也再三勸城璧偷行回家探望等語。城璧長嘆了一聲，把一個金不換心服的瞪目咋舌，竟不知于冰是何等人。于冰道：「二姪既知始末，從此自可保全。我此刻即與賢弟別去，三年後來看你。」又向不換深深一揖道：「令表兄諸凡仰望照拂，弟異日自必報德。」城璧大驚道：「大哥今往何處去？」于冰道：「人間煙火❷，我焉能日夜消受？」說著，從懷內取出銀子二百兩，向不換道：「老兄家亦寒素❸，安可久養長客？此銀權作令表兄三年飲饌之費，不收便非好朋友。我就此刻謝別。」不換再三苦留，城璧倒一言不發，惟有神色沮喪而已。于冰見城璧光景，心上甚難為情，於是拉他到下房內，說道：「賢弟不必惜別，我此去不過二三年，即來看你。日前曾說明你通是血肉之軀，難以同行，我此時即傳你吸氣導引之法，果能朝夕奉行，自有妙驗。」隨將出納收放始末說與，只未傳與口訣，緣心上有一半還信他不過也。城璧一一謹記。于冰出來，向不換拱手道：「千萬拜托，弟去了。」不換知不可留，同城璧送數里之外方回。

于冰心裡說道：「聞四川峨眉山勝景極多，我魂夢中都是羨慕，今且偷空去一遊，就從那邊採訪人

---

❷ 煙火：熟食。道教稱辟穀為不食煙火。

❸ 寒素：寒苦樸素。南齊書王僧虔傳：「布衣寒素，卿相屈體。」

間疾苦，作個積功德的起手，有何不可？」旋即駕雲光奔馳，已到峨眉山上，隨處賞玩，見山巒疊翠，花木珍奇，兩峰突起對峙，綿亙三百餘里，宛若蛾眉，蒼老之中，另具一種隱秀，較之西湖嬌艷，大不相同。一日，遊走到丹鳳嶺上，見對面一山，嵯峨萬丈，勢可齊天。嶺上有石堂一座，內貯石床石椅、丹爐藥鼎之類。于氷看天色已交酉時初刻，口中說道：「今晚就在此過夜罷。」

方纔向石床上一坐，只見對面山上夾縫內，陡然走出兩個大漢，各身長一丈五六，披髮跣足，身穿青衣。兩個大漢俱朝西眺望，猛聽得一聲說道：「至矣！至矣！」其聲音闊大，彷彿巨雷。說罷，兩個大漢俱入山夾縫內。少刻，那兩個大漢又出來，各手執弓箭，大亦絕倫。一大漢道：「看我先中其腹。」說著，將弓拉滿，向西一箭射去。于氷急忙看那箭到處，只見正西山頭有一婦人緩步走來，此箭直中其胸。那婦人將箭拔去，丟在地下，復向東走來。一大漢道：「此非你我所能制服，須報知將軍。」只見那兩個大漢，又入山夾縫內，須臾，夾縫內出來十五六個大漢，皆身高一丈六七尺者，齊聲向山夾縫內躬身喊叫道：「請將軍出宮禦敵。」

只見那夾縫內出來一絕大漢子，即眾大漢所謂將軍者，身高二丈六七尺，赤髮朱衣，兩眼比盤子還大，閃閃有光，面若噀血，剛牙鋸齒，亦手執弓箭，面向西看望。只見那婦人漸次相近，于氷存神細看，見那婦人翠裙鴛袖，錦衣珠環，容貌極其秀美，乃婦人中之絕色也，從山西款段❹而至。那將軍回顧眾大漢道：「看我中其喉。」眾大漢齊聲道：「共仰將軍神箭。」只見那將軍拽滿大弓，將箭放去，口中說聲：「著！」只見那枝箭響一聲，正中在婦人咽喉上，一半在項前，一半透出項後。那婦人若不知者，

❹ 款段：款猶緩，小馬行走遲緩，故以款段稱小馬。在此取徐緩之義。

輕輕將箭抽出，擲於地下，又緩緩走來。那將軍環顧眾大漢道：「此非軍師先生，不能降服此婦。汝等可快請軍師先生來。」

俄頃，軍師先生亦從夾縫內走出。于冰見那軍師先生，長有六尺，粗也有六尺，頭大如輪，目大如盆，口大如鍋，面黑如漆，身綠如荷，乍見與一大毬相似。只見那軍師先生手拿寶劍，口中念念有詞，用劍向地下一指，山谿中大小石塊都亂跳起來。又用劍向天上一指，那些大小石塊隨劍俱起在空中。復用劍向那婦人一指，那些大小石塊，雨點般向婦人打下。只見那婦人口內吐出寸許大一小瓢，其色比黃金還艷，用手將小瓢一晃，那些大小石塊響一聲，俱裝在瓢內，形影全無。那婦人又將瓢向軍師先生並眾大漢一擲，響一聲，將眾大漢同軍師先生並將軍，俱裝入瓢內，飛起半天。那婦人又用手將瓢連指幾指，那瓢在半空連轉幾轉。那婦人將手向下一翻，那瓢在半空也隨手一翻，只見從瓢內先倒出無數大小石塊，勢若山積，隨後又倒出許多青黑水來，如瀑布懸空一般，飛流直下，平地上堆起波濤。那婦人將手一招，那瓢兒仍鑽入婦人口中。那婦人旋即嬝嬝婷婷，仍向西山行去。

于冰在石堂內看了半晌，竟看呆了，心中說道：「此必都是些妖怪，敢於青天白晝，如此兼併。莫管他，且送他一雷火珠。」想罷，走出石堂，用右手將珠擲去，煙火到處，響一聲，打的那婦人黃光遍地，毫無損傷。于冰急將珠收回。那婦人掉轉身軀，見于冰站在對山石堂外面，復用俊眼將于冰上下一看，笑說道：「我有何得罪先生處，先生卻如此處置我？」于冰見雷火珠無功，大為驚詫，高聲說道：「我乃火龍真人弟子冷于冰是也，替天斬除妖孽多年，你係何等精怪，乃敢橫行，不畏天地？」那婦人又將于冰細看道：「你面竟有些道氣，正而不邪，敝寓離此不遠，請先生同去一敘何如？」于冰大笑道：

「我若不敢到你巢穴裡去，我也算不得火龍真人弟子了。」說罷，將身軀從嶺上一躍，已到婦人面前。那婦人讓于冰先行。于冰道：「你只管前走，我不避你。」那婦人微笑道：「我得罪先生，道引了。」說罷，分花拂柳，嬝娜而行。

于冰跟在後面，過了兩個山頭，盤繞至山底，見一絕大桂樹，高可齊天，粗徑畝餘。那婦人走至樹前，用手一推，其樹自開，現出門戶屋宇，執手讓于冰先行，于冰遲疑，不敢入去。那婦人道：「我非禍人者，先生請放心。」于冰道：「你先入去，我隨後即至。」那婦人又笑了笑，先入樹內。于冰此時進退兩難，又怕被妖怪恥笑膽怯，於是口念護身神咒，手握雷珠，跟了入去。覺得一陣異香撲鼻，清人肺腑。放眼一看，另是一個天地，但見：

門樓一座，屋宇兩層。琉璃瓦射天光，水晶簾垂戶外。綠衣侍女，調鸚鵡於西廊；粉面歌童，馴元鶴於東壁。篆煙裊裊，爐噴冰麝奇香；佳卉紛紛，盆種芝蘭瑞草。丹楹繡柱，分懸照乘之珠❺；畫閣錦堂，中供連城之璧❻。孔雀屏堆雲母，麒麟座砌石英。室貯柟榴，絞綃帳披拂床第；几陳寶鑑，珊瑚樹輝映庭除。玉珂金鉉，可是花房器物；瓊臺貝闕，居然樹內人家。

于冰到樹內，見朱門繡戶，畫棟雕梁，陳設物件，晶瑩耀目，多非人世所有。心裡說道：「天下安有樹

❺ 照乘之珠：即照乘珠，謂光能照及多數車乘之寶珠也。或稱照車。典出史記田敬仲完世家。

❻ 連城之璧：戰國時，趙得楚和氏璧，秦昭王謂願以十五城交換，後因稱此璧為連城之璧。參閱第四回注⓱和璧條。典出史記廉頗藺相如列傳。

內有此宅舍？必是妖怪幻捏而成。」那婦人見于冰入來，又執東家之禮，讓于冰先行。于冰到此，也避忌不來，大踏步走入廳內。那婦人向于冰輕輕一福，與于冰分賓主坐下。許多侍女，有獻松英露者，獻玫瑰露者，獻紫芝露、蕉葩露者，于冰總不喫。

婦人道：「先生修道幾時矣？」于冰道：「纔數年。」婦人道：「數年即有此道術，具此神通，吾不信也。」于冰道：「你端的是何妖怪，可向我實說，我自有裁處。」婦人笑道：「我非妖怪，乃木仙也。自盤古開闢以來，至今歷無算甲子，適先生所見大桂樹，即吾原形。」于冰道：「方纔對敵眾大漢，並將軍和軍師先生，皆何物？」婦人道：「此輩亦梗楠杞梓、松栢楸檜之屬，均係經歷六七千年者，奈伊等不務清修，惟恃智力，在此逢人必啖，遇物必殺，上干天地之和，下激鬼神之怒，今日截除吾手，實氣數使然。」于冰聽其語言正大，將頭點了幾點，又問道：「他們既如此作惡，為何不早行斬除，必至今日？」婦人道：「去歲那極大漢子自號將軍者，不揣分量，曾遣媒妁求婚於我，我將媒妁嚴行重處，斷臂逐去。昨午花蕊夫人約請明霞殿看鶴蛇啣珠戲，此輩訪知我不在，碎我花英，折我枝條，屋宇幾為之覆，此刻相持，亦以直報怨耳。」

于冰道：「仙卿口中吐一小黃瓢，極能變化，此係何物？」婦人道：「此桂實也。吾實有數百年一結者，有三五百年一二百年一結者，要皆桂之精華、桂之血脈也。吾於天皇時，即擇一最大而久者，煉之四千餘年，始成至寶。其形似瓢，其實則圓，隨意指使，大可盛山嶽江湖，小可破蟣虱微物也。」于冰道：「眾大漢等入此瓢，皆成青黑水，這是何說？」婦人道：「青黑水乃形質俱化，樹木之汁液耳。」于冰道：「仙卿之瓢，亦能化人否？」婦人笑道：「人與物一體，既可以化物，即可以化人。」于冰笑道：「信如斯言，則凡入卿瓢者，一概無生矣。」婦人道：「瓢與吾乃同根共枝而出，瓢即是我，我即是瓢，人物之入吾瓢者，生死隨吾所欲，何至於一概無生也？」于氷點首至再，曰：「可謂至寶矣。」又道：「仙卿既能作此屋宇，又能有如此道術，何不光明磊落，做一鬚眉丈夫，而必朱唇皓齒，冶其容，小其足，獻媚態嬌姿於日月照臨之下，這是何說？」婦人大笑曰：「吾輩得陽氣生者則男，得陰氣生者則女。萬物各有陰陽，草木寧無雌雄？信如先生言，則男男女女，皆可隨我所欲，而造化竟由我操矣。」于氷笑，婦人亦笑。

于氷道：「仙卿修煉，亦調和鉛汞否？」婦人道：「其理同，其運則不同。先生以呼吸導引為第一，餐霞吸露次之。我輩以承受日精月華為第一，雨露滋潤次之。至言呼吸導引，不過順天地氣運，自為轉移可也。大概年愈久，則道益深，所行正直無邪，即可與天地同壽。」于氷又笑說道：「如仙卿這樣說，則仙卿肚內竟空空洞洞，一無所有了。」婦人道：「既化人形，外面四體俱備，腹內自五臟六腑皆全，只是強為揑造，係後天，非先天也，豈有空洞無物之理？若空洞無物，自應無覺無識，那便是真正木頭，此刻焉能與先生話談也？先生既係火龍真人弟子，定必與桃仙客相識。仙客與吾輩同類，試問仙客肚中亦空空洞洞否？」于氷聽了大笑，婦人亦大笑。

于氷起身告辭，婦人道：「日色將落，男女之嫌宜別，房屋雖有，不敢留先生過宿。今日相會，亦係盤古氏至今未有奇緣，我有桂實幾枚，為先生壽❼。」令侍兒取出一錦袋來，內貯碗碟大者、茶酒杯大者、棗豆大者不等，無一不黃光燦爛，耀目奪睛，芬馥之氣，味邁天香，嗅之頓覺心神清越。婦人取

❼ 壽：古時以金帛贈人並請安祝福，稱為壽。史記廉頗藺相如列傳：「請以秦之咸陽為趙王壽。」

茶碗大者一，棗大者十，說道：「此茶碗大者，三千年物，服之可延壽三百載。棗大者，皆百餘年物，服之可延壽一紀。」于氷作揖領謝，又問道：「仙卿從開闢時修持至今，所行又光明正大，理合膺上帝敕詔，位列金仙❽，今猶寄跡林泉，何也？」婦人道：「吾於天皇氏時，即奉詔為桂萼夫人，因性耽清靜，授職後便須隨班朝晉，緣此叩辭。至帝堯時，又奉詔封清華夫人，敕命佐花蕊夫人，總理九州四海花卉榮枯事，此缺極繁，更非所願，仍復固辭，只今算一草莽之臣可也。」

于氷連連作揖道：「今日冒瀆夫人之至。」夫人帶笑還了兩福，送于氷出樹，說道：「山海之內，多藏異人，嗣後先生宜珍重厥躬，毋輕以隋珠彈雀。」于氷拱手謝道：「良言自必書紳。」夫人又道：「暇時過我一談，於先生未嘗無益。」于氷唯唯。剛走得一步，那樹已無門矣。後來于氷授職金仙後，倒與此桂成道中契友，互相往來，此是後話。次早復去遊覽，數日後，方駕雲出山。離地纔起了三百餘丈高下，見川江內銀濤遍地，雪浪連天，一陣怪風，刮的甚是利害。但見：

不是風伯肆虐，非關巽二❾施威。竹浪橫飛，豈僅穿簾入戶；松濤亂捲，漫言滅燭鳴窗。初淅瀝以蕭颯，忽奔騰而砰湃。五峰瀑布，何因瀉至江干？三峽雷霆，直似湧來地底。大舟小艦，翻翻覆覆，真如落水之雞；少女老男，擾擾紛紛，無異熬湯之蟹。

于氷見風勢怪異，低頭下視，見川江內大小船隻，沈者沈，浮者浮，男女呼天叫地，個個隨波逐流，心

❽金仙：謂神仙也。法苑珠林：「上古有二金仙，修道石室。」

❾巽二：風神也。本易序卦「巽為風」之說，因假稱焉。

上甚為惻然。急向巽地上一指，喝聲：「住！」少刻，風息浪靜，見梢公水手，各整舟楫。其中有翻了船救上岸的，又皆呼天叫地，勢類瘋狂。于氷復手掐劍訣，飛符一道，須臾，大小江神，拱立雲中，聽候使令。

于氷問道：「今日大風陡起，川江內壞無限船隻，傷殘許多民命，爾諸神可是奉上帝敕旨，收羅在劫之人麼？」眾神道：「這段江名為孽龍窟，最深最險。江底有一老黿，已數百載，屢次吹風鼓浪，壞往來船隻，實係此物作祟，小神等並未奉有敕旨。」于氷大怒道：「爾等既職司江界，理合誅怪安民，體上帝好生之心，何得坐視妖黿肆虐，任他歲歲殺人，爾等職守何在？」眾神道：「妖黿身軀大徑畝許，力大無窮，且通妖術，小神等實無法遣除。」于氷越發恨怒道：「此等尸位⑩曠職的話，虧你們也說得出？既無力遣除，何不奏聞上帝，召天將誅之？」諸神皆鞠躬認罪，無可再辨。

于氷將木劍取出，上面書符兩道，付與江神道：「可速持吾劍，投入黿穴，自有妙應。」江神等領劍入水，見老黿還在那裡食落江男女，又有那些不知死活的魚蝦，也來趕喫人肉，統被老黿張開城門般大口，一總吞去。正在快活時，江神等將木劍遠遠的丟去，那劍出手有光，一道寒輝，掣電般直撲老黿項下。只見那老黿從口中吐一股青氣，將木劍衝回有百餘步遠近，在水中旋轉不已。只待青氣散盡，那木劍又照前飛去，仍被青氣衝回。如此五六次，眾江神見不能成功，將木劍收回，齊到半空中，細說妖黿利害。于氷道：「此必用前後夾攻之法方可。」隨將雷火珠交付江神，吩咐如此如此。眾江神領命，握珠者遠立在老黿尾後，持劍者仍在前面，將劍丟去，老黿復吐青氣，不防尾後響一聲，雷火珠早到，

⑩ 尸位：官吏居其位而不勤其事。書五子之歌：「太康尸位，以逸豫滅厥德。」亦作尸官。

打在老黿尾骨上，老黿雖覺疼痛，卻還不甚介意。江神將珠收回，復向老黿擲去，大響了一聲，這一珠纔將蓋子打破，疼的老黿聲吼如雷，急忙將身軀掉轉，張著巨口，向眾江神吐毒。眾江神收珠倒退，卻好木劍從老黿背後飛來，直穿過老黿脖項，血勢噴濺，波浪開而復合者幾次，而老黿躑躅跳躍，無異山倒峽崩，江面上船隻，又被水晃翻了許多。於是登開四足，向江底蘆草多處亂鑽。只見那劍真是仙家靈物，一直趕去，從水中倒起，轉一轉，橫砍下來，將脖項刺斷一半，老黿倒於江底，那劍猶往來擊刺，好半晌，黿頭始行墜落。

于冰在雲中等候多時，方見眾江神手捧珠劍，欣喜復命，細說誅殺妖黿原委，又各稱頌功德。正言間，忽聽得江聲大振，水泛紅波，見一黿頭，大有丈許，被眾神丁推湧上江岸，看的人蜂擁蟻聚，都亂嚷上帝降罰，殺此亙古未有的怪物，從此永慶安瀾，商旅可免覆舟之患矣。于冰戒諭江神，著不時巡查，以除民害，眾神遵命去了，于冰方催雲行去，隨地濟困扶危。正是：

丹鳳嶺前逢木怪，川江水底斬妖黿。
代天宣化神仙事，永慶昇平行旅安。

第十七回　請庸醫文魁毒病父　索賣契淑女入囚牢

詞曰：

燭影搖紅筆莫逃，在前朝。逆兒弒父出今宵，藉醫刀。　烈女救夫索賣契，心先碎。英雄甫聽語聲高，恨難消。

右調楊柳枝第二體

話說于氷斬了妖黿，這日商客死亡受驚者甚多，就中單表一人，姓朱名文煒，係河南歸德府虞城縣人，年二十三歲，住居栢葉村。他父名朱昱，年五十二歲，有二千兩來家私，住房田地在外，從部中打點，補授四川金堂縣典史。他長子名文魁，係已故嫡妻黃氏所出，娶妻殷氏，夫妻二人，皆譎詐殘忍。文魁最是懼內，又好賭錢，每逢賭場，便性命不顧。其次子朱文煒，係已故側室張氏所生，為人聰明仁慈，娶妻姜氏，亦甚純良。他家有兩房家人夫婦，一名段誠，一名李必壽，各配有妻室。朱昱最愛文煒，因長子文魁好賭，將田產留文煒在家經理，將文魁帶至任所，也是防閑他的意見，說明過三年後，方著文煒來替換。朱昱滿心裡要娶個妾，又因文魁在外獨宿，不好意思舉行。喜得他為人活動，於本地鄉紳鋪戶，應酬的輕重，各得其宜，上司也甚是喜他，常有事件批發。接連做了三年，手內也弄下有一千四五百兩，又不敢在衙門中存放，恐文魁盜用，皆暗行寄頓。

這年已到三年，文煒思念他父親，久欲來四川省親，因屢次接他父親書信，幾時文魁回了家，方准他來。他哥哥文魁又想家之至，常暗中寄信，著文煒速來，弄的文煒倒沒了主意。又兼他嫂嫂殷氏，因文煒主持家政，氣憤不過，天天指豬罵狗的吵鬧。文煒夫婦處處謙讓，纔強支了這三年。這年決意入川看父，將地土俱行租種與人，又將家中所存所用，詳細開寫清賬，安頓下一年過度，交與他嫂嫂管理。又怕殷氏與姜氏口角，臨行再三囑託段誠女人歐陽氏，著他兩下調和，歐陽氏一力擔承，方同段誠一同起身。這日到孽龍潭，陡遭風波，船隻幾覆。來在金堂縣，朱昱大喜，細問了家中並鄉里等話，著文魁與文煒接風❶痛飲。文魁見兄弟來，可以替得早行回家，不意過了月餘，朱昱一字不題。文魁著文煒道達，但付之不答而已。文魁惱恨之至，外面雖不敢放肆，心裡也不知咒罵了多少。

一日，朱昱去紳士家看戲，至三鼓後方回，在馬上打了幾個寒戰，回署便害頭疼。次日請醫看視，說是感冒風寒，喫了兩劑藥，出了點汗，覺得清爽些。至八天後，又復遍身疼痛，寒熱交作，有時狂叫亂道，有時清白。

一日，到二更以後，朱昱見文煒一人在側，說道：「本城貢生劉崇義，與我至厚，他家收存我銀一千一百兩，月一分行利，有約契，我曾與他暗中說明，不著你哥知道。新都縣敦信里朱乾，是與我連宗兄弟，他那邊收存我銀三百兩，也是月一分行利，此宗你哥有點知道。二處我都係暗托，說明將來做你的飯根。我若有個好歹，你須設法弄在手內，日後你哥哥將家私輸盡，你就幫助他些，他也領情。不是

❶ 接風：設宴款待遠來的親友，或稱洗塵。

我做父母的存偏心，我深知他夫妻二人皆不成心術，久後你必大受其累。約契收放在一破紅油櫃中舊拜匣內，你可速速揀收在手。衣箱內現存銀八十餘兩，住房桌下存大錢三萬餘文，你哥哥都知道，瞞不得他。若將衙門中器物等項變賣，不但棺木，即回去腳價盤費，亦足而又足。至於本鄉住房並田地，我過日自有道理。」

文煒泣說道：「父親不過是受了寒，早晚即愈，何驟出此言？本城並新都收存銀兩，一任哥哥收取，我一分一厘亦不經手。非敢負父親疼愛至意，大抵人生窮通富貴，自是命定，我若欺了哥哥，天亦不容我。父親可安心養病，斷斷不必過慮。」朱昱聽了，蹙眉大恨道：「痴子深負我心，你到後悔時，方信我言，由你去罷。」又道：「我此時覺得著實清爽，可將你哥哥同段誠叫來。」文煒將二人叫到，朱昱向文魁道：「我一生勤儉，弄下小小家私，又得做此微員，年來不無補益。我這病看來還無妨，設有不測，世人沒個不散的筵席，扶我靈回鄉後，斷不必勞親友弔奠，倒要速請親友，與你弟兄二人分家，斷不可在一處居住。家中住房，原價是三百三十兩，你弟兄二人誰愛住此房，即照原價歸結，另尋住處。將來不但田產，即此處並家中所有器物銀錢衣帛等類，雖寸絲斷線，亦須眼同❷親友公分，以免骨肉爭端。若誰存絲毫占便宜之見，便是逆命賊子。段誠也在此，共記吾言。你是我家四世老家人之後裔，他二人有不合道理處，須直口苦勸，毋得瞻狥❸。若他們以主人欺壓你，就和欺壓我一般。你為人忠直，今以此相托，切莫負我。」段誠聽了，淚下如雨。又向文魁道：「你除了頑錢，我想普天下也再沒第二

---

❷ 眼同：會同；跟同。古今小說沈小官一鳥害七命：「沈昱眼同公人，逕到南山黃家，捉了兄弟兩個。」

❸ 瞻狥：徇顧私情，一作瞻徇。六部成語補遺吏部瞻徇迴護注：「瞻者瞻顧，徇者徇情。」

個人能占了你的便宜，我倒也放心。你兄弟為人忠厚，你要步步疼憐他，我死去亦得瞑目。」說話間，又煩躁起來，次日更甚。

本縣東門外有個舉人，姓強，名不息，專以行醫養濟家口，是個心粗膽大好走險路的人。被他治好了的也有，大要治死的居多，總在一劑兩劑藥上定死活。每以國手自任，地方上送他個外號，叫強不知。即或有被他治好的，又索謝禮過重，因此人又叫他做強盜。把個舉人名品，都被他行醫弄壞了。朱文魁慕他治病有決斷，兩三次打發衙役請來，看了脈，問了得病日期，又看了看舌頭，道：「此真陰症傷寒也，口渴煩躁皆假相耳。非用人參五錢，附子八錢，斷無生理。」文魁滿口應承。文煒道：「醫理我一字不知，只是陰陽二症，聽得人說，必須分辨清楚，藥不是輕易用的。」文魁道：「你少胡說！先生來，自當以先生話為主，只求開方早救為是，你講的是甚麼陰陽？」強不知道：「似此症，我一年內也不知治著多少。我若認不真切，敢拿老父母試藥？不是學生誇口說，城內外行此道者數十人，笑話他還沒一個識得此症。」文煒不敢爭辨，開了方兒，文魁便著段誠同衙役買參撾藥。

強不知去後，文煒放心不下，將藥方請教先治諸人，也有一言不發的，也有搖頭的，也有直說喫不得的。文煒與文魁大爭論起來，文魁急了，大嚷道：「你不願父親速好麼？耽擱了性命，我和你誓不同生。」文煒也沒法，但願服藥立愈。服藥後，便狂叫起倒不已。他原本是陽症，不過食火過重，汗未發透，邪氣又未下，若不吃藥，亦可漸次平安，他那裡受得起人參附子大劑？文煒情急，又與文魁爭論。文魁道：「虧你還是個秀才，連『若藥不瞑眩，厥疾不瘳❹』二句都不知道。」又待了一會，朱昱聲息

❹ 若藥不瞑眩二句：語出書說命上。瞑眩，音ㄇㄧㄢˋ ㄒㄩㄢˋ，藥效引起反應，使人頭昏眼花而失去知覺。

俱無。文魁道：「你看安靜了沒有？」文煒在嘴上一摸，已經死了。文煒撫屍大哭。文魁亦大驚，也悲號起來。

哭了半晌，率同衙役，停屍在中堂，買辦棺木。本縣聞知，立即差人送下十二兩奠儀。三日後，署理官早到。至七日後，文魁托書役於城內借了一小佛殿名慈源寺，搬移出去，然後開弔。又請他父親相好的紳士幾人，求了本縣名帖，向各紳衿鋪戶上捐，也弄有二百七八十兩。文煒將劉貢生等借約二張揀出，交付文魁。文魁喜歡的心花俱開，出乎意料之外，極力的將文煒譽揚賢孝，正大不欺。一日，文魁向文煒道：「劉貢生所借銀兩，我親問過他三四次，他總推說一時湊不及，許在一月後，看來利錢是無望的了。新都縣本家朱乾借銀三百兩，他住在鄉間敦信里，離此八九十里路，你可同段誠走遭，必須按約上年月，算明利錢，除收過外，下欠利錢，一個也讓不得。我們是甚麼時候，講到連宗，他該破家幫助我們，纔是有人心的長者。明早即去。他若推托時日，你兩人斷斷不必回來，天天守著靈何益？」次日，文煒同段誠遵兄命去了，到朱乾家，相待極其親厚，早晚在內房飲食，和親子姪一樣。銀子早已備辦停當，又留住了四天，與了本銀三百兩，又找了利銀十七兩，餘外又送了十兩，俱是十足紋銀。主僕二人，千恩萬謝，辭了上路。約走了二十多里，至新都縣飯館內喫飯，見三三兩兩，出來入去，都說是林秀才賣老婆還官欠的話，咨嗟太息的倒十有八九。聽了一會，也沒甚麼關心處。

原來這林秀才是本省新都縣人，單諱一個岱字，號齊峰，年三十一歲。他生得漢仗雄偉，勇力絕倫，雖是個文秀才，卻學得一身好武藝，馬上步下，可敵萬人。娶妻嚴氏，頗有才色，夫妻甚相敬愛。他父親林楷，為人正直，做過陝西隴縣知縣，真是一錢不名。後來病故在任內，林岱同他母親和家人林春，扶柩回籍，不幾月，他母親也去世。清宦之家，那裡有甚麼私囊？又因重修隴縣城池，部中刻減下來，倒虧空下國帑二千七百餘兩，著落新都縣承追。前任縣官念他是舊家子弟，不過略為催取，林岱也交過八百餘兩。

新任知縣叫馮家駒，外號又叫馮剝皮，為人極其勢利刻薄。他曾做過隴西縣丞，與林楷同寅間，甚是不對，屢因不公不法的事，被林楷當面恥辱。今日林岱有這件事到他手內，正是他報怨之期。一到任，就將林岱家人林春拿去，日夜比責。林岱破產完了一千餘兩，求他開釋，他反申文上憲，說林岱虧欠國帑，恃符抗官，不肯交納，將秀才也革下來。林岱又將住房變賣交官，租了一處土房居住。本城的紳衿鋪戶，念他父居鄉正直，前後捐助了三百兩，尚欠四百五十兩無出。大家同去懇馮剝皮，代他報家產盡絕。馮剝皮不惟不准情面，且將林岱拿去收監，將林春討保釋放。林春不幾日亦病故，只有林春的女人同嚴氏，做些針線，貨賣度日。又要接濟林岱飲食，把一個小女廝也賣了做過活。後來剝皮竟將林岱也立限追比，又吩咐衙役著實重責，大有不能生全的光景。地方上桑梓❺又過意不去，捐了一百兩交納，復懇他報家產盡絕的申文。剝皮滿口應許，將銀子收下，仍是照舊比責，板子較前越發打的重了。此後內外援絕，苦到絕頂，嚴氏在家中，每天不過喫一頓飯，常有整天家受餓沒飯喫的時候。

本地有個監生叫胡貢，人只叫他胡混，是個心大膽小專好淫奔之人。他家裡也有幾千兩的用度，又好奔走衙門，藉此欺壓良善。他屢次看見嚴氏出入，姿色動人，又知林岱在監中無可解救，便引起他娶妾之心，托一個善會說話有機變的宋媒婆，以採買針線為由，常拿些紬緞碎物，著嚴氏做，做完他就將

❺ 桑梓：桑木與梓木，本為應敬之物，後用為鄉里之稱，在此引申指同鄉里之人。

手工錢送來，從未耽延片刻，其手工錢都是胡貢暗出。因此往來的透熟，每日言來語去，點綴嚴氏，著他賣身救夫，與富貴人家做個側室❻，便可名利兩收。嚴氏是個聰明婦人，早已明白他的意見，只是不應承他。後見他屢次牽引，便也動了個念頭，向宋媒道：「我非無此意，只是少個妥當人家。你既這樣關切我，心裡可有個人家麼？」宋媒即將胡監生人才家道年紀，說了個天花亂墜。嚴氏道：「我嫁人是要救夫出監，只怕他未必肯出大價錢娶我。至於與人家做妾，我倒不迴避這聲名。」宋媒道：「這胡大爺也曾說過，只出三百五十兩，此外一兩也不多出。」嚴氏笑道：「可見是個天緣，他出得這銀數，卻與我夫主官欠暗合，就煩你多加美言，成就了我罷。」

宋媒道：「成就最是容易，必須林大爺寫一個為欠官錢賣妻的親筆文約，方能妥帖的了。」嚴氏又笑道：「這都容易，我早晚與你拿來。只是一件，只怕胡大爺三心兩意，萬一反悔，我豈不在丈夫前喪品丟人，你敢包辦麼？」宋媒道：「若胡大爺有半句反覆話，我就永墮血盆地獄。我若是戲耍了你，著你在丈夫前丟人，我有一個兒子，兩個女兒，都教他死了。」嚴氏道：「既然胡大爺有實心於我，我就是他的人了。他何苦教我拋頭露面？將來憑據到手，就勞動他替我交官，放我夫主回家。還有一句話，你要記清，若我夫主午時不回家，便是一百個未時，我也不出門。」宋媒道：「這事都交在我身上。胡大爺和縣裡是好相與，怕放不出人來？只要憑據寫得結實明白方妥，胡大爺也是最精細不過的人。」兩人講說明白，宋媒婆歡歡喜喜，如飛的去了。

次日，嚴氏跟了林春女人，走至新都縣監門，向管監的哀懇，管監的念林岱困苦，隨即通知放嚴氏

❻ 側室：本為燕寢旁邊的房屋，後引申為妾的代稱。

入來。嚴氏看見丈夫蓬頭垢面，滿腿杖傷，上前抱住大哭，林岱也落了幾點眼淚。旋教林春女人拿過幾樣喫食東西，一大壺酒，放在面前，嚴氏也坐在一傍，說道：「家中無錢，我不能天天供給你的飲食，你可隨意喫些，也是我到監中看你一番。」林岱道：「你這一來，我越發不能下咽。倒是酒，我喫兩杯罷。」嚴氏從籃內取出一個茶杯來，斟滿遞與林岱。林岱喫了一口酒，還是半冷半熱的，問道：「你們家間米還有得喫麼？」嚴氏道：「有錢時買一半升，無錢時也就不喫了。」林岱便將杯放下，長嘆道：「我這性命，只在早晚，必死於馮剝皮之手。他挾先人仇恨，斷不相饒，只是你將來作何歸結？」嚴氏道：「你們男人家要承先啟後，關係重大。我們婦人家，一死一生，有何重輕？將來上天可憐，你若有出監之日，我倒愁你沒個歸結。」

林岱道：「我時常和你說，有一個族伯林桂芳，現做湖廣荊州總兵。只因祖公公老弟兄們成了仇怨，致令我父也與他參商❼，二十年來，音信不通。此外，我又別無親友，設或有個出頭日子，我惟投奔他去了。」嚴氏點頭道：「任他怎麼參商，到底是林氏一脈，你又在患難中，誰無個惻隱之心？」林岱道：「這也是我與你紙上談兵，現欠著三百五十兩官銀未交，總插翅亦難飛去。」嚴氏道：「三百五十兩倒有人出在那裡，只要你立一主見。」林岱大喜道：「係何人相幫，有此義舉？」嚴氏笑道：「不但三四百兩，就是三四十兩，相幫二字，從何處說起？」就將胡監生托媒婆說的話，詳細說了一遍。林岱道：「你的主意若何？」嚴氏道：「我的主意要捨經從權❽，救你的性命。只用你寫一張賣妻的文約，明後

---

❼ 參商：參星在東，商星在西，出沒兩不相見，因以喻人之久別難遇，在此喻雙方意見不合。參，音ㄕㄣ。

❽ 捨經從權：捨棄常道，權宜從事。與通權達變意同。

日即可脫離苦海。」林岱聽了，倒豎鬚眉，滿身肉跳，大笑道：「不意你在外面，倒有此際遇，好，好！」向林春女人道：「你可哀告牢頭，討一副紙筆來。」少刻，牢頭將紙筆墨硯俱送來，林岱提筆，戰縮縮的寫道：

立賣妻契人林岱，新都縣人，因虧欠官項銀三百五十兩，無可交納，情願將原配妻室嚴氏，出賣與本城胡監生。

又問嚴氏道：「他娶你是做妻做妾？」嚴氏道：「是講明做妾。」林岱道：「更好！」又寫道：

名下為妾，身價紋銀三百五十兩，本日在新都縣當官交納，並無短少，日後不許反悔爭競。恐口無憑，立賣約存照。

又問道：「你適纔說有個媒婆子，姓甚麼？」嚴氏道：「姓宋。」林岱又寫道：

同中女媒宋氏，某年月日親筆立。

寫畢，將拿來的酒菜，大飲大嚼，喫了個罄盡。吃畢，將頭向監墻上一斜靠，緊閉雙睛，一句話不說。嚴氏道：「你出監後，務必到家中走走，我有許多要緊話囑咐你。你若是賭氣不到家中，我就是來生來世見你了。」林岱笑道：「你去罷。」言訖，將身子往地下一倒，便睡去了。

嚴氏收拾起諸物，又恐林岱聽見，眼中流淚，心裡大痛，悄悄出門。回到家中，宋媒婆早在門外等候。嚴氏改做滿面笑容，讓宋媒到房內坐下。宋媒道：「奶奶的喜事何如？」嚴氏從袖中取出文契，向宋媒道：「事已做妥，你可述我的話，銀子三百五十兩，要胡大爺當堂替我前夫交代清楚。衙門中上下即或有些須使費，我前夫都不管。我幾時不見我前夫回家，我斷斷不肯動身。不是我心戀前夫，情理上該是這樣。此係官銀，諒也不敢舛錯，你就將約契拿去罷。這是我前夫親筆寫的，他不必生疑。」宋媒見了約契，如獲至寶，說了幾句吉慶話，如飛的跑去，遞與胡監生，居了天字號大功。

胡貢看了大喜，次日一早，親自送了馮剝皮四樣重禮。剝皮說了無數的送情話，始將銀兩收兌入庫。胡貢又到宅門並承辦書吏處，說定事完相謝，立逼著管宅門家人回稟本官，將林岱當時放出監來。然後回家，催著收拾喜轎，差人到林岱家娶妾。宋媒報知嚴氏，嚴氏忙著林春女人到縣前，一路迎請林岱回家。正是：

賊子借刀弒父，淑女賣身救夫。
兩人事跡迴異，問心各有懸殊。

第十八回　罵錢奴刎頸全大義　保烈婦傾囊助多金

詞曰：

蛩聲泣露驚秋枕，淚濕鴛鴦衾。立志救夫行，痴心與恨長。　世事難憑斷，竟有雪中炭。夫婦得周全，豪俠千古傳。

右調連環扣

且說林岱出了縣監，正心中想個去處躲避，見林春女人跑來，再三苦請，林岱又羞又氣，心中想道：「我就不回家去，滿城中誰不知我賣了老婆？」萬無奈何，低了頭走，也不和熟識人周旋，一直到自己門前。見喜轎在一壁放著，看的人高高下下，約有百十餘人。又聽得七言八語，說：「林相公來了，少刻我們就要看霸王別姬哩！」林岱羞愧之至，分開眾人入去。嚴氏一見，大哭道：「今日是我與你永別之日了。」將林岱推的坐下道：「我早間買下些須酒肉，等你來痛飲幾杯。」林岱道：「你是胡家的人了，喜轎現在門外，你速刻起身，休要亂我懷抱。既有酒肉，你去後我喫罷。」

正說話間，只見胡監生家兩個人入來，說道：「林相公也回來了，這是一邊過銀一邊過人的事體。」嚴氏大怒道：「縱去也得到日落時分，人賣與姓胡的，房子沒賣與姓胡的，是這樣直出直入，使不得！」

胡家人聽了，也要發話，想了想，兩人各以目示意而出。嚴氏又哭說道：「我與你夫妻十數年，無福終老，半路割絕。你將來前程遠大，必非終於貧賤之人。我只盼望你速速挪移幾兩盤費，投奔荊州。異日富貴歸家，到百年後，你務必收拾我殘骨，合葬在一處，我在九泉之下，亦可瞑目。」林岱呵呵大笑道：「這都是嬰兒說夢的話，你焉能與我合葬？」

且不說夫妻話別，再說朱文煒、段誠算還了飯錢，剛走到縣東門，見路南裡有一二百人，圍繞著一家門子，擁擠看視。又見一個婦人從門內出來，拍手說道：「既然用了人家銀子，喫新鍋裡茶飯去就是了，又浪著教請買主胡大爺來說話。」說著，往路北一條巷內去了。文煒向段誠道：「這必定是我們在飯鋪中聽得那話，我們走罷。」段誠道：「天色甚早，回去也是閒著，我們也看看何妨？」少刻，只見一個人挺著胸脯，從北飛忙的走來。但見：

滿面浮油，也會談忠論孝；一身橫肉，慣能惹是招非。目露銅光，遇婦人便做秋波使用；口含錢臭，見寒士常將冷語卻除。敬府趨州，硬占紳衿地步；畏強欺弱，假充光棍名頭。屢發非分之財，常免應得之禍。

只見這人走至了門前，罵道：「你這般無用的奴才，為甚麼不將喜轎抬入去？只管延挨甚麼？」那幾個人道：「新姨娘不肯上轎，我們也沒法。」又見先前去的那婦人，也從北趕來，入門裡邊去。少刻，從門內走出二十三四歲一個婦人來，風姿甚是秀雅，面色微黃，站在門前，用衣襟拭去了眼淚，高聲問道：「那個是監生胡大爺？」只見那從北來的人，於人叢中向前搖擺了兩步，說道：「小生便是。」那婦人道：「你要我是何意見？」胡監生道：「娘子千伶百俐，難道還不知小生的意思麼？」嚴氏道：「我夫雖欠官錢，實係仇家作弄。承滿城中紳衿士庶，並鋪戶諸位老爺，念我夫主忝係宦裔，捐銀兩次，各助多金，可見惻隱之心，人人皆有。尊駕名列國學，詎無同好？倘開恩格外，容我夫妻苟延歲月，聚首終身，生不能啣結❶階下，死亦焚頂❷九原。身價銀三百五十兩，容拙夫按年按月，陸續加利找還，天日在上，誰敢負心？尊駕收子孫之福利，妾夫婦全驢馬之餘年。德高千古，義振桑梓，想仁人君子，定樂為曲成。如必眷戀媸陋之容，強協連理，誠恐珠沈玉碎❸，名利皆非君有。到那時，人琴兩亡❹，徒招通國笑議，未知尊駕以為然否？」胡監生道：「娘子雖有許多之乎者也，我一句文墨語❺不曉得。我只知銀子費去，婦人買來。若說積德二字，我何不將三百五十兩銀子，分散與眾貧人，還多道我幾個好，也斷斷不肯都積德在你夫妻兩人身上。閒話徒說無益，快上轎走路是正務。我家有許多親戚，等候喫喜酒哩。」此時看的人並聽的人越發多了，不下千數，嗟嘆者不一而足。

只見那婦人掉轉頭，向門內連連呼喚道：「相公快來！」叫了幾聲，門內走出一條金剛❻般大漢，

---

❶ 啣結：啣，通作銜。銜結，銜環結草的省語，報恩之意。銜環，漢末楊寶曾放一黃雀，後黃雀銜四白環以報。典出吳均續齊諧記。結草，春秋時晉魏顆曾救父之妾，後獲老人結草禦敵以報。典出左傳宣公十五年。

❷ 焚頂：焚香頂禮，感激不已。鏡花緣第四十五回：「倘脫火坑，情願身入空門，一世焚頂。」

❸ 珠沈玉碎：如珠之沈，玉之碎，比喻不惜作有價值有意義的壯烈犧牲。

❹ 人琴兩亡：睹物思人，傷悼友人去世之詞。晉王獻之死，徽之取其琴彈之，久不成調，因有人琴俱亡之嘆。詳見晉書王徽之傳。

❺ 文墨語：文學辭章一類的言語，對通俗言語言。

看了看眾人，隨即又閃入門內。那婦人面朝著門內道：「妾以蒲柳❼之姿，侍枕席九載，實指望夫妻偕老，永效于飛❽，不意家門多故，反受仕宦之累，非你緣淺，乃妾命薄，我自幼也粗讀過幾句經史，只知從一而終❾，從今日以至百年後，妾於白楊青草間候你罷。前途保重，休要想念於我。」又指著胡監生罵道：「可惜我十幾句良言，都送在豬狗耳內，看你這廝❿，奴頭賊眼，滿身錢臭，也不像個積陰德識時務的好人。」說罷，從左袖內拉出剛刀一把，如飛的向項下一抹。背後有一後生，看得真切，一伸手，將刀子從肩傍奪去，倒將那後生手指勒破，鮮血淋漓。那婦人大叫了一聲，向門上一頭觸去，摔倒在地，只見血流如注，衣服與地皮皆紅。那些看的人齊聲一喊，無異轟雷。

胡監生見勢頭不好，忙忙的躲避去了。林岱抱起了嚴氏，見半身盡是血人，到底婦人家無甚氣力，只是頭上碰下個大窟窿，幸未身死。林岱抱入房中，替他收拾。街上看的人，皆極口讚揚烈婦，把胡監生罵的人氣俱無⓫。待了一會，宋媒婆入去打聽，見不至於傷命，忙去報知胡貢。胡貢又帶來許多人，到門前大嚷道：「怎麼我昨日買的人，今日還敢和姓林的坐著？難道在門上碰了一下子，就罷了不成？有本領到我家中施展去來。」

---

❻ 金剛：神名，持金剛杵的力士。行宗記：「金剛者，即侍從力士，手持金剛杵，因以為名。」

❼ 蒲柳：即水楊，在眾樹中零落最早，因以喻體質衰落或身分低微。

❽ 于飛：比喻夫婦和合。語本詩大雅卷阿：「鳳凰于飛。」

❾ 從一而終：謂婦女終身不事二夫，不再嫁。語出易恆卦：「婦人貞吉，從一而終也。」

❿ 這廝：對人輕侮的稱呼，猶言這個傢伙、這個東西。

⓫ 人氣俱無：一點做人的品味尊嚴都沒有。

朱文煒看了多時，見事無收煞⓬，此時心上更忍耐不住，分開了眾人，先向胡監生一揖，說道：「小弟有幾句冒昧話，未知老長兄許說不許說？」胡監生道：「你的語音不同，是那裡人氏？」文煒道：「小弟河南人，本姓朱，在此地做些小生意。今日路過此地，看的多時，這婦人一心戀他丈夫，斷不是個享榮華富貴的人，娶在尊府，他也沒福消受，不過終歸一死。依小弟主見，不如教他夫主還了這宗銀子，讓他贖回。老長兄拿著銀子，怕尋不出個有才色的婦人來麼？」胡貢道：「這都是信口胡說！他若有銀子，不賣老婆了。」文煒道：「小弟借與他何如？」眾人猛見一白衣少年，說出這話，都喝彩起來。胡監生道：「不意料你倒有錢，會放賣人口賬。」文煒道：「小弟能有幾個錢？不過是為兩家解紛的意思。」胡監生想了一會，說道：「也罷了，你若拿出三百六十五兩銀子來，我就不要他了。」眾人聽了，一片聲亂叫道：「林相公快出來，有要緊話說。」

林岱出來，問道：「眾位有何見諭？」眾人道：「今日有兩位積陰德的人。」指著文煒道：「此位姓朱的客人，情願替你還胡大爺的銀子，贖回令夫人。」又指著胡監生道：「此位也情願讓他取贖，著你夫妻完聚，豈不是兩個積陰德的人麼？」林岱道：「我有銀交銀，無銀交人，怎好累及傍人代贖？」眾人中有幾個大嚷道：「你們聽麼，他倒硬起來了。」林岱連忙接說道：「不是我敢硬，只因與此位從未一面，心上過不去。」眾人道：「你不世故罷，你只快快的與他二位叩頭。」林岱急忙扒倒，先與文煒叩謝，後與胡貢叩謝。朱文煒扶起道：「胡大爺可有約契麼？」胡監生道：「若無契約，我倒是霸娶良人妻女了。」隨將約契從身傍取出，遞與文煒看。

⓬ 收煞：收場；結束。亦作收殺。洪昇長生殿埋玉：「長生殿，恁歡洽；馬嵬驛，恁收煞。」

文煒道：「約上只有三百五十兩，怎麼說是三百六十五兩？」胡監生道：「衙門中上下使費，難道不是錢麼？」眾人齊說道：「只以紙上為憑罷。」胡監生道：「我的銀子又不是做賊偷來的。」文煒道：「不但這十五兩分外的銀子，就是正數，還要奉懇。」胡監生道：「你是積陰功人，怎麼下起懇字來了？」文煒道：「小弟身邊實只有三百二十七兩，意欲與老兄同做這件好事，讓幾十兩何如？」胡監生大笑道：「我只准你贖回去，就是天大的好事。三百六十五兩，少一兩也不能。你且取出銀子來我看看。」文煒向段誠要來，胡監生蹲在地下，打開都細細的看了，說道：「你這銀子，成色也還將就去得。我原是十足紋銀，上庫又是庫秤，除本銀三百六十五兩外，通行加算，你還該找我五十二兩五錢，方得完結，還得同到錢鋪中秤兌。」文煒道：「我只有此銀，這卻怎處？」眾人道：「你別處就不能湊兌些麼？」文煒道：「我多的出了，少的倒肯惜費？我又是異鄉人，誰肯借與我？」胡監生道：「如此說，人還是我的。」

內中一人高叫道：「我是真正一窮秀才，通國皆知。眾位人千人萬，就沒一個尚義的，與自己子孫留點地步？如今事已垂成⓭，豈可因這幾十兩銀子，又著他夫妻拆散？幫助不拘三錢二錢，一兩二兩，就是三十文五十文，此刻積點陰德，一文可抵百文，一兩可抵十兩。」話纔說完，大眾齊和了一聲道：「我們都願幫助。」一言甫畢，有掏出銀子來的，有拿出錢來的，有因人多擠不到跟前煩人以次轉遞的，三五十文以至三五百文，三五錢以至三二兩不等。還有那些喪良無恥的賊子，替人傳遞，自己偷入私囊的。還有一時無現銀錢，或脫衣典當，或向鋪戶借貸，你來我去，亂跑著交送的。沒有半個時辰，銀子

⓭ 垂成：將成。三國志吳書薛綜傳：「實欲使卒垂功，編於前史之末。」

和錢，在林岱面前堆下許多。眾人又七手八腳，查點數目，須臾，將銀錢秤數清楚。一人高聲向眾大叫道：「承眾位與子孫積福，做此好事，錢已有了一萬九千三百餘文，銀子共十一兩四錢有零，這件事成就了。」

朱文煒笑向胡監生道：「銀錢俱在此，祈老長兄查收，可將賣契還我。」胡監生道：「你真是少年沒心肝沒耳朵的人。我前曾說過，連庫秤並衙門中使費，通共該找我五十二兩五錢。像這錢我就沒的說；這十兩銀子，九二三的也有，九五六的也有，內中還有頂銀和銅一樣的東西，將銀錢合在一處纔算添了三十兩，還少二十多兩，怎你便和我要起賣契來？」猛見人叢中一人大聲說道：「胡監生，你少掂斤播兩⑭，這銀錢是大眾做好事的，你當是朱客人銀錢，任你瞎囉麼？且莫說你在衙門中使費了十五兩，你便使費了一千五百兩，這是你走動衙門不安分的事體，你還敢對眾數念出來？我倒要問你，這使費是官喫了，還是書辦衙役喫了？」說著，揎拳拽袖，向胡監生撲來。又聽得有幾個道：「我們大家打這刻薄狗攮的⑮！」

胡監生急忙向人叢中一退，笑說道：「老哥不必動怒，就全不與我，這幾兩銀子也有限的。我原為林大嫂張口就罵我。」又有幾個人道：「這果然是林大嫂不是處。長話短說罷，你到底還教加多少，纔做個了結哩？」胡監生道：「話要說個明白，錢要丟在響處。今將林大嫂罵我的話說出，我這爭多較少，眾位自然也明白了。經年家修橋補路，只各廟中布施，也不知上著多少。眾位都會行善，我就沒一點人

⑭ 掂斤播兩：一點一滴都要計較，即錙銖必較。或作掂斤估兩、掂觔播兩。掂，音ㄉㄧㄢ，以手稱物。

⑮ 狗攮的：罵人的父親是狗。或作狗入的、狗日的、狗囊的。

心？」說罷，將家中小廝叫到面前，指著朱文煒銀兩並眾人公攢銀錢道：「你們將此拿上，帶同轎子回家。」又將林岱約契遞與朱文煒道：「所欠二十多兩，我也不著補了，算我與你同做了這件陰功罷。」文煒將約契接了，舉手道謝，即忙遞與林岱。胡監生又向大眾一舉手道：「有勞眾位調停。」內中有幾個見他臉上甚是沒趣，也便讚揚道：「到底胡大哥是好漢子。」胡監生笑應道：「小弟有何好處？不過在錢上喫的虧罷了。」隨即領上家人，挺著胸脯走去。

林岱跪倒地下，朝著東西北三面，連連叩頭道：「林某自遭追比官欠後，承本城本鄉紳衿士庶，並各處鋪中眾位老爺，前後捐助三次，今又惠助錢銀，成全我房下⑯不至殞命失節，我林某也無以為報，就是這幾個窮頭。」說罷，又向東西北三面，復行叩頭。扒起來，拉住朱文煒向眾人道：「舍下只有土房三間，不能遍請諸位老爺，意欲留這位朱恩公喫頓飯，理合向眾位老爺表明。」眾人齊聲道：「這是你情理上應該的。」又向文煒道：「我們願聞客人大名。」文煒不肯說。眾人再三逼問，文煒道：「我叫朱文煒，是河南虞城縣人，在貴省做點些須小生意。」眾人聽了，互相嗟嘆道：「做生意人肯捨這注大財，更是難得，難得！」又有幾個人道：「林相公，你要明白，這朱客人是你頭一位大恩人。」指著吆喝的窮秀才道：「此位是倡率眾人幫助你的。」又指著要打胡貢的那人道：「這是為你抱不平嚇退胡監生的。」又指著大眾道：「這都是共成你好事的。還有那位奪刀的，又是你令夫人大恩人。假若不是他眼明手快，令夫人此時已在城隍廟掛號了。今日這件事，竟是缺一不可。」又有幾個罵胡監生道：「我們鄉黨中，刻薄寡恩，再沒有出胡監生之右者⑰。但他善會看風使船，覺得勢頭有些不順，他便學母雞

⑯ 房下：對人自稱其妻。世事通考：「房下、拙荊，皆自稱妻也。」

下蛋去了。」眾人皆大笑道：「我們散了罷。」

朱文煒要別去，林岱那裡肯依？將文煒拉入堂屋內，叫嚴氏道：「你快出來拜謝，大恩人來了！」嚴氏早知事妥，感激切骨，包著頭，連忙出來，與林岱站在一處，男不作揖，女不萬福，一齊磕下頭去。文煒跪在一傍還禮。夫妻二人，磕了十幾個頭，然後起來，讓文煒上坐。嚴氏也不迴避，和林岱坐在下面。林岱將文煒出銀代贖話，向嚴氏細說。嚴氏道：「妾身之命，俱係恩公保留。妾夫妻若貧賤一生，亦惟付之長嘆。設或神天鑒宥，少有進步，定必肝腦塗地，仰報大德。」文煒道：「老賢嫂高風亮節，古今罕有，較之城崩齊國、環縊華山⑱者，更為激烈，使弟輩欣羨佩服之至。」

林岱道：「恩公下榻何處？端的有何事到敝鄉？」文煒道：「小弟係金堂縣典史，朱諱昱之次子也。弟名文煒，家兄名文魁。家父月前感寒病故，今日係奉家兄命，到貴縣敦信里要賬，得銀三百二十七兩，適逢賢嫂捐軀，此係冥冥中定數，真是遲一日不可，早一日亦不可也。」林岱道：「原來恩公是鄰治父臺公子，失弔問之至。」又道：「小弟纔出囹圄，無物敬長者，幸有賤內粗治杯酌，為生死話別之具。小弟彼時神昏忘亂，無意飲食，若咀嚼過早，雖欲留賓，亦無力再為措辦矣。」嚴氏忙叫林春女人速速整理。文煒道：「小弟原擬趕赴金堂，今必過卻，恐拂尊意。」隨叫段誠吩咐道：「你可在飯館中等我，

---

⑰ 再沒有出胡監生之右者：無出其右；再沒有人超過他。語出漢書高帝紀。

⑱ 城崩齊國環縊華山：疑指春秋杞梁妻及楊玉環故事。春秋齊杞梁戰死，其妻枕其屍於城下而哭，路人咸為之揮涕，十日而城為之崩，既葬，其妻亦投淄水而死。詳列女傳齊杞梁妻傳。唐天寶安祿山之亂，玄宗幸蜀，楊玉環在馬嵬坡縊死。杞梁妻與楊玉環均為情死，與書中林岱妻嚴氏欲死節事相似。

轉刻我就回去。」林岱道：「尊价且不必去，更望將行李取來，弟與恩公為長夜之談。寒家雖不能容車馬，而立錐之地⑲，尚屬有餘。明天會令兄，亦未為晚。」文煒方叫段誠將行李取來。原來段誠因文煒看林岱賣妻，已將行李寄頓在東門貨鋪內，此刻取來，安放在西下房中。

少頃，酒食齊備，林岱又添買了兩樣，讓文煒居正，林岱在左，嚴氏在右。文煒道：「老賢嫂請尊便，小弟外人，何敢同席？」林岱道：「賤內若避嫌，是以世俗待恩公也。」文煒復問起虧空官錢緣由，林岱細說了一遍。文煒道：「老兄氣宇⑳超群，必不至塵泥軒冕㉑，此後還是株守林泉㉒，或別有趨向？」林岱道：「小弟有一族伯，現任荊州總兵官，諱桂芳，弟早晚即欲攜家屬奔赴，只是囊空如洗，亦索付之無可如何而已。」文煒道：「此去水路約一千餘里，老兄若無盤費，弟還有一策。」林岱道：「恩公又有何策？」文煒道：「弟隨身行李，尚可典當數金。」林岱大笑道：「我林某縱餓死溝渠，安肯做此貪得無厭之事？使恩公衣被俱無，非丈夫之所為也。」文煒道：「兄只知其一，未知其二。小弟家鄉還有些須田產，先君雖故，亦頗有一二千金私積。小弟何愁無衣無被？若差小价走取，往返徒勞。」急忙到下房，與段誠說知，段誠道：「救人貴於救到底，小人即刻就去。」林岱與嚴氏走來相阻，段誠抱了行李，飛跑而去。

⑲ 立錐之地：錐尖極小，因以喻極狹小之地。語出史記留侯世家。
⑳ 氣宇：氣概；度量。陶宏景尋山誌：「氣宇調暢。」
㉑ 不至塵泥軒冕：不致無顯達得意時。塵泥，塵土，喻無望。軒冕，乘軒服冕，顯貴的人。
㉒ 株守林泉：隱居山林，不求聞達。

林岱夫妻大為不安，三人仍歸坐位。文煒道：「小弟與兄萍水相逢，即成知己，意欲與兄結為生死弟兄，未知可否？」林岱大喜道：「此某之至願也。」隨即擺設香案，交拜畢，各敘年齒，林岱為兄，文煒與嚴氏交拜，認為嫂嫂。這會撇去世套㉓，開懷談飲，更見親切。不多時，段誠回來，說諸物只當了十四兩五錢，俱係白銀。文煒接來，雙手遞與林岱，林岱也不推讓，也不道謝，只向段誠道：「著實煩勞你了。」又令林春女人打發酒飯。三人直坐到二鼓時候，嚴氏與林春女人歸西正房，林岱同文煒在東正房內，整敘談到天明。段誠在下房內安歇。次早，文煒定要起身，林岱夫婦灑淚送出門外。只隔了兩天，林岱僱船，同嚴氏、林春女人，一齊起身赴荊州去了。正是：

小人利去名亦去，君子名全利亦全。
不信試將名利看，名名利利豈徒然。

㉓ 撇去世套：不再講究世俗的禮儀，隨意自在。

第十九回 兄歸鄉胞弟成乞丐 嬸守志親嫂做媒人

詞曰：

胸中千種愁，掛在斜陽樹。綠葉陰陰自得春，恨滿鶯啼處。　不見同床婿，偏聆如簧語。門戶重重疊疊，雲山隔斷西川路。

右調百尺樓

且說朱文煒別了林岱，出了新都縣，路上問段誠道：「我這件事做得何如？」段誠道：「真是盛德之事，只怕大相公有些閒言語。」文煒道：「事已做成，由他發作罷了。」文煒入了金堂縣，到慈源寺內，文魁道：「你兩個要的賬目何如？」文煒道：「共要了三百二十七兩。」文魁聽了，大喜道：「我算的一點不差，怎便多要出十兩銀子？成色分兩何如？」文煒道：「且說不到成色分兩上，有一件事，要稟明哥哥。」文魁著驚道：「有甚麼事？」文煒就將遇林岱夫妻拆散捨銀幫助的話，文魁也等不得說完，忙問道：「只要捷近說，銀子與了他沒有？」文煒道：「若不是與了他，他夫妻如何完聚？」文魁道：「到底與了他多少？」文煒道：「三百二十七兩全與了他。」文魁又忙問段誠道：「果然麼？」段誠道：「句句是實。」文魁撲向前，把文煒臉上就是一掌。文煒卻要哀懇，不防右臉上又中了一掌。老和尚師徒一同來勸解，文魁氣的暴跳如雷道：「我家門不幸，養出這樣痴子孫來。」復將文煒幫助林岱的話，與僧人說了一遍，又趕上去打。兩僧人勸了一回，也就散了。

文魁倒在床上，拍著肚子大叫道：「可憐往返八九千里，一場血汗勤勞，被你一日花盡。」又看著段誠罵道：「你這該剮一萬刀的奴才，他就要做這樣事體，要你何用？」跑下來，又將段誠打了一頓，從新倒在床上喘氣。待了一會，又大嚷道：「你就將三錢二錢，甚至一兩二兩，你幫了人，我也還不惱，怎麼將三百二十七兩銀子，一戥盤兒送了人家，我就教你……。」將文煒揪過來，又是幾拳，倒在床上睡覺去了。文煒與段誠面面廝窺，也沒個說的。不多時，文魁又拍手打掌的大罵道：「你就是王十萬家，也不敢如此豪奢。若講到積陰德，滿朝的王公大臣，他還沒有錢？只用著幾個人，馱上元寶，遍天下散去罷了。」又問道：「你的行李放在那裡？」文煒不敢言語。文魁再三又問，段誠道：「二相公說多的已經費了，何況少的？為那姓林的沒盤纏去荊州，將行李當了十四兩銀子，也送與他了。」文魁大笑道：「我原知道，不如此不足以成其憨。像你兩個，一對材料，真是八兩半斤❶。其實跟了那姓林的去，我倒灑脫。這一共是三百二十七兩銀子，輕輕的葬於異姓之手。」說罷，搥胸頓足，大哭起來。

文煒道：「哥哥不必如此，銀子已經與了人家，追悔莫及，總是兄弟該死。」文魁道：「不是你該死，倒是我該死麼？罷了！我越想越氣，我今日和你死在一處罷！」地下放著一條鐵火棍，拿起來就打。段誠急忙架住道：「大相公，這就不是了。當日老主人在日，二相公就有天大的不是，從未彈他一指，大相公也該仰體老主人之意。今日打了三四次，二相公直受不辭，做兄弟的道理，也就盡在十二分上。

❶ 八兩半斤：通作半斤八兩，八兩和半斤輕重相等，比喻彼此不相上下。

怎麼纔拿鐵器東西打起來了？大相公頑錢，曾輸過好幾個三百兩，老主人可打過大相公多少次？」文魁道：「你敢不教我打他麼？你不教我打他，我就打你。」段誠道：「打我倒使得。」文魁將段誠打了兩火棍，又要去打文煒，段誠道：「大相公不必胡打，我有幾句話要說。」文魁道：「你說！你說！」

段誠道：「二相公是老主人的兒子，大相公的胞弟，老主人若留下一萬兩銀子，少不得大相公五千，二相公五千。就是今日這事，也費的是人情天理錢，權當像大相公賭錢輸了，將來到分家時候，二相公少分上三百二十七兩就罷了。是這樣打了又打，縱不念手足情分，也該往祖父身上想想，難道這家私都是大相公一個的麼？」幾句話，說的文魁睜著眼，呆了一會，將火棍往地下一丟，冷笑道：「原來你兩個通同作弊，將三百多銀子不知鬼弄到那裡去，卻安心回來要與我分家。既要分家，今日就分。」文煒道：「段誠不會說話，哥哥不必聽他胡說。」文魁道：「他是極為顧我的話，我怎麼不聽他？我和你在一處過日子，將來連討吃的地方也尋不下。」

文煒道：「就是分家，回家中再商量。」文魁道：「有甚麼商量？你聽我分派。我們的家業，只有二千兩，住房倒算著七百，我將住房分與你，我另尋住處。你幫了人家三百多兩，二宗共是一千，你一千，我一千，豈不是均分？此名為一刀兩斷，各幹其事。」文煒道：「斷憑哥哥，不但還與我一處住房，就一分不與，我也沒的說。」段誠道：「大相公算是將家業分完了，也再沒別的個分法。」文魁道：「能有多大的家業，不過三言兩語，就是個停當。」段誠道：「老主人家中的私囊，並器物衣服，且不必算，此番劉貢生銀子共本利一千三百餘兩，大相公早要到手中，寄放在本城德同鋪內，也不向我們說聲。家中三頃地，也值千餘兩，付之不言。老主人當年用銀買的住房，只三百三十兩，人所共知。如今算了七百兩，要分與二相公，何不將此房算七百銀子，大相公拿去？世上沒有這樣個分法。」文魁大怒道：「你這奴才，曉得甚麼？家有長子，猶之國有儲君❷，理應該長子揀選，其餘次子季子均分，此天下之達道❸也。二千兩家私，我若分與他不夠一千之數，就是我有私心了。」段誠道：「不公，不服。」文魁怒極道：「你不服便怎麼？從此刻一言為斷，你兩個到別處去住。若在此處住，我即另尋地方搬去。來雖同來，走要另走。我若再與你們見面，我真正不是個人娘父母養的。」文煒哭說道：「就是兄弟少年冒昧，亂用銀兩，然已成之過，悔亦無及。哥哥著我們另尋住處，身邊一分盤費沒有，行李又當在新都，這一出去，縱不凍死，定必餓死。哥哥與兄弟同胞手足，何忍將兄弟撇在異鄉，自己另行回去？」文魁道：「你是幫助人的，不論到那裡，都有人幫你。任你千言萬語，我的志願已決。」說罷，氣忿忿的躲在外邊去了。

文煒向段誠道：「似此奈何？」段誠道：「當日老主人在日，屢屢說他夫妻二人不成心術，此番就是不幫林相公這三百多銀子，他又有別的機謀作分離地步。可惜相公為人太軟弱，依小人主見，先請闔縣紳士公評，分現在銀錢器物。若公評不下來，次到本縣前具呈控訴，諒他也沒有七手八腳的本領，於情理王法之外制人。」文煒道：「我一個胞兄，便將我凍死餓死在外邊，我也做不出告他的事來。請人說合調停，倒還是一著。」隨即著段誠請素日與他哥哥相好的四五人，說合了六七次，方許了十兩銀子，言明立刻另尋住處，方肯付與。文煒無可奈何，在朱昱靈前大哭了一場，同段誠在慈源寺左近尋店住下。

❷ 儲君：太子可繼位為君，故稱儲君。亦稱儲后、儲副、儲兩、儲宮、儲嗣、儲貳。

❸ 天下之達道：語出禮記中庸：「五者，天下之達道也。」朱注：「天下古今所共由之路。」

說合人拿過十兩銀子來，文煒又跪懇他們代為挽回。隔了兩日，去尋文魁，僧人道：「從昨日即出門去了。」第五日，文煒又去，文魁總不交一言。文煒在他身傍站了好半晌，只得回來。

又隔了四五天，文煒又去，老僧在院中驚問道：「二公子沒與令兄同回鄉去麼？」文煒道：「同回那裡去？」老僧道：「令兄連日將所有家器大小等物，變賣一空，前日晚上裝完行李，五鼓時即起身。我問了幾次，他說你同段總管先在船中等候。我說你們都去，這靈柩作何歸著？他說道路遠，盤費實是不足，定在明年親來搬取。我以為你也同去了，怎還在此，這是何說？」文煒道：「此話果真麼？」老僧用手指著道：「你看他房內乾乾淨淨，一根斷草未留。」文煒聽知，驚魂千里，跑至朱昱靈前，兩手抱住棺木，拚命的大哭，情甚悽慘。哭了好半晌，老僧拉開，說道：「我此刻纔明白了，令兄真是普天下情理以外人。可趁他走還未遠，速到縣中，哭訴於老爺前，差三班衙役，星夜追拿這不孝不友的蠢才，將他私囊奪盡，著你押靈回鄉。把他鎖禁在監中，三年後放他出來，以洩公憤。二公子也不必迴避出首胞兄聲名，一個沒天良沒倫理的人，與禽獸何殊？我是日夜效法佛爺的人，今日著你這一哭，不由得大動了肝火。你可照我話速行。」朱文煒聽了，一言不答，流著兩行痛淚，走出廟去。老和尚見文煒軟弱，氣的只是搖頭。

文煒回到寓處，與段誠哭訴。段誠笑道：「他這一走，我心上早打算的透熟。我不怕得罪主人，一個人中豬狗，再不必較論了。刻下身邊還有幾兩銀子，也可盤攪幾日，即一文沒有，老主人在此做官一場，不無情面；況相公幫助林公子，人人都號為義舉。目今大相公席捲回鄉，拋棄父骨，趕逐胞弟，通國切齒。刻下生者死者，俱不得回家，可再煩人出個捐車，也不愁百十兩到手。況又有本縣老爺，自必格外可憐。相公快寫稟帖，啟知本縣。我明早去尋老主人素好朋友，再煩勞他們舉行。回得家鄉，就好計較了。哭他氣他何益？」文煒恐揚兄之惡，不寫稟帖。不意縣尊早已知道，差人送了兩石倉米，四兩銀子，又將幾個走動衙門好管事的紳士，面托與文煒設法，眾紳士滿口應承下來。誰料文煒走了否運❹，只三四天，便將縣官因公罣誤，新署印官漠不相關。地方紳士，實心好善者有幾個？見縣官一壞，便互相推諉起來。又得新典史念前後同官分上，自己捐了十兩，又代請原上捐人，如此鬼弄了月餘，僅捐了三十多兩，共得四十三兩有奇，一總交付文煒卸責❺。

文煒與段誠打算，回家盤費有了，若扶靈，還差著百金。段誠又想出一策，打聽出崇寧縣縣官周曰謨，係河南睢州人，著文煒寫哀憐手本，歷訴困苦，他推念同鄉，自必加倍照拂。文煒亦以為然，又恐將捐銀遺失，主僕相商，交與慈源寺老和尚。身邊還有幾兩銀子，各買了舊棉衣褲鞋襪等類，以便過冬出門。正要起身，豈期運敗之人，隨處坎坷，交與老和尚捐銀，又被他徒弟法空盜竊逃去，主僕悔恨欲死，呈控在本縣。縣中批了捕廳，捕廳大怒，將老和尚嚴行責處，細問幾次，委不知情。他又無力賠補，受刑不過，便行自縊，虧得段誠救免。文煒反替他在捕廳前討情，金堂縣亦再難開口，只得到崇寧縣去，向管宅門人哭訴情由。管宅門人甚是動憐，立即回稟本官。少刻出來，蹙著眉頭道：「你的稟帖，他看過了。說你是遠方遊棍，在他治下假充鄉親，招搖撞騙，還要立即坐堂審你。虧得我再四開說，纔吩咐值日頭，把你逐出境外。你苦苦的投奔到此，我送你一千大錢做盤費，快回去罷。倘被他查知，大有不

❹ 否運：猶惡運。否，音ㄆㄧˇ，周易六十四卦之一，坤下乾上，有天地不交、萬物不通之象。

❺ 卸責：解除所負的責任，今後不再過問。

便。」

文煒含淚拜謝，拿了一千錢出來。與段誠相商，若再回金堂縣，實無面目，打算著成都是省城地方，各處人俱有，或者有個際遇，亦未敢定。於是主僕奔赴成都，尋了個店住下。舉目認不得一個人，況他二人住的店，皆往來肩挑背負之人，這際遇二字，從何處說起？每天倒出著二十個房錢，日日現要，從十月住至十一月盡間，盤費也告盡了。因拖欠下兩日房錢，店東便出許多惡語。段誠見不是路，於城外東門二里地遠，尋下個沒香火的破廟，雖然寒冷，卻無人要錢。又苦挨了幾天，受不得飢餓，開首是段誠討飯孝順主人，竟不夠兩人吃用。次後文煒也只得走這條道路，這話不表。

再說朱文魁棄絕了兄弟，並他父靈柩，帶了重資，欣喜回家。入得門，一家男婦俱來看問，見他穿著孝服，各大驚慌。文魁走入內堂，放聲大哭說：「父親病故了！」一家兒皆喊叫起來。哭罷，歐陽氏問道：「二相公和我家男人，想是在後面押靈？」文魁又大哭道：「老相公做了三年官，除一個錢沒弄下，倒欠下人許多債負，靈柩不能回來。二相公同你男人去灌縣上捐，不意遭風，主僕同死在川江。我一路和討喫的一樣，奔到家鄉。」話未說完，姜氏便痛倒在地。殷氏同歐陽氏將他扶入後院房中，勸了一番，回到前邊與文魁洗塵接風。姜氏直哭到上燈時候，還不住歇。至定更以後，歐陽氏走來說道：「二主母且不必哭，我適纔在外院夾道內，見隔壁李家叔姪同李必壽，從廳院外抬入兩個大馱子❻，到大主母窗外，看來極其沈重，還有幾個皮箱在上面，一個個神頭鬼臉，偷著拆取，俱被李必壽同大相公搬移在房內，方纔散去。大相公說老主人欠人多少債負，他一路和討喫花子一般，既窮困至此，這些行

---

❻ 馱子：騾馬等牲口背上馱負的東西。馱，音ㄉㄨㄛˋ。

李都是那裡來的？從午後到家，此刻一更已過，纔抬入來，先時在誰家寄放？以我看來，其中必大有隱情。我今晚一夜不睡，在他後面窗外聽個下落，我此刻就去了。你安歇了罷，不必等我。」

到四更將盡，歐陽氏推門入來，見姜氏還坐在床頭，對燈流涕。笑說道：「不用哭了，我聽了個心滿意足，此時他兩口子都睡熟，我纔來。」隨坐在一邊，將文魁夫妻前後話，細細說了一遍。又罵道：「天地間那有這樣一對喪心的豬狗？」姜氏道：「如此看來，二相公同你男人還在，老主人身死是實。只是他兩人只有十兩銀子，能過得幾日？該如何回家？」說罷，又流下淚來。歐陽氏道：「不妨，二相公幫助姓林的，這是一件大善事。金堂縣和新都縣自必人人通知❼，大相公此番棄拋父屍和胞弟，不消說，他這件大善事也是兩縣通知的。何況老主人在那地方，大小做過個父母官，便是不相干人，遭逢此等事，地方上也有個評論，多少必有幫助，斷斷不至餓死，討喫亦可回鄉。」又道：「大相公家讚美大相公有才情，有調度，也不枉他嫁夫一場。又說你『是他們的禍根，必須打發了方可做事，早晚我即勸他嫁人。』大相公道：『這裡的房產地土，須早些變賣，方好搬到山東，另立日月❽。縱他二人有命回來，尋誰作對？』大相公家道：『你當日起身時，我曾囑咐你，萬一老殺才❾有個山高水低，就著你用這調虎離山斬草除根之計。我還打算著得十年，不意天從人願，只三年多，就用上此計了。』大相公又讚揚他是肚中有春秋❿的女人。」

❼ 人人通知：大家都知道。通，總；全。
❽ 另立日月：另外開闢新天地，建立新生活。
❾ 殺才：咒詛人的話，猶言該死的東西。

姜氏道：「他既無情，我亦無義。只可恨我娘家在山西地方，無人做主。我明日寫一紙呈詞，告在本縣，求官府和他要人。」歐陽氏道：「這個使不得。我聽的話，都是他夫妻暗昧話，算不得憑據，本縣十分中有九分不准。即或信了我們的話，也得行文到四川查問，還不知四川官府當件事不當件事，倒弄得他又生別計出來。依我的主見，他若是勸你改嫁，不可回煞了他，觸他的恨怒，他又要另設別法，總以守過一二年然後改嫁回答他。用此緩軍計，延挨的二相公回來就好了。從今後，要步步防他們，就是我聽得這些話，總包含在心裡，面色口角間，一點也不可顯出。他若看出來，得禍更速。茶裡飯裡，倒要小心。大相公家不先喫的東西，你千萬不可先喫。只在此房消磨歲月，各項我自照管。」姜氏道：「只怕他見你處處為護我，他先要除你，你也要留心。」歐陽氏笑道：「我與二主母不同，他們若起了謀害我的意見，被我看出，我只用飛快短刀⓫預備一把，於他兩口子早起夜睡時，我就兌付他們了，縱死不了兩個，也著他死一個，有甚麼怕他處？」

從此過了月餘。一日，殷氏收拾了酒菜，到姜氏房內，與他消遣愁悶。兩人敘談閒話。殷氏道：「人生一世，猶如草生一秋。二兄弟死在川江，他的一生事體，倒算完結了。我又沒三個兩個兒子與你夫妻承繼，你又青春年少，日子比樹葉兒還長，將來作何了局？」姜氏低頭不語。殷氏又道：「我常聽得和尚們放大施食⓬，有兩句話兒說：『黃土埋不堅之骨，青史留虛假之名。』世上做忠臣節婦的，都是至

⓾ 肚中有春秋：很有智慧；有見解。

⓫ 飛快短刀：非常鋒利的短刀。

⓬ 放施食：比丘於夜間誦經作法，廣施功德，以超渡亡魂，施食餓鬼。又叫放焰口。

愚至痴的人。我們做婦人的，有幾分顏色，憑到誰家，不愁男人不愛，將來白頭相守，兒女盈膝，這還是老來受用。若說起目下，同床共枕，知疼知癢，遲起早眠，相偎相抱的那一種恩情，以你這年紀算起，少說還有三十年風流。像你這樣獨守空房，燈殘被冷，就是刮一陣風，下一陣雨，也覺得悽悽涼涼，無依無靠，再聽上人些閒言詘語，更是難堪。我是個口大舌長的人，沒個說不出來的話。我和你在他這家中，六七年來，也從沒犯個面紅⑬，你素常也知道我的心腸最熱，你若是疑心，說我是為省衣服茶飯，攛掇你出門，我又不該說。這家中，量你一人也省不下許多。你若把我這話當知心話，你的事就是我的事，我定捨命訪個青春俊俏郎君，還要他家道豐富，成就你下半世榮華。你若是看成放屁，我也不過長嘆一聲罷了。」姜氏道：「嫂嫂的話，都是實意為我之言，只是我與他夫妻一場，不忍便去，待守過一二年孝服，那時再煩嫂嫂罷。」殷氏道：「你原是玲瓏剔透的人，一點就轉，只是一年的話，還大遠迂闊些。我過些時再與你從長計議。」殷氏素常頗喜喫幾杯酒，今見姜氏許了嫁人的話，心上快活，喫了二十來杯，方纔別去。正是：

棄絕同胞弟，妖婆意未寧。
又憑三寸舌，蠱動⑭烈媛情。

---

⑬ 犯個面紅：發生過爭吵或雙方臉紅不快的事。

⑭ 蠱動：誘惑煽動，使人意亂情迷。蠱，音ㄍㄨˇ，迷惑。

第二十回　金不換聞風贈盤費　連城璧拒捕戰官軍

詞曰：

十婦九吝，半杯茶惱人喫盡。今朝出首害食客，可憐血濺無情棍。　守備逃生，官兵遠遁，猶欣幸不拖不累，走得乾淨。

右調燕覆巢

話說殷氏勸姜氏嫁人，話且不表。再說連城璧自冷于冰去後，仍改姓名為張仲彥，除早午在金不換家喫飯外，連門也不出，日夜行靜中工夫，不敢負于冰指教。金不換本來知交寡少，自留下城璧，越發不敢招惹人往來。又得了于冰二百兩銀子，他是做過生意的人，也不肯將銀子白放在家中，買了七八十畝地，又租了人家幾十畝地，添了兩個牲口，次年開春，僱了一個極會種地的人，自己也幫著耕耘播種，受田地中苦處，多是早出晚歸。城璧逢天氣暑熱，也有到郊外納涼的時候。喜得趙家澗只數家人家，無人詳究根底，知城璧是金不換表兄，這幾家男男女女，也都叫城璧是張表兄，倒也相安無事。

本年雞澤縣豐收，四外州縣有歉收者，都來搬運，金不換一倍得三倍之利。城璧見他營運有效，心上住得甚是適然。不換亦極盡表弟之情，凡一茶一飯，雖是些莊農食物，卻處處留心，只怕城璧受了冷落。在本村僱了個十四五歲小廝，單伺候城壁茶水飯食，日落時纔許他回家，相處的和同胞一般。次年又復豐收，金不換手內賣下有四百餘兩。世間人眼皮最薄，見不換有了錢，城裡城外，便有許多人要和他結親。他因城壁在家，凡說親來的，概行打退。倒是城壁過意不去，又打算著此年于氷要來，再三勸他娶親，為保家立後之計。不換被逼不過，方聘定了本縣已革刑房郭崇學的第三個女兒為繼室。又見房子不夠住，從二月動工，將一院分為兩院，補蓋了幾間土房，著城壁在後院居住。前院正房做喜房，看在三月初二日過門。

到了這日，郭崇學家親戚並趙家潤鄰里，還有些鋪中生意人，每人或一百五十文，或二百文三百文不等，湊來與不換送禮。又有左近老少婦女，也來拜賀。不換於前後院搭了兩座席棚，預備男客坐，女客都在房內。城壁此時也沒個躲避處，還得出來替不換陪客。奈他目中那裡看得上這些村夫野婦，又兼鄉下婦女不迴避人，見城壁長鬚偉幹，相貌堂堂，偏趕著認親說話。城壁強支了兩天，方纔罷休。

自這郭氏過門，回了三朝後，不換便著他主起中饋來。他倒也極曉得過日子，於早午茶飯甚是慇懃，待城壁分外周到。不換心上著實快活，以為內助得人。過了月餘，郭氏見城壁從不說走的話，亦且食腸甚大，雖每天喫的是些素菜素飯，他一人倒喫三四人的東西，燒酒每天非二斤即三斤方可。又見城壁若大漢子，和個婦人一樣，日日鑽在後院，老不出門。郭家有人來，不換又說道，不許與城壁相見，陪伴飲食，不免又多一番支應，因此這婦人心上就嫌厭起來。金不換既知城壁好喫酒，就該與他買一罈或兩罈，放在他房內，豈不兩便？偏又是那小廝，一天定向婦人要兩次錢，買乾燒酒。婦人若教買對了水酒，城壁便動疑是小廝落下錢，定著另換，都是不遂這婦人心意處。

一日，趁空兒問不換道：「你這表兄到此多少時了？」不換道：「二年多了。」郭氏聽罷，便將面色變了一變，旋即又笑問道：「怎麼他也不回家去？」不換道：「他等個姓冷的朋友。」郭氏道：「假如他這朋友再過二年多不來，你該怎處？」不換道：「他是我嫡親表兄，若姓冷的終身不來，我就和他過到終身罷了。」郭氏不禁失色，復笑說道：「像你這樣早出晚歸，在田地中受苦，他就不能受苦，也該去幫你照料一二，怎麼長久白坐在家中喫酒飯？若是個明白世情的人，心上便該日抱不安。」不換笑道：「他那裡知道田地中事？你以後不要管，只要天天飲食豐潔，茶酒不缺，就是你的正務。」郭氏不言語了。自此後，便漸漸將城璧冷淡起來。不換多是在田地中喫飯，總以家中有老婆照管，不甚留心。那知城璧日日只喫個半飽，至於酒，不但二斤三斤，求半斤也是少有的。即或有，不過四兩六兩之間，是個愛喫不喫的待法。又不好和不換言及，未免早午飯時臉上帶出怒容，多在那伺候的小廝身上發作一二。那小廝便在郭氏前播弄唇舌，屢次將盤碗偷行打破，反說是城璧動怒摔碎的，甚至加些言語，說城璧罵他刻薄。郭氏便大恨怒在心，知不換與城璧契厚，總一字不題，不但將飲食刻減，連酒也沒半杯了。

如此又苦挨了許久，和不換半字不題，怕弄的他夫妻口舌；欲要告辭遠去，打算著冷于氷今年必來，豈不兩誤？這日也是合當有事，每常不換必到天晚時回家，這日因下起大雨來，沒有出門，午後陪城璧喫了飯，到田地中去看，見禾苗立刻發變，心上歡喜。回家著郭氏收拾酒菜，與城璧對飲。郭氏因丈夫在家，便將乾燒酒送出兩大壺，又是兩大盤素菜，還有腐乳、甜醬瓜等類四碟，作飲食之資。不換看見，心裡說道：「這冷先生真是付托得人，我一個小戶人家，日日如此供奉，雖說收過二百兩衣食銀子，也還不討愧❶於冷先生。」又深喜郭氏賢仁，快活不過，放量的與城璧大飲笑談，大約兩大壺酒，金不換也有半壺落肚，只喫的前仰後合，方辭歸前院。郭氏見不換著實醉了，連忙打發他睡下，自己便脫衣相陪，不換顛倒頭就睡著了。

睡到二更將盡，不換要水呷。郭氏打發他呷了水，說道：「你今日高興，怎麼喫到這步田地？想是張表兄也醉了？」不換搖了幾下頭，道：「他不……不醉。」郭氏道：「他可曾說我罵他沒有？」不換道：「我不知道。」郭氏笑道：「看麼，睡了一覺，還說的是醉話。」再看不換，已有些迷糊的光景了，於是高聲問道：「他今日可說回家去的話沒有？」連問了幾聲，不換恨道：「狗攮的，你教他回到那裡去？」郭氏道：「你好罵，我著他回他家去。」不換搖頭道：「他不……不不。」郭氏道：「他為甚麼不？」不換道：「他去不得。」說著，又睡著了。郭氏連連推問道：「你莫睡，我問你，他怎麼去不得？」不換又恨說道：「他在山東殺了多少官兵，去……那裡去？」郭氏忙問道：「他為甚麼殺官兵？」問了幾聲，不見回答，原來又睡著了。郭氏抱住頭，連連搖醒，在耳根前問道：「他為甚麼殺官兵？」不換恨命的答道：「他為救他哥哥連國璽。真麻翻❷狗攮。」郭氏道：「他哥哥既叫連國璽，怎麼他又姓張？」不換道：「你管他，他偏要姓張！」郭氏道：「就姓張罷，他叫個連甚麼？」問了幾聲，不換大聲道：「他叫連城璧。」說罷，嘴裡糊糊塗塗罵了兩句睡去。

郭氏將兩個名字牢記在心，便不再問。次日，一字不題，照常的打發喫了早午飯，不換田地中去，郭氏著小廝守門，自己一個入城，請教他父親郭崇學去了。直到日落時分方回。金不換迎著問道：「你

❶ 不討愧：不致愧對。

❷ 麻翻：麻煩；囉嗦。或作麻犯、麻飯。

往那裡去來？怎麼也不通知我？」郭氏一聲兒不言語，走入房內。不換跟入來，又問，郭氏道：「我救你的腦袋去來。」不換摸不著頭路，忙問道：「這是甚麼話？」郭氏冷笑道：「你倒忘了麼？我與你既做了夫妻，你就放個屁也不該瞞我。」不換道：「我有甚麼瞞你處？」郭氏道：「你還敢推聾裝啞麼？少刻教你便見。」不換已明白是昨晚醉後失言，笑說道：「你快說，入城做甚麼去來？」郭氏先向門外瞧了瞧，從袖中取出一張字稿兒來，上寫道：

具稟小的金不換，係本縣人，住城外趙家澗，為據實出首事：某年月，有小的表兄連城璧，到小的家中，聲言窮無所歸，求小的代謀生計。小的念親戚分上，只得容留，屢行盤問，語多支吾。今午大醉，方說出因救伊胞兄連國璽，曾在山東拒敵官軍，脫逃至此等語。小的理合親身赴縣密稟，誠恐本縣書役盤詰，遺露不便，又防城璧酒醒脫逃，不得已，著小的妻房郭氏入城，托妻父郭崇學代稟，其果否在山東拒敵官軍，或係醉後亂言，均未敢定。伏祈仁明老爺，速遣役拘拿研訊，俾小的免異日干連，則恩同覆育❸矣。

不換看罷，只嚇得魂飛魄散，滿身亂抖起來。郭氏道：「看囚鬼樣！」劈手將字稿兒奪去。不換定了定神，問道：「這稟帖是誰寫的？可曾遞了沒有？」郭氏道：「是我父親寫的，替你出首。縣中老爺叫入內書房，問了端的，吩咐我父親道：『這連城璧等乃山東泰安州劫牢反獄的叛賊，山東久有文書知會，係奉旨遍天下嚴拿之人，不意他落腳在我治下，你女婿金不換出首甚好，本縣還要重重的賞他。但連城

❸恩同覆育：與恩同再造義同。覆育，謂天覆地載，化育萬物。

壁係有名大盜，非三五百人拿他不到。此時若會同文武官，萬一走露風聲，反為不美。不如到定更時，先將城門關閉，然後點齊軍役，與他個迅雷不及掩耳，方為穩妥。你可說與你女兒，快快回去，著不換絆住賊人，交二更時，我同本城守爺俱到。』是這樣吩咐。我父親著我和你說，這事關係身家性命，是容情不得的，早就該出首。原要親自來，恐怕露形跡，著我遞與你這字稿兒看，你好答應文武官話。你看這事辦的好不好？若依你做事，我的性命定被你干連。一個殺人放火的大強盜，經年家養在家中，瞞神賣鬼的謊我，天天酒飯供養著他，還教他使性氣，摔盤打碗咒罵我。我姓郭的女兒，豈是受他咒罵的人？」

金不換將主意一定，笑說道：「你真是個好老婆，強似我百倍。我還顧甚麼表兄表弟？他的量最大，我此刻且到關外買些酒來。將他喫個爛醉，豈不更穩妥？我這好半晌還未見他，我且去和他發個虛，再買酒去不遲。」郭氏道：「你這就是保全身家的人了。酒不用買，還有兩壺在此。」不換笑道：「你把他的酒量當我麼？」急忙走入後院內，與城璧子午卯酉❹細說了一番。城璧笑道：「依你怎麼處？」不換道：「千著萬著，走為上著。我有幾百銀子，俱在城內當鋪中討月利，我且去與二哥弄幾兩盤費來好走。」城璧笑道：「我走了，你豈不喫官司麼？」不換道：「我遭逢下這樣惡婦，也就說不得了。」說罷，如飛的出去。城璧想了想，又笑道：「怪道月來將我飲食刻減，原來是夫婦商通。今見我不肯動身，又想出這樣一條來嚇我，且說得體面，我去了他自喫官司，又說二更時分，有文武官率兵拿我。我倒要看個真假，臨期再作裁處。」

❹ 子午卯酉：從頭到尾。子午是從半夜到日中，卯酉是從日出到日落。

等到起更時候，不換忙忙走來，向城璧道：「今日城門此刻就關閉了，必定是在裡面點兵。二哥休要多心，我只與你弄來三十兩銀子，還是向關外貨鋪當鋪兩處借的。二哥從前院走不得，被惡婦看見，將來於我未便。可從這後院牆下，踏上房內那張方桌跳去罷。」急急的將銀子掏出，放在城璧面前，情態甚是關切。城璧道：「既承老弟美意，我還有句話說。這一月餘，被弟婦管待，實沒喫個飽飯。你將酒飯拿些來，我喫飽了再走。」不換連連跌腳道：「我還是怕二哥喫頓酒飯麼？只是這是甚麼事體？甚麼時候？」城璧道：「你幾時不與我喫，我幾時不走。」不換無奈，飛忙去了。少刻，將酒飯拿來，擺列在桌上，城璧用碗盛酒大飲，不換在傍催促。城璧道：「他們今夜若來，有我在一刻，實可鬆寬老弟一步。若今夜不來，只可付之一笑，我定於明早起身就罷了，你慌甚麼？」不換道：「此話是二哥動意外之疑。我金不換若有半句虛言，立即身首分為兩處。」

城璧道：「既如此，何不與我同走？」不換道：「我早已想及於此。曾聽得惡婦述知縣吩咐的話，言二哥是有名大盜，非五六百人拿不到。到其間動起手來，二哥或可走脫，我決被拿回。與其那樣，就不如這樣死中求生了。」城璧將頭點了幾點道：「老弟既拚命為我，我越發走不得了，必須與官軍會會面，將來纔解脫得你。」不換道：「我此時肉跳心驚，二哥只快走罷。」城璧道：「你若著我速走，你可迴避在前院。」不換忙應道：「我就去。」城璧見不換去了，出院來，跳在房上，四下一望，毫無動靜。復跳下房來，照前大飲大嚼，喫的甚飽，始將渾身衣服拽紮起，銀子揣在懷中，又跳在房上，四下觀望。猛見正東上忽隱忽現，有幾處燈火。城璧道：「是矣，幾屈了金表弟。」頃刻間，見那燈火乍高乍低，較前倍明。又一刻，見那燈火如雲行電逝般滾來。城璧急忙跳下房，走入房內，他目中早留心下一張方桌，掀翻在地，把四條腿折斷，揀了兩條長些的，拿在手內，復身跳在房上，見四面燈火，照耀如同白晝一般，約有四五百人，漸次合攏了來。

此時，金不換早被文武官差人叫去問話。城壁提桌腿，又跳下房來，大踏步到前院，用手推郭氏房門，業經拴閉了。一腳踢開，側身入去，見郭氏靠著一張桌子，在地下亂戰。看見城壁，大驚道：「二伯來……來我房中做……」城壁道：「特來了結你！」手起一桌腿，打的郭氏腦漿迸裂，倒在一邊。急急到院中，見房上四面已站有四五十人，看見城壁，各喊了一聲，磚石瓦塊和雨點般打下。城壁飛身一躍，早到正房屋上，桌腿到處，先放倒四五個。大吼一聲，從房上跳到街心，眾兵丁捕役刀鎗鉤斧，一湧齊上。城壁兩條桌腿，疾同風雨，只打翻了二十餘人，便闖出重圍，一直往北奔去。

守備在馬上，大喝著叫軍役追趕。軍役等被逼不過，各放膽趕來。城壁見軍役趕來，一翻身，又殺回，眾軍役慌忙退後，城壁復去。急得守備在馬上怪叫，又喝令追拿。那些軍役無奈，只索隨後跟來。城壁道：「似這樣跟來跟去，到天明便難走脫。若不與他們個利害，斷不肯干休。」於是大吼了一聲，只揀人多處衝殺，那兩條桌腿，一起一落，打的眾軍役和風吹落葉、雨判殘花相似，只恨爺娘少生了幾隻腿，往回亂竄。

城壁反行追趕，乍見燈火中，一人騎在馬上，指手畫腳的斷喝❺。城壁大料❻他必是本城守備，把身軀一躍，已到了馬前。守備卻待勒馬回跑，桌腿已中馬頭，那馬直立起來，將守備丟在地下。城壁桌

---

❺ 斷喝：厲聲呼喝。紅樓夢第五十七回：「賈政一聲斷喝。」

❻ 大料：大略估計。語出國語周語上。

腿再下，眾軍役兵器齊隔架住桌腿，各捨命將守備拖拉了去。城壁復趕了四五十步，見軍役等跑遠，方折轉頭，又不走西北，反向東北奔去。正是：

此婦代夫除逆叛，可憐血濺魂魄散。
英雄等候眾官軍，只為保全金不換。

第二十一回　信訪查知府開生路　走懷仁不換續妻房

詞曰：

不換遭縲絏，公廳辨甚明。虧得廣平府，生全出囹圄。月老欣逢旅舍，佳人天繫赤繩。不意伊夫至，丟財且受刑。

右調贊浦子

話說連城璧殺退官軍，連夜逃走去了。眾兵丁將守備搶去，也顧不得騎馬，幾個人拖了他飛跑，見城璧不來追趕，方大家站住。守備坐在一塊石頭上，問兵丁道：「跑了麼？」眾兵道：「走遠了。」守備道：「還趕得上趕不上？」眾兵道：「縱趕上也不過敗了回來，那個是他的對手？」守備咳了一聲道：「我這功名硬教你們壞了。」說罷，帶兵回城。

再說知縣見城璧動手時，他便遠遠的跑去。今見大眾敗回，強賊已去，沒奈何，復回金不換家中，前後看驗了一遍。又見郭氏死在屋內，將金不換並四鄰鎖入城來，早哄動了闔城士庶，都跟著看聽下落。知縣剛到衙門前，郭崇學知他女兒被強盜打死，跪在馬前，將金不換種種知情隱匿，酒後洩言，並說自己代寫稟帖等情，據實出首，教不換償他女兒的性命。知縣聽了，連忙入內堂，請教幕賓去了。須臾，守備也來計議，好半晌別去。知縣連夜坐堂，將不換帶到面前，問道：「連城璧是那裡人？他和你是甚親戚？」不換道：「他祖籍陝西寧夏人，是小的的嫡親表兄。」知縣道：「他還有個哥哥連國璽，你認得麼？」不換道：「他們在寧夏，小的在直隸，相隔幾千里，那裡認得？只因小的父母在日，時常說起，纔知是表親。」知縣道：「這就該打嘴！你既認不得他們，連城璧怎麼會投奔你？」不換道：「認雖認不得，說起親戚，彼此都知道，因此他纔尋找著來。」知縣道：「這連城璧來過你家幾次？」不換道：「不但幾次，二十年來連書信都是沒有的。」

知縣點了點頭兒，又問道：「他是今年幾時來的？」不換道：「他是大前年五月到小的家中的。」知縣道：「打嘴！」左右打了不換五個嘴巴。知縣道：「本縣自下車以來，近城地方自不消說，即遠鄉僻隅，那一天沒巡查匪類之人？豈肯容留大盜住二三年，還漫無訪聞麼？」不換改口道：「是本月初二日到的，至今纔住了二十餘天。」知縣道：「這就是了。」又道：「這二十餘天，也不為不久，你為何不細細盤問他，早行出首？」不換道：「何嘗沒盤問他？他說家貧，無所歸著，求小的替他尋個活計，始終是這幾句話。只到今午醉後，方說出實情。」知縣冷笑道：「我把你這狡猾奴才，連城璧本月初二日到你家是實，你知情容留大盜是實，你酒醉向你妻子洩露是實。你妻告知你妻父，你妻父念翁婿分上，假寫你名字出首是實。你恨你妻房洩露，著連城璧打死，圖死無對證是實，反著本縣和守府空往返一番，你還有得分辨麼？」不換道：「老爺在內衙商酌了半夜，就商酌出這許多的是實來？」知縣大怒道：「這奴才放肆，敢和本縣頂嘴？」吩咐再打嘴。

眾人卻待動手，不換道：「老爺不用打，小的明白了，一則要保全自己，二則要保全守爺，將知情縱盜罪名向小的一人身上安放，可是麼？」知縣道：「快打嘴！」不換道：「不必打。事關重大，老爺這裡審了，少不得還要解上司審問，不如與小的商量妥當好。」知縣向兩行吏役道：「你們聽，真正光棍❶了不得。」郭崇學在下面跪稟道：「若不是光棍，如何敢容留劫殺官兵的大盜哩？」不換道：「你不必多說，你是知我糶賣了粟糧，今年五月和我借一百五十兩銀子，托你女兒道達，我始終不肯，今見你女兒死了，便想挾仇害我，不能！不能！」知縣又冷笑道：「你再說，有甚麼和本縣相商處？」不換向東西兩下指說道：「老爺的書辦衙役和城中百姓俱在此，小的酒後洩言，妻父郭崇學替小的寫票出首，這話有無真假，且不必分辨；只就縱盜脫逃論，老爺同守爺今晚到小的家，若連城璧已去，這是小的走露風聲，放他逃走，罪無可辭。老爺同守爺領著千軍萬馬，被一個強盜殺得落花流水，敗陣回來，滿城紳衿士庶，那個不知，那個不曉，不但守爺兵丁受傷，就是老爺班內捕役帶傷者也不少，怎反說是小的縱盜脫逃，這話奇到那裡去了？」只這幾句，把兩傍看的人都說笑了。

知縣氣壞，待了一會，咬牙大恨道：「金不換，你口太鋒利了！你這沒王法的光棍，若不動大刑，何難將本縣也說成個強盜？」吩咐左右：「拿極短的夾棍來！」眾役吶喊，將夾棍舉起，向不換背後一丟。不換道：「老爺不用動刑，小的情願畫供，招個知情容留、縱盜脫逃就是了。」知縣咬牙恨說道：「你就畫供，我也要夾你一夾棍。」喝令：「夾起來！」不換道：「凡官府用刑，為的是犯人不吐實供。若肯吐實供，再行夾打，便是法外用刑。老爺此刻與小的留點地步，小的日後到上司前，少胡說許多。」知縣搖著頭，閉著眼，說道：「快夾！快夾！」刑房在傍說道：「老爺何必定要夾他！此事關係重大，

❶ 光棍：俗稱鄉曲無賴為光棍。還魂記鬧宴：「暫時拏下那光棍。」今言潑皮、流氓。

各上憲必有訪聞，金不換不動刑自招，最好不過。」知縣想了想，道：「你說的是，就著他畫供來。」須臾，不換畫了供，知縣吩咐牢頭收監，用心看守。退堂和幕客相商，氣不過不換當堂對眾挺犯，欲要將不換制死監中。幕客大笑道：「此人口供，千人共見，況本府太爺最是聰察，制死他，大有不便。倒不如親去府中，口詳❷此事，看太尊舉動，再行備文妥商詳報，就費幾兩銀子，也說不得。」

知縣聽了，連夜上府。知府通以極好言語回答，著將金不換、郭崇學、鄰里人等，一併解府面訊定案。原來這知府是江蘇吳縣人，姓王名琬，雖是個兩榜出身，卻沒一點書氣，辦事最是明敏，兼好訪查。只是性情偏些，每遇一事，若是他心上動了疑，便是上憲也搬他不轉。卻又清廉，不要錢，廣平一府屬員，沒一個不怕他。金不換和連城璧事前後情節，並本縣那晚審的口供，俱都打聽在肚內，深疑知縣同守備回護失查大盜處分，故冤金不換縱賊脫逃。又聞知守備軍兵帶傷者甚多，還有一二十個著重的，性命不保，越發看的金不換出首是實，文武官合同欺隱，要冤枉他定案。

過了幾日，知縣將金不換等同詳文解送府城，知府立即坐堂親審。不換正要哭訴冤情，知府搖手道：「你那晚在縣中口供，本府句句皆知，不用你再說。倒還有一節要問你，連城璧原係大盜，既說你不知情，為何他改姓為張，在趙家淵許久，鄰里皆如此稱呼，其中不能無弊，你說！」不換連連叩頭道：「太老爺和天大的一個圓明鏡一般，甚麼還照不見？本縣老爺和守爺那晚帶五六百人，被一個賊打傷一二百眾，大敗回城，這樣驚天動地遠近皆知的事，兩位老爺尚敢隱匿不報？將知情私縱罪名硬派在小的身上塞責，太老爺只看詳文便知。趙家淵只有七八家人家，安敢違兩位老爺囑托？不但將連城璧改姓為張，

❷口詳：口頭詳細說明。

就把連城璧顛倒呼喚，那一個敢說個不字？太老爺不信，將鄰里傳問，誰敢說他不姓張？只求太老爺詳情。」

知府點了點頭兒，連鄰里並郭氏死的原故，一概都不問了。隨發放金不換道：「你容留大盜，雖說不知情，然在你家住二年之久，你也該時刻留神盤問。只到他酒後自行說出，方能覺察稟報，疏忽之罪，實無可辭。」說著，將一筒籤丟將下來，兩行皂役喊一聲，將不換搬翻，打了四十大板，立即吩咐討保釋放。又叫上郭崇學罵道：「你這喪盡天良的奴才，你本是該縣刑房已革書辦，素行原是不端之人。有你女兒活著，金不換容留大盜，便是不知情；你女兒死後，金不換便是知情。這知情不知情五個字，關係金不換生死性命，豈是你這奴才口中反覆定案的麼？且將金不換稟帖說是你替寫的，真是奸狠之至。」說著，將一筒籤盡數丟下，那裡還容他分辨一句，頃刻打了四十板，連鄰里一總趕下去。

金不換血淋淋一場官司，只四十板完賬。雖是肉皮疼痛，心上甚是快樂，回家將郭氏葬埋。那雞澤縣城裡城外，都說他是好漢子，有擔當的人，趕著和他交往。又過了數天，本縣知縣守備，俱有官來摘印署理，都紛紛議論，是知府揭參的。內中就有人問不換道：「因你一人，壞了本縣一文一武，前官便是後官的眼，你還要諸事留心些。」不換聽了幾句話，心上有些疑懼起來，左思右想，沒個保全久住之策。又聽得郭崇學要到大憲衙門中去告，越發著急起來，也想不出個安身立命之所。打算著連城璧住在范村，沒人知道，不如到那邊，尋著兩個表姪，就在那地方住罷。主意拿定，先將當鋪討利銀兩收回；次賣田地，連所種青苗都合算於人，再次賣住房。有人問他，他便以因他壞了地方文武兩官話回覆，人都稱揚他是知機的人。除官司盤攪外，還剩有五百二十多兩銀子，買了個極肥壯的騾兒，直走山西道路。

只去了五六天後，按察司行文提他覆審，只苦了幾家鄰里並鄉里人等，赴省聽候。

不換一路行來，到山西懷仁縣地界，這晚便住在東關張二店中。連日便下起雨來，不換愁悶之至，每到雨住時，便在店門外板凳上坐著，與同寓人說閒話。目中早留心看下個穿白的婦人，見他年紀不過二十四五歲，五短身材，白淨面皮，骨格兒生的有些俊俏。只因這婦人時常同一年老婦人到門外買東西，不換眼裡，見熟了，由不得口內鬼念道：「這穿白的婦人，不是他公婆病故，就是他父母死亡。」店東張二道：「你都沒有說著，他穿的是他丈夫的孝。」不換驚訝道：「虧他年青青兒守得住。」張二道：「他倒要嫁人，只是對不上個湊巧的人。」不換道：「怎麼是個湊巧的人？」張二道：「他是城內方裁縫的女兒，嫁與這對門許寡婦的兒子，叫做許連陞。連陞在本處緞局中做生意，今年二月在江南過洋子江，船覆身死。許寡婦六十餘歲，只有此子，無人奉養，定要招贅個養老兒子配他，還要二百兩身價。」不換道：「這事也還容易，只用與他二百銀子，這許寡是六十多歲的人，就與人做個尊長，也還做得起。將來許寡婦亡後，銀子少不得還歸己手。」張二道：「你把這許寡當甚麼人？見錢最真不過。或者到他死後，有點歸著。」不換道：「這方裁縫就依他討此重價麼？」張二道：「他兩口子做鬼已五六年了，那婦人又別無親丁，誰去管他這閒事？」

不換道：「他肯招贅外鄉人不？」傍邊一個開鞋鋪的尹鵾頭也在坐，聽了大笑道：「這樣說，你就是湊巧的人了。」又問道：「客人是那地方人？到我們這裡有何營幹❸？家中可有妻室沒有？」不換道：「我是直隸雞澤縣人，要往代州親戚家去，妻室是早亡過了。」鵾頭道：「你能夠拿得出二百兩銀子來？」

❸ 營幹：事情，在此義同營生。

不換道：「銀子我身邊倒還有幾兩。」鵝頭笑向張二道：「這件事，咱兩個與客人作成了罷。」張二道：「只怕許寡婦不要外路人。」鵝頭道：「要你我媒人做甚麼？」又笑向不換道：「客人可是實在願意麼？」不換道：「只怕那老婦人不依。」鵝頭道：「張二哥與其閒坐著，我且與你去說一火❹。」同寓的幾個人幫說道：「這是件最好的事，說成了，我們還要喫喜酒哩！」鵝頭拉了張二，入對門去了。好半晌，兩人笑嘻嘻的走來，向不換舉手道：「已到九分了，只差一分，請你此刻過去，要看看你的人物年紀，還要親問你的根底。」不換笑道：「如此說，我不去罷。要看人物，便是十二分不妥。」眾人笑道：「你這人物還少甚麼？就是雲箋記追舟的李玉郎，也不過是你這樣個面孔兒。去來，去來！」大家攛掇著，不換穿戴了新衣帽鞋襪，跟二人到許寡婦家來。

許寡婦早在正房堂屋內等候，看見不換，問鵝頭道：「就是這個人麼？」張二笑說道：「你老人家真是有福，這個客人人才年紀，也不在你老去世的兒子下。」不換先去深深一揖，隨即磕下頭去。許寡滿面笑容說道：「若做這件事，你就是我的兒子了，便受你十來個頭也不為過。但是你遠來，只磕兩個頭罷。」不換叩拜畢，扒起，大家一同坐下。許寡將不換來蹤去跡，細細盤問了一番，笑向鵝頭道：「你看他身材比我亡過的兒子瘦小些，人倒還有點伶俐。就依你二位，成就了罷。」張二又著不換叩拜，不換又與許寡磕了兩個頭，復行坐下。許寡道：「我看了你了，你也看看你的人。」一邊說，一邊叫道：「媳婦兒出來！」叫了七八聲，那方氏纔從西房走出，欲前又退，羞答答低了頭，站在一邊。眾人都站起來，不換留神一看，見那婦人穿了新白布袷襖，白布裙子，臉上些須傅了點粉，換了雙新白梭鞋，頭

❹ 一火：一次。古今小說第三回：「情興復發，又弄一火。」

髮梳的光油油的，雖不是上好人物，比他先日娶的兩個老婆強五六倍，心上著實喜歡，滿口裡道：「好！」那婦人偷看了不換一眼，便回房去了。

許寡道：「他兩個都見過面，合同也該寫一張，老身方算終身有靠。二百兩銀子，交割在那一日？」不換道：「合同此刻就立，銀子我回店就交來，做親定在後日罷。不知使得使不得？」許寡道：「你真像我的兒子，做事一刀兩段，有甚麼使不得？」鵝頭取來紙筆，張二替他兩家各寫了憑據，不換立即回店，取了二百銀子，當面同尹、張二人兌交。又問明許寡遠近親戚，並相好鄰里，就煩鵝頭下帖，又謝了兩個媒人六兩銀子。許寡便教不換將行李搬來，暫住在西下房中，好辦理親事。到二鼓時分，方氏慾火如熾，無法忍耐，也顧不得羞恥，悄悄從西正房下來，到不換房內。不換喜出望外，一個是斷弦❺孤男，一個是久曠嫠婦❻，兩人連命也不要，竭力狠幹了五六度，只到天明，方肯罷休。方氏見不換本領高似前夫數倍，深喜後嫁得人，相訂晚間再來，纔暗暗別去。許寡也聽得有些聲氣，只索隨他們罷了。

次日，許寡倒也知趣，梳洗罷，便教方氏到兒子靈前燒紙，改換孝服。方氏只得假哭了幾聲，反勾引的許寡呢呢喃喃，數念了好一會方止。不換僱人做酒席，借桌椅並盤碗等類，忙個不了。喫午飯時，許寡叫方氏來同喫，方氏又裝害羞，不肯動身。叫的許寡惱了，纔肯遮遮掩掩的走來，放出無限的眉眼，偷送不換。不換見方氏腳上穿了極新的紅鞋，身上換了極細的布衣，臉上搽了極厚的濃粉，嘴上抹了極艷的胭脂，頭上戴了極好的紙花，三人同坐一桌。不換一邊喫飯，一邊偷瞧，又想起昨晚風情，今朝態

❺ 斷弦：舊時以琴瑟喻夫妻，所以喪妻叫斷弦。一般均作斷絃。

❻ 久曠嫠婦：長久荒廢夫妻生活的寡婦。嫠，音ㄌㄧˊ，寡婦。

度，心眼兒上都是快樂，不但二百兩，就是二千兩也看得值。偏這方氏又不肯安靜喫飯，一面對許寡裝羞，一面與不換遞眼，瞅空兒將腳從桌子下伸去，在不換腿上踢兩下縮回。不換原是小戶人家子弟，那裡經過這樣妖浪陣勢，狐媚排場？勾引得他神魂如醉，將飯和菜胡喫，也嘗不出個滋味，若不是許寡在坐，便要放肆起來。這晚仍照前和合，連燈燭也不吹滅，每到要緊時候，方氏竟沒高沒低的叫喊，不換也止他不住。許寡在上房聽了，惟有閉目咬牙，摀被而已。

到做親這日，也來了些女客，並許寡的親戚以及鄰居。北方娶親，總要先拜天地，必須父兄或伯叔尊長領拜。許寡為自己孀居，家中又無長親，眾客委派著尹鵝頭領不換夫婦拜天地，主禮燒化香紙。許寡又想起他兒子來，揩抹了許多眼淚。兩人同歸西正房，做一對半路夫妻。正是：

此婦淫聲兇甚，喊時不顧性命。
不換娶做妻房，要算客途胡混。

第二十二回　斷離異不換遭刑杖　投運河沈襄得外財

詞曰：

不是鴛鴦伴，強作鳳鸞儔，官教離異兩分頭。人財雙去，從此斷綢繆。　乍見蓬行子❶，朝暮斷乾餱，思量一死寄東流。幸他拯救，頂感❷永無休。

右調南歌子

話說金不換娶了許寡婦兒婦，兩人千恩萬愛，比結髮夫妻還親。三朝後，諸事完妥，不換便和許寡一心一意過度起來。他身邊雖去了二百兩，除諸項費用外，還存有二百七十餘兩，瞞著許寡，寄頓在城中一大貨鋪內，預備著將來買田地。又將騾子賣了二十八兩，帶在身邊，換錢零用。那方氏逐日擦抹的和粉人一般，梳光頭，穿花鞋，不拿的強拿，不做的強做，都要現在不換眼中，賣弄他是個勤練堂客，會過日子，只圖不換與他狠幹，把一個不換愛的沒入腳處。豈期好事多磨，只快活了十七八日，便鑽出一件事來。

❶ 蓬行子：像秋天飛蓬般到處奔走的人。
❷ 頂感：頂，頂禮。感，感恩。語出兒女英雄傳第三十七回。

一日早間，不換同方氏同睡未起，只聽得叩門聲甚急，許寡接應出房去了。少刻，又聽得許寡大驚小怪，不知說些甚麼，旋即和一人說話入來。方氏扒起，從窗眼中一看，只嚇得面目更色道：「快起，快起，我前夫回來了！」不換道：「好胡說！他已落江身死，那有回來之理？」正說著，只聽得許寡兒長兒短，在東房內說兩句，哭兩聲，絮聒不已。不換連忙起來，剛和方氏將衣服穿妥，正要下地，只聽得許寡放聲大哭。又聽那人喊叫道：「氣死我了！」一聲未完，早見房門大開，闖入一個少年漢子來。方氏將頭低下，那人指著不換面孔冷笑道：「就是你這忘八肏的❸，敢姦霸良人妻女麼？反了，反了！」向不換腿股上踢了一腳，一翻身跑出院外。許寡緊叫著，就跑了。不換連忙出房，許寡迎著說道：「不意二月間沈江的，與我兒子同名同姓，是大同府鄉下人，也做的是緞局生意，就誤傳到懷仁縣來，著我和你便做下這樣一件事，真是那裡說起？」不換道：「他如今跑往那去？」許寡道：「想是去告官。」不換道：「這卻怎處？」許寡道：「不妨，你兩個前生後續，都是我的兒子。難道有了親生的，就忘了後續的麼？現放著你與我二百銀子，他若要方氏，我與你娶一個；他若不要方氏，方氏還是你的，我再與他另娶一個，有甚麼大不了的事？」

正言間，只見尹鵝頭和張二神頭鬼臉的走來，後跟著幾家鄰居，都來計議此事。許寡滿口應承道：「不妨，是老身做的，那官府也問不了誰流東流西。」尹鵝頭道：「你老人家怕甚麼？我們做媒人的經當不起。」許寡道：「這事原是我作主，設或官府任性胡鬧起來，你兩個只用一家挨一夾棍，我管保完賬，不信賭五斤肉喫，包住割不了媒人的頭。」張二道：「好吉祥話兒，一句齊整過一句！」猛聽得門

❸忘八肏的：忘八，罵人下賤無恥。肏，音ㄘㄠˋ，性交的俗稱。

外大聲道：「裡面是許寡婦家麼？」許寡也高聲答道：「有狗屁只管入來放，倒不必在門外寡長寡短的嚼念！」語未畢，進來兩個差人，從懷內取出一張票來，向金不換臉上一照。那一個差人便從袖內流出一條鐵繩來，故意兒失落於地，向不換道：「你做的，你明白，這件事可大可小，非同兒戲，夾也夾的，打也打的，二年半也徒的，三千里也流的，煙瘴地方也發的。若問在光棍裡頭，輕則立絞，重則與尊駕的腦袋就大有不便了。」不換笑道：「我這腦袋最不堅固，也不用刀割劍砍，只用幾句話就掉下來了。」差人冷笑道：「原來是根硬菜兒。」又掉轉頭，向拿票的差人道：「這件事還用老爺審麼？只用你我打個稟帖入去，說姦霸良人妻子是實，又且不服拘拿。」

說著，將鐵繩拾起，向不換道：「你受縛不受縛，只用一句話。」那個拿票差人攔住道：「只教你這人性急，有話緩商為是，你怕他跑了麼？」尹鵝頭道：「金大哥年少，不諳衙門中世故，我們須大家計較。」那拿鐵繩的差人問道：「媒人鄰居可都在麼？」許寡一一說知。差人道：「這件事，媒人固有重罪，就是鄰里也脫不得乾淨。姓金的原是來歷不明之人，他要做此事，你們也該稟報。方纔這位姓尹的說了半句在行話，卻不知怎麼垂愛我們，須知我們也是費了本錢來的。」鵝頭將金不換並眾鄰里拉到了院外，在兩下來回講說，方說停妥，不換出三千大錢，鵝頭和張二出八百大錢，硬派著鄰里出了五百大錢，說明連鋪堂錢俱在內，各當時付與。兩個差人得了錢，向眾人舉手作謝道：「金大哥這件事，是有賣的，纔有買的。何況又是異鄉人，休說姦霸，連私通也問不上。只要這位許奶奶擔承起來，半點無妨。就是二位媒人，也是幾月前受許奶奶之托，又不是圖謀謝禮。連許奶奶也夢想不到他令郎回來，鄰里是越發無干的了。只是還有一節，這方大嫂亦票上有名之人，金大哥若不教出官，還須另講。」不換道：「這個老婆，十分中與我有九分無干了，出官不出官，任憑二位。」許寡道：「眼見得一個婦人有了兩個漢子，還怕見官麼？」差人道：「叫他出來！」許寡將方氏叫出，一齊到縣中來。早哄動了一縣的人，相隨著觀看。知縣陞了堂，原被人等俱點名分跪在兩下。知縣先問許連陞道：「許氏可是你生母麼？」連陞道：「是。」知縣道：「你去江南做何事？是幾年上出門？」連陞道：「小人在本城雲錦緞局做生意，今年正月，掌櫃的著去蘇州催貨物，因同事夥計患病，耽延到如今方回。不意有直隸遊棍金不換，訪聞的小人妻子有幾分顏色，用銀一百兩，賄囑本縣土棍❹尹鵝頭、張二，假捏小人二月間墜江身死，將小人母親謊信❺，招贅金不換做養老女婿，把小人妻子平白被他姦宿二十餘夜。此事王法天理，兩不相容，只求老爺將金不換、尹鵝頭等嚴行夾訊。」話未完，許寡在下面高聲說道：「我的兒年青青兒的，休說昧心話。你今早見我時，還說是大同府有個鄉下人，也做緞局生意，過江身死，此人與你名姓相同，就誤傳到懷仁縣來。你路上聽了這個風聲，連夜趕來看我，怕我有死活。況你墜江的信兒，四月裡就傳來，怎麼纔說金不換用銀一百兩，買轉尹鵝頭、張二，欺騙我做事？阿彌陀佛，這如何冤枉的人？」又向知縣道：「老婦人聽得兒子死了，便覺終身無靠，從五月間就托親戚鄰里，替我尋訪個養老兒子做女婿。這幾月來，總沒個相當的人，偏偏二十天前，就來了個金不換，煩張、尹二人做媒，與了二百兩身價，各立合同，這原是老婦人作主，與金不換等何干？只是可惜這金不換，他若遲來二十天，我兒婦方氏還是個全人。」

❹土棍：本地的流氓、無賴。語出花月痕第四十四回。

❺謊信：用謊言使人信以為真。

知縣點頭笑了，又將金不換、尹鵝頭、張二並鄰里人等，各問了前後實情。問許寡道：「這二百銀子，你可收過麼？」許寡道：「銀子現存在老婦人處，一分兒沒捨的用，是預備養老的。」知縣道：「金不換這銀子，倒只怕假多真少。」隨吩咐值日頭同許氏取來，當堂驗看，若是假銀，還要加倍治不換之罪。值日頭同許氏去了，知縣又問許連陞道：「你妻方氏已成失節之婦，你還要他不要？」連陞道：「方氏係遵小人母命嫁人，與苟合大不相同，小人如何不要？」知縣大笑，隨發落金不換道：「你這奴才，放著二百兩銀子，還怕在直隸娶不了個老婆，必要到山西地方娶親？明是見色起意，想你在本地也決不是安分的人。本縣只不往棍徒中問你，就是大恩。」吩咐用頭號板子，重責四十。這四十板，打的方氏心裡落了無數的淚。知縣又發落尹鵝頭、張二道：「你二人放著生意不做，保這樣媒，便是教誘人犯法。你實說，每人各得了金不換多少？」尹鵝頭還要欺隱，張二將每人三兩說出。知縣吩咐，各打二十板，將六兩謝銀追出，交濟貧院公用。鄰里免責，俱釋放還家。又笑向方氏道：「你還隨前夫去罷。」

發落甫畢，許寡將銀子取到，知縣驗看後，吩咐庫吏入官。許連陞著急，忙稟道：「小人妻子被金不換白睡了二十夜，這二百銀子，就斷與小人妻子做遮羞錢也該，怎麼入起官來？」知縣道：「這宗銀子，和贓罰銀子一樣，例上應該入官。至於遮羞錢的話，朝廷家沒有與你留下這條例。」許寡坑的眼中出火，大嚷道：「我們這件事，喫虧的了不得，與當龜養漢一般。老爺要銀子，該要那乾淨的。」知縣大喝道：「這老奴才滿口胡說，你當這銀子是本縣要麼？」許寡道：「不是老爺要，難道算朝廷家要不成？」知縣大怒，吩咐將許連陞打嘴，左右打了五個嘴巴。許寡便自己打臉碰頭，在大堂上拚命叫喊，口中吆喝殺人不已。知縣吩咐將許寡拉住，不許他碰頭，一面吩咐將許連陞輪班加力打嘴，打的連陞眉膀臉腫，口中鮮血直流，哀告著教他母親禁聲，知縣還大喝著教加力打。許寡見打的兒子利害，方纔叩頭求饒，銀子也不要了。知縣著將原被人等一齊趕下，退堂。

眾鄰里扶了張、尹二人，背負了不換，同到東關店中，煩人將行李從許寡婦家要回來，治養棒瘡。這四十板，比廣平府那四十板利害數倍，割去皮肉好幾塊，疼的晝夜呻吟不已。又兼舉目無親，每想起自己原是個窮人，做生意無成，又學種地。前妻死去，也便罷休，偏又遇著冷于氷，留銀二百兩，從田苗中發四五百兩資財，理合候連表兄有了歸著，再行婚娶為是。不意一時失算，娶了個郭氏，弄出天大的饑荒，徼倖掙出個命來。既決意去范村，為何又在此處招親，與人家做養老兒子？瞎頭也不知磕了多少。如今弄的財色兩空，可憐父母遺體，打到這步田地，身邊雖還有二百多銀子，濟得甚事？若再營求，只怕又有別的是非來。我原是個和尚道士的命，妻財子祿四個字，歷歷考驗，總與我無緣。若再不知進退，把這條窮命丟去了，早死一年，便少活一歲。又想起冷于氷，他是數萬兩家私，又有嬌妻幼子，他怎麼割捨出家，學的雲來霧去，神鬼不測？我這豆大家業和渾身骨肉，與他比較起來，他真是鯤鵬，我真是蚊蚋。我父母兄弟俱無，還有甚麼委決不下？想到此處，便動了出家的念頭，只待棒瘡養好，再定去向。

從此請醫調治，費一月工夫，盤用了許多錢，方漸次平復。他常聽得連城璧說，冷于氷在西湖遇著火龍真人，得了仙傳，他也想著要到那地方尋個際遇。將鋪中寄放的銀子收回，又恐背負行李發了棒瘡，買了個驢兒，半騎半馱著走。辭別了張、尹二人，也不去范村了，拿定主意，奔赴杭州。走了許多日子，方到山東德州地界。那日天將錯午，將驢兒拴在一棵樹上暫歇，瞧見一人從西走來，但見：

頭戴舊儒巾，秤腦油足有八兩；身穿破布氅，估塵垢少殺七斤。滿腹文章，無奈飢時難受；填胸浩氣，只合苦處長吁。出東巷，入西門，常遭小兒唾罵；呼張媽，喚趙母，屢受潑婦叱逐。離娘胎即叫哥兒，於今休矣；隨父任稱為公子，此際哀哉。真是折腳貓兒難學虎，斷翎鸚鵡不如雞。

不換看那人三十二三年紀，面皮黃瘦，衣履像個乞兒，舉動又帶些斯文氣魄。只見他低了頭，走幾步，又抬起頭看看天。看罷，兩隻手抱著自己兩臂，又站住，一對眼睛只往地下瞧。瞧罷，又往河沿前走。走到河邊又站住，背操起手來，看那河水奔逝，不住的點頭，倒像秀才們做文章得了好句一般。不換看了半晌，說道：「這人心裡不知怎麼難過，包藏著無限苦屈，只怕要死在這河內。我眼裡不見他罷了，今既看見，理該問明底裡，勸解他一番。」悄悄的從後面走來，忽聽得那人大聲說道：「罷了！」急將衣襟拉起，向面上一覆，湧身向河中一跳，響一聲，即隨波逐流，乍沈乍浮去了。不換跌腳道：「壞了！誤了！」疾疾的將上蓋衣服脫下，緊跑了幾步，也往河內一跳。使了個沙底撈魚勢，二十多步外，方纔趕上。左手提住那人頭髮，右手分波劈浪，揪上岸來。緣不換做娃子時，就常在水中頑耍，到二十歲內外，更成了水中名公。每逢山河水大至，他遍要賣弄手段，令看的人驚服。這道運河，他實視如平地。今日救得此人，亦是天緣。

不換將他倒抱起來，控了回水，見他氣息漸壯，纔慢慢的放在地下。一面又跑至樹下看行李，喜得此處無人來往，竟未被人拿去。急忙將驢兒牽上，拾起上蓋衣服，復到救那人的去處。見那人已扒起，坐在地下，和喫醉了的一般。不換將自己濕衣脫下，也替他脫剝下來，用手將水擰乾，鋪放在地，然後坐在那人面前，問道：「你是何處人氏？叫甚麼名字？有何冤苦，行此短見？」那人將不換一看，說道：「適纔可是尊駕救我麼？」不換道：「正是。」那人用手在地下連拍了幾下道：「你何苦救我？是誰要你救我？」不換道：「看麼，我救你倒救出不是來了！」那人道：「爺臺救我，自是好意，只是我活著受罪，倒不如死了熨貼❻。況我父母慘亡，兄弟暴逝，孑影孤形，丐食四方，今生今世，料無出頭之日，但求速死，完我事業。爺臺此刻救我，豈不是害我麼？」不換道：「這是你自己立意如此。今既被我救活，理該和我詳說，我好與你做個主裁。」

那人復將不換一看，說道：「我還怕甚麼？我姓沈名襄❼，紹興府秀才。父名沈鍊❽，做錦衣衛經歷❾，因嚴嵩父子竊弄威權，屢屢殺害忠良，吏部尚書夏邦謨，表裡為奸，諂事嚴嵩父子，我父上疏，請將三人罷斥。聖上大怒，將我父杖八十，充配保安州安置。我父到保安，被個姓賈的秀才請到家中，教讀子姪。保安州知州念我父是個義烈人，不行拘管。那些紳士們聞我父名頭，都來交往，又收了幾十個門生。誰想我父不善韜晦❿，著門生等綁了三個草人，一寫唐朝奸相李林甫，一寫宋朝奸相秦檜，一

❻ 熨貼：妥貼舒適。熨，音ㄩˋ。

❼ 沈襄：明會稽人，沈鍊子，字小霞，以蔭補官，仕至郡守，工畫墨梅。

❽ 沈鍊：字純甫，嘉靖進士，知溧陽，忤御史，調茌平，入為錦衣衛經歷，性剛直，嫉惡如仇。會俺答犯京師，詔廷臣博議，鍊昌言敵由嚴嵩父子，上疏劾嵩十大罪。帝大怒，杖數十，謫佃保安。邊人慕鍊忠義，多遣子弟就學。鍊恨嵩父子，縛草像李林甫、秦檜及嵩，令子弟攢射之。總督楊順、巡按路楷承嵩旨，誣鍊與白蓮妖人閻浩等謀亂，遂棄市。後追諡忠愍，著有青霞集。

❾ 經歷：官名，掌出納移文之事。

寫嚴嵩，師徒們每到文會完時，便各挾弓矢，射這三個草人，賭酒取樂。逢每月初一日，定去居庸關外，痛哭咒罵嚴嵩父子，力盡方回。只兩三個月，風聲傳至京師，嚴嵩大怒，托了宣府巡撫楊順、巡按御史路楷⑪，將我父入在宣化府闖浩等妖黨，同我母一時斬首。又將我兄弟沈褒，立斃杖下。我彼時在家鄉，被地方官拿獲，同小妾一併解京。途次江南，小妾出謀，著我去馮主事家借盤費，解役留小妾做當物，始肯放我去。承馮公贈我數金銀兩，從他後門逃走。流落河南，盤費衣服俱盡，以乞丐為生。今到山東，此地米粟又貴，本地人不肯憐貧，我已兩日夜，一點水米未曾入口。」說罷大哭。

不換道：「你難道就沒個親戚投奔麼？」沈襄道：「親戚雖有，但人心巇嶮⑫難測，誠恐求福得禍。我只有個胞姐，嫁在江西葉家，刻下現做萬年縣教官，因此一路乞丐，要投奔他，還不知我姐夫收與不收？」不換道：「骨肉至親，焉有不收之理？你休慌，只用走數里路，便是德州，到那邊，我自有道理。」沈襄道：「敢問爺臺是那裡人？」不換道：「我是北直隸雞澤縣人，叫金不換，要往浙江去。你快起來，穿了濕衣，隨我到德州走遭。」沈襄想了想，隨即扒起，牽驢同走。到德州旅店安下，不換立即叫小夥計買了些喫食，與沈襄充飢。又要來一大盆火，烘焙衣服，然後到街上，買了大小內外布衣幾件，並鞋襪帽子等類，著沈襄更換了，在店內敘談了一夜。

---

⑩ 韜晦：韜光養晦之省語，謂隱藏才能，不使外露。韜，音ㄊㄠ，藏也。

⑪ 路楷：明汶上人，由進士官御史。嘗以得賄庇楊順，又受嚴嵩囑，翻易前奏，事發，降邊方雜職，復以嵩力累遷戶部主事，坐貪縱削籍。明穆宗隆慶初，被劾論斬。

⑫ 巇嶮：音ㄒㄧ ㄒㄧㄢˇ，本義為艱險難行，在此喻人心之險惡。唐陸龜蒙彼農詩：「世路巇嶮，淳風蕩除。」

次早，不換取出五封銀子，又十來兩一小包，說道：「我的家私，盡在於此，咱兩個停分⓭了罷。」沈襄大驚道：「豈有此理！」不換道：「此理常有，只是你沒有遇著。」說著，即分與沈襄一半。沈襄道：「已叨活命之恩，即或惠助，只三五兩罷了，如何要這許多？」不換道：「你此去江西，定是否極泰來⓮。設或你姐夫不收留，難道又去江西討喫不成？」兩人推讓了十數次，沈襄方纔叩頭收下，感激的銘心刻骨。不換道：「那驢兒你也騎了去罷。」沈襄道：「恩公意欲何為？」不換道：「我如今的心，和行雲流水一般，雖說江浙去到處皆可羈留，並不像你按程計日的行走。有他在我身邊，餵草餵料，添許多不方便。此地是個水路馬頭，各省來往人俱有，非你久留之所，你此刻就起身去罷，我隨後慢慢的行走。」沈襄又要推辭，不換道：「銀子我還送你百餘兩，何在一驢？快騎了去。」沈襄復行拜謝，痛哭不忍分離。不換催促再三，方裝妥行李，兩人一同出門，相隨了六七里，不換看的沈襄騎上驢兒，那沈襄的眼淚何止千行，一步步哭的去了。正是：

好事人人願做，費錢便害心疼。
不換素非俠士，此舉大是光明。

⓭ 停分：平分。唐李山甫項羽廟詩：「停分天下猶嫌少，可要行人贈紙錢。」

⓮ 否極泰來：惡劣的命運到了極點，開始轉為好運。語本周易之泰、否二卦。否，音ㄆㄧˇ，閉塞。

第二十三回　入賭局輸錢賣弟婦　引大盜破產失嬌妻

詞曰：

銀錢原同性命，神仙尚點金丹，得來失去亦何嫌，誰把迷魂陣怨？　賭輸婆娘氣惱，搶來賊盜心歡，須臾本利一齊乾，莫笑貪人無厭。

右調西江月

再說朱文魁自棄絕兄弟回家，日夜想算著要去山東，另立日月，只愁他兄弟文煒萬一回來，於己大有不便。一日，同李必壽抱入八百多銀子，放在殷氏房內。殷氏笑問道：「這是那裡來的銀子？」文魁道：「這是二頃二十畝地價，共賣了八百八十兩，也要算本地好價錢了。」殷氏道：「這住房幾時出脫？」文魁道：「也有了買主，只與二百二十兩，少賣上一百多兩罷，房子原也舊些了。賣契我已書寫，著中見人面交，明日先與二十兩，言明一月後我們搬了房，再交那二百兩。我的事倒皆停妥，你辦的事還沒影響，這山東何日能去？有二弟婦在，不但搬運東西礙眼，這房子怎麼與人家交割？」殷氏道：「我前後勸了他四次，他咬定牙關，要守一年，纔肯嫁人，我也沒法。」文魁道：「等的各項歸結，另想妙法遣除他出門。」又笑向殷氏道：「我今日發了一宗外財。早間未兌地價時，從張四胖子家門口過，被他再三拉入去，說有幾個賭友在內，我只十數骰子，就贏了六十多兩，豈非外財？」說著，從身邊掏出來，打開包兒，笑著在炕上搬弄。殷氏道：「我勸你把這賭忌了罷。咱們也夠過了，萬一輸去幾十兩，豈不後悔？」文魁道：「凡人發財，都走的是運氣。運氣催著來，就有那些倒運鬼白白的送我。不趁手高贏他們，過了時候，就有舛錯了。」殷氏道：「只要常贏不輸纔好。」文魁道：「地價銀可收入櫃中。二相公家事，要著實上緊。」說罷，出外面去了。

次日，文魁正在街上買東西，只見張四胖子忙忙的走來，大笑道：「一地裡尋你不著，不想在這裡。」文魁道：「有何話說？」四胖子將文魁一拉，兩人到無人處，說道：「近日袁鬼廝店內住下個客人，是山東青州府人氏，姓喬，說是個武舉。跟著七八個家人，都穿著滿身紬緞，到本縣城裡城外尋著娶妾，只要好人才，一二千兩也肯出，銀子錢也不知帶著多少。我昨日纔打探明白，今日再三請他，他纔肯到我家中，總要賭現銀子，說明各備三百兩，少了他也不賭。我已請下楊監生叔姪兩個，若講到贏他，必須得你去，別人也沒這高手，也配不上他的大注❶。」文魁道：「這倒是場大賭，只是自備三百兩太多些。」四胖子道：「你的銀子，還怕撐不上楊監生爺兒們麼？」文魁聽得高興，著四胖子等著，他急忙回到家中，向殷氏說明，取了三百兩銀子，到四胖子家內，見正面椅子上坐著一人，但見：

面寬口大，眼睛內露出兇光；頭銳鼻尖，眉毛上包含殺氣。身材高胖，彷彿巨靈神嫡孫；臂骨寬闊，依稀開路鬼胞弟。大吼一聲，必定動地驚天；小笑兩面，亦可追魂奪魄。真是花柳場中硬將，

❶ 大注：一大筆賭注。賭博時所賭的財物稱為注。

賭博隊裡憨爺。

文魁看罷喬武舉，見楊家叔姪也在坐，於是大家舉手，請各上場。四個人共一千二百兩，都交付東家四胖子收存，言明下注不拘數目，每一個錢算一兩銀子，四個人便擲起骰子來。朱文魁聽知喬武舉有錢，買賣骰子，只撲的和他擲，要贏他幾百兩纔樂。擲了沒半頓飯時，喬武舉越贏越氣壯，文魁越輸越氣餒，頃刻將三百兩銀子輸了個乾淨，還欠下四十餘兩，只輸得目瞪口乾，一句話說不出來。喬武舉道：「你的銀子沒了，還欠我四十一兩，若還頑，便不用與我；若不頑，可將這四十一兩找來。」文魁道：「你借與我三百兩，再頑頑何如？」喬武舉道：「只求東家作保，我就借與你。」四胖子見這一場大賭，沒有得多的頭錢，又見楊家叔姪六百銀子，不過折了十來兩，忙應道：「不妨，他輸下多少，只用喬老爺同我要去。」喬武舉道：「他家裡拿的出來還是拿不出來？」四胖子道：「三四千兩也拿得出。」喬武舉道：「既如此，何用你作保同要？他再輸了，我和他要去。」說罷，遞與文魁三百兩，四個人又擲起來。

鬼混了半天，文魁前後共輸六百七十七兩，直輸得和死人一般，大家方纔住手。喬武舉道：「這七兩零兒，我讓了你罷，只用拿出三百七十兩來完賬。尊府在那裡？我同你取去。」文魁此時心如刀刺，欲不去，見喬武舉氣勢利害，必非良善之人；同去又怕殷氏動氣，銀子難往出拿，只急得兩眼通紅，滿臉陪笑道：「明日絕早，與喬老爺送到貴寓何如？」喬武舉道：「這也使得，只要加二百兩利錢。」文魁見不是話，心裡恨不得上吊身死，又勉強道：「你再借與我三百兩頑頑，輸了一總與你何如？」喬武舉道：「你將銀子還了我，我就再借與你。若空口說白話，我總有工夫等你，我的這兩個拳頭等不得。」楊監生道：「朱大哥，這頑錢的事，不是一場就拉回的，過日再頑罷。這位喬客人性子急些，你領上取去罷。」文魁道：「你說的也是，喬老爺請坐坐，我同東家張四哥取去，三百多銀子也還拿得出來。」喬武舉道：「你家是王府公府，朝廷家禁門，難道我走動不得麼？」文魁道：「去來，去來。」說罷，一齊起身，四胖子送出門外。

喬武舉率領家人們，跟定了文魁，到書房中坐下。文魁道：「喬老爺好容易光降，又是遠客，今日就在舍下便飯。」喬武舉道：「我不是少飯喫的人，你只拿出三百七十兩來，我就飽了。」文魁見百計俱不上套，只得垂頭喪氣，走入了內房。殷氏看見，忙問道：「輸了麼？」文魁也不敢言語。殷氏道：「你的手也不高了，也沒有倒運的人白送你了，瞞心欺鬼的弄來，一骰子兩骰子輸去，我將來和你這混賬賊烏龜過日月，陪人家睡覺的日子還有哩！好容易三百兩銀子，當土塊的亂丟。」說著，往後一倒，睡在了炕上。不多時，李必壽跑來說道：「外面那個客人要入來哩，說的不成話。」文魁此時，真是無地可入，將雙眉緊蹙，哀懇道：「是我該死，你只將櫃上鑰匙與我罷。」殷氏大嚷道：「三百兩銀子還沒有輸夠，又要鑰匙怎麼？」文魁跪在地下，自己打了幾個嘴巴，道：「還有三百七十兩未與人家哩！」殷氏聽了，氣的渾身亂抖，將一個鑰匙口袋，從身邊拉斷繩繫，向文魁臉上打去。旋即打臉碰頭，大哭起來，道：「我的銀子喲！你閃的我苦呀！我早知這般不長久，我不如不見你倒罷了。」文魁道：「我的好奶奶，悄聲些兒，休教二相公家聽見了。」殷氏道：「甚麼二相公家三相公家，聽見聽不見！」

正吵鬧著，李必壽又跑入來，說道：「大相公，快起來出去罷，那客人把桌椅都踢翻了，聲聲要拉出去剝皮哩！已走出院來了。」文魁連忙站起道：「你快快向他說，我在裡邊秤兌銀子，就出去。」也顧不得殷氏哭鬧，將櫃子開放，取出三百五十兩，餘外將四小錠揣在懷內。殷氏見拿出一大堆銀子來，越發大哭大叫不已。文魁跑到書房，向喬武舉道：「這是三百五十兩紋銀，實湊不出那二十兩來了。」喬武舉打開都看過，手裡掂了幾掂，估計分兩不錯，著他家人們收了，說道：「二十兩銀子也有限的，將來賭時再扣除罷。」頭也不回，帶領家人們去了。文魁落下二十兩，教李必壽收拾起桌椅，急忙入裡邊安頓殷氏，跪到點燈時候纔罷休。這一天，心上和割了幾片肉的一樣。晚間睡在被內，長吁短嘆，想到疼處，大罵一聲：「薄福的奴才！」自己就打幾個嘴巴。殷氏也不理他，由他自打自罵。

姜氏在後院中，白天裡便聽得兩口子叫吵，此刻又隱隱綽綽聽得罵奴才話，向歐陽氏道：「你去到前邊，聽聽是為甚麼？」歐陽氏道：「不用聽，是為輸了錢，人家上門討要，已經與過，此刻還後悔在那裡。」姜氏道：「你去聽聽，到底輸了多少，那樣吵鬧？」歐陽氏道：「誰耐煩去聽他？」姜氏道：「我一定著你去走遭。」歐陽氏起來，走至前邊窗下，只聽得文魁罵道：「倒運的奴才，你是自作自受。說罷，聽得自己打嘴巴。待了一會，又自打自罵起來。忽聽得殷氏說道：「銀子已經輸了，何苦不住的打那臉？從今後改過，我們怕不是好日月麼？等我設法將禍害頭除去，咱們住在山東，就斷斷一個錢頑不得了。」

歐陽氏正要回去，聽了這兩句話，心下大疑，竟一屁股坐在臺階上，又聽得文魁道：「我想起甚麼來，就被張四胖子那膀奴才勾了去，輸這樣一宗大錢財。」殷氏道：「我還沒問你，今日來要賭賬的是個誰？」文魁道：「是個山東人，姓喬，這小廝甚是有錢，狂妄的沒樣兒。」殷氏道：「他到我們這裡做甚麼？」文魁道：「說他尋的娶妾來了。」殷氏道：「此話果真麼？」文魁道：「我也是聽得張四胖子說。」殷氏道：「大事成了。」文魁道：「成甚麼？」殷氏道：「你有才情打發兄弟，就沒才情打發兄弟的老婆？這喬客人若不是娶妾便罷了，若為娶妾，現放著二相公家，他贏了你六百兩銀子，也是不心疼的錢，怕拿他換不回來麼？」文魁道：「他要守一年纔嫁人，這事何可做得成？」殷氏道：「你連這們個調度都沒有，怪不得憨頭憨腦，六七百家輸銀子。你明日拜拜這喬客人，就問他娶妾的話，他若應承，你就將二相公家許他，只和他要原銀六百五十兩。他若是不看二相公家更妙；若必定要看看，到其間教姓喬的先藏在書房內，我將二相公家誑謊出去，從窗子內偷看。二相公家人才，量他也看不脫。再和他定住個日子，或三更或四更，領上幾個人，預備下一頂轎子，便搶到轎內，就娶的走了。你到這一晚，在家中斷斷使不得，可於點燈後，就去張四胖子家，與他們頑錢去。一個村鄉地方，又沒城池阻隔，只教姓喬的在遠處地方覓魆❷的成了親，立即回山東去，生米做成熟飯，還有甚麼說的？」殷氏道：「萬一姜氏叫喊，段誠家女人不依起來，村中人聽見，拿住我與姓喬的，都不穩便。」文魁道：「我叫你去張四胖子家頑錢，正是為此。況三四更鼓，也沒人出來，即或弄出事來，你現在朋友家一夜未回，有不是，都是搶親的罪犯，告到那裡也疑不到你身上。世上那有個叫著人搶弟婦的，誰也不信這個話。這還是下風頭的主見。我到搶他的這日點燈時候，我多預備幾壺酒，與二相公家較量。他不喫，我與他跪下磕頭，定教他喫幾大杯。他的酒量小，灌他個大醉，著他和死人一般。」文魁道：「若是段誠家女人將來有話說，該怎麼？」殷氏道：「他將來必有話說，你可到縣中遞一張呈狀，報個不知

❷ 覓魆：祕密的。魆，音ㄒㄩˋ，詭譎。

姓名諸人，黌夜搶劫孀婦，遮飾內外人的耳目。姓喬的遠奔山東，那裡去拿他？你做原告的不上緊，誰與他做苦主？」文魁聽了，拍手大笑道：「真智囊，真奇謀，慮事周到，我明日就去辦理。」

歐陽氏聽了，通身汗下，低低的罵道：「好一對萬剮的狗男女！」拿了個主見，走回後房，一五一十說了一遍，把姜氏嚇的魂飛魄散，軟癱下一堆，不由的淚流滿面道：「這事我惟有一死而已。」歐陽氏笑道：「兵來將擋，火來水澆，他們有奇法，我們有妙破，為甚麼就說出個死字來？此事最易處斷，只看他燈後請你喫酒的日子，就是喬賊搶親的日子。我意料喬家斷不敢一二更鼓來，除非到三更內外，到其間，要將計就計，如此如此，怕他飛上天去？」姜氏道：「若他不中我們的計，該怎麼？」歐陽氏道：「他若不中計，我們到一更天後，我和你沿街吆喝，道破原委，先教闔村人知道。本村中好事的人也最多，他這親便有一百分難搶。我同主母在我表嫂張寡婦家暫停一夜，到天明，或告官，或憑人說合評斷，大鬧上一番，將他兩口子前後事件，並前後陰謀，播弄的人人共知，與他們分門另住，等候二相公的歸期。他縱然再要害你，他的聲名已和豬狗一般，必須過得一年半載，方好報復。」姜氏道：「任憑你罷。我今後身帶短刀一把，設或變起不測，不過一死而已，我也不怕了。」

再說朱文魁一早起來，就去在袁鬼廝店中拜喬武舉，兩人敘談起娶妾的話來。喬武舉道：「我各處看了好幾個，沒一個好的。」文魁道：「婦人俊俏的極難，只好百中選一。我也不怕老兄笑話，若講到俊俏兩字，舍弟婦可為一縣絕色。」喬武舉大樂道：「今年多少歲了？有丈夫沒丈夫？」文魁道：「今年二十二歲了，寡居在我家中，無兒無女，只是他立志一年以後纔肯改嫁，不然倒是個好姻緣。」喬武舉道：「可能著我一見不能？」文魁道：「他從不出外邊來，如何得見？」喬武舉笑道：「必定人物中平，因此就不敢著人見了。」文魁道：「中平，中平，老兄真是夢話。」隨將姜氏的眉目面孔，身段高低，誇獎了個天花亂墜。喬武舉聽得高興，笑問道：「可是小腳麼？」文魁道：「腳小何足為貴？若粗而短，軟而無骨，再腳面上有高骨凸起，謂之鵝頭，遠看到也動人，入手卻是一段肥肉，像此等腳，他便是真正三寸金蓮，實連半個狗屁不值。我不該自誇，賤內❸的腳，就是極有講究的了，據他說，還要讓舍弟婦幾分。」

喬武舉聽得高興，不住的在頭上亂拍道：「我空活了三十多歲，只知腳小便好，真是沒見勢面❹之人。」說罷，促膝揉手，笑說道：「這件事，端的要藉重作成方好。」文魁道：「老兄若肯把贏我的六百五十兩還我，我管保事體必成。」喬武舉道：「那有限的幾兩銀子，只管拿去，但不知怎麼個必成？」文魁道：「這必須定住是那一日，或三更，或四更，纔可做。」隨向喬武舉耳邊叮囑，要如此如此。喬武舉聽了個搶字，大喜道：「我一生最愛搶人，此事定在今晚三更後。若講到成親，我的奇祕地方最多，人數可一呼而至。銀子六百五十兩，你此刻就拿去。」又留文魁喫了早飯，低聲問道：「尊府上下有多少人？」文魁道：「男女只六七口。」喬武舉道：「更妙，更妙。」文魁歡歡喜喜，背負了銀子回家，將前後話告知殷氏，殷氏也歡喜之至。

到了燈後，文魁著李必壽看守大門，與他說明緣由，不許攔阻搶親的人，自己往張四胖子家去了。殷氏先著李必壽家老婆拿了一大壺酒，一捧盒喫食東西，擺放在姜氏房內。少頃，殷氏走來，說道：「二

❸ 賤內：謙稱自己的妻子。或稱賤荊、賤室。

❹ 沒見勢面：不了解世間各種社會情形。勢面，同世面。

兄弟家，你連日愁悶，我今日備了一杯水酒，咱姐妹們好好的喫幾杯。」姜氏早已明白了，心上甚是害怕，只愁搶親的來得早。歐陽氏笑道：「這是大主母美意，連我與老李家也要叨福喫幾杯哩。」殷氏大喜道：「若大家同喫，更高興些，只是還得一壺。」歐陽氏道：「我取去。」少刻，與李必壽家女人說說笑笑，又拿了兩壺來。姜氏道：「我的量小，嫂嫂深知，既承愛我，我也少不得捨命相陪。今預先說明，我喫一小杯，嫂嫂喫一茶杯，不許短少。」殷氏知道姜氏量極平常，打算著七八小杯，就可停當，於是滿臉陪笑道：「就是你一小杯，我一茶杯罷。」歐陽氏向李必壽家道：「大主母酒你斟，二主母酒我斟，每人各守一壺，不許亂用，也不許斟淺了，都要十分杯，誰錯了罰誰十杯。」殷氏著他兩個也坐了，四個婦女喫起來。沒有十來杯，李必壽家女人便天地不醒，歪在一邊。殷氏也喫的秋波斜視，粉面通紅，口裡不住說姜氏量大，與素日迴不相同。原來姜氏喫的是一壺茶，殷氏那裡理論？兩個人逼住一個，殷氏頭前還顧得杯杯相較，次後便混喫起來，杯到口就乾，那裡還記得搶親的話說，直喫得立刻倒在一邊，不省人事。

歐陽氏見他二人俱醉倒，又拿起壺來，在他二人口中灌了一會，方纔同姜氏到前邊房內。歐陽氏用炭鎚打開了櫃上鎖子，將銀子取出。姜氏只帶了一百五十兩，就覺得沈重的了不得。歐陽氏頗有氣力，儘帶了七封銀兩，回到後邊，將預備現成的靴帽衣服穿襯起來，兩個都扮做男子，開了後門，一直往西北上行去。這都是歐陽氏早已定歸停妥的，一個裝做秀才，一個裝做家僕。剛走出巷口，姜氏道：「你日前說離本村三十八里，有個王家集，是個大鎮子，可以僱車奔四川道路。似此黑洞洞的，身邊又覺得沈重，腳底下甚是費力，該怎處？」歐陽氏道：「昏夜原難走路，只用再走兩條巷，村盡頭處便是吳八家店。他那裡有七八間住房，不拘怎麼，將就住上一夜。他若問時，就說是城中人尋朋友，天晚不遇，明日天一亮即起身，端的人認不出。」

不言兩人逃去。且說喬武舉，他的名字叫喬大雄，是大寇師尚詔的一員賊將。他們的黨羽，也不下四五萬人，立意要謀為叛逆，在各山停留者一半，其餘都散在四方。河南通省，每一州縣俱有師尚詔一個頭目，率領多人，日夜在城鄉堡鎮閒蕩，採訪富家大戶的跟腳，或明劫，或竊取，弄得各衙門盜案不一。又差人在賭場中，引誘無賴子弟入夥。喬大雄就是虞城縣一路頭目，今日朱文魁著他搶奪弟婦，正碰在他心上，因此他將六百五十兩銀子立即付與，原是個欲取姑與❺之意，倒還不在婦人好醜上計較。這日三鼓以後，打探得街上無人，積聚了六七十賊人，在村外埋伏了一半，自己帶了三十餘人，抬了轎子，前前後後的行走。到文魁門首，李必壽知道是搶親來的，連忙開門放入。眾賊一進門，先將李必壽口中塞了個麻繩蛋子，捆綁起來。然後把大門閉了，點起火把，分頭查照入去。見殷氏容貌嬌好，睡在了炕上，喬大雄道：「就是他！」眾人抱入了轎內。又復打開了各房箱櫃，將衣服首飾銀錢，凡值幾個錢的東西，搜取一空，只留下些粗重之物。唿哨了一聲，將殷氏擁載而去。

到了天微明，文魁借了個燈籠，回家來打聽。見門戶大開著，心中說道：「這李必壽真是無用，搶的人去，也不收拾門戶。」反至到了二院，見李必壽被綁在柱上，不由的大驚失色，問他又不說話，只是蹙眉點頭。文魁情知有變，急忙跑入內裡，見箱櫃丟的滿地，各房內諸物一空，從頂門上一桶冷水，

---

❺ 欲取姑與：想要奪取別人的東西，一定要先給他一點好處。韓非子喻老：「將欲取之，必固與之。」老子第三十八章：「將欲奪之，必固與之。」

直淙到腳心底。急去尋殷氏，只見李必壽家女人坐在地下哭，不想眾賊因他喊叫，打傷了腳腿，忙問道：「你大主母那去了？」婦人道：「我耳中聽得人聲嘈雜，看時見有許多人入來，被一人將大主母抱出去了。」又問：「二主母哩？」婦人道：「我沒見下落。」文魁用拳頭在自己心上狠打了兩下，一頭向門上觸去，跌倒在地，鮮血直流。

李必壽家女人嚇的亂吼亂叫，過往人見門戶大開著，又聽得有婦人叫喊，大家一齊入去，見李必壽被綁在廳柱上，取了口中的麻蛋子，纔說出話來，方知道是被賊打劫。到後院將文魁攙扶出來，問他緣故，文魁只是搖頭。眾人與他包了頭，頃刻鬧動了一鄉，俱來看問稀奇事。只因文魁做人不好，沒一個不心上快活的。地方鄉保鄰里人等，不敢擔承，都去稟報本縣。文魁也只得寫一張呈詞，將賣弟婦話不題，只言在張四胖子家，與山東青州府人武舉姓喬的同賭，將輸銀坐索，明火打劫家中銀錢衣物，並搶去嫡妻弟婦僕婦等情細述，後面開了一張大失單，投控入去。縣官見事體重大，一面申報各憲，一面將開場同賭並店家袁鬼廝，以及鄰舍地方人等，一齊拿去訊問。又分遣幹役，限日查拿。文魁一夜之間，弄了個家產盡絕，將老婆也賠墊在內，豈非奇報？正是：

周郎妙計高天下，賠了夫人又折兵❻。

大造❼若無速報應，人間何事得公平？

---

❻ 周郎妙計高天下二句：三國演義第五十五回：「周郎妙計安天下，賠了夫人又折兵。」

❼ 大造：本謂成大功，在此作造物主解。

第二十四回　恤貧兒二士趨生路　送貞婦兩鬼保平安

詞曰：

蕭蕭孤雁任天涯，何處是伊家？宵來羽倦落平沙，風雨亦堪嗟。蓬瀛瑤島知何處？羞對故鄉花。

關山苦歷泣殘霞，隨地去，可棲鴉。

右調關山令

且說冷于冰自那日斬了妖黿，隨處遊行，救人患難疾苦。又到雲貴、福建、兩廣地方，遍閱名山大川，古洞仙跡，凡碧雞、點蒼、金蓮、玉筍、煙蘿、銅鼓、紅崖、鹿角等處勝景，無不走到。因心戀峨眉，復與木仙一會，臨行送茶杯大桂實二個。遊罷峨眉，入成都省會，見山川風景，真乃天府之國，為前朝帝王發祥之地。遊行了半天，厭惡那城市繁華，信步出了東門，此時已日落時候，早看見一座廟宇，約在二三里遠近。款款行去，見廟已損壞，內外寂無一人，正殿神像盡皆倒敝，東西各有禪房。先到東禪房一看，地下鋪下些草節，不潔淨之至。隨到西禪房，就坐在地下道：「今晚在此過宿罷。」說著，凝神瞑目，運用回光返照的工夫。

將到昏黑時候，只聽得有人到東禪房內，又聽得一人問道：「你來了麼？」那人應道：「來了。」

于冰聽了道：「我這眼昏黑之際，可鑑百步，無異白晝，怎麼倒沒看見那邊房內有人？想是他畏寒，身在草下，也未可知。」只聽得一人問道：「此刻身上好些麼？」一個回答道：「今日下半天少覺輕爽些。」一個道：「有討來稀粥半瓢，還是熱的，相公可趁熱喫些。轉刻❶冷了，害病的人如何喫得？」一人道：「我肚中也覺得有些飢，你拿來我喫幾口。」一個道：「如今好了，春間天氣溫和，飯也比前易討。去年冬天和今年正月，真正凍死餓死，兩個人討的還不夠一個人喫。相公要放開懷抱，過到那裡是那裡，或者上天可憐，有個出頭日子，也未敢定。」又聽得咶咂有聲❷，像個喫的光景。

于冰聽了半晌，心裡說道：「這是兩個討飯喫的乞兒，怎麼一個稱呼相公？」又聽得一個道：「我的哥哥倒回家多時了。」一個道：「那樣變驢的東西，相公說起來，便哥哥長短，真令人不服。若論起幫林相公那三百多銀子，就到如今，苦到這步田地，不但相公，就是我也沒一點後悔。」一個道：「想他夫妻二人，自然也早到荊州了，還不知那林總兵相待何如？」于冰聽了這幾句話，那裡還坐的住？起來走入東房內，只見一年紀四十餘歲人，看見于冰，連忙站起道：「老爺是貴人，到此地何事？」于冰道：「偶爾閒行。」問地下躺著的是誰，那人道：「小人叫段誠，這害病的是小人主人。」于冰道：「何處人氏？」段誠道：「我主人是河南歸德府虞城縣人，姓朱名文煒，現做歸德府廩膳秀才。」于冰微笑了笑，又見那文煒說道：「晚生抱病，不能叩拜，祈老先生恕罪。」

于冰也就坐下，問道：「尊駕害何病症？」文煒道：「乍寒乍熱，筋骨如酥，頭痛幾不可忍。」于

---

❶ 轉刻：不久，與轉眼義同。

❷ 咶咂有聲：發出咶咂的聲音。咶咂，音ㄍㄨㄚ ㄗㄚ。

冰道：「此風寒飢飽之所致也。」問段誠道：「有水沒有？」段誠道：「此處無水。」于冰道：「適纔稀粥喫盡了沒有？」段誠道：「還有些。」于冰道：「有一口入肚，即可以愈病矣。」教段誠拿來，在粥內畫了一道符，令文煒喫下。文煒見于冰丰神氣度，迥異凡流，忙接來喫在腹中，真如乾露洗心，頓覺神清氣爽，扒起來，連連叩頭道：「今朝際遇上仙，榮幸無既❸。」又問于冰姓諱，于冰道：「我廣平冷于冰是也。纔在西禪房，聞盛价有幫助林相公三百多兩之語，願聞其詳。」文煒淚流滿面道：「若提起這件事，便是晚生乞丐之由了。」遂將瓬般離家，父死任內，瓬般討賬，遇林岱賣妻，贈銀三百二十七兩，又代當行李，打發起身往荊州，述說一遍。于冰道：「此盛德之事，惜乎我冷某未曾遇著，讓仁兄做訖。」段誠又說到文魁瓬般分家，瓬般打罵，趕逐出廟，獨自回鄉，文煒又接說投奔崇寧縣被逐出境外，始流落在這廟中，主僕討喫度命。說罷，放聲大哭，段誠亦流淚不已。

于冰亦為惻然，說道：「朱兄如此存心行事，天必降汝以福。」文煒又言河南路遠，意欲先到荊州，投奔林岱，苦無盤費，只索在此地苟延殘喘。于冰道：「送兄到河南，最是容易。但令兄如此殘忍，何難再伸辣手，誠恐傷了性命，反為不美。不如先到林岱處，另做別圖。所慮者，林岱若不得時，你主僕又只得在荊州乞丐，徒勞跋涉，無益也。我亦在此住一半天，你二人明早仍去乞食，到第三日早間，我自有裁處。」說罷，舉手過西禪房去了。文煒主僕互相疑議，也不敢再問。于冰叫出逐電、超塵二鬼，祕祕吩咐道：「你兩個此刻速到湖廣荊州府總兵官林姓衙門，打聽四川秀才林岱夫妻在他衙門內沒有。如在，再打聽他景況好不好，限後日五鼓報我知道。」二鬼領命去了。

❸ 榮幸無既：非常榮幸。無既，無窮。

次早，文煒主僕過來拜見，于氷令二人依舊出去行乞。到第二日午盡未初時候，二鬼早行回來，稟覆道：「荊州總兵叫林桂芳，年六十餘，無子，如今將林岱收為己子。內外大小事務，俱係林岱總理，父子甚相投合。」于氷收了二鬼。午後，文煒同段誠回來，于氷道：「我已查知，林岱夫妻在荊州總兵林桂芳署內甚好，你們去投奔他，再無不照拂之理。我今歲從家中帶出銀二百三十兩，已用去二百多兩，今只有十八兩多銀子。目今三月，正值桃花水汛，搭一隻船，不數日可到。此銀除一路盤費外，還可買幾件布衣，就速速尋船去罷。」隨將銀子付與。主僕二人，喜歡的千恩萬謝，叩拜而去。

于氷出了廟中，走至曠野，心喜道：「今日此舉，不但全了朱文煒，兼知林岱的姓名下落，又教我放心了一處。」又走了數步，猛想起：「文煒不知有妻子沒妻子？如無妻子罷了，若有妻子，他哥哥文魁已回家半載有餘，定必大肆淩逼，庸平婦人改嫁倒罷了，設或是個貞烈女子，性命難保。」想罷，急回廟中要問這話，奈他主僕已去。于氷還望他回來，等了一會，笑道：「河南可頃刻而至，何難走遭？況別連城璧已及三年，也須與他想個落腳處，豈可長久住在金不換家？直隸亦須一往。」於是於無人之地，駕起風雲，早到虞城縣地界，將超塵喚出，吩咐道：「你去虞城縣朱文魁家，查他兄弟朱文煒有妻子沒有，刻下是何光景，朱文魁夫婦相待何如，詳細打聽，莫誤。」超塵去了一個多時辰，不見回來，于氷深為怪異。又叫出逐電查覆。少頃，二鬼在道上相遇，一同回來。超塵禀道：「小戶人家，非名門仕宦可比，最難訪查。況他家又住在栢葉村，離縣七十里，鬼頭在城中遍訪，始知其地。到他家細問戶竈中霤諸神，已訪得明白。」遂如此這般，細說了一遍。又言：「前日晚間起更時分，姜氏同段誠女人歐陽氏，俱假扮男子，分帶銀五百兩，欲奔四川尋朱文煒去，本日住在吳八店中，昨日只走了十五里，住在何家店中。今日縱快也不過走十數里，此刻大約還在西大路上行走。」

于氷大笑道：「果不出吾之所料，幸虧來得不遲不早。四川道路，豈是兩個婦人走的？還得我設處一番。只是朱文魁固屬喪心，其得禍亦甚慘，若非歐陽氏兩次竊聽，姜氏亦難瓦全也，足見上天報應甚速。」再看日已西斜，收了二鬼，急忙借土遁向西路上趕來。不過片時，見來往人中，內有兩個人異樣，頭前一個穿灰布直裰❹，像個家僕打扮；後面跟著一個穿著藍衫，儒巾皂靴，步履甚是艱苦，文雅之至。

于氷緊走了幾步，到他跟前一看，但見：

頭戴儒巾，面皮露脂粉之色；身穿闊服，腰圍現媲娜之形。玉項低垂，見行人含羞欲避；柳眉雙鎖，愁遠路抱恨無涯。靴底厚而長，疑是凌波襪包襯未緊；袍袖寬而大，莫非鮫綃鶩裁剪不齊？容貌端妍，實有子都之韻❺；肌骨薄弱，卻無相如之渴❻。宜猜繡幃佳人，莫當城闕冶子❼。

于氷見他羞容滿面，低頭不敢仰視，心下早已明白，也不問他話，離開了七八步，在後面緩緩隨行。看見百步外有一店，兩個人走入去了。于氷待了一會，也入店內，見他兩個在東下房北間，于氷就住了對面南間，總是一堂兩屋的房。少刻，小夥計問于氷飯食，言每頓大錢四十五文，房錢不要。于氷道：「我

❹ 直裰：即長袍。裰，音ㄉㄨㄛˊ。

❺ 子都之韻：子都一樣的美貌神韻。子都，古美男子名。孟子告子上：「不知子都之姣者，無目者也。」

❻ 相如之渴：漢司馬相如，字長卿，長於辭賦，娶卓文君，後以消渴病（糖尿病）卒。

❼ 城闕冶子：城市中冶遊放蕩的人。

起身時，如數與你，飯是不喫的了。」小夥計去對過打發飲食。須臾，又送入燈來。于冰忖度道：「此刻人尚未靜，須少待片刻，再與他們說話。」又待了一會，見門戶早已關閉，于冰道：「這也是他迴避人的意思，我也不必驚動，且等到明日再說。」依舊回南屋打坐。

次日天明，聽得北房內說話，商量要僱車子。于冰看了看，見已開門，便走入北房，舉手道：「老兄請了。」只見姜氏甚是著慌，歐陽氏道：「相公有何見諭？」于冰坐在地下板凳上，問姜氏道：「老兄貴姓？」姜氏也只得答道：「姓朱。」于冰又問道：「尊諱？」姜氏沒有打點下個名字，便隨口應道：「賤名文煒。」于冰道：「是那一縣人？」姜氏道：「虞城縣栢葉村人。」于冰道：「這是屬歸德府管轄了。」姜氏道：「正是。」于冰道：「這也是個大奇事。」歐陽氏道：「一個名姓地方，有何奇處？」于冰道：「天下同名同姓者固多，也沒個連村莊都是相同的。我今年在四川成都府東門外龍神廟中，見一個少年秀才，名姓地方與老兄相同，還跟著個家人叫做段誠。」姜氏忙問道：「此人在四川做甚麼？」于冰道：「一言難盡，他有個哥哥叫朱文魁。」隨將成就林岱夫妻，並他哥哥如何長短，詳說了一遍。姜氏道：「這諱文煒的與我最厚，既言被他哥哥趕逐，不知他近來光景何如？棲身何地？」于冰道：「他如今困苦之至。」又將文煒投奔崇寧縣被趕逐出境，又不好再回金堂，無奈住於成都關外龍神廟中，主僕輪流討飯喫，「老兄既言交厚，我理合直說。」姜氏同歐陽氏聽了，立即神氣沮喪，歐陽氏還撐得住，姜氏便眼中落下淚來。若不是對著于冰，便要放聲大哭。

于冰道：「老兄聞信悲傷，足見契厚。」歐陽氏問道：「老相公尊姓？」于冰道：「我姓冷，名于冰，直隸成安縣人。」歐陽氏道：「老相公適纔說今年見他兩人，此時還是三月上旬，好幾千里路，不知是怎樣個走法？」于氷心裡說道：「怪不得此婦與他主母出謀定計，果然是個精細人。」因笑說道：「是我說錯了，我是昨年十月裡見他們。」歐陽氏道：「這就是了。我說如何來的這樣快。」姜氏拭去眼淚，又問道：「先生沒問他幾時回家麼？」于氷道：「我見他時，他正害病。」姜氏驚道：「甚麼病？可好了麼？」于氷道：「也不過風寒飢飽勞碌鬱結所致病，是我與他治好了。至於歸家之念，他無時不有，只是他主僕二人，一文盤費沒有，如何回來？我念他窮苦，又打聽得林岱與荊州總兵林桂芳做了兒子，大得時運，我幫了他十八兩銀子，打發他主僕去荊州後，我纔起身。」姜氏聞聽大喜道：「先生真是天大的恩人。我磕幾個頭罷。」說罷，恰待下床叩謝，歐陽氏悄悄的用手一捏，姜氏方纔想過來。又問道：「他到荊州，林岱定必幫助，倒只怕一半月，也可以到來。」于氷道：「他因他哥哥不仁，回家恐被謀害，定要久住荊州。臨行再三囑托我，務必到栢葉村面見他妻子姜氏，有幾句要緊話著我說。我受人之托，明日還得去尋訪這栢葉村方好。」姜氏道：「我就是栢葉村人，他的眷屬從不避我，有甚麼要緊話，和我說一樣。」

于氷笑道：「豈有人家夫妻的話向朋友說的？」姜氏心急如火，又不好催逼。歐陽氏心生一計道：「老相公實對你說罷，我們這位相公行三，叫朱文蔚，是朱文煒的胞弟，所以纔是這般著急，原是骨肉，說說何妨？」于氷大笑道：「既如此，我說了罷。令二兄起身時，言令大兄文魁，為人狡詐不堪，回家必要謀害。他的妻子姜氏，恐怕不能保全，著姜氏同段誠家女人，同到我家中住一二年，等他回來，再商量過法。」歐陽氏道：「尊府離此有多遠？」于氷道：「離此也有二千餘里。」歐陽氏道：「可有親筆書信沒有？」于氷道：「一則他二人行色匆匆，二則一個做乞丐的，那裡有現成筆硯？書字是沒有的。」

姜氏聽了，看歐陽氏舉動。歐陽氏低頭沈吟，也不言語。

于氷道：「你們的意思，我明白了。你們為人心不測，怕我把姜氏拐帶他鄉，豈可冒昧應許？荊州斷無夫妻同去之理，家中又無安身之策，因此心上作難。」歐陽氏仍是低頭不語。于氷道：「你們不必胡疑忌於我，我從三十二歲出家，學仙訪道一十九年，雲遊天下，到處裡救人危急，頗得仙人傳授，手握風雷，雖不能未動先知，眼前千里外事件，如觀掌上。」歐陽氏道：「老相公既有此神術，可知我的名字叫甚麼？」于氷大笑道：「你就是段誠妻房歐陽氏，他是文煒妻房姜氏。」兩人彼此相視，甚為駭然。于氷道：「我原欲一入門便和你們直說，恐你們婦人家疑我為妖魔鬼怪，倒難做事。因此千言萬語，寧可費點唇舌，只能夠打發你們起身就罷了。不意你們過於小心精細，我也只得道破了。」姜氏大為信服。歐陽氏又笑道：「老相公可知道我們此番是如何出門？」于氷道：「你們是大前日晚上，將殷氏同李必壽家灌醉，一更時出門，在吳八家店中住了一夜，第二日又在何家店中，昨日方到此處。此番你主母不遭賊人喬大雄搶去，皆你兩次在殷氏窗臺階下竊聽之力也。」歐陽氏聽罷，連忙扒倒，在地下亂叩頭。姜氏也隨著扣拜，口中亂叫：「神仙老爺救命！」于氷著他二人起來，問道：「可放心到我家去麼？」歐陽氏道：「這若不去，真是自行死路了。」于氷道：「我有妻有子，亦頗有十數萬兩家私。你二人守候一年半載，我自然替你們想夫妻完聚之法。再拿我一封詳細家書，我家人自必用心照料，萬無一失。但你們鞋弓襪小，怎能遠歷關山？我與你們僱車一輛，再買辦箱籠被褥，我暗中差兩個極妥當人相送。若遇泥濘道路，上下險坡，少不得下車行走。設或覺得有人攙扶你們，切不可大驚小怪，此即吾所差送之人。」姜氏道：「被褥是必用之物，箱籠可以不必。」于氷道：「五百兩銀子，可是你兩個身邊常常帶的東西麼？」兩婦人又從新扒倒叩頭。于氷又道：「你們在此再住一天，明早上路，我好從容辦理。但我身邊沒有銀子，此事二十多兩可行。」姜氏忙從懷中取出一封銀子付與。

于氷去了。到午後，僱來一老誠車夫，牲口亦皆健壯，小夥計從車內抱入紬子被褥二件，布被褥二件，被套一個，箱籠一個，鎖子一把，大錢八千餘文，又錢袋一個，絨氈一條，雨單兩大塊。于氷道：「車價銀二十四兩，我已與過十二兩，餘銀到成安再與，是我與車夫說明白的。箱籠被褥等物，共用銀九兩五錢，交付姜氏，將餘銀收訖。」說罷，到南間房內，和店東借了筆硯，封寫家書。燈後閉門打坐，姜氏和歐陽氏亦不敢絮聒。至次日早，于氷將家信一封，付與歐陽氏道：「到成安，交小兒冷逢春。外有符一道，可同那幾百銀子，俱放在箱內，搬運時，不過三二斤重，可免人物色。」隨到無人處，叫出超塵、逐電，吩咐道：「你兩個可用心一路扶持姜氏主僕，到成安縣我家內安置。箱籠內有神符一道，務必取回。此差與別差不同，須要倍加小心誠敬，我記你們第一大功。若敢生半點玩忽之心，經吾查知，定行擊散魂魄，慎之，慎之！」二鬼道：「回來到何地銷差？」于氷道：「到雞澤縣金不換家回覆我。」

于氷吩咐畢，回來又叮囑車戶，然後打發姜氏主僕起身。兩婦人跪懇于氷同去，于氷道：「我的事體最多，況有我書信，和我親去一樣。一路已差極妥當人隨地護持，放心，放心。到成安縣中，只問舉人冷逢春家就是。」姜氏甚是作難，于氷催逼上車，起身去了。于氷亦隨後駕雲赴雞澤縣，探望連城璧。

正是：

為君全大義，聊且助相缺。

夫婦兩成全，肝腸千古熱。

第二十五回　出祖居文魁思尋弟　見家書卜氏喜留賓

詞曰：

荊樹一伐悲雁旅，燃萁煎豆淚珠淋，木本水源宜珍重，且相尋。客舍陡逢羞莫避，片言道破是知音。異域他鄉恰素心，幸何深。

右調花山子

再說朱文魁被大盜劫去家財妻子，自己頭上又撞下個大窟，滿心裡淒涼，一肚子氣苦，虞城縣傳去問話，頭上包裹不甚嚴密，受了些風吹，回到家中，膀腫起來，腦袋日大一日。李必壽只得與他延醫調治，方得腫消痛止，慢慢的行動。又過了一兩天，親自到縣裡打聽拿賊的音信並妻子的下落。問了問，纔知本縣行文到山東青州府去，照會喬武舉有無其人。拿解的話說，詢問捕役們，都說各處遍訪，蹤影全無。抱恨回來，逐日家悲悲啼啼，哭個不止。又想起房價銀尚未歸結，遂到買主家說話。買主道：「你今日搬了房，今日銀子就現成。」文魁妻財兩空，那裡還有山東住的心腸？在本村看了一處土房，每月出二百文房錢。又想了想，家中還有些箱櫃桌椅、磁錫鐵器等物，到此際留之無用，棄之可惜，就一齊搬來，這幾間土房內也放不了許多，又且是些粗重東西，僱人抬送，也得費錢，於是又到買房人家，說了情節，要減價一總賣與。買主憐念他遭逢的事苦，又圖占他點便宜，同他看視了一番，開了個清單，把價錢講明，連房價一共與了他三百七十兩。

文魁也無心揀擇吉日，收了銀子，就同李必壽夫妻二人，帶了幾件必用的器物，搬入土房內居住。將房價並賣了家器銀子打開，從新看過，又用戥子俱歸併為五十兩一包，餘銀預備換錢零用。收拾將完，猛將房子四下一看，竹窗土壁，那些椽一條條看得甚是分明，上面連個頂棚沒有。回想自己家中光景，何等體局，孰意幾天兒就弄到這步田地，不由的呼天籲地，大哭起來。哭了一會，倒在炕上，千思百慮，覺得這後半世沒個過頭，欲要帶銀兩尋訪妻子，又不知他被劫何地。看捕役們的舉動，日受比責❶，是個實在拿不住，並非偷閒玩忽。山東行文查問，看來也是紙上談兵。自己又知道素日得罪鄉里，可憐者少，暢快者多，將個飽暖有餘的人家，弄了個一掃精光，想到極難處，又大哭了一番。

猛然想到文煒、段誠身上，不禁拍胸大恨道：「沒人心的奴才，你只有一個兄弟，聽信老婆的言語，日日相商，做謀奪家產的想頭。後到四川，因他幫了姓林的幾百銀子，藉此便動離絕之念。若講到胡花錢，我一場就輸了六百七八十兩，比他的多出一倍。他花的銀子，是成全人家的夫妻，千萬人道好。我花的銀子，白送了強盜，還貼上老婆，搭了弟婦，把一個段誠家女人也被他捎帶了去。銀錢諸物，洗刷一空，房產地土，統歸外姓。我臨行只與我那兄弟留了十兩銀子，能夠他主僕二人幾日用度？且又將父親靈櫬置之異鄉，他生養我一場，反受其害，丟與我那窮苦兄弟，於心何安？我起身時，九月將盡，他只穿著單衣兩件，又無盤費被褥，三冬日月❷，縱不凍死，定行餓死。」想到此處，痛淚交流。自己罵

---

❶ 日受比責：每日受到追比責罰。比，限警吏於一定時間內捕獲人犯。

了聲：「狠心的奴才！」打了十幾個嘴巴。又想起兄弟素常好處：「在慈源寺中，打了他三四次，並未發一言。講到分家，倒是段誠還較論幾句，他無片語爭論，就被我立刻逐趕出去，我便偷行回家，不管他死活。」想到此處，又打了幾個嘴巴，罵道：「奴才！你分的家在那裡？妻子銀錢在那裡？田地房產在那裡？我這樣人，活在世上，還有甚麼滋味？」恨將起來，將門兒關閉，把腰間的絲帶解下，面向西，叫了兩聲兄弟，正欲尋上吊的地方，忽回頭，見桌上堆著二三百兩銀子，還未曾收藏，復回身坐在床沿上拿主意。

李必壽家兩口子在下房內聽得文魁自罵自打，好半晌，也不敢來勸他。此刻聲息不聞，又看見將門兒關閉著，大是驚異，連忙走來，推門一看，不想還在床上坐著。文魁看見，大喝道：「去罷，不許在此混我的道路！」李必壽連忙退回。文魁想了半日，忽然長嘆道：「我何昏憒至此？現放著三百七八十兩銀子，我若到四川，不過費上五六十兩，還有三百餘兩，尋著兄弟，將此與他，也省的白便宜外人，再與他商酌日後的結局。設或他凍餓死，也是我殺了他，就將此銀與段誠，也算是跟隨他一場。然後我再死不遲。」又想及山東關拿喬武舉：「老婆已成破貨，無足重輕。若拿住喬武舉，追贓報仇，也算是至大的事體。我意料文書至遲再不過耽延上數天，到底該等一等下落為是。」主意定了，依舊隨緣度日起來。

再說姜氏自冷于冰僱車打發起身後，一路上行行止止，出店落店，多虧二鬼扶掖，無人看出破綻。姜氏係于冰早行說明，暗中有兩個妥當人相幫，起初二鬼扶掖時，眼裡又看不見，不知是神是鬼，心上

❷ 三冬日月：寒冬季節。陰曆十月為孟冬，十一月為仲冬，十二月為季冬，合稱三冬。

甚是害怕。過了兩三天後，視為尋常，披霜帶露許多日子，方到了成安縣。入的城來，車夫沿路問舉人冷逢春住在何處，就有人指引道：「從大街上轉西，巷內有一處高大瓦房，門外立著旗杆，還有金字牌匾，最是易尋的。」車夫將車兒趕到門外，歐陽氏先下車來，門上早有人問道：「是那裡來的？」歐陽氏道：「是尊府太爺冷諱于氷打發來的，有要緊話說。」門上人道：「于氷兩個字，係我老主人的諱，你少待片刻，我去與你通報。」又道：「客人貴姓，也該說與我知道。」歐陽氏指著姜氏道：「那車中坐的，便是我主人，姓朱，河南人。」門上人去不多時，出來說道：「請客人裡邊相會。」歐陽氏扶姜氏下車，走到二門前，見一少年主人，跟著四五個家人，迎接出來，向姜氏舉手。姜氏從入了城，便心跳起來，此時又羞又愧，也只得舉手還禮。

到了廳上，揖讓就坐。冷逢春問道：「老長兄可貴姓朱麼？」姜氏道：「姓朱，名文煒，河南虞城縣人。」問逢春道：「老長兄尊姓？」歐陽氏連忙遞眼色，姜氏臉就紅了。逢春道：「弟姓冷，名逢春，這就是寒舍。敢問長兄在何處會見家父？」姜氏道：「是在河南店中相會，有書字在此。」逢春大喜。歐陽氏從懷中將書字取出，逢春接來，見字皮上寫著：「冷不華平安信，煩寄廣平府成安縣，面交小兒逢春收拆。」背面寫著年月日，「河南虞城縣封寄」。逢春見是他父親親筆，喜歡的如獲至寶。左右獻上茶來，逢春道：「家父精神何如？」姜氏道：「極好。」逢春也顧不得喫茶，將茶杯遞與家人，就將書字拆開細看，見上面寫著前歲春間，藉遁法走去情由，下面就敘朱文煒前後原故，看到「姜氏女換男裝，帶領家人，是段誠婦人」，逢春便將姜氏和歐陽氏上下各看了兩眼，把一個姜氏羞的滿面通紅，真覺無地縫可入。歐陽氏雖然老作❸，也覺得有些沒意思起來。

逢春看到後來著他母親同他媳婦早晚用心管待，飲食衣服，處處留神，又言他夫妻自有相會之日，字尾上面寫著幾句雲遊四海的話，並勉勵子孫，又囑咐逢春遠嫌迴避，使有男女之別，逢春看完，見姜氏羞慚過甚，坐立不安，也不好再相問答，吩咐家人們道：「你們都出去，一個不許在此伺候。照料車夫酒飯，並牲口草料，將客人的行李且搬在太太房內。」眾家人俱皆退去。逢春向姜氏舉手道：「弟失陪了，容稟知家母，再請臺駕相見。」說罷，拿著書字，笑著入屏風後面去了。姜氏見廳內無人，向歐陽氏道：「這位就是冷先生的兒子，不想是個大家，若再問我幾句，我實實的就羞死了。」歐陽氏道：「這叫個醜媳婦少不得見公姑，既來投奔，尚有何說？我纔見這位冷大爺，自看字後，一句話也不問，且吩咐家人們迴避，倒還是個達世故的人。」

不言二婦人談論，再說冷逢春拿了書字，剛到廳屋轉身後，見母親卜氏早已在此偷看，遂一同走入內房，卜氏道：「外面家人們說入來，你父親托一少年秀才，送書信到此。我去偷看，怎麼你父親便認得他，寄得是甚麼書信，我看這少年的人才，比你高出十倍。」逢春大笑道：「他的人才，理該比我高幾倍纔是。」卜氏道：「這是怎麼說？」逢春照字內話，將前後原由，詳細告訴，卜氏同兒媳李氏，笑個不止。逢春又將于氷書信念了一遍，卜氏差一家人媳婦出去相請，自己同兒媳俱換了新衣服，在院中等候。眾家人聽得說是兩個女人，大大小小，都跑入內院，看客人如何行禮，被卜氏都罵了出去。

不多時，姜氏同歐陽氏入來，卜氏迎接到中院過庭內，姜氏就要叩拜，卜氏道：「且請到東房更換了衣服，我們行禮罷。」姜氏看見這許多婦女，倒覺得可羞些。走入東房，只見兩個家人媳婦，一個捧

❸ 老作：老氣；老練；老到。語出金瓶梅第五十八回。

著衣服，一個捧著個匣兒，放在炕上，笑說道：「這是我家太太著送了來，請朱奶奶換衣服，匣子內俱是簪環首飾。」說罷，兩人將門兒倒關上，出去了。姜氏向歐陽氏道：「你看他們大人家用的人，都是知行款的❹。」主僕兩個，各將靴襪拉去，除去頭巾，看衣服，一套緞子氅裙，並大小襯襖；一套是綾紬氅裙，也有大小襯襖，是與歐陽氏穿的，件件皆都簇新。匣子內，金珠首飾，各樣全備。

須臾，穿換停當，頃刻變成一對婦人，到堂前與卜氏行禮，次與李氏平拜。讓到第四層院內卜氏房中坐下，歐陽氏也磕了頭，侍立一傍。姜氏道：「孤窮難女，遭家變故，投奔於二千里之外，得邀收留，榮幸曷極？雖固是冷老先生拯溺救焚，要皆老太太同令媳太太垂青格外，使斷梗飄蓬之人，不致為強暴所污，死喪溝渠，皆盛德鴻慈所賜也。異日拙夫或得苟全性命，惟有朝夕焚頂，共祝福壽無疆已爾。」卜氏道：「適纔小兒讀拙夫手書，雖未能盡悉原委，亦可以略知大概。令夫君遭惡兄肆毒，真是人倫大變，千古奇聞。老賢姐娉婷弱質，日居虎穴龍潭之中，且有大智慧以李易桃❺，得全白璧，較刎頸芝娘❻、劓目盧氏❼，又高出幾倍矣。冰操淑範，我母子無任佩服。今蒙不棄蝸居❽，殊深欣慰。」姜氏又要請

❹ 知行款的：懂得規矩禮貌的。行，音ㄏㄤˊ。

❺ 以李易桃：同李代桃僵，喻以此代彼。語本宋書樂志雞鳴高樹顛：「桃生露井上，李樹生桃傍。蟲來齧桃根，李樹代桃僵。」

❻ 刎頸芝娘：刎頸，泛指自殺。芝娘，指劉蘭芝。古詩孔雀東南飛，述漢末焦仲卿與劉蘭芝愛情故事，蘭芝投水死，仲卿亦自縊死。

❼ 劓目盧氏：劓目，剜出眼珠。新唐書列女房玄齡妻盧：「玄齡微時，病且死，諉曰：『吾病革，君年少，不可寡居，善事後人。』盧泣，入帷中，劓一目示玄齡，明無它。」

冷逢春叩謝，少刻，一家人在窗外說道：「我們大爺說，男女有別，理應永避嫌疑，著在朱奶奶前道罪，亦不敢入來拜見。」這是逢春遵于氷書字教戒。自此後，凡到內房，逢春必問明，然後出入。

清茶喫過後，眾婦女即安放桌椅，揩抹春臺，卜氏讓姜氏首坐，自己對席相陪，李氏傍坐。少刻，杯泛金波❾，盤盛異品，三湯五割❿，備極山海之珍。緣逢春要算成安第一富戶，故酒席最易辦也。卜氏復問起被害根由，姜氏詳細陳說，眾婦女無不慨嘆，都讚美歐陽氏是大才。家人婦請歐陽氏到下房中，另席管待。卜氏親到前邊，與逢春定歸了姜氏住處，復來陪坐。酒席完後，姜氏起身拜謝，卜氏道：「蓬門寒士家，苦無珍品敬客，得免哂笑已足，何敢勞謝？」又言：「此院西小院中，有住房內外二間，頗僻靜。」吩咐家中婦女，將行李安置，隨讓姜氏同去看視，見一切應用之物，無不周備。姜氏又說起于氷未動先知種種神異，卜氏道：「出家數載，果能如此，也不枉拋家棄業一場。」

次日姜氏拿出十二兩車價，並幾百酒錢，著歐陽氏煩一家人付與，不想逢春早著人問明數目，已打發去了。卜氏又撥了兩個丫頭，服伺姜氏。後來姜氏與李氏結為姊妹，又拜卜氏為義母，卜氏總以至親骨肉相待，一家兒上下，甚相投合。正是：

蕭牆⓫深畏無情嫂，陌路欣逢有義娘。

❽ 不棄蝸居：不嫌棄我狹小的居所。蝸居，謙稱所居屋舍狹隘。
❾ 杯泛金波：杯中盛滿美酒。金波，美酒名。
❿ 三湯五割：通作三湯兩割，泛指菜肴豐美。洪楩清平山堂話本藍橋記：「燒賣匾食有何難，三湯兩割我也會。」
⓫ 蕭牆：即門屏，在此泛指家室之內。

但使主人能愛客，不知何處是他鄉⑫。

⑫但使主人能愛客二句：李白客中行詩：「蘭陵美酒鬱金香，玉碗盛來琥珀光。但使主人能醉客，不知何處是他鄉。」

第二十六回　救難裔月夜殺解役　請仙女談笑打權奸

詞曰：

郊原皎月星辰香，見不法肝腸如絞，殺卻二公人，難裔從此保。　閒遊未已權奸擾，請仙姬到了。試問這筵席，打的好不好？

右調海棠春

再說連城璧，自那晚從趙家凹打敗了雞澤縣軍役，疾走了四十餘里，看天上星光漸次將明，也不知走到甚麼地界，隨便坐在一塊石上暫歇，心中算計道：「我今往何處去好？」想了半晌，到處都去不得，惟京中乃帝王發祥之地，紫面長鬚的大漢子，斷不只一個，且到那裡再做個理會。主意拿定，一路於人少地方買些喫食糊口，也不住店，隨地安歇。

一日，走到清風鎮地界，天交二更時分，趁著一輪明月，向前趕路。猛見對面有幾個人走來，連忙閃在一大柳樹後偷看，見兩個解役，一個帶著刀，背著行李；一個拉了一條棍，押著個犯人，帶著手靠❶繩索，一步一顛的走來。走了沒十數步，那犯人站住，說道：「二位大爺，此時已夜深時候，不拘那個

❶ 手靠：犯人戴在手上的刑具，通作手銬。

村莊安歇罷。此去陝西金州，還有無限程途，若像這樣連夜奔走，不但我受刑之人經當不起，就是二位大爺也未免過勞。」那拿棍的解役道：「你說甚麼？」犯人照前說了一遍，那解役冷笑道：「你的意思說，你是仕宦人家子弟，身子最是嬌嫩值錢。孰不知王公犯法，和庶民一般，你如今求如個自在豬狗也是不能。」又見那帶刀的解役道：「耐煩與他說話，我只是用刀背教訓他。」說罷，左手於肩頭托住行李，右手將刀鞘在犯人身上連觸了幾下，又在犯人腰間腿上踢了四五腳，那犯人便倒在地下，不肯起來。

只見那拿棍的解役，四下裡觀望，觀望罷，將那拿刀的解役一拉，兩個走離了五六步，唧唧喁喁，不知說些甚麼。少刻，帶刀的走來，口中叫道：「小董，你起來，我有話和你說。」那犯人躺在地下，只不答應。那解役叫了四五聲，反笑說道：「董相公，我的董大爺，你還要可憐我們些，我們也是官差，不自由。你既然身子困倦，西南上有座靈侯廟，不過一里遠近，我們同到那邊，讓你睡個長覺何如？就是我二人，也好做個休歇。」那犯人聽了，方慢慢的扒掙起，那解役便用手攙扶他，一步步拐著行走，三個人一同往西南上去了。

城璧看聽了多時，心下猜想道：「我在這月光下，詳看那犯人面貌，是個少年斯文人，臉上沒半點兇氣，端的不是做大罪惡的人。倒是那兩個解役，甚是剛狠，方纔他二人私語了好一會，又說著那犯人到靈侯廟睡長覺去，莫非要謀害這犯人麼？我想不公不法的事，多是衙門中久做的，他們若果在背間害人，我就再開開殺戒，有何不可？」說罷，悄悄的跟來，果見有座廟宇，遠遠見犯人同解役轉向廟西去了。城璧大踏步趕來，見那廟坐東朝西，四面墻壁，半是破裂。從墻外向廟內一覷，兩個解役坐在正面臺階下，那犯人在東邊臺階下，半倚半靠的倒著。城璧道：「月明如畫，我外邊看得見他們，安保他們看不見我？不如上正殿房上，看他們舉動為妙。」於是循著牆腳，轉到廟後，將右手一伸，左腳一頓，已到牆內。又將兩腳並在一處，將身子用力一聳，即飛上正殿屋簷。隨即伏在房脊背後，面向前院下視，卻只見犯人，看不見那兩個解役。

忽見那帶刀解役，反從廟外入來，大聲說道：「我方纔四周圍都看過了，此地不通大路，白天尚無人來，何況昏夜？快快的了絕他，與嚴中堂交個耳鼻執證，省得我們走許多路。」又聽得那拿棍差人，在正殿簷下應道：「你說的甚是。」只見那犯人一蹶劣扒起，連連叩頭道：「適纔二位大爺的話，我明白了，只求念我家破人亡，我父做官一場，只留我這一點根芽，那裡不是積陰德處，饒我這條小命罷？」說著，在地下叩頭不已，痛哭下一堆。只見那拿棍的解役向帶刀的解役道：「我生平為人，心上最慈良不過，你看他哭得這般哀憐，賞他個全屍首，著他上吊罷？捆行李的繩子便可用。」那帶刀的解役道：「那有這許多工夫等他上吊？」說罷，便將刀抽出，向犯人面前大步走去，將刀舉起，卻待砍下，猛聽得正殿房簷上霹靂般大喝了一聲，聲落處，早將那拿棍解役嚇得從臺階上倒撞在階下。城壁湧身一跳，已到院中。

那拿刀解役急向後倒退了幾步，急看時，見一紫面長鬚大漢，站在院中，也不知是神是鬼，硬著膽子問道：「你……你是甚麼？你怎麼從房上下……？」城壁道：「光天化日之下，做的好事！」那解役聽得是人，便膽大起來道：「管你甚事？我是替朝廷家行法。」城壁道：「朝廷家豈教你在此行法麼？」那拿棍解役見兩人問答，方扒起站在一邊。那犯人見房上跳下人來，與解役爭論，越發叩頭哀呼。城壁道：「解役你實說，喫了姓嚴的多少錢，敢在此做害人事？」那解役大怒道：「老爺們喫了幾百萬錢，你便怎麼？是你這樣多管閒事，定與這死囚是一路上人，也須饒你不得。」說罷，大匝匝舉刀向城璧頭上砍來。城璧大笑，將身一側，左腳起處，刀已落地。旋用連環腿飛起右腳，響一聲，早中解役心窩，倒在地下。那拿棍解役便往廟外跑，被城璧趕上，右手提住領項，往後一丟，從廟門前直摔在廟內東臺階下。復身到那犯人面前，將手靠一扭，即成兩半，又將繩索解脫，那犯人只是磕頭。城璧坐在東臺階下，說道：「你不必如此，可坐起來說話。」忽見那被摔倒的解役掙命扒起，又想逃走，城璧喊了一聲，嚇得他戰哆嗦❷，在階前站著，那裡還敢動移半步？

城璧再將那犯人細看，見他生的骨格清秀，笑問道：「你姓甚麼？何處人氏？今年多少歲了？因甚事充配於你？」那犯人大哭道：「小人姓董名瑋，年十九歲，江西九江府人。我父叫董傳策❸，做吏部文選司郎中，與嚴宰相是同鄉。只因我父親性情執古❹，見嚴嵩父子欺君罔上，殺害忠良，他兒子嚴世蕃較他父更惡，我父發狠，參了他十一款大罪。聖上說我父誣罔大臣，革職。一月後，吏科給事中姚燕，受嚴嵩指使，參我父收永不敘用之知州吳丕都銀四千兩，又參收母喪未滿起補之知州梁鉞銀一千兩，聖上說我父大壞國家銓政，著同本內有名人犯拿交三法司，日日嚴刑拷掠，俱各煅煉❺成案，吳丕都、梁

---

❷ 戰哆嗦：戰，戰慄。哆嗦，身體發抖。皆恐懼貌。

❸ 董傳策：明松江華亭人，嘉靖進士。除刑部主事，疏劾嚴嵩稔惡誤國大罪，下獄問主使，拷掠慘毒，再絕復甦，會地震得宥，謫戍南寧。穆宗立，召復故官。萬曆初，累遷南京禮工二部侍郎，言官劾之，免歸。縋下過急，為家奴所害。著有采薇集等書。

❹ 執古：遵守古道，即嚴守正道，毫不苟且。老子第十四章：「執古之道，以御今之有。」

❺ 煅煉：通作鍛鍊，酷吏故意加罪於人。漢書路溫舒傳：「上奏畏卻，則鍛鍊而周內之。」

鉞問擬軍罪，將我父斬決，家私抄沒入官。又將我發配金州。自遭此事，家奴逃散一空，惟有一家人董喜，忍飢受凍，常在刑部照料。從發遣小人那日，便步步相隨。數日來，被這兩個解役打傷腿腳，因此董喜患病，不能同行。誰知今夜要在此地殺害，若非恩公老爺相救，小人早作泉下人了。」說罷，又叩頭大哭。

城璧道：「公子不必悲傷，待我處置了這兩個狗男女再講。」站起來，將那踢倒解役提起看視，已死去了。又將那站著解役叫過來，說道：「快將你身上衣服鞋襪，並死去的都與我脫剝乾淨，再將你二人所有盤費，也盡數交獻。少延遲兩句話工夫，著你立成三段。」這解役那裡還敢說一句？先將自己渾身衣服脫去，又將死解役也脫剝乾淨，打開行李，取出四十多兩盤費，擺放在城璧面前，然後赤條條的跪下，叩頭求饒。城璧也不理他，走去將他捆行李的繩兒取來，在殿外横梁上挽了個套兒，復下臺階，向解役道：「這是你留下的科條❻，賞董公子全屍首，你就快去上吊。」那解役恨不得將頭碰破。城璧道：「我們還要走路，沒多的工夫等你。」解役見城璧難說，又與董公子碰響頭❼，口中爹長爺短，都亂行哀叫出來。

董瑋見他望生情切，和自己頭前怕死一般，不由的向城璧道：「此人比死去的那個還良善些。」城璧笑道：「這口氣是要與他討情分了？公子只知憐惜他目前，卻不知想及事後。我們此刻放了他，他便報知鄉保地方，鄉保地方即連夜稟知文武官，還不用到日光出時，你我想要走半步好路，比登天還難。

❻ 科條：法令規章。戰國策秦策：「科條既備。」

❼ 碰響頭：磕響頭，頭碰地有聲，表示極懇切誠敬。

那時，他就不肯饒你我了。」那解役聽了此話，恨不得生出幾百個舌頭，指身說誓。城璧那裡聽他，先用左手將他兩隻手拿在一處，次用右手將他脖項用五指把握住，輕輕往起一舉，離地便有二尺高下。那解役兩腿亂登，沒命的喊叫。城璧提他上了殿臺，將脖項向套兒內一入，把前後兩手鬆放，用腳將解役一踢，那解役便遊蕩起來。起初手腳還能亂動，隨即喉內作聲，頃刻間即辭人世。

城璧走下殿階，董瑋拜求名姓，城璧道：「此時交五更時分，無暇與公子細談，必須趕天明走出二十里內外方好。」急將解役的衣服，揀長些的套在衣服外面，換了帽子，又把那口刀帶在腰間，銀兩揣在懷內。董瑋也通身改換。城璧將發遣部文扯碎，大聲說道：「公子快隨我走！」董瑋道：「恩公領我到那裡去？」城璧道：「離了此地再商。」董瑋道：「我兩腿打傷，慢些走還可，疾走實是不能。」城璧笑道：「這有何難，我背了你走。」董瑋道：「這如何敢當？」城璧道：「患難之際，性命為重，休多客套，快來！快來！」兩手將董瑋扶起，背在背上，放開大步，出廟門向都中大路奔走，一氣走了十五六里。天色漸次將明，方纔歇下。董瑋不安之至，又與城璧叩頭。城璧道：「公子你好多禮！」董瑋復問城璧名姓。城璧將自己行為，並冷于冰、金不換新舊事，略言大概。董瑋方知他是個俠客，倍加小心欽敬。城璧道：「江西，公子斷去不得。此外，還有至親好友可安身的地方麼？」董瑋道：「晚生實無處投奔，統聽恩公。」城璧道：「這好著我作難。我此番決意入都，都中又與公子不便。南方我倒去得，又恐被河東兩省人物色。若說把髯鬚剃淨，或可掩藏一二，我一個做丈夫的人，寧將此頭砍去，安肯改換鬚眉？不如公子且和我到都中，尋一潛伏善地，避些時再想去處何如？況都中人山人海，那個便能識得你我？」董瑋無奈，只得說道：「任憑恩公主裁。」說罷起身，董瑋忍痛後隨。

再說冷于冰自打發姜氏主僕赴成安，便駕遁向雞澤縣來。到金不換門首叫門，裡面走出個老漢來，問道：「相公是那裡來的？」于冰道：「不換金大哥可在家麼？」老漢道：「此人去有許久了，相公想還不知道，待我略言大概。」遂將容留連城璧如何長短，說了一遍。于冰舉手告別，一邊走著，想道：「怎麼這連城璧又弄出事來？教我該從何地尋起？況我曾吩咐超塵、逐電二鬼，送姜氏主僕後，到此處回覆我話，我焉能在此久候？」又想了一會道：「我初出家時，便去百花山，今何不再去一遊？」於是掐訣念咒，喝一聲：「土穀神到！」片刻，來了許多土穀神聽命。于冰道：「有我屬下二鬼，差他去成安縣公幹，你等可晝夜輪流，在先時金不換門前等候，二鬼若到，可說冷法師在京西百花山，著他們到那邊找尋我，莫誤！」眾神道：「敢問二鬼是何形像？」于冰道：「一面色純青，長牙朱髮；一臉若噀血，碧眼白眉，身軀皆極高大者是也。」眾神道：「謹遵法旨。」于冰駕遁去了。

沒有四五天，二鬼便到趙家澗，得了信息，如飛奔來。正行間，遠見道傍樹下，坐著三個人，內有一紫面長鬚大漢，公差打扮，和一少年公差說話。超塵向逐電道：「你看這大漢子，倒像咱家法師的朋友連城璧？」一句話未完，已到面前，逐電便站住道：「不是他是誰？」超塵道：「待我問他一聲。」超塵道：「使不得。你我與他陰陽異路，況又無法師令旨，如何青天白日，向人說起話來？」超塵道：「你說的是，去休，去休。」原來城璧和董瑋走了一天，即遇著董喜，是他的病好，心上放主人不下，於路趕來，主僕欣喜會在一處。這日剛過良鄉縣地方，三人在樹下少歇，猛見西南上來了個大旋風，比電閃還疾，走到他三人跟前，旋轉起來，刮得塵沙滿面。城璧一連打了五六個噴涕，一瞬眼，那旋風飛去有七八里，少刻蹤影全無。董瑋道：「好利害大旋風。」城璧道：「正是，不知怎麼被他旋出我許多噴涕來？」三人揉眼擦鼻，又歇了一會，方向京都進發。

超塵、逐電御風到百花山，找尋了好半晌，經過了十數個大嶺，三十餘個大小峰頭，卻在一小山莊地名白羊石虎，方遇著于氷，交回神符，將姜氏主僕到成安話，細說了一遍。于氷大悅，將二鬼著實獎譽。二鬼又將路遇連城璧話稟知，于氷大喜。問道：「你們估計程途，他此時進京沒有？」二鬼道：「今日交午時分纔見他，此刻還未必到蘆溝橋。」

于氷收了二鬼，即駕遁到蘆溝橋坐候。至日光大西，方見城璧同兩個人走來。于氷笑迎上去，高叫道：「連賢弟，久違了。」城璧聞聲一看，阿呀了一聲，跑至于氷面前，納頭便拜。于氷扶起，董瑋趕來，問道：「此位可是舊交麼？」城璧喜歡的如獲至寶，笑說道：「這就是我日日和你說的那冷先生，就是我那結義的好哥哥，就是泰安救我的活神仙，你快過來叩頭。」董瑋即忙跪拜，于氷拉他不住，只得相還叩拜起來。于氷將董瑋一看，見他骨格清奇，眉目間另有一種英氣，與眾不同，知是大貴之相。董喜也跑來叩頭，于氷扶起，笑問城璧道：「此兄是誰？」城璧道：「是董公子。話甚長，必須個僻靜地方好說。」于氷道：「此地乃數省通衢，不如趕進城去，到店中再說。」

四人走到二更時候，在彰義門外尋店住下。城璧將自己別後，並金不換、董公子事，細說了一遍。于氷向董瑋道：「公子只管放心，都交在冷某身上，將來定有極妥當地方安置。」董瑋叩謝。三人直說到天明，于氷道：「都中非停留之地，五嶽之中，惟泰山我未一遊，何不大家同去走走？」城璧道：「兄弟生長寧夏，北五省俱皆到過，只是未到京師。今既到此，還想要入城，瞻仰瞻仰帝都的繁華。大哥看使得使不得？」于氷笑道：「這有甚麼使不得？我即陪老弟和公子一遊。只是你公差打扮，必須更換方好。可煩董管家到故衣鋪中，買幾件衣服並頭巾鞋襪等類。」城璧忙取銀付與董喜去了。董瑋道：「晚生父親慘死此地，晝夜隱痛，實不忍閒遊。」于冰道：「此係公子孝思，請在店中等我們罷。」

早飯後，董喜買辦回來，兩人更換衣巾。城璧跟了于冰，入城遊走。閒行到東華門後面，來了一頂大轎，馬上步下，跟隨著許多人役。于冰站住，向轎內一看，不想是嚴世蕃。世蕃也看見于冰，吩咐住轎。于冰拉城璧，連忙迴避。只是轎前站下了四五個人，聽他吩咐話，須臾坐轎去了。旋有八九個人，趕到于冰面前，說道：「先生可姓冷麼？」于冰道：「我姓于。」又問城璧，于冰道：「他是舍弟。」眾人道：「我們是中堂府內人，適纔是做工部侍郎嚴大老爺，傳你去說話。」于冰向城璧道：「你先回店中去罷。」眾人道：「這長鬚大漢，我們老爺也著他去哩。」于冰笑向城璧道：「我們同去走遭。」兩人隨眾人到嚴嵩府內。少刻，一人從內出來，向于冰、城璧將手一招，兩人跟了入去。到一大書院中，于冰看了看，是他初見嚴嵩的地方。須臾，世蕃從廳內緩步出來，笑向于冰舉手道：「冷先生，真是久違了。」于冰正色道：「我不姓冷。」世蕃大笑道：「先生休得如此。家大人想先生之才，至今時常稱頌。」于冰道：「大人錯認了，我實姓于，是陝西華陰人氏。」又指著城璧道：「這是舍弟。」

世蕃見不是冷不華，深悔與他舉手，頃刻將滿面笑容收拾了個乾淨，變成了一臉怒形，問道：「你二人可有功名沒有？」于冰道：「我是秀才，舍弟是武舉。」世蕃道：「就是秀才舉人，也該見我跪著說話，怎麼這般大模大樣的，就該發部斥革纔是。」又向兩傍家人道：「你們看這姓于的人，絕像數年前與太老爺管奏疏的冷不華。」眾家人道：「實是相像。只是冷不華到如今也有四五十歲，此人不過像三十來歲，到底有些老少不同。」世蕃又怒問于冰道：「你們在京中有何事？」于冰道：「因家道貧寒，耍幾個戲法兒度日。」世蕃聽說會耍戲法兒，便有些笑容，向于冰道：「你此刻耍一個我看。」于冰道：「我就耍一個。」看了看面前，有個大魚缸，缸內有五色金魚，極其肥大可觀。于冰用手往上一招，那缸內水隨手而起，有一丈高下，和缸口一般粗細，倒像一座水塔直立起來。又見那些五色金魚，或跳或伏，或上或下，在水內遊戲。世蕃大笑叫好，眾人亦稱道不絕。于冰將手一覆，其水和魚兒仍歸缸內，地下無半點濕痕。世蕃道：「此非戲法，乃真法也。可領他們到外邊伺候，轉刻還要用他們。」家人等領于冰、城璧到班房內。

須臾，裡面發出幾副帖來。待了半晌，見一頂大轎入門，是兵部侍郎陳大經。轉刻來了工部侍郎兼通政司卿趙文華，太常寺正卿鄢懋卿❽。又一會，見棍頭喝著長聲道子，直入大院內，後面一頂大轎，跟隨的人甚多，是都察院掌院加宮保兼吏部尚書夏邦謨，穿著蟒袍玉帶，嚴世蕃大開中門，迎接入去。于冰低聲向城璧道：「此上等門下也，比前幾個待得又體面些。」少刻，傳于冰與城璧入去。又不是頭前那個地方了，見正面大庭上並東西兩邊，擺設著兩架花卉圍屏，俱是墨筆勾剔出來的，屏內有許多粉粧玉琢的婦女。正中一席夏邦謨，左右是陳大經、趙文華，東席鄢懋卿，西席嚴世蕃，下面家丁無數。于冰、城璧走入廳內，朝上站住。邦謨道：「這秀才便是會耍戲法兒的人麼？」世蕃笑應道：「是。」

❽鄢懋卿：明南昌人，嘉靖進士，累遷左副都御史，為嚴嵩父子所暱。戶部以兩浙、兩淮、長蘆、河東鹽政不舉，請遣大臣總理，嵩遂用懋卿。所至市權納賄，歲時餽遺嚴氏及諸權貴，不可勝紀。性奢侈，至以文錦被廁床，白金飾溺器。其按部，嘗偕妻同行，製五彩輿，令十二女子舁之，儀從煇赫，道路傾駭。官至刑部右侍郎，及嵩敗，被劾戍邊卒。

邦謨道：「這兩個人的儀表皆可觀，自然戲法兒也是可觀的了。」

世蕃向于冰道：「各位大人皆在此，你可將上好的頑幾個與眾大人過目。」于冰道：「容易。」見世蕃桌傍站著個十三四歲的小家人，于冰笑著道：「你來！」那娃子走到面前，于冰道：「你可將渾身衣服盡行脫去，只留褲兒不脫，我頑個好戲法兒你看。」那娃子不肯脫，世蕃道：「著你脫，就脫了罷，延挨甚麼？」那娃子無奈，只得將衣服脫去，只穿一條褲兒。于冰將他領到庭中間，在他頭上拍了兩下，說道：「你莫害怕。」那娃子被這兩拍，和木雕泥塑的一般。于冰將他抱起，打了個顛倒，頭朝下，腳朝上，直挺挺立在地下。眾官皆笑，趙文華道：「你將這娃子倒立著，這娃子大喫苦了。」于冰道：「大人怕他喫苦麼？我就著他受用去。」說著，將兩手放在那娃子兩隻腳上，用力一按，口中喝聲：「入！」只見那娃子連頭和身子，已入在地內一半。只有兩腿在外，廳上廳下，沒一個不大驚小怪。

夏邦謨站起來，大睜著兩眼，向眾官道：「此天皇氏至今未有之奇觀也！」眾官一齊應道：「真是神奇。」趙文華舉手向世蕃道：「我等同在京中仕宦，偏這樣奇人就到尊府，豈非大人和太師大人福德所致麼？」鄢懋卿幫著說道：「正是，正是，我輩實叨光受庇不淺。」世蕃大悅。陳大經問于冰道：「你是個秀才麼？」于冰道：「是。」又問道：「你是北方人麼？」于冰道：「是。」大經問罷，伸出兩個指頭，朝著于冰臉上亂圈道：「你這秀才者，是古今來有一無兩之秀才也，我們南方人再不敢藐視北方人矣。」邦謨道：「于秀才，你將這娃子塞入地內半截，也好一會，若將他弄死，豈不是個戲傷人命？」于冰笑道：「大人放心，我饒他去罷。」說罷，又將兩手在那娃子腳上一按，說聲：「入！」一直按入地內，蹤影全無。廳上廳下，大嚇了一聲，內外男女，無不說奇道異。

邦謨拿了一大杯酒，到于氷面前說道：「你是真異人，惟我識得你，改日還要求教你內養工夫。」于氷道：「承大人親手賜酒，但生員戒酒已二十年，著我這長鬚兄弟代飲何如？」邦謨將城璧一看，笑道：「他喫了和你喫了一樣。」于氷接來遞與城璧，城璧一飲而盡。邦謨歸坐，眾官方敢坐下。世蕃道：「大人既賞他酒，命一家人與他，榮幸已足，怎麼親自送起酒來？」文華接說道：「夏大人果然太忘分了，他如何當受得起？」鄢懋卿道：「二位大人有所不知，易曰『天道惡盈而好謙』，又曰『謙謙君子，卑以自牧』，我夏大人以天道君子為法，故有此舉。」說罷，自己咥❾的笑了。陳大經又伸出兩個指頭亂圈道：「斯言也，先得我心之所同然耳❿。」文華道：「于秀才，這娃子係嚴大人所最喜愛之人，你今弄他到地內去，也須想個出來的法子方好。」于氷道：「現在大人面前，著我那裡再尋第二個？」文華道：「真是見鬼話，我面前那裡有？」于氷用手一指道：「不在大人面前，就在大人背後。」眾人齊看，果見那娃子赤著身體，在文華椅子後面站著，廳上廳下，又復大噱了一聲。

文華將那娃子細問，和做夢一般，全不知曉。陳大經又伸著指頭亂圈道：「此必替換法也，吾知其當然，而不知其所以然，神乎技矣！」世蕃道：「于秀才，你可會請仙女不會？」于氷道：「請真仙女下降，與別的戲法不同，我係掌法之人，必須在這廳上，也與我二人設一桌素酒席，方能請來。」世蕃道：「一桌飯食最易，你們還是站著喫，坐著喫？」于氷道：「世上那有個站著喫酒席人？自然也是坐著。」世蕃道：「這斷使不得。」于氷道：「大人們若怕褻尊⓫，這仙女便請不成。」邦謨道：「我久

❾ 咥：音ㄒㄧˋ，大笑。詩衛風氓：「兄弟不知，咥其笑矣。」

❿ 斯言也二句：這話真是先得到我心同樣的想法啊。孟子告子上：「理也，義也，聖人先得我心之所同然耳。」

有此意，請這于秀才坐，又怕眾位大人嫌外，況我們今日原是行樂，何必以名位相拘？」陳大經伸著指頭又圈道：「誠哉是言也。」文華同懋卿齊說道：「他二人係武舉、秀才，也還勉強坐得。」

世蕃道：「既眾位大人依允，小弟自宜從權。」隨吩咐家人，在自己桌子下面，放了一桌素酒席。于冰、城璧也沒甚麼謙讓，竟居然坐下。頃刻間，酒泛羊羔，盤堆麟脯⑫，三湯五割，極其豐盛。于冰見城璧食用已足，向眾家人道：「不拘紅黃白土，拿一塊來。」家人們立刻取到。于冰在東邊牆上空闊處，畫了兩扇門兒，口中念念有詞，用手一指，大喝道：「眾仙女不來，更待何時！」只聽得門兒內吹吹打打，曲盡宮商⑬，眾官會神凝眸，含笑等候。少時，起一陣香風，覺得滿廳上都是芝蘭氣味。香氣過處，門兒大開，從裡邊走出五個仙女來，那門兒仍舊關閉。但見：

> 蘭麝芬馥，或穿金縷衣、紫電衣、萃雲衣、鮫綃衣、無縫衣，嬝嬝乎露幾行媚態；環珮叮咚，也有山河裙、八卦裙、波紋裙、珊瑚裙、鶴羽裙，稜稜乎凝百道晴霞。面和皎月爭輝，眸光溜處，縱然佛祖也銷魂；神將秋水同清，笑語傳時，任爾金剛亦俛首。罡風道上，不聞轉轂之音；太虛影中，難描踐趾之跡。正是霓旌朱蓋雖不見，玉骨冰肌卻飛來。

眾官一見，俱皆魂銷魄散，目蕩神移。那五個仙女走到廳中間，深深的一福，隨即歌的歌，舞的舞，婷

---

⑪ 褻尊：猶言屈尊，有損尊嚴。褻，音ㄒㄧㄝˋ，輕慢。

⑫ 酒泛羊羔二句：杯中斟滿美酒，盤中堆滿珍饈。羊羔，美酒名。麟脯，乾麒麟肉，味極珍美。

⑬ 曲盡宮商：吹奏出美妙的樂曲。宮商，五音中之宮商二音，引申為音樂、音律的代稱。

婷嬝嬝，錦簇花攢，端的有裂石停雲之音，霓裳羽衣之妙⑭。世傳紅兒雪兒⑮，又何能比擬萬一也？歌舞既畢，一齊站在于冰桌前。眾官嘖嘖讚美，惟陳大經兩個指頭，和轉輪一般，歌舞久停，他還在那裡亂圈不已。于冰道：「我意欲煩眾仙女敬眾位大人一杯酒，可使得麼？」眾官亂嚷道：「只怕我們沒福消受！」嚴世蕃手舞足蹈的喊叫道：「快拿大杯來！」于冰道：「倒是大碗爽快！」世蕃道：「大碗更好！」眾家人將大碗取至，五個仙女各捧了一碗酒分送，慌得眾官連忙站起，都說道：「有勞仙姑玉手，我輩惟有捨命一乾而已。」內中有量大的、量小的，無不如飛喫過。

五仙女又站在于冰桌前。于冰見夏邦謨已斜倒在椅上，口中流涎。陳大經、趙文華也有酒態，鄢懋卿搖動起來，惟嚴世蕃和不曾喫一樣。于冰揀了個第一妖艷的仙女，吩咐道：「你去敬嚴大人兩大碗。」那仙女滿斟瓊漿，到世蕃面前，微笑道：「大人飲貧道這碗酒。」世蕃手忙腳亂站起來，接去一飲而乾。又是第二碗奉上，世蕃向于冰道：「于先生，我要教這位仙姑陪我坐坐，你肯通融麼？」于冰笑道：「最好不過。」世蕃大樂，急讓仙姑坐在自己膝上。陳大經、趙文華大嚷道：「世上沒有獨樂的理！」于冰又吩咐眾仙女去分陪喫酒。這幾個官兒，原都是酒色之徒，小人之尤，那裡還顧得大臣體統，手下人觀

---

⑭ 裂石停雲之音二句：極言歌舞之美妙動人。金瓶梅第五十九回：「詞出佳人口，有裂石繞梁之聲。」裂石，石之爆裂。停雲，謂歌聲之高亢優美，使行雲停止不動。列子湯問：「撫節悲歌，聲振林木，響遏行雲。」遏行雲，即停雲。霓裳羽衣，唐朝著名之宮廷舞，以彩帶為舞具。

⑮ 紅兒雪兒：二人皆唐代擅歌舞之美人。紅兒，雕陰官妓杜紅兒，羅虯深愛之，為作絕句百首，號比紅兒詩。雪兒，唐李密愛姬。

瞻，便你摟一個，我抱一個，混鬧下一堆。嚴世蕃將那仙女抱在膝上，咂舌握足，呻吟不已。

于冰向城壁道：「我們可以去矣。」用手將各桌連指了幾指，只見五個仙女改變了四個，衣服髮髻，通是時樣裝束。世蕃猛瞧見他第四房如君，坐在趙文華懷中，口對口兒喫酒；陳大經抱住他第十七房最寵愛的美姬，親嘴咂舌，著實不成眉眼；夏邦謨、鄢懋卿兩人皆醉倒，是他第九房和第十房陪坐。世蕃看見，不由的心肺俱裂，大吼了一聲。這一吼，纔將眾婦人驚醒，心上方得明白，也不曉得怎麼便到大庭廣眾之地，一個個羞的往屏後飛跑。那第十七房如君也急得要跑去，被陳大經緊緊摟住，那裡肯放？還要喫嘴，被婦人用力在面上打了一掌，打的鼻孔中出血，方纔奔脫。嚴世蕃低頭看他抱的仙女，不想是他五妹子，係嚴嵩第三房周氏所生，纔十九歲，還未受聘，果然有七八分人才，比嚴世蕃的老婆們都強幾倍。世蕃大沒趣味，連忙丟開。那小姐忽然心上明白，做女孩兒的，心上羞愧的要死，沒命的跑入屏後去了。

世蕃喝令快拿妖人。眾家丁卻待上前，于冰拉了城壁，跑至夏邦謨背後，將袍袖連擺了幾擺，眾家丁便眼花撩亂，認趙文華為于冰，又認陳大經為城壁，揪翻在地，踏扁紗帽，扯碎補袍，任意腳踢拳打。鄢懋卿醉中看見，急的亂喊道：「打錯了！打錯了！」于冰用手一指，眾家人又認他為于冰，揪倒狠打。嚴世蕃看的明白，見于冰、城壁端端正正，站在夏邦謨椅後，沒一個人去打，反將趙文華等苦打，心上氣憤不過，喊罵眾家丁，又沒一個聽他。氣極了，親自來拿于冰，被城壁一拳打的跌了四五步遠，一頭碰在桌尖上，腦後觸下一窟，鮮血直流。于冰又將袍袖連擺，眾家丁便彼此亂打起來。于冰趁亂中拉了城壁，出府去了。夏邦謨醉中驚醒，只當又變出甚麼好戲法兒來，如此喧鬧，他也不睜眼，口裡還大讚道：「精絕！妙絕！」正是：

狡兔藏三窟，獮猿戲六窗。
神仙頑鬧畢，攜友避鋒鋩⑯。

⑯鋒鋩：同鋒芒。唐孟郊有詩云：「慷慨丈夫志，可以耀鋒鋩。」

第二十七回　埋骨骸巧遇金不換　設重險聊試道中人

詞曰：

埋兄同返煙霞路，古剎聊停住。至親好友喜相逢，此遇真奇遇。　蛇驚方罷心猶懼，又被婦人聒絮。勘破色即空，便是無情慾，可取許伊朝夕聚。

右調白雲吟

話說于冰和城壁混出了相府，到西豬市口兒，方將劍訣一煞。這裡將訣咒鬆放，那裡眾人方看明白，都亂嚷打錯了。嚴世蕃見趙文華眉目青腫，鄢懋卿口眼歪邪，陳大經踢傷腰腿，自己胸前著了重傷，腦門後又碰下個大窟，血流不止。惟夏邦謨分毫未損，只氣得咆哮如雷，向眾家丁道：「妖人已去，你等可分頭追趕。再傳太師爺鈞旨，著錦衣衛堂官速知會本京文武，差軍兵捕役，按戶搜查。吩咐吏、兵二部，寫兩人年貌，行文天下。再咨陝西督撫，於華陰縣拿解于秀才家屬入都。此係妖人，有關社稷，若從該地方經過，不即盤查疏縱，一經發覺，與妖人同罪。」眾家人分頭去了。這話不表。

再說于冰和城壁疾疾走出彰義門，到店中，董瑋迎著問訊，城壁只是呵呵大笑。于冰道：「少刻，即有人來擒拿，你們快將鞋襪拉去，我好作法，大家走路。」城壁是經驗過的，連忙伸與兩腿，任于冰畫符。董瑋主僕亦各畫訖。城壁道：「我們今往何方去？」于氷道：「可同去泰安一行。」隨將那口刀算還了店賬，四人向東南奔走。城壁想起請仙女事，便捧著大腹歡笑。董瑋問明原由，也不由的笑起來，欽服于氷和神人一樣。

只走了兩半天，便到泰安地界。于氷向城壁道：「此地係犯過大案件所在，雖有我不妨，何苦多事？」隨用手在城壁頭髮鬍鬚上摸了幾下，頃刻變的鬚髮盡白。城壁看見，心上甚不爽快。董瑋主僕含笑不言。于氷道：「老弟不必作難，離了泰安交界，管保你鬚髮還要分外黑些。」城壁方說笑起來。四人繞過了泰安，便到山下，但見：

四圍鐵泉，八面玲瓏。重重曉色映晴霞，瀝瀝雷聲飛瀑布。深澗中漱玉敲金，石壁上堆藍疊翠。白雲洞口，紫籐高掛綠蘿垂；碧草峰前，丹桂懸橋青蔓裊。引子蒼猿擲果，呼群麋鹿啣花。千嵐競秀，夜深玄鶴聽仙經；萬壑爭流，風暖幽禽相對語。真是地僻紅塵飛不到，山深車馬自然稀。

四人上到山頂，周圍一望，見絕壁如屏，攢峰若劍，猿臂接而飲水，鳥懷音而入雲，奇石劃天，高柯負日。于氷道：「此境此景，真碩人之考槃❶，神仙之窟宅也。」又回首指著一座大廟，向城壁道：「此碧霞元君宮闕，為天下士女燒香祈福之所。我們就在此多流連幾日，最是賞心。」隨至廟中，和寺主說明借寓遊覽之意，又送了四兩佈施，寺主與了一間乾淨房屋。到晚間無人處，于氷叫出超塵、逐電二鬼，吩咐道：「你兩個領我符籙一道，去湖廣荊州府總兵官林桂芳衙門，打探河南虞城縣秀才朱文煒，並他

❶ 碩人之考槃：隱士理想的隱居處所。碩人，隱士。考槃，彈奏樂器，自得其樂。語本詩衛風考槃。

家人段誠，投奔秀才林岱，看他那邊相待厚薄何如。如或未到，可從四川路上查問，務必訪知下落復命。」二鬼去了。

次日，于氷領城璧、董瑋，在廟前廟後閒遊。這座泰山，也有好幾處大寺院並有名勝地，日日通去遊覽。次後，董瑋只在碧霞宮，惟城璧跟隨于氷，於深山窮谷中閒行。一日，城璧向于氷道：「弟自到泰安，即心懷隱痛。每想起我哥哥慘死在那大盤嶺上，屍骸暴露，日抱不安。久欲向大哥前告假三四日，到那邊尋找掩埋，奈我哥哥生前行止不端，誠恐大哥見惡，未敢言及。今欲到那邊走遭，不知使得使不得？」說罷，淚眼盈眶，不勝悽楚。于氷道：「這是你極孝友念頭，理該早說，怎麼反怕我見惡起來？但不知往返有多少里數？」城璧道：「一去一回，約五百餘里。」于氷道：「我們日日尋山玩水，你既有埋葬令兄念頭，我即伴你一行。廟中喫用俱足，董公子也不用說知，我與你此刻即去。」城璧道：「這事如何敢勞動大哥同行？」于氷道：「不必世套。」

兩人緩步行去。城璧回身遙指泰安州道：「此城即某年月日，同某某等劫牢反獄，救我哥哥地也。」又言：「離此山二三里，下面有一土坡，此我與某某等殺敗官兵，彼時我哥哥已先有人背負上山，我等等候官兵再來，復行交戰處也。」于氷一邊聽城璧敘說舊話，一邊行行止止，領略那高下峰巒泉石樹木的景趣。城璧無心觀玩，惟有步步吁嗟而已。每到一山村，便指說道：「此某某等搶奪牲畜飲食處也。」每見一平坦石徑，大樹陰間，指說道：「此某某等背負我哥哥歇坐處也。」到了玉女峰，日已沈西，遠見那大石堂，又指說道：「此某某等三十餘人，晝夜團聚，商量救我哥哥處也。」二人到石堂內，于氷道：「此地便可寄宿。」城璧取出些麵餅饅頭充飢。皆因日日與于氷遊山，常有一兩天不回廟中時候，故於出廟時即帶在身邊備用。至三鼓以後，月上山頭，于氷道：「趁此幽光，可以行矣。」二人出石堂，又走那紆迴曲徑，嵯峨危嶺，沿途流連賞玩。至交午時候，方看見大盤嶺橫亙於層崖絕壁之內。城壁痛淚交流，指說道：「此弟與某某等對敵官兵，我哥哥自刎處也。」又指西南一山峰轉折處道：「此弟同某某等殺透重圍，由此而南，熟睡山神廟中，被獲疊受刑傷，得大哥救援，今日復到此也。」

城壁上至嶺頭，四下一望，見白楊秋草，遠近淒迷，碧水重山，高下如故。追想他哥哥回首遺言，並眾朋友捨命交鋒之事，倍加傷感。同于氷西下至半坡中，到他哥哥自刎處，仔細一看，見有幾段殘骨，被狼蟲弄的此東彼西，辨不出孰是孰非。當日是三人同自刎在一處，此時只剩有一個骷髏，城壁心肺俱裂，朝著那幾段殘骨，連連叩首，放聲大哭。于氷也不禁感嘆道：「人生世上，好結局，歹結局，忙忙碌碌，奔馳一生，不過如此而已。任他王公將相，富貴百年，欲不為枯骨，何可得也？我承吾師恩惠，將來似可免骨化形銷耳。」于氷扶城壁起來，城壁求于氷認他哥哥骨櫬。于氷道：「我和你一樣，從何處認起？」城壁又商酌掩埋之法，于氷道：「只有將大小殘骨收拾在一處，用石塊遮掩罷了。」城壁道：「此不過假藉一時，日久必為狐兔巢穴，究不免風吹雨灑之患。」于氷道：「你也慮得甚是。」想了一會，說道：「你且下嶺去，容我裁處。」城壁下至半嶺，聽候作用。

于氷在嶺頭揀了塊平正地方，口誦咒語，喝聲：「本山土司到！」須臾，土神聽命。于氷道：「掩埋骨殖，人皆有惻隱之心，煩於此處率領陰兵，挖一大坑，將嶺前嶺後骨殖，盡皆收放在裡面，用石土掩埋。」土司領命，傳齊屬下陰兵，頃刻收拾完妥，土神去了。于氷叫城壁上嶺驗看，見殘骨俱皆揀尋乾淨，又見嶺東邊起一大堆，于氷指向城壁道：「今兄同你眾友，俱入此塚矣。」城壁連忙拜謝，在塚前痛哭叩拜。兩人下嶺，復回舊路，本日仍宿玉女峰石堂。次早於重山環繞之地，見半山腰有一座廟宇，約略不過兩層院落。城璧道：「大哥緩行幾步，我去那廟中喫碗水解渴。」于冰道：「我同你去，到廟中少歇。」兩人走至廟前，城璧叫門，裡面出來一小道童，開門讓二人入去。剛走到院中，只見從後院又走出個道人來，兩下裡六隻眼，彼此一看，各大驚異。那道人先問于冰道：「尊駕可是冷先生諱于冰的麼？」于冰纔要相認，城璧搶行一步，拉住那道人問道：「你不是我表弟金不換麼？」那道人樂的打跌道：「不是我是誰？」三人皆大笑。

不換道：「我做夢也再不想到二位在此地相會。」一手拉了于冰，一手拉了城璧，讓入東房內，彼此叩拜就坐。不換道：「冷先生，一別三年有餘，容顏如舊。怎麼二表兄幾月不見，便鬚髮白到這步田地，我都不敢冒昧相認？」城璧笑道：「自有黑的日子。你且說怎到此出了家？」不換道：「千言難盡。」便將城璧那晚走後，如何喫官司，如何蒙知府開脫，如何賣房產，如何在山西招親，如何費了二百餘兩，挨了四十板，幾乎打死。城璧笑了笑。又說到救沈鍊之子沈襄，並分銀兩話。于冰連連點頭道：「此盛德事，做的好。」城璧道：「我口渴的很，若無茶，涼水也罷。」金不換連忙著小道童燒茶。

城璧又道：「你怎麼跑到此地出家？」不換道：「我屢次自己考驗，妻財子祿四字，實與我無緣，若再不思回頭，必遭意外橫禍，不如學二位，或可多活幾年。打算著冷先生雲來霧去，今生斷遇不著，或與表兄相遇，亦是快事，豈期今日還得見面？」說著，流下淚來。又道：「我自與沈公子別後，原要去西湖見見勢面，路過泰安州，聞此山內有許多好景所在，因此入山遊走，客居白雲嶺玉皇廟中。不意生起病來，承廟中老道人晝夜照拂，纔保住性命。我一則感他的情義，二則看破世情，送了他二十兩銀子，拜他為師。此處這關帝廟，也是他的香火，他著我和這小道童居守，這便是我出家的原由。」于冰笑道：「你兩個於患難中一家救了個公子，真是難表兄難表弟矣。」

說話間，小道童送入茶來。城璧道：「苦海汪洋，回頭是岸。老弟此舉極高，你與我大哥原是舊識，今又出家，即成一體，嗣後不必稱呼冷先生，也學我叫大哥為是，快過來與大哥叩拜。」于冰連忙止住道：「我輩道義相交，何在稱呼叩拜？」城璧道：「大哥若不受他叩拜，是鄙薄他了。」不換即忙叩頭下去，于冰只得相還就坐。不換去後院，收拾出素飯來，又配了兩盤杏乾核桃仁，請于冰過口。飯畢，道童點入燈來，城璧方細說自己別後話。又道：「假如我彼時不口渴，便要走去，豈不當面錯過？可見我輩遇合，俱有定數，就在此多住些時，也和在碧霞宮一樣。只是董公子主僕尚在那邊懸望，老弟須索與我們同行。」不換道：「這何須二哥吩咐？但深山中，安可令道童獨守？就是玉皇廟老道人，我須親去與他說明。我不過後日午間，定到碧霞宮了。」

于冰道：「看你這光景，是決意要隨我們。但我們出家，與世俗僧道出家不同。世俗出家，除誦經燒香禮拜神佛外，便要謀生財養命道路。我們出家，須將酒色財氣四字，看同死灰一般，忍飢寒自不必說，每遇要緊關頭，將性命視同草芥。若處處怕死貪生，便不是我道中人了。與其到後來被我看破，將你棄去，就不如此時不與你同事為妙。你可著實斟酌一番，休到後來我們不要你時，你抱恨於我。」金不換道：「人若沒個榜樣擺在前面，自己一人做去，或者還有疑慮。當日大哥若不是捨死忘生，焉能有今日道果？我如今只拿定不要命三個字做去，將來有成無成，聽我的福緣罷了。從此後若有三心二意，不捨命修行，定教天雷打死，萬劫不得人身。」于冰道：「人只怕於酒色財氣四字把持不住，你適纔說出不要命三字，這就是修仙第一妙訣。一個人既連命都不要，那酒色財氣皆身外之物，他從何處搖動起？我明早同連二弟先行，在碧霞宮等你，你須定於後日午間要到。若是過了時刻，便算你失信於我，你須記清楚。」不換連聲答應，三人坐談了一夜。次日又喫了早飯，不換送出廟來。

于冰同城璧走三十餘里，見一處山勢甚是險惡，林木長的高高下下，遍滿溝壑，四圍都是重崖絕壁，只有一條盤道可行。於是暗誦靈文❷，向山岔内用手一招，又向盤道上指了兩指。復走了二里多地，見路傍有一株大松樹，形同傘蓋，隨於樹根上書符一道，又拘來一個蒼白狐狸，默默的說了幾句，那狐狸點首去了。城璧問道：「適纔兩次作用是怎麼？」于冰笑而不言。走至對面嶺上，于冰又揀了兩塊大石，也各畫符一道，然後下嶺。城璧忍不住又問，于冰笑道：「金不換，我前後只見過他兩次，也看不出他為人。只是你投奔他時，他竟毫無推卻，後被他女人出首到官，他又敢放你逃走，這要算他有點膽氣。途間遇著沈襄，他竟肯將三百多銀子，分一半與他，一個種田地的人，有此義舉，也是極難得的了。然此二節，不過做的可取而已。世風雖說涼薄，像他這樣人，普天下也還尋得出一頭半個來。若說因他有這兩件好處，便和他做同道，我教下至少也可收二三千人，連吾師火龍真人，都被我遺累矣。我也不敢說我將來定做神仙，但看見人有幾件好處，便行渡脫，這神仙也不值錢了。理合試他一試，看他要命不要命。」便將如何試他的法子，說了一遍。

城璧聽了，連連搖頭道：「他一個纔出家的人，那裡把持的住？我想後來這兩層試法，還是幻術，不至傷命。若頭一次，是真要命之物，萬一傷生，弟心上何忍？」于冰笑道：「我豈壞人性命之人耶？」

❷ 靈文：宗教經文。道家雲笈七籤卷三：「玄元大聖皇帝以理國理家，靈文真訣，大布人間。」

城璧又道：「假如他貪生怕死，過幾日又尋了我們來，該如何裁處？」于氷道：「我也不好當面拒絕他，只用想一件事差他去，即與之永別矣。金不換那個人，外面雖看得伶牙俐齒，細相他眉目間，不是個有悟心人，日後入道頗難。若再心上不純篤，越發無望，不如速棄，可免將來墜累。似你雖出身大盜，卻存心磊落光明，我就不用試你了。」城璧聽了棄絕金不換話，心上甚是替他愁苦。

不言兩人回碧霞宮，與董瑋訴說埋骨殖等話。再說金不換將廟中所有大小物件，開了個清單，和小道童說明去意。那道童因不換性氣平和，從未大聲說他一句不是，直哭的兩淚千行。不換也甚是難過，與道童留了幾百錢，又叮囑他：「莫出廟門，明日便有人來看你。」別了道童，已申刻時分。他怕山路難走，強行了三十來里，估計日色已是將落時候。正走間，猛見盤道上堆著有兩間房大一物，有丈餘高，青黑色，細看似有鱗甲在上面。不換甚是驚詫，又走近了數步，仔細一看，原來是條大蟒，不由的毛骨悚然。欲要回去，已與于氷有約，失時便為失信，著他將來看不起；別尋道路，兩傍皆層崖絕壁，無路可行。偏是這蠢物又端端正正，團屈在這盤道中間，心上大是作難。沒奈何，又往前搶行了幾步，再一看時，也不知他身長多少，其粗倒有兩圍，真是天地間至大罕見之物，倍覺心驚。又見他分毫不動，心疑他是個死的。少刻，見那蟒似乎動了兩動，心上便怕起來。四面一望，天色比前又暗了些，心上越發著急。猛想起昨日與于氷說的話，有不要命三字，便自己冷笑道：「死生各有定命，若不是他口中食水，此時也遇不著他。若是怕傷了性命，做個失信人，不但跟隨不得姓冷的，連玉皇廟也不必出家，還了俗，豈不是正務？」有此一想，便膽大了十分，大踏步直向大蟒身邊走來。相離不過四五步，猛見那蟒陡將腦袋直立起來，有七八尺高，又將長軀展開，甚是雄偉。但見：

口噴火焰，舌尖上挑起腥風；目放金光，牙縫中吹出毒氣。身腰蜒蜿，似龍而無四足；鱗甲參差，像蛟而少一角。尾搖則山動峽折，頭擺則石翻樹倒，真是吞一象而不足，喫數人而有餘。

只見那蟒張著血淋淋大口，向不換吞來，不換忍不住阿呀了一聲，急忙向一山凹內一躲，誰想一腳踏空，滾下崖去，被幾株樹根架住，不至滾到山底，頭臉身手，擦破了好幾處。扒起來定省了片刻，向崖下一望，約有四五丈深。又見兩三步中，有一株極大的核桃樹，急欲上那樹去避蟒，見山面甚側，惟恐再滾了下去，於是半走半扒，挨到樹前，攀踏了上去。只上了三丈餘高，便看見那蟒將一塊房大的石頭纏住，張著口，在石下來回尋覓。再看那大石，正在他滾下去山凹左邊，纔明白他在石上纏繞的意思。又恐被那蟒看見，急將身隱藏在樹枝重疊之內。只見那蟒又回著頭，折著尾，一段一段將所纏大石次第放開，然後展開長軀，夭夭矯矯，向盤道行了幾攛，又回過頭來，將大石看了看，方奮力一攛，投南邊山灣深澗中去了。

不換在樹上看得明白，心喜道：「若不是一腳踏空，那一滾兒滾得妙，此時早在他腹中，不知成怎麼個苦況。」又待了一會，方敢下樹。再看天色，已是黃昏時候。此時進退兩難，惟有向前路急走。約行二三里，見路傍有一間房兒，連忙推門入去，裡面寂無一人，炕上倒有舊布被一件，地下還放著盆碗等類。不換道：「這是有人住居的所在，莫管他，且喘息片刻壓驚。」又想道：「我從這條路也往來過兩三次，倒沒看見這間房兒。」又說道：「既無房主人，我且樂得睡他一夜，明日只用巳時左近，便可與冷大哥全信。」跳下地來細看，昏黑之中，也看不清楚，隨手亂摸，倒摸著火石、火筒、火刀三件在一處放著。隨即打火照看，見地下有燈臺，點了燈，將門兒頂住。卻待要取被子睡覺，聽得門外說道：「是誰在我屋內？還不快開門？」不換道：「房主人來了。」連忙跳在地下，將門兒開放，門外走入個年少婦人，手提著個小布袋兒，雖是村姑山婦，卻生的是極俊俏人才。但見：

面皮現兩瓣桃花，眼睛含一汪秋水。柳葉眉兒，彎同新月；櫻桃小口，紅若丹砂。雲髻峨峨，斜插山菊數朵；金蓮窄窄，飄拂麻裙八幅。粗布為衣，益見身材俏麗；線繩作帶，更覺腰肢不肥。信矣深山出異鳥，果然野樹有奇葩。

那婦人入得門來，將不換一看，也不驚慌，問道：「你這道人，是從何時到我屋內？」不換將遇蟒逃生，因天色已晚，始敢到此，苟延片刻：「若早知是老嫂的住宅，我便拚命往前路去了，望老嫂恕罪。」那婦人聽罷，粉面上落下淚來，將手中布袋放在地下，讓不換坐在炕上，自己也坐在一邊，說道：「我男人日前打柴，也是與那條蟒相遇，被他傷了性命。客人是有福的，便逃得出來。」不換道：「原來如此。老嫂適從何來？」婦人道：「我男人沒了，連日柴米俱無，我又無父母兄弟，今早到表舅家借米，求到日落時候，方與我半袋粗米。此身將來靠著那個？」說著，又淚痕亂落。不換道：「老嫂若住在平川，便可與富戶做點生活度日。這深山中，不但婦人，便是男子，也獨自過不來。我不怕得罪老嫂，何不前行一步？」婦人道：「我也久有此意，只是婦人家，難將此意告人。」說罷，做出許多嬌羞態度，好半晌，又說道：「似我這樣孤身無倚，客人若有個地方安插我，我雖然醜陋，卻也不是懶惰人，還可以與客人做點小生活，不知客人肯不肯？」不換道：「我若不是做了道士，有甚麼不肯？」婦人微笑道：「你只用將道衣道冠脫去，便就不是道士了。」不換道：「好現成話兒，我與其今日做世俗人，昔日做那道士怎麼？況我四海為家，也沒安放老婆處。」

婦人聽了，便將面孔放下，怒說道：「你既然願做道士，就該在廟內守著你那些天尊❸，三更半夜，到我婦人房內做甚麼？就快與我出去餵大蟒去！」不換道：「便餵了大蟒，也是我命該如此，我就出去。」跳下地來，卻待要走，被婦人從背後用手將衣領揪住一丟，不換便倒在炕上。扒掙起來，心裡作念道：「不想山中婦人這般力大，虧他還是個嬌怯人兒，若是個粗蠢婦人，我穩被摔死了。」婦人又道：「你不必心中胡打算，任你怎麼清白，但你此時在我屋內，我一世也不能清白了。」說著，便將被子展開，向不換道：「你還等我與你脫衣服麼？」不換道：「我倒不意料你們山中婦人是這般爽直，毫不客套，怪道獨自住在此地，原來是等野羊兒❹的。」說罷，又跳下地來。婦人大怒道：「你敢走麼？你道我摔不死你麼？」不換道：「完了！」又見婦人神色俱厲，心上有些怕他，沒奈何，復坐在炕上，兩人各不說話。好一會，婦人換做滿面笑容，到不換身邊，放出無限的媚態，柔聲艷語，百般勾搭。不換起初堅忍，次後慾火如焚，又想起對于冰發的誓願，自己無可擺脫，每到情不能已處，便用手在自己臉上狠打，打後便覺淫心少歇。婦人見他自打，卻也不阻他。過一會，又來纏繞，這一夜，何止七八次？直到天明，婦人將不換推出門去。

不換和脫籠飛鳥一般，向前面嶺上直奔。剛走到嶺下，一抬頭，見嶺頭有兩隻虎，或起或臥，或繞

❸ 天尊：道教稱天神為天尊，如元始天尊、靈寶天尊等。

❹ 野羊兒：喻在山野行走的男人。

著盤道跳躍。不換道：「怎麼這條路上，與先大不相同，蟒也有了，虎也多了？」在嶺下等了有一個時辰，兩虎沒一個肯去。再看日色已是辰時左近。又想道：「日前冷大哥言，修行人每到要緊關頭，視性命如草芥。我今午若不到碧霞宮，冷大哥也未必怎麼怪我。只是我初次跟他學道，便先失信於他，且我又自己說過不要命的話，等這虎到幾時？吃便隨他吃去。」一想罷，放開膽量，一步步硬上嶺來，也不看那二虎的舉動，只低了頭走路。即至走到嶺上，四下一望，那兩隻虎不知那去了，不換心喜之至。下了嶺，與老道士眾人話別，交了器物清單，到碧霞宮時，日已午錯。

城璧正在廟外張望，看見不換走來，大喜。不換道：「昨日今早，幾乎與二哥不得相見。」兩人入廟，同到客寓。于氷滿面笑容，迎著不換說道：「著實難為老弟了，好，好！」不換心內驚訝道：「難道他已知我遇蟒遇虎等事了？」於是和董公子、大家禮拜就坐。城璧道：「怎麼此刻纔來？」不換將途間所遇，詳細訴說。城璧笑道：「你這一說，我更明白了。你昨日遇的蟒，卻是真蟒。遇的婦人……」話未完，于氷以目示意，城璧不敢說了。不換又問，城璧道：「我是和你說頑話❺。」自此三人日日遊覽山水，也有與董瑋同去的時候。于氷又著城璧傳與不換導引呼吸之法，只因心懸朱文煒主僕，二鬼尚未回來，只得在泰山等候回音。正是：

埋兄同返煙霞路，古剎欣逢舊日人。
設險中途皆解脫，喜他捨命入仙津。

---

❺ 頑話：戲言，今通作玩話。

第二十八回　會盟兄喜隨新官任　入賊巢羞見被刼妻

詞曰：

顛沛流離，遠來欣會知心友。惡兄悔過，不願終禽獸。　誤入樊籠，幸遇妻相救。羞顏有倚門，回首猶把秋波溜。

右調點絳唇

且說朱文煒、段誠得于冰助銀十八兩，本日搭船起身，走了半月光景，到了荊州，在總兵衙門左近，尋了個店房住下。到次日早間，問店主人：「林鎮臺有個姪子，是去年九月間從四川來的，叫林岱，你們可知道來了沒有？」店主人道：「去年九月間，果然有大人的家眷到來。我們又聽得兵丁們說，是大人的公子，並沒聽得說是姪子。如今衙門內大小事務，俱係公子管理，最是明白寬厚。自從他來，把林大人的氣質都變化的好了，也不曉得他的諱叫甚麼。」文煒向段誠道：「這一定是林岱無疑了。」一路還剩下有十三四兩銀子，彼時四月天氣，主僕買了兩件單衣穿在外面，又換了新鞋新帽，寫了個手本，一個全帖，走到轅門前，問兵丁們道：「署中可有個林諱岱的麼？」兵丁道：「此係我們公子的名諱，你問怎麼？」文煒將手本名帖交付兵丁，說道：「煩你代我通稟一聲。」

兵丁們見他衣服雖然平常，光景像個有來頭的，走去達知巡捕官。巡捕看了手本，又見全帖上寫著「同盟弟朱文煒」，連忙教請入官廳上坐。隨即傳稟入去。少刻，吩咐出來開門，慌的大小武弁跑亂不迭。不多時，開放中門，請朱文煒入去相見。文煒忙從角門入去，遠遠見林岱如飛的跑來，大叫道：「老恩弟，真教人想殺。家父在大堂口佇候。」又向段誠慰勞了幾句。文煒見林岱衣冠整齊，相貌也與前大不相同，急急的從引路旁行走。只見總鎮林桂芳鬚髮蒼白，站在堂口上，高聲向文煒道：「我們日日鬼念❶著你，不想你竟來了。」文煒搶行了幾步，先跪下請安。桂芳連忙扶起來道：「你是個秀才，論理不該開中門接你，我為你是個有義氣人，又於小兒有大恩，所以纔如此待你。」

說罷，拉了文煒的手，到了內堂，行禮坐下。文煒道：「生員一介寒儒❷，蹇遭手足之變❸，與公子有一面交識。今日窮途，投奔階下，承大人優禮相加，使生員惶恐無地。」桂芳道：「你這話說得都太斯文，稱呼的也不是。你既與小兒結拜了弟兄，你就該叫我老伯，我叫你賢姪就是了。」文煒道：「樗櫟❹庸才，何敢仰攀山斗❺？」桂芳道：「這還是秀才們的酸話。日後不可斯文，我嫌不好聽。」林岱道：「家父情性最直，老弟不必過謙。」文煒道：「老伯吩咐，小姪今後再不說斯文話。」桂芳點頭道：

❶ 鬼念：怪想念；非常思念。鬼，怪；非常。

❷ 一介寒儒：一個貧寒的儒生。

❸ 蹇遭手足之變：不幸遭遇兄弟間的變故。蹇，音ㄐㄧㄢˇ，不順利。手足，指兄弟。語本李華弔古戰場文。

❹ 樗櫟：音ㄕㄨ ㄌㄧˋ，樗和櫟都是木質疏鬆的木材，因以喻無用的人。語本莊子逍遙遊。

❺ 山斗：泰山和北斗，喻地位崇高，為世人所景仰。

著，這就是了。」文煒又向林岱道：「自與哥哥別後，真是艱苦萬狀。」桂芳道：「你兩個說話的日子長著哩，此刻且不必說，喫酒飯後再說，快叫廚子收拾飯。」又向林岱道：「你看他主僕的衣服，和你夫妻來時的衣服也差不多，快尋幾件衣服來換換。」林岱吩咐家人們道：「我的衣服你朱爺穿太長大，說與裡面，把老爺的衣服拿幾件來。」桂芳又指著段誠道：「這段家人的衣服，你們也與他換了。明日一早，傳幾個裁縫來，與他主僕連夜趕做。」說罷，又向眾家人道：「聽見了麼？」眾家人連聲答應。

少刻，嚴氏請文煒入去相見。桂芳道：「還早哩，等我說完了話，你們再相見罷。」文煒道：「老伯大人，春秋幾何？」桂芳道：「六十三了。我只是不服老，如今還可拉十一二個力的弓，還敢騎有性氣的馬，每頓喫四五大碗飯，晚間還喫十來個點心纔睡得著。」文煒又道：「還沒有拜見老伯母。」桂芳道：「他死了十三四年了。如今房內有幾個小女人服伺我，倒也不冷落。你今年多少歲了？」文煒道：「二十四歲了。」桂芳道：「正是小娃子哩。」又道：「內外大小事件，我都交與你哥哥辦理，把這娃子每日家也忙壞了。你來的正好，可以相幫他。」文煒道：「衙門中文稿書啟以及奏疏，請著幾位幕友？」桂芳道：「還當的起幾個？前幾年有個張先生，是北直隸人，與我脾胃甚相投合，可惜就死了。昨年又請了個吳先生，是江南人，於營伍中事，一點夢不著。且又最疲懶不過，終日家咬文嚼字，每夜念誦到三四更鼓，他還想要中會。我也最懶於見他，嫌他之乎者也的厭惡。他背間常和人談論，說我是一字不識的武夫。我背間拿他做的書札文稿請教人，有好幾個都說他不通妥。如今有了你，我不要他了。」文煒道：「小姪一無所能，或者此人是個真才子，老伯亦不可輕言去捨。」

桂芳道：「你這話，當我眼中沒見過真才子麼？昔日在襄陽參將任內，會著個王諱鯨的，年紀與你彷彿，沒一日不喫酒歌唱，下棋笑談，提起筆來，千言立就。我也不知他做的好不好，但沒一個不說他是大學問人。不想真才子用的都是心裡眼裡的工夫，不在嘴裡用工夫。那裡像這些酸丁❻，日日抱上書，明念到夜，夜念到明，也不管東家喜怒忙閒，一味家幹他的事。若煩他動動紙筆，不但詩詞歌賦他弄不來，連明白通妥一封書啟，一扣稟帖，也做不到中節目處。若說他不用心，據家人們說，他打了稿兒，左改右改，饒改著就與我弄下亂兒了，刻下全憑幾個書辦幫著我。那王鯨自中一甲第二名後，如今現做翰林院侍讀學士，算來不過八九年。那裡像這些吆喝詩文的怪物，只問他吆喝的學問在那裡？功名在那裡？」說罷，向林岱道：「明日著人通與他個信兒，教他辭了罷。」

家人們請文煒更換衣服。文煒到書房中，換了衣服靴帽出來，與桂芳拜謝。桂芳笑道：「我只嫌秀才們禮太多。」須臾，酒食停妥，桂芳向文煒舉手道：「你弟兄兩個對面坐，我就僭❼了罷。」也不謙讓，坐了正面。斟酒後，拿來四個大盤，兩個大碗，逼著文煒喫了三大杯酒，便嚷著要飯喫。頃刻喫完，三人到書房內，坐下喫茶。桂芳道：「飯已經喫了，你快說你四川的事我聽。」文煒就將到四川省親的話，纔題起來，桂芳道：「這話不用說，我知道，你只從贖回你嫂子後說罷。」文煒從幫了銀子回廟中，如何被打三四次，如何分家，段誠如何爭論，請人如何代懇，只與銀十兩，如何趕出廟外另住。桂芳聽了，惱的鬚眉倒豎，就有個要發作的意思，只為是文煒的胞兄，只得忍耐。又聽到拋棄父屍，不別而去，不由的勃然大怒，將手在腿上一拍道：「這個忘八肏的，就該腰斬示眾。」林岱連忙提引道：「這人是

❻ 酸丁：嘲笑窮書生的稱呼。元無名氏雜劇鴛鴦被：「休惹他這酸丁。」

❼ 僭：音ㄐㄧㄢˋ，假冒名義，超越本分。此處用作不講客套禮貌之意。

朱兄弟的胞兄哩。」桂芳道：「你當我不知道麼？我有日遇著這狗攮的，定打他個稀爛！」

文煒又說到被崇寧縣逐出境外，在省城東門外廟中，和段誠輪流討飯喫度命。桂芳聽了，心上甚是惻然，林岱亦為淚下。後說到冷于氷畫符治病，幫助銀兩，主僕方得匍匐至此，桂芳拍手大笑道：「世上原有好人，異日會著這冷先生，定要當長者的敬他。」又指著文煒向林岱道：「不但他在你兩口兒身上有恩惠，便是個路人，苦到這步田地，我們心上也過不去。等他歇息了幾天，與他打湊上一千兩銀子，先著他回去聽望家屬。他若願意到我衙門中來更好，不願意也罷了。」家人們拿上酒來，三人坐談了半夜，桂芳纔入去。林岱同文煒，連床話舊。次日，見了嚴氏，備道原由，嚴氏更為傷感。自此衣服飲食，總如親兄弟一般看待。

過了兩三天，文煒向林岱哭訴隱情，恐怕他哥哥文魁逐離妻子，祇求向桂芳說說，並不敢求助多金，只用三五十兩，回得了家鄉就罷了。林岱道：「老弟之苦，即我之苦。家父尚要贈送千金，愚兄嫂寧無人氣？銀子倒都現成，只是家父心性過急，老弟去得太速，未免失他敬愛之意。況他已有早打發你的話說，容愚兄遇便代為陳情。若說為知己聚首，必欲久為款留，此世俗兒女之態，非慷慨丈夫也。老弟主僕二人，受令兄淩虐，幾至於死，弟婦煢煢弱女，何堪聽其荼毒？不但老弟懸結，即愚兄嫂二人，亦時刻眉縐。再過數日，定保老弟起身。」又過了三四天，家人報道：「朝命下。」林桂芳排設香案接旨，原來是調補河南懷慶府總兵，荊州總兵係本鎮副將施隆補授。文煒聽知大喜，隨即出來拜賀。桂芳道：「隨處皆臣子效力之地，只是我離的家鄉遠，你倒離的家鄉近了。」吩咐林岱同文煒辦理交代等項，這話按下不題。

且說朱文魁日日盼望山東關解喬武舉信息，過了七八天，文書到來，青州一府，遍查並無喬武舉其人。文魁見仇無可報，大哭了一場，與李必壽家夫妻留了十兩銀子，拿定主意，去四川尋訪兄弟。僱了好幾天牲口，不是三兩個，就是六七個，沒有個單行的牲口。同人合夥僱，他總嫌貴。一日，尋著個價錢最賤的牲口，腳戶叫周奎。帶了三百多銀子，同周奎起身。一路上說起家中被劫事體，並訪不著喬武舉下落話。這腳戶聽了，心中大喜，不想他是師尚詔手下的小賊，凡河南一省士農工商、推車趕腳、肩擔乞丐之類，內中俱有他的黨羽，別處府分還少些，惟歸德一府最多。這腳戶見他行李沈重，又是孤身，久有下手之意，只是地方不便，那裡有工夫和他四川去？今因他說起拿不住喬武舉，那晚搶親時，此人即在內，隨向文魁笑說道：「可惜此話說的遲了兩天，多走了百十餘里瞎路。」文魁道：「這是怎麼說？」腳戶道：「你若去四川尋兄弟，我就夢不著了。若說尋這喬武舉，真是手到擒來。」

文魁大喜道：「你認得他麼？」腳戶道：「我豈但認得他，連他的窩巢也知道。歸德府東夏邑縣，有個富安莊兒，我們同在一處住。那邊也有六七百人家，這喬武舉日日開場窩賭，把一個家兄被他引誘的輸了好些銀錢，我正無出氣處。不意料他會做明火劫財強盜們做得事業，真是大奇大奇。他這月前還娶了個妾來家，說是費了好幾百銀子。」文魁忙問道：「你可見過他這妾沒有？」腳戶道：「那日娶來時，我們都看見他在門前下轎，倒好個人才兒。」文魁道：「是怎麼個人才？」腳戶道：「長挑身子，白淨瓜子面皮，臉上有幾個小麻子兒，絕好的一雙小腳，年紀不過三十上下，穿著寶藍紬襖，外罩著白布對襟褂子，白素紬裙兒。」文魁連連頓足道：「是，是極。」腳戶道：「是甚麼？」文魁道：「咳！就是我的老婆被他搶去了。」腳戶也連連頓足道：「咳！可惜那樣個俊俏堂客，這幾天被喬武舉揉擦壞了。」

文魁蹙著眉頭又問道：「這喬武舉是怎麼個樣子？」瞓戶道：「是個高大身材，圓眼睛，有二十七八歲，眉臉上帶些兇狠氣。」文魁道：「越發是了。不知他這武舉是真的是假的？」瞓戶道：「怎麼不真？富安莊兒上，還算他是有錢有勢的紳衿哩。」文魁聽罷，只急得抓耳撓腮道：「你快同我回去，稟報本縣文武官拿賊，我自多多的謝你。」瞓戶道：「不是這樣說，事要往穩妥裡做。天下相同的人甚多，你若驟然稟報了官府，萬一不是，這誣良為盜的罪，你倒有限，我卻難說。就是官府饒放了我，喬武舉也斷斷不依我。」文魁道：「地方和他的功名俱相同也罷了，那有個男女的面貌並身上的衣服，處處皆同？不是喬武舉和我家女人是那個？快快的同我去來。」瞓戶道：「只因你性兒太急，好做人不做的事，家中就弄出奇巧故典❽來。現喫著應般大虧，不想還是這樣冒失。」

文魁道：「依你便怎麼？」瞓戶道：「依我的主意，你同我先到那邊看看，若不是強盜，除瞓價之外，你送我三兩銀子，這往返也是幾天路程。若果然是強盜，你送我二十兩，我纔去哩。」文魁道：「就再多些，我也願意。只是這喬賊利害，到其間反亂起來，不是我被他打壞，就是他逃跑了。況他是開賭場的人家，手下豈沒幾個硬漢子？且我素未來過，門上人也不著我入去。」瞓戶道：「他家日夜大開著門頑錢，那一個入不去？你若認真他是大盜，同場的人就要拿他。六七百人家的地方，你道沒王法麼？就是本處鄉保聞知，那一個敢輕放他？何況又有我幫著你，你只到富安莊兒問問，那一個不服我和家兄的拳棒？那一個不叫聲周大哥、周二哥？」文魁聽了這許多話，說道：「我就和你去。只是此事全要借

❽ 奇巧故典：非常奇怪的事故。

仗於你。」那腳戶拍著胸脯道：「都交在我身上。」

兩人說明，同回夏邑縣。到了一處村落，果然有四五百家人家。走入了街頭，文魁道：「我這行李，該安放何處？」腳戶道：「我同你寄放在人家鋪子裡，要緊的東西，你帶在身上。」文魁道：「倒也罷了。」隨即寄放了行李，身上帶了銀子，腳戶也安頓了牲口，兩人走到一家門首，見院中坐著幾個婦人，不敢入去。腳戶道：「有我領著，還怕甚麼？」從這一家入去，彎彎曲曲，都是人家，有許多門戶。文魁有些心跳起來，要回去。腳戶道：「幾步兒就是了，回去怎麼？」又走了一處院落，方看見一座大門，原來四面都是小房子圍著，內中出入的人甚多，倒也沒人問他。腳戶道：「這就是了，快跟我來。」文魁道：「我心上好怕呀！」腳戶道：「頑錢的出入不斷，人都不怕，只你就怕了？」文魁不敢入去，腳戶拉他，到了二門內，見房子院子越發大了，有幾個人走過來，問道：「這小廝身上有多少？」腳戶笑道：「大約有三百上下。」那幾個人便將文魁捉拿，文魁叫喊起來，眾人道：「這個地方，殺一萬人也沒人管。」猛聽得一人說道：「總管吩咐，著將這個人綁入去哩。」

眾人把文魁綁入第四層大廳內，見正面床上坐著一人，正是喬武舉，兩傍帶刀劍的無數。眾人著他跪下，文魁只得跪在下面。只見喬武舉道：「這不是栢葉村那姓朱的麼？你來此做何事？」文魁那裡敢說是拿他，只得說尋訪妻子。喬大雄問道：「他身上有多少？」只見那腳戶跪下稟道：「大約有三百上下。」大雄道：「取上來。」眾人從文魁身上搜出。大雄吩咐，著管庫的按三七分與腳戶。又向文魁道：「你老婆我收用了，倒還是個伶牙俐齒的女人，我心上著實愛他。你日前說他的腳是有講究的，果然包得好。我今把他立了第三位夫人，寵出諸夫人之上，也算你痴心尋他一番，著你見見，你就死去也歇心。」

吩咐：「請三夫人來。」閒人退去，左右只留下七八個人。

不多時，殷氏出來，打扮的花明柳媚，極絕麗的衣裙，看見了文魁，滿面通紅。文魁此時又羞又氣，不好抬頭。喬大雄讓殷氏坐，殷氏見文魁跪在下面，未免十數年的好夫妻，哭亦不敢，笑亦不忍，只得勉強坐在床邊。大雄問文魁道：「你看見了麼？」文魁含愧答道：「看見了。」大雄吩咐左右道：「收拾了去！」大凡賊殺人，謂之收拾。殷氏忍不住求情道：「乞將軍留他一條性命，也算他遠來一場。」說罷，有些欲哭不敢的光景。大雄呵呵大笑道：「你到底還是舊情不斷，但此人放他回去，必壞我們大事。留在此地，又與你有嫌疑。也罷，著他到後面廚房內，與孩兒們燒火效力去罷。」文魁此時欲苟全性命，只得隨眾去了。正是：

一逢知己一逢妻，同是相逢際遇非。
乃弟款端賓客位，劣兄縮首做烏龜。

第二十九回　返虞城痛惜親骨肉　回懷慶欣遇舊知交

詞曰：

枝上流鶯和淚聞，新啼痕間舊啼痕。一春魚雁無消息，千里關山勞夢魂。　無聊賴，對芳樽，安排腸斷耐黃昏。片言驚報天涯外，喜得恩公已到門。

右調鷓鴣天

且說林桂芳將各項交代清楚，擇了吉日起身，朱文煒歡歡喜喜跟了赴任。一入了河南地界，便向林岱商議，言：「懷慶在省城西北，歸德在省城正南，相去各三百餘里，兄弟意見，想要分頭回家探望，不知哥哥以為何如？」林岱道：「論起來最屬便當，但老弟一路同來上任，又是家父的大喜事，今半路別去，著家父豈不怪你重家鄉薄友誼麼？況家父還要先到省城，纔赴新任，家眷也無人照管，不如我與老弟先同家眷到懷慶，俟家父上任後，我同老弟去虞城縣，何如？令兄若有不端的舉動，也不在刻下這幾日。」朱文煒聽了，也不好過於執滯❶，只得同去懷慶，耐心等候。

過了幾天，林桂芳到任，諸事俱畢，林岱替文煒陳說要回虞城縣探家，桂芳道：「這是情理上應該

---

❶過於執滯：過分固執滯泥，不知權變。

速去的。今日天氣尚早，他著今日起身，你與他帶上一千兩銀子，著兩個家人，四個兵，送他去安頓住，教他來與我辦事，守著老婆，學不出人來❷。」林岱道：「孩兒也要同他去走遭，往返不過八九天即回。若他令兄有可惡處，也好與朱兄弟做個幫手。」桂芳連連點頭道：「著，著。若那狗娘養的把朱相公家女人嫁了別人，你可拿我的名帖，親到虞城縣衙門，將這奴才的萬惡，詳細和那縣官說知，務必拿他去夾三夾棍，追問下落，並田產銀錢。若是被文魁家兩口子害了性命，就著他兩口子抵償。若縣官不認真辦理，你和他說，我就敘明前後情由，連他也參奏了，他不要看得我們武官太無能。你就同他去罷。他家中若有耽延，你可先回。」林岱告知文煒，文煒大喜，親到桂芳前千恩萬謝。嚴氏又著林岱暗中帶了五百兩，到虞城縣送文煒。

兩人同段誠跟隨了家人兵丁，一路騎馬行來，過了歸德，一直向虞城急趨。遠遠的看見栢葉村，把一個文煒急的恨不一步飛去。即至看見了自己的家門，心上又亂跳起來。到門前下了馬，讓林岱先入去，自己後隨。剛走入大門，只見二門內出來個人，問道：「是那裡來的？」又看文煒、段誠兩人，大驚道：「原來二相公、段大哥都還在麼！」文煒認的是本村謝監生家家人，問道：「你來我家做甚麼？」那人笑道：「兩月前，這房子還是二相公家的，如今令兄賣與我們主人了。」文煒驚慌道：「搬到那裡去了？」那人道：「搬到大井巷吳餅鋪對門兒。」文煒也顧不得讓林岱先行，自己大一步小一步的亂奔，街上有許多熟識問他，他總是飛走。走到吳餅鋪對門房外，往內一看，見李必壽家女人在院中洗衣服。

走入院中，李必壽家大驚失色，喊叫他男人道：「快出來，二相公回來了！」李必壽跑出來，見文

❷ 學不出人來：學不到人情世故、為人處世之道。

煒同段誠，又跟著許多人並馬匹，把眼倒直瞪了，一句也說不出。文煒忙問道：「家眷都在何處？大相公在那裡？為何只是你夫妻兩個在此？」李必壽見問，方纔上前叩頭，說道：「大相公數日前，帶了三百多銀子出門去，說要往四川尋找二相公。小人說昨年大相公回家，說二相公和段誠在川江中有不好的話，怎麼又去找尋？大相公說：『放屁，你少胡說！』與小人留下十兩銀子，家眷話容小人再稟。相公且同眾位客人到上房中坐。」說罷，眼裡有些要墮淚光景。文煒心緒如焚，連忙同林岱到上房，見地下只有一張桌子，放著酒壺一把、幾件盤碗之類，還有兩三把破椅子，此外一無所有。忙向必壽道：「你快說家眷話。」必壽道：「還求相公恕小人無罪，小人纔敢直說。」段誠大喝道：「你只要句句說實話就是了，有甚麼恕罪不恕罪哩！」

必壽道：「大相公回家後，一入門便大哭，說老主人病故，二相公同段誠在川江遭風波，主僕俱死。」文煒道：「想是你二主母認為真話，嫁人去了麼？」必壽道：「並未嫁人。大相公屢次著大主母勸二主母改嫁，二主母誓死不從。後來大相公將本村地土盡情出賣，得價銀八百八十兩，是小人經手兌來。又將住房賣與本村謝監生，價銀二百二十兩。從四川帶來大要有二千兩，家中所有器物也賣了，小人不知數目。聽得小人老婆常說，有個要去山東住的意思。三月初八九前後，在張四胖子家賭錢，輸與山東青州府喬武舉現銀六百七十兩。到十一日午後，大相公又去頑錢，吩咐小人：『今晚有人來搶親，你可專在門上等候，不必害怕，不可阻擋』，小人也不解是何原故。到三更時候，喬武舉帶了五六十人，竟來搶親。」文煒聽了，渾身亂抖起來。段誠忙問道：「搶去了沒有？到底要搶誰？這話說的有許多含糊露空處。」李必壽不由的悲噎起來。

林岱道：「你且不必悲傷，只管快快的直說。」必壽又道：「不想喬武舉是個大盜，一入門，先將小人捆綁，次將家中銀錢器物洗刷一空，小人彼時在昏憒之際，曾看見將頂轎子抬出去。到次日天明，大主母、二主母俱不見了，想是俱被賊人搶去。」文煒聽到此處，一交跌翻在地下，不省人事。林岱同眾人攙扶叫喚，好半晌，方纔回過氣來，喉嚨中哽咽作聲。林岱道：「不怕了。」轉刻，文煒放聲大哭起來。林岱在傍勸解。段誠問李必壽道：「怎麼我家女人也不見？」必壽道：「也是那日晚上不知去向。」段誠聽了，鬚髮倒豎，大怒道：「別人都被搶去，只你家兩口子都在？」手起一拳，將李必壽打的鼻口流血，趕上去又是幾腳，眾兵丁拉開。段誠大叫道：「二相公，不必哭了！眼見的他與大相公那脅娘賊通同作弊，將二主母叫人家搶去，兩口子賣了房產地土，帶上銀子，遠奔他鄉，卻又虛張聲勢，說是強盜劫奪，防備我們後患，不知與了這賣主奴才多少銀子，留下他替脅娘賊支吾。只將他夫妻兩個帶回衙門中，嚴刑追問，不怕他不說出實情。」

李必壽家老婆跑來，在窗外大嚷道：「我男人句句都是實話，怎麼倒打起來了？」段誠道：「我還要打你這大蛋淫婦奴才！為甚麼不搶著你去？」說罷，撲出去就打。林岱道：「段總管，不必動手，聽我說。這樣一件大盜案，豈有地方上人沒見聞的？只用將鄰里人等請幾個來一問，真假自然明白。」李必壽道：「這位爺說的是，我此刻就去請來。」段誠道：「你順便逃走了罷？我同你去。」兩人一齊出門，不多時，倒領來一百餘人。原來人都知道文煒死在川江，今日聽見回來，又是一件奇事，因此就有這許多人。林岱拉了文煒到院中，眾人有大半認得文煒的，各舉手慰勞。文煒向眾人一揖，然後問道：「敢問寒家何以一敗至此？懇求詳告。」

眾人道：「令兄輸與姓喬的六百多銀子，這是闔村人都知道的。後來令兄到袁鬼廝店中，與姓喬的說話，將六百銀又拿回家去，這也有人見過的。不知怎麼，到三月十一日夜半，被賊搶劫一空。第二日早間，親眼還看見李必壽在庭柱上綁著，我們大家纔解放了他。令兄氣極，一頭碰在門上，幾乎碰死。又知道沒了三個婦人，喬武舉也不知去向。令兄現有呈狀在本縣，告他明火劫財，搶去內眷，刻下還在嚴拿。令兄數日前還在這裡，近日不知那裡去了。但他屢次向我們說二相公同段大哥死在川江，怎麼又回來了？」林岱將文煒在四川並自己的事，詳細說了一遍。眾人聽了，無不唾罵，都說：「朱文魁是人中豬狗，天報的甚速，只是可惜把二相公的夫人並段大嫂也陪墊在裡頭。今日我們纔明白這小廝的為人，眼見得那日早間，親去尋姓喬的說話，又聽得同喫了飯，那就是賣二相公的夫人去了。若不是這話，已經輸了的六百多銀子，姓喬的為甚麼教他拿回？搶親是怕二相公夫人不肯嫁，兩人必是商量明白的。這小廝只圖內裡清淨，不想反中了喬賊的絕戶計。」

段誠道：「拿回這六百銀子話，李必壽這天打雷誅的狗男女，他適纔就沒說；倒是搶親的話，他說大相公和他說過。」眾人問李必壽道：「果然和你說過麼？」李必壽道：「拿回六百銀子，我實在未見。說十一日晚上有人來搶親，你不必阻擋，也不必害怕，這話是實實有的。我有甚麼天打雷誅欺主人處？」眾人俱拍手大笑道：「何如？疑他是商量通的，果然就是，真是豬狗虎狼不喫的東西，只是殺害的二相公太苦了。」段誠又說起老主人在任患病，他暗中和醫生商通，用極狼虎的藥，將老主人毒死，要全得家業。眾人道：「二相公不必苦惱了，他將令尊還下此毒手，何況於你？」又有幾個道：「這小廝十數天不見，必是和喬賊一路去了，卻報官告狀，虛弄聲勢，害鄉里，害捕役，要知道搶親的話，就是他煩人搬取家眷的鬼計。」又有幾個道：「我們留心看他情急的了不得，搬家眷和喬賊一路去，不像之至。看來是個招神引鬼，吃大虧苦了。」

文煒又放聲大哭，眾人無不慨嘆。林岱勸道：「適纔眾位的議論，一點不錯，萬事都是命定。你二十多歲人，怕沒個好姻緣配你？至於家財，你我當漢子的，越發不必計較。你昔日成就了我的夫妻，又因我拆散了你的夫妻，此地還有甚麼留戀處？同回懷慶，再做良謀為第一。」文煒痛哭道：「我如今死又不忍，生亦無趣，有家而為無家，也只得回懷慶苟延。」段誠道：「兩個主母被賊搶去，原是為了人才。我家的女人，又是為甚麼也被搶去？」林岱道：「想必你的女人也生的不錯。」眾人都大笑起來。林岱又道：「今日日已沈西，我們就在此買點東西喫，住上一夜。兵丁馬匹，著尋個店房安歇，定於明早起身。」段誠道：「林大爺所見甚是。我還要著實審問李必壽情由。」眾人也都陸續散了。晚間吃罷飯，文煒同段誠，又將李必壽夫妻細細的訊問了一番，次日方纔起身而去。

且說于冰在碧霞宫，又傳與城壁凝神煉氣口訣。過了幾日，二鬼回來，詳言：「先到荊州，不意林桂芳已赴懷慶總兵官任。小鬼等趕至懷慶，始查知朱文煒、段誠俱在林總兵署中，相待甚厚。兩三日前，同林岱去探家鄉。小鬼等怕有意外之變，暗中隨行。他已備知家中前後事體，痛不欲生。林岱解勸，仍回懷慶，如今他哥哥聞有去四川之說，未知確否，但他也去有數日了。因此來遲幾天，今特交法旨。」于冰收了二鬼，心下想道：「姜氏年青，我兒子亦在少年，異姓男女，安可久在一處？設或彼此有一念詩謬❸，不惟陰功不積，且與子孫留一番淫債。今林岱父子相待文煒甚厚，將來必幫助銀兩，教他另立

❸ 詩謬：錯誤荒謬，不合情理。詩，也作悖。淮南子泰族訓：「治由文理，則無悖謬之事矣。」

家業。不如我去與他說知原由，著文煒到我家搬取家屬，豈不完全了一節心事？」隨到房內，向城璧等說知，去河南有一件事要辦。城璧道：「幾時回來？」于冰道：「去去就來。」說畢出廟，駕遁光，早至懷慶府城外。

入城到了總兵衙門前，見有許多官弁出入。于冰上前問道：「有一個歸德府虞城縣秀才朱文煒，並他的家人段誠，藉重諸位，請他出來，我有要緊話說。」眾兵道：「你姓甚麼？」于冰道：「我姓張，是他同村居住的人。」兵丁回了巡捕，傳將入去。不多時，文煒同段誠出來，兩人看見是冷于冰，主僕就要叩拜。于冰扶住道：「此地非講話之所，我見衙門東首有一座關帝廟，可同到那邊去來。」文煒道：「請恩公老先生到衙門中敘談何如？」于冰道：「我生平懶於應酬，不如到廟裡說話為便。」三人到了廟內，道士問做甚麼，段誠道：「是鎮臺大人衙門中人，到此說幾句話。」道士連忙開客房讓坐。于冰道：「老羽士❹請便，我們有事要相商。」道士迴避，燒茶去了。

主僕二人又從新叩拜，問到此地原由。于冰道：「日前你和林岱到貴莊探家，竟空往返了一遭。」文煒驚問道：「老先生何由知道？」于冰笑道：「我也是今日方知。」文煒滿眼淚下，正欲訴說他哥哥話，于冰道：「不用你說，我已盡知。」于冰將文魁事略言大概，文煒、段誠早驚服的如見神明。又道：「自龍神廟與你二人別後，我午間即到貴莊。」段誠道：「老爺何以如此快走？」于冰微笑道：「我一天可行二三萬里，四川到河南，能有幾許路？」隨將文魁在袁鬼廝店中，教喬大雄搶親起，直說至如何遇姜氏並歐陽氏兩人，女扮男裝，在店中層層問答的話，如何僱車打發起身，如何暗中著二鬼護送，於

❹ 羽士：道士、仙人之稱。書言故事道教類：「稱道士曰羽客、羽士。」

某月日到成安自己家中，留住至今，詳詳細細，說了一遍。主僕二人，又驚服，又歡喜，扒倒一齊叩頭。于冰扶起道：「我係從山東泰山碧霞宮纔動身到此，一則安你主僕身心，二則說與你知道，你也該辭了林總兵父子，速去到寒家，搬取令夫人回鄉，另立家業方好。」說畢，舉手道：「我去了，千萬不可羈遲。」主僕二人，欣喜欲狂，又扒在地下，一上二下的叩頭。于冰扶起，文煒又再四苦留，定要請入衙門內。于冰大笑道：「我豈能與仕途人周旋耶？」說著，走出廟來。主僕見留不住，要相送出城。于冰道：「你們若如此，我異日一事也不敢照料了。」兩人只得目送于冰而去，方回衙門。

林岱不見文煒主僕，正要查問，只見他主僕歡歡喜喜入房來，見林桂芳正在，文煒喜極，便將適纔見冷于冰如何長短，說了一番。桂芳大嚷道：「這是真奇人，真聖賢中人，你們為何不請他入來我見一見？」文煒、段誠又說苦留不住的話。桂芳連連頓足道：「這是我福分薄，不得遇此神仙，罷了，罷了！」林岱道：「頃刻工夫，就駕雲也得出了城，可傳與轅門上官弁兵丁人等，速刻分八面追趕，兒與朱兄弟同去方妥。」桂芳道：「快去，快去，你們後生家，出了衙門就跑。」內堂官傳出來，頃刻眾兵分門追趕。

于冰剛走到東關盡頭處，只見幾個兵丁沒命的跑來，問道：「尊駕可是冷先生麼？」于冰道：「我姓張。」那幾個兵丁私相議論，雖不往回請，卻也跟住不放，早有一個跑回去了。少刻，文煒、林岱跑來，大叫道：「冷先生請留步！」于冰回頭一看，見是文煒和一個雄偉大漢同來，後面還有幾個兵丁和幾個將官。于冰站住，問文煒道：「你來又有何事？」林岱忙上前，深深一揖道：「家父係本府總兵官，姓林名桂芳，久仰老先生大名，適纔因朱義弟未曾請入署中，家父甚是嫌怨，今著晚生星馳趕來，請仙駕入城一會。」于氷還禮畢，將林岱仔細一看，見他生得虎頭燕頷，猿臂熊腰，身材凜凜，像國家棟梁之器，向林岱道：「學生從不到城市中，適因朱兄有一小事，理合通知，何敢勞鎮臺大人相招？煩向大人前委婉道及❺，不能如命。」說罷，舉手告別。林岱又復行跪請，于氷見他意甚誠虔，連忙扶起道：「公子必欲我入城，我只在與朱兄說話的關帝廟內，與大人暫時一面，方敢從命。」林岱道：「得蒙大駕少留，無不遵依。」說罷，三人緩步回在廟中，眾兵丁飛報林總兵去了。正是：

煙霞山島客，風月一林秋。
若遇知音者，隨地可存留。

❺ 委婉道及：委曲婉轉的說明。

第三十回　聞叛逆于冰隨征旅　論戰守文煒說軍機

詞曰：

土雨紛紛，征塵冉冉，凝眸歸德行人遠。飢鳥啄樹葉離枝，青燐遍地光旋轉。　木偶軍門，才思短淺，書生抵掌談攻戰，奇謀三獻勝孫吳，凱歌方遂男兒願。

右調踏莎行

話說林岱再三跪懇，于冰方肯入城，同至關帝廟內。少刻，聽得喝道鳴鑼，兵丁等眾入來報道：「我們大人來了！」須臾，聽得廟外叫道：「冷先生在那裡？」于冰只得迎將出去。林桂芳看見，緊跑了幾步，拉住于冰的手，大笑道：「先生固然是清高人，也不該這樣鄙薄我們武夫！若不是小兒輩趕回，此刻已到了安南國交界。」于冰道：「生員山野性成，村俗之態，實不敢投刺轅門。」桂芳大嚷道：「你為何這樣稱呼？這是以老匹夫待我了。日後總要弟兄相呼方可。」兩人攜手入房，桂芳先叩頭下去，于冰亦叩頭相還。兩人坐下，林岱、文煒下面相陪。林桂芳道：「朱相公時常說老長兄所行的事，小弟聽了，心肝肺腑上都是敬服的。方纔又說起他媳婦，承老長兄幾千里家安頓他，這是何等的熱腸！且能未動先知，真正教人愛極怕極。」

于冰道：「這皆是朱兄過為譽揚，冷某實一無所能。」桂芳道：「你也不必過謙。我今年六十多歲了，心上還想要再活一二十年，可到我衙門住幾天，將修養的道理傳與我，我纔放你走哩。」吩咐左右人道：「與冷先生快預備轎子，我是騎馬來的。」于冰道：「冷某賦性愚野，不達世故，況貴署事務繁雜，實非幽僻之人情意所甘。承厚愛，就在這廟中住一半天罷。」桂芳道：「我知道你，不但我們武官，就是文官，你也害厭惡。我衙門裡有一處花園，你到那邊，我不許一個人來往，何如？」于冰仍是苦辭，桂芳道：「你若不去，我是個老豬狗。」于冰見桂芳為人爽快，敬意又誠，不好十分違他的意思，說道：「大人請先行，冷某同令郎公子入署。」桂芳道：「轎已現成。」于冰道：「大人若像這樣相待，冷某就決意不敢領教了。」桂芳道：「就不坐轎罷。」復又彼此讓了半晌，桂芳方纔先行。于冰與文煒等步入衙門，不想桂芳已在頭門內恭候。攜手到花園內，左右已安放酒席停妥。于冰道：「冷某斷煙火食，已數年矣，即茶酒亦不敢領。」桂芳道：「難道你經年家餓著不成？」于冰道：「果子或果乾，還間時用用。」桂芳道：「容易。」吩咐速刻整理，讓于冰獨坐一桌，桂芳與林岱、文煒坐了一桌。

大家正在敘談時，只見家丁稟道：「有軍門大人差千總張彪，為飛報軍情事，星夜賚火牌前來，在轅門立等回話。」桂芳道：「取文書來我看。」須臾，家丁拿至，見上面粘著十數根雞毛。拆開一看，內言：「大盜師尚詔，於本月初六日二鼓，率領數千逆黨，在歸德府城內各門舉火，殺戮官兵，刻下已據有歸德，寧陵亦同時為賊所有。已飛飭南陽府總兵官管翼，從西南一路起兵。該總兵即日整點五千人馬，揀選勇敢將佐，限六日內至歸德城下，會兵殄滅。本院定於初八日辰刻，帶兵赴援。事關叛逆，不得少延時刻，違誤軍機，致干未便。火速，火速！」原來明時各省俱有軍門，提調通省人馬，管轄各鎮督撫，只專司地方事務，兼理糧餉。林桂芳看罷，大驚失色，將票文送與于冰、林岱等公看。隨發令箭，曉諭各營官弁，彙齊花名冊籍，準備衣甲器械，旗幟馬匹，今晚三鼓聽點，違令定按軍法。又傳差來千總張彪問話。

家人將張彪領來，參見畢，侍立一傍。桂芳問道：「軍門大人定在初八日起兵麼？」張彪道：「千總是初七日申時起身，此刻纔到。亦聽得說大人早晚發兵，未知定在何日。」桂芳道：「怎麼陡然有此變異之事？你可知師尚詔是何等之人，並叛逆的原由麼？」張彪道：「這師尚詔是初六日二鼓，在歸德城內起手，辰刻聲息即到開封。午時，陳留縣解到奸細一人，係師尚詔妻兄，叫蔣沖，因在省城探聽動靜，病在陳留。窩家黃貢生，與他煎藥不如法，角起口來。黃貢生不能容忍，始行出首，陳留縣立即鎖拿夾訊，始知師尚詔根由。陳留縣星夜解到開封，軍門同巡撫二位大人會審，口供與陳留縣所問皆同。」

桂芳道：「你可將他口供詳細說來。」張彪道：「這師尚詔原是歸德府人，自幼父母早死，依藉他族兄師德度日。他生得身長七尺五寸，腰闊八圍，雙拳開三石之弓，二臂有千斤之力，從十八九歲便在賭博場中尋覓衣食，屢行鬥毆傷人，被地方官逐離境外，後來便在各府縣遊走。寧陵縣中有一人，姓蔣名自興，原是跑馬賣解人家。他有個閨女，名喚蔣金花，十五六歲時，遇一姓秦的女尼僧，說他有后妃之相，就住在蔣家，傳與金花一部妖書，名法源密錄，內多呼風喚雨、豆人草馬之術。這尼僧又閒行市鎮，看見師尚詔，說他龍行虎步，將來可做天子。因此，蔣自興聽秦尼的話，招他做了女婿，與金花相配。又嫌寧陵地近省城，不便做事，遷移在彰德府涉縣山中居住。從地中掘出銀二三十萬兩，藉此招納四方無賴之徒，無所不為。數年間，逆黨遍滿通省，各州縣鄉村堡鎮，俱有窩家，潛藏叛賊頭目，幹辦事體，打劫財物，引誘愚人。師尚詔因歸德是他祖居，所以歸德逆黨最多。二年前，又從涉縣搬回，在歸德左近居住。本月初六日二鼓時候，率領賊眾，一齊發作，官吏盡被殺害，將歸德據住。寧陵亦係同時內外協應，為賊所得。事關重大，求大人即刻起兵。」桂芳道：「我知道了。」吩咐家丁，用心打發他酒飯。

張千總出去。朱文煒道：「幸虧我家中人離財散，若在虞城，又擔一番驚險。」桂芳向于冰道：「小醜跳梁❶，劫奪府縣，正是小弟等出力報效的時候。老長兄能替朱相公分憂，就不能與小弟出個主見？」于冰道：「冷某迂儒，未嫻軍旅，承下問，誠恐有負所托。然殺賊安民，正是替天行道❷，我尋思已久，要就這件事成就幾個人。只是一件，冷某若去，只可我們三人知道。只怕大人家丁傳出冷于冰名姓，那時我就不辭而去矣，還望預行戒諭。不是冷某誇口說，只用略施小計，管保大人馬到成功。」桂芳喜出望外，連忙出席，頓首叩謝，說道：「隱埋老長兄名姓，都交在小弟身上。」一面吩咐中軍官，先選二十名精細兵丁，此刻起身，在歸德、開封兩處打探軍情，陸續通報。傳齊副參、遊守、千把等官，晚堂聽點。

燈後別了于冰，陸堂揀選隨征官將。後到教場，點齊人馬。至四鼓回衙，向于冰道：「我與長兄預備下小轎一乘，伺候登程。」于冰道：「我與令郎和朱兄一同騎馬去。」桂芳道：「小兒向曾學習弓馬，就是到兩軍陣前，一鎗一刀，也還勉強去得。朱相公瘦弱書生，教他去做甚麼？亦且衙門中無人照料。」

---

❶ 小醜跳梁：通作跳梁小醜，形容盜匪猖狂跋扈的樣子。跳梁，跳擲，或作跳踉。小醜，稱小人、盜匪等。

❷ 替天行道：言代上天施行正道，以伸張正義。語出水滸傳第七十回。

文煒道：「我去實一無所用。」于氷道：「我著你和林公子同去，有個深意在內。你若失此機會，恐無出人頭地之日了。」文煒連忙改口道：「晚生雖一無所用，也正要看看兩陣對壘的勢面。」桂芳道：「他去了，衙門中內外無人，奈何？」于氷道：「外事有承辦官員，內事托一二老練家人，尚有何慮？況此去不過月餘，就要收功，非是我冷某藐視人，秦尼姑、蔣金花俱有邪術幻法，量軍門和管鎮臺還未必平的了那師尚詔。」桂芳大喜道：「運籌帷幄，決勝千里，原倚賴著老兄。既著朱相公去，便同去走遭。」

到天明，祭旗放炮，人馬一齊向東南進發。走了一日夜，探子報道：「軍門大人初八日起兵，如今還在睢州道上安營，未敢輕進。」原來這軍門姓胡名宗憲❸，是個文進士出身，做的極好的詩賦，八股尤為精妙，係嚴世蕃長子嚴鵠之妻表舅也。已做到兵部尚書，素有名士之稱。他嫌都中不自在，求補外任，嚴嵩保舉他做了河南軍門，只會喫酒做詩文，究竟一無識見，是個膽小不過的人，因此纔躲在睢州道上安營，聽候歸德的動靜。桂芳聞知，心下想道：「既然軍門停住睢州，我且先會巡撫，亦未為遲。」於是將人馬紮住，跟二三人入城，巡撫曹邦輔❹接入衙門，敘說目下賊情，言：「師尚詔連日分兵，已攻拔夏邑、永城、虞城等處，各差賊將鎮守。又於歸德城外東南北三面，各安了三座營盤，為四方策應，

❸ 胡宗憲：明績溪人，字汝貞。嘉靖進士，歷知益都、餘姚二縣，擢御史，巡按浙江。時歙人汪直據五島，煽諸倭入寇，而徐海、陳東、麻葉等，日擾郡邑。擢宗憲右僉都御史，巡撫浙江。尋為兵部右侍郎，總督軍務。宗憲用間諭徐海，縛獻麻葉、陳東，而激東黨攻海，海投水死。累以平賊功，加右都御史、太子太保，卒諡襄懋。

❹ 曹邦輔：明定陶人，字子忠，嘉靖進士，歷知元城、南和，以廉幹稱。累擢應天巡撫，平寇有功，為趙文華所譖，謫戍朔州。隆慶初，起為左副都御史，累官南京戶部尚書。

使我兵不能攻城。又於城西面安了八座連營，防開封各路人馬，約有二三萬賊眾據守。沿黃河一帶並永城地方，各安重兵，阻絕東南兩省救應，聲勢甚是猖獗，傳言早晚來攻打開封。兩位老鎮臺又未到，胡大人領兵離開封百餘里，就在睢州道上安營，按兵不動，一任叛賊攻取左近州縣。今早聖旨到，著軍門火速進勦，敕諭弟辦理糧草，參贊軍機，是這樣耽延時日，聖上責問下來，該如何覆奏？弟刻下委員於各州縣催辦糧草，也不過三兩日內就到軍前。」桂芳道：「據大人所言，這師尚詔竟有調度，非尋常草寇可比。小弟此刻就去睢州見胡大人，請教破賊的軍令。」

說罷，辭了出來，帶軍馬到了睢州，離軍門大營三里安營，請于冰計議，並說刻下賊情。于冰道：「俟大人見過軍門後，自有理會。」桂芳到軍門營前，稟到稟見。胡軍門傳見，禮畢，桂芳列坐一傍。宗憲道：「本院連日打聽，知師尚詔像貌猙獰，兵勢甚是兇勇，賊眾不下十數萬之多，本院因此按兵不動，等個好機會破他。」桂芳道：「兵貴神速，此時師尚詔雖據有歸德，究之人心未定，理該鼓動三軍銳氣，掃除妖孽，上慰聖天子縈計，下救萬民倒懸❺。若待他養成氣勢，內外一心，日日攻奪州縣，似非良策。」宗憲道：「林總兵談軍，何易易耶？兵法云：『全軍為上，破軍次之；攻心為上，攻城次之❻。』大抵王者之師，以仁義為主，不以勇敢為先。此等鼠輩，有何成算？急則合同拚命，緩則自相攻擊。耽延日久，必生內變，俟其變而擊之，非投降即鼠竄矣。若必決勝負於行陣之間，使軍士血肉蹀躞❼，此

❺ 倒懸：喻困苦，亦作倒縣。孟子公孫丑上：「猶解倒懸也。」

❻ 全軍為上四句：參閱孫子謀攻。

❼ 蹀躞：音ㄉㄧㄝˊ ㄒㄧㄝˋ，本義為往來頻繁貌，引申為受到踐踏之意。

匹夫之勇，非仁智之將也。吾等固應為朝廷用命，亦當為子孫惜福。」

桂芳道：「此賊謀畫，迥非草寇可比，大人還須急為設處。」宗憲道：「本院已發火牌，調河陽總兵管翼同到睢州，等他來，大家商一神策❽，然後破賊。汝毋多言，亂我懷抱。」桂芳見他文氣甚深，知係膽怯無謀之輩，只得辭出，與于冰訴說軍門的話。于冰道：「賊眾備細，冷某已盡知，俟管鎮臺同曹撫院到來，自有定奪。」不想于冰於懷慶起身時，已將二鬼放出，在歸德一府，往來查聽眾賊舉動，許他們不論早晚，有信即暗中通報。又候了一日，總兵管翼到來，先到桂芳營中拜望，問了原委，然後同桂芳去軍門營中稟見。軍門傳入，兩總兵參見畢，軍門命坐兩傍。胡宗憲道：「賊勢兇勇，斷不可以力敵，我看屯兵待降，還是勝算。二總兵有何高見，快我肺腑？」管翼道：「探訪的賊眾志氣不小，兼有邪法，必無投降之日。即投降，亦為王法所不容，宜速刻併力勦戮，除中州腹心之患為是。」

宗憲怫然道：「此林總兵之餘唾❾也。」管翼道：「不知大人有何妙謀？」宗憲道：「本院欲行文山東、江南兩省，會齊人馬，三路軍門合勦，此戰必勝攻必取，至穩之計，二鎮將有同心否？」桂芳道：「賊勢疾同風火，山東、江南人馬，非一日可至，倘被攻陷開封，當如之何？」宗憲忙用兩手掩耳道：「汝何出此不祥之言？咀咒國家，就該參奏纔是。」兩總兵相顧駭愕，不敢再議。坐了好半晌，宗憲忽然以手書空道：「師尚詔，師尚詔，汝何不叛逆於他省，而必叛逆於河南？真是咄咄怪事❿。」兩總兵

---

❽ 神策：神奇巧妙的計策。

❾ 餘唾：同唾餘。唾液之餘，喻言論之餘緒。

❿ 咄咄怪事：不可思議令人驚怪的事情。語出晉書殷浩傳。咄咄，音ㄉㄨㄛˋ ㄉㄨㄛˋ，狀聲詞。

見他心緒不寧，俱辭了出來。桂芳又同到管翼營中，管翼道：「胡大人無才無勇，必蹈老師玩寇⑪之罪。你我這兩個總兵，好容易得來，豈肯白白的教他帶累？不如公寫一書字，將你我兩番議論的話，詳細達知巡撫曹大人，看他是何主見，將來你我也有得分辨。」桂芳深以為然，隨即公寫書字，星夜寄去。

至第三日絕早，巡撫曹邦輔到來，先到軍門營中，差人請二總兵並諸將弁議事。不想于氷將林岱、文煒早已暗中囑咐過，要如此如此。兩人扮作家丁，跟了桂芳到中軍帳。諸官見禮畢，軍門、巡撫對坐，二總兵下坐，大小武官各次序分立兩邊。曹邦輔道：「賊勢日猖，開封亦恐不保。兩位鎮臺大人不肯動兵，欲師尚詔自斃歸德耶？」兩總兵俱不好回答。宗憲道：「弟等欲商議神策，一戎衣⑫而定歸德。奈事關重大，恐蹈喪師辱國之恥，故不得不細細斟酌耳。」邦輔微笑了笑。又問二總兵道：「兩位鎮臺亦有神策否？」二總兵齊聲道：「統聽兩位大人指示施行。」邦輔道：「我本文官，未知行陣輕重緩急，然此事亦思索已久，若率眾攻奪歸德，賊眾遠近俱有連營阻隔；若命將力戰，勝負均未敢定，必須使他四面受敵，策應不來方好。無如寧陵、夏邑、永城、虞城等處，又為賊得去，其羽翼已成，奈何，奈何？」諸將默然。

忽見朱文煒從林桂芳背後走出，跪稟道：「生員欲獻一策，未知諸位大人肯容納否？」胡宗憲問左右道：「此人胡為乎來？」桂芳忙起立打恭道：「此是總兵義子朱文煒，係本省虞城縣秀才。」宗憲大怒道：「我輩朝廷大臣，尚不敢輕出一語，他是何等之人，擅敢議及軍機重事？將恃汝義父總兵官，藐

⑪ 老師玩寇：使軍隊喪失鬥志，使寇盜更加凶頑。

⑫ 一戎衣：一著戎衣而滅紂，即一戰。尚書武成：「一戎衣，天下大定。」

視國家無人物麼？」曹邦輔道：「用兵之際，智勇為先，不必較論他功名大小。此時即兵丁亦可與言。」說罷，笑向文煒道：「你莫害怕，有何意見，只管向我盡情說。就說的不是些，不聽你就罷了，有何妨礙？」

文煒叩頭稟道：「目今師尚詔四面俱有連營，列於歸德城外，西門外人馬倍多，此防開封之救援也。依文煒下情猜度，賊西面雖有連營八座，不過人多勢眾，諒非精練之卒，理應先攻，通我開封道路。寧陵雖為賊據，鎮守者必非大將之才，可一將而取之也。文煒訪得賊眾家屬，盡在永城寄頓，去歸德只有一百八十里，此城內必有強兵猛將保守，宜速選一大將，帶領硬兵鐵騎，偃旗息鼓，繞路直搗永城。尚詔必遣兵救應，比及賊眾救到，永城亦攻拔多時矣。永城既得，歸德賊眾，人人心內俱有妻子繫念，勢必心志惶惑，戰守皆不肯盡力，此係一極大關節也。然未攻永城之先，必須先遣一將，引兵攻打寧陵，使賊人無暇議我之後。再著勇將三四員，命一大將統之，帶兵直趨歸德，攻其西面連營，卻斷斷不可全攻，或攻西北，或攻西南，只攻一營，一營破，則七營定必牽動。復用一二員將，帶兵遙為觀望，俟其七營救援時，可趕來盡力合擊。賊眾不知有伏兵多少，必散敗走歸德矣。此時即趁勢勒兵歸德城外，佯為攻打之勢，使彼不暇照應諸路，姑留虞城、夏邑不攻，俟永城、寧陵兩處成功後，則西北正東皆為我有，就以破永城之兵攻夏邑，以破寧陵之兵攻虞城，二城諒無才智之人把守，破之最易。二城破後，沿河守禦賊眾，怕官兵勦殺，可不戰而散。大人可一邊遣將接應諸路，一邊起闔營大兵攻歸德，師尚詔四面援絕，雖欲逃走，亦無道路矣。庸愚之見，未知各位大人以為何如？」

曹邦輔拍手大笑道：「此通盤打算，較圍魏救趙[13]之策，更為靈變敏捷。我亦曾晝夜思索，只是想不到恁般調度耳。真是聖天子洪福，出此智謀之士。但還有一件，我倒要問你，賊眾妻子果都在永城麼？」文煒道：「此係至真至確，生員何敢在軍前亂道，做不保首領之事？」曹邦輔道：「永城一破，歸德賊眾之心必亂，此策最妙。然眾賊妻子盡寄一城，城內強兵自倍多他處，而必定有猛將數人鎮守，這必須一武勇絕倫智謀兼全之將，方克勝任，少有差遲⑭，不但自己送了性命，且誤國家大事不淺，而虞城、夏邑俱不能攻奪。」說罷，向帳上帳下，普行一看道：「那位將軍敢當此任？」眾官無一應者。

又見林總兵背後走出金剛般一大漢，跪稟道：「生員願去立功。若得不了永城，情願將首級號令轅門，為無勇無才妄膺大任⑮者戒。」曹邦輔向眾官道：「大哉言乎！」又笑問道：「看你這儀表，實可以奪崑崙，拔趙幟，你且說你又是何人？」林桂芳欠身道：「這是小弟長子林岱。」邦輔亦欠身拱手道：「智勇之士，盡出一門，我看令郎漢仗雄偉，氣可吞牛，定有拔山扛鼎⑯之勇。今朱秀才之謀既在必行，理合一齊發作，方使逆賊前後不能照應。老鎮臺就與令郎撥三千人馬，暗搗永城，功成之日，我與胡大人自行保題。攻打西面連營責任，也不在取永城之下，須得英勇大將，方可勝此巨任。兩鎮臺屬下，誰人敢去？」管翼道：「小將願帶本部人馬效力。」邦輔道：「老鎮臺親去，勝於十萬甲兵，小弟無憂矣。」

⑬ 圍魏救趙：戰國時，魏軍圍攻趙都邯鄲。趙求救於齊，齊將田忌、孫臏率軍救趙，直趨魏都大梁。魏師回救，齊軍於中途截擊，大破魏軍，遂解趙圍。時為西元前三五三年。事詳史記孫子吳起列傳。此種戰略，後世常為兵家所採用，稱為圍魏救趙法。

⑭ 差遲：錯誤，義同差池。元人石君寶著雜劇秋胡戲妻：「休想到半點兒差遲。」

⑮ 妄膺大任：隨便擔當重大責任。膺，音ㄧㄥ，當；承受。

⑯ 拔山扛鼎：與拔山舉鼎義同，極言其氣力之大。古今小說第三十一卷：「項王有拔山舉鼎之力。」

桂芳道：「小弟去攻打寧陵。」邦輔道：「寧陵不用起動老鎮臺，遣兩員將佐，帶一千人馬即足。鎮臺帶領人馬接應令郎，倒是第一要務。管鎮臺只有本部五千人馬，攻打賊眾八座連營，實是不足，看來再有一二勇將，統兵接應協擊，方為萬全。」

話未完，忽見中軍帳下閃出兩員武官，跪稟道：「小將一係軍門左營參將羅齊賢，一係轅門效力守備呂于淳，情願接應管大人，只是沒有人馬。」邦輔道：「就將胡大人麾下人馬撥與你三千最便，何用別求？」宗憲滿面怒容，說道：「曹大人以巡撫而兼軍門，足令人欽羡之至。只是此番若勝，自是奇功。設或不勝，其罪歸誰？」邦輔大笑道：「以孔明之賢智，尚言成敗利鈍，不能逆覩⑰，邦輔何人，安敢保其必勝？至言以巡撫而兼軍門，是以狂詩責備小弟。但小弟既為朝廷臣子，理應盡心報國，無分彼此，勝敗非所計也。日前奉旨著小弟參贊軍機，就是今日提調人馬，亦職分所應為。今與大人講明，勝則大人之功，敗則曹某與兩總兵認罪。若大人按兵觀望，小弟不敢聞命。」

宗憲面紅耳赤，勉強應道：「小弟亦不敢貪人之功以為己利，只求免異日之虞而已。」邦輔又向林岱道：「兵貴神速，遲則機洩，公子可回尊翁營內，整點人馬，即刻起行。」又向文煒道：「你係主謀之人，若得凱旋，其功不小。」眾人散出，邦輔又坐催宗憲，發了令箭，點三千人馬與羅齊賢等。復到二總兵營內，打發各路兵將起身，然後入睢州城公館，發火牌催督軍餉。胡宗憲在營內，一無所事，守著自斟壺兩三把，酣飲嗟嘆而已。正是：

---

⑰ 成敗利鈍二句：成敗得失，不能預料。語本諸葛亮後出師表。

秀才抵掌⑱談軍務，巡撫虛心用妙謀。
諸將捨身平巨寇，軍門拚命自斟壺。

⑱ 抵掌：本作扺掌，擊掌；鼓掌。抵或扺，均音ㄓˇ，拍打。戰國策秦策：「抵掌而談。」

第三十一回　克永城陣擒師尚義　出夏邑法敗偽神師

詞曰：

馬踏平沙，將軍啣命，鎮靜無譁。打破孤城，斬殺巨寇，兩判殘花。　兵威遠近驚訝，那女尼神遊鬼查，一遇通元❶，智窮力竭，遠遁煙霞。

右調柳梢青

且說師尚詔據住了歸德，又得了四縣，他也知道收買民心，開倉賑濟，並恤被兵之家，四縣亦如此行事。自己號為雄勇大元帥，有十數個知心將佐，俱號為小元帥。其餘一二百員賊將，俱號為將軍。妻蔣金花，號為妙法夫人。秦尼姑號為神師。他族中的群賊，各有名號。凡攻城掠地、戰守接應之策，俱係這尼姑提調。師尚詔久有取開封之意，聽得胡軍門初八日起兵，只得料理迎敵。後又聽得停軍睢州，調兩鎮人馬，四五天不見動靜，遂遣諸賊將傍取夏邑等縣。

一日，笑向諸賊將道：「軍門胡宗憲無謀無膽，今駐軍睢州，不過掩飾地方官和百姓耳目，他心上害怕，可想而知。我意欲分兵三路，一軍趨開封東北，聲言取考地，絆住胡軍門人馬；一軍趨開封之南，

❶通元：即通玄，精通深奧之理。道家雲笈七籤：「通玄達妙，其統有三。」

傍掠州縣，牽住各處救兵；我領諸將鼓行而西，直取開封，量胡軍門庸才，斷不敢回軍救應。即或敢來，分兵禦之，亦未嘗不可。只要諸將竭力用命，攻破開封，傳檄❷諸郡，全省可得矣。爾等以為何如？」偽神師秦尼道：「此計尚非萬全。胡軍門調兩鎮人馬，早晚即到，我若能一朝而下開封，猶可併歸德之力，敵三處人馬，勝有八九。若屯兵堅城之下，兩鎮救兵齊至，攻我左右，胡宗憲殺回，阻我歸路，開封曹巡撫發人馬攻我之前，是我四面受敵，反為不美。況歸德去開封三百餘里，一時不能接濟，軍兵一敗，人心動搖，歸德亦不能守矣。為今之計，速差精細人探聽兩路軍強弱，領兵主將才勇若何，然後相機而動，可戰則戰，可守則守；再傳諭西面連營八主將，晝夜防備攻擊。胡軍門既係膽怯之人，兩鎮必不服他調度，日久又恐朝廷罪責，勢必各軍其軍。某等可選集諸將，敗其一路，則三路官兵俱皆瓦解矣。此慎重之策也。」師尚詔道：「神師所見甚明，我只愁朝廷另換軍門，則費手❸耳。」隨差人分路打探官兵動靜。

再說林岱領了三千人馬，桂芳又派了兩員守備相幫，于冰充做總兵府幕客，改為武職衣巾打扮，也隨在林岱軍中，捲旗息鼓❹，晝夜潛行，到了永城地界。鎮守永城主將係師尚詔之堂弟師尚義，又有族兄師德，還有幾個賊將軍，一叫鄒炎，一叫余鑄，一叫王之民，俱皆勇敢善戰。而鄒炎更是超眾，其武勇與師尚詔一般。諸賊將家口寄頓永城，全仗此人保守。這日探子飛報入城，言有三四千官兵，打著懷

❷ 傳檄：傳布檄文，以責讓所討伐的人。檄，音ㄒㄧˊ，古代官府用來徵召、曉諭、聲討的文書。

❸ 費手：費手腳之省文，費事、麻煩之意。金元好問戲題新居二十韻：「就中此宅尤費手。」

❹ 捲旗息鼓：通作偃旗息鼓。古人行軍時，放倒軍旗，暫停打鼓，以隱匿己方行蹤。

慶總兵旗號，離此不過數里。師尚義聽了，隨即點起賊眾，同鄒炎大開城門迎敵。少刻，見一枝人馬飛奔前來，門旗開處，一將當先，但見：

虎頭燕頷，猿臂熊腰。腕懸竹節鋼鞭，鞭打處千軍潰散；手提豹尾畫戟，戟到處萬夫辟易❺。聲似震雷，有斬將搴旗之勢；眸如掣電，擅投石超乘❻之能。身披爛銀甲冑，坐跨踣雪烏錐。成都稱為官家子，中州號作冠軍侯。

師尚義將人馬擺開，出陣大喝道：「來將何名？」林岱也不答話，提戟就刺。尚義即忙架隔，只三合，尚義敗走。鄒炎大叫道：「初次交鋒，安可失了銳氣？」倒提大刀，飛馬來迎。林岱見賊將身軀長大，相貌兇惡，知是一員勇將，提戟刺去，兩將鏖戰有四十餘合，林岱不歸本陣，撥馬往北而去。鄒炎趕來，林岱翻身一箭，正中鄒炎左臂，倒下馬來。尚義率兵救起了鄒炎，林岱殺回城內。余鑄領出二千賊兵助戰，這邊兩個守備，亦率眾相殺。林岱一枝戟，一條鞭，馬到之處，無不披靡。尚義見林岱兇勇，領兵敗入城去。林岱也不攻打，聽于冰吩咐，於十里以外安營。師尚義等入城，鄒炎咬牙切齒，誓報一箭之仇。余鑄道：「懷慶領兵主將，甚是勇猛難敵，看來不如智取。今他已戰勝，晚間必不準備，依我主見，只留五百人守城，其餘人馬盡數帶領，我同元帥於二鼓時劫營，每人以白布包頭，以便夜戰相識，殺他個片甲無存，與鄒將軍報仇。」鄒炎大喜道：「此計大妙。我臂上也算不得重傷，大家同去為是。」尚

❺ 辟易：音ㄅㄧˋ ㄧˋ，驚退。史記項羽本紀：「赤泉侯人馬俱驚，辟易數里。」

❻ 投石超乘：同投石超距。投石，以石投人。超距，跳躍。皆古時軍中習武練功活動。語出史記白起王翦列傳。

義依了余鑄的議論，請師德同王之民守城，約定二鼓後起身。

且說于冰向林岱道：「此時天色漸晚，可吩咐將士，不必卸甲，速刻飽食，聽候將令。」少刻，逐電暗報。于冰笑道：「不出吾之所料也。」隨向林岱耳邊說了幾句：「起更時候，請兩守備各帶人馬五百，在營盤兩傍埋伏。賊眾劫了空營，必要急回，二位可放起號炮，速領人馬追殺。」兩守備遵令去了。于冰同林岱領二千人馬，暗暗的埋伏在永城五里之外。又着軍士以白布包頭，臨期自有將令。二鼓以後，師尚義等領賊眾五千人，至林岱營前，吶喊殺入，見是空營，喝令眾賊速退。號炮一響，兩守備帶兵殺來。于冰聽得號炮震響，知賊眾入營，吩咐二千軍士，假裝賊眾敗回之樣，到城下亂叫亂喊開門。師德同眾賊見城外人馬俱頭包白布，知是自己的人，約料敗了回來，連忙開放城門。林岱帥軍殺入，只有五百強壯賊眾，餘俱是老弱家屬，頃刻殺斬殆盡。于冰道：「賊眾劫了空營，少刻便回，誠恐二守備兵少，林兄可領一半人馬，迎殺上去。我在城中，率眾搜拿叛黨家屬。」

林岱分兵出城，沒有半里遠，遙見賊眾飛奔而來。林岱率眾迎殺，後面二守備又至，兩下夾攻，賊眾只顧得逃命，師尚義走脫，帶賊兵叫門。于冰又放出五六百兵，開門便殺。尚義大驚，招呼余鑄道：「巢穴破矣，你我速奔夏邑。」此時鄒炎因箭傷痛甚，不能力戰，已死在亂軍中。林岱同二守備，追殺數里，分一半兵，令二人趕去，自己回永城料理。眾賊跑到天明，只見一枝人馬從西南來，為首一員老將，帶領著許多將佐，喊一聲，將眾賊圍住。眾賊俱係筋疲力竭之人，那裡當的起生力軍勦戮？隨後二守備又到，殺死者一千餘人。共五千賊眾，沿途跑散並帶傷死亡者，又一千餘人，其二千餘人，都跪下哀呼乞命，情願投降，殺賊贖罪。桂芳准其投降，活捉了師尚義，斬了余鑄，合兵入永城。

于冰迎著說道：「令公郎已成大功，各賊家屬俱皆拿下，冷某還有懇求，未知肯容納否？」桂芳道：「我父子俱係老長兄提攜，若有吩咐，無不如命。」于冰道：「賊眾家屬，除師尚詔同族以及親戚，聽候軍門巡撫發落外，其餘從賊家屬婦女，盡行釋放；男子未過十六歲，老人已過六十歲者，俱准為民；精壯者未敢輕縱理合監候，俟事體平定，任官吏審訊，分別辦理。若有逃脫再投逆黨者，拿獲立即正法。大人以為何如？」桂芳大笑道：「不但老長兄有此仁慈，即小弟亦何樂於多殺？將來起解他們時，弟還要細細查問，開脫些出去。」于冰作揖道：「如此更見厚德。」又說了得永城始末，並林岱的武勇，桂芳欣悅不已，吩咐各將弁飽餐休息，著書吏將陣亡軍士記名，帶傷者養病。次早，留一千五百懷慶兵守城，就著隨林岱的兩守備鎮守，又將他二人著實獎譽了幾句。自己同林岱、文煒、于冰，帶了投降的二千餘賊，並本部人馬，攻打夏邑。差官與軍門、巡撫兩處報捷。

再說總兵管翼，帶了本部五千人馬，離歸德還有三十里，便下令著軍士嚴裝傳食，又吩咐參將郭翰道：「我領三千人馬，先率諸將攻其西北一營。你可遠遠差人探聽賊營，若攻殺不破，你可領兵速來，併力協攻。若賊營已散亂，你可按兵不動，待他別營救兵到來，再領人馬幫助。此養精蓄銳、次第收功之法也。」郭翰領命。管翼帶兵疾馳，不數里，早望見八座連營，每營相離各二三里不等。管翼大聲向眾軍將道：「你們看賊營人馬雖多，率皆烏合之眾，一經交戰，勢必喪膽，斷不可存彼多我少之心。本鎮今日不要命了，爾等求功名，叨重賞，就在此刻，可各捨性命，隨本鎮去來。」眾軍兵暴雷也似的答應了一聲，一個個如流星掣電，飛奔賊營。賊眾雖有探細的人，及至傳報時，兵已到了營門，發聲喊，一湧殺入。賊見開封人馬許久無有動靜，他們有何紀律，有何軍法？便朝夕飲酒食肉，硬奪左近鄉村財物東西，以為快樂，那裡還作準備？不意此軍如風雨驟至，只得勉強迎敵。三兩合，俱各棄營望南營奔馳。賊營中傳起鼓來，各營俱來救應，反被逃竄敗兵踏亂了營盤。

管總兵奮力趕殺，賊眾見官兵人少，一齊圍裹了來。陡聽得大炮一聲，見一將領兵，如推山倒壁風馳而來，兵勢甚猛，乃參將郭翰也。眾賊一見，各心上慌亂起來，又見來兵也少，復勉強相殺。正戰間，又聽得大炮一聲，見一軍從正西殺來，兩員將官在前，兵丁在後，正是羅齊賢、呂于淳接應人馬，勢同山嶽般壓來。賊眾早已心慌，今又見此軍陡至，也不知官軍有多少埋伏，多少應接，誰還肯捨命相殺？便一齊往歸德敗走。三路官兵隨後追趕，離歸德城還有三里餘，管翼因兵少，亦不敢直逼城下，就在正西安營。遣官睢州報捷，請軍門合兵攻城。

且說敗兵跑入歸德城內，師尚詔問明原由，大怒道：「八營二萬餘人，連六七千官兵都戰不過，還想攻打開封，真是可笑可恨之事。」偽神師秦尼道：「管總兵人馬遠來，又經戰鬥，可速遣兵破其營壘，使他不能停留城下方妥。若此兵容其過夜，則明早開封人馬，俱集城下矣。」尚詔道：「神師所言，正合吾意。」卻待遣將發兵，只見探子報道：「懷慶總兵林桂芳，遣子林岱，攻奪了永城，提兵攻打夏邑去了。」尚詔大驚道：「永城本帥弟兄親戚，並各將妻女俱在內，此一殘破，斷難瓦全，不可不遣將爭取。」諸將聽得失了永城，一個個心膽俱碎，都磨拳擦掌，亂嚷的要去奪永城。少刻，又報寧陵已被開封兵攻破；隨即又報虞城被河陽總兵遣將攻打，鎮將帥眾投降；夏邑又被懷慶總兵攻陷。尚詔捶胸大叫道：「數年心血，半月辛勤，一朝盡喪矣。」秦尼道：「勝敗兵家常事，元帥不必過憂。不是貧僧誇口，管保所失州縣，指日復得。若為永城有元帥並諸將家屬在內，貧僧此刻即領一千人馬，手到奪回，以安諸將之心。目今只存歸德一城，可速傳令，著城外諸將拔營入城，且不必與官兵對敵，只教他們預備守城之具，並鳥銃火炮各項。各門派將分守，準備官兵攻城。主帥亦不必戰，待貧僧奪了永城回來，再商妙策。」說罷，急急的領兵去了。尚詔隨將城外諸賊調回守城。

且說林桂芳攻拔了夏邑，斬了鎮城賊將，留兵把守，領人馬往歸德進發。攻打虞城的將佐，亦來合兵，又帶來沿河守汛許多投降賊眾，忙差官去睢州報捷，請軍門同巡撫會剿。胡宗憲連接捷報，正在愧悔之間，曹邦輔來至營中，笑說道：「諸將成功，皆朝廷洪福，大人威德所致。刻下賊眾只有歸德一城，四面無援，指顧❼即可盡殲醜類。大人可速起軍馬，小弟同去收功走遭。」宗憲羞憤道：「此原是大家合謀而行，不意伊等竟能徼倖，到底還是諸將之功居多。起兵攻圍的話，尚須緩商。」曹邦輔道：「大人之言差矣。昔漢高論諸將功，以蕭何為功人，諸將為功狗，蓋以追逐狡兔者狗也，而發縱指示者人也。今日諸將之功，皆大人發縱指示之力。朝廷將來論功行賞，大人自應首推，天下安有大元戎披堅執銳❽，與士卒拚命行間之理？」宗憲聽了這幾句話，連連點頭道：「大人見解，實足開我茅塞。」也不用邦輔催促，隨即下令，著各營此刻俱起，限本日定到歸德城下。

且說于冰正與桂芳行走中間，超塵在耳邊暗報道：「適纔秦尼領兵一千，奪取永城去了。」于冰想道：「我聞此尼精通法術，二守備如何是他的敵手？」忙向林岱道：「你可帶一千人馬，同我速赴永城。」桂芳欲問原委，于冰道：「回來自然明白。大人只管先行一步，去歸德城下安營。」說罷，同林岱領兵，

❼ 指顧：一指手一顧盼之間，謂極短時間。班固東都賦：「指顧倏忽。」

❽ 披堅執銳：身披堅固鎧甲，手執銳利兵器，謂戰士裝備之精良。

走有三十餘里，見一隊人馬在前，林岱大喝道：「叛賊那裡走？」秦尼見官兵趕來，用劍向地下一畫，頃刻畫成數里長一道深溝，軍士驚喊起來。于冰看見，也用劍向溝上一畫，即成平地。秦尼見破了他的法術，將人馬擺開，瞧見官軍隊裡門旗下有一將，身高體壯，貌若靈官❾，提方天戟，騎烏騅馬，威風殺氣，冠絕一時。秦尼看見，大驚道：「我見師尚詔相貌，以為真正英雄，此人儀表，較師尚詔又大方幾倍，足徵我眼界小，識人未多。」笑問道：「來將何名？」林岱將秦尼一看，但見：

面如滿月，頭無寸毛。目朗眉疏，微帶女娘韻致；神雄氣烈，不減男子魁梧。棄錫杖而掛霜鋒❿，權學曼陀⓫之化相；騎白馬而誦符咒，非傳阿難之法輪⓬。請他做群賊師傅，有餘有餘；算伊為佛門弟子，不足不足。

林岱道：「我乃懷慶總兵之子林岱是也。妖尼何名？」秦尼道：「我師元帥殿下秦神師也。日前攻破永

❾ 靈官：仙官。道教有王靈官之神，亦稱玉樞火府天將。

❿ 棄錫杖而掛霜鋒：錫杖，僧人所持手杖，杖頭裝有金屬環，振動能發錫錫聲，因名錫杖，亦稱禪杖。掛霜鋒，指佩劍。霜鋒，白色鋒刃。

⓫ 曼陀：即曼荼羅，乃梵文mandala的音譯，佛教語，義為平等周遍十法界，輪圓具足，指佛教密宗按一定儀制建立的修法壇場。

⓬ 阿難之法輪：阿難，音ㄜ ㄋㄢˊ，釋迦如來十大弟子之一，白飯王之子，佛陀堂弟，侍從佛陀二十五年，多聞第一，後繼迦葉為長老。法輪，佛之說法，普度眾生，轉運心中清淨妙法以度人，摧破世俗一切邪惡，故譬為法輪。

城，就是你麼？」林岱道：「是我。」秦尼道：「你氣宇超群，將來定有大福，快回去換幾個薄命的來。」林岱大笑道：「這妖婦滿口胡說。」提戟飛刺，秦尼用劍相還，只兩合，秦尼招架不住，急急敗走，取一塊黃絹兒向林岱擲來，須臾變為數丈銅牆，將林岱圍住。秦尼正欲擒拿，于冰出了陣門，將劍向銅牆一指，口中念念有詞，只見劍尖上飛出一縷青煙，煙到處，將銅牆燒為灰燼。秦尼見此法又破，急向對陣一看，瞧見于冰，但見：

儒巾素服，布履絲絛。目聚江山秀氣，心藏天地元機。神同秋水澄清，知係洗髓伐毛之力；面若春霞燦爛，多由息胎辟穀之功。煮汞燒鉛，掃盡壺中氤氳；懸壺種藥，救徹人世痴頑。真是劍尖指處乾坤暗，丹篆書時神鬼號。

秦尼看罷于冰，大為驚異道：「此蓬島真仙也，何故在塵世中煩擾？」隨向于冰打稽首⑬道：「先生請了。」于冰亦舉手相還。秦尼道：「先生何名？」于冰道：「無名姓。」秦尼道：「豈有人無名姓之理？不肯說也罷了。適纔先生破吾兩法，足見通元。我還有一小法請教。」于冰道：「只管盡力施為。」秦尼用劍書符，望空一指，少刻狂風驟起，飛來房大一石，向于冰打來。于冰微笑，從離地吸氣一口，用力向大石一吹，此石化為細粉，飄飄拂拂，與雪花相似，頃刻消滅。兩陣軍兵，俱無心戰鬥，一個個眉歡眼笑，看二人鬥法。秦尼又用一分身法，將頂門一拍，出十數道黑氣，黑氣凝結，現為十數個秦尼，各仗劍來戰于冰。于冰將兩手齊開，向眾秦尼一照，霹靂一聲，十幾個秦尼，化為烏有。秦尼向懷中取

⑬ 稽首：叩頭至地停留多時的敬禮。頭頓地即舉稱為頓首。

出五寸長一草龍，往地一丟，立變為三丈餘長一條青龍。秦尼下馬，騰身跨上，向于氷道：「我要到一地方去公幹，亦無暇與你作戲。」用手在龍頭上一拍，那龍便張牙舞爪，四足頓起風雲，將秦尼駕在空中，往正東去了。

于氷大笑道：「妖尼計窮，必去永城作祟。」向林岱道：「你可領人馬回營，著實吩咐諸軍，有人敢露我鬥法一字者，定行斬首。」說著，從馬上一躍，只見煙雲繚繞，亦飛向正東而去。兩陣軍士，看得目亂神痴。林岱催馬向眾賊大喝道：「爾等還是要生要死？」眾賊皆倒戈棄甲，跪在地下，說道：「小的們皆朝廷良民，誤為妖人引誘，今願投降，永無異志。」林岱道：「你等既願投降，我何樂於多殺？可隨我回營聽令。」眾賊齊聲答應：「願聽將軍指揮。」林岱將兩路人馬帶回。桂芳已在歸德城下安營，林岱入見，與桂芳訴說于氷與秦尼鬥法，並于氷吩咐不准傳揚的話。桂芳與文煒聽了，不由的瞪目咋舌，竟不知于氷為何如人。隨曉諭眾軍，有人傳言鬥法一字者，立行斬首示眾。正是：

雲車風馬時來去，人世軍營暫度春。
今日陣前傳道術，方知老子本猶龍⑭。

⑭老子本猶龍：孔子適周，問禮於老子。及去，謂弟子曰：「走者可以為罔，游者可以為綸，飛者可以為矰。至於龍，吾不能知其乘風雲而上天。吾今日見老子，其猶龍邪！」詳見史記老子韓非列傳。

第三十二回　易軍門邦輔頒新令　敗管翼賊婦大交兵

詞曰：

頒新令，大軍營，刁斗靜無聲。輕裘緩帶立功名，胸藏十萬兵。　排五花，列七星，龍韜虎略精。遣將發軍次第行，指顧慶昇平。

右調阮郎歸

且說于冰駕雲，趕上了秦尼。秦尼回頭向于冰道：「薄伐出境❶，兩賢豈相厄哉？」于冰道：「我代天斬除妖逆，亦不得不然。」秦尼道：「先生亦不可小視我。」隨騎草龍過了永城，到碭山地界。于冰雲路本快，因要看他的作用，遂緩緩的趕來。見他落在一空地上，用劍畫一方城，站在正中，仗劍在四方指點。于冰待他作用停當，方纔下來。秦尼道：「先生既有神通，敢到我畫的城內走走否？」于冰笑道：「如入無人之境耳。」提劍走將入去。秦尼將劍訣一煞，陡然間天昏地暗，雷雨交作，斗大的冰塊，如雨點般打下。于冰早已遁出了方城，劍上飛一道神符，大喝道：「雷部司速降！」頃刻，龐、劉、苟、畢四天君，協同著雷公雷母、風伯雨師，聽候法旨。于冰道：「今有妖尼拘來無數邪神，在此地肆

❶ 薄伐出境：已離開戰鬥的環境。薄伐，征伐；討伐。薄為發語詞。語出詩小雅出車。

虐，煩眾聖即速趕逐。」眾神領命施威，迅雷大電，滿空亂飛。秦尼請來的眾邪神，俱各四散逃匿，依然日朗天清。

于氷道：「妖尼還有何法？」秦尼稽首道：「弟子佩服矣。必定要求大名。」于氷道：「吾火龍真人弟子冷于氷是也。」秦尼道：「我遊行四海久矣，道法神奇，無有出先生右者。吾欲拜先生為師，未知肯容納否？」于氷道：「吾師門下無一女弟子，我何敢擅為收留？你若能改邪歸正，速斬師尚詔夫婦投降，吾即收你為弟子。」秦尼道：「先生既然戒律精嚴，我亦不敢過為強求。師尚詔是我教誘他起手，今又殺他，實不忍做此不義之事。先生若肯放我回歸德，我勸師尚詔投降，或遠遁異域，成先生大功，何如？」于氷道：「他如不降，該怎麼？」秦尼道：「不降，便是不識時勢之人，我安肯與他同敗？即不辭而去矣。」于氷道：「你所言亦近理，我也不逼迫你。你若失信，拿你如反掌❷之易耳，去罷。」秦尼打一稽首，騎草龍回歸德去了。于氷亦藉遁回營。

再說秦尼入了歸德城，見師尚詔，詳言與于氷鬥法原委。師尚詔同諸賊聽了，無不驚懼。秦尼道：「今官軍氣勢甚大，量歸德一城，亦難抗拒王師。我等所憑恃的是法術，今官軍營中又有高出我等百倍之人，不如收拾府庫金銀，領家屬眾將，殺出城去，貧僧與妙法夫人前後照應，可保無虞。星夜奔到江南，由范公堤駕船入海，在外國另尋一番事業，亦可以稱王稱帝，傳及子孫，何必在中國圖謀？就是貧僧月前著元帥親族並各將妻小盡住永城，也是慮有今日，為走江南留一條便路。不意永城先被官軍打破，反將家屬全失，此冥渺中有天意，非人力所能防及。元帥宜趁早回頭，貧僧的話，都是審時度勢之語，

❷ 反掌：翻轉手掌，喻事之至易。漢書枚乘傳：「易於反掌，安於泰山。」

倘若歸德一破，玉石俱焚，彼時雖追悔亦無及矣。」師尚詔聽了，低頭無語。秦尼又著人將妙法夫人請來商議。蔣金花道：「吾師偶爾失利，何便懼怕至此？吾視退開封人馬，直同折枝❸之易，誰肯將數年血汗勤勞，壞於一旦！」秦尼復苦口陳說利害，金花不從。秦尼道：「你既執意不從，容俟緩圖。」說罷，自回寓所。少刻，人來報道：「秦神師不知去向。」師尚詔聽得，如失左右臂，不禁舉止慌錯，命眾賊滿城查訪，杳無蹤跡。

再說于冰回到了營中，桂芳等迎接入去叩謝，倍加欽服。坐間敘說秦尼去勸師尚詔投降的話，不知尚詔聽也不聽。正言間，探子報道：「軍門、巡撫二大人領兵同來，已在歸德城西十里之外，遣將預行安營，不過數里。兩位大人就到，隨即管總兵差人知會迎接。」桂芳吩咐快備鞍馬。于冰道：「朱兄、林兄亦該隨去交令。」桂芳道：「自然該去走走。」三人出營，會齊了管翼，又帶領了此番得勝將官，同到軍門營中相見。曹邦輔也在中軍，諸將上帳，參見報功畢，胡宗憲道：「爾等不至於敗北，皆是朝廷洪福，我與曹大人用人之幸。」曹邦輔道：「二位鎮臺大人，身先士卒，竭力疆場，真令弟輩欽仰不已。朱文煒籌畫得宜，林世兄勇冠三軍，郭翰、羅齊賢、呂于淳隨管大人建立奇功，破賊連營八座，平寇之功，管大人同文煒、林世兄實為第一。」宗憲道：「曹大人過於獎譽，殲除些小毛賊，偶爾僥倖得勝，算甚麼軍功？今後只要隨我打破歸德，方算得奇功萬古。」二總兵道：「敢不聽大人指示，報效國家？」宗憲吩咐排會軍筵席，與曹大人洗塵。

不多時，軍中奏起樂來，安放桌椅，巡撫與軍門上坐，二總兵左右坐，副參等官下坐，餘俱兩傍站

---

❸ 折枝：折取樹枝，喻事至簡易。孟子梁惠王上：「為長者折枝，語人曰我不能，是不為也，非不能也。」

立。曹邦輔道：「林世兄、朱秀才出奇用力，非在官者比，我與胡大人該與他賀功酬勞纔是。」吩咐：「另設一席在副參之下，本院還要借胡大人之酒，倒先敬他二人三杯。」宗憲道：「大人要賞飯，可著他二人到中軍帳外另坐罷了，無祿人安可與仕宦同席？」曹邦輔大笑道：「大人能量他二人將來不能做到軍門巡撫嗎？」胡宗憲瞑目搖頭，也大笑道：「只怕還未能。也罷了，既曹大人開了口，就著他兩個在副參以下坐坐罷。」文煒、林岱先向軍門、巡撫叩謝，次向二總兵叩謝，再次向副參打躬，又向兩傍諸文武官謝罪，然後就坐。

軍中行酒，鼓樂正濃，只見中軍官慌來稟道：「聖上差緹騎數十人，到曹大人營中去了。」眾官皆大驚失色，邦輔亦大驚異，心下道：「怎麼緹騎倒來拿我？」飛忙的別了眾官回營，二總兵也要辭去探問。胡宗憲大笑道：「二鎮將亦太世故了。聖主嚴明，凡我輩大臣賢否，無刻不在胸意間。曹大人諸處俱好，也還有點才情，惟驕之一字未除，所以有此一跌。他是封疆大吏，師尚詔在本省謀為多年，他所司何事？縱容反叛四字，實罪有攸歸，即本院亦有失察微嫌。將來聖上問及時，我不得不與他方便一兩句。爾等俱各安坐飲酒，無庸代為愁煩。」又吩咐左右：「拿大杯來！今日有一不醉者，本院亦不依。」眾官各就坐，中軍又奏起樂來。

少刻，巡捕官稟道：「曹大人來了！」眾官各猜疑道：「既有緹騎，為何輕易放回？」胡宗憲率領眾官接出去，只見曹邦輔向宗憲道：「大人快將軍門印請來！」宗憲慌無所措，只得將軍門印付與。曹邦輔接了，遞與跟隨官，旋即往上面一站，向宗憲道：「有聖旨，跪聽宣讀。」胡宗憲朝上跪了，曹邦輔取出聖旨，朗念道：「胡宗憲身膺軍門重寄，不思盡忠報國，自師尚詔叛據歸德，宗憲事事畏縮，無異婦人，致逆賊殺官奪城，皆其所致。今差緹騎鎖拿入都，朕面審一切。其軍門印務，著巡撫曹邦輔兼理，率總兵林桂芳、管翼督師，速擒巨寇，勦滅從賊，早慰朕望，欽此。」宣讀畢，閃過緹騎五六人，將胡宗憲脫去冠帶，就要上鎖。邦輔道：「俟入都後，再上鎖罷。」緹騎道：「此係奉旨欽犯，我等何敢狥私？」說罷，上了大鎖，勒令交代軍門事務。

宗憲淚流滿面，向邦輔、桂芳等道：「三位大人俱在此，我有何畏縮不前處？」邦輔道：「此不過聖上急欲收功，借大人鼓勵將帥，想蜀日越雪❹，不久自招白也。」緹騎立即押入後營，這是要剝索他銀錢之意。邦輔又淡淡的開解了幾句，隨他們去了。一面排香案，謝恩拜印；一面吩咐幕客，寫本回奏接印任事日期。眾官俱各叩賀。緣胡宗憲按兵睢州，兩總兵寫書字達知邦輔，邦輔就將兩鎮書字並目下賊人情形，同奏書在一處，進呈御覽。明帝大怒，還要拿他的家屬。虧了嚴嵩開解，有「俟宗憲到京，審明玩寇誤國實情，再行重治其罪」，因此纔只拿了他一人。

再說邦輔拜印後，陞帳坐下，諸官又復行參謁。邦輔道：「大寇未滅，非飲酒奏樂時也。」吩咐將筵席收去，向桂芳道：「鎮臺領本部人馬並投降賊眾，我再撥與你人馬二千，攻打歸德東面。管鎮臺領本部人馬，我撥與你人馬四千，攻打歸德南面。林公子武勇超群，可當一面之任，今權授為先鋒之職，領本部院六千人馬，偏將二十員，攻打北面。若參遊等官，有不受節制、不肯盡力、敢於玩忽者，只管按軍法從事。」林岱叩謝。又向眾官道：「西面本部院攻打，朱秀才大有謀畫，可充本院參謀之職。自今日始，你就在我營中居住。」文煒叩謝。又喚過羅齊賢、呂于淳道：「與你二人一千兵，可分為兩班，

❹蜀日越雪：蜀中罕見日，越地罕見雪，今蜀中見日，越地見雪，因以喻事雖甚難，終有水落石出之日。

每到夜晚，在歸德四面巡查，不得放走反叛一人。」又令參將郭翰道：「與你三千人馬，不拘歸德那一門外，只揀地勢高處紮營，於營內再築一臺，差兵輪流眺望，見賊兵出那一門，你即帶兵策應，一邊遣人報知本部院，不得遺誤。」又著將此番克敵攻城有功兵將，彙一名冊，詳細註明大小功績，以便將來陸續陞題選用。又著幕客做了十數道榜文，命諸將射入城去，內言開門接應官兵者上賞，殺賊擕首級投降者中賞，私自踰城投降並報賊情審實非奸細者下賞。有人擒拿或斬首師尚詔夫妻投獻者，其功最大，另行保題，不在三賞之內。若軍民人等仍敢從賊為亂，拒敵官軍，城破之日查出，或被人首告，定行夷滅三族。又發火牌，星夜催辦糧草，飭令各官解交軍前，違限日時者，按例從重參處治罪。諸將見邦輔調度井井有條，各互相戒諭道：「新軍門與舊軍門天地懸絕，宜事事小心，毋犯軍令方好。」

且說師尚詔自秦尼去後，心緒如焚，今又於四門接得曹軍門榜文，恐兵民有內變之心，越加愁煩，向蔣金花道：「如今軍門又是曹邦輔了，若胡宗憲不在軍中，則掣肘伊等者無人，你我事不可問矣。」夫妻正私議間，忽聽得城外軍聲大振，火炮連天，探子稟報：「胡軍門已拿解入都，新軍門曹邦輔，分遣諸將，四面攻城。」尚詔急傳令各門賊將，用心防守。又問道：「那一門兵最多？」探子道：「軍門在西門，西門兵最多。」尚詔道：「我自據歸德以來，從未臨陣，既西門兵多，我就出西門，試一試官軍強弱。」隨即披掛，帶三千賊軍，放開西門，衝殺出去。官兵和波開浪裂一般，紛紛倒退。曹邦輔聽得尚詔親出西門，連忙帶領眾將禦敵。看見師尚詔在前，四員賊將隨後，趕殺官兵。但見：

頭帶銀兜鍪，頂上撮五色絲線一縷；身披金罩甲，腰間拴八寶玉帶一條。兩眼圓若銅鈴，彷彿半

紅半碧；滿面鬚如剛爪，依稀非赤非黃。身似金剛略小，頭比柳斗❺還肥。手中大砍刀，舞動時
風馳雨驟；坐下捲毛馬，跑出去電掣雲飛。向日潛逃涉縣，今朝名播河南。

曹軍門看罷，尚詔已到馬前。邦輔道：「你是師尚詔麼？」尚詔道：「你有何說？」邦輔道：「你本市井小人，理合務農安分，何得招聚逆黨，攻奪城池，殺害軍民官吏，做此九族俱滅❻之事？」尚詔道：「皆因汝等貪官污吏逼迫使然。」曹軍門大怒，回顧諸將道：「誰與我殺此逆賊？」言未盡，中軍副總兵張浣，催馬提鎗，與尚詔戰不三合，被斬馬下。左哨守備謝夢鯉、董昌兩將齊出，戰不五六合，謝夢鯉左脇中刀，董昌恰待要跑，被尚詔趕上，腦後一刀，砍落馬傍。曹軍門道：「尚詔非一二將可敵。」眾將便一齊出馬，賊營四將看見，亦各上前厮殺。曹軍門見師尚詔兇勇異常，眾將陸續落馬，忙傳令箭，調北門主將林岱快來。大戰不過一兩刻，軍門標下官將，倒損亡了八九員，諸將敗將下來。尚詔正要揮兵趕殺，只見一將匹馬提鎗，飛刺面門。尚詔舉刀相迎，敗下去的諸將，又各勒馬觀看。兩人鏖戰征塵❼有八十餘合，賊妻蔣金花見尚詔臨陣時久，吩咐鳴金。

尚詔聽得鑼聲亂響，只當城內有故，向林岱道：「日已沈西，明日再與你戰。」林岱道：「我亦不逼你，且饒你去罷。」兩下各自收軍。曹軍門大讚林岱道：「先鋒真神勇也。若再遲來一步，吾大軍被

❺ 柳斗：柳條去皮編成的笆斗。醒世姻緣傳第二十七回：「又有一個戲子，叫是刁俊朝，其妻有幾分姿色，忽項中生出一瘻，初如鵝蛋，漸漸如個大柳斗一般。」

❻ 九族俱滅：即誅滅九族。九族者，父族四，母族三，妻族二。一說自身上至高祖下至玄孫之親族為九族。

❼ 征塵：戰鬥時揚起的塵土。

賊衝動矣。」重加賞勞，使歸汛地❽。林、管二總兵雖知西門交戰，因無將令，不敢私動人馬，只得親到軍門處請安。邦輔急令速歸汛地。次日，蔣金花向尚詔道：「聞南門係河陽總兵管翼紮營，我今日去報連破八營之仇。」尚詔道：「官軍內有一林岱，甚是去得，你須小心他一二。日前吾愛將鄒炎，即死於是人之手。」金花也不回答，領三千人馬，殺出南門。管翼帶將佐出營觀看，但見：

頭盤鬏髻❾，上罩飛鳳金盔；耳帶雲環，斜嵌攀龍珠墜。身穿玲瓏柳葉之甲，足踏凌波蓮瓣之靴。兩道蛾眉，彎如新月；一雙杏眼，朗若懸珠。年紀三旬，也算半老婦女；容顏嬌嫩，還像二八佳人。腕擕兩口日月鋼刀，腰繫一壺風雷大箭。

管翼看罷，向諸將道：「此必賊妻蔣金花也。誰要拿住他，不愁不加官進級。」猛聽得前軍隊內都司單元珊大叫道：「小將擒他！」催馬輪斧便砍。金花隔過了斧，問道：「來將何人？」單元珊道：「你不用問你總爺的名姓，少刻拿住你，總爺定要收你做個房中人，你叫我的日子在後哩！」金花大怒，匹馬交鋒，大戰數合，金花便走，元珊趕去，金花回手一飛鎚，打落馬下。眾將見元珊落馬，一湧殺出，將元珊救起。金花暗誦咒語，頃刻狂風四起，捲土揚塵，飛砂走石，向官軍亂打。管翼立腳不住，顧不得隊伍錯亂，領兵向東南上敗走。金花率賊眾趕殺。

曹軍門聽得南門交兵，急發令箭三枝，著東北兩路主將，各遣一將，帶兵一千，窺看動靜。若官軍

❽ 汛地：明、清時軍隊駐防的地方。

❾ 鬏髻：古代婦女裝飾用的套網的假髮髻。儒林外史第五十四回：「要尋繩子上吊，鬏髻都滾掉了。」

勝，協力攻城，使他不暇救應。官兵敗，火速救援。自己也遣一將，領兵去策應。師尚詔在城頭看見三門各有人馬，向東南飛奔，忙令賊將八員，領兵五千，接蔣金花回城。眾賊出了南門，一個個打著呼哨，望官軍趕去。蔣金花正在追殺管翼之際，瞧見三路官軍，前後殺來，急忙帶兵回頭交戰。管翼見有救兵到來，亦招呼敗兵回頭相殺。蔣金花腹背受敵，正要再施法力，見正南一枝人馬，蜂擁而至，卻原來是自己人馬接應。金花大喜，正門間，猛聽得東北上喊聲如雷，當先一將，率兵而至，乃參將郭翰也。他在高處紮營，看得明白，亦領兵來策應。六七路軍兵，攪在了一處大戰。但見：

愁雲滾滾，旌旗閃天地無光；殺氣騰騰，鼙鼓振山河失色。弓弦響處，幾多歸雁墜長空；鞭影揮時，無數野猿啼古木。將軍疲困，隱聞喘息之聲；戰馬歪邪，無暇嘶躍之力。真是盔落頭飛爭日月，血流腹破定龍蛇。

兩軍混戰多時，金花恐官軍再添人馬，又怕尚詔親來接應，城內無人守護，不敢戀戰，招呼眾賊回城。各路官軍隨後追來，金花向腰間解下一條紅繩，往追兵路上一撒，頃刻變為千尺餘長一條紅蟒，攔截道路。金花帶兵緩緩入城，官軍見了大蟒，個個驚疑，少刻，化為五尺長短紅繩一條，眾將官方各回營壘。

正是：

法無邪正，靈驗為奇。
個中生剋，個中人知。

第三十三回　斬金花于冰歸泰嶽　殺大雄殷氏出賊巢

詞曰：

霧隱南山豹，神龍歸去遙，阿奴惆悵淚偷拋，肯將就，好全消。　賊夫逃至聊歡笑，頓將喉斷頭梟。懷金兩人，同逝軍營，且報功勞。

右調河瀆神

且說于冰自法敗秦尼之後，就在桂芳營中居住，桂芳敬之如神明師祖。又叮囑隨行兵丁，不許談及鬥法一字，喧傳者立斬，所以軍門同管翼兩下，俱不知于冰名姓。這日，二鬼又來報道：「秦尼勸師尚詔歸海不從，即刻隱遁去了。」于冰深羨其知機，將秦尼遠避的話，向桂芳說知。于冰又寫了祕書一封，著桂芳差心腹家丁，到軍門營中，暗交與段誠，付文煒拆覽。到點燈時候，軍門忽傳各門主將並參守以上官員，俱到營中議事。桂芳、管翼、林岱各率所屬，去西營聽候。邦輔陞帳，各官參見。邦輔道：「師尚詔不過一勇之夫，無足介意。伊妻蕎金花深通邪術，爾諸將有何良策，各出所見以對。」諸將道：「逆賊叛亂，小將等不惜身命報國。至言邪法，實是無策可破。」

曹邦輔道：「本院倒有一法，可以擒拿金花，只要諸將用力，上下一心，則大功成矣。」眾將道：

「願聞神策。」邦輔道：「尚詔孤守一城，已是釜中之魚，其賊眾不即解散者，恃有蔣金花邪法也。今後師尚詔出城，林先鋒率眾將禦敵。賊將出城，諸將對敵。蔣金花出城，本部院率將對敵。若師尚詔同蔣金花一齊出城，爾諸將須要協力，必須將他夫妻隔為兩處，此後交戰之時，要互相策應，不必分別營頭，俟拿住蔣金花時，然後並力攻城，群賊自然心亂。此時攻城，徒損士卒無益。然各營不可不虛張聲勢，佯作攻城之狀，使群賊坐臥不安。到二鼓以後，偏要鳴鼓放炮，著群賊晝夜支應不暇。」又喚過羅齊賢、呂于淳道：「你二人閒時，仍照前令繞城遊行，以防叛賊逃遁。此後令你二人隨行軍士，每人各帶竹筒一個，長三四尺不拘。竹筒下面，打透一孔，內用竹棍抽提，棍頭用棉絮包緊，即俗名水鎗是也。竹筒內裝豬狗血、大蒜汁、婦人津水等項穢物，打探得蔣金花交戰時，可率兵用竹筒噴去，只有一兩點到他身上，則邪法盡屬無用。吾聞島洞諸仙奉行天心正法者，尚要迴避此物，況蔣金花耶？他邪法既不能施展，量一婦人，兇勇斷不及師尚詔，少有武藝者，即可擒拿，未知諸公以為可否？」眾將齊聲道：「大人妙算，總在情理之內。邪不勝正，從古皆然，某等俱各小心遵依，共奏膚功❶。」說罷，令諸將速歸汛地，此即于冰與文煒書中之調度也。文煒得此書後，打算著將來功名俱在曹邦輔手內，樂得暗中獻策，使邦輔居名。

再說蔣金花回到城中，尚詔迎著慰勞。金花道：「如今糧草尚可支持，軍士也還用命，只是外無救援，強敵困守，日久必生變亂。依我的主見，明早元帥領六千兵，帶二將出東門交戰，他南北二營必要接應，再著心腹將在城頭觀望，待他南北二營出兵後，其勢已分，元帥可預伏膽勇之將八員，各帶兵五

❶膚功：大功。本作膚公。詩小雅六月：「薄伐玁狁，以奏膚公。」膚，大。公，功也。

百，直衝其南北二營，使他措手不及。城池著我父親同二子把守，我領五千兵，直衝西營，使曹軍門照顧不來。勝則罷了，不勝我再作法，此謂出其不意，攻其無備❷，使官兵四面迎敵，一營喪敗，則三營俱星散矣。成敗之機，在此一舉，元帥以為何如？」尚詔道：「此計固妙，只是岳丈年紀過老，二子又太小，俱無威力服人，今諸將雖說用命，是見你我尚未一敗，伊等猶欲攀龍附鳳❸，做開國元勳。今你我俱督兵臨陣，城內至親骨肉無人，日前曹軍門又有許多告示射入城內，設或有人開門投降，放入官兵，你我即無家可歸矣。依我的主見，今後你我須互相戰守，方為萬全。」金花道：「既如此，我明日帶萬人出陣，攻曹軍門西營。元帥遣四將帶兵一萬，劫東門林總兵營寨。兩軍若勝，分頭攻南北二營，元帥再遣兵四面接應，這可使得麼？」尚詔道：「此計大妙。」定於明早舉行。

次早，蔣金花率眾出城，聲勢甚銳。軍門遣將禦敵，諸將戰未數合，曹軍門帶人馬先退，諸將皆望西南而走。金花揮動賊眾趕殺，約有八九里，軍門又遣將回戰。金花大怒，當先交鋒。正戰間，從北來了一枝人馬，約有四五百馬軍，一半步軍，賊將看見，分兵來戰。那些人馬從刺斜裡❹跑去，直奔金花陣前，一個個舉水筒抽提，向金花身上噴去，弄的渾身上下，青紅藍綠，無所不有。金花惱極，揮兵趕殺，那一枝人馬便飛跑去了。正趕間，猛聽得背後大炮一聲，來了一將，旗上寫著先鋒林幾個大字，帶領著三千人馬，從背後殺來，勇不可當。賊將分南北亂奔。曹軍門率大軍從面前殺回來，金花腹背受敵，

---

❷ 出其不意二句：乘人不注意無準備時進行攻擊。語出三國演義第五十六回。

❸ 攀龍附鳳：喻從英主以建立功業。後漢書光武本紀：「攀龍鱗，附鳳翼，以成其所志耳。」

❹ 刺斜裡：亦作刺邪裡，旁邊或側面。西遊記第四十二回：「那豬八戒刺斜裡就來助戰。」

慌忙拔劍作法，不意一法不應，心上甚是著急。欲帶兵回城，後面又有林岱，前面又有曹軍門人馬。又聽得一將大呼道：「軍門大人適纔有令，說賊婦量無妖法，爾等只要拿他一個，就是大功，餘賊便走脫幾個也使得。」

話方畢，眾將各奮勇上前，喊一聲，將金花圍了數層。賊眾萬人，死亡逃奔，只存二三千人馬，捨命保護金花。曹軍門吩咐擂鼓，眾兵將各要立功，殺得賊軍無門可入。此時蔣金花力軟筋疲，滿心只望尚詔救應，被軍門右哨下一馬兵丁熙，趁空一鎗，刺於馬下。眾軍將大呼道：「賊婦落馬矣！」曹邦輔聽得賊婦落馬，忙傳令道：「吩咐前軍拿活的來！」不意金花已被眾軍馬踏得稀爛，賊眾俱跪倒求降。邦輔著記了丁熙名字，差人向三門營中曉諭報捷。正在招降納叛之際，探子報說：「賊眾在東門劫營，與林總兵大戰好半晌了。」曹邦輔傳令，著林岱速去領兵救應，林岱如飛的去了。邦輔又遣參將李麟領兵接應去訖。

再說師尚詔在城頭眺望，見金花得勝，向西追趕官兵，忙遣四將領兵一萬，去東門劫營。眾賊聽得蔣金花已勝，殺出東門，個個賈勇❺而前，排山倒海的向林桂芳殺來。桂芳聽得東門外喊聲大振，忙率諸將禦敵，眾賊已拔開了鹿角❻，殺入營門。桂芳只得率眾拒擋，未免心慌。忽見北面轉出一枝人馬，是管總兵的旗號，鼓噪蜂擁，砍殺賊眾而來。眾賊趁桂芳無備，以為操必勝之權，正在拚命相持間，今見救兵兇勇，料著不能成事，齊向原路且戰且走。南面林岱又轉來截殺，眾賊慌懼之至。尚詔在城上看

❺ 賈勇：非常勇敢的樣子。唐玄宗觀拔河戲詩：「壯徒恆賈勇。」賈，音ㄍㄨˇ，賣。

❻ 鹿角：舊時軍中的防禦工具，將樹枝削尖，埋於地上，阻止敵人前進，以其形如鹿角，故名。

的明白，忙遣將帶兵救應，接諸將入城。

于冰聽得蕭金花已死，賊營無用法之人，急傳回超塵，只留逐電，吩咐道：「你可等候歸德平後，打聽林岱、朱文煒受何官職，到山東泰山報我知道。」說罷，也不與桂芳等告別，駕遁光回泰山去了。

且說師尚詔救回眾賊，西門敗殘賊眾有逃回者，言妙法夫人陣亡。尚詔聽了，搥胸大哭道：「我本良民，在涉縣山中得銀三十餘萬兩，做一富家翁，子孫享無窮之福，誤聽秦尼慫恿，使我一敗塗地。今禿賊遠颺，愛妻受戮，二子尚在孩提，兄弟陷於永城，弄的王不成王，霸不成霸，雖生之年，猶死之日也。」說到此處，就欲拔劍自刎。眾賊勸解道：「昔漢高屢敗而猶有天下，今城中糧草可支一年，軍士尚有三萬餘人，背城一戰，尚在勝負未定。再不然，一心固守，視隙用兵，亦是長策。元帥若如此悲啼，豈不搖惑眾人心志？」尚詔聽眾賊開慰，又只得勉強料理軍務。

再說桂芳收了人馬，重整殘破營壘，到後帳正要和于冰說知蕭金花陣亡之事，不意遍尋無蹤。桂芳大怒，要斬伺候于冰的軍士。軍士們痛哭道：「冷老爺聽得說蕭金花身死，只說了一句『吾之事畢矣』，吩咐小的們帳外伺候。小的們數人，並未敢離一步，轉刻看時，就不見了。小的們正要報知，還求大人原情。」桂芳想了想道：「冷先生來去，原不可令人測度。他知賊營中邪術之人已無，師尚詔我等可以力取。既是此意，也該和我父子執手一別，少留一點朋情，竟這樣不辭而去，殊覺歉然。」喝退了軍士，心上甚是依戀。忽見中軍稟道：「軍門大人差官相請。」桂芳隨即到西營，見諸將俱在。曹邦輔滿面笑容，說道：「師尚詔未平，原非我等杯酌之日，然賊妻伏誅，真是國家快事，不可不賀。」少刻，大陳酒席，眾將次第就坐，各敘說前後爭戰的話。管翼又說起蕭金花飛砂走石，打的眾軍頭破骨折，真是亙古未有的奇異事，軍門同眾官俱大笑。

桂芳道：「這些小術，何足為奇？日前秦尼姑鬥法，方算的大觀。」林岱、文煒各以目相示，桂芳自知失言。曹邦輔大驚道：「我倒把這秦尼姑忘了。此尼精通法術，係蔣金花之師，怎麼從不見他出來？方纔林鎮臺言及，本院又添一大心病矣。」忙問鬥法之事如何。桂芳已經說出，難以挽回，遂將朱文煒被惡兄嫂百般謀害，致令流落異鄉，將文煒幫助林岱的話，隱過不說，只言文煒與林岱素日是結義弟兄，後遇冷于氷資助盤費，始得尋林岱至荊州。又詳細說朱文魁夫妻謀吞財產，引盜被劫的事。眾官聽了，也有笑罵文魁的，也有替文煒嘆息的。後又說到于氷如何安頓文煒妻子，親到懷慶相告，如何被林某父子相留，眾官無不嘆為高人義士。又將隱藏在軍中，與秦尼如何鬥法，如何駕雲霧追趕秦尼，秦尼勸師尚詔不從遠遁，若不是此人，賊眾還不知猖狂到甚麼田地。眾官俱各驚奇道異，稱羨不已。

曹邦輔聽罷，連忙站起道：「此本朝周顛冷謙❼之流，乃真仙也。既有此大賢，縱他不願著人知道，林鎮臺也該密向本院說聲。」吩咐左右：「將酒席從新收拾整潔，待本院親去東營請冷先生來，大家再飲。」桂芳慌忙告稟道：「冷先生已用神術遁去矣。適纔總兵正為此事，要重處軍士。」林岱、文煒聽了，各大驚失色。邦輔道：「此話果真麼？」桂芳道：「總兵焉敢在大人前欺罔一字？」又將于氷適纔走法，備細一說。邦輔道：「總去也只在左近❽，可遣官率精騎，八面趕尋。」林岱稟道：「此人日行數千里，日前秦尼鬥法，不過騎草龍逃去，此人即於馬上一躍，飛身太虛，此林岱所目覩者。既已遁去，

❼ 周顛冷謙：周顛，見第一回注❷。冷謙，見第一回注❶。

❽ 左近：附近；鄰近。水經夷水注：「平樂村左近村居。」

如何肯回？軍將等該從何地趕起？」邦輔撫膺長嘆道：「此非是本部院無緣見真仙，皆林鎮臺壅蔽❾之過也。」又問朱文煒原由，文煒照桂芳所言，又委曲陳說了一遍。邦輔咨嗟良久，向眾官道：「此神仙中之義士也。未得一見，殊可恨耳。」

不言眾官飲酒敘談，且說朱文魁自與殷氏會面之後，總在後院廚房內做刷鍋洗碗燒火之事，少不如法，便受眾人叱喝，遇性暴賊人，還要腳踢拳打。即或與殷氏偶爾相遇，兩人各自迴避，恐招禍患。師尚詔據了歸德，催各賊將家屬同入永城，喬大雄因永城去歸德遠，又鍾愛殷氏，恐怕不能隨時取樂，將別的女人盡行打發入永城，單留殷氏在富安莊，又撥了本村兩個婦女服事。後來師尚詔遣心腹賊將，於各鄉堡黨羽內揀選丁壯，只留老弱男子在家，其餘盡著赴歸德助戰。賊將要著朱文魁去當軍，殷氏有的是銀子，行了賄賂，將他留下。自大雄赴歸德後，殷氏又用銀錢衣物，買囑服伺的兩個婦人，又重賞廚房中做飯菜等人，一路買通，每晚與文魁同宿，重續夫妻舊好，日夜商量逃走之法。又聽得傳說，師尚詔屢敗，所得四縣全失，各路俱有官兵把守，恐被盤問住，倒了不得。殷氏素日極有權術，到此時也沒法了。文魁也戀著殷氏，不忍離別。

一日，日西時分，殷氏正在院中閒立，見喬大雄狼狽而來。殷氏接入房中，喬大雄道：「此刻這命纔是我的了。」殷氏道：「這是何說？怎麼連帽兒也不戴？」喬大雄道：「還顧的戴帽兒哩！今早我隨妙法夫人出陣，與官軍對敵，原是大家要藉仗他的法術取勝，誰想他並不施展法術，惟憑實力戰鬥，被人家一鎗戳下馬去。我見勢頭大壞，捨命往外衝殺，喜得那些官軍都以妙法夫人為重，我便偷出重圍，

❾ 壅蔽：隔絕；遮蔽。楚辭九辯：「卒壅蔽此浮雲兮。」

將盔甲馬匹棄在了路上。因心上結記著你，與你來相商，如今秦神師也走了，妙法夫人也死了，師元帥死困在歸德了，不久必被官軍擒拿，還跟隨他做甚麼？我想家中有的是銀子和珠寶，我與你可假扮村鄉夫婦，逃奔江南，或山東、山西，還可以富足下半世，你看好不好？」殷氏聽罷，半晌不言。大雄怒說道：「你想是不願意麼？」殷氏笑道：「我為甚麼不願意？你忙甚的？且歇息幾天，我與你同走。」大雄道：「十分遲了，歸德一破，被同事人拉扯出來，就不好了。」殷氏道：「師元帥也是個英雄男子，歸德城現有多少人馬，就這樣容易破？縱破也得一個月。我定在後日與你同行，我也好收拾一二。」大雄道：「就是後日罷，也不過是耽延一日多工夫。」殷氏著婦人們預備酒飯，少刻，秉起燭來，大雄淨了面，更換了衣服，到定更後，酒肉齊至，殷氏與他斟上酒，開慰道：「你要放寬心胸，師元帥即或事敗，你又不是他的親戚族黨，那些官兒們也想不到你一人身上。你喫幾杯罷，也著不得個驚怕。」又吩咐兩個婦女道：「你們都去安歇了罷，杯盤等物，我自收拾，把酒再拿兩大壺來，我今日也喫幾杯。」須臾，將酒又取到，殷氏著暖在火盆內。又囑咐兩婦人去安歇，並說與廚下也都睡了罷，一物俱不用了。

二婦人去後，殷氏將門兒閉了，與大雄並肩疊股而坐，放出許多的狐媚艷態，說的話都是些牽腸掛肚，快刀兒割不斷的恩情。讓大雄拿大杯連飲，弄的喬大雄神魂飄蕩，兩個就在酒席旁雲雨⑩起來。殷氏淫聲艷語，百般的嚼念，比素常加出十倍風情。兩人事畢，又復大飲。殷氏以小杯拚大杯，有時口對口兒送飲，有時坐在大雄懷中勸飲。直到二更時分，大雄滿口流涎，軟癱在一邊。殷氏開了房門，親自到各處巡查了一遍，見人都安歇，悄悄的到廚房內，將文魁叫出來，說與他如此這般行事。文魁聽了，

⑩ 雲雨：喻男女歡合。語本宋玉高唐賦及神女賦。

帶了大鋼刀一把，隨殷氏走來，先偷向門內一看，燈光之下，見大雄鼻息如雷，仰面著在炕上睡覺。殷氏將文魁拉入來，教他動手。文魁拿著刀，走至大雄身傍，兩手只是亂抖。向殷氏道：「我……我不……」殷氏著急道：「錯過此時，你我還有出頭的日子麼？怎麼把我不的話都說出來？」文魁道：「我怕……怕他醒了。」殷氏唾了文魁一口，奪過刀來，試了試，覺得沈重費力。猛想起櫃頭邊有解手刀⑪一把，取下來一看，鋒利無比。忙將大衣服脫去，只穿小襖一件，挽起了襖袖，跪在大雄頭邊，雙手抱住刀柄，對正大雄的咽喉，用力往下一刺，鮮血直濺的殷氏滿臉半身俱是。大雄吼了一聲，帶著刀子，從炕上一迸⑫跌在了地下。文魁叫了聲阿呀，也倒在地下。

殷氏在炕上往下一看，見大雄喉內喘息不止，兩條腿還一上一下的亂伸不已。再看文魁，也在地下倒著，要往起扒。殷氏連忙跳下炕來，將文魁扶搊⑬著他動手，再加幾刀。文魁起來坐倒者四五次，殷氏見他無用，自己又將那把大刀拿起，在大雄頭臉上劈了十幾下，見不動轉了，方纔住手。將刀往地下一丟，斜倒在炕上歇氣。文魁方纔扒起來，看了看，大雄早已死了，滿地都是血跡。文魁用手指點著殷氏道：「你果然算把辣手！也該收拾起來，我們好走路。被他們知道，都活不成。」殷氏道：「我再歇歇著，此時渾身倒蘇軟⑭起來。」原來殷氏亦非深恨喬大雄，下此毒手，只因屢聽傳聞，師尚詔連失四

⑪ 解手刀：解腕尖刀。警世通言俞伯牙摔琴謝知音：「伯牙於衣袂間取出解手刀，割斷琴絃。」

⑫ 一迸：應作一蹦。蹦，音ㄅㄥˋ，跳躍。

⑬ 扶搊：攙扶，或作搊扶。金瓶梅詞話第二十八回：「咋日我和爹搊扶著娘進來。」搊，音ㄓㄡˇ。

⑭ 蘇軟：身體因受刺激或過分勞累而疲軟無力，通作酥軟。

縣，並連營八座，他是個有才膽的婦人，便想到師尚詔大事無成，將來必受喬大雄之累，早已萌殺害之心。假如師尚詔屢勝，開疆展土，他又要想做新朝元勳之夫人，以喬大雄為真骨肉，朱文魁又安足動其掛念耶？今又知秦尼已去，蔣金花陣亡，其志決矣。許在三天內同去江南等處，恐一時下手不得。不意大雄一入門，就被他灌醉，廚下叫文魁時，已說明主見，同帶了大雄首級，到虞城或夏邑報功，他還要想得意外的富貴；或者啟奏了朝廷，大小與文魁個官兒，一則對文魁好看，二則遮蓋他的醜行，三則免逆黨牽連之禍，也是有一番深謀遠慮，並不是冒昧做出來的。

再說殷氏歇了一會，將鑰匙遞與文魁道：「正面櫃內還有四千多兩銀子，你取去罷。」文魁將櫃子開放，見銀子俱未包封，都亂堆在裡面，心上反不快活起來，站在櫃邊思索。殷氏知道他的意思，說道：「我們還要走路，量力帶上幾百罷。」自己也下地來，用那把大刀，將喬大雄的頭鋸下，盛在氈包內，然後洗了手臉，換了衣服，身邊貼肉處帶了兩大包珍珠。朱文魁將銀子滿身攜帶，已沒處安放了，還呆呆的相端那櫃子。殷氏道：「我已收拾停妥，快走罷。」此時已交五更了，文魁走了兩三步，覺得著實累墜，定要教殷氏分帶。殷氏道：「我還要抱人頭，能帶多少？」說了好一會，帶了一百多兩，方纔吹滅了燈，悄悄的走至後院，開了門，兩人放膽行走。外面院落雖多，都不關閉，是防有變亂，大家好逃走的意思。夫妻走了好幾層院子，也有聽見腳步響隔著窗子問的，文魁總以喬總管連夜去歸德為辭。兩人出了富安莊，文魁便叫少歇。殷氏道：「這是甚麼地方？我們做的是甚麼事？纔走了幾步兒，就要歇息麼？」文魁道：「我身上沈重，如何不歇？」殷氏道：「你棄了些罷。」文魁道：「棄了如何使的？我不如埋了些，將來好再取。」說罷，又將銀子埋了幾百，方纔向夏邑走去。正是：

妻被賊淫家被劫，今宵何幸皆歸結。
莫嫌那話本錢貼，舊物猶存不必說。

第三十四回　囚軍營手足重完聚　試降書將帥各成功

詞曰：

非越非吳因何惱，無端將面花打老。獻首求榮，原圖富貴，先自被他刑拷。　脈脈愁思心如攪，聞說道同胞來了。細問離蹤，幾多驚愧，深喜天垂報。

右調明月棹孤舟

且說林桂芳自軍門宴罷之後，奉曹邦輔將令，著諸將並力攻城，一連攻了兩晝夜，反傷了許多士卒，皆緣賊眾知道罪在不赦，因此拚命固守。這日在營中，看著軍士修理雲梯、轟車之類，只見中軍官稟道：「有本鎮屬下官守備宋體仁，今鎮守夏邑縣，遣兵解到夫妻二人，言在夏邑路西十八里內，被巡邏軍士拿住，審明男叫朱文魁，女人殷氏，俱虞城縣人，為賊將喬大雄所擄，在富安莊兩月餘，今乘便殺了喬大雄，攜首級到夏邑報功，並言富安莊實係賊眾停留之地，請兵剿除。文魁身邊還帶有許多銀兩，未查數目。外有該守備詳文一角呈覽，並請示下。」林桂芳心內疑惑道：「這人的名字，不是朱相公的哥哥麼？」隨即到中軍帳坐下，看了來文，吩咐左右帶入來。

少刻，將男婦二人帶入，跪在地下。桂芳問道：「你叫朱文魁麼？」文魁道：「是。」又問道：「殷氏是你妻子麼？」文魁道：「是。」又問道：「有個朱文煒，是府學秀才，住在虞城縣栢葉村，你可認得麼？」文魁隨口應道：「這是小人的兄弟。」桂芳道：「他妻子姜氏，可在家麼？」文魁心下大驚道：「怎麼他知道的這般詳細？」忙稟道：「小人兄弟文煒，已同妻子姜氏，四川探親去了，如今尚未回來。」桂芳笑道：「我把你這千刀萬剮狗攮的，我也有遇著你的日子？你做的事體，本鎮備細都知，我也沒工夫與你這騾子肏的較論。」吩咐左右，先打五十個嘴巴。眾兵喊了一聲，打的文魁鼻口流血，頃刻青腫起來。又著將殷氏也打五十個嘴巴，眾兵又喊了一聲，打的殷氏哀聲不止，將左腮兩個牙也打掉了。

打完，桂芳問解來的兵丁道：「他的銀兩在何處？」兵丁們稟道：「小的們彼時搜揀出來，在本官面前呈驗，本官仍交還他，如今仍在他身上帶著。」桂芳道：「取上來我看。」左右向文魁身上取出，放在一傍。桂芳問殷氏道：「你身邊有多少？」殷氏道：「並無一分。」桂芳向左右道：「搜！」殷氏聽見要搜他，連忙從身邊取出來道：「只有這一百多銀子。」桂芳道：「你怎麼說一分沒有？我知道你這小淫婦子，狡猾的了不得，朱文魁兒硬是你教調壞了。」吩咐再打二十個嘴巴。殷氏痛哭求饒。桂芳道：「我分明沒有夾棍，若有，我定將你兩個喪良鬼，一人夾一夾棍纔好。」又吩咐左右打了十個。桂芳著書辦與了批文，打發押解兵丁回去。又兌了銀子數目，共四百四十餘兩，交付中軍官收存。文魁同殷氏，除埋了外，還共帶銀六百餘兩，被夏邑上下兵丁刮刷了二百多兩，所以只有此數。桂芳復問文魁道：「你殺的賊頭在那裡？」文魁將氈包遞與軍士，軍士打開，桂芳看了，問文魁殺的原委，並富安莊內舉動，文魁都據實稟說。桂芳道：「你兩個真是廉恥喪盡，還有臉來獻頭報功？本鎮今日只不往反叛內問你，還是看你兄弟的情分。」吩咐鎖禁在後營。朱文魁與殷氏摸不著頭腦，倒像與林總兵有大仇的一般，這樣處置。殷氏哭的如醉如痴，再往後營去了。

桂芳著人去北營，將林岱請來，詳言朱文魁夫婦報功，並各打了六七十個嘴巴，監禁後營話：「心上快活不過，因此叫你來商議，還是當反叛的處死？還是解赴軍門？若教朱相公知道，那孩子又要討人情。」林岱道：「父親這件事做的過甚了。受害者是朱義弟，我們不過是異姓知己，究竟是外人。他弟兄雖是仇敵，到底是同胞骨肉。況朱文魁妻被賊淫，家被賊劫，報應已極，我們該可憐他纔是。況他又是殺賊投首，父親如此用刑，知者說是為文煒兄弟家務事，不知者豈不生疑？且阻將來殺賊報功之路。就是朱義弟聞知，也未免心上不歉仄。又將他的銀兩拘收，越發動人議論了。」林桂芳聽了，有些後悔起來，勉強笑道：「我不管他是誰的哥嫂，像這樣人不打，更打何人？」林岱道：「朱義弟事，軍門大人前已盡知，莫若將此事啟知，看曹大人如何發落？文魁既說富安莊是反叛巢穴，這事豈可隱昧不言？父親還須親到轅門一行為是。」桂芳道：「我收他的銀子，本意是與朱相公使用。你方纔的話，也有道理，我此刻就見軍門。」又吩咐中軍道：「朱文魁，我兒子與他討了情分，可將他夫妻的鎖開了。那四百多銀子，你當面交與他，說與他知道。」

說罷，父子一同出營，林岱回汛，桂芳到軍門處稟見，曹邦輔請入相會。桂芳將文魁殺賊報功，並自己處置的話，詳細啟知。邦輔大笑道：「打的爽快！若教朱參謀知道，雖本院亦不好動刑矣。」桂芳道：「文魁言富安莊實群賊家屬潛聚之所，理合遣兵勦除。」邦輔道：「這使不得。本省像這樣村莊，竟不知有多少，只可付之不見不聞。嗣後若有人出首，非師尚詔已親骨肉，一概不准，祇可暗中記名，俟平師尚詔後，自然要細加查拿。此刻一拿，內外皆變，非弭亂之道也。」又著人請朱參謀來。少刻，文煒拜見，邦輔就將桂芳所言，說了一遍。文煒聽知哥嫂從賊巢遁歸，又聽知桂芳重加責處，心上甚是惻然，回稟道：「生員祖父功德涼薄，因此蕭牆禍起，變生同胞，家門之醜，不一而足。今夫妻於萬死一生中，匍匐於義父林總鎮營內，情甚可憐。生員欲給假片時，親去看視，未知可否？」說罷，淚眼盈眶，不勝悽楚。桂芳見如此光景，覺得沒趣起來。邦輔道：「令兄備極頑劣，你還如此體恤，足徵孝友，本部院安有不著你看望之理？就是林鎮臺薄責幾下，亦是人心公憤使然，你慎毋介懷。」文煒道：「生員義父素性爽直，就是生員祖父在世，亦必大伸家法。義父代生員祖父行法，乃尊長分內事，何為不可？」說罷，同桂芳辭出。

到了東營，文煒參拜桂芳，桂芳又自己說了幾句性情過暴的話，方著他到後營。文煒走將入去，見他哥嫂臉上青紅藍綠，與開了染匠鋪的一般，上前抱住了文魁，放聲大哭。文魁看見是他兄弟文煒，置身無地，也放聲大哭，殷氏也在傍邊大哭，三個人哭下一堆。哭了半晌，文魁跪下道：「愚兄原是人中畜類，你看父母分上，恕我罷。」文煒亦連忙跪下叩頭，道：「哥哥休如此說，此皆是我弟兄們時命不通，故有此分離之事。」又起來向殷氏下拜。殷氏幸虧臉上蓋了許多嘴巴，不然也就羞成火炭了，連忙還禮不迭，一句話也不敢說。三人方纔坐下。文魁就要訴說自己的原委，文煒道：「哥哥嫂嫂的患難，兄弟知之最詳且切，倒是兄弟的事，哥哥必不知道，待兄弟詳細陳說。」遂從四川遇冷于氷起，說到姜氏同歐陽氏寄居在冷于氷家。文魁夫妻聽了，又愧又喜，一齊合掌道：「但願我夫妻做萬世小人，只願你夫妻重相聚首，多生些桂子蘭孫❶，與祖父增點光輝，我夫妻亦可少減罪過。」

❶ 桂子蘭孫：以蘭桂喻子孫之佳美。故事成語考祖孫父子：「子孫發達，謂之蘭桂騰芳。」

文煒又說目今與軍門曹大人做參謀，文魁大喜道：「此皆吾弟存心仁厚，故上天賞以意外遭逢。若我夫妻際遇，真令人不堪回首。」文煒又道：「林大人是熱腸君子，哥嫂切毋介意。兄弟在軍營中辦事，不得時時相見，我送哥嫂到林義兄營中住幾天，待平賊之後，自可朝夕相聚。家中斷去不得，兵荒馬亂，恐再蹈意外之虞。」隨向桂芳的家丁道：「你們與我叫段誠來。」不想段誠在帳外已久，聽得叫他，答應了一聲，走入來，也不與文魁夫妻問候叩頭，白白的站在一邊。倒是文魁道：「段誠，我臉上甚見不得你。」段誠和沒聽見的一般。文煒吩咐道：「你到北營先鋒林爺處，就說是我的胞兄嫂，今日暫去後營內住幾天，一切飲食，照拂一二，改日面謝。」段誠去了。

文魁道：「愚兄在賊巢中帶來銀四百餘兩，固是不潔之物，老弟可收用了罷。」文煒道：「兄弟在軍營，正缺使費，此銀來得甚好。」急忙收下，殷氏向懷中也掏出那兩包珠子來，打開向文煒道：「此是我的兩包臭物，不知二叔肯賜光否？」文煒道：「此珠大而白潤，甚好，但軍中用他不著，嫂嫂留著罷。」殷氏羞的哭了。文煒恐傷兄意，改口道：「我不是不收嫂嫂的，實因軍營用他不著。既承眷愛，我將來與弟婦用罷。」即忙揣在懷中，殷氏方纔止住淚痕。不多時，林岱的家丁，著人抬兩乘轎子來接，文煒將銀兩並珠子，俱交與段誠。又到桂芳前稟明，方同文魁、殷氏出營，自己也回西營去了。

且說師尚詔被困孤城，心若芒刺，欲臨陣，又怕失機，越發人心動搖，坐守又非常計，逐日家長吁短嘆，深恨秦尼。一日，正捧杯痛飲，賊眾又拾得告示幾張，言逆犯只師尚詔一家，其餘皆係誤為引誘，今後凡失身賊中，能踰城投降者，准做良民，到將來闔家免坐；接應官兵入城者，准做四品武官；生擒師尚詔投降者封侯，斬首者次之；若仍固結黨羽，抗拒王師，城破之日，男女盡屠等語。師尚詔看了，倍加心驚，行走坐臥，總著心腹數人圍繞。此夜踰城投降官軍者數十人。尚詔嚴責守城賊將，這夜踰城投降的更多。三鼓後，火炮之聲，震的城內屋瓦皆動。尚詔親自上城，率眾守禦。天明，官軍始退。午時又來攻打，申時又退。尚詔見內外援絕，人心日變，大會群賊，為戰守之策。賊眾議論紛紛，究無定見。

尚詔道：「吾以孤城，焉能抗河南全省人馬？耽延日久，誠恐天下兵集，欲走亦無路矣。日前秦尼勸我，由永城趨碭山等路，奔江南范公堤入海，另行事業，我彼時未曾依允。今時勢危急，限爾等兩日內各收拾應帶之物，分別前後，開路者何人，保護家口者何人，斷後拒敵追兵者何人，押解糧草者何人，都要揀選精銳，方為萬全。」眾賊道：「餘事都易處，惟糧草最難。依小將等意見，莫若隨地劫掠，亦可足用，定在後日三鼓起行。還有一計，先驅老弱者率百姓劫西南北三面營寨，牽住官軍，使他不暇追趕。老弱等眾以及百姓，有不從者立斬。然後元帥同我等，並力出東門。既出城後，仍須元帥斷後，庶官軍不敢窮追。再分遣諸將，連路設伏，若能就便破永城，救元帥暨諸將家口，更是妙事。」尚詔道：「爾等所議亦妥，只是屬下諸人，賢愚不等，設或洩露，使曹邦輔知道，反受掣肘❷。從此刻為始，除原舊守城將士外，每城上一面，各添巡邏將士十員，日夜輪流走動，杜絕奸謀。有人拿獲投降人一名，賞銀一百兩。」

尚詔號令已畢，諸賊將各去準備，內中老弱賊眾聽了，心下甚是不平，一個個三五合夥，在背間議論：「怎麼強壯者都隨他逃走，老弱的就該同百姓去劫西南北三營，替他們挨刀？我們要大家設個法子，

---

❷ 掣肘：音ㄔㄜˋ ㄓㄡˇ，牽制留難，喻阻撓他人做事，或做事受人牽制。語本呂氏春秋審應覽具備。

教他少壯者先死。」內中有幾個道：「他如今四面添了巡邏，日夜稽查，投降的話，斷斷不能。若開門接應官軍，我們又無力量，只有個待官兵攻城時，佯為救應，將他們的密計，詳詳細細寫幾封書，拴在箭上，射將下去。到那日，定要分撥我們去偷劫官軍營寨，只管聽他的驅使，分出西南北三門，出去時，一遇官軍，就跪倒求降，難道官軍連投降的也亂殺不成？」眾人道：「此說大通，各要留意，彼此互傳，弄的百姓們也都知道，人人痛恨。」

到晚間，官軍攻城，各拾得許多書字。向四門主將投遞，眾將不約而同，齊到軍門營中計議。曹邦輔道：「此書字是賊人窮極計生，設法誘敵，亦未可知。或竟是實情，亦不敢定。我們毋論虛實，總要預備。諸將有何奇謀，可速說來，共成大功。」只見參謀朱文煒獻策道：「賊眾固真假未定，此事最易裁處。書字內言明日三更，師尚詔出東門逃走，西南北三門，遣老弱者劫營。就依他的書字，明日日落時，四門加力攻打，堅其速走之心。一更時分，便退兵不攻。大人同林、管二鎮臺，吩咐各營，俱嚴裝飽食，率兵等候。若認真劫營，便與他相殺。若實在投降，請二位鎮臺入城安撫。東門少撥人馬，留一條走路，讓他逃去，亦不必阻擋。著北門林先鋒帶人馬，先去永城要路三十里內埋伏。此刻即用羽檄❸，行文江南文武，備兵截殺，以防漏網之賊。師尚詔出東門逃走，則歸德無主，賊眾投降屬真，大人可留將鎮守，親率諸將追殺。若賊眾過期不劫營，或出城仍行對敵，則師尚詔不逃走可知，即速遣人將林先鋒喚回，鎮守北營。」眾將齊道：「朱參謀此計周詳審慎，極其穩妥，就照此施行。」

曹軍門道：「還有一說，如賊眾假借投降，引誘我兵入城，林、管二鎮臺，豈不誤遭毒手？依本院

❸ 羽檄：古時徵兵檄文上插鳥羽，以示疾行如飛之意。語出史記韓信盧綰列傳。

主見，賊眾投降時，可先遣勇將，分三門入城安撫，二鎮臺隨後入城，以備不虞，此慎重之道也。尚詔既去，本部院率兵追殺，與林先鋒合擊，俟城中安撫後，餘軍趕來會勦，擒拿逃散餘黨，方為萬全。」諸將道：「大人神算無遺，尚詔成擒必矣。」眾將議定，各回營去了。到了次日酉時，官兵四面攻城，尚詔親自支應。待到三更，先遣賊將逼押老弱賊眾同百姓，開西南北三門出城，劫官軍營寨。自己帶賊眾還有兩萬餘人，保護家屬同行。殺出東門，只存了八九千人。不想少壯賊中，半是老弱賊中子姪親戚，見尚詔逃走，早料他凶多吉少，皆趁便回城，趕赴西南北三門，隨眾投降。林、管二總兵遣將安撫鎮守，一面各帶兵追趕下來。尚詔走了七八里，先是曹軍門人馬趕到，兩軍互有殺傷，尚詔率眾且戰且走。少刻，林、管二總兵又帶兵追裹下來，賊眾力戰，死亡十分之四，家口並所有俱為官軍所得。沿途投降者又去了一二千人。

尚詔走至天明，方殺出重圍，四顧跟隨眾賊，僅存三千多人。再看地界，纔離歸德不過十七八里，心下大為驚惶。傳令眾賊：「有馬者隨行，無馬者不必隨行，各尋一條生路去罷，也算你們輔佐我一場。」說罷，含著淚，揮著手，打馬如飛向東南奔馳。眾賊有不忍割捨者，猶捨命相隨。未四五里，只聽得前面一聲炮響，人馬雁翅般擺開，當頭一將，正是林岱。賊眾看見，喊一聲，跑去一半。尚詔此時人困馬疲，交手後急欲脫身，又被林岱一枝戟攪住，支應不暇。又聽得背後喊聲大震，心內一著慌，未免刀法疏漏。林岱趁空一戟，刺中肩胛，倒下馬來，軍士一齊上前拿住。諸將分頭趕殺賊眾。少刻，軍門二總兵大隊俱至，林岱迎上去報功，邦輔大喜，褒譽道：「將軍之勇，今古罕儔④，吾遣君埋伏此地者，知

④ 今古罕儔：自古及今，罕有其匹。儔，音ㄔㄡˊ，匹；相偶。

非將軍不能了此巨孽❺也。本院報捷時，必首先保題。」隨傳令諸將，各分兵四路，追殺餘眾。押解尚詔並他子女親屬回歸德。正是：

登壇秉鉞元戎❻事，斬將擒王大將才。
露布❼傳聞天子悅，三軍齊唱凱歌回。

❺ 巨孽：大害；首惡。唐戴叔倫奉天酬別鄭諫議詩：「巨孽盜都城，傳聞天下驚。」
❻ 秉鉞元戎：執掌兵權的元帥。鉞，音ㄩㄝˋ，大斧。
❼ 露布：謂詔書簡牘等不緘封者，或軍中告捷之文書。

第三十五回　沐皇恩文武雙得意　搬家眷夫婦兩團圓

詞曰：

風雲際會為難，今日報鶯遷。榮膺寵命列朝班，文武兩心安。　握管城，書彩簡，遣役迎迓宅眷。從茲夫婦喜相逢，拭目合歡眼。

右調喜遷鶯

且說曹邦輔率領諸將，回至歸德，擒拿餘黨，安撫軍民。遣軍將從永城將賊眾家屬擒來，委文武大員會審，招出許多容留逆黨的村莊，派林、管二總兵命將分頭擒拿。一邊寫本，遣官入都奏捷，詳敘各將功績，以文煒、林岱為第一，管翼、郭翰為第二，林桂芳、呂于淳等為第三。馬兵丁熙，軍營已授千總，聽候旨意。諸將聞邦輔敘功等第，無不悅服。先將師尚詔並其子女，遣官押解入都，餘賊俟審明，酌奪輕重再解。復自行檢舉失查師尚詔，並參地方等官，以及失陷城池文武。捷音到朝中，明帝大悅，隨頒旨星夜到歸德，諸將跪拜，宣讀曰：

師尚詔本市井無賴之徒，屢犯國法，該地方文武並不實心任職，養成賊勢，致逆黨潛藏各州縣至數萬之多，攻城掠地，殺戮官民，叛逆之罪，上通於天。今尚詔並其子女親族，曹邦輔奏稱已差官解送入都，其餘從賊，著戶部侍郎陳大經、工部侍郎嚴世蕃，會同曹邦輔研審，務須盡搜黨羽，分別定擬具奏。邦輔才兼文武，赤心報國，朕心嘉悅，著加太子太傅、兵部尚書。其失查師尚詔，皆因歷任未久，相應恩免交部。其餘失查文武地方等官，理合嚴懲，以肅國法，統交陳大經、嚴世蕃、曹邦輔，審明有無知情縱寇，擬罪奏聞。總兵管翼，身先士卒，連破賊眾八營，著有勞績，著陞補松江提督。其總兵原缺，著邦輔委員暫行署理，俟朕另降諭旨。參將郭翰，遇副將缺出，該部即行奏明題補。朱文煒、林岱俱係無祿人，非在仕籍者可比，乃一能出奇制勝❶，俱見籌畫得宜；一能先克永城，全獲逆黨家屬，又復生擒巨寇，厥功甚大，著即馳驛來京，引見後再授官爵。林桂芳、羅齊賢、呂于淳，俱交部從優議敘。其餘有功將弁，並陣亡官員士卒，俟邦輔查奏到日，另降恩旨。各營兵丁，按打仗勤勞論功，咨送兵部，以指揮、千把，陸續補用，今先賞兩月錢糧。其鎗刺蔣金花之丁熙，甚屬勇敢，亦著送部引見。餘依議。

旨意讀罷，歡聲若雷，大小官員謝恩後，又各向軍門叩謝。林岱、文煒另謝提拔之恩。邦輔大喜，留兩人在公館酒飯。本日俱拜為門生，邦輔欣悅之至，各贈路費銀二百兩，令速刻起身。二人辭出，忙忙的拜別了各官，同到林岱營中。文煒向他哥嫂道：「兄弟已奉旨馳驛引見，此行內外官雖不敢定，大小必有一官。引見後，自必星速差人，迎接哥哥嫂嫂同住，好搬取父親靈柩。林義兄已在軍門前交了兵符，

❶ 出奇制勝：出奇兵以戰勝敵人，引申為用奇計勝過別人。語本史記田單列傳。

此營是曹大人官將統轄，我們一刻不可存留。適纔軍門曹大人賞了路費銀二百兩，哥哥可拿去，回栢葉村李必壽家暫住，等候喜音。我已托林義兄預備下官車一輛，差軍兵四人，護送還家。連日賊黨俱各拿盡，不必懼怕。」文魁聽得引見，甚喜，要到桂芳面前謝謝。文煒道：「我替表白罷。」又囑咐了幾句家中話，纔打發夫妻二人起身，林岱親自送別。

次日，文煒同林岱拜別了桂芳，一同連夜入都，先到兵部報了名，並投軍門文書，不過兩三天，就傳引見。兩人入得朝來，但見：

祥雲籠鳳閣，瑞靄罩龍樓。建章宮，祈年宮，太乙宮，五柞宮，長樂宮，宮宮現丹楹繡戶；楓宸殿，嘉德殿，延英殿，鳷鵲殿，含元殿，殿殿見玉闕金階。鴛鴦瓦與雲霞齊輝，翡翠簾同衣冠並麗。香馥椒壁，層層異木垂陰；日映花磚，簇簇奇葩絢彩。待漏院，規模遠勝蓬萊；拱極臺，巍峨何殊兜率❷。真是文官拜舞瞻堯日，武將嵩呼溢舜朝。

這日，明世宗御勤政殿，文武分列兩旁，吏、兵二部帶領二人引見。兩人各奏姓名、年歲、籍貫訖，天子見林岱氣宇超群，漢仗雄偉，聖心大悅，問林岱道：「師尚詔是你擒拿的麼？」林岱奏道：「是臣在歸德城東三十里以外拿的。」天子道：「你可將屢次交戰詳細奏來。」林岱奏了一遍，天子向眾閣臣道：「此國家柱石❸材也。」閣臣齊奏道：「此人人才武勇，不愧干城❹之選。」又問文煒獻策始末，文煒

---

❷ 兜率：音ㄉㄡ ㄌㄩˋ，佛教欲界諸天之一，其義為知足，謂此天之人，五欲皆知足。

❸ 柱石：比喻身負國家重任的人。語出漢書霍光傳。

將平寇三策，次第奏聞。天子向閣臣道：「宋時虞允文破逆亮於江上，劉錡謂國家養兵三十年，大功乃出於儒者，文煒其庶幾❺矣。」又問前軍門胡宗憲如何按兵睢州，致失夏邑等縣。文煒盡將宗憲種種退縮實奏，嚴嵩聽了，甚是不悅。天子道：「胡宗憲真誤國庸才。」遂傳旨將伊二子俱革職下獄。

又問閣臣道：「朱文煒直陳是非，可勝御史之任。」嚴嵩道：「御史乃清要之職，歷來俱用科甲出身❻者。文煒以秀才談兵偶中，驟加顯擢，恐科道有後言。」天子道：「然則應授何職？」嚴嵩道：「朱文煒可授七品小京官，林岱可授都司守備。」天子道：「信如卿言，將來恐無出謀用命為國家者矣。」隨降旨：「朱文煒著以兵部員外郎即用。林岱人甚去得，著實授副將，署理河陽總兵，代管翼之缺，速赴新任。」兩人謝恩下來。文煒在兵部候補。林岱有速赴新任之旨，不敢久停，將本身應辦事體料理了幾天，與文煒話別。文煒知林岱還要去見軍門，托他將文魁夫妻送入都中。自己在椿樹衚衕看了一處房住下，又收用了幾個家人，買辦了一分厚禮，書字內備寫于冰始末，救濟得官緣由，差段誠同一新家人，星夜往成安縣，搬取姜氏。

再說姜氏自到于冰家，上下和合，一家兒敬愛，與親骨肉無異。每想起與親哥嫂同居時，倒要事事思前想後，不敢錯說一句，主僕二人，甚是得所。冷逢春遵于冰訓示，非問明姜氏在處，再不肯冒昧入內。每日家在外邊種花、養魚，教他大兒子讀書，連會試場也不下了。一日，正在書房院中看小廝們澆

---

❹ 干城：干是盾牌，城是城垣，喻禦敵衛國之士。語出詩周南兔罝。

❺ 庶幾：相近；差不多。孟子梁惠王下：「則齊其庶幾乎！」

❻ 科甲出身：科甲，即科舉。清代對進士舉人出身者稱為科甲出身。

灌諸花，只見一個家人稟道：「姜奶奶的家人來了，有禮物書字。」逢春著請入庭院西書房坐。不多時，拿入禮物來，逢春看了看，值一百餘兩。兩副全帖，一寫「愚小姪朱文煒」，一寫「愚盟弟」稱呼。將書字拆開一看，裡面備述他夫妻受恩，以及得功名的原委，俱係他父親始終周全。如今以兵部員外郎在京候補，字內兼請逢春入都一會，意甚懇切。逢春看了大喜，隨即入內與他母親詳說。早有人報知姜氏。卜氏同兒媳李氏，到姜氏房中道喜，把一個姜氏喜歡的沒入腳處。隨著人將段誠叫來要問話。李氏迴避了，卜氏也要迴避，姜氏道：「我家中的話，還有甚麼隱瞞母親處？就是段誠，也是自己家中舊人，大家聽聽何妨？」卜氏方纔坐下。

少刻，段誠入來，先與卜氏磕了四個頭，後與姜氏叩頭。回頭看見他妻子也在，心上甚是喜歡，問候了幾句，姜氏教他細說文煒別後的始末。這段誠從四川老主人說起，說到殷氏被喬大雄搶去，卜氏忍不住大笑起來。又說到殷氏殺了喬大雄，夫妻報功，被林總兵打嘴巴的話，把一個卜氏笑的筋骨皆蘇，姜氏同歐陽氏也笑的沒收煞❼。段誠整說了半天，方纔說完。卜氏道：「可惜路遠，我幾時會會令嫂，他倒是個有才有膽的婦人。」歐陽氏道：「那樣的臭貨❽，太太不見他也罷了。」段誠又道：「林岱林老爺起身時，小的老爺已托搬他兩口子來京，大約也不過二十餘天可到。」卜氏又細問于氷去向，段誠又說了一番，卜氏也深信于氷是個神仙了。段誠出來，外面即設酒席管待。飯後，逢春將段誠叫去，細說于氷事跡，心上又喜又想。

❼ 沒收煞：沒完沒了；沒法停止。

❽ 臭貨：罵人的話，猶言行為卑鄙人品污濁的東西。

次日，段誠稟明姜氏，就要僱騾轎，卜氏那裡肯依？定要教住一月再商。段誠日日懇求，卜氏方纔許了五天後起身。自此日為始，逢春家內，天天總是兩三桌酒席，管待他主僕。卜氏、李氏婆媳二人，各送了姜氏許多衣服首飾等類。逢春寫了書字並回禮，也用盟弟稱呼。又差陸永忠、大章兒兩個舊家人，護送上京。卜氏又送了歐陽氏衣服尺頭❾等物，主僕們千恩萬謝。姜氏臨行，坐騾轎大哭的去了。在路走了數天方到，文煒已補了兵部職方司員外郎，夫妻相見，悲喜交集，說不盡離別之苦。文煒厚贈陸永忠等，寫了回書拜謝。姜氏與卜氏、李氏也有書字，就將殷氏的珠子配了些禮物，謝成就他夫妻之恩。凡逢春家婦人女子，厚薄都有東西相送。臨行，又親見陸永忠、大章兒，說了許多感恩拜謝的話，方纔令回成安。

再說林岱到了河南開封，不想軍門還在歸德，同兩個欽差審叛案未完。到歸德，知他父桂芳早回懷慶，管翼已上江南任去了。次日見軍門，送京中帶去禮物，又代文煒投謝恩提拔稟帖。邦輔甚喜，留酒飯暢敘師生之情。又著林岱拜見兩個欽差，方赴河陽任。一邊與桂芳寫家書，差家人報喜，搬嚴氏。林桂芳恐林岱初到任，費用不足，又自知年老，留銀錢珍物何用？將數十年宦囊❿，盡付嚴氏帶去。不算金帛珠玉，只銀子有三萬餘兩，足見宦久自富⓫也。林岱就將嚴氏帶來銀兩，取出三千送文煒，又餘外備銀二百兩，做文魁夫妻路費，差兩個家人兩個兵，先去虞城縣，請文魁夫妻一同上京。

---

❾ 尺頭：綢緞衣料。元施惠幽閨記天湊姻緣：「老夫告回，即辦尺頭羊酒來作賀。」

❿ 宦囊：仕宦所得的積蓄。湯顯祖還魂記：「宦囊清苦。」

⓫ 宦久自富：做官做久了，自然會富有。通作官久必富或官久自富。語本陔餘叢考及通俗編仕進。

不一日，到了栢葉村，將林岱與他的書字，並送盤費銀二百兩，都交與文魁，文魁大喜。將來人並馬匹，都安頓在店中酒飯。告知殷氏，殷氏道：「我如今不願意上京了。」文魁道：「這又是新故典話⑫。」殷氏道：「你我做的事體，甚不光彩，二叔二嬸他夫妻，還是厚道人，惟段誠家兩口子，目無大小，同家居住，日日被他言語譏刺起來，真令人受亦不可，不受亦無法。況他又是二叔嬸同患難有大功的家人和家人媳婦，你我又作不得威福，你說怎麼個去法？」文魁道：「我豈不知？但如今的時勢，須要把臉當牛皮象皮的使用，不可當雞皮貓皮的使用。你若思前想後，把他當個臉的抬舉起來，他就步步不受你使用了。就是段誠家夫婦，目無大小，他不過譏刺上一次兩次，再多了，我們整起主綱⑬來，他就經當不起。況本村房產地土出賣一空，親友們見了我，十個倒有八個不和我舉手說話的。前腳過去，後腳就聽得笑罵起來。你我倒不去做員外郎的哥嫂，反在這龜地方做一鄉的玩物。二兄弟和我雖非一母生出，到底是同父兄弟，就算上去討飯喫，也沒討外人家的。如今手無一文，富安莊兒又被官兵洗蕩成了白地。埋的銀子，找尋了幾次，總尋不著。月前二兄弟與了二百兩銀子，如今倒盤用了好些。你說不去，立立骨氣也好，只是將來就憑這幾兩銀子過度終身麼？若說不去，眼前林鎮臺這二百銀子，就是個收不成，不知你怎麼說，我就捨不得。」殷氏也沒的回答。僱了一乘騾轎，殷氏同李必壽老婆同坐，文魁騎牲口起身。

一日入都，到椿樹衚衕，文煒上衙門未回。文魁見門前車馬紛紛，拜望的不絕，心下大悅。殷氏下

⑫ 新故典話：新的掌故話，很奇怪的話。

⑬ 整起主綱：整頓起作主人的規矩。綱，綱紀；規矩。

了轎，姜氏早接出來。殷氏雖然面厚，到此地也不由的面紅耳赤。倒是姜氏見他夫妻投奔，有些動人可憐，不由的掉下淚來。殷氏看見，也禁不住大哭。同入內室，彼此叩拜，各訴想慕之心。少刻，文煒回來，見過哥嫂。到晚間，大設酒席，林岱家人坐了兩桌，他弟兄二人一桌，殷氏、姜氏在內一桌。林岱家人送書字並銀三千兩，文煒見字內披肝瀝膽⑭，其意惟恐文煒不收，諄囑至再。文煒只受一千，林岱家人受主人之囑，拚命跪懇，文煒只得全收，著段誠等交入裡面。

殷氏和姜氏飲酒間，姜氏總不題舊事一句，祇說冷于冰家種種厚情。殷氏見不題起，正樂得不問為幸。不意歐陽氏在傍邊笑問道：「我們那日晚上喫酒，你老人家醉了。我與太太女扮男裝逃走，不知後來那喬武舉來也不曾？」殷氏羞恨無地，勉強應道：「你還敢問我哩，教你主僕兩個害的我好苦。」歐陽氏笑道：「你老人家快活了個了不得，反說是俺們害起人來了。」姜氏道：「從今後，只許說新事，舊事一句不許說。」殷氏道：「若說新事，你我同是一樣姊妹，你如今就是員外郎的夫人，我弄的人做不得，鬼變不得。」歐陽氏插口道：「員外郎夫人，不過是個五品官職分，那裡如做個將軍的娘子，要殺人就殺人，要放火就放火，又大又威武。」殷氏聽了，心肺俱裂，正欲與歐陽氏拚命大鬧，只見姜氏大怒，大喝道：「你這老婆，滿口放屁！當日姓喬的搶親時，都是你和我定了計策，作弄大太太，將大太太灌醉，纔弄出意外事來。你道大太太不是受你我之害麼？」殷氏聽得傷心起來，搥胸打臉的痛哭。姜氏再三安慰，又將歐陽氏大罵了幾句，方纔住手。

次日，文煒將他夫妻叫到背間，盡力數說了一番，又細細的講明主僕上下之分，此後段誠夫婦方以

---

⑭ 披肝瀝膽：謂披露肝膽，極言其非常真誠。語出司馬光應詔論體要。或作披瀝肝膽。

老爺太太稱呼文魁、殷氏，不敢放肆了。文煒取出五百銀子，交付哥嫂，又作揖叩拜，煩請主家過度，凡來麵油鹽應用等物，通是殷氏照料；銀錢出入，通是文魁經管。用完，文煒即付與，從不一問。文魁、殷氏見兄弟骨肉情深，絲毫不記舊事，越發感愧無地，處處竭力經營，一心一意的過度，倒成了個兄友弟恭的人家。文煒又買了四五個僕女，兩處分用。留林岱差來人住了數天，方寫字備禮叩謝，又重賞諸人，纔教起身。過兩月後，著文魁帶人同去四川，搬取朱昱靈柩，付銀一千兩，為營葬各項之費。文魁起身去了。正是：

哥哥嫂嫂良心現，弟弟兄兄同一爨⑮。

天地不生此等人，戲文誰做小花面⑯。

⑮ 同一爨：即同爨，謂同居共爨，生活在一起。爨，音ㄘㄨㄢˋ，用火燒煮食物。

⑯ 小花面：又稱小花臉，舊劇中的淨角，其裝扮、說話和動作，十分逗趣，引人笑樂。

第三十六回　走長莊賣藝賺公子　入大鑵舉手避痴兒

詞曰：

聊作戲，誘仙技，百說難回意，好痴迷，且多疑。　一番爭論費唇皮，入鑵去無跡。

右調乾荷葉

且說冷于氷自蔣金花身死之後，即遁出林桂芳營中，回到泰山廟內。連城璧道：「大哥原說下去去就來，怎麼四十餘天不見蹤跡？著我們死守此地，日夕懸望。」于氷道：「我原去懷慶與朱文煒說話，著他搬取家小，不意師尚詔造反，弄的我也欲罷不能。」於是詳細說了一遍。城璧大笑道：「功成不居其名，正是神龍見其首不見其尾❶之說，惜乎我二人未去看看兩陣相殺的熱鬧。」自此于氷與他二人講究元理，或到山前山後遊走。一月後，逐電回來說道：「林岱授副將職，已署理河陽總兵到任訖。朱文煒補授兵部職方司員外郎，差段誠去法師宅上搬姜氏去了。」于氷大悅。

次日，寫了一封書字，向董瑋道：「公子與我們在一處，終非常法。昨查知總兵官林桂芳之子林岱，現署河陽總兵，我竟斗膽❷於書字內改公子姓名為林潤。他如今已是武職大員，論年紀也該與他做個晚

❶神龍見首不見尾：言神龍飛潛不定，不見全貌，喻事理蘊藏玄機，不全示人。語出鄭板橋題畫竹。

輩，著他認公子為姪，將來好用他家三代籍貫，下場❸求取功名。書內已將公子並尊公先生受害前後原由，詳細說明。」又將金不換身邊存銀一百餘兩，付與他主僕，做去河陽盤費。董瑋道：「承老先生高厚洪恩，安頓晚生生路，此去若林鎮臺不收留，奈何？」于氷大笑道：「斷無此理，只管放心。林岱、朱文煒二人功名，皆自我出。我送公子到他們處，自必待同骨肉。因朱文煒是京官，耳目不便，故著公子投奔林岱。到那邊號房中，只管說是他姪子，從四川來，又有冷某書字，要當面交投，他聽知我名，定必急見。見時只管說，著他盡退左右人役，先看了我的書字，然後說話。你兩人俱可心照，從此再無破露之患矣。今日日子甚好，我也不作世套，就請公子此刻同盛价起身。」又向城璧道：「山路險峻，你可送公子下了山即回。」董瑋道：「晚生用不了這許多盤費。」于氷道：「一路腳價❹，到那邊買辦幾件衣服，入衙門也好看，能有幾多銀兩，公子不必推辭。」董瑋感情戴德，拉不住的磕下頭去，那淚不從一行滾下。又與城璧、不換叩頭。大家送出廟外，董瑋復行叩拜，一步步大哭著，同城璧下山去了。

于氷見此光景，甚可憐他。又見金不換也流著眼淚，一邊揩抹，一邊伸著脖子向山下看望。回到廟中，只覺得心上放不下，隨將超塵放出，吩咐道：「今有董公子投奔河陽總兵林岱衙門，你可暗中跟隨，到那邊看林岱相待何如，就停留數日亦可，須看聽詳細，稟我知道。」超塵道：「法師就在此山，還往別處去？說與小鬼，好回覆法旨。」于氷道：「你問得甚是。我意欲和城璧、不換去湖廣，你回來時，

---

❷ 斗膽：大膽。唐人胡曾謝賜錢啟：「推葛亮之秤心，負姜維之斗膽。」

❸ 下場：入闈場參加科舉考試。

❹ 一路腳價：一路上行走的各項花費。

在衡山玉屋洞等候我可也。」超塵領命去了。

到次日交申刻時分，城璧方回。于氷道：「我只教你送下山去，怎麼今日此刻纔回？」城璧道：「我見那董公子一路悲悲切切，不由的就送他到泰安東關，和他在店中住了一夜，卻喜有沂州䣊𨈆騾子兩個，與他主僕僱了，今早我又送了他十里，因此遲來。」于氷道：「湖廣有黃山、赤鼻、鹿門等處，頗多佳境，我意要領你們一去。又在此住了許久，用過寺主柴米等項，理合清還，連二弟可包銀十兩，交與寺主。」城璧送銀去了。不換收拾行李。兩事方完，三人纔出房門。忽見寺主披了法衣，沒命的往外飛跑，不多時，迎入個少年官人來。但見：

面若凝脂，大有風流之態；目同流水，定無老練之才。博帶鮮衣，飄飄然肌骨瘦弱；金冠朱履，軒軒乎容止輕揚。手拿檀香畫扇一柄，本不熱也要搖搖；後跟浮浪家人數人，即無事亦常問問。嫖三好四，是鋒利無比之鋼錐；賭五輸十，乃糊塗不堪之臭肉。若說他笙簫音律，果然精通；試考恁經史文章，還怕虛假。

于氷一見，大為驚異，向城璧道：「此人仙骨珊珊，勝二位老弟數十倍。」城璧道：「大哥想是為他生的眉目清秀麼？」于氷道：「仙骨二字，倒不在模樣生的好醜。有極腌臢不堪之人，具有仙骨者，此亦非一生一世所積。」不換道：「大哥何不渡脫了他，也是件大好事。」于氷道：「我甚有此意，還須緩商。」不換道：「我們可同到後邊，與他敘談一番，何如？」于氷道：「他是貴介世胄❺，目中必定無

❺ 貴介世胄：貴介，貴顯的人物。世胄，世家的後裔。

人。你我到他面前，反被他輕薄。當設一法，教他來求我們為妙。」又道：「你們看這也是個公子，比董公子何如？」城壁大笑道：「董公子人雖少年，卻是誠虔君子。此人滿面輕浮，走一步都有許多不安分在腳下，大哥自是法眼❻，何須弟等評論？」于冰道：「他已到正殿去了，待我出去查查他的根腳，再作理會。」

正言間，只見那公子出來，站在當院裡，四面看了看，向廟主道：「你不送罷。」連頭也不回，挺著胸脯，一直走出去了。廟主飛步趕送。少刻，廟主入來，不換迎著問道：「適纔出去的那位少年，是個甚麼人？」廟主笑著，將舌尖一吐道：「他是泰安城中赫赫有名的溫公子，他父親做過陝西總督，他是極有才學的秀才，他家中的銀錢，也不知有多少。」于冰道：「他住居在城在鄉？」寺主道：「他住在泰安州城東南長泰莊內，是第一個大鄉紳家。」城壁道：「我看他舉動有些狂妄。」寺主道：「少年公子們，都是那個樣兒。若與他說起話來，倒也極和平。一年按四季，定到敝寺燒香一次。我們要化他的布施，他最捨的錢，是個少年慷慨著實可交往的人。」于冰笑了笑道：「我們此刻就別過了。」寺主道：「適纔這位連爺送與我十兩銀子，我不收，又怕眾位見怪；收下，心甚不安。」于冰也世故❼了幾句。

不換仍改為俗人打扮，肩了行李，寺主送出山門外作別。于冰向城壁面上一拂，鬚髮比前更黑，城壁大悅。不換道：「二哥又成了三十多歲人了。」于冰道：「今日我們就去長泰莊一行，要如此如此，

❻ 法眼：尊稱他人的眼識正確。王維畫雪中芭蕉詩：「法眼觀之，知其神情。」

❼ 世故：世俗人情習慣、為人處世之道，在此乃應酬、客套之意。

不怕他不來尋我們。」城壁笑道：「大哥事事如神明，今日於這姓溫的，恐怕要走眼力。他家裡堆金積玉，嬌妻美妾，也不知有多少，怎肯跟隨我們做這樣事。」于冰笑道：「一次不能，我定用幾次渡他，與老弟踐言❽。」三人說說笑笑，約走了五六十里，已尋問到長泰莊上來。但見：

日映野花，沿路呈佳人之貌；風吹細柳，滿街搖美女之腰。曲徑斜陽，回照農夫門巷；小橋流水，偏近賣酒人家。膠膠雞啼，常應耕牛之吼；嚶嚶禽語，時雜犬吠之聲。乳臭❾小兒，擲骰於通衢簷下；傴僂❿老丈，鬥牌於大樹陰前。未交其人，先聞溫府聚賭；纔履其地，便傳公子好嫖。來去者，爭言某妓女上情；出入者，亂嚷若郎君輸鈔。雖不是治化淳鄉，也要算風流樂土。

于冰四圍一看，也有三四百人家。莊東北上有一片高大房子，想就是溫家的宅舍。街道上也有些生意買賣，老老少少，嚷鬧的都是嫖賭話。不換道：「我活了三十多歲，不曾見這樣個地方。」于冰道：「不必說他。我看莊西頭有座廟，且去那邊投歇。」三人走入廟內，見是觀音大士香火，和尚迎著問道：「做甚麼？」城壁道：「欲借寶剎住一半天。」和尚見有一肩行李，也不推辭，用手指道：「東禪房裡去。」原來這個村莊是個五方雜處⓫的地方，不拘甚麼人都容留，只要會賭錢。三人到東禪房歇下，不換買了

❽ 踐言：實踐諾言。禮記曲禮上：「修身踐言，謂之善行。」
❾ 乳臭：身上還帶乳香味，謂年少無知。臭，音ㄒㄧㄡˋ，氣味。
❿ 傴僂：音ㄩˇ ㄌㄡˊ，背脊彎曲，年老的樣子。
⓫ 五方雜處：謂都市居民複雜，各種人都有。五方，謂來自四方與本地之民。

些喫食東西，與城璧分用。已是黃昏時分，和尚送入燈來，坐在一傍，也不問于氷等姓名，開口便道：「三位客人不小頑頑麼？敝寺還有兩個賭友配合。」不換卻待推辭，于氷道：「今日行路勞苦了，明日還要大賭。」和尚歡喜而去。

次日，三人到街上，不換高叫道：「我們是過路客人，有幾個好戲法兒，要在貴莊頑耍，煩眾位借一張桌子用用。」眾人聽見要耍戲法兒，頃刻就圍下了好些人，搬來一張桌子放下。于氷道：「再煩列位，不拘甚麼物件，取幾件來。」眾人借來一個大錫洗臉盆，十個湯碗，放在桌上。于氷捲起雙袖，將碗一個個擺在錫盆內，向眾人道：「十法九禊，無禊不行。我的戲法兒總是用人家的東西，眾位要看個真切明白。我先將這十個湯碗，著他飛去。」說罷，兩手舉起，向空中一撒，說聲：「去！」十個碗響了一聲，形影全無。眾人大笑。于氷又將錫盆也望空一擲，喝聲：「去！」也不見了。眾人大叫大嚷道：「這是真法，與歷來耍戲法人飛的大不相同。」只見傍邊一人笑說道：「你將十個湯碗、一個大錫盆俱飛去，我們都是向餅鋪中借來的，拿甚麼還他？」于氷用手向南一指道：「那家房簷上放著的不是麼？」眾人齊看，果然在房簷上放著。那人跑去取來，一件不少。

此刻哄動一村，看的人擁擠不開。又見有幾個人高叫道：「戲法兒不是白看的，客人們到此，我們多湊幾個錢做盤費罷。」于氷連連擺手道：「我們路過貴莊，見地方風俗淳厚，所以纔頑耍頑耍，攢湊盤費何用？」眾人聽見不要錢，越發高興，亂嚷著求再耍幾個。于氷道：「可將長繩子弄幾十條來，越多越好。」眾人唿哨了一聲，跑去有五六十人，陸續交送，頃刻你一條，我一條，湊成四五堆。于氷道：「眾位可將繩子挽結做一條，我有用處。」眾人聽了，七手八腳的挽結，頃刻成了一條總繩，合在一處，有半間房大一堆。于冰走到繩子跟前，先將繩頭用二指捏起，向空中一丟，喝聲：「起！」只見那繩子極硬極直，和竹竿一般，往天上直攢了去，須臾起有二百餘丈，直接太清。眾人仰視，哄聲如雷。少刻，那繩子只有三四丈在地。于冰道：「你們還不快用石塊壓住？假若都鑽入天內去，該誰賠？」眾人急忙抬來一塊大石，將繩子壓住，再看那繩子，和一枝筆管相似，直立在當天。

于冰走回桌前，又向眾人道：「快取剪子一把，大白紙一張，長四五尺者方好。」少刻，眾人取來極長大的一張畫紙，放在桌上。于冰看了看，隨用剪子裁成四尺多高一猴，兩手高舉，向地下一擲，大喝道：「變！」大眾眼中只見白光一晃，再看時，將一白紙猴變為真猴，滿身白毛，細潤無比。于冰用手一指，那個猴兒便跳躍起來。眾人大笑稱奇。于冰又將那猴兒一指，說道：「你不去扒繩，更待何時？」只見那猴兒跑到繩前，雙手握住，頃刻扒入青霄。眾人仰視，驚異不已。轉眼間，形影全無。于冰用手一招，那條長繩夭夭折折退將下來，又成了一大堆，惟有那紙變的猴兒不知去向。

眾人天翻地覆的叫好不絕。猛見人叢中擠入兩人，向于冰道：「我們是本村溫府大爺差來的，聽得說你們戲法兒耍的好，我家老太太要看，叫你三個快去哩。」城壁聽了個叫字，不由的大怒，罵道：「好瞎眼睛的奴才，我們又不為錢，又不為勢，不過大家閒散心兒。且莫說是你家老太太，便是你家祖奶奶祖太太，也去不成。」那兩人也便要發話，不換笑說道：「我這敝友的話，固是粗疏些，二位也有失檢點處。尊大爺雖富雖貴，與我們無轄，就下一個請字，也低不了你家名頭，高不了我們身分，必定說叫你三人快去，我們又不是你家大爺的奴才佃戶，平白的傳喚怎麼？」眾人齊聲說：「道理上講得明白，怪不得客人發話。」城壁分開了眾人，同于冰、不換回廟去了。

再說這溫如玉，本是宦家子弟，他父親名學詩，做過陝西總督，早亡。他母親黎氏，教養他進了學，年已二十一歲，也有三四萬兩家私，年來嫖賭，混去了一萬餘兩。娶妻洪氏，夫妻不甚相得。他生的美丰容，喜戲謔，又好廣交濫施，十二歲便和家下人偷賭，到十五六歲，就相交下許多朋友。黎氏只此一子，真是愛同掌珠，因此任他頑鬧，只怕他心上不快活，鬱悶出病來。到了十八九歲，凡紛華靡麗的事，無所不為。黎氏只略說他幾句，他就有許多辨論，再不然使性子，一天不喫飯，黎氏還得陪笑陪話安慰他，因此益無忌憚。他雖然是個大人家，卻是世世單傳，不但近族，連遠族也沒一個。這日聽得人傳說，莊內來了三個耍戲法兒的，精妙之至，心上甚是高興，將他母親請到庭上，垂了簾兒，又備了酒飯，將相好朋友都約來，等候了好半日，家人回來，細說于冰等不來的話。內中有幾個朋友說道：「這是那裡來的幾個野人，連老夫人都敢干犯？可著尊管們出去，亂打一頓再講。」又有幾個道：「外路來的人，知他是甚麼根腳，豈可輕易亂打？」

如玉道：「叫又叫不來，打又打不得，難道這戲法兒不看罷？」內中有一個姓劉的秀才道：「怎麼不看？我去叫他們，管情必來。」隨即出了溫宅，到觀音寺內，入的門，先與于冰等一揖，坐下說道：「敝鄉溫公子，係昔年陝西總督之嫡子也。為人豪俠重義，視銀錢如糞土。心羨諸位戲法通神，特煩小弟代為敦請，祈三位一行。」于冰道：「某等如閒雲野鶴，隨地皆可栖遲⑫，何況督院公子之家？只是既無干求請托，又不趨名附勢，陡然奉謁，徒傷士品，承君美意，改日再會罷。」秀才道：「先生這話是決意不光顧了。」于冰道：「四海之內，無非朋友。某等拙見，不願為溷刺之井丹⑬，亦不願為自薦

⑫ 栖遲：通作棲遲。遊息；居留。詩陳風衡門：「可以棲遲。」

之毛遂，若交以道，接以禮，無不可也。」

劉秀才道：「小弟明白了。」辭出，到了溫宅，向如玉諸人道：「我適纔到觀音寺，會了那三個人，不想皆是我輩斯文中人物。聽他的談論，和我們考一等的秀才身分差不多，並非市井賣藝之流可同年而語⑭，怪不得尊紀說了個叫字，便惹出許多辨論來。大爺可速寫一名帖，親去一拜外，再備即午蔬酌候教一帖，通要寫教弟二字，小弟包管必來。」眾人道：「這三人也太高貴，世間只有個行客先拜地主大爺是何等門楣，那有倒先去拜他之理？」劉秀才道：「你們都是沒讀過書的識見。孟子曰自古大有為之君，必有所不召之臣⑮。又曰，欲見賢人而不以其道，猶欲其入而閉之門⑯也。」溫如玉道：「諸公不必爭論，家母等候已久，我就先拜他罷。」即刻寫了帖，到觀音寺來，慌得眾和尚披法衣，帶僧帽，撞鐘擂鼓，燒茶薰香不迭。如玉先到殿上，與觀音大士一揖，然後著家人們投帖，下來到東禪房，與于氷三人敘禮，各通姓諱。如玉道：「適纔敝友盛稱三位長兄道德清高，小弟殊深景仰。今午薄具小酌，欲屈高賢駕臨寒舍，未知肯光降否？」于氷道：「既承雅誼親招，大家同行何如？」如玉大喜。四人出了廟門，眾和尚跟隨在背後相送。如玉只顧和于氷說話，那裡理論他們，直送到街盡頭，一個個寂寞而回。

⑬ 滅刺之井丹：井丹，後漢郿人，字大春，通五經，善談論，京師為之語曰：「五經紛綸井大春。」性清高，未嘗修刺候人。光武建武末，五王皆好賓客，更迭請井丹不能致。刺，名帖，猶今之名片。

⑭ 同年而語：同時相提並論，與同日而語義同。

⑮ 不召之臣：賢能而不可招致之臣，與不賓之士同。語出孟子公孫丑下第二章。

⑯ 欲見賢人而不以其道二句：語出孟子萬章下第七章。

三人到如玉家中，眾賓客次第見禮，見于氷亭亭玉立真是雞群之鶴；城壁美髯飄灑，氣宇軒昂，各動刮目相敬之心。惟不換不像個大邦人物。于氷等坐定，茶畢，內中有一人舉手道：「東翁溫大爺，乃吾鄉之大孝子也。每有奇觀，必令太夫人寓目⑰，從早間竭誠敬候，始得三位先生駕臨，即小弟輩亦甚喉急⑱。敢請先生速施移星換日之手，使吾等目窮光怪，也是三位先生極大陰德。」如玉道：「杯酒未將，安敢過勞尊客？」于氷大笑道：「吾既至此，何妨遊戲三昧⑲。」說罷起身，同眾人到院中，耍了一魚遊春水，一向日移花，一空中簫鼓，把些看的人都魂奪口噤。溫如玉不住的伸舌咬指，一句也讚揚不出。耍罷，諸客讓于氷首坐，于氷力言不食煙火食，眾人疑信相半。城壁、不換又以喫素為辭。如玉甚過意不去，吩咐廚下速刻整理素菜，又著採買各色鮮果，並家中所有，為于氷用。酒席完後，三人就要辭去，如玉那裡肯放？立刻差人將行李取來。

晚間，諸客散盡，請于氷三人在內書房喫酒。言來語去，是要學于氷的戲法兒，且許送銀一百兩。于氷大笑道：「吾法遇個中人⑳，雖登雲駕霧，亦可指授，何況頑鬧小術？若不是個中人，雖百萬黃金，亦不能動吾分毫。」如玉道：「何為個中人？」于氷道：「過日再說。」如玉又加至二百兩，于氷惟呵呵大笑而已。坐至三鼓後，方纔別去。于氷向城壁、不換道：「我日前在泰山廟內，未曾細看這溫公子，

⑰ 寓目：注目；過目。左傳僖公二十八年：「得臣與寓目焉。」

⑱ 喉急：焦急；著急。水滸傳第三十八回：「喉急了，時下做出這些不直來。」

⑲ 三昧：妙處；極致。書言故事讚嘆類：「得妙處，曰得三昧。」昧，音ㄇㄟˋ。

⑳ 個中人：此中人；局中人。謂凡深悟其理或親歷其境者。亦作箇中人。

今日我倒甚為他擔憂。」城璧道：「莫非無仙骨麼？」于氷道：「此人根氣非只一世所積，其前幾世必是我輩修煉未成致壞道行者。他不但有仙骨，細看還有點仙福，只是他兩目角已透出煞文，亦且印堂㉑黑暗，不出一月內，必遭奇禍。幸額間微有些紅光，尚不至於傷生，而刑獄之災，定在不免。」城璧道：「一面之交，也是朋友，大哥何不預先教以趨吉避凶之策？」于氷道：「此係他氣運逼迫，自己又毫不修省，若教他長遠富貴，我永無渡他之日矣。」

次日，如玉又煩于氷耍了幾個，越發心上羨慕不已，連嫖賭也顧不得了。與于氷一刻不離，時時問以一物不食之故，于氷又笑而不言。城璧將于氷棄家學道始末詳說，如玉聽了，心下甚是不然，向于氷道：「老長兄以數萬家私，又有嬌妻幼子，忍心割絕如此，這豈不是糊塗不堪的事？」于氷道：「我有昔日的糊塗，纔有今日的明白。」城璧又說到西湖遇火龍真人，如玉雖聽得高興，到底半信半疑。又說起近日平師尚詔成就，朱文煒、林岱兩人功名，這是眼前現在的事，如玉聽到成就兩人功名話，連忙站起，向于氷叩拜道：「老長兄既有如許神通，念小弟先人出身顯宦，小弟今已二十一歲，尚滯守青氈㉒。怎麼想個法兒，將小弟也成就成就？不但老母感戴恩德，就是弟先人在九泉之下，亦必欽仰鴻慈。」于氷連忙扶起道：「公子休怪小弟直言。公子乃上界謫仙，名登紫府㉓，原非仕途中人，功名實不敢許。」

㉑ 印堂：相術家稱兩眉中間為印堂。儒林外史第十六回：「現在印堂顏色有些發黃。」

㉒ 滯守青氈：沒有在科舉功名上嶄露頭角的儒生。青氈，青色的毛氈，引申為儒生的代稱。其累世讀書者，或稱青氈世業。氈，通作旃，俗作氊。

㉓ 上界謫仙二句：天宮貶謫到人間的仙人，名字登錄在紫府宮內。紫府，神仙之居處。

如玉拂然道：「韓夫子豈終貧賤者㉔耶？」

于冰見如玉變色，隨改口道：「恐不能如令尊威行全省，若兩司還有指望，故弟不敢輕許。」如玉方回嗔作喜道：「就是一知府也罷了。」于冰又道：「弟輩明日，定行拜別。然既有一日傾蓋，即係百歲芝蘭㉕。今後公子要諸事收斂。」如玉道：「辭別的話，過二年後再說。老長兄著弟收斂，也不過為嫖賭而言。小弟非不知壞品傷財，每思人生世上，如風前燭，草頭露，為歡幾何？即日夕竭力宴樂，而長夜之室㉖，人已為我築矣。弟之所以流連不少息者，此之謂也。」于冰道：「公子既知為歡無多，何不永破長夜之室，做一不死完人？況人生七十，便為古稀，其中疾病纏繞，窮苦奔波，父母喪葬，兒女賢愚，方寸內無片刻寧暇，為十數年快樂，而失一大羅金仙，智者恐不為也。」如玉道：「老長兄今日已成仙否？」于冰道：「吾雖未仙，然亦可以不死。」如玉道：「老長兄遊行四海，即到死時，小弟從何處查考？不過樂得目前快口談耳。昔秦皇、漢武以天子之力，遍訪真仙於山巖海島，尚未一遇，況我輩何許人，乃敢存此妄想？」于冰道：「秦皇、漢武日事淫樂，若再著他身入仙班，天地安肯偏私至此？」如玉怒說道：「小弟上有老母，下有少妻，實不能如老長兄割恩斷愛，今後請毋復言。」城璧大笑道：

㉔ 韓夫子豈終貧賤者：唐韓愈有送窮文，與漢揚雄逐貧賦相似。此謂如韓愈終有出頭之日。

㉕ 既有一日傾蓋二句：既然一旦成了好友，就是永久的好友。傾蓋，途遇友好，停車交蓋而語，言朋友相交親切。鄒陽獄中上梁王書：「傾蓋如故。」芝蘭，喻好友德操之美。孔子家語六本：「與善人居，如入芝蘭之室。久而不聞其香，即與之俱化矣。」

㉖ 長夜之室：即長夜室，墓穴也。書言故事墳墓類：「墓曰長夜室。」

「何如？」于冰見如玉滿面怒容，隨即站起道：「公子氣色上不佳，本月內必有一件大口舌，須謹慎一二。我們此刻也講論的疲困了，必須弄個戲法頑頑。」如玉聽得要頑戲法，不由的就笑了。

于冰向眾家人道：「宅內若有大罈或大罐，不拘那樣，拿一個來，我有用處。」少刻，兩個家人抱出一青花白地小口大肚磁罐來，約有三尺半高下，周圍尺半粗細，放在院中，將上面磁蓋兒揭起，著于冰看。于冰向不換道：「將行李取來。」不換抱來行李，于冰道：「你可將行李裝入罐內。」不換見罐口不過八寸大小，一捲行李倒有二尺粗細，如何裝得入去？聽了此話，兩隻眼只看于冰。于冰道：「看甚麼？裝入去就是了。」不換笑著，將行李立抱起來，向罐口上一放，只見那一捲行李毫不費力，一放就入罐內去了。如玉同眾家人大笑稱奇。于冰又向不換道：「你也入去。」不換笑應道：「只怕難，……難。」于冰道：「你試試看。」不換笑著，先將左腳一入，已到罐底，後將右腳放入，于冰道：「下去！」一語未完，不換已不見了。如玉等看的發呆。于冰道：「連二弟入去。」城壁笑說道：「我這漢子粗長，只休要將這磁罐撐破。」說著，抬起左腳，向眾人道：「這罐口只好有我半隻腳大。」說著，將腳一入，即到罐底，城壁笑道：「有點意思。」隨將右腳插入，于冰也說道：「下去！」一轉眼，城壁也不見了。

如玉覺得有些怪異，正欲拉住于冰，于冰急到罐前，雙腳一跳，已入罐內，形影全無。如玉同眾家人跑至罐前，往罐內一覷，裡面清清白白，一無所有。把一個如玉急得揉手頓足，忍不住向罐口大叫道：「冷先生！」只聽得罐內應道：「公子保重，我去了。」此後百般喊叫，百般道罪，皆寂然無聲。眾家人道：「大爺不必喊叫，是藉這罐子作由，怕大爺留他，此刻不知走到那裡去了。這幾個人都奇怪的了不得，還不知是仙是妖，去了倒好。」如玉嘆恨道：「是我適纔和他辨論，氣色不好，得罪了他。你們此刻可分頭於本宅並莊子內外，大小人家、左近寺院中，細細找尋。」眾家人去了。如玉想到月間有大口舌話，心上甚是疑懼，連嫖賭也都迴避了。正是：

痴兒不足留戀，見面猶之不見。
急切想出走法，三人同入一罐。

第三十七回　連城璧盟心修古洞　溫如玉破產出州監

詞曰：

山堂石室，一別人千里。莫畏此身棲絕，修行應如此。叛案牽連起，金銀權代替。不怕破家傳遞，得苟免為佳耳。

右調月當廳

話說于冰與城璧、不換入了大罐，轉眼間，出了長泰莊。城璧、不換就和做夢的一般，已到荒郊野外，兩人大笑道：「大哥耍的好戲法兒，連我兩個也耍在裡面。」于冰笑道：「此遁法也。儘力也不過帶你們十里。」城璧道：「我正要問那磁罐能有多大，怎便容的下行李和我兩人？即至入了磁罐，也不覺得罐小，只覺得眼中黑了一會，猛抬頭，便到了此地。這是何說？」于冰道：「此又用障眼法也。你們原舊不曾入磁罐去，有甚麼容放不下？」城璧道：「我在泰山廟中，一見溫如玉，就看出他是個少年狂妄不知好歹的人。今日良言苦口提引他，他倒大怒起來。」不換道：「這也怪不得他，他頭一件就丟不下他母親，況又在青年，有財有勢，安肯走這條道路？」于冰道：「就是我，也不是著他立刻拋轉父母妻子，做這樣不近人情天理的事，只是願他早些回頭，不致將仙骨墮落。他若信從，先傳他導引之法❶，待他母親事畢，再做理會。不意他花柳情深，名利念重，只得且別過他，待到水窮山盡的時候，不怕他不入元門❷。」

說罷，三人坐在一大樹下，城璧道：「我們如今還是往湖廣去不去？」于氷道：「怎麼不去？一則遊覽湖廣的山水，二則衡山還有我個徒弟在玉屋洞內，叫做猿不邪，我就便去看看他。」不換道：「我兩人在碧霞宮住了許久，從未見大哥說起有個徒弟來，今日方纔知道。大哥肯渡脫他，必定是個有來歷的人。」城璧道：「他是甚麼人家子弟？身上也有些仙骨麼？」于氷笑道：「他是一隻老猿猴，被我用法力收伏，認為徒弟，在衡山看守洞門，他那裡是人家子弟？」城璧道：「他的道行❸淺深，比兄弟何如？」于氷大笑道：「你如今還講不起道行二字。譬如一座城，你連城牆還未看見，安知裡面房屋多少？這猿不邪，他也是雲來霧去，修煉的皮毛純白，已經是門內人。再加勤修一二百年後，便可入房屋中。道行二字，他還可以講得起幾分。」城璧拂然道：「我們拚命跟隨大哥，雖不敢想望做個神仙，就多活百五十年，也不枉喫一番辛苦。似這樣今日遊泰山，明日遊衡山，遊來遊去，遊到老時，一點道行也沒有，直至死而後已。況山水的滋味，我們也領略不來。今日大哥說連城牆還未看見，真令人心上冰冷。」

于氷大笑道：「人為名為利，還有下生死血汗工夫，況神仙是何等樣的兩字，就著你隨手搊來，就是我也還差大半工夫。我如今領你們遊山玩水，並非為娛目適情，也不過操演你二人的皮膚筋骨，經歷

❶ 導引之法：導氣引體，為道家的養生術，實即呼吸和軀體運動相結合的體育療法。

❷ 元門：即玄門，稱道家。白居易宿竹閣詩：「無勞別修道，即此是玄門。」

❸ 道行：道力之俗稱，謂修道而得之功力。

些極寒極暑，多受幾年飢餓勞碌，然後尋一深山窮谷之地修煉，慢慢的減去煙火食，方能漸次入道。至於法術二字，不過藉他防身，或救人患難，氣候到了，我自然以次相傳。是你這樣性急，教我該如何指授？」城璧道：「弟性急則有之，怎敢說不受指教？今與大哥相商，我兩人立定主意，下一番死命工夫。湖廣的山水，也不過和泰安的山水一樣，與其遠行，不如近守。今日仍回泰山，於山後極深處走幾天，或尋個石堂，或結個茅菴，若能運去些柴米更妙，即不然，草根樹皮也可以當飯，餓不死就是福分，只求大哥將修煉的秘訣，著實往透徹裡傳示傳示，我二人誠心盡力的習學。設或大哥去遠方行走，我們被蟲蛇虎豹所傷，這也是前生命定，只求積一個來世仙緣。」不換也不等城璧說完，一蹶劣跳起，大叫道：「二哥今日句句說的都是正緊修行人話，我的志念也決了，大家捨出這身命去做一做，有成無成，都不必論。從今後，我與二哥心上，總以死人待自己，不必以活人待自己。現放著大哥就是活神仙，就是我們該入道機會，只靜聽大哥吩咐罷了。」

于冰聽了兩人話，大喜道：「你們能動這樣念頭，生死不顧，也不虛我引進你們一番。好，好，可敬可愛，就依二位賢弟議論，再回泰山走遭。」三人一齊起身，復上泰山。到碧霞宮，煩寺主收拾了些乾糧麵餅之類，帶在身邊充飢。出廟外，即向深山無人處行走，晚間就在樹下或崖前打坐功。經歷了十八攀、閻王帶、鷹愁澗、斷魂橋、大蟒溝、金篋玉策、日觀神房、老龍窟、南北天門、蜈蚣背等處險峻，看不盡奇峰怪石，瀑布流泉，並珍禽異獸，瓊樹瑤葩等類。一日，於層嵐疊路之旁，看見一座洞門，三人走入去一看，但見：

碧岫推雲，蒼山削翠。雙崖競秀，欣看虎踞龍蟠；四壁垂青，喜聽猿啼鶴唳。疏松古檜，洞門深鎖竹窗寒；白雪黃芽，石室重封丹竈冷。參差危閣，時迎水面之風；槎枒疏梅，常映天心之月。正是階前生意惟存草，檻外光陰如過駒。

三人在洞中，前後看了半晌，見裡面前後兩層大石堂，四周圍回欄曲樹，傍邊丹室經閣，石桌石椅、石床石橙、石杯石碗之類，件件俱全，又有許多的奇葩異卉。石堂外，鐫著「瓊岩洞府」四個大字。城璧道：「此洞幽深清雅，乃吾兩人生死成敗之地也。」于氷也說甚好。三個人就在石堂內坐下，不換道：「修煉的地方倒有了，只是飲食該如何裁處？」于氷道：「你兩個要立志苦修，衣服飲食都是易辦的事。」問城璧道：「你身邊還有銀子沒有？」城璧道：「還有五十多兩。」連忙取出付與。于氷道：「你們在此少坐，我去泰安城內走遭。」兩人送出洞外。于氷步罡踏斗❹，將腳一頓，蹤影全無。兩人互相驚嘆。

到日西時分，兩人正在洞外等候，只聽得于氷在洞內叫道：「二位賢弟那裡？」兩人跑入洞來，見于氷在前層石堂內站著，傍邊堆著四十倉石多米，盆罐碗盞，火刀火紙火爐，每樣四五件十數件不等。還有鐵斧四柄，蔴繩數十條，又有皮衣皮褲皮襪、暖帽暖鞋，大小布棉單衣，亦各有七八件。二人大喜道：「諸物皆不可少，只是皮衣褲太多了。」于氷道：「此洞處至高之處，風力最硬，非碧霞宮可比。此時炎暑時候還不覺冷，一交深秋，只怕二弟就支持不來。再到嚴冬，又只嫌皮衣褲太少。磨煉至三年

❹ 步罡踏斗：道士禮拜星宿、召遣神靈的動作，其步行轉折，據說宛如踏在罡星斗宿之上，故稱。罡，音ㄍㄤ，北斗星，一名天罡。斗，斗宿，二十八宿之一，又名南斗。

後，即可以不用皮衣褲矣。二弟求道過急，我只得格外相從。論理還該隨我山行野宿，將皮膚熬煉出來，方無中寒中暑中濕之病。柴和水二件，山中自有，用時自去砍取。」二人一齊叩拜道：「大哥用心至此，真是天地父母❺。」于冰扶起道：「只願二弟始終如一，勿壞念頭，愚兄無不玉成。」至此，二人輪流砍柴做飯，口淡到極處，採些山花野草來潤喉。于冰見他二人向道真誠，不辭艱苦，恐早晚出入，遇蟲蛇虎豹、鬼怪妖魔等類驚傷，隨傳與護身、逐邪二咒。又過了數日，留心細查，見二人沒甚麼走滾壞心處，始將導引真訣傳授。然於不換，傳時猶有難色，叮嚀教戒至再。兩人得此，日夕精進，鉛汞❻少有不調，便誠求細問，于冰即一一指示得失。

一日，于冰向二人道：「昔年吾師教諭，言修行一道，全要廣積陰功，不專靠寧神靜氣。我自出衡山，只成就了朱文煒、林岱，並平師尚詔，功德甚淺。我今再去遊行天下，歸德遭叛逆之變，河南不無落難等人，亦須察訪，然後再看視猿不邪。你二人在此最妥，我有幾句話，要切記在心。虛靖天師曰：『不怕念起，只怕覺遲。念起是病，不續是藥。』蓋能剪情欲則神全，導筋骨則形全，靖言語則福全。保此三全，即可以入道矣。邇來與二弟講究元理，似有幾分領會，連二弟又更明白些。只要於出納時循序漸進，不可求效太速。求效速則氣行異路，為害不小。務須吸至於根，呼至於蒂，使此氣息息綿綿，上下流通，則子母有定向，水火即可交會矣。積久結成真胎，便成有道之士。至於你們所行外功，雖遠不及內功十分之二三，然活筋骨，舒五臟，亦內功之一助。若每天按時行，則始終按時；隨便行，則始

❺ 天地父母：天地化育萬物，父母生養我身，因以喻對己恩惠最高之人。

❻ 鉛汞：道家以鉛和汞煉成丹藥，稱為鉛丹。

終隨便。如按時行幾天，隨便又行幾天，於己何益？再一間斷，則工夫虛用，反不如一心只行內功矣。良言盡此，我此刻就去了。」

不換道：「大哥要去，我等何敢阻留？只是回來的日子要說與我們，免得日夕懸望。」于氷指著那堆米道：「此米是五十倉石，你們用完時，我即可以來矣。」城璧道：「早知大哥又要離別，倒不如去湖廣衡山，與猿不邪相守，豈不又添一個道友？」于氷道：「我當日出家時，有誰與我作伴來？俗言公修公得，婆修婆得，二位賢弟留戀我，我豈不知是敬愛我？但出家人第一要割愛。割愛二字，不只是聲色貨利，像你二人今日想我，明日盼我，則道心有所牽引，修為必不能純一，而道亦終於無成。」說罷動身，兩人送出洞門，心上甚是難捨，只是不敢再言。于氷將木劍取出，口誦靈文，在洞門頭上畫了一道符籙。城璧道：「這是何意？」于氷道：「你二人法力淺薄，深山古洞之外，何物無有？吾符雖無甚神奇，除島洞列仙、八部正神外，恐無有敢從吾符下經過者。此後二弟除取柴水兩物外，須要謹守洞中，為白龍魚服困於豫且❼之戒。」說罷，一步步走去。二人直望的不見了，方纔悶悶回洞。今按下不表。

且說陳大經、嚴世蕃，原是一對刻薄小人，在歸德府審了一月有餘的叛案，他倒不為與朝廷家辦事，全是藉此為收羅銀錢、報復私仇之地，凡遠年近歲官場私際有一點嫌怨者，必要差人通遞消息，著叛賊們扳拉本人或親戚或族黨。仕途中人被干連者，也不知壞了多少。不但容留賊眾的人家，就是一飲一食的地方，也要吹毛求疵，於中追尋富戶，透出音信來，著用錢買命。曹邦輔深知嚴嵩利害，也只好語言

❼白龍魚服困於豫且：漢劉向說苑正諫：「昔白龍下清冷之淵，化為魚，漁者豫且射中其目。」後以「白龍魚服，困於豫且」二語，喻貴人微服出行恐有不測之虞。語出資治通鑑漢獻帝建安元年。

間行個方便，賴情面開脫一二無辜人，那裡敢參奏他們？明帝屢屢下旨飭論，不准干連平人，他二人那裡把這諭旨放在心上？只以弄錢為重。

一日，拿到叛案內一散賊叫吳康，夾訊之下，總著他說富戶人家停留飲食並頑鬧的地方，吳康開寫了十數人，內中即有溫如玉在內。陳大經問道：「你所開人數內，有個泰安州溫公子，想必他家做現任官麼？」吳康道：「小的也是各處閒遊，替師尚詔勾引人入夥。今年春間，到泰安州長泰莊中，說有個溫公子最好賭，又說他父親昔年做過總督，手裡甚是有錢。」陳大經聽了，心內甚喜，笑問道：「他叫甚麼名字？」吳康道：「小的倒沒有問他的名字，只聽得人都叫他溫公子，也有叫溫大爺的。」大經道：「他既是個公子，又家中大富，他如何肯與你頑錢？」吳康道：「小的先在長泰莊觀音寺中住，和人頑了幾次。同賭的人見小人頗有銀錢，就請小的到謝秀才家去頑，與這溫公子前後賭了三次，倒輸與他一百多兩。」嚴世蕃道：「你在這溫公子家住過幾天？」吳康道：「小的從未到他家裡去過。」世蕃道：「你在他莊內共勾去多少人？」陳大經道：「大人不用問他這話，只問他長泰莊有財勢像溫公子的還有幾個。」吳康道：「小的在那邊，並未勾去一人，只聽得溫公子是個大家，餘人沒聽得說。」陳大經隨即發了溫公子窩藏叛黨吳康、謀為不軌的火票，又札諭泰安州文武官同去役協拿，添差解送歸德等語。事關叛逆，急同風火，不過數日，即到了泰安。

這日溫如玉正在家中著人擺列菊花，要請朋友們喫酒，猛見管門人跑來說道：「州裡老爺和營裡守備爺，帶著許多人拜大爺來了。」如玉摸不著頭腳，一邊更換新衣服，一邊吩咐預備茶水，又著廚下整理酒席。剛剛迎接到二門外，只見文武兩官已走入大門。守備看見如玉，指向眾人道：「那就是溫公子，拿了！」眾人跑上前，便將如玉上了大鎖，蜂擁而去，把些大小家人都嚇呆了。立即哄動了一村人，他的朋友也有怕干連躲避的，也有趕去打聽的，也有素日喫不上油水暢快的。如玉的母親聽得把兒子平白拿去，嚇的心膽俱碎，忙差人去州裡打聽。晚間，家人們回來說道：「大爺是為窩藏河南叛案內一個姓吳的，明日就要起解去河南聽審。」黎氏道：「你大爺如今在那裡？」家人們道：「已下在監中了。小的們又不敢去問，這還是州中宅門上透的信兒。」黎氏同兒媳洪氏，大哭起來。家人們道：「太太哭也無益，不如將大爺素日交厚的朋友，都連夜請來相商，看他們有個救法沒有。」黎氏著人分頭去請，眾人聽知是叛案，一個個躲了個精光，說害病的一半，說不在家的一半。街上遇著的，又以有急緊事故推辭。眾家人跑亂到二更時分，端的沒請來一個。

至四更後，家人們說道：「黎大爺來了。」黎氏是本城黎指揮女兒，他有個姪子叫做黎飛鵬，與如玉是嫡親表兄弟。黎氏見姪兒入來，便放聲大哭。飛鵬道：「有要緊話向姑母說，此時不是哭的時候。表弟逐日家狐朋狗友，弄出這樣彌天大禍來，他一入監，我就去州衙門打聽，來文上言溫公子窩藏叛賊吳康，著泰安文武官添差押解赴歸德研審。」黎氏道：「你表弟從沒留個姓吳的在家中住，這話是那裡說起？」飛鵬道：「他日日頑錢，不在張三家，就在李四家，三山五嶽，甚麼人兒沒有？被他們扳拉出來，就是大禍患。刻下此事關係重大，我與州中門上家人蔣二爺相商，他說這事要問在裡面，是要滅族的，受刑還是小事。他如今已代我們在文武衙門中並歸德提差，說合停妥，定要三千五百兩銀子，上下分用，言明過一月後，方行起解，著我們速差妥當人去歸德解脫。又著我見了歸德提差，和蔣二爺話一樣，說明銀子過了手，他們就有絕好的門路，只要多費幾個錢，包管無一點事。又領我到監裡向表弟說明，表弟恐姑母結記❽，著我來稟明。」黎氏著急道：「家中那有這些銀子？」飛鵬道：「表弟也說來，著城中兩處貨鋪裡先儘現銀湊辦，安頓住提差並文武衙門再講。我此刻就趕回去，明日還要與他們過兌銀子。姑母只管放開懷抱。」說罷，辭了出來，仍回城去。黎氏聽了，心上略略的安些。

次日三更時分，飛鵬將銀兩如數交付州衙蔣二、文武兩處、並提差以及捕衙，各得了賄賂，樂得靜候。飛鵬向提差討問門路，提差等俱詳細告知。飛鵬又轉說與如玉，如玉將他鋪中夥契俱叫入監中，著他們將生意折變與人，好差人去歸德料理。眾夥契見事關重大，只得另尋財主，墊他這生意。跑亂了七八天，方纔有人成交，除用去三千五百兩，只剩下七千一百兩本銀，兩處鋪房只算了一千兩。向如玉說知，如玉自出娘胎胞，從未受一點委曲，今在監中，雖不上繩鎖，然他獨自坐在一間房內，又嫌房不乾淨，真是片刻也過不得。屢次煩人向州官道達要討保回家，州官不敢擔承，文武兩處衙門，一遞一日與他送酒飯，只不放他出去。又准著家中人只管入監伺候。如玉聽見有人墊他的生意，有八千一百銀子，便滿心歡喜，也不管人家占了多少便宜，一說就依允。眾夥契又要靠新財主過日月，那一個肯將良心發現，替如玉爭論？且大家攛掇❾著與新財主立了永無反悔的文契，憑中證打了圖書，畫了花押，做的鐵城牆一般堅固。如玉只急的要出監，可惜連鋪房並貨物二萬有餘的生意，只八千一百兩了絕。泰安城中人，無不嘆說，都罵他是敗子中之憨子、痴子。他表兄黎飛鵬知道了，不依起來，眾夥契又著新財主暗中送了三百兩完事。其中如玉的家人有能幹者，大家還分用了五六百兩，也是眾夥契作成。

❽ 結記：惦記；思念；掛念。

❾ 攛掇：音ㄘㄨㄢ ˙ㄉㄨㄛ，猶言慫恿，勸唆人有所舉動之意。

閒話少敘。如玉成交後，將飛鵬請入監中，煩他帶兩個家人、八千兩銀子，去歸德辦理，星夜起身。又著人稟知他母親，自己只存了一百兩使用。不想陳大經、嚴世蕃各有心腹門客相隨，陳大經門客叫張典，嚴世蕃門客是羅龍文，兩人同寓在歸德東嶽廟，凡有通叛案線索者，都去尋二人說話。他二人若點了頭，就是真正叛黨，也可以開脫，斡旋的亦不只一家。黎飛鵬到他二人寓所，講說了幾次，總說不來。張典還軟些。羅龍文言一個總督的公子，愁拿不出十來萬銀子買命？這些事有何定憑，安心向叛逆中問，就是個叛逆，定要五萬兩。飛鵬日日替如玉跪懇，哭訴了好幾次，細說賣房棄產，家中折變一空，只湊了七千兩，羅龍文那裡肯信？還虧張典從傍打勸，方纔依了七千兩之數，餘外還要五百兩，賞跟隨的小廝們。飛鵬將銀子如數交割，張、羅二人隨即打入密稟，只說了六千兩，他兩人將一千五百兩下了私腰。

次日，陳大經、嚴世蕃又將吳康傳去復審，審得溫公子是同賭人，並無知情容留等事，將如玉照不應同賭為例，仰該州發學打四十板，釋放回家，斥革話一字沒有。立即著行文泰安文武，照諭施行。又將叛案內使費過錢的幾家，一總開釋；其沒有使費過的，雖在一案，還著監禁候訊。就是這樣放的放，不放的不放，每審時，曹邦輔也坐在一邊，卻一言不發，任憑他兩個出入人罪。審畢，大家散訖。此非邦輔甘心木偶，緣深知嚴嵩利害故也。至第三日，即得發放如玉文票，羅龍文也不發鋪司，也不差人，將文票著飛鵬看了，然後封訖，交付飛鵬，到泰安州自去投送。又笑說道：「我這裡不差人去，又省溫公子幾百兩，這個人情送了你罷，怕溫公子不重重的酬你的勞麼？你要終身感戴我，去罷。」飛鵬得了文票大喜，謝別了兩人，回到下處，與跟來的兩個家人說知，將剩下的五百兩，與兩個家人每人分了一百，自己分了二百，留一百兩做回去盤費，以便開張清單，著如玉過目。

三人僱牲口，連夜趕至泰安衙門，投遞文書。文武兩處官看了，各大喜，立即將如玉放出監來。如玉謝了兩處文武官，又到黎飛鵬家叩謝，問明前後情節，雖是心疼這八千兩銀子，喜得免了禍患。又知文書內有發學話，差家人備銀四兩相送。因結記他母親，和飛鵬一同回家，母子各痛哭。黎氏再三向他姪兒道謝。飛鵬又細說歸德話，黎氏向如玉道：「我已望六之年，只生你一個，自你入監後，我未嘗一夜安眠，眼中時滴血淚，覺得精神舉動，大不及前。你若是可憐我，將嫖賭永斷，少交接無益之人，我將來還可多活幾年。就是去掉了一萬多銀子，也是我和你的命運該這樣破財，你也不必心上過於愁苦。」如玉道：「我今後再不敢胡行一步，母親只管放心。那冷先生他也勸過我這話，且說我不出一月定有大口舌，今番果然應了，豈非奇人？他還許我將來可位至兩司，但不知應否。」

正言間，家人入來說道：「本村的親友，俱在外面看望大爺。」黎氏聽了，大怒道：「平素不分晝夜，他們天天來喫我家。一聞叛案，請了他們半夜，狗也沒個上門。今日打聽得無事，又尋不費錢的飯鋪喫來了。你們將這些沒人心的賊子，都與我趕出去，永不許上我的門！」如玉道：「你們向眾位說，我不敢當，請回罷。」黎氏道：「我至今總不明白，怎麼這姓吳的只咬定了你一個。」如玉道：「我原在謝三哥家和這人賭了幾次，正經窩賭家他倒不說，只是說出我來，連我也不明白。」飛鵬將一路剩下的盤費交還，又取出一本賬目，著如玉留看。如玉心上著實感激，謝了又謝。兩人同喫酒飯後告別，如玉送至大門外，飛鵬道：「今後老弟要事事謹慎，家業沒多的了。」說罷，舉手別去。過日，如玉又備了一分厚禮，親去拜謝。從此竟不嫖不賭，安分守己起來。正是：

不嫖心裡想，罷賭手發癢。
叛案雖除名，可惜一萬兩。

第三十八回　冷于冰施法劫貪墨　猿不邪採藥寄仙書

詞曰：

銀囊空，金袋碎，驚破奸邪心意。千方百計聚將來，都被神人劫去。　日漸升，月已墜，玉洞傳法周歲。丹砂甫採接仙書，飛入長安省會。

右調滿宮花

話說溫如玉自出了州監，不嫖不賭，安分守己，過度日月，不題。再說冷于冰出了瓊岩洞，走了數里山路，便駕遁光，片刻即到歸德城外。先在四關遊行，次後入城，見此地雖經兵火，士民尚各安業。天色漸晚，隨便尋一旅店過宿。打坐至二更時分，忽聽得一人大罵道：「嚴世蕃這奴才了不得！」于冰聽了嚴世蕃三字，便坐不定了，慢慢的開了房門，走出院來，見西正房內燈燭煇煌，走近了幾步，只聽得一人道：「你雖然費了四千餘兩，你家中還是富足日月，買出命來就好。一個叛案拉扯住，可是當頑的？你該喫這一大杯。」又一個道：「這兩個殃煞，此時離京也不過六七天路，我聽得說，每人都有二十多萬兩。陳大經是浙江人，說他的銀子著他姪兒同幾個家人，由江南水路送回。嚴世蕃和羅龍文、張典這三個狗男女的銀子，恐怕人議論，分做前後走，嚴世蕃帶了一半，陳大經替他帶了一半。上天若有報應，著聖上知道了，將他們各抄了家，再行斬首，子孫世世做乞丐，使他一個錢留不下，我心上方快活。」又一個道：「你也不過樂得咒罵他幾句，九卿科道以及督撫，那一個敢參奏他？聖上從何處知起？銀子已經丟了，說也無益，大家喫酒罷。」於是回嚷鬧起大杯小杯、你多我少起來。

于冰回到房內，自己打算道：「適纔這些人的話若果真，此係搜剔平人脂膏，害人許多身家，與其著他兩個拿去，不如我且奪來，將來賑濟貧民，強如他兩個胡用。」又想道：「他這銀子是分南北兩路走，水路走的慢，我明日先從都中這條路趕去，得了嚴世蕃的，然後再從水路，取陳大經的。不但叛案所得的銀錢，著他們一分一文落不住，還要著他將京中原帶出來的財物，也鬼弄他個精光，使他倒折本錢，與萬人解恨。」想算停妥，次早到街上買了幾張黑礬紙，又借了一把剪子，將黑紙俱裁成些人馬，並刀鎗弓箭之類，費了好半晌工夫纔弄完。算還店錢，交送了剪子，走出城門，到無人之地，駕遁光，約行有千餘里，落在平地，沿著上京的大路，逢人便問，得了信息，復駕遁趕到直隸景州地界，看見嚴世蕃在後，陳大經在前，兩人相隔有六七十里，都在路上行走。于冰先到曠野之地，落遁等候。遠遠望見陳大經率領多人，押著行李走來，從懷中將紙人馬取出，口中念念有詞，用木劍一指，喝聲：「變！」須臾，化成了一隊人馬，雲飛電馳的殺上去。但見：

> 無甲無盔，肥瘦高低一律；有袍有帶，頭臉手腳純黑。烏馬落征塵，飛起半天皂霧；青衣映麗日，滾來遍地煙雲。人人拿兩口大鐵刀，個個插幾枝純鋼箭。不分眉眼，疑是煤窯內窯官行兇；幸具口鼻，莫非竈龕中竈君混世。平川曠野，如何有許多熊精；光天化日，今始見若干鬼怪。

這一股人馬有二百多人，變化的和天神一樣，一個個舞著刀，打著馬，追風逐電般，盡撲陳大經的人眾殺來，于氷駕遁隨後指使。大經的家人腳戶等眾，見了此等無眉眼的黑人馬，也不知是神是鬼，各驚嚇的魂飛魄散，逃命不迭。那些騾馬，亦各東西亂跑起來，將行李丟的前三後四。轎夫們把陳大經丟下，各顧性命去了。大經連忙從轎內扒出，也跟著轎夫們亂奔。于氷又從劍尖上飛一道神符，六丁六甲❶各神將，頃刻而至。于氷敕令：「將丟下的行李，並騾馬馱帶之物，大小皆盡行取下，一件不得遺失，須沿路收拾，跟隨我下來。」眾神將分頭料理。于氷押著紙人馬，復駕遁從大路走來，六七十里，不過轉眼工夫即到。嚴世蕃正坐著轎，率領眾家丁行李走路，乍見了這支人馬，也與陳大經一般，沒命的逃奔。眾丁甲神將將兩處行李物件，俱收拾在一處。于氷用劍一指，喝聲：「住！」那些紙人馬，俱紛紛現出原形落地。于氷喚出逐電：「著領丁甲眾神，將打劫的銀物，都押送湖廣衡山玉屋洞，交與猿不邪收管後，可到鎮江岸口，回吾話說。」眾神領命，于氷仍駕遁光，去江口等候。

到日西時分，諸神復命，于氷退了眾神將。少刻，超塵、逐電同來，超塵稟道：「小鬼奉法旨，送董公子到林岱衙門，林岱認為胞姪，相待甚厚。小鬼在他衙門中留心看聽，住了半月，見其始終如一，前法師吩咐，著在玉屋洞等候，小鬼從河南回來，已等候了數日。今見逐電，知在此處，因此同來繳法旨。」于氷聽了，心上大悅。向二鬼道：「你們休辭勞苦，此刻可從西北水路，查訪戶部侍郎陳大經行李船，或未到此地，或已過此地，查明速刻到鎮江府城各店中，尋我回話，不得有誤。」兩鬼駕風去了。

---

❶ 六丁六甲：道教認為丁卯、丁巳、丁未、丁酉、丁亥、丁丑等六丁為陰神，甲子、甲戌、甲申、甲午、甲辰、甲寅等六甲為陽神，為天帝所役使，道士可用符籙召請，以供驅使。

于氷就住在東門內店中，等候了六七天，方見二鬼回來稟覆道：「陳大經行李船，昨晚停泊在儀徵，押船的是他姪子陳明，還有八九個家人。」于氷道：「七八十里江路，今日又是順風，也只在指顧可到，你兩個可隨我沿江迎上去。若見他的船，可指與我知道，休得錯認了別船。」二鬼道：「他的船是支大沙飛❷，船上有戶部侍郎門燈，又懸掛著官銜旗，如何會認錯？」一同走至江邊，超塵指道：「來了，來了！」于氷也看得明白，忙用木劍在江面上畫符一道。少刻，波翻浪湧，本地江神聽候驅使。于氷用手指向眾江神道：「適纔過去一大沙飛，乃戶部侍郎陳大經之船也。他船內有二十餘萬銀兩，並各項大小物件，皆是刻薄害民所得，煩尊神率領屬下，推他船過焦山，將船放翻，切不可傷損一人性命，俱要扶掖上岸，再煩尊神將船內金銀行李等項，俱取出，堆放江岸無人之地，我有用處。其船關係船戶身家，毋令順流而下，亦須停放在岸傍方可。」諸神領命，陡然起一陣怪風，但見：

初起時捲霧揚沙，再看來穿林落葉。隱隱而鳴，有似雷門布鼓；隆隆而響，宛若潮口石鐘❸。推雲出岫，送雨歸川。雁雀失伴作哀鳴，鷗鷺驚群飛樹杪。波濤遍地，客商合掌念觀音；雪浪連天，舟子撇毛拜水母❹。只刮得女郎通把香閨掩，瞎子迷途叫救人。

大風過處，滿江的船並未損壞一隻，只捲定陳大經的船，雲馳而去。于氷駕遁光，隨後趕來。過了焦山，

---

❷ 沙飛：揚州一種木頂遊船，本名飛仙，因係沙氏所造，故名沙飛。見清李斗揚州畫舫錄舫扁錄。

❸ 潮口石鐘：江西省潮口縣有石鐘山，山下多罅穴，水石相擊，聲如洪鐘，故名。

❹ 水母：水神。楚辭九懷：「玄武步兮水母。」

翻在了江面，舟中人落水，一沈一浮，都奔在了岸上。那船也不沈底，順水流了二三里，也便傍岸停住。銀兩諸物，俱堆積岸上。于冰送了水神，又拘遣丁甲，將銀物仍送在玉屋洞，然後緩緩的跟來。

再說陳大經被一陣紙人馬驚散，一個個陸續尋在了一處，見行李一無所有，跑散的騾馬，倒皆四下尋回，大家說奇道怪。陳大經把眾轎夫痛罵了一番，為他們各顧性命，將他丟下，不管他死活。自己想算了半晌，復回舊路，與嚴世蕃相見，知世蕃也是如此，互相嗟嘆。世蕃將眾人拾得紙人馬與大經觀看，都是些沒眉眼的東西。大經道：「怎麼我們被這幾個紙人子就驚散了，豈非奇而且怪哉？」一個家人道：「依小的看來，這必是師尚詔妖黨知道我們有這許多銀子，被他用邪法弄去了。」陳大經伸出兩個指頭連圈道：「夫人不言，言必有中。」世蕃道：「銀兩並諸物失去罷了，衣帽沒的更換也罷了，今將被褥全丟，到晚間如何睡覺？且以下所過，都是州縣地方，成何體統？」大經又伸出兩個指頭連圈道：「必如此，方見你我是真正清官。」又指著兩傍的馬匹說道：「大人看麼，不但我們清到絕頂，就是這幾十匹馬，大半將鞍轡也清沒了。」

世蕃連連頓足道：「這都成了個甚麼形象？該怎麼對人說？」一個家人稟道：「此事最易辦。可差人先去傳知各州縣，所過地方，都要在公館內預備上下被褥鞍轡等項，有何不可？到此地步，也迴避不了許多。」陳大經又伸出兩個指頭連圈道：「偃之言是也。」又一家人道：「此事該坐落景州知州賠補，是他所管地方，他也沒得說。」世蕃道：「這斷使不得。坐落景州知州賠補，聲色甚大，且他連十分之二三也賠還不了。一個審叛案的欽差，如何有一二十萬銀兩帶回？像這樣大妖法人，亦非景州知州所能拿獲。只可著家人暗暗通知他，是他所管地方失事，著他留心查訪罷了。這叫做江裡來，水裡去，枉用了好幾個月心機。陳大人原是財福雙全的人，像弟實是薄命。」大經道：「大人不必過鬱。可惜我的銀兩都送回家鄉，將來寄信去，定分一半與大人就是了。」世蕃連忙作揖叩謝。兩人從此一行回京。又吩咐跟隨人，一字不可洩露。地方官等也有知道的，也有知得不確實的，無一處不郊迎道左，餽送程儀。惟景州知州送了他兩人三千兩，又暗中送了世蕃一千兩。

再說丁甲眾神於玉屋洞交割了銀物，雲路相遇，于氷發放訖，到洞門前，用手一指，門鎖脫落，其門自開。于氷走入，猿不邪看見，喜歡的這猴子心花俱開，跑上前跪倒，叩頭道：「弟子猿不邪，未曾遠接，望師尊恕罪。」于氷扶起，坐在石床上。不邪又從新叩拜，于氷道：「我原說過八九年或十數年後來看視你，今因陳、嚴兩貪官贓銀一事，隨便到此。」隨吩咐二鬼，搬放銀物於後洞。又向不邪道：「你年來道力何如？」不邪道：「弟子承師尊指示，日夜誠心修煉，一月不食亦不飢，即多食亦不飽。」于氷道：「此服氣❺之功也。積久可以絕食矣。」又問火龍真人同紫陽真人來過否，不邪道：「未曾來過。」于氷見不邪雖是獸類，舉動甚是真誠穩重，與前大不相同，將來必成正果，心中甚喜。

過了數天，于氷教示不邪道：「你本異類，修煉千餘載，亦能御風駕雲，此汝自得之力，非我教授之力也。今見你一心向道，立志真誠，實異類中之大有根氣者，將來可望成仙。奈滿身皮毛，頗礙仙凡眼目，我今傳你移形換影變化人形之法。然此法只可假藉三個時辰，過時仍復本相。若欲始終不變，你須自用一番煅煉苦功，仗吾出納口訣，脫盡皮毛，老少高低，隨你心之所欲，雖歷千年亦無改變，永成人形矣。」隨詳細指授煅煉筋骨皮毛之法，不邪跪領元機❻，又感又喜，繼之以泣。一月後，方能變化

❺ 服氣：吐納，道家養生延年之術。

人形，五天後始復本相。于冰深為驚異，問不邪，他也不自知所以能此原故。

于冰思想了好幾日，方笑說道：「是我小看他了。他修道千餘年，腹中原本有丹，煅煉易於堅固，豈三個時辰所能限也？今能到五日方復原形，宜矣。」隨傳與不邪淨口、淨身、淨壇、淨世界，並安土地魂魄、清心、通靈七咒，吩咐道：「俟你諸咒爛熟後，我好傳你大法。」不邪大喜叩謝，誠心日夕默誦。過五日後，于冰向不邪道：「我今傳你拘神遣將、五行變化之法。」不邪連忙跪倒，聽候指教。于冰道：「凡人持大法咒，必先取千里外五方之土金銀、珠玉丹砂、鋼鐵木石、繩線紙筆等類，件件全備，方敢作用。吾法本自仙傳，只用就地用劍畫法壇一座，將淨口、淨身等咒念訖，腳踏罡斗，左手雷印，右手劍訣，取東方生氣一口，先念清心咒，次念通靈咒，然後畫符。符亦與世人運用大不相同，或用指畫，或用劍畫，皆可以代筆墨。而畫符最是難事，定要以氣攝形，以形運氣，形氣歸一，則陰陽通貫，天地合德，不但驅神役鬼，叱電逐雷，即山海亦何難移易？至於請神召將，汝係異類，誠敬二字，更須要過人幾倍為是。每請一神一將，必先定一事差煩。若見神將兇惡醜陋，或生畏懼玩忽之心，其受禍只在轉眼之間。總能幸免不死，神將亦再不肯來，汝須慎之，戒之，切記吾言。」

不邪聽了，毛骨悚然，連連頓首道：「弟子安敢有違師訓，自取不測？」于冰將寶籙天章內大法，擇十分之七傳示。先著不邪煉符咒，精熟後，然後一一教導如何挪移，如何變化，如何召神來，如何送神去。先是于冰掌法，不邪隨後敷演，次後便是不邪獨自行持。饒他天機靈敏，還費了可及一載工夫，方能指揮如意，百竅通神。他此時固形之法，已煅煉的百日外方露本形一次，餘日通是人形，身上猴毛

❻ 元機：即玄機，謂微妙之理。

脫的七零八落，漸次全無。到百日外，露出本相，又須復變人形，或老或少不一。他雖具猴形，卻本來沈靜，因此方能修道千餘年，得享遐壽❼。自于氷傳授火龍真人出納口訣，便常以投胎異類為恨。近又有此大法力，必須煉成千百萬年不易之面目，方合他的心意。又想起當年與謝二混女兒苟且，雖係前生夫婦，到底有虧品行。今再煅煉成一少年形相，殊覺可恥，於是化為童顏鶴髮長鬚美髯道人，頭戴束髮銅冠，身穿紫雲道服，腰繫絲絛，足踏籐履，居然是個得道全真❽，比于氷不衫不履，還打扮的齊整幾分。

于氷見他內外道術皆有一半成局，又見他小心誠謹，較未傳法時更慎重許多，心內著實喜愛他，向不邪道：「吾修道無多年，即邀吾師同紫陽真人恩惠，指授捷徑，血肉之軀已去六七，此皆吾師易骨丹之大力也。歷數修道之士，誰能似我有此際遇？我久欲煉幾爐丹藥，用佐內功，無如德行施於人者最少，數端微善，安敢妄冀上仙？今在這玉屋洞偷閒一載有餘，傳汝諸般法力，亦有深意，一則著你於九州四海採取藥料，你若無道術，安能隨地尋覓，禁服諸魔？二則還有幾個道友，寄居泰安山內，將來即著你傳授伊等法籙，省吾提命之勞❾。三則你具此神通，異日可替我分行天下，斬妖除邪，扶危濟困，我收指臂之力❿，你亦可積陰功。今與你一單，內共藥二十一樣，每樣下面俱詳註分辨真假，並所產地道，

❼ 遐壽：同遐齡，長壽。

❽ 全真：指出家的道士。元岳伯川鐵拐李楔子：「油鑊雖熱，全真不傍，苦海無邊，回頭是岸。」

❾ 提命之勞：教導的辛勞。提命，耳提面命，懇切教誨。語本詩大雅柳。

❿ 指臂之力：如臂使指的助力。漢賈誼陳政事疏：「今海內之勢，如身之使臂，臂之使指，莫不制從。」

大要海外居十之七八，中國不過二三。你此刻可帶銀兩下山，於天下城池市鎮，買寶劍一口，不拘銅鐵，只要先代之物，精雅輕妙，可吹毛碎鐵者方好。」不邪領命去了。

過兩月後，不邪方回，用銀八百兩，買來雙單劍各一，捧與于冰過目。于冰見裝飾的俱各精雅，先將單劍拔出，看了看，約長三尺餘，面列七星。吞口以上，鐫著射斗二字，光輝奪目，寒氣逼人。于冰笑道：「此劍雖不可以寶名，亦古劍中之最佳者。」再將雙劍拔出看視，只見面鑲龍虎、柄帶三環，托盤以上，日月雙分，試之輕妙鋒利無比。于冰又笑道：「你還頗有眼力，此雙單二劍，身分伯仲，要皆斷蛟截猊之器也。」立命不邪盛淨水一盌，走到洞院中間，吸太陽精氣，吹於右手二指上，在劍兩面上各畫符一道，然後誦咒噴噀畢，遞與不邪。又將雙劍也如此作用完，吩咐不邪道：「丹藥乃天地至精之氣所萃結，非人世寶物可比，不產於山，定產於海。既係珍品，自有龍蛇等類相守，更兼妖魔外道凡通知人性者，皆欲得此一物食之，為修煉捷徑。較採日精月華，其功效倍速。仙家到內丹胎成時，而必取資於外丹者，蓋非此不能絕陰氣、歸純陽也。我今再傳你幾路劍法，庶可以保身無虞矣。」不邪欣躍演習，兩月後，雙單劍俱各精熟。于冰選一吉日，令不邪先從海外採取，來來往往，不下六七個月。採取物有真有假，于冰各一一分別，存貯在丹房內。不邪於山巖海島中，經歷過許多怪異，明奪暗取，不必盡述。四海以外藥物，俱陸續得來。

一日，從嵩山採藥歸洞，先將所採藥著于冰看了，又從懷內取出一封書字，上寫著「冷于冰遵此」，遞與于冰。于冰大為驚異，拆開一看，裡面只有一句，上寫「速赴陝西崇信縣界」，傍寫著「火龍氏示諭」五字。于冰看罷，連忙站起道：「此吾師法牒也。」隨安放在石桌中間，叩拜了四拜。起來問不邪道：

「你在何處得遇祖師？」不邪道：「弟子從嵩山採藥，駕雲回來，被一老道人在山前用手一招，弟子即風停雲止，落在積雪峰下。那老道人將書字付與，著寄與師尊，弟子正要問他名姓，一轉眼就不見了。」于氷吩咐不邪道：「藥不用採了，可用心看守洞府。」又將超塵、逐電叫入葫蘆內，急急的取了些隨身應用之物，不邪跪送洞外。于氷將雙足一頓，煙霧纏身，飛馳而去。不邪見于氷行色匆匆，也不敢問歸來的年月，只得回洞，自行修煉。正是：

一聞師命即西行，且止丹砂採辦功。
待得餘閒歸洞後，再將鉛汞配雌雄。

第三十九回　貼賑單賄賂貪知府　借庫銀分散眾飢民

詞曰：

平涼疊歲遇饑荒，理合分賑窮氓。無端貪墨欲分光，姑與何妨？　秘訣須移庫項，神符劫取私囊。

官途脂膏雪歸湯，掃盡堪傷。

右調畫堂春

話說于冰駕雲行來，頃刻到崇信縣交界，見人民攜男抱女，沿途乞討，多鳩形鵠面❶之流。問起來，說：「鞏昌、蘭州、平涼三府地方，連年荒旱，鞏昌、蘭州各州縣，還有些須收穫之地。惟我們這平涼一帶，二三年來，一粒不收，餓死的也不知有多少。」于冰道：「本地官府為何不賑濟你們？」眾人道：「聽得說朝中有個姓嚴的宰相，最愛告報吉祥事，凡百姓的疾苦，外官們總不敢奏聞，恐怕嚴宰相惱了。頭一年荒歉的時候，地方官還著紳士捐穀捐銀賑濟。第二年，各州縣官因錢糧難比，將富戶們捐助的銀兩米穀，不過十分中與我們散一二分，其餘盡皆剋落在腰內。今年，連一家上捐的也沒有了。先前我們在城市關鄉，還可乞討些食水度命，如今無人肯與，只得在道路上延命，慢慢的投奔他鄉。」

❶ 鳩形鵠面：形容人飢疲枯瘦的樣子。鵠，音ㄏㄨˊ。

于冰道：「巡撫兩司，離的遠窵，本地道府他是大員，也該與你們想個法子。」眾人道：「還敢望他想法子？只不將我們的窮命刻薄了，就是大造化。自我們這位本府太爺到任以來，弄的風不調，雨不順，把平涼一府的地皮，都被他刮去。不但十兩八兩，就是一兩二兩，他也不肯輕易放過。事體不論大小，要起錢來，比極小的佐雜官還沒身分，沒一日不向紳士借銀錢。若不借與他，他就尋事件相陷，輕則討他恥辱，重則功名不保。做生意的人，更受他害，也是日日無物不要，要了去便知白丟，討價者皆重加責處，責處後即立刻發價，大要值十文的，只與一文。年來紬緞梭布當鋪各生意，關閉了十分之七。就是賣肉的屠戶，也迴避了大半。把一個府城，竟混的不成世界了。地方連年荒旱，又添上這樣個官兒，兩路夾攻，我們百姓那裡還有活處？他還吩咐屬下的州縣，報七八分收成，在上司前顯他的德政才能，與鞏昌、蘭州二府不同。他屬下的州縣恐錢糧無出，只得將百姓日日拷比，弄的父子分離，夫妻拆散。」于冰道：「是他這樣作威福，巡撫司道為甚麼不參去他？」眾人道：「我們聽得衙門中人常說，京裡有個趙文華大人，是他的親戚。他年年差人上京，送趙大人厚禮，趙大人與巡撫司道寫字囑託。他有此大門路，誰敢惹他？」于冰道：「他姓甚麼？」眾人道：「他外號叫馮剝皮，官名馮家駒，聽得說是四川陞來的。」

于冰想道：「這馮剝皮，不是在金堂縣追比林岱的那個人麼？怎麼就會陞知府？我既到此，倒要會會他。」又不由的嗟嘆道：「此祖師著我到陝西之深意也。」隨駕遁，頃刻到了平涼府東關外，尋了個沒僧道的火神廟住下。心中打算道：「玉屋洞現存著三十七八萬銀子，並衣物等類，吾師法旨著我到陝西，也是知道我有嚴、陳這宗銀兩，著我賑濟窮民。我一個出家人，久留在洞中何為？只是這三府的飢民甚多，這幾兩銀子濟得甚事？」想來想去，想出個道理來，笑道：「天下的窮民，億千億萬，我只將這三十多萬銀子開銷了去，就是功德。刻下三府之中，惟平涼最苦，理合先於極貧之家，量力施捨。但我非官非吏，該如何查法，此事必須拘遣本地土穀諸神，著他們挨戶察查妥當，就著他們暗中分散，庶奸民不能冒領。」又想道：「人神異路，無緣無故，與百姓們送起銀子來，豈不驚世駭俗？」想了一會，又笑道：「此事必須人鬼兼半，明暗並行，方為妙用。」

打算停妥，到三鼓時候，走到郊外無人之地，仗劍噓呵，拘到日夜遊神，並涼州一府土穀社竈各大家小戶中霤屋漏等神，一個個前後森列，聽候差委。于冰道：「今有一件最要緊事，仰藉諸神大家協力措辦。目今平涼一府，並所屬各州縣，疊遭荒年，百姓餓死者無數。貧道有銀三十餘萬兩，意欲布散窮民，只是人口眾多，些須銀兩，安能全行周濟？貧道一人，亦難稽查。今煩眾神於城市鄉關，挨門細訪，一城清楚一城，一鄉清楚一鄉，男女未過五歲者，不在賑濟內。只要於極貧之家，分別大小口，某戶某人名下，共男婦大小幾口，詳細各造一本清冊，送至貧道寓所，貧道好按人口數目估計，便知平涼一府各州縣共有窮人若干，每一人分銀若干，方能接濟到秋收時候。到施放銀兩之時，貧道一人，焉能肆應？還要藉仗諸神，一邊領銀，一邊變化世間凡夫，代貧道沿門給散，使貧人各得實惠，方為妥適。奈此事瑣碎之至，未知諸神肯辦理否？」

眾神聽畢，各歡喜鞠躬道：「此係法師大德洪慈，上帝聞知，必加紀錄。小神等實樂於普救災黎，尚有何不奉行之處？只是貧人有家者，固可按戶分散；還有無家者，不知法師作何周濟？」于冰道：「諸神體恤至此，足見同德。貧道亦思慮過幾十回，些須銀數，不能人人而濟之也。可於散發銀兩時，若遇此等貧人，真假自難逃諸神電鑒❷，隨便假托凡夫，付與便了。」眾神道：「稽查戶口，只用委派各城市鄉鎮土地並中霤屋漏井竈諸神，各清各地界，不過費一夜工夫，辦理有餘。小神等如日遊夜遊司戶諸神，亦各分身督率，斷不敢教一人舛錯，有負清德。」說罷，各淩虛御風，欣喜而去。于冰回在廟中，寫了四五十張報單，差超塵、逐電於城鄉市鎮人戶極多之處，連夜分貼。上寫道：

具報單人冷秀才，為周濟貧民事：冷某係直隸人，今帶銀數萬兩，擬到西口外販賣皮貨。行至平涼一帶地方，見人民窮苦，養生無資，今情願將此銀兩，盡數分散貧民。有願領此銀者，可將本戶男女大小幾口，詳細開寫，具一清單，到府城東關火神廟，親交冷某手，以便擇日按名數多寡分散。定在三日內收齊，後期投送者，概不收存，專此告白。

天明時，二鬼回來。到日出時候，早哄動了一府，有互相傳念的，有到火神廟看來的，還有窮人攜男抱女領銀子來的，這話按下不表。

且說平涼府知府馮剝皮，果是金堂縣追比林岱的那知縣，因與工部侍郎趙文華妻弟結了兒女姻親，用銀錢鑽營保舉，陞在此處。他仗趙文華勢力，無所不為。這日門上人稟道：「有快班頭役揭來報單一張。」剝皮接來一看，笑道：「這冷秀才，必是個瘋子。他能有多少銀兩，敢說分散涼州通府州縣？就是做善事，也該向本府稟知，聽候示下，怎麼他就出了報單，著一府百姓任他指揮？」想了想，吩咐道：「可寫我個年家眷弟名帖，到東關火神廟請他，說我有話相商，立等會面。」門上人答應出去。他兒子

❷ 電鑒：猶明察。清黃六鴻福惠全書莅任稟帖贅說：「卑職之初心，想蒙電鑒。」

馮奎在傍說道：「父親差人叫他來就是了，又與他名帖做甚麼？」剝皮笑道：「你小娃子家知道甚麼，此人若是瘋顛，自應逐出境外；若果有若干銀兩，他定是個財主，我且向他借兩三萬用用，何惜一個名帖？他如不依允，我就立行鎖拿，問他個妖言惑眾，收買民心，這八個字，只怕他招架不起，不愁他不送我幾萬兩。」馮奎甚是悅服之至。

待了一會，門上人稟道：「冷秀才將老爺的原帖繳回，他說正要會太爺，隨後也就到了。」少刻，門上人又稟道：「冷秀才到。他說太爺傳喚甚急，寫不及手本。」剝皮吩咐大開中門，迎接至大堂口。于氷將剝皮一看，但見：

頭戴烏紗官帽，內襯著玫瑰花數朵；腳踏粉底皂靴，傍鑲著綠夾線兩條。面紫而鼻豐，走幾步如風折楊柳；鬚黃而頭小，笑一面似跌破西瓜。內穿起花縐紗紅襖，外罩暗龍四爪補袍。雙睛顧盼靡常，無怪其逢財必喜；兩手伸縮莫定，應知其見縫即搗。看年紀，必是五旬上下老人，正當端品正行之際；論氣質，還像二十左右小子，依然瘋嫖惡賭之時。

馮剝皮見于氷衣服襤褸，先阻了一半高興。讓到二堂，行禮坐下。剝皮問于氷名諱，于氷道：「叫冷時華。」剝皮道：「適纔揭得年兄報單，足徵豪俠義氣，本府甚是景仰。未知年兄果有數十萬銀兩否？」于氷道：「數十萬不能，十數萬實有之。」剝皮聽了甚喜，吩咐左右獻茶。又問道：「銀兩可全在麼？」于氷道：「有幾個小价在後押解，不過三兩天即到。」剝皮道：「未知年兄是怎麼個與百姓分散法？」于氷道：「報單上已申說明白，著百姓們自寫家口數目，投送火神廟內，生員按戶酌量分發。」剝皮道：「如此辦理，勢必以假亂真，以少報多。可惜年兄幾兩銀子，徒耗於奸民之手，於真正窮人毫無補益。依我愚見，莫若先委官吏，帶同鄉保地方，按戶口一一查明，登記冊簿，分別極貧、次貧兩項；而於極貧之中，又分別一迫不可待者，再造冊簿，每一戶大口幾人，小口幾人，另寫一張票子，上面鈐蓋圖章，標明號數，即將票子令本戶人收存。俟開賑時，持票走領。年兄可預定極貧大小口與銀若干，次貧大小口與銀若干，先期出示，某鄉某鎮百姓，定於某日在某地領取銀兩，照票給發。若將票子遺失，一分不與。迫不可待者，即令官吏帶銀於按戶稽查時，量其家中大小人口若干，先與銀若干，使其度命，即於票子上批寫明白，到放賑時，照極貧例扣除前與銀數給發。如此辦理，方為有體有則。再次百姓多，官吏少，一次斷不能放完，即做兩次三次何妨？若年兄任憑百姓自行開寫戶口，浮冒還是小事，到分散時，以強欺弱，男女雜錯，本府有職司地方之責，弄出事來，其咎誰任？依小弟主見，年兄共有多少銀兩，都交與小弟，小弟委人辦理，不但年兄名德兼收，亦可以省無窮心力，未知高明以為何如？」

于冰道：「老公祖議論，真是盡善盡美，只是註冊領票，未免耽延時日，一則百姓迫不可待，二則生員也要急於回鄉，祇願將這幾兩銀子，速速的打發出去就是了。至於太公祖代為辦理，生員斷斷不敢相勞。」剝皮聽了，勃然變色道：「若地方上弄起事來，我一個黃堂太守❸，就著你個秀才拚去不成麼？」于冰故意將左右一看，似有個欲言不敢之狀。剝皮是會嚷錢的辣手❹，甚麼骨竅❺還不曉的？連忙吩咐

❸ 黃堂太守：黃堂本為太守之廳事，後為知府之代稱。故事成語考文臣：「知府曰黃堂太守。」

❹ 辣手：厲害或毒辣的手段。京本通俗小說錯斬崔寧：「怎麼便下得這等狠心辣手？」

❺ 骨竅：竅門；訣竅。

眾人，外面伺候。眾人都退去。于氷道：「這件事，全仗老公祖玉成生員這點善心，生員還有些微孝敬呈送。」剝皮忍不住就笑了，說道：「平涼百姓，皆小弟兒女，小弟何忍從他們身上刮刷？幸喜先生是外省人，非弟治下可比，古人原有獻縞投紵❻之禮，就收受隆儀❼，亦不為貪，但未知老先生如何錯愛小弟？」于氷道：「鄙匪薄禮，亦不敢入大君子之目。微儀三千，似可以無大過矣。」剝皮作色道：「此嘑爾而與之也，老先生宜施於行道之人❽。」

于氷道：「半萬賊兵，似可供老公祖指揮。」剝皮連忙將椅兒一移，坐於于氷肩下，蹙著眉頭道：「不是我小弟貪得無厭，委因平涼百姓愚野，重擔是小弟一身肩荷。老先生總忍心輕薄，小弟獨不為小弟功名計耶？此地連年荒旱，小弟食指浩繁❾，萬金之貺❿，高厚⓫全出在先生。」說罷，連連作揖。于氷亦連忙還禮道：「太公祖既自定數目，生員理無再卻，容俟五日後交納何如？」說罷，兩人相視大笑。剝皮定要留于氷便飯，辭之至再，方別了出來，拉著于氷的手兒，一定要送至大堂口始回。

少刻，剝皮到火神廟回拜，見于氷是獨自一人，又無家人行李，心下大是疑惑。回到衙門，喚過四個伶變的衙役，吩咐道：「這冷秀才舉動鬼譎，你四人可在他廟前廟後，晝夜輪流看守。他若逃走了，

---

❻ 獻縞投紵：餽贈財物。縞，音ㄍㄠˇ，白細的生絹。紵，音ㄓㄨˋ，麻布。
❼ 隆儀：與隆貺同，豐厚的禮物。
❽ 此嘑爾而與之也二句：語本孟子告子上：「嘑爾而與之，行道之人弗受。」嘑，同呼。
❾ 食指浩繁：家庭人口眾多。清魏源聖武記軍儲篇四：「豈獨八旗之不善節嗇，抑其食指浩繁矣哉！」
❿ 萬金之貺：萬金的餽贈。貺，音ㄎㄨㄤˋ，賜給；賜與。
⓫ 高厚：恩德深厚。魯迅書信集致楊霽雲：「誠為天恩高厚。」

我只向你四個要人。此事總要你們暗中留神，不可教他看破為妙。」四人領命巡守去了。那平涼百姓聽得知府都去拜冷秀才，這分散銀兩話，越發真了。家家戶戶，都寫了大小人口清單，向火神廟送來。于冰俱著放在神座前，直收至燈後方止。

二更時候，于冰吩咐二鬼：「到玉屋洞說與猿不邪，將後洞皮箱內銀兩並衣物，著他用攝法，盡數帶來，於涼州左近人跡不到之地，用五色紙剪些騾馬，將銀兩衣物俱馱送在此廟，再領我符籙二道，爾等佩戴身上，便可白晝現化人形，好往來在人前，聽候驅使。限兩日內即回。」二鬼飛行去了。次日三鼓後，于冰聽得風聲如吼，隨即駕遁看視，原來是諸神交送各州縣貧戶清冊，于冰一一收下，諸神道：「貧戶人口皆小神等詳細查閱，內中俱係真正窮人。日前法師有著小神等按戶按名分散之諭，小神等恐臨期照冊施放，未免耽延工夫，且人神交會之際，亦難持久。今小神等每查一戶，即於伊家門頭插一小旗，旗上書寫大口幾人，小口幾人。此旗只是小神等可以看視，到散銀時，某等假變世人，就說是法師差人沿門分送，每散一戶，即將旗立刻拔去。大要涼州府各州縣，某等分頭給送，不過一晝夜，普行放完。」于冰大喜道：「如此辦理，極為簡當。銀兩到時，那時再勞動諸神。」眾神散訖。

又過了一日，猿不邪亦假變凡夫，同二鬼押著許多牲口，馱著銀物，還有腳戶諸人，於定更時候，到火神廟來。街上人看見，都要問問，二鬼通以冷秀才賑濟銀兩回答。超塵等將銀俱搬入大殿上安放，猿不邪將紙剪的騾馬人眾，陸續引到無人之地收法。巡查的衙役看見，飛報剝皮。剝皮大喜，立即撥了三十個衙役，二十名更夫，在廟周圍看守。又寫了兩張告示，盛稱冷秀才功德，貼在廟牆上，不准閒雜人等一人入廟。擅入者，照竊盜已行未獲贓例治罪。次早，剝皮差內使送到許多米麵、雞鴨豬羊、茶酒果餅、鹹糟醬腐等類，于氷只得收下。就著超塵搬一萬銀子，煩他家內使與剝皮押去。早有人報知剝皮，剝皮喜歡的跳了幾跳，跑在大堂引路上，看的收入去。他也不迴避甚麼聲名物議，對著衙役書辦，大高聲吆喝冷先生是大英雄、大丈夫不絕。又著廚下做了兩桌極好的酒席送去。那府城中大小文武官員，聽得這個風聲，誰不想喫點油水？都趕來拜望送禮物不迭。那些投送戶口清單的，真是人山人海，二鬼收受不及。吆喝早些救命，嚷鬧啼哭之聲，無異天翻地覆。

于氷見人勢重大，向不邪道：「你看他們抄搶只在指顧間，再少延兩個時辰，動手必矣。這仙妖鬼怪的議論，也迴避不了許多。」於是向巽地⑫上作法，用手連招了數下，頃刻狂風四起，刮的飛土揚沙，沒片刻，天地昏暗起來。于氷同不邪，用攝法將銀物帶上，赴隴山去了。又先令二鬼於山上尋下一無香火破佛廟，安頓了銀物，用劍訣向東南一指，狂風頓息。火神廟外眾飢民，各呼兄喚弟，覓爺尋兒，吵鬧起來。內中有好事奸民，見廟門緊閉，便大聲倡率道：「我們被這大風刮的又冷又飢，這冷秀才現放著幾十萬銀兩，坐在廟中，毫不憐念，等他放賑，等到幾時？不如搶他個乾淨，便是歇心。」那些少年不安分人，聽了此話，齊和了一聲，打倒廟門，一哄而入。跑至殿中，一無所有，個個失色。那廟外飢民見有許多人入廟搶奪，誰肯落後？頃刻將四面廟牆搬倒，弄的原在廟中的出不來，擠到廟前的又入不去，亂叫亂嚷，踏傷了好些。鬧了好半晌，內外傳呼，方聽明白，冷秀才並箱籠銀物都不見了。一個個又驚神道怪，互相歸怨起來，都說是將救命王活神仙衝散。內中又有幾個大叫道：「冷秀才也不知那去了，我們從今早到此刻，水也不曾喫口，眼睜睜就要餓死，關外的鋪戶並富家斷搶不得，何不將餅麵飯

⑫ 巽地：東南方位。易說卦：「巽，東南也。」巽，音ㄒㄩㄣˋ，八卦卦名。

食鋪子，大家搶了充飢。」眾飢民又齊和了一聲，先從東關外搶起，嚇得滿城文武官，將四面城門緊閉，沒有一頓飯時，四關外飯食鋪子俱皆搶遍，端的沒饒了一家。只鬧到日落方止。

再說于冰歇在隴山佛廟殿中，猿不邪問道：「涼州府各州縣諸神，已有呈報貧戶冊籍，但不知用銀多少。」于冰道：「這兩天被城中文武官你來我去，那有工夫看視？你此刻可同超塵、逐電詳查估算，稟我知道。」不邪細看，見每一州縣後面，俱有貧戶大小人口若干總數，通共合算，大口二兩，小口一兩，各州縣共需銀七十三萬餘兩方足。于冰道：「嚴、陳兩家贓銀，不過三十七八萬兩，這卻怎處？」低頭思想那三十餘萬兩的出處，忽然大笑道：「都有在這裡了！」不邪道：「從何處取用？」于冰道：「我一入涼州府界，便知本府馮剝皮做官甚是不堪，此番又硬要去我銀一萬兩，我且將他的私囊盡數取來，看看有多少，其餘向陝西藩司庫中暫借罷。」吩咐不邪，用搬運法取來白麵數斤，又著超塵、逐電用水調和，都揑做成老鼠形像，于冰俱用劍訣畫了符，大小也有百十餘個，都頭向西南擺列起來，一心向定平涼府知府衙門運動。少刻，見那些白麵老鼠口內吐出青煙，于冰用手一指，喝聲：「速去速來！」那些老鼠們隨聲盡化青煙，一股股奔向平涼去了。

且說馮剝皮平空裡得了一萬銀子，心上快活不過。後聽得飢民搶鬧，冷秀才同銀兩俱不知所之，心上大是狐疑。這日正和幾個細君頑牌，見使女們跑來說道：「太太房內，各箱櫃裡面都是老鼠打咬，太太開看，將銀子都變成白老鼠，隔窗隔戶的飛去了。」剝皮不信，走來親自驗看，見還有幾個未開的箱櫃，聽得裡面亂打亂叫，搬弄的響聲不絕。剝皮打開看時，果然都是些白老鼠飛去。瞧了瞧，銀子一分無存，銀包兒倒還都在。剝皮呆了一會，吩咐道：「任憑他打叫，再不許開看。」不多時，內外各房中箱櫃，凡有銀子在內者，都被老鼠引去，未開的箱籠，俱咬成窟窿，鑽了出來，向門外窗外亂飛。剝皮跑至院中四下看視，一無所有。家人們又跑來報道：「府庫內有許多的白老鼠飛去，請老爺快去開看。」又見他兒子馮奎也跑來說道：「了不得！我適纔同書吏開庫看視，各銀櫃俱有破孔，將應存公項銀二萬九千餘兩，一分無存。」剝皮聽罷，用自己拳頭在心上狠打了兩下，不知怎麼，便軟癱在地下，口中涎水直流。只幾天，便病故在府署。百姓聞知，俱合掌稱慶，到靈櫬回家時，各州縣男女於所過地方，擺設路祭，卻都是豬狗糞等物。燒罷紙，即以豬狗糞亂打，地方官亦治服不來。他兒子除將涼州府所得衣物變賣，賠補庫項，尚欠一萬五千有餘，又從家中典賣房地，始行還完。此皆冷于氷之照拂也。

再說于氷等至午後，見一縷青煙，或斷或續，從西南飛來，內有數十萬白老鼠，落在廟前，皆成銀兩。惟白麵做的老鼠，仍舊還復本形。于氷估計，有十七萬餘兩。笑向不邪道：「這馮剝皮在任也不過四年，怎麼就弄下這許多？真要算一把神手辣手。」旋用筆在廟墻上畫了一個門兒，門頭上寫了「西安藩庫」四字。又用紙剪了五六十個紙人，放在一邊。隨後又寫了一張借帖，上寫：「衡山玉屋洞羽士冷于氷，於某年月日借陝西藩庫銀二十六萬三千兩，賑濟貧民用，定在一年內陸續清還。」下寫「司庫神准此」。於是披髮仗劍，腳踏罡斗，口含淨水，向門兒上噴噀，如此三次，用劍一指，雙門大開。先將借帖投入，次將紙人書符往地下一丟，喝聲：「起！」那些紙人兒隨聲化作人形，一個個鑽入門內，將銀向殿中搬運。有兩個時辰，見紙人都從門內跌出，若有人追逐者。于氷知銀數已足，將左手訣印一煞，其門自閉。又著二鬼將紙人拾起扯碎，復用碎銀法將元寶俱斷為小塊。

晚間，命不邪搬取蠟燭、錫臺、紙張、筆硯、戥子、地桌等物，安置在東西偏殿內。又拘來遠近遊魂一千餘名，秤對包封，或二兩或一兩不等，批寫「冷秀才贈送」。即將剝皮並各官送的酒食等物，賞眾遊魂，分享氣味。包封完備，堆積的遍地皆是。不邪發放了遊魂，于氷又將諸神召來，領銀去分散。諸神也各用攝法，將銀包分取而去。也費了四天工夫，諸神各相囑在一處會齊，然後同來隴山，覆于氷話，餘剩下八萬五千餘兩交還。于氷問餘剩原由，諸神道：「某等原打算一夜可以放完，不意竟用了四夜工夫。只因耽擱了這幾天，與法師告單日期不對，致令貧人攜男抱女，又投奔遠方去了。」于氷聽了，心上甚是憐惜，過意不去。諸神又道：「某等俱是顯化凡夫，攜帶銀包，於各城鄉市鎮並山居窮谷之中，按日前所插旗子名數，分別大小口給散，俱稱是法師差遣，率皆真正窮人，一兩也未嘗錯用。目今百姓稱頌法師功德，晝夜不絕於口。」

于氷又向諸神感謝道：「此番功德，諸位尊神居半，貧道居半。然貧道還有瑣瀆處，目今被施散者，庶可苟延，而奔走乞食道路者，更為可憫，所剩八萬五千餘兩，不必與貧道交回。」又指著殿內道：「此刻還有衣帽紬緞雜項等物，並日前人送的許多喫食東西，仰懇諸位尊神，盡數拿去，再行施放貧人，統算諸神功德，與貧道無涉。」諸神聽了，各大歡喜道：「法師積無量功德，小神等亦得藉仗行些小善事，各化凡夫，於水旱兩路，並鞏昌、蘭州二府地方，遇極貧男女，分送銀物，救渡群生去也。」說罷，各忻悅入殿內搬取，同所剩銀物一總帶去。于氷揖送而別，叮囑道：「貧道此刻即遊行天下，不敢再勞回覆矣。」說畢，回到廟中，心下大悅，向不邪道：「此皆吾師火龍真人積萬萬端善果，我不過承命代勞而已。」又向不邪道：「泰山還有兩個道友，不出一月，我與他們定到衡山，你可回洞等候。我此刻即領超塵、逐電去也。」說罷，師徒各分手而去。正是：

為救群黎役鬼神，私銀不敷借官銀。
涼州百姓人多少，喫盡剝皮片片心。

第四十回　恨貧窮約客商密室　走江湖被騙哭公堂

詞曰：

人生千古傷心事，被騙最堪嗟。祇恨目無賢否，頓成柳絮楊花。　仁明太守，嚴緝累日，囑令回家。堪笑沐猴冠破，空餘淚盡殘霞。

右調朝中措

話說冷于氷賑濟了涼州一府的百姓，下了隴山，沿途救人疾苦，慢慢的向山東路上行來，要會合城璧、不換二人，這話不表。

且說溫如玉自從費了萬金銀兩，出了泰安州監，果然安分守己，等閒連大門也不出，不但不做嫖賭的事，連嫖賭的話也絕口不題。只是本城去了這兩處生意，日用銀錢都得自己打算，就是與家下男女分幾疋梭布穿用，離了現銀錢，便覺呼應不靈。他的舊夥契都與新財東做了生意，如玉取點物件，也還支應，未免口角間就有些推調的話傳來。即或與些貨物，率皆是平常東西，到還他時，一文也不能短少，反比別人家價錢多要些。因此如玉負氣，縱寸絲尺縷，斤酒塊肉，都用現錢買辦。過了半年有餘，甚覺費力。自遭叛案後，將現錢俱盡，只存了些地土。使用過大錢的人，心上甚是索然，逐日家眉頭不展，要想一個生財的法子，復還原本，做吐氣揚眉地步。朋友們雖知他現成銀子俱無，地土還分毫未動，到底要算一把肥賭手，仍是時來談笑，引他入局，比昔時更敬他幾分。他卻動了一番疑心，看的人敬他，是形容他沒錢的意思，緣此謀財之心，越發重了，只是想不出個發財的道路來。

一日，忽想起本城一個朋友來，叫做尤魁，是個聰明絕世極有口才的人，若請他來相商，必有奇謀。前番在監中，他也看望過幾次，還未謝謝他。隨著家中人做了酒席，差人次早去請，到下午時候，尤魁到來，但見：

雖抱蘇張❶之才，幸無操卓❷之膽。幼行小慧，竊豪俠之虛名；老學權奸，欺純良之懦士。和光混俗❸，惟知利慾是前；隨方逐圓，不以廉恥為重。功名蹭蹬，丈夫之氣已灰；家業凋零，婦人之態時露。用銀錢無分人己，待弟兄不如友朋。描神畫吻，常談鄉黨閨閫；棄長就短，屢伐骨肉陰私。人來必笑在言先，渾是世途中謙光❹君子；客去即罵聞背後，真是情理外異樣小人。

如玉見尤魁來，心上甚喜，兩人攜手入房，各行禮坐下。尤魁舉手道：「老長兄真福德兼全之人也，高而不危，顛而不覆，處血肉淋漓之事，談笑解脫，非有通天徹地的手段，安能履險若平？若是沒有擔當

---

❶ 蘇張：戰國時代著名縱橫家蘇秦和張儀的合稱。

❷ 操卓：漢末名將曹操與董卓的合稱。

❸ 和光混俗：不露鋒芒，與世俗相合。義同和光同塵。語本老子第四章：「和其光，同其塵。」

❹ 謙光：本指尊者雖謙抑而更光明，後多作謙退解。語本周易繫辭下：「謙，尊而光。」

的人，遇此叛案，惟有涕泣自盡已耳，如何不教人服殺❺？」如玉道：「不過是錢神有靈，孔方❻喫苦，於弟何能之有？」尤魁道：「甚麼話？人家還有拿著金山尋不著安放的地方哩？」家人們獻上茶來，喫畢，尤魁又道：「自長兄出囹圄❼後，小弟急欲趨府，聽候起居，無如賤內腳上生一大疽，哀號之聲，夜以繼日，延醫調治，倒耗去許多銀錢。你我知己，必不以看遲介懷。」如玉道：「嫂夫人玉體違和，小弟實實缺禮之至，邇來全愈否？」尤魁道：「托庇，好些了。」如玉道：「城鄉間隔，不獲時刻聚首談心，未詳老哥年來，做何清高事？」尤魁道：「小弟近年竟成了個忙中極閒、閒中極忙之人，自己也形容不來，只有一個字將人害死。」如玉道：「是甚麼字？」尤魁道：「窮。」如玉道：「我與老哥，真是同病。」尤魁大笑道：「這就不是你我知己話了。小弟盡一身髮膚，不能抵兄之一毛，同病二字，還不是這樣個用法。」

如玉道：「小弟倒不是隨口虛辭。自先君去世，家中尚有三萬餘金，年來胡混了一萬六七，此番因叛案，又是一萬餘兩，只有兩處生意，一朝盡廢，今僅存薄田十數頃。家中人口眾多，有出路，而無入路，豈不是同病麼？」尤魁道：「肉原出於骨，無骨而欲長肉，勢不能也，土地即長肉之骨。以地產十數頃之多，仍是排山倒海之勢。少為斡旋，何愁不成郭家金穴❽？若坐喫死守，恐亦不能生色。」如玉

❺ 教人服殺：使人佩服到極點。殺，同煞。極；甚。

❻ 孔方：錢的別稱，舊時錢有方孔，故名。語出晉書魯褒傳，原作孔方兄，乃戲謔之語。

❼ 囹圄：音ㄌㄧㄥˊ ㄩˇ，監獄，一作囹圉。說文：「囹圉，所以拘辠人也。」

❽ 郭家金穴：後漢郭況，為光武帝郭皇后弟，任大鴻臚，帝數幸其第，賞賜豐盛，京師號況家為金穴。

道：「小弟正是為此，請兄來施一良謀，為財用恆足之計。」尤魁道：「謀財必先要割痛。痛不割而欲生財，是無翼而思飛也。以小弟愚見，莫若學宋寇萊公澶淵之戰⑨，庶可收一搏即反⑩之功。」如玉道：「願老哥明以教我。」

尤魁道：「小弟意見，乃孤注之說也。忝屬至好，理合直言。為今之計，莫若販賣貨物。然販賣必須資本盈餘，老長兄田地數頃，若盡數變賣，至佳者不過賣三四千金。以三四千金貿易，與市井人何殊？不但老兄不屑於經營，即鄉黨亦添嘻笑。必須大起昔日宦囊，湊足一萬兩方可。近年北方絲水大長，可到蘇州或南京，買辦紬緞紗羅，在濟南立一發局，再不然運至都中亦可。蓋本大則利益自寬，棄死物而方能變成活物。生財之道，莫善於此。到其間，或遣心腹人辦理，或用少弟少效微勞，不過周轉一兩次，則財用充足。一二年間，弟包管長兄本利相對。然後因時趁便，開財源，節財流，擇物之賤者而居之，則劉晏持籌、陶朱致富⑪，又不足道矣。況尊府簪纓世冑⑫，為一郡望族，今偶遭事變，致令桑梓有盆釜一空之誚，吾甚為長兄恥之。如必包藏珠玉，使之填箱壓櫃，真愚之至也。若謂耕種地土，可望盈室盈倉，此田舍翁與看家奴事業，非克勤克儉⑬，積累二三十年，不易得也。迂腐之見，統聽高明主裁。」

⑨ 寇萊公澶淵之戰：北宋真宗景德元年，契丹入寇，抵澶州，寇準力排眾議，勸帝親征，卒拒契丹去之，與盟於澶淵而還。寇準，封萊國公。

⑩ 一搏即反：作戰一次後即班師。反，通返。

⑪ 劉晏持籌陶朱致富：劉晏，唐人，仕肅宗、代宗、德宗三朝，以善理財著稱。陶朱，即范蠡，助句踐滅吳後，浮海至齊，變姓名為鴟夷子皮。至陶，操計然之術以治產，三致千金，自號陶朱公。

⑫ 簪纓世冑：歷代顯宦的後裔。簪纓，古代官吏的冠飾，引申為顯貴的代稱。

如玉大喜道：「兄言果中要害，捨此亦再無別法。寒家若罄其所有，還可挪湊七八千兩，小弟定親去走遭，敢煩老哥同行，再得一識貨人相幫，則大事濟矣。」尤魁聽了，心中暗喜。又說道：「當今時勢，友道凌替，豈僅青松色落⑭，小弟一生為人，只願學刎頸廉藺⑮，不願學張耳陳餘⑯。老兄當全盛之時，試思小弟登堂幾次？祇緣品行兩字關心，寧甘卻衣凍死，與趨炎附勢⑰輩同出入，弟不為也。今長兄身價少減南金⑱，小弟方敢搖唇鼓舌⑲，竭誠相告，使採蘭贈芍⑳之子，知有後凋松柏，弟願即足。至言尋覓識貨人，弟心中已有兩個，皆斬頭瀝血、知恩報德、萬無一失之士，一係貴鋪舊夥契錢智，一係敝友谷大恩。弟於此二人中，加意選擇其一，以備驅策。將來長兄再看何如？」如玉大悅，家人們安設酒席，兩人復行揖讓就坐。尤魁道：「長兄舉事，酌在何日？」如玉道：「求諸己者易，求諸人者難。

---

⑬ 克勤克儉：謂人能勤儉自持。書大禹謨：「克勤於邦，克儉於家。」

⑭ 友道凌替二句：交友之道敗壞，不僅是友誼衰薄而已。凌替，即陵替，敗壞，多指綱紀廢弛、尊卑失序而言。青松色落，本作青松落色，喻衰世人情淡薄，交誼不終。孟郊衰松詩：「近世交道衰，青松落顏色。」

⑮ 刎頸廉藺：刎頸，即刎頸交，謂生死之交。廉藺，指廉頗與藺相如。詳見史記廉頗藺相如列傳。

⑯ 張耳陳餘：張耳，西漢大梁人，高祖定天下，以破趙功封趙王。陳餘，亦大梁人，初與張耳為友，同事趙王，後耳降漢，陳餘被殺。詳見史記張耳陳餘列傳。

⑰ 趨炎附勢：趨奉阿附於得勢當權者。語出宋陳善捫蝨新話趨炎附勢自古而然。或作趨炎附熱、趨炎奉勢、趨炎趕熱。

⑱ 南金：我國南方荊州與揚州出產之黃金，品質純良，故世有南金之稱。

⑲ 搖唇鼓舌：謂多言以逞口才。莊子盜跖：「搖脣鼓舌，擅生是非。」在此作多言解。

⑳ 採蘭贈芍：男女互贈禮物以示愛慕。語本詩鄭風溱洧。

俟小弟變賣地土後，再定行止，臨期自然要親邀老哥同行。」少刻，水陸俱陳，備極豐盛。兩人笑語喁喁㉑，甚是投機。本日坐至三四更天，次日又喫了早飯，尤魁方纔別去。

如玉將此意詳細告知他母親，黎氏見如玉日夕愁悶，也盼他發發財，一開笑顏，問訊了一會買賣如何做法，如玉又高高興興的說了一番。黎氏聽得說須用一萬兩，賣盡田產，只好夠一半，也沒用如玉開口，將幾世積累的金珠首飾、字畫古玩，並兒媳洪氏所有釵環珠玉等類，拿出來交與如玉變價，囑咐：「起身時，務必同你表兄飛鵬去。」如玉道：「臨期再商。」又將家中些玉帶蟒衣併地土，晝夜煩人各處變賣，值十文者賣上五六文，如此等胡亂打發，也弄了九千二百餘兩，代賣的人又落去三千兩有餘。差人通知尤魁，尤魁將谷大恩引來。如玉見他說話兒伶俐，講論起販賣紬緞的話，事事通行，心上大喜。又與尤魁商量，走水旱二路，那一路穩便，尤魁道：「若走旱路，未免早起遲眠，一上一下的勞苦，老哥的身子比泰山還重，如何當的起？不如從濟寧僱一大馬溜子㉒，或二號太平船，順流而下，甚是安妥，又可以兼顧行李，你我說說笑笑，也便宜許多。」又問如玉道：「長兄跟幾位尊管，還有別位親友沒有？」如玉道：「並無別的親友，只帶四個家人去。」尤魁道：「太多太多，只用兩人即足。既講到做生意，一文也是錢，多一人是一人盤攪。」如玉道：「再減去一個也使得，我們定到蘇州罷。我還要帶些蘇州的雜貨，到虎邱、觀音山等處去看看。」隨即擇了吉日，本月初十日起身，各送了兩人安家銀子別去。

黎氏聽得如玉起身，不聽得請他姪兒同去，問如玉道：「你可約會下你表兄了沒有？」如玉道：「表

㉑ 喁喁：低語的樣子。喁，音ㄩˊ。

㉒ 馬溜子：馬溜子船，一種較大的快船，省稱馬溜子、馬溜船。馬溜，方言，迅速之意。

兄一則家中事忙，二則生意上不知竅，我與尤大哥、谷夥契去，真是千妥萬當。回來時謝多謝少，他們也不好爭論。」黎氏聽了，一聲兒不言語，究竟如玉是嫌他表兄不合脾胃。到了起身時，黎氏千叮萬囑，著他途路上小心謹慎，又著他事完即速回家，免得倚門盼望。又將隨行三個家人孫二等，也囑咐了一番。如玉道：「我這一去，不過兩個月即回。」與他母親留下一百五十兩銀子盤用。帶了九千多兩，同尤、谷二人起身，先到濟寧，尤魁早看定一中號馬溜船，往江南進發。

一日，到了鎮江地方，遠遠見金山寺樓臺殿閣，層層疊疊的擺列在江中，尤魁大聲叫好道：「我們生長北方，真正空活一世，若不出門，焉能見此奇景？」谷大恩道：「遠看便如此奇妙，若到上面，必定和天宮一樣，大爺不可不去走走。」如玉高興之至，也嘖嘖的讚賞不已。四五個水手並家人，都七言八語的幫襯道：「今日難得這好清明天氣，微風不作，我們且將船攏在金山背後，只用片刻，就見了大勢面了。」說話間，船已繞到金山後面，如玉見遊船甚多，挨次排在山腳下，便拉尤魁同去。尤魁道：「我同谷夥契守船，你主僕們只管都上去，好容易到這所在。」如玉強之至再，尤、谷二人總以守船為重。如玉道：「你兩個不上去也罷了。著兩個家人同我上去，一個在船中等我。」說畢，急急的下船，走上金山去了。三個家人，如飛的跟去兩個，留下一個在船中，抱怨道：「我只遲走了一步，被他兩個搶先去了。」尤魁道：「後悔甚麼？快快上去就是。你主人原說留一個在船中，船中有我兩人，還怕甚麼？你主人若怪你半個字，有我在。再遲一會，他們就回來了，你終身便看不成。」如玉平日用的家人，都是些浮華小子，那裡有一個知是非輕重的人？聽了尤魁作主，深知主人信愛他，也便忙忙的跑下船，上山去了。

再說如玉在寺內，東瞧西看，遊賞那迴廊曲舍，殿閣參差，又上寶塔，看了一回江景。三個家人都跟著他，說長論短，他也不理論是幾個。好半晌，方同眾家人遊走下來，到原下船處，不見自己的船隻，心下甚是著急。問同攏船的人，都說：「你們上山去時，就立即開船去了。」如玉驚的神魂失散，幾個家人也面面廝窺，互相抱怨。如玉道：「必定他們在鎮江岸邊相候，這該如何去尋他？」主僕四人，沒一個走過遠路，連隻船也僱不下。從新到寺中，煩和尚代僱了一隻船，搖到鎮江岸上。下船來，沿江岸叫問，那裡有個影兒？如玉到此時，情知中計，眼望著大江，呆了一會，忽然大叫一聲，往江中就跳，幾個家人連忙抱住。岸上的人問明原故，說道：「你在此鬧一年也不中用。一個中號馬溜子船，也還可以查訪。今日沒風，此去不過數里，你速到府裡去喊稟，我們這位太爺最廉明，好管地方上事。快去，莫誤功夫。」

如玉昏昏沈沈，兩個家人攙扶著，到府衙門內，卻好知府坐堂，判斷公事。如玉同家人們一齊喊起，兩傍人拿住，知府叫上去。如玉等跪在下面，叩頭大哭，訴說被騙情由，哀聲甚是慘切。知府道：「你說船是從濟寧僱的，拿船票來我看。」如玉道：「生員初次坐船南來，不曉得甚麼叫船票？」知府道：「你這船是誰與你僱的？」如玉道：「就是騙生員的朋友尤魁僱的。他說從濟寧起到蘇州止，共是三十八兩船價。」知府道：「南方有船行，與北方有車行騾行一般，設立這個行頭，原就是防備此等拐騙、劫奪、殺害等事。你既無船票，這來往的船有千千萬萬，教本府從那一支船拿起？」如玉聽了，叩頭有聲，痛哭不止。

知府見他哭的甚是可憐，立即將平素能辦事的衙役，按名喚上八個來，吩咐道：「適纔這溫如玉被騙情由，你們都是聽見的，可著該房出兩張票，你八人分為兩班，一班沿江向下路追訪，一班過江從上路追訪，見馬溜船，無分大小，即盤詰，立限十日，有無即來銷票。銀至九千兩，為數甚多，不拘那一班拿獲，著溫如玉與銀四百兩。」又向如玉道：「你可願意麼？」如玉連連叩頭道：「生員與其全丟，果能拿獲，就送他們八百兩也情願。」隨同差役下來，問了尤魁、谷大恩年貌，並船戶人等形狀，八人領票，欣喜分頭而去。如玉復到江邊，站了好半晌，心裡還想著他們一時泊船在別處，找尋回來，亦未敢定。眾家人又扶他入城，尋店歇下。雖然行李一無有存，幸而家人們身邊都有幾兩散碎銀子，主僕用度。又時到府衙探聽，至十一日早堂，將如玉傳去，知府道：「差去衙役前後俱回，查訪不出。我想尤魁等俱是山東泰安州人，你可連夜回去稟官，拿他兩家家屬審問。去罷，在此無益。」如玉聽了，覺得是正話，又怕水路遲延，過江到揚州，僱了包程牲口，星夜回鄉。

原來尤魁本意，也不想望八九千兩銀子，只想著一早一晚，瞅空兒偷竊幾百。又慮一人拿不了許多，因此勾通了個谷大恩。這谷大恩是個小官出身，幼年時與尤魁不清楚，如今雖各老大，到底還是知己，這樣話是最容易透達的。兩人已講明，得多得少，尤魁七分，大恩三分。自如玉與他們安家銀兩後，第二日，尤魁著他大兒尤繼先，次子尤效先，同谷大恩兒子螟兒，帶領家屬，以省城探親為名，各安頓在濟寧小閘口，尋了幾間房住下，等候消息。皆因尤魁已看透了如玉主僕，率皆浮浪有餘，都是些不經事的痴貨，十分已拿穩了九分，不怕不得幾百兩。若托他兩人帶銀兌貨，又在幾千兩上下了。誰想尤魁僱的船，偏又是隻賊船，久慣謀財害人性命。船主叫蘇旺，梢公水手，各姓張王李趙，究竟都是他弟兄子姪，不過為遮飾客人耳目。自那日如玉主僕下船時，早被蘇旺等看破，見個個俱是些憨雛兒㉓，只有尤魁略老作些，也不像個久走江湖的人。又見行李沈重，知是一注大財，只因時候不巧，偏對著貢船、糧船、生意船，晝夜來往不斷，硬做不得。欲要將他們暗中下些毒藥，害死六七個人性命，內中有兩三個不喫，便不妥當。因此想出個一天只走半天的路，於空野無救應處彎船，候好機會。

過了七八天，方知尤魁、谷大恩是請來的朋友，不是一家人。又見尤、谷二人時常眼去眉來的露意，蘇旺是積年水賊，看出兩人非正路人，時常於船前船後，在尤魁前獻些慇懃，日夜言來語去，彼此探聽口氣，不過三兩天，就各道心事，打成了一路，說明若得手後，尤魁是主謀的分一半，谷大恩與船戶各分一半。一路遇名勝地方，即攛掇如玉主僕去遊玩。奈船中總有一兩個家人，動不得手腳。這日到金山寺下，是從北至南有名的一處大觀地方，合該如玉倒運，留家人話，又沒點出誰該在船，又有尤魁攛掇之言，故主僕盡去。蘇旺、尤魁等趁此機會，撥開船，連夜趕回濟寧，把如玉箱籠打開，尤魁分了四千餘兩，谷大恩與船戶等人，平分了那一半。蘇旺將如玉的衣服被褥一件不要，讓與尤、谷二人。尤魁又找與一百銀子，大家分手。

尤、谷兩人得此大財，各將家小搬上，僱了一個大毛棚子船，星夜奔到浙江杭州城中，租了幾間房住下。後來見省城人煙湊集，恐被人物色出來，兩人商量著，又搬到象山縣，各買了一處房子，在一條巷內居住。尤魁第二個兒子尚未定親，兩人結了兒女姻親，聘定谷大恩女兒作次媳。又置買了些田地，過度極受用日月。不幾年，倭寇（即日本國也），由大隅島首犯象山縣，文武失守，致令攻破城垣，任情殺戮。其時尤魁鑽在一地板下躲避，餓了兩日一夜，旋即火發，尤魁從地板中扒出，倭寇倒去了，家中

㉓ 憨雛兒：傻裡傻氣沒有見識的愣小子。憨，音ㄏㄢ，癡呆。

男女一個也不見，房屋燒的七零八落。放眼四望，滿城煙火迷天，號哭之聲，振動山嶽，不但自己家屬不知存亡，連谷大恩家男女也沒見一個。痛哭了幾天，本城內外尋訪不見，又傳聞倭寇有復來之信，沒奈何，奔走蘇州。盤費告盡，便與人相面，每天混幾文錢度日，滿心裡還想夫妻父子重逢。不意得一翻胃病，起初喫了便吐，次後一物不能下咽，硬行餓死。雖同谷大恩坑害了溫如玉，卻落了這樣個結局，這都是後話。天道報還，可不畏哉！正是：

這樣得來，那般失去。
利己損人，究復何益？

第四十一回　散家僕解當還腳價　療母病拭淚拜名醫

詞曰：

吁嗟人到無錢時，神仙亦難醫。這邊補去，那邊虧債，誰開此眉？　親友避，子孫啼，家奴心日離，更添人病勢將危，欲逃何所之？

右調碧桃春

且說溫如玉聽了鎮江府吩咐的言語，連夜僱了牲口，趕到泰安，也顧不得回家，先去知州堂上哭訴冤情。知州隨即出票去拿尤、谷二人的家屬，俱不知去向。差人將鄰居並谷大恩的一個堂兄谷胼子，帶來回話。知州審問，都說一月以前將家口搬去，言到省城親戚家賀喜，至今未見回來。谷胼子說：「與大恩雖係堂兄弟，已十數年從不往來，人所共知。」知州將谷胼子和兩家鄰居，各責了幾板，前後供詞一般。又差役去尤、谷兩人親戚家查拿。如玉叩謝下來，回到家中，見了他母親，跪倒在地下大哭，一句話也說不出。黎氏見他速去速回，又是這般情景，就知道必有變故，不由的渾身亂抖。家人們說了原由，黎氏往後一倒，面如死灰。女廝們連忙扶住。如玉見他母親如此，越發大哭起來。洪氏一邊開解婆婆，一邊安慰丈夫，倒忙了好半晌。黎氏自此鬱鬱成病，雖勉強色笑，寬兒子的懷抱，每想到兒子日月上，便暗中哭泣。如玉出門時，只與黎氏留了一百五十兩銀子，已交在他母親手內，又不敢要。揚州的腳戶白養在家中，也沒有銀子打發。又與泰安差人湊了幾兩盤費，去濟寧拿人。幸而家中米麵等物，還夠一年用度。腳戶日日嚷鬧，如玉也沒法設處。和家人們商酌，一個個推聾裝啞，束手無策。就是手中極有的，誰還肯拿出來幫助主人？如玉無奈，只得做他生平沒有做的事，將自己存下的幾件衣服，當了幾十兩銀子，打發了腳戶。他素日是豪華慣了的人，那裡能甘淡薄？又怕他母親心上愁苦，凡飲食茶飯，還和素常一般，大概早午還得六七樣肉菜。倒是黎氏知道他的隱情，時時向如玉道：「如今內外一空，過的是刀尖兒上日月，你從此臥薪嘗膽，還恐怕將來沒喫飯處，這早午飲食，當急為節儉，只有鹹菜嚼咽就罷了，不必因我捨命的措處，一天費數天的盤用，我心上倒越添上病了。」如玉自此遵他母親的話，將飲食減了一半。

過了幾天，泰安差人來回覆說：「遍查省城，並無尤魁等下落，容慢慢查訪罷。」如玉聽了，倍添愁煩，惟有長吁短嘆，流涕而已。家人們見他終日垂頭喪氣，連小主母的衣服都典當了過度，料想著沒甚麼油水，起先還都指望拿住尤魁，追回銀兩，大家再混幾年；今聽了差人的話，是個斷無指望，又兼如玉時時動怒，因此去志速決。總之，此輩聰明人頗多，有良心的甚少。世僕家奴，他還念主人養育之恩，存個富貴貧賤甘苦與共之意，即或有愚頑兇狠不識輕重的人，若遇嚴明主人約束，總放肆也還不至於十分。惟僱工家人，無一非飢則依人、飽則颺去之流，其坑害主人，比強盜還更甚。溫如玉用的，都是鮮衣美食、油嘴浮浪子弟，經年家幫嫖誘賭，見財營私，那裡有個有良心的人？今到這步光景，有錢的也哭窮，無錢的更哭窮，不出一月，辭的辭，逃的逃，告假的告假，走了個七零八落。只留下兩個家人，一個叫張華，一個叫韓思敬，都是無才能之人，如玉平日看不上眼的。如玉見他們都去了，倒樂得省些費用。只有素時受過大恩、賺過大錢的人，也是如此，心上覺得放不過，到此時也只索丟開。

不意黎氏自兒子被騙之後，每日家只害胸膈脹悶，不思飲食。如玉設法勸慰，也不得寬爽，漸漸的骨消肉瘦起來。如玉擔不住，著張華去泰安城中，請了個姓方的醫士來，是他素常相交的人。與他母親看了脈，說道：「太夫人心神不暢，總是氣鬱，只用順其氣，自能大進飲食。」喫了兩劑開氣的藥，雖然脹悶好些，大便又泄瀉起來，日夜不止。又請了方醫士看脈，服了些胃參湯、漿水散，將泄瀉又變而為痢疾，口乾發熱，日進些須飲食，喜得遍數尚少。方醫士說是腹中有舊積滯，須得下下方好，用了些大黃、枳實等類，反遍數多起來，只覺得眼黑頭暈，腹痛不止。如玉著慌，連方醫士也著慌了，又怕補住邪氣，用香附、黃連等類，也不見一點效。黎氏也不喫藥了，除大便之外，只是睡覺，懶得與人說話。

一日午後，黎氏在房中，正勉強起來喫粥，只見如玉走來，笑容滿面，坐在一傍，說道：「如今纔知道尤、谷二賊的下落了。」黎氏忙問道：「有甚麼下落？」如玉道：「適纔州裡的差人說，尤、谷二人，俱在江南宿遷縣居住，訪得至真至確。送信來的人，就是差人的親戚，他都是親眼看見的。兩個差人貪著我的大謝禮，已向本州討了關文，連夜起身，到宿遷縣去。此刻來與我報喜，要十數兩盤費。咱家中無現成銀子，我已經打發張華，同差人去州中，與他們挪湊去了。先和母親說聲，只求老天可憐，拿住他就好了。」黎氏道：「此話可真麼？」如玉道：「這是甚麼事體？那差人謊我做甚？」黎氏聽見，略笑了笑道：「我也不想望將九千兩全回，只求追個二三千兩兒，你將來有碗稀飯喫，我就死了，也放心些。」素日黎氏至多不過喫半碗粥，或幾口，就不喫了，今日聽了此話，就喫了一碗半有餘。如玉見黎氏飲食加添，心下大喜，又說了許多興頭話，方纔出去。黎氏自此一天不過坐兩三次淨桶，早午晚總有兩碗飯落肚，大便還有膿血，卻每次糞多於膿血，腹中亦不甚疼痛了。

過了一月有餘，身子竟大好起來，飲食又多於前。一日，黎氏問如玉道：「宿遷縣離泰安有多少路程？」如玉道：「我前曾走過，卻記不真。大要多則十天，少則七八天可到。」黎氏道：「怎麼拿尤魁的差人，至今還不見到？」如玉道：「母親不問，我也不敢說，恐怕母親心上發急。六七日前，我差張華去衙門中打聽，不想原差倒回來了，說是被人走了消息，尤、谷二人又搬到無錫縣去了。他們因關文不對，回來換文書，我先日只與了他們十兩銀子，他們回來倒盤費了十六七兩，意思還教我弄幾兩盤費。大要也只在早晚，又要起身。」黎氏聽了，長嘆了一聲，問道：「你先日可曾見過去宿遷的關文沒有？」如玉道：「那日差人與我說這話，他們的去意甚急，倒沒有看見他的關文。」黎氏道：「你如今的意思要怎麼？」如玉道：「事已至此，也說不得，還得與他們打湊幾兩好去。用人之際，也怕冷淡了他們的心。」黎氏道：「你外邊遇了強盜，家中又逢毛賊❶，這些人來來回回，不過是騙你的銀兩，究竟他們連泰安城門還未出。目今日期過而又過，又支派到無錫去了。若再過幾時，還要去海外與你拿人。你將銅斗般家私，弄了個乾淨，到這步天地，於世事還沒一點見識，安得不教人氣殺？」說罷，將身子向枕頭上一倒，就面朝裡睡去了。

如玉連忙出來，打發張華追問原差下落。次日，張華回來說道：「小人再四問原差，如何不去拿人，他說沒有盤費怎麼去，意思還教大爺湊十來兩好去。」如玉聽了，冷笑道：「月前與他們那十來兩銀子，

❶毛賊：對盜賊的蔑稱。元施惠幽閨記綠林寄迹：「你這夥元來是剪徑的毛賊。」

我還後悔的了不得，又敢要？」過了五六天，黎氏依舊大痢起來，出的恭與魚腦子相似。聞見飲食，就要嘔吐，只覺得口乾身熱，晝夜不得安息。如玉又請來方醫士調治，豈知日甚一日，大有可虞。方醫士推說家有要緊事，借此去了，如玉甚是著慌。

正在屋內守著他母親坐著，只聽的女廝們說道：「黎大爺來了。」如玉迎接入房，黎氏看見他姪兒，不由的眼中落淚，說道：「我與你的父親，一母同胞，我病了可及兩月，你何忍心不來看看我？」飛鵬道：「姪兒一向在省城有些事，昨日纔回來。聽得說姑母患病，不意就憔悴到這步田地！」只見張華抱入四樣喫食道：「這是黎大爺送太太的。」放在地下桌上。黎氏道：「來就是了，又送東西怎麼？」又道：「你可知道你表弟的事體麼？」飛鵬道：「也聽得人傳說，卻不知詳細。」黎氏有氣無力的說了一遍，說罷，放聲大哭，又哭不出淚來，在喉嚨中乾吼。飛鵬勸慰了幾句，黎氏又道：「我當日原教同你去，彼時要同你去，那裡還有這些怪事出來？」飛鵬冷笑道：「姪兒的品行，比尤魁、谷大恩也端正不了許多，與其教親戚騙了，就不如教朋友騙了，還可氣些。大概財物得失，都是命定，姑母亦不必過於愁鬱，只要養息病體。常言說的好，有夫從夫，無夫從子，將來過在那裡是那裡。」又道：「我聽的喫的是亣錦山的藥，他知道脈和病是個甚麼？城中有個于象蕃，這先生是通省名醫，姪兒此刻就去親自請他，還不知他肯來不肯來。」說罷，同如玉到外邊，如玉留他喫飯，飛鵬也不回答，一直到大門外，手也不舉，竟騎上牲口去了。

又過了兩天，黎氏越發沈重，飲食到口即吐。即或勉強下去，少刻即大便出來。如玉著急之至，正欲著張華去飛鵬家問請醫話，只見飛鵬家六小走來說道：「于先生坐車來了，現在門前等候。」如玉迎接到書房內，敘禮坐下，各道敬仰渴慕的意思。如玉問：「飛鵬如何不來？」象蕃道：「他與我相交至好，原擬與他同來，不意他今日也有些不爽快，過了兩天，他再無不來之理。」兩人喫畢茶，如玉著裡邊收拾乾淨，陪象蕃入去，與黎氏看了脈，又按摸了肚腹，瞧了瞧大便顏色，方纔出來，坐下問如玉道：「先日可喫的是方錦山的藥麼？」如玉道：「是。這六七天也不曾喫。」象蕃道：「尊堂太夫人病了多少日了？」如玉道：「可及兩月。」象蕃道：「方錦老的藥方，可拿來看看。」

如玉連忙取過二十幾張藥單，放在桌上。象蕃大概看了四五張，說道：「看太夫人脈，素質即薄弱。此番病源，本於氣壅血滯，兼之肝木過旺，刻傷脾土，彼時只合調氣養血，舒肝健脾，自可無事。行氣去積的藥，一點也用不得。今氣本不足，而日行其氣；血本虛衰，而復攻其積，休說太夫人是六十已外之年，就是一少年壯盛人，也當受不起。況瀉在痢先，脾傳腎為賊邪，最為難治。病至六十日之久，而猶拘治痢百無一補之說，無怪其真陽散而元氣愈竭也。夫痢有五虛死，而太夫人已居其三，發熱不休一，便如魚腦二，飲食不入三，脈又洪大而滑，數此元氣已盡，火衰不能生土，內真寒而外假熱，實為痢疾不救之症。食入即吐者，是邪在上膈，虛火沖逆耳。此病若在別家，弟就立即告退，斷不肯代先治者分責。然弟與令表兄係骨肉之交，在老兄雖未識荊，亦久仰豪俠名譽，安可坐視不救？今弟擬一陳方，此藥服下，若飲食少進，弟尚可以次序調理。若投之不應，設有變端，弟亦不肯認罪。」如玉道：「死生二字，全在先生垂憐。」說著，淚流滿面，跪將下去。象蕃扶起道：「尊府有人參沒有？」如玉道：「連日見家母病篤，正要措辦此物，不意從裡邊書櫃內，尋出五兩有餘的好參來，只是不敢擅投。」象蕃道：「應用足矣。」隨取過筆硯來，開了理中湯，將人參、附子、肉桂三樣，俱用大分兩，下寫「煎妥冰冷服」。如玉一面收拾，著人煎藥，一面備酒飯陪象蕃，又著打發六兒同車夫飲食。

黎氏將藥喫下，隨即一個女廝出來說道：「太太方纔將藥喫下去，肚中響了一陣，就瀉了。」如玉忙問道：「這是何說？」象蕃將酒杯放下，只是瞑目搖頭。如玉又問，象蕃道：「兄長可照前方，速煎一劑，熱服，再看何如。」如玉也顧不得陪伴客人，親自煎藥，拿到裡邊，將他母親扶起，喫下去，仍與前一般。如玉跑出，和象蕃細說。象蕃道：「氣已下脫，門戶不固，弟無能為矣。」於是起身告辭。如玉那裡肯放？還哭著拜求神方。象蕃道：「長兄休怪小弟直說，太夫人恐不能出今晚明早。倒是速請令表兄來一面，以盡骨肉之情罷了。」說罷，連飯也不喫，必欲告別。如玉苦留不住，只得送出大門，就煩他請飛鵬快來，象蕃應承去了。如玉回到書房，心中大痛，哭了一回，走入裡邊，見他母親昏昏沈沈，似睡不睡，問了幾聲，糊糊塗塗說了一句，又不言語了。如玉守在傍邊，惟有長嘆而已。正是：

藥醫不死病，佛度有緣人。
寶婺❷光輝掩，吁嗟鬼作鄰。

❷ 寶婺：即婺女星，常借指女神，亦用為婦女的美喻。在此即指溫如玉之母黎氏。

第四十二回　買棺木挪移煩契友　賣衣服竭力葬慈親

詞曰：

世最可憐貧與孤，窮途歌唱西風曲。腸已斷，淚已枯，自恨當時目無珠。　酒肉兄弟交相愛，須知咫尺炎涼態。富則親，窮則壞，誰說人在人情在？

右調斷腸悲

話說如玉見他母親病勢沈重，不住的流涕吁嗟。洪氏道：「那幾天還好，只是從昨日又加重了。」如玉道：「這兩天不曾喫飯麼？」洪氏道：「連今日就是三天了。前幾日還閘鬮❶著坐淨桶，這幾日通是身下鋪墊草紙，渾身純留下一把骨頭。先前還反亂❷炕拈的身腿疼，這五六天也不反亂了。將來的事體，你也該預為打點，倒是棺木要緊。」如玉道：「這兩個月內，將你我的幾件衣服併些銅錫器，也當盡了。倘有個山高水低❸，我還不知該怎麼處哩？」夫妻兩人，廝守到一更以後，只聽得黎氏說道：「我

❶ 閘鬮：音ㄓㄚˊ ㄓㄥ，猶掙扎，勉強支持。金瓶梅第六十二回：「李瓶兒還閘鬮著梳頭洗臉，下炕來坐淨桶。」
❷ 反亂：方言，猶言翻騰。金瓶梅第二十九回：「如今為一隻鞋子，又這等驚天動地反亂。」
❸ 山高水低：不測之事，通常指死亡。水滸傳第四回：「若是留提轄在此，誠恐有些山高水低。」

口乾的很，拿水來我潄潄口。」洪氏道：「母親不喫點東西麼？」黎氏將頭搖了搖兒。女廝們搊扶著潄了口，復行睡下，問道：「此時甚麼時候了？」如玉道：「有一更多天了。」黎氏長嘆了一聲，將一隻手向如玉面上一伸，如玉連忙抱住。黎氏哭了兩聲，說道：「我不中用了。」如玉道：「午間于先生說母親不妨事，只要加意調養就好了。」

黎氏道：「我死了倒也好，省得眼裡看著你們受淒涼。你過來，我有幾句話囑咐你。」如玉又往前扒了扒，黎氏道：「你媳婦洪氏，是個老實人，你素日把些恩情都用在婊子身上，你看在我的老臉，念他父母兄弟俱無，孤身在咱家中，以後要處處可憐他，你夫妻相幫著過罷。」洪氏聽了這幾句話，這眼淚也不只一行下來。又道：「家中小女廝們，還有七八個；家人媳婦子，還存六七房，你看女廝們年紀該嫁的嫁人。家人媳婦有願意嫁人的，嫁了罷。男子漢死的死了，逃的逃了，留下他們做甚麼？你也養贍不了許多。金珠寶玩，你變賣了個精光，我只存兩皮箱衣服未動。我死後，只用與我穿一兩件，不用多穿，餘下的你兩口兒好過度。你日前南方去，與我留下一百五十兩銀子，我只盤用了八九兩，如今還在地下立櫃中放著。我病這幾個月，深知你艱難，不是我不與你拿出來使用，我也有一番深意。我早晚死後，你就用這銀子，與我買副松木板做棺材，只可用四五十兩，不可多了。你是沒錢的時候，餘下的銀子，就發送我，斷不可聽人指引，說是總督的夫人，尚要昔日那種瞎體面。你就捨命辦理，也不過是生者耗財，死者無知的事。」

如玉痛哭道：「兒便做乞丐終身，也斷不肯用一副松木板盛放母親。」黎氏道：「這又是憨孩子話。人有貧富不同，我今日只免了街埋路葬就罷了。」說罷，喘吁了一會，又道：「嫖賭二項，我倒不結記你了。人家要的是有錢人，你無錢，誰家要你？尤魁也是前生前世的冤債，設有拿住他的日子，多少追討些，你務必到我墳頭前告稟一聲，我在九泉之下，亦可瞑目。」說著，又哭起來：「我兒，我只心疼你，日後不知怎麼過呀？你父親當日去世太早，我又只生你一個，處處順著你的性兒，只怕你受一點委曲。誰知我深於愛你，正是我深於殺你。你遭了一番叛案官司，家業已盡。次後又要做生意，我彼時只儘你的田產物事耗費，不動我手裡的東西，你還可以有飯喫。誰想一敗塗地，至於如此。罷了，罷了。」如玉聽了，如刀割心肺，只是不敢大哭。黎氏又喘息起來。洪氏道：「母親說的話多了，未免勞神，且養息罷。」黎氏方不言語了。兩口兒守到四更時候，黎氏又嗽了一回口，見如玉在一傍守著，從新又囑咐起話來。說了半晌，不想舌根硬了，如玉一句也聽不出來。到五更鼓後，復昏昏睡去。

天將明的時候，黎氏醒來，說道：「我此刻倒覺清爽些，拿米湯來我喫幾口。」洪氏忙將米湯取至，如玉扶起來，黎氏只三兩口，就喫了一碗。洪氏見喫的甘美，問道：「母親還喫一碗不？」黎氏點了點頭兒，又喫了一碗。方纔睡下，只聽得喉嚨內作聲，鼻口中氣粗起來，面色漸漸黃下。如玉洪氏大叫大哭。家人媳婦同眾女廝們，將預備下送終衣服，一個個七手八腳，搊扶著穿戴。少刻，聲息俱無。一個家人媳婦說道：「太太去了！」如玉搥胸叫喊，一家兒上下，痛哭下一堆。張華等將過庭安放桌帳，把黎氏抬出來，停放在正中。如玉又扒在靈床前大哭，將喉嚨也哭的腫啞了。張華上前勸解道：「大爺哭的日子在後哩，此時宜料理正務。」如玉止住哭聲，走到院內臺階上坐下，定省了好一會，吩咐張華道：「咱如今是跌倒自扒的時候，富足朋友，不敢煩勞，你此刻去大槐樹巷內，將禿子苗三爺請來，就說是太太沒了，我有要緊話說。」張華去不多時，請來一人，但見：

頭無寸髮，鬢有深疤。似僧也而依舊眉其眉，鬚其鬚，不見合掌稽顙之態；似尿也而居然鼻其鼻，耳其耳，絕少垂頸凹眼之形。既容光之必照，自一毛而不拔。誠哉異樣獅毬，允矣稀奇象蛋。

此人是府學一個秀才，姓苗，名繼先，字是述菴，外號叫苗三禿子，因他頭上髩間無髮故也。為人有點小能幹，在嫖賭場中，狠弄過幾個錢。只是素性好賭，今日有了五十，明日就輸一百。年紀不過三十上下，窮富兩個字，他倒經歷過二十餘遍。入的門來，先到黎氏靈前燒了一帖空紙。見了如玉，又安慰了一番，方纔到內書房坐下，與如玉定歸了報喪帖式。如玉自知無力，凡朋友概不勞禮，只遣人到老親處達知。兩人商酌妥當，僱人分路去了。

苗禿子問道：「太夫人棺木，可曾備辦否？」如玉道：「正要措處。」苗禿子道：「這是此時第一件要緊事。」如玉道：「少不得還要勞動。」說罷，到裡邊問洪氏，要出他母親存的那一百五十兩銀子。看見時，又不由的大痛起來。秤了秤，只用了七兩有餘，還有一百四十二兩多。如玉留下二十二兩，備買辦梭布做幃幔、靈棚、孝服等類用。拿到外邊，向苗禿子道：「煩老兄同張華到州裡去，尋一副頂好的孔雀杪板，這是一百二十兩，先儘此數買，就再貴幾十兩也使得。」苗禿子道：「老兄休怪我說，以老太太的齒德爵位，就打一個金棺材也不為過。只是時有不同，老兄還要從儉些，買副好栢木板兒罷。忝屬相好，故敢直言。」如玉道：「棺木係先母貼身之物，弟即窮死，亦不敢過於匪薄。此刻就煩臺駕一行。」說罷，苗三禿帶了銀子，同張華去了。

到起更後，張華回來說道：「棺板看了兩副，都是本城王鄉宦的。他祖上做過川東道，從四川帶來，水旱路費了多少腳價，俱係真正孔雀杪板，一副上好的要二百二十兩，一副略次些的只少要十五兩。苗三爺體貼大爺的意思，與王家講說再四，用他那副頂好的，說明一百八十兩白銀。他家若不是買地急用，二百兩也不賣。更有一件省事處，兩副都是做現成的，打磨的光光溜溜。」如玉道：「為甚麼不僱人抬來？」張華道：「咱拿去的銀子，只是一百二十兩，還差著六十兩價，是一邊過銀，一邊過物，少一兩也行不得，如何抬得來？」如玉聽了，心上大費躊躕，向張華道：「我與王家素無交往，你該就近煩黎大爺和他家說說，過幾天與他銀子，有何妨礙？」張華道：「大爺若不題起，小的也不敢說。苗三爺為銀兩不足，就想到黎大爺身上，著他應承六十兩，遲幾天找結。王家滿口應許，只要黎大爺當面說句話。小的同苗三爺親去說了原由，黎大爺不惟不肯承應，且說了許多不堪的言語，說太太是大爺氣死了。又道你家離❹了謀叛和買棺材的事，也沒甚麼借重我處。可著你大爺快尋姓尤的去，他還才情大些。苗三爺見說的不成話，連忙同小的出來，在西關店中等候，著小的星夜取銀子好成交。」

如玉聽了，心中大怒，到裡邊與洪氏說。洪氏道：「咱們如今不是借光親戚的時候。還有母親留下兩皮箱衣服，昨晚也和你說過，是著你變賣了過度日月，不如且當上一箱，救救急。」如玉道：「我也想及於此，只是心上不忍。」洪氏道：「你若心上不忍，不但將來發送，就是眼前棺木也無辦法。明日只有一天，後日就該入殮，那裡還耽隔的？」如玉作難了一回，實是無法，只得將皮箱打開驗看，內有十幾套好皮子緞子衣服，估計值四五百兩。又眼中流了無數的痛淚，開了個清楚單子，一總交與張華，帶到城中，托苗三秃去當。次日午後，張華先將棺木押來，如玉仔細觀看，見是四塊瓦做法，前後堵頭

❹ 離：遭受；遭遇。今多作罹。周易小過：「弗遇過之，飛鳥離之。」

如式，約五寸多厚，七尺半多長，敲打著聲若銅鐘，花紋細膩，香氣逼人，如玉甚是得意。下晚苗禿子亦到，取出兩張當票來，一張皮衣當了一百四十兩，一張緞衣當了八十兩，除去棺價六十兩，交與如玉一百六十兩。苗禿道：「成色俱是九九，分兩是我親自秤兌，絲毫不短。我為當兩張，你將來容易取贖些。我又帶來兩捲白布，是本城隆盛號的，言明用了照時作價。剩下的，只管與他退回。」如玉深喜他辦事妥當，謝了又謝。

到了頭七，如玉備了豬羊並各色祭品，請了學中幾個朋友做禮生，也不請僧道念經，只是七七家祭。人家聽得他不收禮，不宴客，不破孝，樂得與他母親燒張空紙盡情。倒也此出彼入，甚是熱鬧。他表兄黎飛鵬也抬了祭禮來弔奠，如玉執意不收，也不與孝服，虧得苗禿子據禮開解，如玉方肯收禮送孝。飛鵬見棺木貴重，祭品整齊，到底不失大家風度，口裡也說不出甚麼不是來，臉上自覺沒趣，陪了祭，就要回去，如玉也不著人留飯。兩家至親，從此斷絕來往。有告假並辭去的幾個家人，還沒有尋下富貴地方，見如玉做頭七，親友出入與昔時無異，只當主人手內還有大私囊，一個個又爭著入來，幫忙辦事。及至伺候了幾天，方知是老主母幾件衣服發燒，又辭的辭，不辭的不辭，各自去了。

如玉將七七事辦完，因他母親抑鬱抱恨而死，不忍心輕易出葬，過了七八個月，方纔斟酌舉行。手內又沒一個錢，此時不但衣服銀子用盡，連家中桌椅屏畫也當了許多，過度時日。苗禿子與他出了個主見，將先時當的那兩箱衣服，尋了個買主，除去當鋪本利，還找回八十兩銀子，苗禿也些須粘點偏手❺。

❺ 粘點偏手：賺點外快。粘，借作拈，取得。偏手，正當收入以外的所得。明張居正答鄭範溪書：「偏手之說，信有之也。」

如玉有了這宗銀兩，然後纔敢擇日，發送他母親。他是個少年好勝的人，饒這般沒錢，還向泰安州文武借了許多的執事衙役，點主謝土❻。又請了兩個小些的現任官兒，將找兌的幾兩銀子，花的七零八落。

這一日，本鄉親友或三十人一個名單，或五十人一個名單，通共只六七個祭桌，人倒不下二百有餘，觀看的人倒也挨肩疊臂，直至他家祖塋。如玉將他母親與他父親合葬後，守了三日墓，方回家安設靈位，晚間就在靈傍宿歇。睡不著時，追想昔日榮華，今時世態，又想念他母親歷歷囑咐的言語，獨對著一盞孤燈，不住的吁嗟流涕。正是：

手內有錢冰亦暖，囊中無鈔炭生涼。
知心惟有生身母，泉路憑誰說斷腸？

---

❻ 點主謝土：舊俗喪禮之一。點主，填寫神主上主字上端之點。謝土，酬謝土神的一種祭祀儀式。

第四十三回　逢吝夫抽豐雙失意　遇美妓罄囊兩相歡

詞曰：

我如今誓不抽豐矣，且回家折賣祖居，一年貧苦一嗟吁，無暇計，誰毀誰譽？　途次中幸會多情女，顧不得母孝何如。聊且花間宿，樂得香盈韓袖，果滿潘車❶。

右調入花叢

話說溫如玉自葬埋母親後，謝了幾天孝❷，諸事完畢，逐日家倒是清心寡慾。素日相好的朋友，知他一無所有，也不來勾引他了。即或有幾個來閒坐的，見他愁眉恨眼，也就不好來了。背間有笑罵他憨痴的，有議論他狂妄的，有憐惜他窮苦的，也有說他疏財仗義的。還有受過他銀錢衣食許多恩惠，反比傍人鄙薄詈咒更利害的。如玉聽在耳內，倒也都付之行雲流水。只是家間窮困之至，雖減去了若干人口，

❶ 香盈韓袖二句：晉人韓壽，美丰姿，為賈充掾，充女悅而通焉。時外國進異香，襲人衣，經月不散，晉武帝以賜充，充女偷以與壽。充覺，恐醜洩，以女妻壽。見晉書賈充傳。又有潘岳，字安仁，美姿容，少時嘗挾彈出洛陽道，婦人遇之者，皆連手環繞，投之以果，常滿載而歸。見晉書潘岳傳。

❷ 謝了幾天孝：孝子對曾來賵賻之親友，前往拜謝，謂之謝孝。

上下還是二十多人喫飯，天天典當，鬼混的過了一年有餘。凡事總與苗三禿子相商，兩人倒成了個患難厚友。先時還指望拿住尤魁，後來親自到州堂上稟了幾次，知州倒也與他認真的責比差役，總無蹤影，他把這拿尤魁的念頭也歇了。

無如運氣倒的人，這不好的事體，層層皆來了。他母剛纔亡過年餘，他妻子洪氏又得了吐血的病，不上三兩個月，也病故了，連棺木都措辦艱難。倒虧這苗禿子還有點打算，凡買過如玉產業的人，他便去說合，陸續也得夠百十餘兩，苗禿子於中也使用了些，纔將洪氏發送在祖塋。

如玉雖說是窮了，一則是舊家子弟，二則又在少年，還有許多大家小戶，要與他結親。孰意他不自揣時勢，還想要娶一個天字號的美人，將說親者概行謝絕，日日東查西問的尋訪。及至採訪著某家女兒才色雙絕，他倒願意，人家又不要他，因此把婚姻也誤下。一日到泰安，向他舊夥契等要長支欠銀，住了三四天，得了三兩多銀子，一千多錢，將一張三十兩的欠約，讓那夥契抽去，算了一分不該。正還要尋別的欠銀夥契，聽得本州官吏接濟東道，問了問，說姓杜名珊，四川茂州人，做過陝西長安縣知縣。他父親雖早逝，常聽得他母親黎氏說，有個長安縣知縣杜珊，做他父親屬員，虧空下一萬多銀子，布政司定要揭參他，父親愛他才能，一力主持，暗囑同寅各官捐助，完結虧項。又保舉他，後陞了平陽府知府，臨行與他父親認了門生。今日聽得名姓籍貫相合，就動了個打抽豐的念頭。急忙回家，與苗禿子相商。

苗禿子道：「你有這些好門路兒，閒嘗從不和我說，既然尊大人在他身上有如此大恩，又是尊府門生，你如今到這步田地，開個口，至少也幫五百，就是一千兩也不敢定。」如玉道：「我平時那裡想得起？若不是他昨日到泰安，做夢也夢不著他。我今與你相商，趁他到咱們這地方，我挪湊一分厚禮，與他送去，再拿個手本，向他門上人細說原委，或者有點想望也未可知。」苗禿子道：「你這想算，都用的是下乘工夫❸，他衙門住劄在省城，離我們泰安不過兩天多路，何難親去走遭？你若在此地見他，他又是個客官，語言間就有許多可推托處，總幫你也不多。依我主見，你竟等他公出回去後，寫自己一個名諱手本，再另外哀哀憐憐寫個懇恩照拂的手本，內中幫他完虧空保舉話，一字不可露出，祇寫先人某人，在陝西同寅，如今你窮困之至，求他推念先人分上垂憐。至於湊辦厚禮的話，徒費錢而且壞事。世上那有個極貧的寒士，拿得出厚禮來？倒只怕你年幼記得太夫人話，未必真切，冒冒失失的認起親來，反為不美。」如玉道：「這事至真至確。我固貧窮，寧死不做傷臉事。你方纔的話，甚有機變。我們等他回去後，就僱一輛車，我還要煩你與我同去。」苗禿子道：「我就與你同去，總算上你與他沒世誼，這遊棍假名撞騙也干連不到我身上。」

兩人計議停妥，待了幾天，濟東道回去，兩人僱車，同張華到省城旅店安下，時時打聽杜大老爺閒時，方纔將手本投入號房。門上人拿入去，杜珊看了手本內情節，立刻開門請會。如玉從角門內入去，杜珊迎接到書房，行禮坐下。敘說起他父親，杜珊甚是感念。又說到自己困苦，杜珊又甚憐憫。本日就留便飯，說道：「月前天雨連綿，官署內無一間房不漏，刻下現在修補，實無地方留世兄住，且請到貴寓安息，弟自有一番措處。」如玉辭了出來，苗禿子在轅門外探頭探腦的等候。如玉同他走著，說濟東道如何相待，如何吩咐。苗禿子道：「何如？你原是大人家，豈是尋常的拉扯？我若有你這些門路兒，

❸ 下乘工夫：下等的作法。乘，音ㄕㄥˋ。

也不知發跡到甚麼地方了。」兩人歡歡喜喜的回店，說了半夜，總都是濟東道的話。

次日，杜珊回拜，將如玉的名諱手本璧回，還了個年通家世弟帖。如玉著張華跪止，杜珊定要拜會。在店中敘談了好半晌，方纔別去。嚇的一店客人，都議論羨慕不已。慌的店主和小夥契，不住的問茶問水。苗禿子得意到極處，只是在光頭上亂撓。午後，又差人送來白米一斗，白麵一斗，火腿南酒雞鴨等物。如玉倒也罷了，苗禿子是個小戶人家，白花秀才，一生沒見過個交往官府，看見火腿南酒等物，不住的吐舌。和如玉說到高興處，便坐不住，笑著在地下打跌。怕道臺請說話，連街上也不許如玉閒行。他在店中陪著喫酒，唱小曲，說趣話，和中了狀元的一般快樂。到第四日，杜珊下帖請席，如玉又去。席間，杜珊細說本道一缺，出多入少，又值公私交困之際，不能破格相幫。臨別，著家人托出十二兩程儀。如玉大失所望，辭之至再。怎當得杜珊推讓不已，如玉此時，覺得不收恐得罪他，收下甚是羞氣，沒奈何，只得拜謝收領。原來這杜珊初任知縣時，性最豪俠，不以銀錢介意，因此本族以及親戚，經年家來往不絕，食用亦極奢侈，凡贈送人，必使其心喜回家。只幾年，就弄下一萬多虧空。藩司要揭參，幸得如玉父親保全。屢次寄字親友本家，告助虧空，無一個幫他一分一兩。他纔知道銀錢去了，是最難回來的。自此後，任憑本族近支以及至親契友，想要用他一文錢，喫他衙門中一口水，比登天還難。由知縣做至道臺，雖二三斤肉，也要斟酌食用，前後行為，如出兩人。此番是深感如玉父親，方肯送這十二兩。在如玉看得菲薄不堪，在杜珊看得還是再沒有的大幫助。除了溫如玉，第二人也不能叨此厚貺。就是日前送那一分下程，都是少有的事。

如玉垂頭喪氣的出來，見苗禿子在儀門外大張著嘴眺望，看見了如玉，忙跑向前，笑問道：「今日又有甚麼好話兒？」如玉道：「言不得，真令人羞死，氣死！」苗禿子著忙道：「不好！你這氣色也不好，想是你語言間得罪下他麼？」如玉道：「我有甚麼得罪他處？」就將送的銀兩數目，一邊走，一邊說。苗禿子笑道：「你少裝飾，我不信。」如玉道：「我又不怕你搶了我的，何苦謊你？」於是將原包銀兩從袖中取出，向苗禿子眼上一伸道：「看，是十二兩不是？」苗禿子見上面有薄儀二字，將腳一頓，咬著牙罵道：「好肏娘賊！不但將你坑壞，把我苗三先生一片飛滾❹熱心腸，被二十四塊寒冰冷透。」說畢，又蹙眉揉眼，連連點頭道：「罷了，罷了，我纔知道罷了！」

兩人回到店中，一頭一個，倒在炕上睡覺。張華見此光景，也不敢問。如玉翻來覆去，那裡睡得著？到二鼓時候，苗禿子問道：「你可睡著了沒有？」如玉道：「真令人氣死，還那裡睡的著？」苗禿子道：「你明日再去稟謝稟見，求他一封書字，囑托泰安州官諸事照拂你。他若與了這封書字，常去說些情分上，那裡弄不了幾個錢？一個本官的大上憲，又與巡撫朝夕相見，泰安州敢說不在你身上用情？」如玉道：「我就餓死，也再不見這沒良心慳吝匹夫。」苗禿子道：「我還有一策，存心已久，只是不好說出。今見你如此奔波，徒苦無益，只得要直說了。天下事，貴於自立主見。自己若貧無措兌，雖神仙也沒法子。自己若有可裁處，就不肯低眉下眼，向人家乞討。尊府的住宅，前庭後院，何止七八層？只用將房子出賣，還愁不一二千兩銀子到手？」

如玉道：「我也曾想及於此，首則先人故居，不忍心割棄；次則也沒人買。」苗禿子道：「講到一買字，不但長泰莊，便是泰安州，也沒人買。誰肯拿上錢，到那裡住去？若估計木石磚瓦拆賣，還可成

❹飛滾：猶沸滾。明馮夢龍掛枝兒癢：「便潑上飛滾的熱湯也，只討得外面皮兒的苦。」

交。你若是為先人故物，自己羞居賣房之名，你可知那房子只可遮風避雨，不能充飢禦寒。常言說的好，有了置，沒了棄。你日後大發財源，或做了大官，怕修蓋不起那樣十處房子麼？此事你若依了我，回家就與你辦理。當漢子的，不必怕人笑話。世間賣房子的大人家，也不只你一個。救窮是第一要務，沒得喫穿，難過難受，這是老根子話。我再替你打算，房子賣後，也不在長泰莊住，只用二百兩銀子，在泰安城中買一處不大不小的房兒，過起安閒日月來。你又不欠人的債負，有甚麼不快活處？將所有房價，或買田地討租，或放在人家鋪中喫月利，世上赤手空拳起家的，不知有多少，何苦著本村人日逐指指點點，笑議你是憨哥兒，混賬鬼？你想，我說的是不是？」

幾句話，說的如玉高興起來，一蹶劣扒起，將桌子一拍道：「禿小廝，快起來，你的話句句皆是，我的志念已決。省的在這裡受悶氣，不如連夜回家辦正務。」苗禿子也扒起道：「城門未開，天明起身罷了。現放著老杜送的南酒等類，我活了三十多歲，只喫過一次鴨子，還是在尊府叨惠。你可叫起張華，將他送的那兩隻鴨子白頓上，我飽飽的喫一遍，也好與你回去辦事。」如玉道：「三更半夜，如何做法？到回家時，你將雞鴨都拿去就是了。」苗禿子道：「我們有火腿和變蛋，亦足下酒。」如玉便喊叫張華，收拾食物。張華見兩人又眉歡眼笑，不是頭前苦態，也測度不出他們的原故。直喫到天明，如玉著算還店賬，又將道署送的禮物，俱裝在車內，一同起身。離省城走了幾十里，到一地方，名試馬坡，相傳韓信做三齊王時，在這地方試過馬。剛走到堡前，也是天緣湊合，從裡面走出個人來，但見：

頭戴四楞巾，卻像從錢眼內鑽出；身穿青絹氅，好似向煤窰內滾來。滿面憨疤，數不盡三環套日；

一唇亂草，那怕他百手抽絲。逢錢即寫借帖，天下無不可用之錢；遇飯便充陪客，世上那有難喫之飯？任你極口唾罵，他只說是知己關切使然；隨人無端毆踢，反道是至交好勝乃爾。真是燒不熟煮不爛的粗皮，砍不開扯不破的厚臉。

這個人姓蕭，名天祐，字有方，也是個府學秀才。為人最會弄錢，處人情世故，倒像個犯而不較的人。只因他外面不與人計論，屢屢的在暗中謀害人。這一鄉的老少男女，沒一個不怕他。亦且鑽頭覓縫，最好管人家閒事。就是人家夫妻角了口，他也要說合說合，挨延的留他一頓便飯喫喫。若是大似此的事體，越發要索謝了。你若是不謝他，他就要借別事，暗中教唆人鬧是非，三次兩次還不肯放過，是個心上可惡不過的人。銀錢衣物，送他就收，總要估計事體大小，必至得謝而後已。又好幫嫖誘賭，設法漁利，喫忘八家❺的錢，尤為第一。因此人送他個外號，叫象皮龜，又叫蕭麻子，為他臉上疤多故也。這日正從堡中過來，看見苗禿子在車中，大笑道：「禿兄弟從何處來？」苗禿子見是蕭麻子，連忙跳下車來，也大笑道：「你是幾時搬到這裡的？」蕭麻子道：「已經二年了。」

如玉見他兩人說話，也只得下車來。蕭麻子指著如玉道：「此公是誰？」苗禿子道：「這是泰安州溫公子，當年做陝西總督之嫡子也。」蕭麻子深深打一躬道：「久仰，久仰。」又將兩手高舉道：「請，請到寒舍獻茶。」如玉還禮道：「弟輩今日要趕宿頭❻，容日再領教罷。」苗禿子也道：「我們都有事，

❺ 忘八家：指妓院。忘八，通作王八，在此指妓院老闆。
❻ 宿頭：住宿之處。水滸傳第五回：「今晚趕不上宿頭，借貴莊投宿一宵。」

暇時我還要與你敘闊⑦。」蕭麻子道：「溫大爺與我初會，我實不敢高扳⑧。你與我是總角朋友⑨，怎麼也是這樣外道⑩我。我實對你說了罷，我家茅菴草舍，也不敢居停貴客。敝鄉從去年二月，搬來一家樂戶⑪，姓鄭，人都叫他鄭三。這個忘八，最知好歹。他有個姪女，叫玉磬兒；一個親生的女兒，叫金鐘兒。這玉磬兒不過是溫柔典雅，還是世界上有的人物。惟有這金鐘兒，纔一十八歲，他的人才，真是天上碧桃，月中丹桂，只怕仙女董雙成⑫還要讓他幾分。若說起他的聰明來，神卜管輅⑬還須占算，他卻是未動先知。你這裡只用打個哈欠，他那裡就送過枕頭來了。我活了四十多歲，纔見了這樣個伶俐俊俏、追魂奪命、愛殺人的一位小堂客⑭。你陪公子去隨喜隨喜，也是春風一度。」

如玉道：「承老兄盛情，只是弟孝服未滿，不敢做非禮的事。」苗禿子笑向如玉道：「你也不必太聖賢了。既然有他兩個令妹在這裡，我們就暫時坐坐何妨？」蕭麻子笑道：「你這禿奴才，又說起其諸異乎人的話⑮來了。」如玉卻不過，只得同去走走。到堡內西頭，纔是鄭三的住房。瞧了瞧，都是磚瓦

⑦ 敘闊：敘說闊別之情。晉盧溥江表傳：「遙聞芳烈，故來敘闊。」

⑧ 高扳：高攀。廿載繁華夢第六回：「我外家哪裡敢作人情送禮物來，高扳他人？」扳，同攀。

⑨ 總角朋友：即總角之交，幼年結交的朋友。古時小兒未成年，總束頭髮於頂，形如兩角，故稱幼年為總角。

⑩ 外道：客氣；見外。紅樓夢第九十回：「我們奶奶說，姑娘特外道的了不得。」

⑪ 樂戶：古以罪人妻女入官就賤業，隸於樂籍，謂之樂戶，與官妓相類。見魏書刑罰志。在此指妓院。

⑫ 董雙成：仙女名。相傳為西王母的侍女，煉丹於宅中，丹成得道，自吹玉簫，駕鶴成仙而去。

⑬ 管輅：三國魏術士，字公明，山東平原人，精通易學與占卜，相傳其自言壽不過四十七八，年四十八果卒。

⑭ 小堂客：小婦人。堂客，泛指婦女。金瓶梅第六十三回：「分付後邊堂客躲開。」

房子，坐東朝西的門樓。三人揖讓入去，鄭三迎接出來，到如玉、苗三前請安。又問明姓氏地方，讓到北庭上坐。如玉到庭內，見東西各有耳房⑯，庭中間放著八把大漆椅，正面一張大黑漆條桌。桌子中間，擺著一個大駝骨壽星。東邊有三尺餘高一個大藍磁花瓶，瓶內鵝毛撣子一把，響竹一付。西邊一個大白磁盤，盤內放著些泥桃、泥蘋果之類，上面掛著一面牌，都用五色紙鑲著邊兒。中間四個大紫紅字，是「藍橋仙境」。牌下掛著百子圖畫一軸，兩傍貼著對聯一副，上寫道：

室貯金釵十二

門迎朱履三千

三人坐定，只聽得屏後有笑語之聲。轉身看時，後面走出個婦人來，身穿元青紗鼈，內襯細夏布大衫，葛紗裙兒，五短身材，紫紅色面皮，五官兒倒也端正，只是上嘴唇太厚些，倒纏了一雙小腳，大紅緞鞋上繡著跳梁四季花兒。走到庭中間，笑著說道：「與二位爺磕頭。」說著，將身子往下彎了彎，慌的苗禿子連忙扶住道：「快請坐，勞碌著了，倒了不得。」婦人就坐在蕭麻子肩下，問了如玉並苗禿子的姓氏。如玉道：「你的大號，就是金鐘兒麼？」婦人道：「那是我妹子。我叫玉磬兒。」蕭麻子道：「怎麼不見他出來？」玉磬兒道：「他今日身子有些不爽快，此時還沒有起，再待一會，管情收拾了出來。」蕭麻子道：「此時還未起，必定是昨晚著人家棒傷了。」玉磬兒道：「你真是瞎說，這幾天鬼也沒見個

⑮ 其諸異乎人的話：那和一般人不同的話。論語學而：「其諸異乎人之求之與？」

⑯ 耳房：正房兩邊的小屋。水滸傳第五回：「胡亂教師父在外面耳房中歇一宵。」

來。」蕭麻子道：「你休謊我，我是秦鏡高懸⑰，無微不照。」苗禿子道：「這是你的家務事，你心上自然明白。」蕭麻子道：「你若欣羨這條路兒，你就入了行罷。他家裡正少個打雜的使用。」

正說著，一個十三四歲的小女子，托出一盤茶來。玉磬兒先送如玉，次送苗禿，自己取了一杯坐下。蕭麻子道：「你這小奴才，到我跟前就不送了？我也沒有別的法兒，我只用尋些發大來遲的好春藥，再喫上一二錢人參，將你三孀子按倒，那就是我出氣的時候了。」玉磬兒恰待回言，苗禿子道：「玉姐你不必和他較論，都交在我身上。他按倒你三孀子，我就摟住他姑娘，咱們是冤各有頭，債各有主。」蕭麻子笑罵道：「這禿小子真是狗屄裡拉出來的，說的都是哈巴兒話。」四人正在說笑中間，覺得一陣異香，吹入鼻孔中來。少刻，見屏風後又出來個婦人，年紀不過二十歲上下，身穿紅青亮紗氅兒，內襯著魚白紗大衫，血牙色紗裙子，鑲著青紗邊兒；頭上挽著個盤蛇髮髻，中間貫著條白玉石簪兒，鬢邊插著一朵鮮紅的大石榴花；周周正正極小的一雙腳，穿著寶藍菊壓海棠花鞋；長挑身材，瓜子粉白面皮，臉上有幾個碎麻子兒；骨格兒甚是俊俏，眉梢眼底，大有風情，看來是個極聰明的人。入的門來，先將如玉和苗禿子上下一看，於是笑嘻嘻的，先走到如玉面前，說道：「你老好，我不磕頭罷。」如玉連忙站起道：「請坐。」苗禿子接口道：「不敢當，不敢當。」然後又向苗禿子虛讓了一句，嬝嬝娜娜的坐在玉磬兒肩下。

蕭麻子將如玉的家世表揚，金鐘兒聽了，滿面上都是笑容。只因如玉少年清俊，舉動風流，又是大

---

⑰ 秦鏡高懸：古傳秦始皇宮中有方鏡，能洞照五臟，知人疾病所在或心之邪正。見西京雜記。今稱官吏斷獄精明為秦鏡高懸，本此。

家公子，心上甚是動情，眼中就用出許多套索擒拿。如玉是個久走嫖行的人，差不多的婦女，最難上他的眼，不意被這金鐘兒語言眉目就混住了，從午間坐到日色大西，還不動身。急得張華和車夫走出走入，在如玉面前站了幾次，又不敢催促，與苗禿子不住的遞眼色。苗禿子又是個隨緣度日的人，他且樂得快活了一刻是一刻，那裡肯言語？蕭麻子推故淨手，走出來向鄭三道：「溫公子這個雛兒，也還充得去。銀錢雖多的沒有，家中的東西物件還多。日色也遲了，你與他隨便收拾幾樣菜兒，我替你留下他罷。將來若殺不出血來，我打發他走路，也纏絞不住你。」鄭三道：「我見他穿著孝服，萬一留不住，豈不白費酒飯？」蕭麻子用扇股在鄭三頭上打了一下，道：「你這老忘八，真是一毛不拔。就算上留不住，與你兩個孩子喫喫，他們也好有心腸與你弄錢。」苗禿子在背後插嘴道：「就與你喫些兒也好。」三人都笑了。蕭麻子道：「你這禿小廝，不知甚麼時候就悄悄走來。」又問道：「他身上有現成稍沒有？」苗禿子伸了兩個指頭道：「欄干數，是濟東道送的。他身邊只怕還有些，也沒多的了。」蕭麻子向鄭三將手一拍道：「何如？上門兒的買賣，你還不會喫？」鄭三連忙去後面收拾去了。

蕭麻子又問苗禿子道：「這溫公子，我也久聞他的大名，你與他相交最久，他為人何如？」苗禿子道：「是個世情不透露的憨小廝。若有了錢，在朋友身上，最是情長，極肯幫助人。」蕭麻子道：「我聞他年來也甚是艱苦。」苗禿子道：「比你我還難麼？目今只用一半月，又是財主了。」隨將他要賣住房話一說。蕭麻子連連作揖道：「成事之後，務必將哥哥也拉扯一把兒。」苗禿子道：「自幼兒的好朋友，還用你囑託？他如今賭之一字，勾引不動了。我看這金鐘兒，又是他這一處住房的硬對頭。他若看不上眼，休說試馬坡，便是蓬萊島，也留他坐不到這個時候。」兩人說笑著，走入庭房來。

如玉站起道：「天色也想是遲了，我去罷。」蕭麻子大笑，向苗禿子道：「你看做老爺們的性兒，總不體貼下情。」又指著金鐘兒道：「我方纔在後邊，見你父親雨汗淋漓，在那裡整理菜蔬。窮樂戶人家，好容易收拾這一頓飯。」金鐘兒聽得收拾飯，就知是必留之客了。笑盈盈的向如玉道：「大爺要走，不過為我姊妹粗俗，心中厭惡。這也容易，離我這裡二十里，有個黑狗兒，人才甚好，只是腳欠周正些。世上那有個全人？我們與大爺搬來，著他服伺幾天。就是我家飯，不但喫不得，連看也看不得，只求大爺將就些，也算我姊妹們與大爺相會一場。大爺也忍心不賞這個臉？」如玉道：「你休罪我，我實為先母服制未終，恐怕人議論。」苗禿子道：「你居喪已一年多，如今不過是幾個月餘服未滿。咱們泰安紳衿家，還有父母一倒頭就去嫖的，也沒見雷劈了七個八個，人家議論死三雙五雙。」如玉笑道：「你又胡作弄我。」玉磬兒道：「我也不是在大爺面前說話的人。只是既已至此，就是天緣。我這金妹子也是識人抬舉的，還求把心腸放軟些罷。」

如玉已看中金鐘兒，原不欲去，又教他們你一句我一句，越發不肯去了。掉轉頭笑向苗禿子道：「只怕使不得。」蕭麻子道：「有甚麼使不得？此刻若去了，於人情天理上倒使不得了。」說著，打雜的將一張方桌移在庭中間，擺了四碟小菜，安放下五副杯筷，又拿來一大壺酒。眾人讓如玉正坐，如玉要與苗禿子同坐，苗禿子死也不肯，只得獨自坐在正面。蕭麻子在右，苗禿子在左，玉磬兒、金鐘兒在下面並坐相陪。少刻，端上兩盤白煮雞肉，兩盤煎雞，兩盤炒雞蛋，兩盤調豆腐皮，看著是八盤，究竟只是四樣。北方樂戶家，多有用對兒菜，也是個遇物成雙之意。金鐘兒道：「我們這地方，常時連豆腐也買不出，二位爺休笑話，多喫些兒纔好。」苗禿子道：「說到喫之一字，我與蕭麻包辦，倒不勞你懸心。」

五個人詼諧調謔，盞去杯來。張華同車夫，也在南房中喫飯，鄭三老婆陪著。

如玉等喫到點燈後，方將杯盤收去。蕭麻子道：「我如今長話短說罷，我今日就是冰人月老⑱。溫大爺著金姐陪伴，苗三爺著玉姐陪伴。」苗禿子嘔的笑了，將脖項往下一縮，又向蕭麻子將舌頭一伸道：「我一個寒士，這纏頭⑲之贈，該出在那裡？」如玉道：「這都在我。」苗禿子又道：「雖然如此，還不知人家要我不要？」說著，又看玉磬兒的神色。蕭麻子道：「不用你看，我這玉姐，真正是江海之大，不擇細流。你若到高興的時候，捨了小禿子，用起大禿子來，這玉姐就不敢要你了。」如玉大笑，金鐘兒略笑了笑，玉磬兒將頭一低，苗禿子不由的臉紅起來，說道：「我不過是兩鬢邊少點頭髮，又不是全無，你每每禿長禿短，不與人留點地步，真是可惡。」蕭麻子大笑道：「你今晚正是用人才的時候，是我語言不看風色了，我將來自有好話兒幫襯你。」說罷，彼此道了安，置如玉在東房，苗禿子在西房，各做嫖客。蕭麻子回家去了。正是：

> 窮途潦倒欲何投，攜友歸來休便休。
> 試問彩雲何處散，且隨明月到青樓。

---

⑱ 冰人月老：均指媒妁。冰人，典出晉書索紞傳，亦作冰下人。月下老人，簡稱月老。典出李復言續幽怪錄。

⑲ 纏頭：古代歌舞藝人表演完畢，觀賞者以羅錦為贈，稱為纏頭。後作為贈送妓女財物或夜渡資的通稱。

第四十四回　溫如玉賣房充浪子　冷于氷潑水戲花娘

詞曰：

嫖最好，密愛幽歡情裊裊，恨殺銀錢少。　無端欣逢契友，須索讓他交好。傾倒花瓶人去了，水溢花娘惱。

右調長命女

話說溫如玉在鄭三家當嫖客，也顧不得他母親服制未滿，人情天理上何如，一味裡追歡取樂。卻好他與金鐘兒正是棋逢對手，女貌郎才，兩個人枕邊私語，被底鴛鴦，說不盡恩情美滿，如膠似漆。就是這苗禿子，雖然頭光，於溫存二字上，甚是明白。玉磬兒雖不愛他，卻亦不厭惡他。兩個人各嫖了三夜，如玉打算身邊只有十二兩六錢來的銀子，主僕上下茶飯以及牲口草料，俱係鄭三早晚措辦，若再住幾天，作何開發？花過大錢的人，惟恐被人笑話。就將那十二兩程儀，做了他與苗禿子的嫖資。剩下盤費銀六錢，賞了打雜的，要與鄭三說明，告辭起身。苗禿子私心還想嫖幾天，怎當得如玉執意要回去。鄭三家兩口子雖然款留，也不過虛盡世情，知他的銀子已盡，住一天是一天的盤攪❶。這金鐘兒心愛如玉，那

❶ 盤攪：開支；開銷。或作攪計、攪給。

裡肯依？又硬留下住了兩天，相訂半月後就來，方准回家。玉磬兒怕叔孀怪他冷淡客人，也只得與苗禿子叮嚀後會。臨行時，金鐘兒甚是作難，和如玉相囑至再方別。

兩人在路上，不是你讚金鐘；就是我誇玉磬，直說笑到泰安。一到家，就催苗禿子去泰安，尋買房子的人。來來往往，也有人看過幾次，爭多嫌少，總不能成。苗禿子內外作合，鬼混了二十多天，還是木行裡買，言明連磚瓦石條，與如玉一千四百兩，苗禿子暗喫著一百五十兩。如玉定要一千六百兩。苗禿子急得了不得，時時勸如玉道：「你要看破些罷。如今的時候艱難，買的人少，賣的人多，耽隔了這個機會，將來不但一千四，就是一千二，還怕沒人出哩。我倒滿心裡著你賣一萬銀子，其如勢不能行何。難道我不向你，倒向外人不成？」如玉被他纏不過，又減要了五十兩。正在爭論之際，只見張華入來說道：「試馬坡的鄭三，差人請大爺來了。還有兩封書字，一封是與苗三爺的。」如玉接在手內，拆開和苗禿子笑著同看，見一張紅紙上，寫著絕句一首道：

蓮花池畔倚迴廊，一見蓮花一恨郎。
郎意擬同荷上露，藕絲不斷是奴腸。

傍邊又寫著三個大字：「你快來！」上寫「書請溫大老爺移玉❷」，下面落著名字，是「辱愛妾金鐘兒具書」。內又有小荷包一個，裝著個琺瑯比目魚兒，聞了聞，噴鼻而香。又拆開苗禿子書字，上面也是一首絕句，寫道：

---

❷ 移玉：請人前來的敬詞，書函中常用語。

君頭光似月，見月倍傷神。

寄與光頭者，應憐月下人。

傍寫「俚句呈政可意郎苗三爺知心」，下寫「薄命妾玉磬兒搖尾」。如玉看了，笑的前仰後合，不住的叫妙不絕。苗禿子將詩扯了個粉碎，擲於地下。如玉見他面紅耳赤，動了真怒，也就不好再笑了。向苗禿子道：「我們還得與他一封回字。」苗禿子一聲兒不言語，如玉又問，苗禿子道：「我無回字！」如玉道：「和你商量，這來的人，難道教他空手回去？我意思與他一兩銀子，你看何如？」苗禿子道：「一兩的話，虧你也說的出，至少與他一百兩，纔像做過總督家的體統。」

如玉道：「你這沒好氣，在我身上煞放怎麼？」苗禿子道：「你在嫖場中，不知經歷了多少。像這一行的人來，不過與他一頓飯喫，十分過意不去，與他三二百盤費錢。若東的一兩，西的一兩，他們喫著這個甜頭兒，婊子本不願意與我們寫書字，他還懇求的教寫。你頭一次與過一兩，後一次連五錢也不好拿出。況日日支應忘八家的差人，也嫌晦氣。打發的不如意，他回去就有許多不好的話說。」如玉也不回答，一面吩咐張華收拾三葷兩素的酒飯，管待來人；自已取出一張泥金細箋紙，恭恭敬敬的寫了回字。又尋出一條龍頭碧玉石簪兒，係他妻子洪氏故物，包在書內。想算著家中還有二千來錢，難做賞錢，著張華拿錢換了一兩銀子，用紙包好，上寫「茶資一兩」，餘外又與三百錢盤費。苗禿子見他如此慎重，想了想，將來要與玉磬兒相交，形容的不好看，只得煩如玉與他寫回書，也要求件押包的東西。如玉批評他道：「你三四十歲的人，連個蕭麻子和你頑，你也識不破。你想玉磬兒怎麼不識好歹，也不肯煩人做這樣詩打趣你。你還要在朋友身上使頭臉❸。」苗禿子連忙殺雞扯腿❹的認了不是。

如玉與他寫了回字，又尋出一副鍍金耳環，填在書內。將鄭三家打雜人胡六叫入來，細問了一回，許在五日內定去。又留他住幾天，胡六道：「家中沒人，小的就回去罷。金姑娘還不知怎麼盼望回信哩。」苗禿子慌忙將賞銀並書字付與，又囑咐替他都問候，胡六叩謝出去。苗禿子道：「無怪乎婊兒們個個愛你，你實是外才內才俱全的人。那日臨別時，金鐘兒分明是對著我與蕭麻子，怕我們笑話。他那眼淚汪汪的光景，差些兒就要放聲大哭。你原說下幾天就去，到如今二十多天，不知這孩子想成怎麼個樣兒了。你今日又許下五天內就去，房子又不成，可憐這孩子一片血誠，只和付之流水罷了。」如玉道：「我心上急的要去，無如房子不成。」苗禿子道：「你只知房子一千四百兩不賣，你那裡知買房子的人甘苦。你是何等聰明，甚麼事兒欺的了你？年來木價甚疲，他買下房子，又要僱人拆，又要搬弄磚瓦，又日日出工錢、茶飯，又要僱車騾拉到泰安城，纔慢慢的三根椽、兩條欜，零碎出賣。再若是借人家的銀子，出上利錢，還不知是誰賺是誰賠哩。分明遇著這幾個瞎眼的木行，若是我，一千二百兩也不要他。我只怕小人們入了話，木行裡打了反悔鼓。這試馬坡不但你去不成，連我也去不成了。」

如玉瞪著眼，沈吟了一會，將桌子一拍道：「罷，罷，就是一千四百兩罷。我也心忙意亂了。只要與他們說明，等我尋下住房，方可動手。」苗禿子道：「我若連這一點兒不與你想到，我還算個甚麼辦事的人？我已與他們說過，譬如今日成交，明日就與你五百兩，下餘九百兩，兩個月內交。還與你立一

❸ 使頭臉：使性子；使氣；為了面子而發脾氣。

❹ 殺雞扯腿：形容情急作態，通常作殺雞扯脖。金瓶梅第二十一回：「跪在地上，殺雞扯脖，……」

張欠帖，你只管慢慢的尋房。刻下或是住前院，或是住後院，其餘讓他們拆用，好陸續變價，與你交銀。」如玉道：「就是這樣甚妥，銀子成色定要十足。」苗禿子道：「何用你說？我此刻就去見話，今日就與他們立了契罷。萬一變了卦，怎了？」於是走去，立刻將木行叫來兩家，各立了憑據，果然本日便兌了五百銀子。如玉謝了苗禿子二十兩，就托他去泰安尋房。苗禿子道：「我也不在這長泰莊住了。」

如玉道：「我正有此意，須尋在一條巷內方好。你且和我到試馬坡去，回來尋房也不遲。」苗禿子道：「你的房子，非我的房子可比，也要不大不小，像個局面。事體貴於速辦，你想一想，一頭住著，一頭人家拆房，逐日家翻土揚塵，對著本村親友，有甚麼意思？」如玉連連點頭道：「你說的極是，我獨自去罷。那裡還有蕭大哥相陪，我還要買點東西送他。」苗禿子道：「送他水禮❺，不是意思，倒是袍料或氅料罷了。我們藉重他處多哩！」如玉道：「我知道了。」忙忙的收拾安頓，連夜僱車到試馬坡來。本村人見如玉如此行為，夜晚與他門上貼了四句俗話道：

敗子由來骨董，有錢無不走汞。
試看如玉嫖金，都是祖宗椽檁。

到次日午後，離試馬坡十數步地，看見一人，面同秋月，體若寒松，布袍草履，翩翩而來。如玉在車內仔細一看，呵呀了一聲，連忙跳下車來，打恭道：「冷先生從何處來？」于氷亦連忙還揖，笑問道：「尊制❻想是為太夫人亡故了？」如玉道：「自別長兄，疊遭變故，真是一言難盡。此堡內有我個最相好的

❺ 水禮：指普通水果或糕餅之類的禮物。

朋友，他家中也還乾淨，長兄可同我去坐坐，少敘離索❼之情。」于冰道：「甚好，但不知是個甚麼人家？」如玉道：「是個讀書人家。」

於是兩人攜手同行，車子後隨，到鄭三家來。鄭三迎著問候，又到于冰面前虛了虛❽，于冰便知是個混賬人家，又不好立即避去。只見院中一個小女廝喊叫道：「二姑娘，溫大爺來了。」如玉讓于冰至庭內，彼此叩拜坐下。又見東邊房簾起處，走出個少年婦人來，看著如玉，喜笑道：「你好謊我，去了就不來了。」如玉站起來道：「只因家裡窮忙，所以就耽遲了幾天。」又問如玉道：「這位爺是誰？」如玉道：「這是我最好的朋友冷大爺，此刻纔遇著。」金鐘兒復將于冰上下一看，見雖然服飾貧寒，卻眉清目秀，骨格氣宇，與凡儔❾大不相同，不由的心上起敬，恭恭順順的磕下頭去。于冰扶起，心裡說道：「這溫如玉真是禽獸，母喪未滿，就做此喪良無恥之事。」隨即站起告別，如玉那裡肯依？金鐘兒道：「這是我出來的冒昧了。」于冰再看如玉，見他愛敬的意思，著實誠切，亦且嘻嘻哈哈，與不知世事的一小娃子相似。又見他衣服侍從，也是個沒錢的光景，心上又有些可憐他。只得回身向金鐘兒道：「你適纔的話，過於多疑，我倒不好急去了。」又大家坐下。

正言間，轉身後面玉磬兒走出，到如玉前敘闊，將于冰看了一眼，也不說聲磕頭話，就坐下了。如

---

❻ 尊制：貴府尊人的喪事。制，古代喪服的禮制，後引申代稱父母喪事。

❼ 離索：離群索居。見禮記檀弓上，子夏曰：「吾離群而索居，亦已久矣。」

❽ 虛了虛：虛，虛套子，說虛假的客套話，或略為點頭招呼之類的表現。

❾ 凡儔：一般同輩的朋友。宋蘇轍送王璋長官赴真定孫和甫辟書：「從容見少子，風采傾凡儔。」

玉道：「纔來的號玉磬。」指著金鐘兒道：「他叫金鐘。」于冰笑道：「倒都是值幾個錢的器物。」須臾，拿上茶來，如玉道：「冷大爺不動煙火食，我替代勞罷。」又向玉磬兒道：「苗三爺著實問候你。」于冰問如玉道：「公子為何不在家中，卻來樂戶家行走？」如玉長嘆道：「說起來，令人氣死、恨死、愧死。」就將遭叛案、遇尤魁、母死妻亡的事，說了一遍。又問于冰動靜，于冰支吾了幾句，又起身告辭。如玉拂然道：「小弟不過窮了，人還是舊人，為何此番這樣薄待小弟？況一別二三年，今日好容易會面，就多坐幾天，也還是故舊情分。」

于冰笑道：「昔日公子富足時，我亦未嘗乞憐。只因有兩個朋友，要去尋訪。」如玉道：「可是連、金二公麼？」于冰道：「正是。」如玉道：「為甚麼與老長兄分手？」于冰道：「我們出家人，聚散無常，他兩個也只在左近，須索看望。」金鐘兒見如玉十分敬重于冰，也在傍極力的款留。于冰堅欲要去，如玉道：「小弟昔時，或有富貴氣習待朋友處，如今備嘗甘苦，長兄若將今日的溫如玉，當昔日的溫如玉，就錯認小弟了。」于冰聽了他這幾句話，又見他仙骨珊珊，不忍心著他終於墮落，聽他適纔的話，像個有點回頭光景，復行坐下。鄭三入來，說道：「請大爺同客爺到亭子上坐，此處甚熱。」如玉聽了，便代做主人，拉于冰同去。不想就在這庭房東邊一個角門入去，裡面四圍都是土牆，種著些菜，中間一座亭子，也有幾株樹木和些花草。于冰見正面掛著一面牌，上寫「小天台」三字。兩傍柱上，掛著一副木刻對聯道：

傳紅葉於南北東西，心隨流水。

繫赤繩於張王李趙，情注飛花。

于冰看了，大笑道：「倒也說的貼切。」又見桌椅已擺設停妥，桌上放著六大盤西瓜、蘋果、桃子等類。如玉看見大喜，讓于冰正坐，自己對面相陪。金鐘、玉磬坐在兩傍。于冰見已收拾停妥，也隨意用了些。少刻，酒肉齊至，比前一番相待豐盛許多。如玉見鄭三入來，說道：「我與蕭大爺帶來寶藍紵絲袍料一件，緞鞋襪一雙，煩你家胡六同張華送去。」鄭三道：「小的同張大叔送去罷。蕭大爺從前日往大元莊去了。」如玉道：「你去更妥。」于冰又要告辭。如玉道：「長兄再不可如此，我還有要緊話請教。」金鐘兒接說道：「我們原是下流人家，留冷大爺就是不識高低。今日光已落下去，此地又無店住客，和溫大爺長談，最是美事。」玉磬兒也道：「我們有甚麼臉面？千萬看在溫大爺面上罷。」

于冰大笑道：「今日同席，皆我萬年想不到事。你兩個相留，與溫公子不同，我就在此住一夜罷。」如玉方纔歡喜。于冰道：「公子年來氣運真是不堪，未知將來還有甚麼事業要做？」如玉道：「在老長兄前，安敢不實說？小弟於富貴功名四字，未嘗有片刻去懷。意欲明年下下鄉場，正欲煩長兄預斷。」于冰道：「科甲二字，未敢妄許。若講到功名富貴，公子自有一番驚天動地的施為，異日不但拜相，還可位至公侯。」如玉大笑道：「長兄何苦如此取笑人？」于冰正色道：「我生平以相面為第一藝，常笑唐舉柳莊⑩，論斷含糊。細看公子氣色，秋冬之間，還有些小不如意。明年秋後，必須破財，見點口舌，

⑩ 唐舉柳莊：唐舉，戰國人，善相。嘗相李克曰：「百日之內，持國秉政。」蔡澤問以壽，曰：「從今以往，四十三歲。」其後皆驗。柳莊，指明相士袁珙。珙居鄞城西，繞宅種柳，自號柳莊居士，世傳柳莊相法。

過此即入佳境。若欲求功名富貴，必須到遠方一行。」如玉道：「小弟久欲去都中走走，未知可否？」于氷道：「都中去更好。」如玉道：「幾時起身為吉。」于氷道：「日子不必預定。公子幾時到極不得意處，那就是起身的時候了。到那時，不必你尋我，我還要尋你，助你一臂之力，保管你吐氣揚眉。」如玉大喜相謝。又問：「富貴功名，到都中怎樣個求法？」于氷道：「臨期自有意外際遇，此刻不必明言。」玉磬、金鐘兒也要求于氷相相面，于氷都說了幾句興頭話。

四人坐談到定更時分，如玉笑道：「老長兄正人君子，小弟有一穢污高賢的言語，不知說得說不得？」于氷道：「你我知契，就說得不是何妨？」如玉道：「長兄遊行天下，這倚翠偎紅的事，自然素所厭聞。今晚小弟欲與長兄破戒，教這玉磬姐陪伴一宿，未知肯下顧否？」于氷道：「我正有此意。只是一件，我與這玉卿無緣，你若肯割愛，倒是這金姐罷。」如玉大笑道：「長兄乃天下奇人，金姐恨不得攀龍附鳳，但風月場中，說不得戲言。」于氷正色道：「我從幾時是個說戲言的人？」如玉見于氷竟認真要嫖，心中甚是後悔自己多事。又因于氷是他最愛敬的人，就讓他一夜，也還過得去。又笑向金鐘兒道：「你真是天大的造化⓫。」金鐘兒偷瞅了如玉一眼，隨即也不說了，也不笑了，做出許多抑鬱不豫⓬之態。于氷但微笑而已，向如玉道：「我一生性直率，既承公子美意，便可早些安歇，明日還要走路。」如玉道：「極好。」於是一同起身，到庭房院來。如玉又暗中安慰了金鐘兒幾句，金鐘兒道：「你也該達知我父親一聲。」如玉道：「我自然要說。」

⓫ 造化：福氣；幸運。紅樓夢第三十六回：「寶玉果然是有造化的。」

⓬ 不豫：不愉悅。孟子梁惠王下：「吾王不豫。」

于氷走入東房，只見簾幙垂紅，氍毹鋪地，擺列著桌椅箱櫃，字畫滿牆，炕上堆著錦被，爐內煨著名香，甚是乾淨。玉磬兒告辭去了，如玉還在炕上坐著說笑。于氷道：「公子請罷，我要睡了。」如玉方纔出去。于氷將門兒關閉，親自從炕上拉過被褥來鋪墊，將衣服鞋襪都脫在炕後，往被內一鑽，向金鐘兒道：「我先得罪你罷。」金鐘兒笑道：「只管請便。」心中思忖道：「這姓冷的這般情急，必定床事上利害，若承受不起，該怎處？」要知這金鐘兒是個最有性氣可惡至極的婊子，第一愛人才俊俏，第二纔愛銀錢。他若不願意的人，雖殺他兩刀，他也不要。鄭三家兩口子也無如他何。只因他看于氷衣帽雖然貧寒，人物清雅風流，強似如玉四五倍，看年紀又不過三十內外人，只因知道他不能久留，溫如玉是把長手，所以頭前纔做出許多不願意的光景，捆縛如玉，究竟他心上，急願與于氷款洽。今見于氷先睡了，他便連忙在粧臺前拂眉掠鬢，卸卻簪環，在後炕換了睡鞋，將衣服脫去，喜喜歡歡的鑽入被來。

只見于氷面朝上睡著，不言不動，先用手在胸前一搭，覺得冷如冰鐵；又往肚上一摸，也是如此。推了推，也不言語。仔細一看，見于氷嘴內流出水來，心上甚是怪異，急急的問道：「你是怎麼樣？」只見于氷大睜著眼，只往頂棚上看。連忙又用手推搖，聽得肚內響動起來。少刻，見于氷將嘴一張，有碗口粗細一股水，從口內咕突突冒將出來。嚇的金鐘兒神魂俱失，也顧不得穿褲兒，披上衣服，跳下炕來，將門兒開放，一邊往外跑，一邊大叫道：「你們快來，冷大爺不好了！」眾人還都未睡，一齊跑來，問道：「是怎麼？」金鐘兒用手向房內指道：「你們快看去，了不得了！」眾男女搶入房來看視，不見于氷，只見被內高起，像個有東西在內。忙用手揪起一看，原來是他家庭屋桌子上擺著的大藍花瓶，有三尺餘高，睡在褥子上面，將一床被褥，被水內外濕透。

金鐘兒急搊著穿褲子，然後從頭至尾，說了一番。一家兒大為驚怪，把一個溫如玉樂的拍胸鼓掌，不住的呵呵大笑。金鐘兒道：「不知從那裡領來一個妖魔，將我一床好被褥，壞的停停當當，還不知笑的是甚麼？」如玉越發大笑道：「壞了你的被褥，我賠你的。我今日見他答應著要嫖，我就疑心他不是這樣個人，不想果然。」說罷，又大笑起來。鄭三道：「快打燈籠尋一尋，藏在那裡去了？」如玉道：「不用尋，我知道他去了。」鄭三道：「大門鎖著，他往那裡走？」如玉笑道：「你家這幾間房屋門戶，算個甚麼？」就將于冰在他家如何頑耍戲法，如何從大磁罐內走去，今日替換一個花瓶，不過是他唾了一口的本事，值得甚麼？說罷，又大笑起來。眾男女聽了，皆吐舌驚奇。

鄭三道：「大爺該早和我們說知，像這樣奇人，該另外加敬纔是。」金鐘兒道：「還加敬甚麼？你們只看，把炕上的氈也濕透了。就是會耍戲法兒，也不該這樣害人，我又沒得罪了他。」如玉越發笑的不止。鄭三道：「你們同我來，到底要大家尋尋。」於是打了燈籠，先照庭內，見正面花瓶果然不見了，幾枝蓮花也丟在了地下。又裡外尋找了個遍，那裡有個冷于冰的影兒？一家子見神見鬼，吵亂了半夜方歇。正是：

螢火休言熱，冰蟲莫語寒。
不知天上客，猶作世人看。

第四十五回　連城璧誤入驪珠洞　冷于冰奔救虎牙山

詞曰：

遊賞卻逢魔，肯把清操羨綺羅？勘破個中情與事，叱喝何懼，此身受折磨。　救友遇仙客，聊藉謙抑作解和。指授天罡著落處，情多一任朝夕細揣摩。

右調南鄉子

話說冷于冰將花瓶移入金鐘兒被內，藉水遁出了試馬坡，頃刻即到了瓊岩洞門口。用手一指，門兒大開，走將入去，大叫道：「連、金二位賢弟在那裡？」叫了幾聲，不見答應。于冰道：「想是兩人都睡覺麼？這如何修煉得成？」走到石堂內，見有幾件衣服，丟得東三西四。忙到後洞看視，米也沒一粒了，只有繩索斧頭等物，心上甚是驚詫。回到前堂坐下，思想了一會，大聲長嘆道：「我雲來霧去，看望他們最易，何必拘定三年？此必是出洞砍柴取水，被異類傷了性命，或因米盡到別處去就食。」不由的滿懷痛悼，淚滴衣襟。又想道：「或者是他們受不得清苦，下山另做事業。」又想：「金不換還有二三分信不過，那連城璧是個斬頭瀝血的漢子，斷不至壞了念頭。」思來想去，心上甚是不寧。猛想到碧霞宮、玉皇廟二處，立即差超塵、逐電，分行查報。等至五更後，兩鬼先後回覆，言細問各山廟土神，從未見他二人行走。逐電道：「小鬼回來時，遇本地山神，問知連城璧數日前還在山前山後來往，近日未見他行走。」于氷道：「如此說，城璧性命還在。」收了二鬼，算計找尋地方，直到天明，猛抬頭，見石堂左壁上，隱隱有些字跡。急忙走到牆下一看，原來山中無筆墨，乃是用石頭在石牆上寫的。于氷目力雖佳，昏夜那裡看得見？於是定神細看，只見上寫道：

弟等從嘉靖某年月日，在此洞與大哥分手，至今苦歷寒暑三十九個月。大哥原說米盡即來，今米盡四個多月，日食草根樹皮，總不見大哥回來，是立意絕我二人也。本月初六日，金三弟出洞尋取食物，不知所之。弟在本山前後，找尋四日，杳無蹤跡，大要為虎豹所傷，言之肝腸崩裂，痛不欲生。今留弟一人，甚覺淒涼不過，於本月十一日出洞，去湖廣衡山尋訪大哥。又恐大哥無意中遊行至此，故於兩邊石牆上，各寫此話。

下寫「弟城璧頓首」。于氷看罷，一喜一愁。屈指打算：「本日是七月二十一日，城璧纔去了十天，我且去衡山找尋。若金不換改了念頭，不別城璧而去，也未可知，此人尚何足惜？」想罷出洞，用符咒封了洞門，駕雲光飛上太虛。

再說連城璧自出瓊岩洞後，他獨自便赴衡山。喜得他修了三年有餘，勇猛向道，精神日增。講到凝神煉氣，他真是百倍純篤，因此他氣滿無飢，神圓無昏，三五日不喫不飢，即多食亦不甚飽。他只七八天，便到了武昌，還要隨處遊玩山水。一日，從虎牙山下經過，心裡想道：「我何不入此山遊走一番，也是出家人分內事。」一步步走上山來。起初離川面相近，還有些人家。兩三天後，便通是些層嵐峭壁，鳥道深溝。這是七月盡間時候，山中果食甚多，隨地皆可飽食。又仗著有于氷傳授護身、逐邪二咒，每晚或在山灣，或在大樹下打坐。那日早間，攀籐附葛，走過了四五處峰頭，見山峰下一條路徑，甚是奇異，一株桃，一株柳，和人栽種的一般。又走了一會，見前面方方正正一塊山地，四周圍都是異樹奇葩，參差掩映，禽聲鳥語，啼喚不休。

即至走到中間，見半山坡中有一個洞門，半開半閉。城璧作念道：「這裡面必有神仙。我修行六七年，或者今日得遇高人，亦未敢定。」走到洞門前，向裡一望，覺得黑洞洞的，一無所有。又聽了聽裡面的風聲水聲，與雷鳴牛吼相似，不敢輕易入去。折了一枝大樹條，用手探下去。試著不過三尺多深，就是平地。城璧本來膽氣最大，今又修煉了這幾年，越發膽氣大了。將身子向洞口中一跳，用腳踏了一踏，都是些石頭臺階。走了下去，聽得風聲更大，又像有水來的光景。再聽時，澎湃擊搏之聲，甚是驚人。又走了幾步，都是上去的臺階，摸摸揣揣，上有二丈餘高，方是平地，覺得冷氣逼人。隱隱見前面有碗口粗細一個亮光，走了半里多路，方到跟前，原來也是個洞門。不想那風聲水聲，都是從這個門子裡送出去的。走將出去一看，原來另是一個天地，對面有白石橋一座，橋下從西往東，流著一股水，不過有五六尺寬。過了橋，西邊一帶，松栢森列。低頭覷了覷，見裡面有石牆攔阻，並無道路。東邊有一條石砌的闊道，花木成行，看去彎彎曲曲，又不知通到那個地界。正中間有兩扇石大門，石門內立著招涼石屏風一架。

城璧道：「我且入這中門去。」走入門內，轉過石屏，見院子甚闊大，兩傍各有數間石房。房子也與別處洞房不同，上面都有石窗櫺，裱糊著紅紗綠紗不等。門上珠簾掩映，石房外面，盡是石欄干圍繞，雕刻著山水人物，甚是精巧。院內有大樹兩株，樹葉盡皆金色，其大如斗。樹頭上雲蒸霧湧，似有神物棲止。正面大石殿三間，中間楷書大字，鐫著「驪珠仙府」。窗櫺槅扇，俱皆玲瓏透露，倒垂著翠羽明簾，甚是華美。城壁聽了聽，寂無人聲，於是大著膽子，先走入正殿內一看，見四面懸著八粒明珠，各有一寸大小，大抵皆靈蚌神胎、編星照乘❶之類，晶瑩閃爍，可與日月同明。正面擺著水波紋大天青石几案一張，光潔如玉，几案上都是商彝周鼎三代以前法物❷。上面懸著一軸麻姑圖，畫的風鬟霧鬢，瀟灑多姿。兩邊掛著赤英石對聯一副，字若蝌蚪之形，一個也識不得。几案前有攀龍乾碧羅漢石床一枝，床上鋪著五彩洋絨緞褥，有一尺餘厚。床前一張大雲母方桌，桌上放著一個紅玉石新玉舊做碎碾轉枝蓮茶盤兒，茶盤內有銀晶茶盂四個。桌子兩傍，放著玄山石椅四把，也鋪著洋絨墊兒。東邊又是一枝八板七寶轉關床，床架上鮫綃帳幔，斜控著一對瑇瑁鉤兒。西邊牆腳下，又是一張雕刻瑤葉石長條几，几上擺著寶鑑金鉉珊瑚樹、柟榴盤等物。牆上一副大橫條，畫著一條烏龍，蜿蜒於白雲之內，雙睛回視，渤渤欲生。

城壁看了，心上沈著道：「瓊宮貝闕，美玉明珠，原是神仙享用的。只是這鶴綾鴛綺的被褥，卻太艷麗些了。」走下來，到各房中看視，見箱櫃桌椅、盆碟碗罐，凡人世間所應用者，無物不備。喫食東西，有青精玉屑，腹腴鶴跖；酒有醁醽桑桂，羅浮椒桂，無限珍品之物。外面背陰牆下，掛著許多山禽

❶ 靈蚌神胎編星照乘：二者皆謂明珠。靈蚌，珍異之蚌。東漢蔡邕漢津賦：「明珠胎于靈蚌兮，夜光潛乎玄洲。」南朝梁吳均碎珠賦：「謝驪宮之瑞飾，粉靈蚌之神胎。」編星，喻明珠之多。照乘，見第十六回注❺。

❷ 法物：好物；寶物。老子第五十七章：「法物滋彰，盜賊多有。」河上公注：「法物，好物也。」

野獸鱗介之屬。城璧心疑道：「神仙們喫酒則有之，難道神仙也喫肉麼？仔細看來，此地絕非佳境，不如早些出去罷。」又瞧了瞧，西邊還有個小門兒，大要通著後洞。

正欲出去，猛聽得洞外有笑語之聲，連忙回來，跑入一間小些的石屋內偷看。只見四對絳紗燈相引，想來是為洞外黑暗之故。中間兩個美人，一個有三十四五年紀，生得修眉鳳目，檀口硃唇，媳媳婷婷，大有韻致。後邊一個，生得更是齊整，年約十八九歲，蛾眉星眼，玉齒朱唇，面若出水芙蓉，身似風前弱柳，湘裙飄蕩，蓮步移金，真是千般婀娜，萬種妖嬈。兩人還是古來束裝，頭挽玲瓏蛇髻，身穿大紬綃衣，跟著三四十個侍女。洞後又出來四五十婦女，嘻笑迎接，覺得蘭麝冰桂之香，透入肺腑。須臾，兩個婦女到殿內去了，侍女們捲起珠簾，見兩人東西對坐，敘談閒話。只見那少年婦人雖是說笑，眉目間常帶些猶豫不足之態。又聽那中年婦人說道：「妹兒要放開懷抱，你的事就是我的事。若我尋那肉眼凡夫，何難千千萬萬？若尋個有仙風道骨的配合，原也不是一年半載的事，況又要好人才、好漢仗十全的，能有幾個？日前我到安仁縣舍利寺，看望賽飛瓊的女兒梅大姑娘，他竟是個有志氣的娃子。因他母親被冷于冰雷火珠打死，他時時要報仇，題起來便雨淚千行。只因那冷于冰的本領越發大了，他無可奈何。近日梅大姑娘訪知，他和個猴兒叫猿甚麼，我忘記了名字，在湖廣衡山修行。又說他渡了兩個人，一叫連城璧，一叫金不換。」

城璧聽畢，說道：「罷了，不但走到妖精巢穴內，且還是我們的仇家。」再聽那中年婦女道：「這三個人的人才，還要算冷于冰為天下第一。他生得眉清目秀，齒白唇紅，不但古來的衛玠潘安❸不如他，

❸ 衛玠潘安：衛玠，晉安邑人，自幼風神清秀，有玉人之目。避亂居建業，人聞其姿容俊美，觀者如堵。尋卒，

就是西廂記的張生兒也差他幾分。其次，連城璧的人才也不錯，說他身材長大，一部上好的連鬢黑鬍，蚕眉河目，氣宇軒昂，站在人前，實算得個英雄丈夫。惟有那金不換，身材瘦小，帶些小家子頭臉，是個無用的囚貨。」那少年的婦女道：「姐姐何以知道的這般詳細？」中年婦人道：「梅大姑娘不過知道他們的名姓，惟有山東泰山碧霞元君廟後有個懸崖洞，洞裡住著我個新結拜的妹兒，叫做飛紅仙子。一月前，我到他那裡閒坐，他說三年前，冷于冰等三人，在泰山元君廟內，住了許久。這幾年，冷于冰不知那裡去了，連城璧和金不換，俱搬入泰山瓊岩洞修行，時常出洞外打柴取水。他說起這連城璧，愛的他眉歡眼笑，只是怕惹下冷于冰，不敢下手。我這幾月見妹兒無情無趣的，更比素年心緒不寧，我怕你思索出病來，已立定主意，在兩三天內，親到瓊岩洞走遭。若是遇著冷于冰，將他同連城璧一總拿來，我將冷于冰讓你，留下連城璧與我，我也學你們少年風流風流。若是遇不著冷于冰，將他二人拿來，將連城璧與你成就好事，也是我和你同胞姐妹一場，聊盡點手足之情。就是金不換也有用處，白天裡著他掃院擔水，晚間任憑眾女子們解渴。」

連城璧聽了，嗟嘆道：「人家還要去拿我，我就自己送上門來，真是晦氣。」又聽得那少年婦人說道：「姐姐這話，真令人感謝不盡。只怕那冷于冰本領利害，也是枉用心機。」那中年婦女冷笑道：「我聞得這冷于冰手內，只有一雷火珠，別人怕他，我何懼之有？」那少年婦女聽了，方纔眉舒柳葉，唇綻櫻桃，嘻嘻哈哈的笑將起來。又聽得殿傍一個婦人說道：「二位公主適纔的話，都是就難避易，尋著和人惹氣事。普天下俊俏郎君，何止千百？只用二位公主到人世走走，就可尋好幾個來，何必定要冷于冰

時謂被人看殺。潘安，即潘岳。岳字安仁，故或簡稱潘安、潘仁。見第四十三回注❶。

這些人？若不動干戈，他豈肯輕易順從？」那中年婦人笑道：「你這丫頭，曉得甚麼？世間俊俏人固多，拿他來最易，奈他到我們手內，命運不長，多則兩月，少則二十餘天，就精竭力盡，成了無用之物。這還是稟賦最強壯的，若是薄弱人，不過十日半月就死了。除無濟於事，反著人添許多抑鬱悲悼。這冷于冰等都會凝神煉氣，鎮固元陽，至平常也可支撐七八年。何況他們俱有些仙風道骨，就是老大王巡行到此看見了，也像他個女婿，方顯得俺姐妹們不肯失身匪人。」又一個侍女道：「今日二公主方見點笑容。月前泡下一罈兒琥珀酒❹，顏色甚是鮮艷，今日裡婚姻有望，該和大公主暢飲一番。」那少年婦女道：「我正有此意，倒被這丫頭說著。」眾婦女聽得要喫酒，一個個東西奔走起來。

連城璧道：「好了，我看這些婦女，十有八九是些狐子。狐子們最好喫酒，喫起來不醉不止。等這兩個有本領的醉了，量這百十個狐娃子，也還不是我的意思，我要走，他們也攔擋不住。」正鬼念著，兩個侍女走來，連城璧道：「不好。」瞧了瞧，並沒個藏躲處。那兩個侍女掀開簾子入來，看見了城璧，叫喊起來說：「屋裡有了生人了！」只見眾婦女跑來，將簾子拉去，七聲八氣的亂吵。少刻，見那中年婦女走來，將城璧上下一看，大笑道：「妹兒快來，不想你的姻緣在這裡了。」說罷，問城璧道：「你是那裡人？」城璧到此田地，也無法迴避，只得朗應道：「我是山下樵夫。因迷失道路，誤走到此。」那中年婦人又問道：「你叫甚麼名字？」城璧道：「我叫陳大。」那婦人笑道：「陳大也罷，陳小也罷，既然到此，就是天緣。這間屋子也褻瀆貴體。」城璧想道：「既然被他們看見，就在這間屋內鑽一年，也不是個了局。」旋即大模大樣走出來，到正中殿上坐下。那些婦人們四面圍繞，沒一個不喜笑盈腮。

❹ 琥珀酒：顏色似琥珀的美酒。唐張說城南亭花詩：「北堂珍重琥珀酒，庭前列肆茱萸席。」琥珀，音ㄏㄨˇ ㄆㄛˋ。

那中年婦人道：「你可認得冷于冰麼？」城璧道：「我不曉得甚麼冷魚精。我是個山下窮人，一家兒指我度日，只求夫人放我回去罷。」那中年婦人道：「你歸心既切，我也不好強留你，去罷。」

城璧大喜，別了婦人，走到洞門前一看，見鐵棍中穿上著兩道大鎖，插翅也飛不出去。只得回來，說道：「洞門封鎖，出去不得，還求夫人開脫。」那中年婦人笑道：「客人請坐，容我細說。」城璧只得坐下。那婦人道：「我是錦屏公主。」又指著那少年婦人道：「他是翠黛公主。我們都是西王母之女，因為思凡，降謫人間，在此山數十年，從未遇一佳士。我看客人神氣充滿，相貌魁梧，必係大有福命之人。今欲將我這仙妹與你配合夫妻，這必是你世世修為，纔能得此際遇。」城璧道：「我是福淺命薄之人，安可配西王母的女兒？你只開了門，讓我出去，便是我的福。」那婦人道：「休說這一層門，就是你來的那一層門，已用符咒封固，便是真仙也入不來，出不去。你倒要把這走的念頭打歇，匹配婚姻要緊。」城璧道：「我沒見個神仙還急的嫁人。」那婦人道：「你說神仙沒有嫁人的事麼？我數幾個你聽：韋夫人配張果❺，雲英嫁裴航❻，弄玉要了蕭史❼，花蕊夫人配了孫登❽，赤松子擕炎帝少女飛昇❾，

❺ 韋夫人配張果：張果，亦稱張果老，唐方士，隱居中條山，自言生於堯時。他常倒騎白驢，日行數萬里，休息時將驢折疊，藏於巾箱中。唐玄宗賜號通玄先生，為世傳八仙之一。韋夫人事，待考。

❻ 雲英嫁裴航：裴航，唐聞喜人，在西安府藍田縣藍橋驛得玉杵臼，娶雲英為妻，後夫婦入玉峰，餌丹仙去。

❼ 弄玉要了蕭史：弄玉，春秋秦穆公女。有蕭史者善吹簫，弄玉好之，穆公遂以之適蕭史，日就蕭史學吹簫，作鳳鳴，感鳳來止。公為作鳳臺，居數十年，後弄玉乘鳳，蕭史乘龍，飛昇仙去。

❽ 花蕊夫人配了孫登：花蕊夫人，五代前蜀主王建之妾小徐妃，後蜀孟昶之夫人費氏，俱號花蕊夫人，成仙事待考。孫登，東漢後名孫登者四，此或指晉隱士孫登，阮籍嘗問登棲神道氣之術，得道成仙事待考。

天台二仙姬留住劉晨阮肇⑩，難道不是神仙嫁人麼？」城璧道：「這都是沒考證的屁話。」

只見那少年婦人將一把泥金扇兒，半掩半露的遮住粉面，又偷的送了城璧一眼，然後含羞帶愧，放出嬌嫡嫡聲音，說道：「招軍買馬，要兩家願意。既然這客人不肯俯就，何苦難為人家？姐姐不如放他去罷。」城璧道：「這幾句話，還像個有點廉恥的。」那中年婦人怒說道：「只我是沒廉恥的！你這蠢才，我也沒閒氣與你講論。」吩咐左右侍女：「快設香案，拉他與二公主拜天地。」眾婦女隨即安排停當，請城璧出殿外行禮。城璧大怒道：「怎一窩子都是這樣無恥，我豈是你們戲弄的人麼？」那中年婦人道：「你們聽他好大口氣，倒是我們無恥，他不知是個甚麼貴品人，便戲弄不得他？」於是笑盈盈站起，將那少年婦人扶住道：「起來，和他拜天地去。這是你終身大事，倒不必和他一般見識。」又向眾婦女道：「把這無福頭的也拉起他來。」眾婦女聽了，一個個嘻嘻哈哈，把城璧亂拉亂推起來。

城璧大怒，輪起雙拳，將那些婦女們打的頭破唇青，腰傷腿折。那中年婦人跑出殿外，罵道：「不識抬舉的野奴才，你敢出殿外來？」城璧大喝道：「我正要摔死你這淫婦！」說罷，將身一縱，已跳在臺階下面。婦人忙將一個紅絲網兒向空中一擲，在手不過碟兒大小，一擲起便有一間房大，向城璧頭上罩下來。城璧急用兩手招架，已被他渾身套住。婦人把繩頭兒一抽，城璧便立腳不住，和倒了金山玉柱

⑨赤松子句：赤松子，或作赤誦子、赤松子輿，相傳為上古神仙，各家記載，其事跡互有異同，或云為神農時雨師，或云為炎帝時諸侯，至其攜炎帝少女飛昇事，待考。

⑩天台二仙姬句：後漢明帝永平中，剡溪人劉晨與阮肇，同入天台山，採藥失道，溪邊遇二女，顏色絕麗，邀劉、阮至其家，食以胡麻飯，止宿行夫婦禮。後二人辭歸，至家，子孫已七世（或云已十世）。

的一般，跌翻在地。眾婦女搶來擒拿，城壁在網內不能動搖，猛想起于氷傳與他的逐邪咒，暗念了一遍，眾婦女顛顛倒倒，奔避不暇。那中年婦人笑道：「我倒看不出，他肚中還有兩句春秋哩！」說著，也念誦了幾句，將城壁一指，隨即輕移蓮步，用右手將城壁一提，到了後洞，吊在一大石梁上，笑說道：「你幾時回心轉意，我便饒你。」說罷，到前殿向他妹子道：「此人面色上竟有些道氣，看鬚眉身體，十二分是連城壁無疑。但不知他怎麼便與冷于氷離開，今日又到我們洞中。明日妹兒親去和他一說，他見了你，定與我大不相同。」

不言洞中之事，再說冷于氷在雲路中行去，猛聽得背後有人大叫道：「冷賢弟何往？」于氷喫驚道：「雲路中，是誰呼喚我？」急回頭一看，心中大喜，原來是桃仙客。兩下裡將雲頭一會，于氷舉手道：「與師兄一別，二十來年，時存渴想。今日相逢，真是意外榮幸。」仙客也舉手道：「你我安仁縣分袂⓫，屈指也是好些年月。賢弟志誠精進，工夫已到六七，真令人可愛可敬。」于氷道：「敢問師兄閒遊何地？」仙客笑道：「我那裡比你，一刻也不敢閒遊。今奉師命，因連城壁在虎牙山有難，恐你查訪繁難，著我傳諭於你，星速救應。」于氷大驚道：「未知他有何難？」仙客道：「他原欲去湖廣衡山尋你，路過虎牙山，誤入驪珠洞，被兩個母狐精兒強逼成親，他堅執不從，已吊捆了四日四夜，若再遲幾天，恐有性命之憂。祖師吩咐，你這一去，不但有益於他，亦且大有益於你。又念你苦修二十餘年，尚未改換儒服，今賜你道衣道冠，絲絛雲履。」

說罷，將一包袱遞與于氷。于氷道：「雲中不能拜受，奈何？」仙客道：「我回去替你說罷。」于

⓫分袂：分手；離別。白居易答微之詠懷見寄詩：「分袂二年勞夢寐。」袂，音ㄇㄟˋ，衣袖。

冰道：「沒聽得祖師曾說我有過犯否？」仙客道：「祖師倒深喜你是個上進之士，只是嫌你的功德少些，過犯的話，從未說起。」于冰道：「小弟毫末道行，為日甚淺，不知修行二字，以何者為功德第一？」仙客道：「元門一途，總以渡脫仙才為功德第一。即上帝亦首重此。若你渡的連、金二人，也還不失為守正之士，只要他們步步學你，就有好處。其次莫如救濟眾生，斬除妖逆，你在平涼放賑，歸德殺賊，這就是兩件大功德。其餘皆修行人分內應為之事。從此要倍加勉勵，不愁不位列上仙。」于冰道：「連城璧有了下落，只是金不換未知存亡，懇師兄示知。」仙客道：「目今金不換現在京中報國寺養病，你救城璧後，再去尋他。」于冰道：「我找著二人後，意欲親去見祖師，但昔年未問明是何山何洞。」仙客道：「在東海赤霞山流硃洞，預知你有此意，著我吩咐，到功程完滿，再去可也。」說罷，舉手告別。

于冰亦催雲急行，早到虎牙山地界。將雲頭一按，到山中間四圍一看，見萬峰競秀，疊翠流青，瀑布灣前有兩行桃柳，中有曲徑一條，于冰道：「此處是矣。」由那曲徑行去，到了洞門前，將火龍真人賜的衣包繫在左肩，用手在洞門上書符，只聽得響了一聲，拴鎖落地，其門自開。于冰向洞裡一看，上下昏黑，用慧眼努力一覷，見下面都是臺階，層層皆可步履，只覺得烈風吹面，寒氣逼人。正欲入洞，只見一老道人，飛奔而來，頭戴白玉珠箔冠，身穿飛鯨氅，足踏朱舄，矮小身材，鬚眉如雪，手提一條鳩杖，遠遠的向于冰舉手道：「道兄請了。」于冰見他滿臉道氣，知係大有根行之人，連忙還禮道：「老仙師請了，有何見諭？」那道人道：「道兄到此何事？」于冰道：「吾有一道友連城璧，被此洞妖魔困住，特來後援。」道人道：「此洞內妖魔，與貧道有些瓜葛。我今早心神甚是不寧，一卜就知道兄要至此。誠恐有傷貧道後裔，所以撥冗一來，意欲先入洞內，教戒他們一番，將貴道友送出，兩家各息爭端，未知道兄肯留此情分否？」于氷道：「尊眷屬與弟子何仇？倘邀鼎力周全，弟子即感德不盡。」道人道：「先生稱呼太謙，貧道實當受不起。既承慨允，足叨雅誼。」說罷，一舉手，入洞去了。

于氷想道：「這老道人說與洞內妖魔有瓜葛，則這道人不言可知矣。怎他便修煉亦至於此，可知異類亦可做金仙。假如我執意不從，動起殺法來，勝便罷了，如或不勝，豈不自取恥辱？」等了好半晌，見老道人在前，連城璧隨後出來。城璧一見于氷，大是驚喜，忙跑上前，叩拜道：「弟今日真是再生。」于氷用手扶起，城璧正要訴說原由，只見那老道人向于氷致謝道：「貴道友已完聚，貧道謝別了。」用袍袖將洞門一拂，洞門即自行關閉。那道人步履如飛，一直往西去了。于氷向城璧道：「你且略等一等，我和老道人還有話說。」說罷，從後趕來，高聲叫道：「老師慢行，弟子有話說。」那道人便站住，問道：「先生有何吩咐？」于氷道：「一則要請教老師法號仙居，二則雖是萍水相逢，長幼之分，禮不可廢，弟子還要送老師幾步。」那道人點頭再四，滿面笑容，說道：「先生非火龍真人弟子冷謙于氷的麼？」于氷道：「弟子正是。」

那道人道：「吾乃天狐也，號雪山道人。奉上帝敕命，在上界充修文院書吏，稽查符命書籍等事。洞中二妖，乃貧道之二女。伊等不守清規，已大加責處。今日來此，還是向本院同輩私行給假片刻，過期恐干罪戾。貧道細看先生骨氣，內丹已成六七，所缺者外丹一助。再加功百五十年工夫，即無外丹，亦可飛昇。你今到敝洞降妖救友，定是有大本領人，未知素常所憑何書？」于氷道：「本領二字，言之真堪愧死。數年前，承紫陽真人賞及寶籙天章一書，日夜煉習，始能喚雨呼風，究之無一點道術。」道人道：「此書不過是地煞變化，極人世所有可形可見之物，巧為假借一時。在佛家謂之金剛禪邪法，在道家亦謂此為幻術。用之正，亦可以治國安民；用之不正，則身首俱難保護。費長房、許宣平⑫等，皆是此術，非天罡正教也。我常奉敕，到元始老君、九天玄女⑬、東王公、四大聖⑭處，領取書冊，知之最詳。今歲五月，到太上八景宮，見有正一威盟錄一千九百三十部，三清眾經三百餘部，符籙丹竈秘訣七十二部，萬法淵鑑八百餘部，率皆玉匣錦裝，擺列在架上。其餘大小部頭，亦有四百部有奇。內有一部，也是玉匣錦裝盛放，上寫天罡總樞四字，被吾竊入修文院內，苦於無暇觀覽，又不敢無故送還原處。且同事官吏，日夜出入，此書每發奇光，極力遮掩，猶恐為眾覺查。萬般無奈，將此書偷空送至江西廬山淩雲峰內，外加符咒封鎖。我亦自知罪通於天，收存石峰以內，欲等候個好機緣，送還原處。不意此書夜放光輝，本年六月間，被鄱陽湖一老鯤魚精看破，到淩雲峰下，鬼弄神通，將符籙揭去，連匣吞入腹中。率領眾妖魚，在饒州、九江等地作祟。是我之罪，粉身莫補，只在發覺遲早間耳。此畜修煉五千餘年，雷火不能傷，刀劍不能入。我欲親去拿他，又非三五天所能了的事，縱使原書到手，又該往何處安置？幾次欲到老君前自行出首，又慮禍蹈不測，波及二女。將欲傳之二女，伊等又係不安本分之人，

⑫ 費長房許宣平：費長房，後漢汝南人，從賣藥翁壺公入山修道，相傳他有縮地術。許宣平，唐歙人，睿宗景雲中，隱居莒州城陽山南塢。百五十餘年後，唐懿宗咸通中，郡人許明奴家有嫗入山採樵，見一人坐石上，食桃甚大，自稱乃明奴之祖，即宣平也。食嫗一桃，嫗後卻食輕健，入山不歸。

⑬ 元始老君九天玄女：元始，謂元始天尊，道教所奉最高天神。老君，指太上老君李耳。九天玄女，上古神女，亦稱玄女，俗稱九天娘娘，乃黃帝之師，聖母元君弟子，曾下降助黃帝破蚩尤。

⑭ 東王公四大聖：東王公，古仙人名，亦作東父，與西王母並稱，世人又稱東華帝君。四大聖，道教尊奉之神聖有元始天尊、玉皇大帝、東華帝君和太上老君，四大聖是否指此四者，待考。

反是速他們的死期。晝夜愁思，悔恨無及。今見先生忠厚謙謹，必係正大之人，我送你符籙一道，外有戳目針二個，係原插放書中之物。非此符不能開此匣，非此針不能殺此魚也。然此書與寶籙天章，不啻雲泥之別，展看時，光可燭天，神鬼妖魔，無不爭取。先生得手時，須嚴行防備。看玩一年後，可代吾叩請火龍真人，轉求東華帝君，在老君處求情，將此書繳還八景宮。倘邀垂憐，則吾即可以免大禍矣。慎之，慎之。」說罷，將符針取出，遞與于氷。

于氷大喜，拜謝道：「弟子叨此大惠，何以報德？」道人道：「貧道一生只有二女，就在此驪珠洞內，禽犢之愛，時刻縈心，又無暇教訓他們歸於正果。先生若有餘閒，可傳與伊等些道術，再不時替貧道叱責，使其永絕邪念，安分修為，異日得至貧道地位，即先生再造之恩也。」于氷道：「此弟子歡心鼓舞，樂於玉成者，老師今後只管放心，都交在弟子身上。著二位令愛無成，便是冷于氷負心忘本，為天地不容。」道人心中大悅，且感且謝道：「吾今日付托，兩得之矣。只是老師弟子之稱，聞之惶愧靡寧，將來位列金仙時，不鄙薄我輩，算一知己朋友，即叨光無既。百五十年，不過瞬息，我在通明殿下，紫玉階前，拭目視先生授職仙班也。」說罷，舉手作別，飛入太清去了。

于氷回來，城璧道：「大哥與這道人，可是舊交麼？」于氷道：「係初會。」城璧道：「初會怎說這半天話？」于氷道：「也不過是閒談投機，便費了工夫。」城璧便訴說與不換分離，到此洞被二女逼親，擒拿捆吊，適纔那老道士如何釋放，如何痛罵二妖，于氷聽了，道：「你見美色不亂，就是大根腳，大可有為處。好，好，足令愚兄敬服。刻下金不換在京都報國寺害病，我和你同去尋他。」城璧道：「大哥何以知道兄弟在此，金不換在都中？」于氷道：「我在雲路中，遇著桃仙客，他奉火龍祖師法旨，著我到此地救你，並說與金不換下落。」城璧聽了，又喜又感，望空叩謝。城璧又道：「那日不換出門，尋取食物不回，我以為必教蟲虎傷生，怎麼他就跑到都中報國寺去？」于冰道：「連我也不曉得。不知你修煉如何，我且試試你駕得雲駕不得雲？」說著，將城璧左臂捉住，輕輕提起，離地有二尺高下，大喜道：「老弟血肉之軀，已去了幾分，竟可以攜帶的了。」旋換左手，扶住城璧腋下，囑咐道：「莫要害怕。」於是口誦靈文，須臾煙霧旋繞，喝聲：「起！」兩人同上青霄，向都中飛馳。正是：

救友逢奇士，軒轅道可傳。

從茲參造化，不做地行仙。

第四十六回　報國寺殿外霹妖蝎　宰相府庫內走銀蛇

詞曰：

妖言誤信入京華，道念先差。一聲霹靂現杈槎，魂夢驚訝。火毬做就放光華，送入嚴家。權奸庫內走銀蛇，藉此還他。

右調玉樹後庭花

話說連城璧初登雲路，只覺得身子飄飄蕩蕩，起在空中，耳中但覺雷鳴風吼之聲，偷眼往下觀瞧，見江山城市，模模糊糊，一瞬即過。約半個時辰，已到都中彰義門外，於無人處按落雲頭，于氷問道：「你可怕不怕？」城璧道：「倒沒甚麼怕處，只是寒冷的了不得。」于氷道：「你還算在瓊岩洞修煉了這幾年，若是血肉之軀，不凍死也要病死。再修煉幾年，便不覺冷了。」兩人談論著入都門，到報國寺來。但見：

琉璃瓦明同寶鑑，朱漆柱紅若丹砂。白石臺階，打磨的光光溜溜；綠油斗栱，粧點的整整齊齊。頭門上斜站著兩個金剛，咬著牙，瞪著眼，威風凜凜；二門裡端坐定四位大帥，托著塔，撐著傘，像貌堂堂。左一帶金身羅漢，一十八尊；右一行散花天女，三十六個。蓮臺上如來合掌，法座前韋護提鞭。舍衛貧兒，守定幢幡寶蓋；給孤長老，掛起纓絡垂珠。彌勒佛呵呵大笑，伽藍神默默無言。老和尚，滿肚銀錢學打坐；小沙彌，一心婦女害相思。

兩人走入廟中，至第二層僧院，見幾個和尚從裡邊走出。于冰舉手道：「敢問眾位師傅，貴寺可有個姓金的住在裡面麼？」內中一和尚道：「我們寺中住客最多，不知你問的是那一房頭？」又一和尚道：「海闊房倒有個姓金的病在那裡，二位若是找他，我領你們去。」于冰道：「是不是，一看便知。」和尚領二人到一小禪房內，見一人昏昏沈沈，躺在炕上，只有一領破蓆在身下。二人同看，各大驚喜，城璧道：「我再想不起他在這裡。」忙用手推了推，不換便狂叫了兩聲。城璧道：「這是個甚麼病？」于冰道：「無妨，這是受了驚嚇，略一動，他便狂叫。」兩人議論間，已來了六七個和尚，知道是舊相識，各大歡喜道：「有認得他的人，我們將來省多少囉嗦了。」于冰道：「有冷水借一碗來。」和尚道：「我們有茶。」于冰道：「我要水，是與此人治病。」和尚將水取至。于冰道：「眾位且請迴避。」眾和尚道：「我們要看看你這用涼水治病。」又一和尚道：「治好治不好，我們看他怎麼？」眾和尚方一齊退去。

于冰在水內畫了一道符，又念了安神定驚的咒，令城璧將不換扶起，不換又狂叫起來。于冰將水灌下，仙傳法術，效應如神，只聽得腹中作響，不換說道：「怕殺！怕殺！」隨即將眼一睜，看見于冰、城璧，拚命的跳下地來，哭拜道：「不意今日又得與二位長兄相見。」眼中落下淚來。于冰扶起道：「賢弟不必多禮，且將入都原由告訴我。」不換正要說，那些和尚聽得房內問答，都走來看視，見不換站在地下，一個個大為驚異道：「可是那碗涼水的功效麼？」正言間，各房頭和尚又來了好些，都亂嚷：「是怎麼好的？」于冰向不換道：「此地非講話之所，可同出廟去。」三人卻待要走，幾個和尚攔住道：「我們擔了好幾天人命干係，怎麼好了就走？」內中一個老年和尚，見三人衣服破舊，亦且行蹤有些詭秘，京都地方，恐怕惹出是非來，連連與眾和尚遞眼色，三人方得出廟，直走到土地廟後，纔立住腳，聽不換說話。

不換道：「我是本月初六日早間出洞，尋取食物，剛走到虎溝林，見一樹莎果正熟，只摘了三四個，聽得背後一人叫道：『金不換，你好自在呀！』我彼時大為驚嚇，深山之中，如何有人知我名姓？回頭看時，見一青面道人，其頭匾而寬，兩隻眼睛純黑，沒一點白處，比棋子還大些，卻又閃閃有光。身子約有五尺高下，更是寬匾的異常。穿著一件青布道袍，腦袋上不見有頭髮，將一頂木道冠用帶兒穿著，從頂中間套在項下。我見他形容古怪，心上著實怕他，暗念護身咒。那道人大笑道：『我非鬼非怪，是與你有緣的人，又非害你的人，你何用念那護身咒？』說罷，他坐在一塊大石上，著我和他同坐。我想了想，他若害我，我也走不脫，我便遠遠的尋了一塊石頭坐了。那道人道：『你在本山瓊岩洞修煉，想是要做個神仙麼？你若打的過本月二十五日，將來穩穩妥妥是個神仙；若是打不過，求做個豬狗亦不可得。』我便問他打得過打不過原由，那道人道：『你心上又怕我，又疑我，又且不信服我，我與你說也無益。我且將你自幼至今行為過的事，略說幾件，我若說的有半字差錯，你理該不信服我；若說的一字不差，你須要聽我，我好救你的性命，永結仙緣。』隨將我父母名諱並我做過的事說出，無一不和他親見一般。且更有奇處，我昔年做過再想不起來的事，他都說得來。我聽了，便疑他是個神仙，世上那有知過去未來的妖怪？他說我打不過本月二十五日，我不由的怕死心切，只是懼怕他的形容醜惡，不敢求他解救。誰想那道人又知我肚中的話，大笑道：『你要活，就懇求我。你要死，我此刻就別過你，何用你肚中打稿兒？』我見他明白我心上話，我便問他如何解救之法。那道人道：『你道友冷于氷煉氣口訣，係得之火龍真人。真人原教他不許傳人，誰想他就傳與你和連城璧。那連城璧今世雖是個強盜，他前三世皆是學道未成的人，這真仙口訣理該傳他。你前一世是人，只因你打爹罵娘，即轉生為狼。做了狼，你又喫人，因此第三世又轉生為驢。』」說到此句，城璧大笑，連于氷也大笑起來。

不換又道：「他說我今世方得為人：『一個初世為人的人，安可消受真仙口訣，教你日後輕輕的做個神仙，與天地同體？古今焉有此理？目今冷于氷已被火龍真人傳去，罰他燒火三年，免他妄傳匪人的罪孽，因此許久他不來看望你們，托我救你。』我問他：『可見過冷大哥麼？』那道人大笑道：『我與冷師弟，同出火龍之門。火龍在唐朝渡了桃仙客，到宋朝纔渡了我，本朝纔渡了他。我今這一來，還是受冷師弟之托，瞞著火龍真人到此。』我彼時聽了與大哥是師兄師弟，便深信他無疑。又問他：『打不過二十五日，想是死麼？』那道人道：『人孰無死？只是你死的傷心可憐，一死便萬世不得人身。』我問他是怎麼個死法，那道人怕洩露天機，不肯說，只說我死的苦。我再三問是怎麼個死法，那道人只是搖頭，說我死的苦不可言。我問：『要凌遲我麼？』那道人說：『比凌遲還苦。』我聽了，心上著急，隨向與他磕了幾十個頭，求他明說。他長嘆了一聲，道：『看在冷師弟分上，我也講不得洩天機了。』隨向我耳邊低低的說道：『火龍真人已牒知雷部，定在本月二十五日午時霹你。一霹之後，不但求一胎生，連一卵生亦不可得，只好在蛆蟲蚊蚋中過日月。你說比凌遲苦不苦？』我聽了，驚魂千里，又跪著求他解脫。那道人道：『我原是為救你而來，你此時跟我走方可。』我說：『老師便教我赴湯蹈火，我亦不辭。只是我表兄連城璧，須達他知道，我心上方安。』那道人便怒說道：『你若必定去別他，你就安排著挨雷，我便去了。』我怕死情切，不合許他同行。那道人將我左臂捉住，頃刻間起一陣大風，刮的天昏地暗，約兩個時辰，把我飄蕩在這報國寺後，與我留了一塊銀子，教我住在寺內盤用。他說怕火龍真人知道，不敢久留凡間。言明二十五日早間，定來救我。我就住在海闊和尚房內。到了二十五日早間，我在廟門外等候，那道人如期而至，看見我，甚是歡喜，說我是有大福命的人。從懷內取出兩本書，說是甚麼易經，書上畫著一道硃砂符。又說：『今日一交巳時，天必陰，午時雨至。到下雨時，你速去第三層院內，走入正殿，上了供案，坐在彌勒佛肚前，將易經頂在頭上，用手扶著，任他有天大的霹雷，你切莫害怕，有我的書和符在頭上，斷斷霹不了你。只用挨過午時，你就是長生不老的人了。我還要傳你許多法術。你若是擅離一尺一寸，那時霹了你，你切莫怨我，慎之，慎之。我再說與你，你只將身子靠緊彌勒佛的肚，穩坐不動，就萬無一失了。』又道：『雷住了，我還要到殿中尋你，有妙話兒和你說。』他去後，我就在第三層殿外等候。到了巳時下刻，果然雲霧滿天，點點滴滴的下起雨來。我那時以為霹我無疑，心上著實害怕，急忙坐在彌勒佛肚前。少刻，雷電大作，雨和直倒的一般。猛然電光一瞬，滿殿內通紅。一個大霹雷，卻像從我頂門上過去。我那時可憐，連耳朵也不能掩，兩手舉著易經，在頭上亂戰。此後左一個霹雷，右一個閃電，震的我腦袋昏沈，眼中不住的發黑。想了想，這一個時辰也不是輕易過的，自己罪大惡極，何必著老天爺動怒？縱然躲過去，也是罪人，不如教雷霹了，可少減死後餘孽。我便拿定主意，跳下供案，跑出殿外受霹。不意剛出殿門，便驚天動地的響了一聲，較以前的霹雷更利害幾倍。雷過處，從殿內奔出五尺餘長一個大蝎子來。我便渾身酥麻，心裡想跑，無如兩腿比紙還軟，跌下臺階去。此時我心裡還明明白白，又見那蝎子七手八腳，從臺階上也奔下來，我耳朵中響了一聲，就昏過去了。魂夢中，又聽得大震之聲，此後不省人事。這幾天，便糊糊塗塗，也不知身在何處。若不是大哥來救，也斷無生理了。」

不換說完，城璧哈哈大笑道：「這是那蝎子預知本月二十五日午時，他該著雷霹，早算到你還是有點福命的人，請你去替他頂缸。頂得過，你兩個俱生；頂不過，你兩個同死。」于冰道：「就頂得過，那蝎子且樂得將金賢弟飽喫，做一頓壓驚茶飯。」城璧道：「那有個方纔救活了他，他便喫救他的人？」于冰笑道：「那蝎子若存這點良心，五毒中便沒他的名諱了。」連城璧道：「這番驚恐，都是金兄弟自取。你我既出了家，理該將死生置之度外。那有聽了一個死字，也顧不得向我說聲，就去了？」于冰道：「這話甚是。然亦幸虧隨了他去，若金賢弟彼時不依從他，他在泰安山中，早已就動手了。所以我屢次囑咐你們，於深山中，少出洞外。自己既無道術防身，一遇此類，即遭意外之禍。」城璧又道：「我不解個蝎子，是最痴蠢不過之物，怎麼他就知道過去未來事？」于冰道：「他已長至五尺餘長，也不知經歷了幾百個春秋。」不換接說道：「我說五尺餘長，還沒有算他的尾巴，若連尾巴，有八九尺長，怕他不未動先知麼？」

于冰又道：「此類修煉，較我們最易。我們一身，有四體百骸，五臟六腑，一處氣運不到，便是一處空缺。此類採日精月華，一吸即到。我們修煉十年，不過長十年見解。此類修煉十年，便可長三二十年見解。若說人為萬物之靈，還有個不如此類的話說，便是拘執講論了。總之，此類未成氣候時，其心至蠢，不過日夜以一飽為榮；既成氣候，其心較人倍靈，卻比世間極無賴人更不安分百倍，任他修煉幾千年，終不免雷火之厄。緣他賦形惡，存心毒，只用念頭一壞，雷便在他頭上放著。」城璧道：「山中虎蛇，日食人畜，也算壞了念頭，怎麼雷不霹他？」于冰笑道：「虎蛇等類，他心上只知飽食而已。若也像這蝎子，盜竊天地造化，變男變女，幾千百年，在世界上混鬧起來，雷不霹他，更霹那個？」城璧道：「弟還有未解處，常見世間極奸巨惡，打爹罵娘的人，其存心比蛇蝎更不堪，怎麼雷也不霹他？」

于冰大笑道：「此迂腐之見也。大奸巨惡、打罵爹娘之人，其行為人即不能盡知，只用一二事，人知其奸惡，人知其不孝，這就算他的奸惡不孝現露了。將來或遭顯戮，或遭冥誅，自有應得之報，雷還霹他怎麼？若雷見人不善即霹起來，天地間人十去二三矣。大抵雷霹的多是隱惡，就如做兒女的，心上本待父母涼薄，卻外面做出許多孝順，還要邀美譽於宗族鄉黨，這便是隱惡，這便要雷霹。還有人存一肚皮殺人害人的心腸，他卻不肯明做，或假手於人，或誘陷人自投羅網，致令受害者人亡家敗，始終不知他是壞人，且還感激他，這也是隱惡，這也要雷霹。人若於大雷大電之際，一時懼怕，自己省心改過，將來不蹈前轍，一念轉移，雷即宥之矣。若雷電甫過，昔心復萌，仍作惡如故，這為欺天，其罪更大。其霹與不霹，在其人過惡大小定之。須知雷是天地至正之氣，與邪氣原不並立。人有隱惡，必邪氣上沖，雷始下擊耳。若說雷專尋著霹奸惡人，恐無是理也。然亦有素行良善孝友，或六七歲小兒，以及牛馬等類，被雷霹者，此蓋前世作惡露網，今世復邪氣上炎，被雷神察知，所以究其前罪而霹之，又不必拘滯立論，嫌怨上天賞罰不明。」

城璧聽了，甚是佩服，向金不換道：「你時常說起要見見西湖，並帝都世面，此番到京，雖受了大驚恐，卻遂卻心願。」不換道：「我自到此，日夜愁著雷霹，除買喫食外，總在禪房內苦守。又愁二哥不知怎麼找尋我，可憐見甚麼世面來？」于氷笑道：「此刻領你一遊何難？」說著，三人走至大街，剛到菜市口兒，只聽得街上三三五五，互相嘆惜道：「又把個戶科給事中鄭曉的腦袋去了。」又有人說道：「一個太師嚴大人，可是他輕易參得麼？」于氷聽了，向二人道：「可知嚴嵩家父子，竟是無日不作惡。我們一入都門，就聽得有這些議論。」又道：「我今歲在陝西平涼府賑濟窮民，借了西安藩庫銀二十六萬三千餘兩，誠恐官吏一時查出，未免牽連無辜受累，我想這宗銀兩，出在嚴嵩家父子身上罷。」城壁道：「未知大哥又用何妙法，再像前番戲耍他一番纔好。」

于氷道：「我已有計了。」同二人尋到一大錫器鋪，問道：「貴鋪後面，可有作房麼？」掌櫃的道：「匠人頗多，不知要照顧甚麼？」于氷道：「我要打周圍一尺二寸一大圓錫毬，卻要做成兩半個，合在一處是一個，內中還要盛放三十個小錫毬，一共只要六斤重，你要多少錢？」掌櫃的笑道：「你做甚麼用？」于氷道：「你只賣了錢就是，何必管我？」掌櫃的道：「這大毬自必要做的又光又圓，已經費手，這三十個小毬，自必也是做空的，再對口打磨，只這手工就難說。」于氷道：「小的只要圓，也不對口，也不打磨，也不拘大小，只與你三兩白銀，一分不加。你要明白，小毬三十個，俱要裝在這大毬內。」掌櫃的道：「幾時用？」于氷道：「明日午間。」取出一塊定銀付與掌櫃的，秤了秤，是一兩二錢五分。又說道：「取毬來時，再行找足。」掌櫃的收受。三人出了錫器鋪，遊走了半天，然後尋一處僻靜店房住下。不換道：「大哥定做這許多大小錫毬何用？」于氷道：「我要如此如此。」兩人聽罷，都笑了。

次日午後，著不換拿銀子，將錫毬取來。打開一看，內中大小毬兒共三十個。于氷又著不換買銀硃二斤，大紅棉紙五十張，羊毛筆十管，著連、金二人將大小毬先用紅紙裱糊後，又著將銀硃調研，用筆在紅紙上塗抹，那大毬上的銀硃塗抹的更厚。到了晚間，于冰將小毬盡裝在大毬內，扣住合口，又用粉筆在大毬上寫了「盤古氏製」四個蝇頭篆字，關閉了門兒，披髮仗劍，用符水將那大毬周圍噴噀了數次，不過一刻工夫，此毬立刻更變其紅，和燒透的火炭一般，滿屋照耀，如同白晝。于冰急忙用衣服包住，連、金二人驚異之至。又將超塵、逐電叫出，吩咐道：「你兩個可分頭去，一去嚴嵩家，打聽他收藏銀子地方；一去他總管嚴年家，將這火毬兒丟在井中更好。若無井，丟在屋上亦可。」二鼓後，逐電回來說：「嚴嵩家放銀子地方，在內院第四層之東院內，有銀庫三處。」隨後超塵亦來，言「將毬兒好好安放在井中，誠恐碰壞」。于冰收了二鬼。

再說嚴年至三鼓將盡，騎馬從相府回家，見家中男婦亂吵，說馬圈院井中放出紅光。嚴年親去看視，向眾人道：「不可向外人聲張，此井內必有奇寶。你們那一個下去取來，我賞十兩銀子。」眾人你推我挨，沒一個肯下去。嚴年從十兩加至五十兩，有他家一挑水人，素常膽子稍大些，又知這井只四丈來深，貪得這銀子，著眾人用繩把他繫下去。少刻，喊叫起來，眾人將他拉上，他又著人用一大筐送下他去，問他又不肯說。眾人連筐同他送下，少刻，又復喊叫，及至拉上時，見他坐在筐中，手內抱著個大紅毬，與一輪紅日相似。嚴年一見大喜，親自抱在庭上，照的滿庭皆紅，無異白晝。心下大悅，立即賞了水夫五十兩。又差兩個得用家人，照這毬兒大小，連夜趕做三尺高一紫檀木架。一家男婦說奇道異，直守到天明，見那毬纔將紅光收斂，其色仍是火炭一般。

至日上時，紫檀木架亦做到，將毬架起，足有四尺餘高，心喜不盡。用一大錦緞包袱包了，著家人拿了架兒，先見了嚴世蕃，說了原由，打開一看，把世蕃愛的眉歡眼笑，叫好不絕。嚴年又說起夜晚放光和白晝一樣，世蕃驚的只是吐舌。又從新周圍細看，問嚴年道：「你可知他叫甚麼名色？」嚴年道：「小人不知。」世蕃道：「你家中得的，你還不知，足見粗心。」隨將那四個字，指與嚴年道：「此係盤古氏所製，看來還是未開天地以前之物，必是多做出來的一個太陽。皆因太老爺與我的福德感應，纔得落在你家井中。吾讀綱目❶，堯時十日並出，伯羿繳風射日❷，此即射落之一也。過兩三日，太老爺進與聖上，便是天大的人情，天大的臉面。你此刻就吩咐管廚房的人，做二十桌極豐盛酒席，一點豬羊肉不許明用，總要稀奇美品。晚間太老爺回閣，到起更時，在大廳陳設此寶，燈燭通不許用，見見他的神奇。再說與你眾位太太，你眾位奶奶，和你眾位小姐，還有你眾位姨娘們，都晚間出來坐坐，著他們也見見奇寶。」嚴年答應下來。日西時分，嚴嵩回家，世蕃備言得寶原委，嚴嵩大悅，又道：「你既吩咐家宴，理合闔家共賞。我此時也不看玩，到起更時慶賀可也。」

再說冷于冰至燈後，差二鬼打聽錫毬下落，知嚴嵩家已擺設酒席，向連、金二人道：「我明日早飯後回來，此刻就去。」城璧笑道：「在嚴嵩家耍笑一夜麼？」于冰道：「你倒忘懷了，陝西藩庫二十多萬銀子，要出在那錫毬上。況又費了你弟兄兩個半天塗抹糊裱工夫，豈是他父子祖孫安然享受得麼？」

❶ 綱目：宋朱熹撰資治通鑑綱目之簡稱，或稱通鑑綱目。

❷ 伯羿繳風射日：羿，堯時射師。時十日並出，焦禾稼，殺草木，猰貐、鑿齒、九嬰、大風等，皆為民害。堯乃使羿誅鑿齒於疇華之野，殺九嬰於凶水之上，繳大風於青邱之澤，上射十日而下殺猰貐，萬民皆喜。典出淮南子本經訓。

說罷，駕遁光，早到嚴嵩府內。從空中往下一看，見錫毬已擺設在廳中，果然光同紅日。但見：

金烏❸呈異彩，赤熛吐奇輝。女紀初沈❹，佇見千山共暗；扶桑始旦❺，欣瞻萬國同明。含太陽之精靈，理應懸象天上；具純剛之正氣，何由寄跡井中？火色盈庭，形可融金鑠鐵；紅霞滿室，勢能化石流金。輝煌弗燃眉，無假迎涼仙草；焰煙不焚野，寧須避暑神珠？起夸父於寒原，行將棄杖❻；遇魯陽於戰地，定必揮戈❼。步晷昆吾❽，入隙窺容光❾之照；反景❿泉隅，臨波驗圓影之垂。誠哉貫虹⓫佳珍，允矣追鳧至寶。

❸ 金烏：太陽之別名。傳說太陽中棲有三足烏，世因稱太陽為金烏，或稱金鴉、靈烏。

❹ 女紀初沈：西方天剛黑。女紀，西北陰地。見淮南子天文訓高誘注。

❺ 扶桑始旦：東方天剛亮。扶桑，東海中神木名，此借指東方。

❻ 起夸父於寒原二句：山海經海外北經：「夸父與日逐，走入日，渴欲得飲，飲於河渭，河渭不足；北飲大澤，未至，道渴而死，棄其杖，化為鄧林。」走入日，言及日於將入也。或引作八日，誤。

❼ 遇魯陽於戰地二句：淮南子覽冥訓：「魯陽公與韓搆難，戰酣日暮，援戈而撝之，日為之反三舍。」高誘注：「魯陽，楚之縣公，楚平王之孫，司馬子期之子，國語所稱魯陽文子也。楚僭號稱王，其宋縣大夫皆稱公，故曰魯陽公，今南陽魯陽是也。」

❽ 步晷昆吾：步晷，推步日影。昆吾，圓器，又為壺名。

❾ 容光：小縫隙。孟子盡心上：「日月有明，容光必照焉。」

❿ 反景：日入西則光反照，與反影同。

⓫ 貫虹：穿過太陽，與貫日同。白虹貫日，語出史記魯仲連鄒陽列傳。

又見嚴嵩獨坐一桌，在大廳正面，向眾婦女指指點點，似個誇講那錫毬的神異。兩傍有四桌老少婦女，色笑相陪。東邊有五桌，是世蕃同他的妻女侍妾。西邊有六桌，見有兩個少年男子，想是世蕃的兩兒。滿廳中婦女無數，廳外都是家丁，約二百餘人。兩廊下有兩班吹打手⑫，奏粗細十番⑬。于冰看罷，笑道：「這老奴才也要算有福的人，你看他此刻也得意到極處，我且與他個樂極生悲。」說著，用劍將錫毬一指，只見那錫毬飛去，比箭還疾。嚴嵩正將一口酒送入唇內，不防此毬響一聲，已打中胸脯，嚴嵩和椅子齊倒，跌了個面朝天。把一個雕刻極細雅大白碾玉杯，也摔了個粉碎。一廳男女，俱皆嚇呆了。家丁們搶入來，攙扶嚴嵩。世蕃心中大懼，連忙跑出廳外。

于冰在半空中看得明白，又將那錫毬一指，那毬快同鷹隼，趕定世蕃，脖項上一觸，世蕃扒倒地下，大叫救人。于冰又將那錫毬指了兩下，那錫毬分為兩半，從裡邊飛出那三十個小錫毬，你起我落，將眾男女打的眉青目腫，髮散鞋丟，一個個沒命的亂跑，喊叫之聲，雞犬皆驚。于冰將劍亂攪了幾下，那些小毬仍歸於大毬之內，合而為一，一直滾入嚴嵩家第四層東院銀庫內。眾家丁有膽大的，跟隨在後，隨後又來了二十餘人，各執火把，到銀庫前去看。猛見半空中電光一瞬，隨即響一個霹雷，只見銀庫門大開，從裡邊走出數十丈長一條大白蟒，揚著頭，有五六尺高下，口內啣著那火毬，向眾人奔來，嚇的眾家丁魂銷魄散，如飛的逃命。于冰在半空中，用手招了幾下，那白蟒便直上青霄，于冰跨上蟒背，和電

⑫ 吹打手：同吹鼓手，吹奏和鼓打樂器的人，舊時婚喪喜慶中多用之。

⑬ 粗細十番：一種鑼鼓與絲竹兼用的合奏樂名，起於明末，盛行江南，今仍流行於江蘇、浙江和福建等地。十番，即十番鼓，又稱十番鑼鼓。

逝的一般向西去了。嚴嵩家男女，直吵鬧到天明，查點庫銀，少了二十六萬三千餘兩。事出怪異，戒諭府中大小人等，一字不可洩露。嚴嵩被錫毬打中胸膛，受傷還淺，只五六天就上了朝。惟世蕃被錫毬打中項後總筋，晝夜疼痛的連頭也不敢動一動兒，無可殺氣，將嚴年打了二十板。他是嚴府中第一有體面的家人，今日受此大辱，幾乎氣死。

再說于冰騎蟒到了陝西隴山，用手將蟒頭一指，那蟒便頭朝下，尾朝上，就像天上銀河倒瀉下來的一般，落在地下，都是元寶。于冰又將符咒向錫毬上收回，丟在一邊。走入佛廟，見畫的那門兒依然還在，隨將丁甲眾神拘來，又披髮仗劍，將畫的門兒推開，煩眾神將將銀子都送入去。至天明時方完，那門兒內將于冰日前的借帖丟出，立即關閉。于冰退了眾神，回到店中，向連、金二人告訴了一遍。二人大笑，稱羨不已。于冰道：「此地安可久停？可同去衡山。」於是領二人到無人之地，用左右手扶住二人，駕雲起在空中，向衡山去了。正是：

醫得同人病始痊，錫毬偏送與權奸。
神仙短鈔猶行騙，無怪凡夫倍愛錢。

第四十七回 壽虔婆浪子喫陳醋 伴張華嫖客守空房

詞曰：

平康姊妹最無情，勢力太分明。劉郎棄，阮郎迎，相對氣難平。　長嘆守孤檠，睡難成。千般恩愛寄高岑，自沈吟。

右調桃花水

且說于冰扶了連、金二人，到玉屋洞外，落下雲頭。不換道：「此刻的心，纔是我的了。好冷！好冷！」城璧叫門，不邪出來跪接。連、金二人見不邪童顏鶴髮，道衣絲絛，竟是一得道全真，那裡有半點猴相？三人坐在石堂內，于冰向不邪道：「這是你連、金二位師叔，可過來拜見。」不邪下拜，城璧、不換亦跪拜相還。于冰又著排設香案，將火龍真人賜的衣包放在正面，大拜了四拜，打開觀看，內有九瓣蓮花束髮金冠一頂，天青火浣布袍一件，通天犀髮簪一根，碧色芙蓉根絲絛一條，墨青桃絲靴一雙。于冰拜罷，即穿戴起來。人才原本齊整，又兼服飾精美，真是瑤臺玉宇的金仙。城璧等各欣羨不已，說道：「大哥既改換道服，我們不知改得改不得？」于冰道：「既已出家，有何不可？」又向不邪道：「可將要緊應用法術，傳與你二位師叔些。我此刻去江西走遭，大要得數月方回。」不邪等送出洞外，凌空去了。

再說溫如玉自于冰那晚用花瓶替換的遁去，將金鐘兒被褥全濕，次日，暗中教張華推往泰安，請苗禿子去，著他買錦緞被褥面二件，速速的送來。過了三四天，張華回來，買了五彩冰紋塊式博古圖錦緞被料一件，又天青地織金喜相逢蝴蝶褥料一件，呈與如玉過目，說道：「這都是苗三爺買的，共費了九兩八錢銀子。住房也尋下了，苗三爺還領小的去看了看，前後兩進院子，也有三間庭屋，木石雖小些，房子倒都是半新的。在城西門內騾馬市兒左邊，座北朝南的門樓，內外共房二十八間。房後有一大水坑。苗三爺說，若典他的，只要二百兩；買他的，要三百八十兩。又著說與大爺，或典或買，快去商議。這房子還像個局面，遲幾天，人家就買了。還與大爺有書字。」取出遞與如玉，如玉看了，問道：「苗三爺的住房尋下了沒有？」張華道：「苗三爺沒有說起。」如玉道：「明日絕早收拾行李，我好起身。你今日僱便一輛車子方好。」張華道：「小的就是坐車來的。」

張華方纔出去，金鐘兒旋即走來。如玉道：「我與你買了兩件被褥料，你看看，倒只怕不如你的好。」金鐘兒也不看，先作色道：「這都是胡做作，何苦又費這些銀子？」如玉道：「沒多的，不過十兩上下。」金鐘兒道：「就是一兩也不該。你若和我存起賠墊東西的心來，就不成事了。」說著，又伸手將被褥料打開觀看，見織的雲錦燦爛，耀目奪睛，不由的笑顏說道：「既承你的情買來，我拿去著我爹媽看看，著他們也知道你這番意思。」說著，笑嘻嘻的拿出去了。自此一家兒待溫如玉分外親切。蕭麻子時來陪伴。又留戀了四天，方回泰安去。臨行，與鄭三留了十六兩銀子，與金鐘兒叮定歸期❶。到了泰安，和

❶ 叮定歸期：叮嚀囑咐，商定歸期。

苗禿子相商，用三百六十兩銀子，將房子買下。搬房的事，他也無心照料，都交與兩個家人韓思敬和張華辦理。又幫了苗禿子三十兩銀子，也在這騾馬市左近尋了幾間住房。兩人各安頓了安頓，便一齊往試馬坡來。

自此後，來來往往，日無寧貼。和金鐘兒熱的和火炭一般，逐日家講論的，都是你娶我嫁盟山誓海的話。苗禿子與玉磬兒相交日久，不由的也畢熱起來。皆因玉磬兒沒多的相交，省得閒在家內，只得也與苗禿子幾句錐心刺骨的假屁喫。這禿子那裡還經受得起？他每日也要捨命的洗臉刷牙，穿紬袍子，兩三雙家買新緞鞋，心眼兒上都存的是俏牌。饒如玉與他墊著一半嫖錢，他還耗去了六七十兩。又說合著教如玉借與蕭麻子五十兩，藉仗他的漢子，鎮守試馬坡的光棍，不許入鄭三家門。又著如玉借與鄭三八十兩，立了借契，他和蕭麻子做中見人，契上寫著銀便即還，不拘年月。又與金鐘兒打手飾，做衣服。連嫖錢賞格並自己家中用度，真是水也似的一般往外直流，將房價銀一千四百兩，只剩下七百多兩了。凡人家與他說親事，不依允也還罷了，他還要以極怒的眉目拒絕。一心只想從良金鐘兒。鄭三要八百兩，少一兩也不肯依，因此再講不妥。蕭麻和苗禿也替如玉在鄭三家兩口子面前假為作合，出到五百兩，鄭三家老婆總不改口。

金鐘兒為此事，與他父母也大嚷過幾次，幾乎把頭髮剪了。他母親再四安慰，許到明年准行，金鐘兒方不吵鬧了。溫如玉看見這種情意，越發熱的天昏地暗，直嫖到黎氏的二周年，方纔回家，料理祭祀。去墳上磕了頭回家，正要僱車到試馬坡去，不意走起痢來，每天十數次不止。他因黎氏是痢疾喪命，心上甚是害怕，日夜服藥，恨不得一刻便好。一日，苗禿子從試馬坡來，聽得如玉患病，買了幾樣喫食東西相看，說道：「金姐見你許久不去，終日裡愁眉淚眼，不住的問我。我又不知你走痢，只得含糊答應。他這幾天也瘦了好些，若再知你害病，只怕這孩子的小命兒嚇不殺。這二月二十三日，是他母親的五十整壽，屈指只留下七八天了。我是定要親自送禮祝壽去的。你就不能親自去，也該與他帶一分禮，方覺得情面上好看。」如玉道：「我這幾天遍數略少些，到二十三日，也就好了。即或不好，我將來與他親去補祝罷。捎帶著禮去，倒只怕不是老人家意思。俗言有心拜年，縱到寒食也不遲。」苗禿子道：「你說的中竅，想出來就高我們幾分。」

自此兩人日日坐談，到了十一日，如玉的痢還不止。苗禿子告別，如玉又囑託了許多話。苗禿子道：「我這一去，管保金姐連夜打發人聽望你來。」苗禿子去後，如玉的痢疾到二十七八纔好起來。又見苗禿子已去了半月，想著他們不知如何快樂，於是親到緞局內買了一件紅青緞氅料，一件魚白緞裙料，又備辦了六色水禮，外添壽燭壽酒，僱人擔上，同張華坐車向試馬坡來。一入了門，見院中有七八個穿紬緞的人，卻都是家丁打扮，在兩條板凳上坐著閒談。見如玉入來，都大模大樣的不理論。又聽得金鐘兒房內，有人說笑。鄭三從南房內出來，見如玉著人擔著禮物，笑說道：「溫大爺來了，聽得說大爺欠安，急的要打發人去看望，家中偏又忙，大爺且請到東院亭子上坐坐。」如玉道：「這些人都是那裡的？」鄭三道：「到亭子上，我與大爺細說。」如玉指著挑夫道：「這是我與你老伴兒帶的壽禮，你可看看，收的去。」鄭三道：「又著大爺費心賞賜，小的自有措置。」讓如玉到亭子上坐下。

如玉道：「你也坐下說話，不必拘形跡。」鄭三道：「小的站著說罷。大爺適纔問院裡那幾個人，說起來，真是教人無可如何的事。本月十四日午後，是現任山西大原府的公子，姓何諱士鶴，就是武定府人，帶領著許多家人，係從京中辦事後回鄉走走，此番是與本省巡撫大人說話。在濟南聽得人說，有個金鐘兒是名妓，因此尋來，到小的家要看看。小的一個樂戶人家，焉敢不支應？只得請到庭上，與金鐘兒相見。誰想他一見了就中意，死也不肯走，金鐘兒死也不接他。倒是小的兩口子，看事勢臉面上都下不來，費了無限唇舌，金鐘兒方肯依允。適纔院裡那些人，都是跟隨他的，將幾間房也住滿了。」如玉道：「這個何妨？大家馬兒大家騎，你開著這個門兒，就只得像這樣酬應。但不知這姓何的有多少年紀？」鄭三道：「人還年青哩，纔二十歲了。」如玉道：「人才何如？」鄭三道：「小的看著甚好，小的女兒卻看不上眼，凡事都是假情面。」

正說著，只見苗禿、蕭麻大笑著走來，同到亭子上，兩人齊說道：「為何如今纔來了？」如玉道：「賤恙到二十七日纔好些，所以耽延到如今。」蕭麻子笑道：「溫大爺只知在家中養病，就不管金姐死活了麼？」如玉著驚道：「敢是他也害病麼？」蕭麻子道：「他倒也沒病，不過是想念你。」如玉笑了。三人坐下，鄭三道：「小的照看大爺的人去。」說畢去了。如玉道：「怎麼不見金姐？想是陪著新客人，沒工夫來？」苗禿子道：「你不可冤枉人家。他聽得你來，就打了個大失驚❷。只因客人的話多，拉扯不斷，管情也就來呀。」如玉道：「你這禿小，怎麼就住這些時，也不回家走走？」苗禿子笑道：「我也解說不來。」

原來這何士鶴，果然是大原府知府何棟❸的長子。在任七八年，賺了五六萬兩，著何士鶴入都，走

---

❷ 打了個大失驚：大喫一驚。打失驚，喫了一驚。西遊記第四十二回：「行者聞言，打了個失驚。」

❸ 何棟：明長安人，正德進士，歷官右都御史，總督薊遼軍務，材能幹局，深達經濟，有時名。

動錦衣衛陸炳的門路，著寫字囑託巡撫題陞濟寧道；又著他到本省巡撫處，親自送禮稟安。他路上聞得金鐘兒名頭，算省城左近好些的妓女，因此他尋到試馬城，與金鐘兒一見，便彼此留戀。何公子又生得眉清目秀，態度安詳，雖是個少年孩子，卻大有機械變詐❹，透達世故人情，只兩三天，把一個金鐘兒鬼弄的隨手而轉，將愛如玉的一片誠心，都全歸在他一人身上。行事又會大方，住了三天，就與了鄭三三十兩。見蕭麻、苗禿會幫襯，便滿口許著帶到任裡去辦事。因此，他兩個日夜趨奉，時時刻刻趕著湊趣不迭，都想著要從山西發發財。少刻，玉磬兒笑容滿面的走來，到如玉面前問候了一會痢疾病的話，方纔坐下，言語間比素常親熱三四倍。

待了好半晌，方見金鐘兒打扮的粉粧玉琢，分花拂柳而來。到了亭子上，笑向如玉道：「你來了麼？」如玉道：「我病了一場，幾至傷了性命，你也不著人看看我？」金鐘兒道：「苗三爺也曾說過，我想一個痢疾病，也到不了甚麼田地。」蕭麻子道：「你兩個且說幾句知心話兒，我和老苗且到前邊走走。」說罷，兩人陪何公子去了。玉磬兒也隨著出去。如玉笑向金鐘兒道：「你近日得了如意郎君，還沒與你賀喜。」金鐘兒道：「我也沒個不如意的人。」如玉道：「這姓何的為人何如？」金鐘兒道：「也罷了。」如玉道：「我今日也來了，看你如何打發我？」金鐘兒把臉一高揚道：「我是磨道中的驢，任憑人家驅使。」又道：「你還沒有喫飯，我與你打聽飯去。」如玉道：「我又不飢，你著急甚麼？有你父親理料就是了，且坐著說話兒。」金鐘兒道：「我與他說一聲去就來。」急急的去了。

如玉獨自在亭子上走來走去，又待了好半晌，心中詫異道：「怎麼這老金聽飯去就不來了？連苗禿

❹ 機械變詐：巧詐而多機心，或簡稱機變。孟子盡心上：「為機變之巧者，無所用恥焉。」

子也不見，真是荒唐。」正兒念著，見蕭、苗二人走來，笑說道：「那何公子聽見溫大爺到此，一定要請去會會。」如玉道：「我不會他罷，我也要回去哩。」蕭麻子大笑道：「尊駕要回去，就該早些走。此刻人家把上下飯都收拾停妥，住房也議論停當，還走到那裡去？難道這時候還要住店不成？」苗禿子道：「何公子年少謙和，你不可不見見他，將來有藉仗他處，也未可知。」如玉執意不去。又見鄭三也來相請，只得走到前庭。

何公子迎接出來，兩人行禮敘坐。如玉讓何公子是客，何公子又以如玉年長，講說了一會，何公子坐了客位，如玉對坐，餘人列坐左右。如玉見何公子丰神瀟灑，氣度端祥，像個文雅人兒，心裡打稿兒道：「我當這娃子不過有錢有勢，誰想生得這般俊秀，倒只怕是我溫如玉的硬對頭。」又回想道：「金鐘兒和我是何等交情，斷不至改變了心術？」只見何公子道：「久切瞻韓❺，無緣御李❻，今日青樓中得晤名賢，榮幸何似？」如玉道：「小弟樗櫟庸材，智昏菽麥，過承獎譽，何以克當？」少時茶至，如玉留神看視，見金鐘兒一對眼睛，不住的偷看何公子，心上便添了幾分不快。鄭三入來說道：「溫大爺就在庭上一同用飯罷。」打雜的入來，安放桌椅，斟起酒來。何公子在左，如玉在右，蕭、苗二人在一面，金鐘、玉磬在一面，六人坐定，共敘家常。蕭、苗二人互相譏刺，說笑下一堆。端來的茶食，不但比素常豐盛數倍，且大盤大碗，一樣一樣的上起來。如玉心內狐疑道：「想是為我帶了壽禮來酬情。」

---

❺ 瞻韓：同識荊，謂初見素所景仰之人。語本李白與韓荊州書：「生不願封萬戶侯，但願一識韓荊州。」韓荊州，謂韓朝宗，以其曾任荊門長史也。

❻ 御李：東漢李膺有賢名，荀爽謁之，因為之御，後世遂以御李為得親賢者之詞。典出後漢書李膺傳。

不多時，軒車下墜，霧隱前山，鄭三拿入許多的蠟燭來，上下安放。飯食纔罷，又是十六個碟子，皆奇巧珍品下酒之物，心裡說道：「這是款待何公子無疑了。我在他家來回七八個月，花好幾百兩銀子，也沒見他待我這樣一次。」腹中甚是抑鬱。又見金鐘兒與何公子以目送情，不打照自己一眼。倒是何公子磊磊落落，似有若無。偏是這金鐘兒情不自禁，時而與何公子俏語幾句，時而含笑低頭，時而高聲嫩語，與苗禿子爭論喫酒的話兒，賣弄聰明。如玉都看在眼內，大是不然。六人坐到起更時候，何公子向如玉道：「弟有一言，實出自肺腑，兄毋視為故套。弟在此業已數日，靚花占柳之福，享用太過。兄與金卿素係知己，兼又久別，理應夜敘懷抱。弟與家奴輩，隨地皆可安息，未知長兄肯賞此薄面否？」如玉正要推辭，只見蕭麻子道：「敝鄉溫大爺素非登徒子⑦，磨月琢雲之興，亦偶然耳。況相隔咫尺，美人之光，最易親近。公子上有大人管束，本身又有多少事務，好容易撥冗到此，割愛之說，請毋再言。」溫如玉道：「弟之所欲言者，皆被蕭大哥道盡，弟亦無可為辭。但今日實為金姐母親補壽而來，新愈之軀，亦不敢與孫吳對壘。即公子不在，弟也定必獨宿。」何公子道：「弟雖年幼，非酒色人也。因見兄晶瑩磊落，正是我輩中人，倘邀屈允，弟尚可以攀龍附鳳，多住幾天。否則，明早即行矣。」金鐘兒連忙以眼知會苗禿，苗禿子道：「玉姐渴慕溫大爺最久，我今日讓你受用幾天罷。」玉磬兒聽了，笑道：「只怕我福淺命薄，無緣消受。」蕭麻子笑道：「果然你的命薄，七八個月，總未相與一個有頭髮的人。我倒有頭髮，你又嫌我老。今晚溫大爺光顧，真是你的造化到了。」讓來讓去，如玉總以身子病弱為辭。蕭麻子叫著鄭三來，定歸如玉同張華在後院住宿。

⑦登徒子：戰國時代楚人宋玉有登徒子好色賦，後因稱貪戀女色者為登徒子。

頃刻，收去杯碟，一齊起身，同送何公子到金鐘兒房內喫茶。如玉見他月前買的錦緞被褥料子，已經做成輝煌燦爛的堆在炕上，先倒與何公子試新，心上甚是氣悔。猛抬頭，見正面牆上貼著一幅白綾字條，落的款是「渤海何士鶴題」，上寫七言律詩一首道：

寶鼎香濃午夜長，高燒銀燭卸殘粧。
情深私語憐幽意，心信盟言欲斷腸。
醉倒鴛鴦雲在枕，夢回蝴蝶月盈廊。
與君喜定終身約，嫁得何郎勝阮郎。

如玉看到「嫁得何郎勝阮郎」之句，不由的醋心發作。又見金鐘兒不住的賣弄風情，將全副精神都用在何公子身上，毫無一點照應到自己，那裡還坐得住？隨即別了出來，眾人又同到溫如玉住房內混了一會，方纔各歸寢所。如玉與張華同宿，面對著一盞銀燈，翻來覆去，那裡睡得著？一會兒追念昔日榮華，一會兒嘆悼近年的境況，一會兒想著何公子少年美貌，跟隨的人都是滿身紬緞，氣昂昂傍若無人。又低頭看了看張華，睡在腳下，甚是囚氣。此時手內又拿不出幾千兩銀子，與何公子比試，著忘八家刮目欣羨；又不能小幾歲，與何公子爭較人才。一會兒又想到蕭、苗二人，言言語語，都是暗中替何公子用力，將素日的朋情付之流水。又深悔時常幫助苗禿借與蕭麻銀兩，如今反受他們的作弄，只這炎涼二字，也咽不下去。

想來想去，想的教何公子今晚得一暴病，明早就死在鄭三家裡，看他們如何擺布？又深恨金鐘兒這番冷淡的光景，白白的在這淫婦身上花了無限的銀子，落了這樣個下場。思來恨去，弄的心胸鼓脹起來，睡著不好，坐著也不好。再看張華，已經在腳下打呼。悄悄的披了衣服，走到庭屋東窗外竊聽，只聽得他二人鸞顛鳳倒，艷語淫聲，百般難述。自己用拳頭在心上打了幾下，垂頭喪氣的回來，睡在被內，說道：「罷了！罷了！我明日只絕早回家去罷。眼裡不見，倒還清淨些。」又一會，自己開解道：「我又和他不是夫妻，何苦自喫煩惱？不如睡覺養神。」嘴裡是這樣說，不知怎麼，心裡丟不過，睜著兩眼，一直醒到雞叫的時候。及至到天將明時，又睡著了。

睡到次日辰牌時分，覺得被內有一隻手兒伸入來，急睜眼看時，卻原來是金鐘兒。打扮的和花朵兒一般，笑嘻嘻的坐在身傍，如玉看了一眼，也不言語，依舊的合眼睡去。金鐘兒用左手在他心口上摸索著，用右手搬著如玉的脖項，說道：「你別要心上胡思亂想的。我爹媽開著這個門兒，指著我們喫飯穿衣，我也是無可如何。像這等憨手兒，不弄他的幾個錢，又弄誰的？多弄他的幾個錢兒，就省下你的幾個兒了。你在風月行，還是一年半載的人，甚麼骨竅兒你不知道？」說著，將舌頭塞入如玉口內，攪了幾攪。如玉那裡還忍耐的住，不由的就笑了，說道：「你休鬼弄我。我起來還有正緊事，不料就睡到這時候。」金鐘兒道：「你的正緊事，不過是絕情斷義，要回泰安，一世不與我見面。你那心就和我看見的一樣，虧你也忍心想得出來。」

兩人正口對口兒說著，猛聽得地下大喝了一聲，彼此各喫一驚。看時，卻是苗禿子，笑說道：「你夫妻兩個，說甚麼體己話兒，也告訴我一句。」金鐘兒道：「他今日要回泰安去哩。」苗禿子將舌頭一伸，又鼻子裡呼出了一聲，笑說道：「好走手兒來，人家為你遠來送壽禮，心上感激不過，從五更鼓，老兩口子收拾席面，今日酬謝你，你纔說起走的話來了。」如玉道：「我家裡有事。」苗禿子低聲道：「你不過為何家那娃子在這裡，他原是把肥手兒，你該與金姐幫襯纔是。」如玉道：「他賺錢不賺錢，我不管他。我只以速走為上，何苦在這裡做眾人厭惡。」苗禿子道：「不好，這話連我也包含著哩！」金鐘兒冷笑了一聲，藉空兒聽何公子去了。正是：

織女於今另過河，牛郎此夜奈愁何。
嫖場契友皆心變，咫尺炎涼恨倍多。

第四十八回　聽喧淫氣殺溫如玉　恨讖笑怒打金鐘兒

詞曰：

且去聽他，白晝鬧風華，淫聲艷語嗳呀呀，氣殺冤家。一曲琵琶干戈起，打罵相加。即今去也各天涯，心上結深疤。

右調珠沈淵

話說金鐘兒去後，如玉隨即穿上衣服。苗禿子道：「我與你要洗臉水去。」少刻，如玉到前邊，張華收拾行李。鄭三家兩口子說好說歹的，纔將如玉留下。又暗中囑咐金鐘兒，在兩處兒都打照著，休要冷淡了舊嫖客。如玉同眾人喫了早飯，因昨夜短了睡，到後邊困覺。睡到午間扒起，走到前院一看，白不見一個人，只有鄭三在南房簷下，坐著打呼。原來苗禿子等同何公子家丁們，郊外遊走去了。

如玉走入庭房，正欲趁空兒與金鐘兒訴訴離情，剛走到門前，將簾兒掀起，見門子緊閉。仔細一聽，裡面柔聲嫩語，氣喘吁吁，是個雲雨的光景。又聽得抽送之聲，與狗舐粥湯相似。少刻，聲音更迫，只聽得金鐘兒百般亂叫，口中說死說活。如玉聽到此際，比晚間那一番更是難受，心上和刀剜劍刺的一般。長出了一口氣，走到後邊，把桌子拍了兩下道：「氣殺！氣殺！」將身子靠在被褥上，發起痴呆來。好半晌，方說道：「總是我來的不是了，與這老忘八肏的做的是甚麼壽？」猛見玉磬兒笑嘻嘻的入來，說道：「大爺和誰說話哩？」如玉道：「我沒說甚麼，請坐。」玉磬兒道：「東庭房著人占了，大爺獨自在此，不寂寞麼？」如玉道：「也罷了。」玉磬兒道：「他們都遊走去了，只有何公子在金妹子房中睡覺。我頭前來看大爺，見大爺睡著了，不敢驚動。」

如玉道：「這何公子到你家前後共幾天了？」玉磬兒道：「連今日十八天。」如玉道：「不知他幾時起身？」玉磬兒微笑道：「這倒不曉得。」又道：「他兩個正是郎才女貌，水乳相投，這離別的話，也還說不起哩。」如玉道：「苗三爺與你最久，他待你的情分何如？」玉磬兒道：「我一生為人，大爺也看得出，誰疼憐我些，誰就是我的恩人。只是自己生的醜陋，不能中高貴人的眼，這也是命薄使然。」如玉道：「你要算醜陋人，天下也無俊俏的了。」玉磬兒笑道：「大爺何苦玩弄我？只是大爺到這裡來，金妹子又無暇陪伴，倒教大爺心上受了說不出的委曲。」如玉道：「此番你妹子不是先日的妹子了，把個人大變了。我明日絕早走，將來他不見我，我不見他，他還有甚麼法兒委曲我？」玉磬兒道：「噯喲，好大爺，怎麼把斬頭瀝血的話都說出來。我妹子今年纔十九歲，到底有點孩子性。將來何公子走了，他急切裡也沒個如意的人，除了大爺，再尋那個？」如玉冷笑道：「我還不是就近的毛房❶，任人家屎尿哩。今日不是你三叔和你三嬸兒再三苦留，我此刻也走出六十里去了。」

兩人正敘談著，忽聽的外面有人說笑。玉磬兒道：「我且失陪大爺罷。」一直前邊去了。少刻，前邊請喫飯，大家齊到庭上。只見鄭三家老婆入來，看著如玉，向何公子道：「承這位溫大爺的盛情抬舉

❶ 毛房：廁所的俗稱，通作茅房，因從前民間廁房多用茅草搭建而成。

我，因我的賤辰補送禮物，已經過分了。又拿來許多緞子衣服，我昨日細看，倒值六七十兩。只是小地方兒，沒個甚麼堪用的東西。今日不過一杯水酒，少伸謝意。」又囑咐金鐘、玉磬道：「你兩個用心陪著，多喫幾杯兒。」說罷，出去了。何公子道：「昨日小弟胡亂僭坐，今日是東家專敬溫兄，又有何說？」蕭麻子道：「今日是不用遜讓的，自然該溫大爺坐，完他東家敬意。何大爺對坐，我與老苗在上面橫頭，他姊妹兩個在下面並坐就是了。」說罷，各一一入坐。

不多時，杯泛瓊蘇，盤堆珍品，蘭肴綺饌，擺滿春臺。溫如玉存心看金鐘兒舉動，見他磕了許多瓜子仁兒，藏在手內，又剝了個元肉丸兒，將瓜子仁都插在上面，不知甚麼時候，已暗送與何公子。又見何公子將元肉同瓜子仁兒浸在酒杯內，慢慢的咀嚼。如玉甚是不平，躊躇了一會，苗禿子見如玉出神，用手在肩上拍了一下，說道：「你不喫酒，想甚麼？」如玉因金鐘兒與何公子白日上過床，譏刺道：「我想這樂戶家的婦女，固是朝秦暮楚，以賣俏迎奸為能，然裡頭也有個貴賤高低。高貴的只知昏夜做事，下賤的還要白日裡和人打鎗，與沒廉恥的豬狗一般。你看那豬狗，不是青天白日裡鬧麼？」金鐘兒聽了，知道午間的事，必被如玉聽見，此刻拿這話譏刺，便回答道：「豬狗白日裡胡鬧，雖是沒廉恥，他到底還得些實惠。有那種得不上的豬狗，在傍邊狂叫亂咬，那樣沒廉恥，更是難看。」

蕭麻子見他們言語相譏，急急的瞅了金鐘兒一眼。如玉登時耳面通紅，正要發作，苗禿子大笑道：「若說起打鎗來，我與玉姐沒一天白日裡沒有。」玉磬兒道：「你倒少拿這臭屁葬送人，我幾時和你打鎗來？」苗禿子道：「今日就有。我若胡葬送你，我就是鄭三的叔叔。」何公子大笑道：「這話也沒甚麼討便宜處。」苗禿子道：「我原知道不便宜，且樂得與他姐妹兩個做親爺。」玉磬兒道：「我只叫你三哥哥。」蕭麻子道：「你們莫亂談，聽我說，今日東家一片至誠心酬謝溫大爺，我們極該體貼這番敬客的意思，或歌或飲，或說笑話兒，共效嵩呼❷。」何公子道：「蕭兄說的甚是。快拿笛笙鼓板琵琶絃子來，大家唱唱。」眾人你說我笑，將如玉的火壓下去了。

須臾，俱各取來，放在一張桌子上。蕭麻子道：「我先道過罪，我要做個令官，都要聽我的調遣。我們四人，普行喫大杯。金姐玉姐，每遍斟三分，我們都是十分。杯子要轉著喫，次第輪流，每喫一杯，唱一曲，上首坐的推下首坐的，違遲者罰一大杯。你們以為何如？」苗禿子道：「這個令倒也老實公道。只是不會唱的，該怎麼？」蕭麻子道：「不會唱的，喫兩杯，免唱。愛唱的，十個八個只管唱。若唱的不好聽，不敢過勞。」說罷，都斟起大杯來。如玉道：「我的量小，喫不動這大杯。每次斟五分罷。」蕭麻子道：「這話不行。就如我也不是怎麼大量，既講到喫酒，便醉死也說不得。」於是大家都吃起來。蕭麻子道：「令是我起的，我就先唱罷。」金鐘兒道：「我與你彈上琵琶。」蕭麻子道：「你彈上，我倒一句也弄不來了，倒是這樣素唱為妥。」說著，頓開喉嚨，眼看著苗禿子，唱道：

寄生草

我愛你頭皮兒亮，我愛你一抹兒光。我愛你葫蘆插在脖子上，我愛你東瓜又像西瓜樣。我愛你繡毬燈兒少提梁，我愛你安眉戴眼的聽彈唱，我愛你一毛兒不拔在嫖場上浪。

眾人聽了，俱各鼓掌大笑。苗禿子著急道：「住了，住了，你們且止住笑，我也有個寄生草唱唱，你們

❷ 嵩呼：舊時對天子的祝頌之詞，亦稱呼嵩或山呼，在此即祝壽之意。

聽。」唱道：

你好似蓮蓬座，你好似螞蜂窩。你好似穿壞的鞋底繩頭兒落，你好似一個核桃被蟲鑽破。你好似石榴皮子坑坎兒多，你好似臭羊肚兒翻舔過，你好似擦腳的浮石著人嫌唾。

眾人也都大笑。何公子道：「二位的曲子，可謂工力悉敵，都形容的有點趣味。」蕭麻子道：「快與苗三爺斟起一大杯來。」苗禿子道：「為甚麼？」蕭麻子道：「罰你。」苗禿子道：「為甚麼罰我？」蕭麻子道：「罰你個越次先唱。我在你下首，我是令官，我唱了就該何大爺，何大爺唱後是金姐、玉姐、溫大爺，纔輪著你，你怎麼就先唱起來？到該你唱的時候，那怕你唱十個二十個也不妨，只要你肚裡多。若嫌你唱的多罰你，就是我的不是了。」何公子道：「令不可亂，苗兒該喫這一杯。」蕭麻子立逼著苗禿子喫了。蕭麻子又道：「再與苗三爺斟起一大杯來。」苗禿子著忙道：「罰兩杯麼？」蕭麻子道：「頭一杯是罰你越次先唱，第二杯罰你胡亂罵人。」苗禿子大嚷道：「這都是奇話，難道說只許你唱著罵我麼？」

蕭麻子道：「我不是為你罵我，你就罵我一千個也使得，只要你有的罵。只是這金姐臉上也有幾個麻子，你就罵也該平和些兒，怎麼必定是石榴皮、螞蜂窩、羊肚子、擦腳石，罵的傷情利害到這步田地。若是玉姐有幾個麻子，你斷斷不肯罵出來。」金鐘兒粉面通紅道：「這叫個窮遮不得，富瞞不得。我這臉上，原也不光亮，無怪乎苗三爺取笑我。」苗禿子聽了，恨不得長出一百個嘴來分辨，忙說道：「金姐你休聽蕭麻子那疤𠯑的話，他是信口胡拉扯。」蕭麻子大笑道：「金姐你聽聽，越發放開口的罵起咱兩個是疤侖的來了。」苗禿子打了蕭麻子兩拳，說道：「金姐你的麻子，就和月有清陰、玉有血斑的一樣，真是天地間秀氣鍾就的靈窟，多幾個兒不可，少幾個兒也不可，沒一個兒更不可。就是用鳳啣珠、蛇吐珠、避塵珠、玄鶴珠、驪龍珠、象罔珠、如意珠、滾盤珠、夜明珠、照乘珠，一個個添補起來，也不如這樣有碎窟小窩兒的好看。那裡像蕭麻子的面孔，與撅斷❸的藕根頭相似，七大八小，深深淺淺，活怕死人。」

蕭麻子道：「任憑你怎麼遮飾，這杯酒總是要罰的。」苗禿子被逼不過，只得將酒一氣飲乾，說道：「罷，罷，我從今後，連蕭麻子也不敢叫你了，我只叫你的舊綽號罷。」何公子道：「蕭兄還有舊綽號麼？」苗禿子道：「怎麼沒有？他的舊綽號叫象皮龜。」眾人聽了，俱各大笑。以下該何公子唱了。何公子將酒飲乾，自己拿起鼓板來，著他跟隨的家人們，吹上笙笛，唱了陽告裡一支叨叨令。如玉道：「何兄唱的抑揚頓挫，真堪裂石停雲，佩服佩服。」何公子道：「小弟的崑腔，不過有腔有板而已。究竟於歸拿字眼、收放吞吐之妙，無一點傳授，與不會唱的門外漢❹無異。承兄過譽，益增甲顏。」次後該金鐘兒唱了。金鐘兒拿起琵琶來，玉磬兒彈上弦子，唱道：

林梢月絲弦調

初相會可意郎，也是奴三生幸大。你本是折桂客，誤入章臺，喜的奴竟夜無眠，真心兒敬愛。你

---

❸撅斷：折斷。撅，音ㄐㄩㄝ。

❹門外漢：對某事無認識無經驗之人。或作外行人、外行。

須要體恤奴懷，若看做殘花敗柳，豈不辜負了奴也。天呀！你教我一片血誠，又將誰人看待。

蕭、苗二人一齊叫好，也不怕把喉嚨喊破。溫如玉聽了，心中恨罵道：「這淫婦奴才唱這種曲兒，他竟不管我臉上下得來下不來。」金鐘兒唱罷，玉磬兒接過琵琶來，將弦子遞與金鐘兒，改了弦唱道：

桂枝香絲弦調

如意郎，情性豪，俊俏風流，塵寰中最少。論門第督撫根苗，論才學李杜清高。恨只恨，和你無緣敘好。常則願席上樽前，淺斟低唱相調謔。一覷一個真，一看一個飽，雖然是鏡花水月，權且將悶解愁消。

眾人也讚了一聲好。底下該溫如玉唱了。如玉道：「我不唱罷。」眾人道：「卻是為何？」如玉道：「我也要唱幾句崑腔，一則有何兄的珠玉在前；二則小弟的曲子，非一支半支所能完結，誠恐聒噪眾位。」眾人道：「多多益善，我們大家洗耳靜聽佳音。」如玉自己打起鼓板來，放開喉嚨唱道：

點絳唇

海內名家，武陵流亞，蕭條罷，整日嗟呀，困守在青氈下。

混江龍

俺言非誇大，卻九流三教盡通達。論韜略孫吳無分，說風騷屈宋有芽。人笑俺揮金擲玉貧堪罵，誰憐俺被騙逢劫命不佳。俺也曾赴棘闈含英咀華，俺也曾入賭局脾鬥骰擲。俺也曾學趙勝門迎多士❺，俺也曾做范公麥贈貧家❻。俺也曾伴酸丁筆揮詩賦，俺也曾攜少妓指撥琵琶。俺也曾騎番馬飛鷹走狗，俺也曾醉燕市擊筑彈鋏❼。俺也曾效梨園塗硃傅粉，俺也曾包娼婦贈錦投紗。俺也曾摟處子穴間竊玉，俺也曾戲歌童庭後摘花。俺也曾拚金帛交歡仕宦，俺也曾陳水陸味盡精華。為甚麼牡丹花，賣不上山桃價？龜窩裡遭逢淫婦，酒席上欺負窮爺。

眾人俱各鼓掌道好。金鐘兒笑道：「你既到這龜窩裡，也就說不得甚麼窮爺富爺了。請喫酒罷，曲子也不敢勞唱了。」如玉道：「酒倒可以不喫，曲子倒要唱哩。」又打起鼓板來，唱道：

油葫蘆

俺本是風月行一朵花，又不禿，又不麻。

苗禿子笑向蕭麻子道：「聽麼，只用一句，把我和你都填了詞了。」

錦被裡溫存頗到家，你纖手兒搦過俺弓刀把，柳腰兒做過俺旗鎗架，枕頭花兩處翻，繡鞋尖幾度

❺趙勝門迎多士：戰國時趙國名相平原君趙勝，趙武靈王之子，門下食客常數千人。與孟嘗君、信陵君和春申君齊名。

❻范公麥贈貧家：北宋名臣范純仁以麥舟助石曼卿營葬故事。見第四回注㉘。

❼醉燕市擊筑彈鋏：戰國時，荊軻至燕，與狗屠及善擊筑者高漸離為友，每飲酒酣，高漸離擊筑，荊軻和而歌於市中。

拿，快活時說多少知心話，恁如今片語亦無暇。

蕭麻子道：「前幾句敘的甚是熱鬧，後幾句敘的可憐，看來必定這金姐有不是處。」金鐘兒笑了一笑，如玉又唱道：

天下樂

你把全副精神伴著他，學生待怎麼？他是跌破的葫蘆嚼碎的西瓜，謊的你到口蘇，引的你過眼花。須提防早晚別你，把征鞍跨。

何公子大笑道：「溫兄倚馬詩成❽，真是盛世奇才，調笑的有趣之至，就是將小弟比做破葫蘆碎西瓜，小弟心上也快活不過。」如玉又唱道：

那吒令

你見服飾盛些，亂紛紛眼花。遇郎君俏些，艷津津口誇。對寒儒那些，悶懨懨懶答。論銀錢讓他多，論本事誰行大，我甘心做破釜殘車。

何公子毫不介意，只是呵呵大笑，拍手稱妙不絕。如玉又唱道：

鵲踏枝

❽倚馬詩成：極言文思敏捷。李白與韓荊州書：「雖日試萬言，倚馬可待。」

你則會鬢堆鴉，臉粧霞，只知道迎新棄舊，眉眼風華。他個醉元規，傾翻玉斝❾；則俺這渴相如❿，不賜杯茶。

何公子道：「相如之渴，非文君不能解。小弟今晚定須迴避，不然亦不成一元規矣。」說罷大笑。如玉又唱道：

寄生草

對著俺誓真心，背地裡偷人嫁。日中天猶把門簾掛，炕沿邊巧當鴛鴦架。帳金鉤搖響千千下，鬧淫聲吁喘呼親達。怎無良連俺咳嗽都不怕。

何公子聽了，笑的前仰後合，不住口的稱道奇文妙文，讚揚不已。苗禿子道：「怪道他今日鬼念打鎗的話說，不想他是有憑據的。」金鐘兒道：「你莫聽他胡說，他甚麼話兒編造不出來？」苗禿子道：「你喘吁的叫親達，也是他編造的？連人家咳嗽都顧不得迴避了。」眾人都笑起來。蕭麻子道：「你們悄聲些兒，他這曲兒做的甚有意思，有趣味，我們要禁止喧嘩。」如玉又唱道：

尾聲

俺癢痛難拿，唱幾句拈酸話，恁安可任性兒，沈李浮瓜？到而今把俺做眼內疔痂。是這般富炎窮

❾ 醉元規二句：宋孫沔，字元規，居官以才力聞，然跌蕩自放，不守士節，喜宴遊女色。斝，音ㄐㄧㄚˇ，玉杯。

❿ 渴相如：西漢司馬相如患消渴症。見第二十四回注❻。

涼，新真舊假，拭目恁那蛛絲情盡，又網羅誰家？

如玉唱完，眾人俱各稱羨不已道：「這一篇醋曲，撒在嫖場內，真妙不可言。」何公子道：「細聽數支曲子，宮商合拍，即譜之梨園⑪，扮演成戲，亦未為不可。又難得有這般敏才，隨口成文，安得不著人服殺？」苗禿子道：「扮金姐的人，倒得一個好小旦。不然，也描寫不出這迎新棄舊的樣兒來。」金鐘兒道：「苗三爺也是這樣說，我竟是個相與不得的人了。我也有一支曲兒，請眾位聽聽。」蕭麻子道：「請吐妙音。」金鐘兒把琵琶上的弦都往高裡一起，用越調高唱道：

三煞雙調琥珀貓兒墜加字囉囉腔

你唱的是葫蘆咤，我聽了肉也麻。年紀又非十七八，醋罈子久該倒在東廁下。說甚麼先有你來後有他，將督院公子抬聲價。你可知花柳行愛的是溫存，喜的是風華，誰管你祖上的官兒大？

何公子等聽了，俱不好意思笑。蕭麻子搖著頭兒道：「這位金姐，也是個屬鵪鶉的，有幾嘴兒鬥打哩。」金鐘兒唱道：

自從他那晚住奴家，你朝朝暮暮無休暇，存的是醋溜心，卜的是麻辣卦。筷頭兒盤碗上打，指甲兒被褥上搯，耳朵兒竊聽人說話，對著奴冷笑熱誇，背著奴鬼嚼神查。半夜裡喊天振地叫張華，夢魂中驚醒教人心怕。

⑪ 譜之梨園：製成歌舞曲譜。梨園，唐玄宗時教練宮廷歌舞藝人之所，後以之泛稱戲班或演戲之所。

奴本是桃李春風牆外花，百家姓上任意兒勾搭。你若教我一心一信守一人，則除非將奴那話兒縫殺。

金鐘兒卻要唱下句，當不得眾人大笑起來。苗禿子道：「若將金姐那話兒縫殺，只怕兩位公子要哭死哭活哩。」蕭麻子笑說道：「不妨，不妨，只用你將帽兒脫去，把腦袋輕輕的一觸，管保紅門再破，蓮戶重開。」苗禿子恰要罵，金鐘兒又唱道：

尾聲

從來說舊家子弟多文雅，誰想有參差，上品的凝神靜氣，下流的磨嘴粘牙。

如玉因頭前有豬狗長短話，已恨怒在心；又聽了那兩段，早已十分不快。今聽了上品下流的話，不由的心頭火起，問金鐘兒道：「你把這上品下流的話，與我講一講。」金鐘兒道：「我一個唱曲兒，有甚麼講論？」苗禿子笑說道：「你們個相與家，甚麼話兒不說，纔講論起字眼來了？」如玉冷笑道：「你這奴才，著實放肆，著實不識好歹。」金鐘兒道：「你倒少要奴才長短的罵人。」如玉道：「你原是娼婦家，不識輕重的奴才。我罵你奴才，還是抬舉你哩。」金鐘兒向眾人道：「人家喫醋都喫在心裡，沒見他這喫醋都喫在頭臉上，連羞恥都不迴避了。」蕭麻子道：「禁聲些兒罷。你兩個雖然是取笑，休教何大爺的尊紀笑話。」金鐘兒又欲說，不防如玉隔著桌子，就是一個嘴巴，打的金鐘兒星眸出火，玉面生煙，大叫了一聲，說道：「你為甚麼打我？我還要這命做甚麼？」說著，掀翻了椅子，向如玉一頭撞來。

蕭麻子從後抱住，如玉趕上來，又是一個嘴巴。打的金鐘兒大喊大叫，如玉又揚拳打下。苗禿子急向金鐘兒面前一遮，拳落在苗禿子頭上，帽兒墜地。蕭麻子將金鐘兒抱入房裡去了。苗禿子兩手揉著禿頭說道：「好打，好打！」

鄭三家兩口子，從後面兩步做一步跑來。鄭三家老婆問玉磬兒道：「你妹子和誰鬧？」玉磬兒不敢隱瞞，說道：「適纔被溫大爺打了一下，蕭大爺抱入東房去了。」鄭婆子笑說道：「好溫大爺，我家女廝年青，有不是處指駁他，防備人家動手腳。怎麼你老人家纔動起手腳來了，豈不失雅道？」溫如玉氣的也回答不出。只聽得金鐘兒在房內大哭，口裡也有些不乾不淨的話。鄭三聽得，連忙拉了他老婆到房內，教訓他閨女去了。溫如玉走出街門，吆喝著張華，收拾行李。苗禿子隨後跟來，如玉已急急的出堡去了。正是：

謳歌逆耳禍蕭牆，義海情山一旦忘。

水溢藍橋應有會，兩人權且作參商。

第四十九回　抱不平蕭麻訓妓女　打怨鼓金姐恨何郎

詞曰：

一曲歌吹堪怒，致令多情歸去。訓妓語分明，老龜精。　這個郎君心忍，臉上頓銷脂粉，兩下俱開交，悔今朝。

右調一痕沙

且說溫如玉負氣出了試馬坡，在堡門外等候車子行李。苗禿子隨後趕來，說道：「你此刻往那裡去？」如玉道：「我回泰安去。」苗禿子道：「你如此須不好看。」如玉大怒道：「還有甚麼不好看？」苗禿子見他怒極，也不敢留了，忙忙的走回，見張華同車夫走來，苗禿子道：「你且不要出堡，我請蕭大爺去。」張華道：「三爺和我家大爺是何等交情，像這些事，原不該幫誘他。即或我大爺要做，三爺還該苦勸纔是。今日鬧了饑荒，走去正是好機會，又請蕭大爺怎麼？我不該說，賣了房的一千多兩，已混去了大半，將來鬧到沒結果，三爺心上何忍？」幾句話，說的苗禿子大睜著眼，沒的回答。說罷，催車夫出堡去了。

苗禿子討了沒趣，走入鄭三院內，鄭三迎著問道：「去了沒有？」苗禿子道：「車子纔出去，我留他，他怒的了不得，我只得回來。」鄭三道：「再煩三爺和蕭大爺去去，就不回來，也好看些。」鄭婆子道：「罷嘞，有他也好過不了誰，沒他也餓不死人。」金鐘兒在屋內，聽的他母親如此說，連忙走出來，說道：「怎麼還要煩人請他去？是為他的嘴巴打的不利害麼？他原是個死不堪沒見世面的東西，我又不是他老婆，接了個何大爺，他就像著他當了龜的一般。」鄭三罵道：「臭蹄子，你還沒胡嚼❶夠麼？」何公子道：「金老你聽我說，你兩個都有不是。他在此道上太認真，你也實不善於調停。」苗禿子道：「這是公道平論。」

蕭麻子道：「我肚久已發脹，想要說金姐幾句，恐怕何大爺起心事。今何大爺也批評你，我竟要教訓你了。你這娃子，素日還是個極聰明伶俐的人，自接何大爺後，便糊塗了一個了不得。不是我替姓溫的出氣，正是指教你成人。自溫大爺一入門，你就待他與素常天地懸絕，此後凡你看一眼，走一步，說一句話，都在我肚裡裝著。你只說你這幾天輕飄❷的還有點樣兒？我們傍觀者尚看不如眼，那溫大爺他又不是瞎子，何況他素日待你，只少著割股一節，你還要嘴裡沒大沒小、豬長狗短、上品下流的亂吐，你也不想一想，他是甚麼人家的子弟？你是甚麼人家的女兒？良賤相毆，還要按律例分個彼此問斷，你只管一句不讓，信口亂說。你若說姑老婊子有甚麼大小，你就把題目做到大西洋呱瓜國去了。分明你遇著姓溫的，嫖了七八個月，在你家花六七百兩，連一頓體面酒席也沒喫過。今日氣到至極，纔伸出他那

❶ 胡嚼：胡說；亂說。白雪遺音馬頭調寂寞尋春：「屁聲浪嗓不害羞，惹的奴家生閒氣。再要胡嚼打你嘴，不要惹個大沒趣。」

❷ 輕飄：謂言行輕佻，不持重。

沒用的文雅手兒，在你臉上拍了兩下，還惹得你娘兒兩個七嘴八舌。他原是善良人，就忍受而去。假若我蕭麻子一入門，你們向後亭子裡一請，我先就咽不下去。再看見你待何大爺那種趨時附勢、棄舊迎新的樣兒，也不用到今日午間，只昨日後晌，我就把你的大腸踢成三段了。你家這上下門窗裡外傢伙，也休想有一件整的。我花過六七百兩，都要一兩一錢的算下，落到明日這時候，還未必安頓的下我來。你再看看，只來了兩個嫖客，便出如此大醜，若再來七個八個，勢必弄下人命，連我們陪伴的都要干連。這樣個武藝兒，還要在省城左近充名妓，倒不如喫你的豆兒稀粥去罷。」

何公子笑道：「金老宜永記此言，這實是為你到盡頭的話。」金鐘兒聽了這一番言語，恍然若失，心上愧悔的無地自容，急忙向蕭麻子拜謝道：「你句句教誨的我無可分辨，果然是我一萬分不是了，只是可惜和我說的遲了些。」蕭麻子大笑道：「這是你媽素日沒教導你，難道我做老鴇兒不成？」金鐘兒道：「我媽他只知道愛錢，除此兩字，他還不如我哩！」眾人又都笑了。金鐘兒又道：「工夫大了，他此刻恐走出一二里去，煩眾位爺走上一遭罷。」何公子道：「事由我起，我此刻就去。」苗禿子道：「大家都去來。」說罷，一齊去了。金鐘兒在庭屋裡等候，鄭婆子道：「適纔蕭大爺話，句句有理。我那樣囑咐你，著你兩頭兒打照著，休要失脫了舊手兒，不想果然。」金鐘兒一聲不言語，回在屋內，想算道：「蕭麻子說我糊塗，真是沒說錯了。何公子斷不能長久，假如去後，我又該尋誰？」又想起：「溫如玉素日的恩情，甚於夫婦，怎我該是那樣個待他？今日蕭大爺說傍觀人都看不過眼，溫大爺惱我喜新厭舊，大怒而去，若再著何大爺疑心我是個沒良心的人，豈不兩處都失了？」又想起：「我今日挨這兩個嘴巴，都是我自取。我少罵他一句兒，他不但不好意思，也不忍心打我。」想到此處，不由的淚珠兒紛紛滾下。

又想起：「蕭麻子頭前話，說我這兩日輕飄的沒樣兒，此必是見我和何公子眉眼神情，肉麻的他受不得，他纔說出來，我這身分失到那裡去了？豈不愧死、羞死？」又想著：「溫大爺這一去，日後有來的時候，也還罷了；假如從此永別，教玉磬兒也笑話我，反不如他與苗禿子始終如一，兩個相交的長久。」又想著：「在這樂戶人家，朝秦暮楚，有何好處？我看這何公子和我甚好，今晚與他說從良的話，他若肯做，便完我終身結局。」

正想算著，猛聽得大門外有人說話入來。又聽得他媽問道：「想是不回來？」苗禿子道：「已奔出六七里去，怎麼個趕法？」金鐘兒聽了，甚不爽快。少刻，眾人都坐在庭內，金鐘兒出去酬應，苗禿子道：「我們白跑了一遭，你也不必掛意。」金鐘兒道：「我若掛意他，他還打我怎麼？」鄭三又整理酒飯，眾人道：「早已醉而且飽，倒快弄茶來喫罷。」須臾茶至，大家又議論了溫如玉一會，起更時，各自歸房。

何公子床事完後，金鐘兒道：「我承你抬舉我，已同宿二十餘天，我有一句心上話，屢次要說，我又怕你笑我。」何公子道：「我明白了，可是為從良的話不是？」金鐘兒道：「你如何就先知道？」何公子笑道：「你且說你的意見我聽。」金鐘兒道：「我不幸生長樂戶人家，做這等下賤事，你看今日鬧的還有個樣兒？你若不嫌我醜陋，把我收拾了去，與你鋪床疊被，出離火坑，也不枉我扳高接貴這一點痴心。」說著，淚流滿面。何公子連忙用手絹兒揩抹，說道：「此事我籌之熟矣。銀子一二千兩，我還湊得出。只是我指日就要去山西，我父家法最嚴，閒常一語差錯，還要打罵，何況做這等事？」金鐘兒聽了，興致索然。又忍不住說道：「我不過用千兩上下銀子，即可從良。從良後，你再稟知你父親，那時生米已成熟飯，不過罵你幾句，難道要你性命不成？」何公子道：「要性命的話，是斷斷沒有的。只怕從良後，我父將你轉賣與人，或賞家奴，不惟無益於我，倒反害了你。我何難暫時應許，只是此心不忍欺你。須過三二年後再商。」金鐘兒聽了，大失所望。

又過了兩天，鄭三夫婦因如玉打脫，何公子主僕盤用甚大，意思要使百把銀兩，托蕭麻子道達。何公子道：「這何用他著急？我到起身時，自必破格與他。」鄭三夫婦聽了有破格與他的話，於飲食茶飯上，分外豐滿精潔。惟金鐘兒逐日間雖強說強笑，只覺得心上若有所失。

一日，何公子早間起來，淨了面，蕭、苗二人趕著來陪喫點心。忽見他走出庭屋，在院中吩咐眾家人，整頓行李鞍馬，即刻起身。金鐘兒聽知，大為驚異。蕭、苗二人亦測度不出。鄭三家兩口子跑入屋內，究問金鐘兒，如何得罪下何公子。連金鐘兒也解說不來。遂一齊到庭中，訊問原故。何公子道：「我連日為酒色所迷，將天大的事件忘辦，今早纔想起，只得火速起身，刻不可緩。」金鐘兒道：「你就走，也該前幾天和我說聲，怎便如此絕決，想是我有不檢點處，得罪下你。」何公子道：「你為我且得罪下人，尚有何得罪我處？」蕭、苗二人道：「我們強留你七八天何如？」何公子道：「便是七八個時辰，也不敢從命。」金鐘兒道：「我留你三天，你好意思不與我留臉？」何公子笑道：「我不是泰安的溫大爺。」金鐘兒見他出語無情，不由的眼中落淚。苗禿子道：「快看，快看，金姐哭了，還忍心要走。」何公子那裡把這些話放入耳內？只在一邊指揮家人，收拾行李。

蕭麻子低聲向苗禿子道：「這人了不得，轉眼間，只怕還有不在人情中的事要做出來。」說罷，只是搖頭。苗禿子也低聲道：「他許過咱兩個隨他去任上辦事，這話問得問不得？」蕭麻子冷笑道：「金鐘兒他尚視若無物，何況你我？不必問。」苗禿子道：「我便問問，也高不了他，低不了我。」蕭麻子緊拉著他，他便到何公子前，笑說道：「日前承雅愛，許小弟同蕭兒去山西一遊，未知可著同行否？」何公子道：「此話我原有的，但須稟明家父，依允後，定差人來接。」苗禿子掉轉頭，將舌頭向蕭麻子一伸，走回去了。鄭三家兩口子見他志念已決，也就不留他了，只是一心等他給發銀兩。金鐘兒又說道：「你就要走，且坐下喫了早飯去也不遲。」何公子只推做不聽見，向家人們說話。金鐘兒見他毫無顧戀，又恨又氣，回東房去了。

少刻，家人們都收拾完妥，何公子丟了丟嘴，一個家人從懷內取出一包銀子來，遞與鄭三。鄭婆子道：「是多少？」鄭三掂了兩掂，說道：「不過是十二兩。」鄭婆子聽了，心肺俱炸，向鄭三道：「收不得。」又向何公子道：「這銀子是賞廚子賞打雜的？」何公子道：「一總都在內。」鄭婆子作色道：「大爺不要故意取笑。」何公子道：「我與你取笑怎麼？」鄭婆子怒道：「既不取笑，這賬倒要算算。大爺主僕上下七八人，騾馬九個，一天早午點心茶飯，以及牲口草料，須得五兩銀子盤用，前後共住了二十五天，該一百二十五兩。如今拿出十二兩來，便說一總都在內，這個歸除算不來。」何公子道：「我月前還與過三十兩。」鄭婆子道：「就算上那三十兩，還差九十五兩。我女兒支應了二十五夜，也想要白睡不成？」何公子笑道：「世安有白睡人婦女之理？我前後共與銀四十二兩，除去你女兒二十五夜開發，該存一十七兩，算茶飯並牲口草料，足而又足。」鄭婆子道：「你主僕上下，每天大盤大碗，不說豬羊，只鴨子雞兒，也不知傷了多少性命。九個騾馬，養在本村店中，每天喫三斗六升多料，八九十斤草，少餵一升兒，二爺們都不依。我若天天與人豆腐白菜和小米子飯、高糧粥喫，牲口不餵料，只餵草，這十七兩銀子，就合算的來了。」

何公子道：「白菜豆腐也是美味，你要用大盤大碗，與我何涉？」鄭婆子道：「聽麼，這倒是我與喫的不是了。我女兒歷來每夜是二兩，泰安的溫大爺，住七八個月，只有多出，沒有少與，一天不過費我一半斤肉。問蕭、苗二位爺便知。我煮鳳烹龍般的支應，你家主僕，怎麼將我女兒的開發，還要從這四十二兩內扣除？我們忘八家要像這樣打算，只怕比大爺家還富足些。」何公子大笑道：「像姓溫的那樣嫖客，我實實學不來，我也沒房可賣。」鄭婆子道：「何大爺，你老是公侯萬代人家，我們是當龜養漢人家，只有我們沾光處，沒有我們倒貼處。這二十多天，將家中大小衣服典當一空，都支應了酒席，大爺是現任知府公子，理該與別的嫖客大不相同，賞格從厚纔是。我又不該說，便是個腳戶轎夫，到我們家裡住宿一夜，除了盤用，也要沾他八九百錢的光哩！」

何公子微笑道：「我和你這賬，必須到山東巡撫堂上一算，方得明白。」鄭婆子道：「呵呀呀！巡撫也是人見的，我家裡都是老鼠膽兒，你倒休要唬殺一兩個了。」蕭麻子連連擺手道：「何大爺此番必定手素❸，日後再來時，何難照看你們？休絮聒了。」鄭婆子卻待又說，鄭三道：「夠了，夠了！何大爺急的要起身，你快到後面聽早飯去罷。」說罷，用手相推，鄭婆子纔閃過一邊。何公子道：「我不喫早飯。」蕭麻子道：「既不喫，就請罷。」何公子舉手告別。蕭、苗二人同玉磬兒、鄭三送出大門。金鐘兒在東房炕上，聽他媽和何公子爭論，氣的臉兒透黃。聽得走了，方纔出來，靠著庭屋門兒納悶。只見蕭麻子在前，苗禿子在後，一邊走，一邊口裡亂說道：「奇哉！怪哉！走的妙哉！再不來哉！好利害

❸ 手素：手中沒錢。素，寒素；素淨。

人哉！」蕭麻子罵道：「倒是你媽的禿耳朵哉！」苗禿子也罵道：「你媽的禿耳朵！」玉磬兒在後面大笑，金鐘兒也不由的笑了。

蕭麻子向金鐘兒道：「好人兒，連情郎也不送一送兒？」金鐘兒道：「你倒不敗興我罷，平白裡接下個一毛兒不拔的混鬼，真把人氣死，還鬧情郎哩？」鄭婆子向蕭、苗二人把手一拍，說道：「我家纔是賠了夫人又折兵，除沒沾光，還倒貼了二十多兩，那裡說起？」鄭三道：「你也罵夠了，且莫說貼二十兩，便貼二百兩，他是甚麼人家？我們氣上也下得來。」苗禿子道：「這個小忘八蛋兒，肚裡也不知包藏著多少鬼詐？一入門，三天內就與了鄭老漢三十兩。我心裡還說，不出一月，鄭老漢就可以發八九百兩財。不想這三十兩是個大帽子，被他這一帽子扣下去，扣的豬羊雞鴨、魚兒螃蟹、海參燕窩、蟶蚶魚翅、蒸食爐食、糟的腐的，主僕們喫了個撐腸脹肚，還有牲口們餵的黑豆兒、黃豆兒、水泡豆兒，都一總扣在帽子裡頭。不但鄭老漢一家子折了本錢，連老把勢蕭麻子和我學生，俱在他扣中，黑夜白日，瞎奉承了他多少，豈非怪事？不想他是一個西番柿子，中看不中喫的歪貨。那十二兩銀子，虧他拿的出來，還敢當面與人？」蕭麻子道：「我活了五十多歲，不該說大話，只有我作弄人處，從沒受人家個作弄。被這小廝想出個到知府衙門裡辦事去，只用這一句，把我就作弄住了。」苗禿子道：「還有我哩！」眾男女都笑了。

蕭麻子又道：「你們看他待人是何等謙光，舉動是何等文雅，性情是何等平和，嫖金姐不即不離，是何等知趣。一個二十歲的人，把勢情透露到這步田地，我心眼兒上都服他。不意他是個洋漆馬桶，外面光彩，肚裡臭不可聞。講到錢之一字，比我還下流幾倍。我素日就是有點涵養的人，他的涵養真是我的祖師。三婆子那一頓反關罵法，他聽了毫不動聲色。倒是他的家人，一個個面紅耳赤，有些受不得。我只怕弄起事來，這小廝有如此忍性，若再活十年，又不知長多少見識？走遍天下，都是他的喫食戶兒。」金鐘兒緊是氣憤，聽得你一句我一句，把一個何公子鄙薄的沒人氣兒，從來婦人家性同流水，此時想起何公子，不但不愛，且心中厭惡他，也向眾人說道：「我和他交往一場，就為省幾個錢，何至於不和我說話，只裝聽不見，因此我纔不送他。真是天地間最狠心不過的人。」

蕭麻子道：「溫大爺倒不狠心，你在他身上又忒狠心，也該有個報應著。」金鐘兒道：「你還敢題溫大爺？溫大爺將來不來，我只和你要人。」蕭麻子大笑道：「好壯臉！」金鐘兒也笑道：「臉不壯，怎麼做樂戶家人？溫大爺硬是你打發去了。」蕭麻子道：「這都是奇話。你彼時眼皮兒薄，有了新人，忘了舊人，把個溫大爺炎涼的走了，怎麼說到我身上？」金鐘兒道：「我年紀小，識見短，溫大爺來的那日，你就該指教與我，我那裡還得罪的下他？」蕭麻子道：「我不是神仙，就知道你要迎新棄舊哩！且你那時恨不得將何公子吃在肚內，我就指教你，你也顧不得。」鄭婆子道：「果然蕭大爺想個法兒，將溫大爺請來纔好。」蕭麻子又大笑道：「你日前說有他也好過不了，沒他也窮不死誰，如今又著我想法兒哩！」鄭婆子笑道：「這樣兩句話，不過是隨口之言，便四五天還死記在肚內。」蕭麻子道：「閒話且少說，你家的大嫖客都走了，留下苗老禿這小嫖客，難道就餓死他不成？」鄭婆子道：「我去催飯去。」苗禿子趕出庭院，說道：「我們還要先喫點心哩。」鄭婆子答應去了。

須臾，茶食飯食，陸續俱至，男女四人，入坐同喫。苗禿子向蕭麻子道：「你我須要喫個十二分飽，過了今早，再想喫這些滋味，就一個字兒難，兩個字兒不能。」金鐘兒道：「你休愁，請了溫大爺來，我天天請你。」苗禿子道：「你請我，我又不喫酒和肉了，我要喫你的嘴哩。」金鐘兒笑道：「等你請來看。」苗禿子向蕭麻子道：「你敢保他不敢？」蕭麻子道：「有甚麼不敢？他將來不與你嘴喫，你喫上我的一個就是了。」兩婦人都笑起來。正是：

嫖場休把銀錢重，重了銀錢人不敬。

試看情郎何士鶴，幫閒唾罵花娘❹恨。

---

❹ 花娘：亦作花孃，舊時指歌女、娼妓。宋梅堯臣花娘歌：「花孃十二能歌舞，籍甚聲名居樂府。」

第五十回　傳情書幫閒學說客　入慾網痴子聽神龜

詞曰：

把玩髮青絲，繡履還重執。整日相看未足時，便忍使鴛鴦寂。　契友傳書字，神龜送喫食。一番鼓惑❶一番迷，休怪其車馬馳驅。

右調眉峰碧

話說金鐘兒、苗禿子等喫罷早飯，打雜的收去傢伙，送上茶來。金鐘兒道：「溫大爺話，到底該怎麼處？」蕭麻子道：「此事非老苗不可。」苗禿子將舌一伸，道：「聽話，他此番因我趨奉小何兒，惱我入骨，我還愁沒臉見他，你反說非我不可，豈不是作弄我？」蕭麻子道：「你真是初世為人，不知骨竅。你若著溫大爺喜歡你，你除了金姐這條線索，他總喜歡了你，也待你必不及昔日。這件事，必須如此如此，方拿定有八分，可引他來。我還得尋個善寫情書的人，打動他。」又向金鐘兒耳邊說了幾句，金鐘兒滿面笑容，說道：「到底是你有妙想頭，像這樣做去，他十分有九分來了。」苗禿子道：「你兩個說密話，又用我，又要瞞我，我就去不成。」蕭麻子道：「不瞞你，你到臨期自知。」又將鄭三叫來，

❶ 鼓惑：煽動迷惑。封神演義第六十七回：「大肆邪說，鼓惑將士，此為妖軍。」

說明意見，鄭三辦理去了。過了兩天，鄭三僱了車，和苗禿子一同起身到泰安，便住在苗禿子家。次日早飯後，苗禿子先到如玉家來。

再說如玉從試馬坡那日惹了氣，抱恨回泰安，沿途動怒，不是罵張華無能，便嫌怨車夫不走正路。到了家中，每日家丟盤打碗，男男女女，都是有不是的人。在書房中想了一回：「何公子斷斷不能久住，除了自己，他急切間還尋不出個如意人來。縱然這淫婦心狠，他父母也丟不開我。」千頭萬緒，心上無一刻寧靜。又過了幾天，想到自己日月上，心內著驚道：「我如今只存著六七百兩銀子，連這房子算上，不過千兩的家私。若再胡鬧盡了，將來作何結局？不如改邪歸正，讀幾句書，明年是下科場的年頭，或者中舉，再中個進士，與祖父增點光，亦未可限量。如今這淫婦絕我至此，安知不是我交運的時候？」

主意定了，吩咐張華專管家中門戶，買辦日用東西，韓思敬照看內裡米麵家器之類。幾個家人媳婦，收拾早午飯食。兩個小小廝，伺候書房。將三四個大些的丫頭，即刻托媒人作合婚配，倒還得了一百五六十兩身價。就把這宗銀子，留做本年的用度。家存房價銀，還有六百八十兩，也添成七百兩整數，交與他舊日掌櫃的王國士，收在他鋪中使用，月喫一分錢利。又打算著差張華去鄭三家要借銀。尋出幾本文章來，朝夕捧玩。

這日，正看四書講章，只聽得小小廝說道：「苗三爺來了。」如玉慢慢的下了炕，苗禿子已到房內，先與如玉深深的一揖。如玉問道：「幾時來的？」苗禿子道：「早間纔到。」兩人坐下，苗禿子看了看，見桌上放著朱子大全、易經體註，還有十來本文章。苗禿子笑道：「這些刑罰，擺列出來做甚麼？」如玉道：「閉戶讀書。」苗禿子道：「讀書固是好事，閉戶可以不必。」又笑道：「你好人兒，使性兒就先回來了。留下我與蕭麻子，日日喫瞎屁。」如玉道：「你們喫屁不喫屁，我不管。但是鄭三借了我八十兩銀子，你和蕭大哥是保人，也該還我的了。我如今是甚麼時候？」苗禿子道：「你知道小何兒走了？」如玉道：「他走不走，與我何涉？」苗禿子道：「不想這小子，是個言清行濁、外大內小的人，開手住了金鐘兒三夜，便拿出三十兩銀子賞鄭三。誰想一連住了二十五天，主僕七人，騾馬九個，都是鄭三支應，臨起身，只拿出十二兩銀子來。鄭老婆子反覆爭論，誰想他沒見世面到二百分，被鄭婆子用反關話罵了個狗血噴頭。我和老蕭都替他受不得，不意這小廝大有忍性，隨他怎樣罵，他只是一文不加，逼到至極處，便說出母雞下蛋的話來，要去山東巡撫堂上算賬。你想那鄭老婆子，豈是怕這些話的人？越發語言不遜起來，一句甚似一句。蕭麻子怕鬧出事來，再三開解，纔放他主僕去了。你說，這豈不是個疼錢如命不要臉的個忘八羔兒？且更有可笑處，只為省幾個錢，連一句話兒也不敢和金姐說，只怕金姐和他開口，虧他還是現任知府的公子。小何兒前腳去後，蕭麻子便把金姐指教了一番。」又將指教的話，前前後後，詳細說了一遍。

如玉道：「到底這蕭大哥還是個漢子。我雖和他相交未久，他還重點朋情，背間說幾句抱不平的議論，與那些轉眼忘恩雞腸鼠腹的小輩，大不相同。」苗禿子將禿頭連連撓了幾下，說道：「不好，殺到我學生關上來了。目今鄭三家兩口子折了資本，氣的要死，日日念誦你的好處不絕。金鐘兒也後悔的了不得。」如玉道：「那個忘八肏的，也有個後悔？」苗禿子道：「言重，言重。他這幾天一點飯也不喫。」如玉道：「我不管他喫飯不喫飯，鄭三借了我的八十兩銀子，我只要和你明白哩！當日是你害的我，著借與他。」苗禿子道：「我是個忠厚人，從不會替人說謊話。金姐這幾天……。」如玉道：「我問的是銀子。」苗禿子道：「我知道，等他有了還你的。你且聽我說，金姐這幾天眉頭不展，淚眼盈腮，天天雖和我們強說強笑，究竟他心上挽著個大紇繨❷。」如玉道：「他是為小何兒走了。」苗禿子道：「他若是為小何兒，著俺家大大小小，都男盜女娼，我就活不到明日早間。」

說著，小小廝送上茶來。苗禿子一氣飲乾，連忙說道：「我前日晚上，有四鼓時分，出院外小便，只聽得他獨自在屋內短嘆長吁，自己叫著自己罵道說：『金鐘兒，瞎眼瞎心的奴才，一個活蛇兒沒耍成，倒把個心上人兒惹惱了，結下不解的冤仇，你素日的聰明伶俐那裡去了？你賺的大錢在那裡？』我又聽得軟軟的響了兩聲，像個自己打嘴巴的光景。」如玉大笑，向兩個小小廝道：「你們把苗禿子與我推出去。」兩個小小廝聽了，便來揪扭苗禿子。苗禿子笑著打開，罵道：「去你媽的清秋露罷！」如玉道：「你也不想一想，這蘇秦張儀、陸賈隨何❸，這幾個人，豈是禿子做得？」苗禿子合掌道：「冤哉，冤哉！南無通靈顯聖孔雀明王❹大菩薩！你疑我與金鐘兒做說客，我今後再不題他一字。你兩個喜怒，與我何干？只是我起身時，他還有幾句話，我也不敢說了。與你帶來一包物件，囑咐我當面交與你。」說著，從懷內取出，放在桌上。如玉拿起來，擲在地下道：「你倒不要穢污了我的經書。」吩咐小小廝燒

❷ 紇繨：用繩線等物打成的結，音ㄍㄜ ˙ㄉㄚ，與疙瘩有別。

❸ 蘇秦張儀陸賈隨何：蘇秦與張儀，均為戰國時代縱橫家，同學於鬼谷子，蘇主合縱，張主連橫。參閱第四十回注❶。陸賈，秦末楚人，有口才，善辯，助漢高祖定天下，拜太中大夫。隨何，漢初人，善辯，楚漢相爭時，曾為漢高祖遊說黥布背楚歸漢。

❹ 孔雀明王：佛教菩薩名。佛母大孔雀明王，一頭四臂，左手持開蓮，右手持孔雀尾，乘金色孔雀，為密教除災、祈雨修法之本尊。

了。小小廝拾起來，真個向火盆內一入。苗禿子連忙跳下地搶起，笑罵道：「你家主僕們，沒一個識數兒的。」小小廝又笑著來奪。苗禿子唾了一口，說道：「燒了他的不打緊，著我拿甚麼臉去見他？」復又坐在炕上，問如玉道：「你這讀書，是真心，還是假意？」如玉笑道：「又說起禿話來了。」苗禿子道：「若是假意讀書，我還來坐坐。若是真心讀書，我休混了你的正務。」如玉道：「你莫管真假，只要常來。」苗禿子道：「我且去。」如玉道：「你喫了飯去罷。」苗禿子道：「過日擾你。」

如玉送了苗禿子回來，把一個枕頭襯在身子傍邊，想著苗禿子的話兒，笑說道：「我原知道這淫婦沒了魚兒，就想起蝦兒來了。小何兒剛纔去後，就打發苗禿子來做說客，我還不是那沒志氣的小廝，聽人提調哩！」猛低頭，見苗禿子帶來的那個包兒，還在桌子底下放著。笑道：「這禿奴才，真是鬼詐百出，他見我明不肯收，又暗中留下了。」拿過那包兒來一看，有四寸大小，用藍紬子包著，外面又加針線縫著。揣了揣，裡邊軟硬大小的東西都有。如玉道：「我且拆開一看，苗禿子又沒交付與我，他問起時，我只說不知道。」將包兒拆開，見裡面有字一封，又有一個錦緞包兒，一個紅紙包兒。先打開紅紙包兒一看，見是一縷青絲，黑油油的，有小拇指頭粗細，三尺多長，髮根兒用紅絨線纏著，那種冰桂之香，陣陣入鼻。如玉道：「這幾根頭髮，倒也是這小奴才的，畢竟他的比傍人分外黑些。」又將錦包兒打開，裡面是一雙大紅洋緞平底鞋兒，繡著粉白淡綠許多的花兒在上面，石青線鴛鴦鎖口，鸚哥綠縐紬提根兒。鎖口周圍，又壓著兩道金線。看鞋底兒上，微有些泥黑，不過三寸半長短。如玉見了此物，不由的淫心蕩漾，意亂神迷起來。將這兩隻鞋兒，不忍釋手的把玩，看了這一隻，又拿起那一隻，約有半個時辰方止。隨後，將書字拆開細看，上寫道：

妾以陋質，承父母覆育，十有九年。喜怒去就，惟妾所欲者，亦十有九年，以故驕縱之性，竟成習癖。前叨惠手澤，迄今掌印猶新。每晨起臨鏡，未嘗不欷歔嘆悼，深感知己教戒之至意。世非郎君，誰肯不避嫌怨如斯爽直者？惟是郎君抱恨而去，妾又一腔冤憤無可自明，形跡之間，屢招同行疑議，而忌吾兩人素好者，方且出歌入咏，暢快揶揄之不暇，此非郎忍心辱妾，皆因妾青年冒昧恃愛所致耳。自郎君別後，常忽忽若有所失。星前月下，無不涕零。枕畔魂洽，亦多欷感，咽離憂之思，心境至此，傷也何如？郎君司牧青樓，匪朝伊夕❺，凡吾輩姐娣，每以得邀一顧盼為榮。妾何人斯，敢冀垂憐格外，再續前緣？然始亂之而終棄之，恐仁人君子亦不樂為也。倘蒙鑒宥，俯遂幽懷，兒女之情，寧僅欣慰？如謂遺簪覆水❻，不堪抵蕙充蘭；則蒸梨見逐❼，啖棗求去❽者，世不乏人，妾惟有灰此心，斷此腸，學叫夜子規❾，做天地間第一愁種已爾。寄去微物一封，藉鳴葵向❿。臨穎⓫神亂，不知所云。

上溫大老爺憐我，待罪妾金鐘兒搖尾。

---

❺ 匪朝伊夕：不只一日。南史梁本紀下第八：「仰望鸞輿，匪朝伊夕，瞻言法駕，載渴且飢。」

❻ 遺簪覆水：遺失之簪，已傾之水，喻舊情或故物。

❼ 蒸梨見逐：蒸梨，本作蒸藜，即煮野菜。古傳孔子弟子曾參因其妻蒸藜不熟而出之。見孔子家語七十二弟子解。後人用以指代婦人的過失或作出妻的典故時，多誤藜為梨。

❽ 啖棗求去：漢書王吉傳：「始吉少時學問，居長安。東家有大棗樹垂庭中，吉婦取棗以啖吉。吉後知之，乃去婦。東家聞而欲伐其樹，鄰里共止之，因固請吉令婦還。」

❾ 子規：杜鵑的別名，傳說此鳥為蜀帝杜宇的魂魄所化，常夜鳴，聲音淒切，故常借以抒悲苦哀怨之情。

❿ 藉鳴葵向：藉此表達仰慕思念之忱。葵向，義同葵心、葵傾。葵花向日而傾，因以喻嚮往思慕之心。

外小詞一章，敬呈電照：

錦紙裁篇寫意深，愧恨無任。一回提筆一愁吟，腸欲斷，淚盈襟。　幾多恩愛翻成怨，無聊賴是而今。密憑歸燕寄芳音，休冷落，舊時心。

右調燕歸梁

如玉將書字與詞兒來回看了五六遍，心中作念道：「這封情書，必是個久走花柳行人寫的。字字中竅，句句合拍，無半句肉麻話，情意亦頗懇切。」看罷，又將那一雙鞋兒從新把玩了一番，方纔將地下的書櫃開了，收藏在裡面。自此後，連書也不讀了，獨自一個在房內，就像有人同他說話的一般，不知鬼嚼的是些甚麼。

次日早，苗禿子又來，向如玉道：「包兒內的東西，你定都照驗過了。我只交送明白，就是完妥。」如玉道：「交送甚麼東西？」苗禿子作鬼臉道：「你少裝鬼變神，這間房裡，左右是你主僕們出入，我昨日出門時，放在你桌子底下，難道你們都是瞎子不成？」如玉道：「我實沒見。」苗禿子道：「我與你說正緊話，你若與那孩子絕情斷義，可將原物還我，我好銷差。若是可憐他那點痴心，說不得王媒婆子還得我做。」如玉道：「我與那奴才永不見面。」苗禿子笑道：「咱們走著瞧罷。」如玉也笑了。正說著，只見苗禿子家老漢同一個小小廝，提著一條火腿，一對板鴨，又抱著一大盤喫食東西入來，放在地下。如玉看了看，是五六十個皮蛋，一罈糟鯽魚，四包百花糕，八瓶兒雙粘酒，貼著紅紙簽兒。如玉

⑪ 臨穎：猶執筆、臨筆，書信中常用語。顏氏家藏尺牘王曰高：「小刻奉覽，臨穎神馳。」穎，毛筆尖。

道：「你又何苦費這心？」苗禿子道：「我實告訴你罷，鄭老漢在我家中已住了兩天了。這幾樣喫食東西，是他孝順你的，恐怕你不收，知道你和我是知己兄弟，死七日八夜的好朋友，托我送與你，你須賞臉方好。」如玉作色道：「快拿出去，我家中不存留龜物。」苗禿子大笑道：「怪不得金姐說你心狠，不想果然。你想，他遠路擔了來，還有個擔回去的道理麼？你若不收，我也不依。」說罷，做鬼臉，殺雞兒拉腿子，忙亂下一堆。如玉道：「我收下也無滋味，你何苦強我所難？」苗禿子道：「我知道我的臉面小。」隨即往外飛跑。

不想鄭三早在大門外等候，苗禿子領他到書房內，鄭三扒在地下，只是磕頭。如玉扶起道：「有話起來說。」鄭三起來，站在一邊，替金鐘兒請安。苗禿子和如玉都坐下，苗禿子道：「以我看來，不如著鄭老漢坐下甚好。」如玉著小小廝在地下放了個坐兒，教鄭三坐。鄭三那裡肯坐？謙虛了好一會，方纔用屁股尖兒斜坐在椅上。苗禿子道：「老人家，你知道麼，我費了千言萬語，你的禮物，溫大爺總是不收。」鄭三慌忙跪下道：「小的承大爺天高地厚的恩典，就變驢馬也報不過來。這些須喫食東西，不過是小的點窮心，大爺留下賞人罷了。若為小的女兒不識好歹，他年青得罪下大爺，小的家兩口子又沒得罪下大爺。」如玉道：「你起來，老嘴老臉的說了一會，我收兩樣罷。」鄭三道：「剩下一樣也使不得。大爺不全收，小的將這不值錢的老奴頭，就碰碎在地下了。」如玉大笑道：「罷了，罷了，我都收了罷。」隨叫張華收拾進去。賞老漢和那小廝一百五十錢，鄭三方纔起來，坐在一邊。

如玉道：「你家的財神是幾時起身的？」鄭三道：「大爺就是小的家財神。」如玉道：「難道何公子還不是財神麼？」鄭三道：「大爺不題他倒罷了。苗三爺也和大爺說過，小的除一點光兒沒沾，將幾件衣服也都當的與他家主僕們喫了，如今小的女兒也瘦了好些，日日和他媽嚷鬧，說是害了他了。這件事，其實原是小的老婆招惹的。」苗禿子道：「那個說大話使小錢的小廝，還題他那舊事怎麼？」小小廝端入茶來。三人喫畢，鄭三道：「小的還有個下情求大爺。小的女兒近日病的了不得，這三四天，茶飯一點也不喫，只是昏昏沈沈的睡覺，心裡想要見大爺一面，死也罷了。小的臨起身，還囑咐了許多淒涼話，小的也不忍心說。」隨即用手巾揩抹眼淚，又咽哽作聲道：「著小的來，意思必欲請大爺見見。」

苗禿子大驚道：「我那日起身時，見金姐臉就著實黃，不意只三四天，便病到這樣時候，真是子弟無情，紅顏薄命。」說著，揉手頓足，不住的吁氣。如玉道：「明歲是科場，我還要讀幾句書。這些事，來來往往，未免分心，實不能從命。」鄭三又跪在地下，作哭聲說道：「小的並不是弄圈套，想大爺的錢，小的一生，只有這個女兒，安忍著他病死？只求大爺今日去見一面，就明日回來也不妨。」如玉道：「你起來，我過幾天自己去，也不用你請我。」苗禿子將桌子一拍道：「溫如玉實是沒良心的人。」如玉笑道：「這禿子放肆，怎麼題名道姓起來？」苗禿子道：「你與金鐘兒，雖是露水夫妻，也要算同床共枕。他目下病到這等時候，與你有甚麼殺父的冤仇，你必定如此推委，你真是欺君罔上的奸臣，殺人放火的強盜！」說罷，將禿頭向窗臺上一枕，兩眼緊閉，只是在那裡搖頭。

如玉大笑道：「這禿奴才，不知口裡胡嚼的是甚麼。」又見鄭三跪著不起來，他原是滿心滿意要去，須得拿拿身分。今見兩人如此作成，忙笑向鄭三道：「你請起來，我們大家相商。」鄭三道：「大爺若施恩，此刻就請同行。」苗禿子跳起來道：「實和你說罷，救兵和救火一樣，沒有三五天的耽擱，鄭老人早已把車子僱下，在我門前等到此時了。」如玉道：「就去也大家喫了飯著。」鄭三道：「路上喫罷。」

如玉不肯。一邊吩咐張華，另僱一輛車子，著他同鄭三坐；一邊去內院。苗禿子跑出房叫住，笑說道：「我知道你還要帶幾兩銀子。我有天大的臉面錢下不去，對不過人，只得求你這救命王菩薩暫借與十兩，下月清還。」說罷，連揖帶跪的下去。如玉笑著問道：「你要銀子做甚麼？須實說。」苗禿子道：「你和我活老子一般，我還敢欺你半字？只因奉承小何兒陪伴他，便和玉磬兒前後住了三十多夜，分文未與，臉上如何下得來？因此專懇你這心疼人的孤老⑫。」如玉道：「等到了試馬坡，你用上十兩罷。」說著，入內院去了。

苗禿子回房來，向鄭三道：「不是我下這般身分，他還未必依允。當今之時，嫖客們比老鼠還奸，花幾個憨錢的，到底要讓他。你不看何公子的樣兒，算做了個甚麼？」鄭三道：「多虧三爺作成，我心上感謝不盡。」苗禿子道：「甚麼話？你就是我，我就是你。你多弄幾個錢，我更喜歡。」兩人正說者，如玉出來，韓思敬在東西書房內安放杯箸。苗禿子道：「依我說，一同喫喫罷。今在兩處，孩子們斟酒放菜，徒費奔波。」鄭三道：「我就不喫飯，也不敢和爺們在一處飲食。」如玉道：「我已預備下兩桌了，你就在那廂罷。」鄭三出來，到東房內。須臾，兩處都喫完飯，張華也僱了車來，要去裡邊喫飯。如玉道：「路上喫罷，車夫已等了半天了。」四人一齊起身。正是：

娼龜多計，幫閒出力，

八臂嫖客，也須斷氣。

---

⑫ 孤老：舊稱嫖客，應作婟嫪（音ㄏㄨˋ ㄌㄠˋ）。清朱駿聲說文通訓定聲：「婟嫪，戀惜不能去也。今俗謂女所私之人曰孤老，其遺語也。」明張正烈正字通：「娼妓謂游婿曰婟嫪。」游婿，嫖客之雅稱。

世俗人情類

紅樓夢　曹雪芹撰　饒彬校注
脂評本紅樓夢　曹雪芹原著　脂硯齋重評　馬美信校注
金瓶梅　笑笑生原作　劉本棟校注　繆天華校閱
老殘遊記　劉鶚撰　田素蘭校注　繆天華校閱
平山冷燕　天花藏主人編次　張國風校注　謝德瑩校閱
品花寶鑑　陳森著　徐德明校注
野叟曝言　夏敬渠著　黃珅校注
綠野仙踪　李百川著　葉經柱校注
禪真逸史　方汝浩撰　黃珅校注
海上花列傳　韓邦慶著　姜漢椿校注
九尾龜　張春帆著　楊子堅校注
醒世姻緣傳　西周生輯著　袁世碩、鄒宗良校注
三門街　清・無名氏撰　嚴文儒校注
花月痕　魏秀仁著　趙乃增校注
孽海花　曾樸撰　葉經柱校注　繆天華校閱
魯男子　曾樸著　黃珅校注
遊仙窟　玉梨魂（合刊）　張鷟、徐枕亞著　黃珊、黃珅校注
筆生花　心如女史著　黃明校注　亓婷婷校閱
浮生六記　沈三白著　陶恂若校注　王關仕校閱
玉嬌梨　天藏花主人編撰　石昌渝校注
好逑傳　名教中人編撰　石昌渝校注
啼笑因緣　張恨水著　束忱校注
歧路燈　李綠園撰　侯忠義校注

公案俠義類

水滸傳　施耐庵撰　羅貫中纂修　金聖嘆批　繆天華校注

兒女英雄傳　文康撰　饒彬標點　繆天華校注
三俠五義　石玉崑著　張虹校注　楊宗瑩校閱
七俠五義　石玉崑原著　俞樾改編
楊宗瑩校注　繆天華校閱
小五義　清・無名氏編著　李宗為校注
續小五義　清・無名氏編著　文斌校注
蕩寇志　俞萬春撰　侯忠義校注
綠牡丹　清・無名氏著　劉倩校注
羅通掃北　鴛湖漁叟較訂　劉倩校注
楊家將演義　紀振倫撰　楊子堅校注　葉經柱校閱
萬花樓演義　李雨堂撰　陳大康校注
粉妝樓全傳　竹溪山人編撰　陳大康校注
七劍十三俠　唐芸洲著　張建一校注
包公案　明・無名氏撰　顧宏義校注
謝士楷、繆天華校閱
海公大紅袍全傳　清・無名氏撰
楊同甫校注　葉經柱校閱
施公案　清・無名氏編撰　黃珅校注
乾隆下江南　清・無名氏著　姜榮剛校注

歷史演義類

三國演義　羅貫中撰　毛宗崗批　饒彬校注
東周列國志　馮夢龍原著　蔡元放改撰
劉本棟校注　繆天華校閱
東西漢演義　甄偉、謝詔編著　朱恒夫校注
劉本棟校閱
隋唐演義　褚人穫著　嚴文儒校注　劉本棟校閱
說岳全傳　錢彩編次　金豐增訂　平慧善校注
大明英烈傳　楊宗瑩校注　繆天華校閱

神魔志怪類

西遊記　吳承恩撰　繆天華校注
封神演義　陸西星撰　鍾伯敬評
楊宗瑩校注　繆天華校閱
濟公傳　王夢吉等著　楊宗瑩校注　繆天華校閱
三遂平妖傳　羅貫中編　馮夢龍增補　楊東方校注
南海觀音全傳　達磨出身傳燈傳（合刊）
西大午辰走人、朱開泰著　沈傳鳳校注

諷刺譴責類

儒林外史　吳敬梓撰　繆天華校注
官場現形記　李伯元撰　張素貞校注　繆天華校閱

文明小史　李伯元撰　張素貞校注　繆天華校閱

鏡花緣　李汝珍撰　尤信雄校注　繆天華校閱

二十年目睹之怪現狀　吳趼人著　石昌渝校注

何典　斬鬼傳　唐鍾馗平鬼傳（合刊）
張南莊等著　鄔國平校注　繆天華校閱

擬話本類

拍案驚奇　凌濛初撰　劉本棟校注　繆天華校閱

二刻拍案驚奇　凌濛初原著　徐文助校注
繆天華校閱

喻世明言　馮夢龍編撰　徐文助校注　繆天華校閱

警世通言　馮夢龍編撰　徐文助校注　繆天華校閱

醒世恒言　馮夢龍編撰　廖吉郎校注　繆天華校閱

今古奇觀　抱甕老人編　李平校注　陳文華校閱

豆棚閒話　照世盃（合刊）
艾衲居士、酌元亭主人編撰
陳大康校注　王關仕校閱

石點頭　天然癡叟著　李忠明校注　王關仕校閱

十二樓　李漁著　陶恂若校注　葉經柱校閱

西湖佳話　墨浪子編撰　陳美林、喬光輝校注

西湖二集　周楫纂　陳美林校注

型世言　陸人龍著　侯忠義校注

著名戲曲選

竇娥冤　關漢卿著　王星琦校注

漢宮秋　馬致遠撰　王星琦校注

梧桐雨　白樸撰　王星琦校注

琵琶記　高明著　江巨榮校注　謝德瑩校閱

第六才子書西廂記　王實甫原著　金聖嘆批點
張建一校注

牡丹亭　湯顯祖著　邵海清校注

荊釵記　柯丹邱著　趙山林校注

荔鏡記　明・無名氏著　趙山林等校注

長生殿　洪昇著　樓含松、江興祐校注

桃花扇　孔尚任著　陳美林、皐于厚校注

雷峰塔　方成培編撰　俞為民校注

倩女離魂　鄭光祖著　王星琦校注